MARIETTE LINDSTEIN

Die Sekte

Deine Bestimmung ist der Tod

W0286048

Autorin

Mariette Lindstein war fünfundzwanzig Jahre lang Mitglied bei Scientology. Sie arbeitete unter anderem im Hauptquartier der Kirche in Los Angeles, bis sie die Gemeinschaft 2004 verließ. Heute ist sie mit dem Autor und Künstler Dan Koon verheiratet. Die beiden leben mit ihren drei Hunden in einem Wald außerhalb von Halmstad. Ihr erster Roman »Die Sekte – Es gibt kein Entkommen« wurde in Schweden mit dem Crimetime Specsavers Award für das beste Debüt ausgezeichnet und für den CWA Dagger Award 2019 nominiert. Neben dem Schreiben hält Mariette Vorträge über die Gefahren von Sekten.

Von Mariette Lindstein bereits erschienen

Die Sekte – Es gibt kein Entkommen
Die Sekte – Deine Angst ist erst der Anfang
Die Sekte – Dein Albtraum nimmt kein Ende
Die Sekte – Deine Welt steht in Flammen
Die Sekte – Dein Feind ist dir ganz nah

Der Kult – Sein Griff hält dich gefangen
Der Kult – Sein Wort ist dein Gesetz

MARIETTE LINDSTEIN

DIE SEKTE

DEINE BESTIMMUNG IST DER TOD

THRILLER

Deutsch von Kerstin Schöps

blanvalet

Die Originalausgabe erschien 2021 unter dem Titel »Bortom Dimön«
bei HarperCollins Nordic, Stockholm.

Der Verlag behält sich die Verwertung des urheberrechtlich geschützten Inhalts dieses Werkes für Zwecke des Text- und Data-Minings nach § 44 b UrhG ausdrücklich vor. Jegliche unbefugte Nutzung ist hiermit ausgeschlossen.

FSC
www.fsc.org
MIX
Papier | Fördert gute Waldnutzung
FSC® C014496

Penguin Random House Verlagsgruppe FSC® N001967

1. Auflage 2024
Copyright der Originalausgabe © Mariette Lindstein, 2021,
by Agreement with Enberg Agency
Copyright der deutschsprachigen Ausgabe © 2024 by Blanvalet
in der Penguin Random House Verlagsgruppe GmbH,
Neumarkter Straße 28, 81673 München
Redaktion: Joern Rauser
Umschlaggestaltung: www.buerosued.de
Umschlagmotiv: Stephen Mulcahey/Arcangel Images; Will Immink;
www.buerosued.de
JS · Herstellung: lor/DiMo
Satz: KCFG – Medienagentur, Neuss
Druck und Bindung: GGP Media GmbH, Pößneck
Printed in Germany
ISBN 978-3-7341-1315-4

www.blanvalet.de

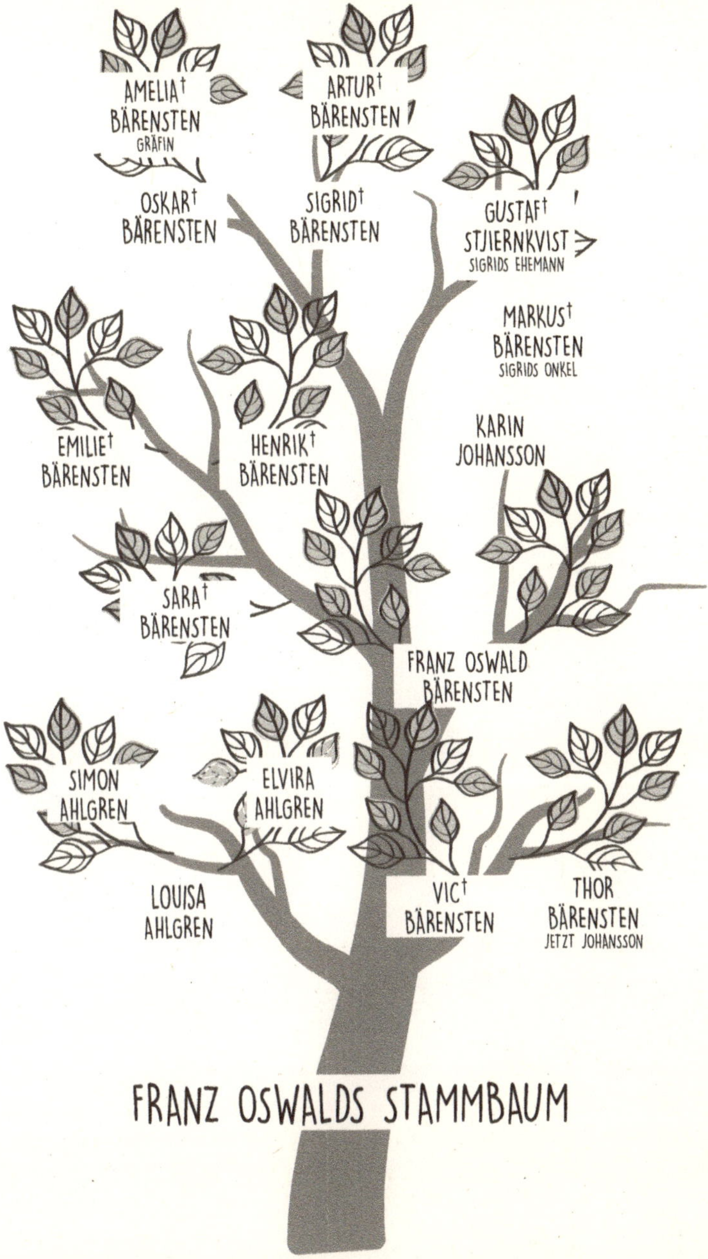
AMELIA† BÄRENSTEN GRÄFIN
ARTUR† BÄRENSTEN
OSKAR† BÄRENSTEN
SIGRID† BÄRENSTEN
GUSTAF† STJIERNKVIST SIGRIDS EHEMANN
MARKUS† BÄRENSTEN SIGRIDS ONKEL
EMILIE† BÄRENSTEN
HENRIK† BÄRENSTEN
KARIN JOHANSSON
SARA† BÄRENSTEN
FRANZ OSWALD BÄRENSTEN
SIMON AHLGREN
ELVIRA AHLGREN
LOUISA AHLGREN
VIC† BÄRENSTEN
THOR BÄRENSTEN JETZT JOHANSSON
FRANZ OSWALDS STAMMBAUM

Prolog

DIMÖ, VOR FÜNFZIG JAHREN

Feine Nebelschwaden ziehen über die Insel. Am Himmel hängt der Mond, man kann ihn nur verschwommen sehen. Ein Boot gleitet vorbei, ein einziges.

Hätte sich der Mann umgedreht, wäre ihm der wunderschöne Anblick aufgefallen. Aber er ist ganz auf das Loch vor ihm konzentriert. Spatenstich für Spatenstich füllt er es wieder auf. Der Schweiß läuft ihm von der Stirn in die Augen, seinen Körper umgibt eine Dampfwolke, die aufsteigt und mit dem Nebel eins wird. Sein Rücken schmerzt ihn, ein Arm ist taub geworden. Hier riecht es streng nach vermoderter Vegetation und feuchter Erde. Über ihm kreisen schreiende Sturmmöwen und scheinen ihn zu beobachten.

Die letzten Spatenstiche fallen ihm am schwersten. Nachdem das Loch gefüllt ist, tritt er die Oberfläche mit den Stiefeln platt. Eine überwältigende Müdigkeit befällt ihn.

Wie hatte es dazu kommen können? Was war aus ihm geworden?

Bei dem Gedanken an das, was ihn erwartet, wenn er ins Haus zurückkehrt, schnürt es ihm die Kehle zusammen. Er lässt sich auf die Knie fallen, wie beim Gebet in der Kirche, und murmelt die wenigen Verse, die er auswendig kennt.

Dann steht er auf, klopft sich die Erde von der Hose.

Plötzlich hört er ein Rascheln und sieht zwei Augen im Dickicht leuchten. Es ist nur ein Fuchs, der zaghaft aus dem Dunkeln angeschlichen kommt, in der kalten Luft Witterung aufnimmt und dann über die Wiesen davonrennt.

Die Vorstellung, dass jemand diese Stelle findet, ist mehr als unwahrscheinlich. Diesen Ort kennt nur er, außerdem ist er absolut unzugänglich. Niemals werden sie hier suchen.

Der Nebel hat sich ein wenig gelichtet. Bald ist Vollmond, nur auf der linken Seite fehlt noch ein winziges Stück. Morgen Nacht wird es so weit sein. Schimmernde Motten fliegen durch die Luft, die kreischenden Möwen sind verschwunden, stattdessen hört er das aufdringliche Surren einer Mücke in seinem Ohr. Er wischt sie weg, alle Laute verschwinden, und zurück bleibt nur die Stille und das Grab vor ihm.

Am liebsten würde er die Augen schließen und die Welt um sich herum vergessen, aber er hat keine Zeit dafür, jede Sekunde zählt. Er hebt den Blick, ein Fenster im obersten Stock ist hell erleuchtet. Das Anwesen wirkt zu dieser Tageszeit einsam und verlassen, aber er weiß, dass es niemals ganz zur Ruhe kommt.

Der Schmerz in seinem Inneren ist so überwältigend groß, dass ihn eine irrationale, unbändige Lust überkommt, laut loszulachen. Wenn er nicht bald eine Entscheidung trifft, wird er am Ende wie ein Wahnsinniger den Mond anheulen. Entweder flieht er und versteckt sich irgendwo in der Wildnis, oder er reißt sich zusammen und besinnt sich auf die Überreste seiner inneren Stärke und tut etwas Schreckliches. Wehmütig sieht er aufs Meer hinaus. Obwohl der Sonnenaufgang auf sich warten lässt – und tatsächlich noch in weiter Ferne ist –, wird es zu dieser Jahreszeit nie richtig dunkel. Weit hinten am Horizont, hinter den Nebelschwaden, bereitet sich der Himmel auf einen strahlend schönen Tag vor. Ihm bleiben nur ein paar Stunden, höchstens drei, dann werden sie mit der Suche beginnen.

Jeder Nerv seines Körpers ist zum Zerreißen gespannt. Eine Stimme in seinem Inneren schreit ihn an, doch endlich zur Vernunft zu kommen.

Das nächtliche Himmelszelt hat seine Farbe geändert, von Indigo in Schiefergrau. Er spürt die Kälte, der Bodennebel hat sich verdichtet, und aus den undurchdringlichen weißen Schleiern steigt eine graue Gestalt empor – mit den Konturen eines Menschen. Ihr Anblick verschlägt ihm den Atem, alles in ihm zieht sich zusammen. Er kann sich nicht einmal bewegen, starrt sie wie hypnotisiert an. Sie ist noch nie so nah gewesen, wie zum Greifen.

Der Himmel senkt sich tief über ihn, das Licht nimmt einen seltsamen Grauton an. Er erweckt die Erde zum Leben und lässt die Bäume noch dunkler werden. Die Gestalt im Nebel bewegt sich, dehnt sich aus, zieht sich wieder zusammen, wächst und schrumpft. Auch er schwankt, mal empfindet er ein tiefes Entsetzen, mal eine absurde Erleichterung. Weil die Gestalt nicht bedrohlich ist. Dieser Augenblick ist vom Hauch der Ewigkeit durchdrungen.

Er wartet, erstarrt. Sein Körper ist wie festgefroren. Sie enttäuscht ihn nicht. Ihre Botschaft entfacht einen Hoffnungsschimmer, wie eine Fackel am Ende eines Tunnels. Und er weiß, was er tun muss.

Im selben Augenblick löst sich der Nebel auf. Was bleibt, sind die taunassen Felder, der hohe Sommerhimmel, eine hauchzarte Brise.

Und die Stille.

Kapitel 1

FRANZ

Ich weiß nicht, wie lange ich mich schon hier unten im Keller befinde. Das kann fünf Tage oder eine Woche sein. Das trübe Tageslicht, das durch das Fenster dringt, sagt mir: Es muss früher Abend sein. Ich sitze auf einem Stuhl in der Mitte des Zimmers, von wo aus ich ein Stück nach draußen sehen kann. Manchmal lege ich mich zum Schlafen auf den Steinboden, ohne auf die Zeit zu achten. Meine Armbanduhr habe ich schon seit Längerem abgelegt. Das Telefon ist ausgeschaltet. Je länger ich hier bin, desto traumhafter fühlt sich die Existenz an. Ich habe die ganze Zeit nichts gegessen, aber ich verspüre auch keinen Hunger mehr. Wenn ich Durst bekomme, trinke ich aus dem Wasserhahn in der Toilette. Hier unter der Erde ist es kühl, aber ich halte einiges aus.

Am Anfang herrschte nur Leere in meinem Kopf. Albtraumhafte Bilder zogen in einem trägen Strom durch mein Inneres, als würde ich einen Horrorfilm sehen – in Zeitlupe.

Noch ist es nicht vorbei.

In diesen Albträumen habe ich … Frauen getötet.

Dabei habe ich in Wahrheit noch nie jemanden getötet. Zumindest nicht absichtlich.

Zu Beginn waren die Träume so real, dass sie mich fast lähmten.

Jeder Herzschlag fühlte sich wie ein Vorbote des Weltuntergangs an.

Wahnsinn kann Menschen schwer zusetzen, auf die verschiedenste Art und Weise. In meinem Fall hat mein Gehirn Halluzinationen hervorgebracht. Meine Psychologin, Magdalena, hat einmal gesagt, dass es an meinen unzugänglichen Kindheitserinnerungen liegt. Aber ich werde mich ihr nicht anvertrauen, und das liegt an den Gedanken, die ich habe. Der Pfarrer hier auf Dimö hat es in einem Gespräch etwas anders formuliert. Er meinte, mein Gewissen hole mich ein.

Das gesamte Anwesen ist verstummt, ich höre kein Lachen mehr, meine Mitarbeiter machen sich verständlicherweise langsam Sorgen um mich. Manchmal sehe ich den einen oder die andere vorbeilaufen, kann fast ihr Flüstern hören: *Wann kommt er wohl wieder raus?*

Es gibt Phasen, in denen ich mich in einem mentalen Zustand befinde, der so kompakt und undurchdringlich wie der Nebel im Moor ist. Aber die meiste Zeit sind meine Gedanken so klar wie fließendes Wasser. Dabei verlaufen die Nächte ruhiger als die Tage. Die Mondsichel vor dem Fenster steht hoch oben am Himmel. Ich kann die frostigen Sternbilder sehen. Mein Geruchssinn hat sich verändert, er ist erstaunlich präzise geworden. Durch den feuchten Geruch, der vom Boden aufsteigt, kann ich den Duft der verblühten Rosen wahrnehmen. Und mein Gehör ist so außergewöhnlich genau wie das einer Fledermaus geworden. Das Echo der Wellen auf dem Meer brüllt in meinen Ohren. Das sanfte Rascheln des Windes in den Blättern ist so laut wie ein Sturm. Manchmal, wenn ich all die Geräusche nicht ertragen kann, erzeuge ich ein weißes Rauschen in meinen Ohren. Das ist geradezu fantastisch, denn es lässt den anderen Lärm verschwinden.

Aber die meiste Zeit über sitze ich nur hier und lausche den Geräuschen von draußen und denen meines eigenen Atems, der ab und zu wie eine Flutwelle durch meine Brust brandet. Die Mäuse, die entlanghuschen, stören mich schon lange nicht mehr. Die Schritte meiner Sekretärin Elyssa auf der Treppe hingegen schon. Denn sie kommt, um mich hier herauszulocken. Beim ersten Mal habe ich sie noch gebeten, mich in Ruhe zu lassen, was sie getan hat. Am nächsten Tag kam sie aber wieder. Wir unterhielten uns durch die verschlossene Tür, weshalb sie ihre Stimme erheben musste, die dadurch unangenehm laut und grell wurde. Unser Gespräch verlief ungefähr so:

»Franz … was machst du da drin?«

»Du sollst mich in Ruhe lassen.«

»Du bist jetzt seit zwei Tagen dort.«

»Ich weiß das.«

»Willst du was essen?«

»NEIN.«

»Das Personal fragt schon nach dir. Was soll ich ihnen sagen?«

»Dass ich allein sein möchte.«

Die Gedanken surrten und flatterten durch meinen Kopf, ich wollte sie unbedingt loswerden.

»Du kannst doch wenigstens ans Handy gehen!«, sagte sie mit flehender Stimme.

»Das ist ausgeschaltet.«

»Kannst du bitte versuchen, mir zu erklären, warum du hier bist?«

»NEIN.«

Schweigen.

»Geh weg«, sagte ich schließlich. »Ich werde keine Fragen mehr beantworten.«

»Ich bitte dich, Franz … du kannst doch wenigstens …«

»Hau ab!«, knurrte ich.

Dann legte ich mein Ohr an die Tür und lauschte, bis ihre schleppenden Schritte verhallt waren.

Mittlerweile ignoriere ich ihr Klopfen und Flehen ganz, obwohl sie mehrmals am Tag vorbeikommt.

Die Zeit kriecht nur so dahin und vergeht zugleich rasend schnell. Hier unten existiert weder Raum noch irgendeine Art von Dauer. Nur ein atemloses Warten darauf, das ES mich endlich in Ruhe lässt. ES – so nämlich nenne ich diesen neuen Zustand, der unter der Oberfläche meines Bewusstseins lauert. Die Wurzel meiner demütigenden Gefühlsanwandlungen. Die Ursache meiner Albträume. Warum werde ausgerechnet ich davon heimgesucht? Ich bin davon überzeugt, dass die Antwort darauf irgendwo in meinem Unterbewusstsein zu finden ist. Wenn ich nur wüsste, wo ich suchen muss.

Ich hatte einen schönen Sommer, bin mit meinem Sohn Thor nach Frankreich gereist, wir haben gute Gespräche geführt, sind uns nähergekommen. Auch der Herbst nahm einen guten Anfang. Der Stab meiner Mitarbeiter funktioniert wie eine wunderbar geölte Maschine, sie kümmern sich hervorragend um das Herrenhaus. Ich habe darüber nachgedacht, ein neues Business zu gründen und wieder Gäste auf ViaTerra zu empfangen. Mir schwebt vor, anderen dabei zu helfen, im Einklang mit der Natur zu leben, oder inspirierende Vorträge zu halten. Aber die ganze Zeit über haben die schrecklichen Albträume in mir weitergearbeitet, und als das Fass dann vor ein paar Tagen überlief, habe ich mich hierher zurückgezogen.

Nur … was jetzt? Wie geht es mir? Wie geht es mir denn wirklich? Ich versuche nachzuspüren.

Je länger ich das Essen verweigere, desto klarer werden meine Gedanken. Manchmal sehe ich wie durch einen Tunnel, und alles in der Peripherie wird weiß.

Ich schließe die Augen und lasse mich von der Dunkelheit verschlingen. Die Welt um mich herum verblasst.

Die feuchten Wände strahlen eine tiefe Stille aus.

Ich muss an meine Großmutter Sigrid denken, die ich verachtet habe, weil sie mich nicht vor meinem gewalttätigen Vater beschützt hat. Aber diese eine Erinnerung ist eine schöne, bisher war sie mir nicht zugänglich gewesen. Auch das kann das Hungern bewirken.

Ich sitze im Wohnzimmer der Villa auf Sigrids Schoß. Durch einen Spalt zwischen den schweren Vorhängen fallen Sonnenstrahlen auf ihre Hände. Ich lehne mich an ihre warme Brust, sie streichelt mir über den Kopf und fängt an, von den vielen Dingen zu erzählen, die es jenseits von Dimö gibt. Von Städten, von Ländern, von Wüsten und Ozeanen. Sie sagt, dass ich die Insel verlassen werde, wenn ich einmal groß bin, dass ich eine Weltreise unternehmen soll. Aber sie sagt auch, dass ich immer wieder nach Dimö zurückkehren werde, wohin ich zwischendurch auch reise. Weil es keinen schöneren Ort auf Erden gibt.

Ich bringe es fertig, in dieser angenehmen Erinnerung zu verweilen. Ich spüre, wie eine Weichheit in mir Form annimmt.

Vielleicht bin ich doch auf dem Weg der Besserung.

Vielleicht hat sich mein aufbrausendes Temperament beruhigt, vielleicht komme ich jetzt endlich zur Ruhe.

Nur noch eine Nacht, und dann noch einen Tag. Danach werden die Albträume Vergangenheit sein.

Kapitel 2

JULIA

Die vertrauten Abendgeräusche draußen bildeten eine Art Hintergrundmusik. Eine Straßenbahn, die quietschend über die Schienen fuhr. Der hämmernde Bass aus der Bar um die Ecke. Die Stimmen der Fußgänger, die auf dem Bürgersteig vorbeigingen, von denen einer einen schrecklichen Husten hatte. Das Echo ferner Geräusche. Eine Sirene. Ein Flugzeug.

Dass die Dämmerung schon hereingebrochen war, bemerkte sie erst, als ihr das Lesen der Dokumente in ihrem Schoß Schwierigkeiten bereitete.

Nach einem turbulenten Frühling, gefolgt von einem schönen Sommer auf Dimö, hatte sie sich auf ihren neuen Job bei der Zeitschrift *Aktuellt Land* gefreut. Julias neuester Bericht hatte große Aufmerksamkeit erregt, und sie genoss den Respekt, den ihre Arbeitskollegen ihr entgegenbrachten. Ein paar Wochen später kam Thor von der Reise nach Frankreich zurück, die er mit seinem Vater unternommen hatte, und sie richteten sich schnell wieder in ihrem gemeinsamen Leben ein. Thor studierte Journalismus und liebte es, seine neuen Erkenntnisse mit ihr zu diskutieren.

Doch von Zeit zu Zeit streckten sich Dimös Tentakel aus, und sie wurde von großer Sehnsucht nach der Weite, nach der salzigen Luft und dem frischen Wind gepackt.

Und nach dem Abenteuer. Denn ihr Auftrag, der sie im Frühjahr auf die Insel gebracht hatte, hatte ein dramatisches Ende genommen. Die Ursprungsevangelisten, eine freie Religionsgemeinschaft, deren Mitglieder sich an den eigenen Töchtern vergriffen, hatten sich auf Dimö niedergelassen. Julia enthüllte dieses Verbrechen in einer Reihe von Artikeln. Es hatte dazu geführt, dass sie in Lebensgefahr geriet, weil einer der Mitglieder versucht hatte, sie im Meer zu ertränken. Sie litt auch jetzt noch unter Flashbacks, wurde immer wieder an den Augenblick erinnert, als sie keine Luft mehr bekam. Jede Zelle ihres Körpers hatte ums Überleben gekämpft. Es gehörte zum Menschsein dazu – der Überlebenswille, und dass man sich an das Leben klammert, gerade wenn man im Begriff ist, es für immer zu verlieren. Diesen feinen Grad zwischen Leben und Tod hatte sie in diesen Sekunden unter Wasser berührt.

Im Laufe des Einsatzes hatte sie die Abenteuerlust gepackt, und sie hatte sich mitreißen lassen. Sie hatte begriffen, dass sie von einer unbändigen Neugier angetrieben wurde. Und noch etwas – sie spürte eine Faszination für das Morbide, das Gefährliche. Im Alltag war sie schreckhaft, aber ein Teil von ihr fühlte sich magisch von der Gefahr angezogen.

Die Mappe mit den Unterlagen für ihren nächsten Artikel schob sie beiseite. Die Aufträge, die sie bei *Aktuellt Land* bekam, waren interessanter als in der Zeitschrift für junge Karrierefrauen, in deren Redaktion sie davor beschäftigt gewesen war. Diese Zeitschrift war seriöser, faktenbasierter und berichtete auch über Ereignisse, die sich außerhalb der großen Städte abspielten.

Die Zeitschrift war finanzstärker als die meisten vergleichbaren anderen. Ihre Onlineausgabe wurde von mehreren großen Unternehmen gesponsert und hatte eine so hohe Besuchsfrequenz, dass die Werbeflächen entsprechend attraktiv waren. Sogar die traditionellen Tageszeitungen bedienten sich ab und zu bei ihren Nachrichten. Die meisten Journalisten arbeiteten von zu Hause aus, und der redaktionelle Austausch fand hauptsächlich per Zoom statt. Sie traf ihre Kollegen einmal wöchentlich zur Redaktionssitzung im Büro, das sie bequem mit dem Fahrrad erreichen konnte. Julia arbeitete gern von zu Hause aus, fühlte sich aber manchmal ein bisschen einsam.

Ihr Magen fing an, sich laut zu beschweren, weil sie noch nichts gegessen hatte. Sie stand auf und streckte ihre steifen Glieder. Das Tageslicht war so schwach, dass ihr Zimmer in ein seltsam schmutzig gelbes Licht getaucht war. Sie schaltete eine Stehlampe ein, öffnete das Fenster. Der Windstoß, der ins Zimmer blies, war so kalt, dass sie eine Gänsehaut bekam. Schmutzig graue Hochhäuser ragten in den Himmel, ein kaltes, blaues Licht beleuchtete die Straße.

Dämmerung. Für einen kurzen Augenblick sehnte sie sich nach Dimö, in die klare, blaue, ruhige Stunde zurück, die typisch für solche Abende war, wenn sich der Duft von verbranntem Laub mit der salzigen Luft mischte.

Da klingelte ihr Handy. Es war Joanna, die Chefredakteurin von *Aktuellt Land*.

Julia mochte ihre neue Chefin. Joanna hatte etwas Altmodisches, als käme sie aus einer anderen Zeit. Sie trug einen Trenchcoat, den sie mit einem Gürtel in der Taille schnürte, und eine kleine gehäkelte Baskenmütze. Dazu Herrenschuhe mit flachen Absätzen und höchstens mal ein bisschen Lipgloss. Joanna war klein und stur, hatte zu allem eine klare Meinung und nahm ihre Arbeit sehr ernst. Oft hatte sie dunkle Schatten unter den Augen – von den vielen

Stunden am Bildschirm, wenn sie die Texte redigierte. Julia hatte schon viel von ihr gelernt. Zum Beispiel, dass eine gute Angestellte und eine begabte Journalistin zwei vollkommen verschiedene Dinge waren.

Julia vermutete, dass Joanna wegen einer Deadline anrief. Sie ließ sich in einen Sessel sinken, bevor sie den Anruf entgegennahm. Nachdem sie ein paar Höflichkeitsfloskeln ausgetauscht hatten, versprach Julia, ihren Artikel rechtzeitig einzureichen.

»Sehr gut«, sagte Joanna. »Aber deshalb rufe ich gar nicht an.«

Julia erstarrte. Sie hatte die kaum wahrnehmbare Veränderung in der Stimme ihrer Chefin gehört, die jetzt ungewöhnlich ernst klang. Julia war erst seit ein paar Monaten Teil des Redaktionsteams, aber soweit sie wusste, liefen die Geschäfte eigentlich ganz gut. Andererseits wusste sie auch, dass sich die Umstände in der Medienwelt jederzeit ändern konnten, und dann waren es immer die neuen Mitarbeiter, die als Erstes gehen mussten.

»Geht es um meinen Job?«, fragte Julia.

Joanna lachte.

»Nein, du hast doch gerade erst angefangen, für uns zu arbeiten. Wir wollen dich sehr lange bei uns behalten, Julia.«

»Wie wunderbar«, sagte Julia erleichtert. »Aber du klingst so ernst.«

»Ich möchte dir eigentlich jetzt zu Anfang nicht so viele Aufgaben geben. Sag bitte Bescheid, wenn es dir zu viel wird. Aber wir haben einen Tipp für eine Story bekommen. Wenn du Montag reinkommst, könnte ich dir die Unterlagen geben …«

Julia hatte sofort Feuer gefangen.

»Kannst du mir das nicht schon am Telefon sagen?«

»Nein, es ist ein ganzer Ordner mit Material. Wir sehen es uns lieber am Montag an, wenn du deinen aktuellen Artikel abgegeben hast, okay? Passt dir halb neun?«

»Klar, das ist gut.«

Nach dem Gespräch blieb Julia eine Weile reglos im Sessel sitzen und sah zu, wie es immer dunkler wurde. Sie konnte sich nicht von dem Gedanken lösen, dass Joanna anders geklungen hatte als sonst. Je länger sie darüber nachdachte, desto sicherer war sie, dass ihre Chefin ihr bei dem Treffen etwas Wichtiges mitteilen würde. Nachdenklich wickelte sie sich eine Haarsträhne um ihren Finger. Es war eine einstudierte, fast unbewusste Bewegung, die ihr dabei half, sich zu konzentrieren. Aber stattdessen machte sich ihr Hunger nur wieder bemerkbar.

Sie hatte schon alles aus dem Kühlschrank herausgeholt, um sich ein Butterbrot zu schmieren, und griff gerade nach dem Messer, als das Handy erneut klingelte. Jetzt war es Elyssa, die Sekretärin von Franz Oswald. Die beiden hatten sich vor Jahren in der Rehabilitationsklinik kennengelernt, in der sich Franz von seinem Schlaganfall erholt hatte. Kaum war er nach ViaTerra zurückgekehrt, hatte er sie als seine persönliche Assistentin eingestellt. Sie war sogar eine Art rechte Hand. Elyssa war ein zerbrechliches Wesen, lieblich und charmant und mit einem geradezu entwaffnenden Hauch von Schüchternheit. Am Anfang hatte Julia sie Franz gegenüber fast lächerlich unterwürfig gefunden, aber mit der Zeit begriff sie, dass hinter ihrer mädchenhaften Fürsorge ein eiserner Wille steckte. Zwischendurch herrschte sie und steuerte die Geschäfte mit einer solchen Willenskraft, dass sogar Franz ganz sprachlos davon wurde. Sie hatte einen Freund, der Anton hieß und Fährmann war. Sie wohnte in der feinsten Personalwohnung, erhielt das höchste

Gehalt und genoss bei Franz' Mitarbeitern großen Respekt. Dabei führte sie ein vollkommen anderes Leben als früher, als sie als Teilzeitkraft im Pflegeheim gearbeitet hatte.

»Oh, hallo, Julia«, sagte sie jetzt und holte schnell Luft. »Ist Thor zu Hause? Ich habe ihn angerufen, aber er geht nicht ran.«

Elyssa klang außer Atem und besorgt.

»Er ist gerade in der Bibliothek und lernt«, sagte Julia. »Er hat bestimmt sein Handy ausgeschaltet. Kann ich dir vielleicht helfen?«

»Ihr müsst sofort herkommen«, sagte Elyssa.

»Nach Dimö?«

»Ja.«

»Wann denn?«

»Am besten mit der nächsten Morgenfähre.«

Elyssas Tonlage ließ Julia das Blut in den Adern gefrieren.

»Ist was passiert? Ist Franz etwas zugestoßen?«

»Nein, noch nicht …«, erwiderte Elyssa und fügte schnell hinzu: »Hoffentlich noch nicht.«

»Ist er krank?«

»Nicht, dass ich wüsste.«

»Aber was ist dann los?«

Elyssa senkte ihre Stimme zu einem Flüstern.

»Er hat sich im Keller eingeschlossen und weigert sich herauszukommen. Und zwar ist er seit fast einer Woche dort unten. Er isst nicht und reagiert nicht auf Anrufe. Bitte, Thor und du, ihr müsst mir helfen, ihn da rauszuholen.«

Es klang so absurd, dass Julia es zuerst für einen Scherz hielt. Sie konnte ihre Reaktion nicht unterdrücken, und dabei machte sie ein Geräusch, etwas zwischen Stöhnen und Lachen. Es war so typisch für Franz, so melodramatisch. Er fand immer einen Weg, die Aufmerksamkeit auf sich zu lenken und seine Umgebung zu verwirren. Als sie sich das letzte Mal gesehen hatten, war es ihm hervorragend gegangen. Dass er seit einer Woche nichts gegessen hatte, war allerdings beunruhigend. Und seine Weigerung, mit Elyssa zu sprechen, war noch viel alarmierender.

»Ist das dein Ernst?«, fragte Julia.

»Natürlich! Das ist alles andere als ein Scherz. Was ist, wenn er … stirbt?«, fragte Elyssa leise.

Kapitel 3

FRANZ

Die Schritte klingen heute anders als sonst. Es sind nicht nur Elyssas zarte, federleichte Schritte zu hören, sondern auch schwerere. Und ich höre gedämpfte Stimmen. Ich befürchte, dass Elyssa jemanden vom Personal mitgebracht hat, um das Schloss aufzubrechen. Das muss ich verhindern, darum stehe ich auf und überprüfe die Tür. Die hat auch auf meiner Seite ein Schloss und einen Riegel, den man vorschieben kann. Obwohl man sich auch darauf nicht hundertprozentig verlassen kann. Meine Mitarbeiter sind nämlich sowohl pragmatisch als auch einfallsreich. Aber eines weiß ich ganz sicher: Meinen Befehlen würden sie sich niemals widersetzen. Obwohl ich selten meine Stimme erhebe, gehorchen sie mir wie einem General auf dem Schlachtfeld.

Ich lege mein Ohr an die Tür, lausche und erschaudere innerlich, als ich Thors Stimme erkenne. Dann ist auch Elyssas helle Stimme zu hören und schließlich die Stimme einer weiteren Frau. *Julia!*

Verdammt, verdammt. Ich möchte nicht, dass sie mich so sehen.

Sanftes Klopfen.

»Papa?«

Ich antworte nicht.

»Ich weiß, dass du da drin bist, Papa.«

»Danke, dass du gekommen bist, Thor, aber geh jetzt bitte wieder nach Hause und lass mich allein«, sage ich müde.

»Was ist denn passiert?«, fragt er besorgt.

»Nichts. Mach dir keine Sorgen.«

Meine auffallend lässige Reaktion löst etwas in ihm aus. Seine Tonlage klettert um eine halbe Oktave nach oben, und die Worte strömen nur so aus seinem Mund.

»Was tust du überhaupt da drin? Was hast du vor? Alle machen sich wahnsinnige Sorgen um dich, aber das ist dir sowieso ganz egal. Ich müsste eigentlich in der Uni sein, stattdessen kümmere ich mich um meinen infantilen Vater, der wieder mal einen Anfall von Wahnsinn hat.«

»Das tut mir leid, aber ich habe dich nicht gebeten zu kommen«, murmele ich leise und bin der Meinung, dass er es nicht gehört hat.

Hat er aber trotzdem. Er hämmert gegen die Tür. Fest. Wütend.

»Reiß dich gefälligst zusammen und komm da raus«, schreit er. »Jetzt! Sofort!«

»Ist Julia bei dir?«, frage ich mit seltsam dünner Stimme.

Eine Woche Fasten hat offenbar auch Auswirkungen auf meine Stimmbänder gehabt.

»Das ist sie«, sagt Thor. »Übrigens hat sie eine Deadline für einen Artikel, die sie jetzt nicht einhalten kann.«

»Ich bitte um Entschuldigung«, sage ich. »Aber meinetwegen hättet ihr wirklich nicht nach Dimö kommen müssen.«

»Dann wäre es das Beste gewesen, dass du ans Telefon gehst, wenn wir anrufen.«

»Ja, ja, aber jetzt müsst ihr wieder gehen. Ich komme raus, wenn ich so weit bin.«

Einen Augenblick lang herrscht absolute Stille.

»Wir gehen so lange nicht, bis du rauskommst«, sagt Julia.

Thors Stimme wird wärmer, jetzt klingt sie fast flehentlich.

»Wir hatten so eine gute Zeit in Frankreich, Papa. Du hast dich völlig normal verhalten. Was ist denn *passiert*?«

»Mich hat das Leben eingeholt«, sage ich nüchtern. »Lasst mich jetzt bitte allein. Ich habe keine Kraft zu sprechen, weil ich so lange nichts gegessen habe.«

Es war ein großer Fehler, das zu sagen. Thor ist vollkommen außer sich.

»Willst du dich zu Tode hungern? Ist das dein neues Ziel? Zu verhungern und dann als Märtyrer zu sterben? REISS DICH ZUSAMMEN, PAPA!«

Man könnte den Eindruck bekommen, dass er hartherzig und kalt ist, aber er ist weder das eine noch das andere. Einfach nur verstört und verzweifelt. Ich kenne meinen Sohn besser, als er denkt. Er hat sich schon immer zu viele Sorgen gemacht. Er schreit so laut, dass es mir in den Ohren wehtut. Mir wird schwindelig, ich sinke in die Hocke auf den Boden. Diese zwei werden mich nicht in Ruhe lassen. Ich muss auf der Stelle eine Entscheidung treffen.

»Ich trete jetzt die Tür ein«, droht Thor.

»Ist das nicht ein bisschen zu dramatisch?«, frage ich.

»Aber dann komm doch raus«, sagt Julia.

Ich bin nicht bereit, mich ihnen zu zeigen und zu erklären. Allein der Gedanke daran erzeugt in mir Übelkeit. Ich raffe meine letzten Reserven zusammen und rappele mich auf, lege meine Wange an die kühle Tür.

»Der Pfarrer«, flüstere ich durch das Schlüsselloch.

»Was?«, fragt Thor, aber dann antwortet ihm Julia.

»Ich glaube, er meint Emil.«

»Ich werde nicht rauskommen, aber ich kann mir vorstellen, mit dem Pfarrer zu sprechen«, antworte ich.

Ich lausche ihren gedämpften Stimmen, während sie sich beraten.

»Ich rufe Emil an und bitte ihn zu kommen«, beschließt Elyssa.

Ich höre das Klappern ihrer Schuhe auf den Steinstufen und dann die Tür, die ins Schloss fällt. Ich setze mich, schließe die Augen. Verweile in der Haltung. Danach öffne ich sie wieder. Vor dem Kellerfenster sind zwei dunkle Gestalten zu sehen, die hineinschauen. Wahrscheinlich Thor und Julia. Es hört sich an, als würde Julia lachen. Ich mache ihr keine Vorwürfe, das alles hat etwas unfreiwillig Komisches.

Wahrscheinlich war es ein Fehler, nach dem Pfarrer zu fragen. Seit meiner Kindheit habe ich alles verachtet, was mit der Kirche zu tun hat. Aber noch vor einer Woche bin ich kurz davor gewesen, mich vom Teufelsfelsen zu stürzen, dem höchsten Felsen der Insel. Wenn Emil nicht gewesen wäre, hätte ich es vielleicht sogar getan. Aber er war dort, bei mir, und hat mich nicht verurteilt. Emil ist kein typischer Pfarrer. Er ist etwas über dreißig Jahre alt und ziemlich gut aussehend. Gut gebaut, immer leicht gebräunt, was seine strahlenden Augen betont. Er ist der sportliche Segeltyp, und seine Begeisterung für das Segeln war es auch, die ihn nach Dimö gebracht hat. Ich genieße Emils Gesellschaft. Allerdings sorgt dies dafür, dass man ihm viel zu leichtfertig peinliche und private Dinge offenbart. Das muss an seinem freundlichen Ton, dem zurückhaltenden Auftreten und seinem sanften Blick liegen, der keinen Raum für Lügen lässt, wenn er Fragen stellt. Solange er weder über Gott noch über Vergebung sprechen will, kann er gerne kommen. Nachdenklich streiche ich mir mit der Hand über meine Stoppeln, die man mittlerweile schon getrost einen Bart nennen kann.

Lange liege ich schweigend da und warte, dann dämmere ich weg und werde erst wieder vom Regen geweckt. Es sind große Tropfen, die wie Trommelschläge in meinen Ohren dröhnen. Ich folge dem Lauf der Tropfen auf der Fensterscheibe über mir, werde aber durch ein diskretes Klopfen an der Tür unterbrochen.

»Franz, hier ist Emil«, höre ich seine tiefe Stimme.

Ich strecke mich, kann das angenehme Gefühl aber nicht mehr hervorrufen, das ich hatte, bevor ich eingeschlafen war. Langsam erhebe ich mich und gehe zur Tür. Schiebe den Riegel beiseite. Nach langem Zögern öffne ich die Tür. Reglos bleibe ich stehen. Ich habe erwartet, einen ganzen Haufen Leute vor mir stehen zu haben, die ins Zimmer stürzen und mich packen. Aber nichts dergleichen passiert. Dann wird langsam, mit einem traurigen Knarren die Tür aufgeschoben. Emil trägt seinen Talar und lächelt mich freundlich an. Seine Haare sind nass.

Seine ganze Erscheinung – immerhin ist er der erste Mensch, den ich seit fast einer Woche gesehen habe – löst eine Schockwelle aus, die mir durch Körper fährt.

Ich versuche, die Tür wieder zu schließen, aber Emil schiebt einen Fuß dazwischen. Ich spüre ein leichtes Kribbeln. Es fühlt sich so ungewohnt an, gemustert zu werden, meine Wangen werden ganz heiß.

»Hallo, Franz«, sagt er.

Sein Blick ruht unverändert auf mir, nachdenklich.

Seltsamerweise nimmt meine innere Angespanntheit ab, ebenso wie der Regen an der Fensterscheibe. Emil betritt den Raum und schließt hinter sich die Tür. Dann lässt er seinen Blick über mein Zimmer hier im Keller schweifen. Wegen des Drecks und der vielen Spinnweben verspüre ich einen Anflug von Unbehagen. Er hat eine Hand hinter dem Rücken versteckt gehalten, jetzt holt er sie hervor. Sie hält eine Flasche Wein.

»Flüssigkeitsersatz«, sagt er. »Gibt es hier unten fließendes Wasser?«

»Es gibt eine Toilette mit Waschbecken.«

»Noch besser. Wir werden dieses Loch hier nämlich erst wieder verlassen, wenn du mir gesagt hast, was dich so plagt und quält.«

»Soll das eine Art Beichte werden?«, frage ich und schneide eine Grimasse.

Doch Emil rührt keine Miene. Er strahlt eine fast überirdische Klarheit und Vertrauenswürdigkeit aus.

Kapitel 4

JULIA

Ende September war Dimö so anders als im Sommer. Es lag eine Frische in der Luft. Das Licht war weicher und wärmer. Der salzige Geruch von etwas Unbestimmbarem war von dem Geruch der Großstadt so weit entfernt, wie es nur sein konnte. Der Herbst war im Anmarsch.

Der Regen hatte sich verzogen und ließ feine Nebelschwaden zurück. Julia und Thor saßen an einem geschützten Platz im Pavillon und warteten auf Franz. Lavendelbüsche, die in ihrer letzten Blüte standen, verströmten einen intensiven, berauschenden Duft. Über ihnen hörte man leise eine Taube gurren. Seit ihrem letzten Besuch hatte sich etwas verändert, unabhängig von den Vorboten der nächsten Jahreszeit. Zuerst konnte sie nicht genau sagen, was es war. Aber dann wurde ihr bewusst, dass es die Stimmung auf dem Anwesen sein musste. Die Anlage wirkte ordentlich und gepflegt, aber sie konkurrierte mit einer traurigen Stille. Normalerweise liefen die Mitarbeiter über das Gelände und waren mit Gartenarbeiten beschäftigt, aber jetzt war alles menschenleer. Und das lag daran, dass alle sich Sorgen um Franz machten.

Nervös wippte Thor mit dem Fuß. Julia spürte seine Angst. Seine Verfassung übertrug sich automatisch auf sie, zumal sie wusste, dass er sich große Sorgen um seinen Vater machte. Aber nach außen hin zeigten sich diese Gefühle in unkontrollierbarer Wut.

Sie tauschten besorgte Blicke. Keiner von ihnen wusste, wie man sich in einer solchen Situation verhielt. Ein erwachsener Mann schließt sich im Keller ein und weigert sich herauszukommen. Es war unglaublich. Franz' matte und erschöpfte Stimme hatte der Situation die unfreiwillige Komik genommen. Aber Emil war schon seit einer ganzen Weile bei ihm unten, was ein gutes Zeichen sein konnte.

»Was machen wir denn jetzt?«, fragte Julia.

Sie dachte an den Artikel, den sie heute einreichen sollte. Es würde eine furchtbar lange Nacht werden. Sie hatte schon die letzte Nacht durchgearbeitet, und so langsam forderte der Schlafmangel seinen Tribut.

»Wahrscheinlich ist es am besten, dass wir warten, bis Emil herauskommt«, sagte Thor gequält. »Wenn es Papa gut geht, können wir noch die Nachmittagsfähre nach Hause schaffen.«

»Ich glaube, du bist ein bisschen hart zu ihm gewesen«, sagte Julia vorsichtig.

»Findest du?«, fragte er und lachte trocken und verzweifelt. »Ich bin so wütend auf ihn. Er benimmt sich wie ein Kind.«

»Obwohl es doch sein gutes Recht ist, im Keller seines eigenen Hauses zu sitzen, wann und wie lange er will.«

Sie bemühte sich, mit besänftigender Stimme zu sprechen, obwohl das angesichts der Umstände etwas unpassend war.

Thor stieß einen melodramatischen Seufzer aus.

»Wenn er allein sein möchte, stehen ihm fünfundzwanzig Zimmer zur Verfügung. Aber natürlich wählt er die deprimierendste Option. Ich unterstelle ihm, dass er sich einsam und verlassen fühlte, weil wir abgereist sind … und dass dies nun mal seine Art ist, uns hierher zurückzulocken. Emil hat mir erzählt, dass er Papa auf dem Teufelsfelsen gefunden hat, vorn an der Kante. Glaubst du, dass er springen wollte?«

»Wahrscheinlich nicht«, sagte Julia. »Aber ihm geht es ganz offensichtlich nicht gut, und wir sollten versuchen, ihm zu helfen.«

Kurz nach diesen Worten folgte die Frage, wie man jemandem helfen kann, der so unberechenbar ist. Jemandem, der innerhalb von wenigen Wochen vom charmanten Gastgeber und engagierten Vater zu einem Wahnsinnigen mutieren kann.

Thor stöhnte leise auf. Seine Schultern sackten herab. Jetzt sah er nur noch müde und traurig aus.

»Ich habe es nicht böse gemeint, als ich ihn angeschrien habe, ich hab nur versucht, zu ihm durchzudringen.«

»Du bist ziemlich laut geworden«, sagte sie und lachte leise, damit er sich nicht angegriffen fühlte.

Thor fuhr mit der Hand durch das rote, dichte Haar, auf das sich der Nebel in Form winziger Wassertropfen niedergelassen hatte. Sie saßen eng beieinander und hatten den Blick auf die Fenster des Herrenhauses gerichtet, die ein rechteckiges, graues Licht auf sie herabwarfen. Das Gebäude wirkte so düster, als schwebe die Vergangenheit wie ein kolossaler Schatten darüber.

»Es ist hier nicht wie sonst«, sagte sie. »So unheimlich still.«

»Das liegt wahrscheinlich daran, dass sich das Personal Sorgen um Papa macht«, sagte Thor. »Oder es …«

Er warf ihr einen langen, eigenartigen Blick zu, der ihr Angst machte.

»Oder was?«

»Die Atmosphäre erinnert mich an eine gruselige Geschichte, die mir Großmutter immer erzählt hat. Kennst du die Legende von der Gräfin, die auf Dimö herumspukt?«

Die kannte sie. Sie hatte die Geschichte sogar schon oft gehört. Die alten Inselbewohner hatten sie ihren Kindern erzählt, und jeder hatte seine Version von dem Spuk ausgeschmückt. Einige behaupteten sogar, sie gesehen zu haben, fast immer im Nebel. Ihre Eltern machten sich über die Legende der spukenden Gräfin manchmal lustig.

»Es ist einfach nur ein Aberglaube«, sagte sie.

»Ich weiß nicht«, erwiderte Thor und sah jetzt noch grimmiger aus. »Die Gräfin hat es wirklich gegeben. Ihr Name war Amelia Bärensten, und sie war die Urgroßmutter meines Vaters. Ihr Mann hat sie und ihre Kinder jahrelang misshandelt. Am Ende erschoss sie ihn und sprang bei einem Sturm vom Felsen in den Tod. Einige Inselbewohner haben behaupt, dass sie auch heute noch herumgeistert und Menschen an den Felsen lockt und überredet zu springen.«

»Klar«, sagte Julia und versuchte, ungerührt zu klingen.

Tatsächlich fand sie es aber ziemlich aufregend. Sie hatte immer eine Vorliebe für Geschichten mit übernatürlichen Elementen, Mythen und Legenden gehabt. Als Kind liebte sie Gruselgeschichten.

»Meine Großmutter aber hat mir eine ganz andere Version erzählt«, sagte Thor. »Willst du sie hören?«

»Natürlich.«

Die Luft um sie herum leuchtete silbern, der Nebel war dabei, sich aufzulösen.

»Aus Rache an ihrem gewalttätigen Ehemann hat die Gräfin einen Fluch ausgesprochen, der alle männlichen Nachfolger ihres Mannes trifft. Sämtliche Besitzer des

Herrenhauses. Sie werden verrückt, und die meisten sterben im Alter meines Vaters.«

»Was für ein Unsinn. Es ist so was von verantwortungslos von Karin, kleinen Kindern mit solchen Räubergeschichten Angst einzujagen.«

»Ich fand es aufregend«, antwortete Thor. »Sie hat Vic und mir diese Geschichte am Kamin erzählt, und ich habe mich zwar wahnsinnig gegruselt, aber fand sie trotzdem gut. Da ist was dran an dem Gerücht: Mein Großvater kam bei einem Brand ums Leben. Sein Vater starb durch eine verirrte Kugel bei einem Jagdunfall. Und dann hat es ja diesen Grafen gegeben, der von seiner Frau Amelia erschossen wurde. Alle drei sind zu ihren Lebzeiten die Besitzer des Herrenhauses gewesen. Und alle drei waren ungefähr in dem Alter, in dem mein Vater jetzt ist.«

Etwas Endgültiges, Sachliches lag in seiner Stimme, als wäre die Existenz des Geistes bereits allgemein anerkannt worden.

»Du denkst dir das aus«, winkte sie ab.

»Nein, ich schwöre, es ist wahr. Alles steht in der Familienchronik, die Sigrid, die Großmutter meines Vaters, geschrieben hat. Denk doch mal darüber nach, Julia: Wie groß ist die Wahrscheinlichkeit, dass drei Männer, alle im gleichen Alter und Herrenhausbesitzer, einer nach dem anderen eines gewaltsamen Todes sterben?«

Julia hatte überhaupt keine Schwierigkeiten, sich Männer vorzustellen, die in den Wahnsinn getrieben werden. An Fantasie fehlte es ihr nicht. Aber ein weiblicher Geist als Verursacherin? Es dauerte eine Weile, bis ihr dämmerte, was Thor damit andeuten wollte.

»Warte mal. Willst du vielleicht sagen, dass Franz von diesem Fluch getroffen wurde und verrückt geworden ist?«

Er hielt ihrem Blick stand.

»Man kann nie sicher sein«, sagte er sehr langsam. »So wie er sich verhält. Die Gräfin ist kein gewöhnlicher Geist, Julia. Wenn sie jemandem etwas Böses will, dann raubt sie seinen Verstand, saugt ihm die Lebenskraft aus dem Körper, nimmt ihm die Herzenswärme und quält ihn, bis er zusammenbricht.«

Die Luft um sie herum schien sich zu verdichten. Ein Regentropfen fiel von einem der Äste in ihren Nacken. Sie zuckte zusammen und schüttelte das Unbehagen ab.

Da vertiefte sich eines von Thors Lachgrübchen und relativierte ihre irrationale Angst.

»Hör auf damit! Du kannst mir keine Furcht einjagen.«

»Ehrlich gesagt, das ist ein Kinderspiel«, sagte er und fing an zu lachen.

Sie ließ sich anstecken, aber ihr Lachen klang hohl.

»Warum ist dir diese Geschichte ausgerechnet jetzt eingefallen?«, fragte sie.

Jetzt verdunkelte sich Thors Blick schlagartig.

»Wegen Papa. Ich glaube eigentlich gar nicht an Geister, aber ich hatte plötzlich die Sorge, dass sein seltsames Verhalten vielleicht erblich bedingt ist. Und was ist, wenn ich auch davon befallen bin?«

»Du wirst niemals so enden, Thor. Das verspreche ich dir.«

Er errötete.

»Ach, lass uns bitte über etwas anders sprechen.«

Es war unverkennbar, dass ihm das Gesprächsthema unangenehm sein musste. Und um sie herum tanzten die Schatten der Bäume. Aus dem Augenwinkel sah sie einen Raben auf dem Rasen landen und auf sie zuspazieren. Der Vogel neigte seinen Kopf und starrte sie unverhohlen an.

Dieser Blick. Etwas an seinen glänzenden schwarzen Augen störte sie. Plötzlich wurde sie von einem dumpfen Gefühl der Vorahnung gepackt. Oft tauchte doch ein Rabe in Märchen auf, als Omen mit einer Warnbotschaft. Ja genau, dann ist der Rabe der Bote des Todes. Wie war es möglich, dass ein Ort von so vielen Tragödien getroffen wurde, ohne dass es einen Zusammenhang gab? Oder war der Aberglaube, den sich die Inselbewohner erzählten, am Ende wirklich wahr? Lag tatsächlich ein Fluch auf dem Herrenhaus?

Es war ein verrückter Gedanke, den sie sofort wieder verwarf. Das ist doch alles nur Unsinn, dummes Zeug und abergläubisches Geschwätz. Und doch hatte die gruselige Geschichte eine Stimmung erzeugt.

Kapitel 5

FRANZ

»Nur Katholiken gehen zur Beichte«, versuche ich Emil abzufertigen. »Die Schwedische Kirche sieht doch gar keine Beichte vor, oder?«

»Doch, bei uns gibt es die Beichte schon«, sagt er. »Es ist zwar eher ungewöhnlich, aber wir haben eine Anleitung für die Beichte, und wir lernen das auch in unserer Ausbildung. Wenn du es aber vorziehst, es als ein Gespräch zwischen Freunden zu betrachten, bin ich damit genauso einverstanden. Ich unterliege allerdings der Schweigepflicht.«

Er hat mir den Flüssigkeitsersatz gegeben, einen Tisch und einen zusätzlichen Stuhl aufgestellt und außerdem eine Kerze angezündet, die er dabeihatte. Er findet das Licht gemütlicher als das Deckenlicht.

»Willst du mir sagen, was dich hierhergeführt hat?«, fragt er. »Unser letztes Gespräch hat am Teufelsfelsen stattgefunden. Bist du seitdem hier unten, die ganze Zeit?«

»Ja.«

»Und … hast du den Wunsch, mir zu erklären, warum?«

Ich zögere einen Moment, aber das könnte meine einzige Chance sein, der erdrückenden Dunkelheit zu entkommen, die mich in letzter Zeit umgibt. Also versuche ich es.

»Im Laufe meines Lebens habe ich mich mit jeder Menge Menschen umgeben – Personal, Frauen, vielen Personen in bedeutenden gesellschaftlichen Positionen. Am Ende musste ich mit Entsetzen feststellen, dass ich im Grunde mit meinen Albträumen allein bin.«

Sobald ich anfange zu reden, kann ich mich kaum noch bremsen. Ich beschreibe, wie ich mich manchmal einer ungezügelten Sentimentalität hingebe. Ich erzähle ihm von meinen Albträumen, in denen ich bei Sexspielen aus Versehen Frauen umbringe. Aus irgendeinem Grund erwecken die Worte meine Träume wieder zum Leben, und dabei wird mir kalt und übel. Ich habe Emil schon früher davon erzählt, aber er hört auch dieses Mal aufmerksam zu, ohne mich zu unterbrechen. Als mir nichts mehr einfällt und ich verstumme, senkt er für einen Moment den Blick.

»Darf ich dir eine persönliche Frage stellen?«, fragt er.

»Wenn es sein muss.«

»Ist es in Wirklichkeit einmal dazu gekommen, dass du jemanden beinahe getötet hast?«

»Beim … Sex?«, frage ich und schüttle den Kopf. »Nein, das glaube ich nicht. Ich bin so etwas wie ein Experte auf dem Gebiet gewesen und hatte jederzeit eine ausgezeichnete Impulskontrolle.«

Emil nickt sanft und aufmunternd.

»Es gibt einen Romanentwurf von mir, in dem ich mir vorstelle, Menschen zu töten«, sage ich und bringe ein gezwungenes Lächeln zustande, als wären diese Zeilen nur eine alberne Sache gewesen. In Wirklichkeit ist dieser Entwurf Ausdruck meiner verborgenen Wut auf alle gewesen, die ich damals hasste und verachtete.

»Hm…«, sagt Emil nachdenklich. »Meiner Erfahrung nach sind Fantasien selten die Ursache für Albträume. Normalerweise liegt ihnen etwas Wesentlicheres zugrunde. Manche Leute sagen, dass Träume Mitteilungen unseres

Unterbewusstseins sind. Ich entschuldige mich, wenn das unsensibel klingen sollte, aber bist du schon einmal im Begriff gewesen, jemanden umzubringen? Auf andere Weise … vielleicht?«

Ein Bild taucht vor meinem inneren Auge auf. Ein Gesicht. Ein viel zu starker Parfümgeruch. Das Besuchszimmer im Skogome-Gefängnis. *Anna-Maria Callini.* Ich stütze mich mit den Ellbogen auf den kleinen klapprigen Tisch und schlage mir die Hände vors Gesicht. Darüber möchte ich nicht sprechen. Niemals. Mit niemandem.

»Ist dir da etwas eingefallen?«, hakt Emil nach.

»Nein, nicht richtig. Nichts Wichtiges. Ich bin ein bisschen müde. Warum setzen wir das Gespräch nicht ein andermal fort?«, sage ich und tue so, als würde ich gähnen.

»Ich verstehe«, sagt Emil. »Aber du hast mich neugierig gemacht. Es schien mir ziemlich deutlich, dass dir sofort etwas in den Sinn gekommen ist.«

Ich verfluche meine Schwäche, meine Unfähigkeit, mein Gehirn zu kontrollieren. Es ist nicht fair, dass sich diese Erinnerung ausgerechnet jetzt meldet. Das ist über zwanzig Jahre her. Es ist schon längt begraben. Aber offenbar nicht endgültig.

»Ich werde dich nicht verurteilen, egal was du mir erzählst«, sagt Emil.

»Das versprechen die Psychologen auch immer«, murmle ich misstrauisch. »Und dann melden sie alles, was man ihnen erzählt, trotzdem der Polizei.«

Ich kann nicht glauben, dass ich so etwas Idiotisches gesagt habe. Jetzt habe ich keine andere Wahl, als es bis zum bitteren Ende durchzuziehen. Das Tragische daran ist, dass die Person, die ich noch vor ein paar Jahren gewesen bin, Emil mit Leichtigkeit dazu gebracht hätte, klein beizugeben. Ich hätte mich ohne jedes Problem aus dieser peinlichen Situation herausgewunden. Mit einem charmanten Lächeln und ein paar irreführenden Kommentaren. Aber das erbärmliche Wrack, das ich heute bin, hat nicht die geringste Chance, Emil umzustimmen.

»Ich bin Pfarrer, kein Psychologe«, sagt er. »Ich werde alles, was du mir sagst, für mich behalten.«

Zögernd, stockend, atemlos erzähle ich ihm also von Anna-Maria. Sie war meine Anwältin, als ich eine Haftstrafe verbüßte. Mir wurde vorgeworfen, Elvira, Thors Mutter, angeblich sexuell missbraucht zu haben. Elvira war erst vierzehn gewesen, als ich sie geschwängert habe, aber sie hatte mich angelogen und ihr wahres Alter verschwiegen. Da Anna-Maria damals nicht zögerte, sich außerhalb der Grenzen des Gesetzes zu bewegen, war sie mir sehr nützlich. Ich versprach ihr ein paar Dinge, deutete an, dass wir eine gemeinsame Zukunft hätten. Als dann meine Entlassung anstand, konnte ich sie nicht mehr ertragen. Deshalb blieb mir nichts anderes übrig, als einen Weg zu finden, sie loszuwerden.

»Und was hast du getan?«, fragt Emil.

Ich fahre mir mit der Hand über das Gesicht und schließe die Augen. Aber hinter den Augenlidern sehe ich keine Dunkelheit, sondern nur Anna-Marias Gesicht.

»Alle haben das, was passiert ist, falsch verstanden«, erkläre ich. »Es war nicht meine Schuld. Es sollte nicht aus dem Ruder laufen.«

»Ich weiß darüber kein bisschen Bescheid, versuch doch, es mir zu erklären«, fordert Emil mich auf.

Er legt seine großen, rauen Hände auf den Tisch und faltet sie. Mein Blick wird magisch von ihnen angezogen, ich kann ihm nicht in die Augen sehen.

»Anna-Maria hatte einen Gehilfen zur Hand, einen

Berufsverbrecher, der bestimmte Aufgaben für sie erledigte«, sage ich. »Mit ihm habe ich mich im Gefängnis verabredet, und wir haben einen Plan geschmiedet, um …«

Meine Stimme versiegt. Mein kleiner Finger zittert. Es fühlt sich an, als hätte jemand einen Betonblock auf meine Brust gelegt.

»Anna-Maria und ich hatten beide ein Faible für Motorräder«, fahre ich fort. Meine Stimme ist auf einmal auffällig dünn. »Mein Lieblingsmotorrad war eine Harley, eine echte Schönheit. Anna-Maria holte mich am Tag meiner Entlassung vom Gefängnis ab und sollte das Motorrad mitbringen. Ich gab ihr einen Tipp, eine einsame Straße, auf der man mal so richtig Gas geben kann. Der Plan war, dass dieser Typ sich – verkleidet – auf die Straße stellt und sie zum Anhalten zwingt. Dann sollte er das Motorrad zerkratzen. Nicht besonders schlimm, das hätte ich nie zugelassen, aber genug, um es so aussehen zu lassen, als wäre sie unvorsichtig damit gewesen.«

Ich habe nach wie vor das verwirrende Gefühl, dass in diesem Augenblick nichts real ist. Emils sanfter Blick. Die Schatten der brennenden Kerze, die über die Wände zucken. Eine verräterische Ruhe herrscht in dem kleinen Raum. Die Worte purzeln mir einfach so aus dem Mund.

»Ich hätte sie nur ausgelacht, wenn sie diesen *maskierten Mann* dafür hätte verantwortlich machen wollen, und ihr vorgeworfen, nichts als wilde Lügen zu erfinden«, sage ich. »Dann hätte ich genug Gründe, um mit ihr Schluss zu machen. Schließlich wusste sie, dass die Harley mein wertvollster Besitz war.«

»Darf ich fragen, warum du nicht einfach mit ihr Schluss gemacht hast?«, erkundigt sich Emil.

»Es war ein Spiel. Ein Scherz. Ich habe mich damals

gern über Leute lustig gemacht. Anna-Maria war wie eine Klette. Ich wollte ihr eine Lektion erteilen, damit sie mich in Ruhe lässt, mehr nicht.«

»Aber es kam alles anders, oder?«, fragt Emil und sieht mich fragend an.

Ich habe es noch nie in Worte gefasst, und jetzt, wo ich es tun muss, fällt mir das Atmen schwer. Verdammt. Dabei bedeutet es mir doch gar nichts.

»Nein«, sage ich und schlucke. »Der Mann rief mich an und sagte, dass er es sich anders überlegt habe. Er hatte Angst, dass Anna-Maria ihn trotz Maske erkennen würde. Anstatt sich an den vereinbarten Plan zu halten, spannte er einen Draht quer über die Straße und sie … überschlug sich und starb.«

Ich verstumme. Der Adrenalinstoß ist gewaltig, meine gesamte rechte Hand zittert. Ich habe die Befürchtung, dass Emil mir seine Hand auf meine legen könnte, stattdessen lehnt er sich aber in seinem Stuhl zurück.

»Hattest du gewusst, was er vorhatte?«, fragt er.

Sofort gehe ich in Verteidigungsstellung.

»Natürlich nicht. Aber einige Leute sind davon ausgegangen. Ich meine, einige Leute haben mich im Netz angegriffen und mir unterstellt, ich sei für Anna-Marias Tod verantwortlich. Die waren wie ein Mob.«

»Was ist dann passiert?«

»Der Typ hat mich erpresst. Und weil ich meine Freilassung nicht gefährden wollte, habe ich auch tatsächlich bezahlt. Den Draht hat er entfernt. Es gab keine Beweise, und Anna-Marias Tod wurde als Unfall behandelt. Die Vorwürfe verliefen sich im Sand.«

Ich atme schnell und unrhythmisch und spüre, wie meine Nasenlöcher beben.

»Sonst noch etwas?«, fragt Emil.

»Nein. Was spielt das jetzt auch für eine Rolle?«, frage ich aufgebracht und schüttle den Kopf, als wolle ich seine hartnäckigen Fragen loswerden. Mir gelingt es nicht, das Zittern meiner Hand unter Kontrolle zu bekommen, das sich bis zu meiner Schulter ausgebreitet hat. Nichts in Emils Gesicht verrät, dass er es bemerkt.

»Es scheint dir wichtig zu sein«, sagt er. »Zumindest unterbewusst. Eine Anzeige bei der Polizei würde dein schlechtes Gewissen sicher beruhigen.«

»Ich habe sowieso kein Gewissen!«, platzt es aus mir heraus. »Hör auf, mich auch noch unter Druck zu setzen. Darf ein Pfarrer so etwas überhaupt tun?«

Da kommt sie endlich. Die alte Wut ist durchzuspüren, laut und deutlich. Es ist wirklich eine Erleichterung. Der beruhigende Klang von Emils Stimme, die Wärme in seinen Augen – das ist alles nur eine Falle. Er hat ein Geständnis aus mir herausgelockt.

»Dieser Kriminelle sollte bestraft werden«, sagt er leise. »Stell dir doch vor, er tut anderen Menschen ähnliche Dinge an. Und du könntest Anna-Marias Verwandten dabei helfen, Frieden zu finden.«

»Sie hat sowieso keine Verwandten mehr«, sage ich. »Sie war ein Einzelkind, und beide Eltern sind schon vor Jahren gestorben.«

»Es ist interessant, dass du dich mit ihrer Familie beschäftigt hast«, sagt er nachdenklich. »Vielleicht interessiert sie dich doch ein wenig?«

»Nicht besonders. Ich habe nur ein paar Nachforschungen angestellt.«

»Und trotzdem …«, sagt er mit Nachdruck.

»Ja, manchmal ist mir der Gedanke gekommen«, gebe

ich zu. »Ich meine, wenn ich mich heute in die Person von damals hineinversetzen könnte, würde ich alles anders machen. Aber der Mensch, der ich damals gewesen bin, wollte nicht anders sein, verstehst du?«

»Aber der, der du heute bist, kann die Verantwortung übernehmen«, entgegnet er. Die Hartnäckigkeit in seinen Augen lässt mich vor Unbehagen zittern.

»Aber ich würde wieder ins Gefängnis müssen«, protestiere ich. »Das möchte ich nicht. Und ich habe auch keine Zeit dafür.«

Emil beißt auf seine Unterlippe und denkt einen Moment lang nach.

»Die Sache ist die«, sagt er. »Es ist ziemlich unwahrscheinlich, dass du wieder im Gefängnis landen wirst. Ich denke, man wird es eher so sehen, dass du nach deinem Schlaganfall Verantwortung für deine Vergangenheit übernimmst. Bei einem solchen Verhalten reagieren die Gerichte in der Regel mit Nachsicht. Manchmal gibt es sogar überhaupt keine Strafe.«

»Aber die Medien werden mich kreuzigen, wenn das durchsickert.«

»Das ist sehr wahrscheinlich«, gibt er zu. »Doch … du hast schon weitaus schlimmere Stürme überstanden. Außerdem bist du der Typ, der immer auf den Füßen landet. Und du wirst dich besser fühlen, egal was die Medien schreiben.«

»Glaubst du das wirklich?«

Er denkt einige Augenblicke lang nach.

»Da bin ich mir ganz sicher. Du solltest mit der Polizei hier auf der Insel sprechen. Mach eine Selbstanzeige und zeige auch den anderen Typen an. Du könntest es als einen ersten Schritt betrachten, um einen neuen Imageplan zu entwerfen. Die Leute auf der Insel würden über dich als denjenigen sprechen, der den Mut gehabt hat, sich seiner Vergangenheit zu stellen.«

Er lächelt, und ich kann nicht anders, als sein Lächeln zu erwidern. Es ist offensichtlich, dass er versucht, mein großes Ego anzusprechen. Das auf einmal winzig klein ist. Dafür wird der Betonklotz auf meiner Brust etwas leichter. Der Adrenalingehalt in meinem Blut sinkt.

»Du hast recht, ich werde es tun«, sage ich, zu meiner eigenen Überraschung. »Aber nur, wenn du dir sicher bist, dass es gegen die Albträume hilft.«

Nachdenklich nickt Emil.

»Ich glaube sogar, du wirst schon heute Nacht besser schlafen. Willst du, dass ich dich zur Polizei begleite?«

»Jetzt?«

»Nein, heute musst du erst mal wieder anfangen, Lebensmittel zu dir zu nehmen. Aber vor allem solltest du duschen«, sagt er und rümpft die Nase. »Und dich vielleicht rasieren?«

Das fühlt sich gar nicht so demütigend an. Als ich vor einer Woche hierhergekommen war, habe ich die Welt noch durch einen dunklen, verzerrten Filter gesehen. Das tue ich jetzt nicht mehr. Aber die Frage bleibt immerhin, welche Version der Welt wahr ist.

»Und was passiert als Nächstes?«, frage ich Emil.

»Ich habe einen Vorschlag. Sofern du Lust hast, unser Gespräch fortzusetzen?«

»Du meinst im Gefängnis?«, frage ich und lache trocken.

»Ich bin mir nicht sicher, ob du wirklich ins Gefängnis gehen musst. Aber ich würde unser Gespräch trotzdem gerne fortsetzen. Hättest du Interesse daran?«

Ich muss nicht lange nachdenken. In gewisser Weise

fühlt es sich so an, als sei Emil mein letzter Rettungsanker. Ein Pfarrer. Es ist wirklich absurd.

»Ja, ich glaube schon«, antworte ich. »Mit wem sollte ich sonst reden? Es hat mir immer gutgetan, mit Julia zu sprechen, aber sie will bestimmt nichts mehr von mir wissen. Besonders nach diesem Fiasko.«

»Sag das nicht«, erwidert Emil. »Thor und Julia warten immer noch darauf, dass du rauskommst. Sie machen sich Sorgen um dich.«

»Ja, das ist wirklich peinlich. Was schlägst du vor?«

»Die Kirche muss neu gestrichen werden, bevor die Herbststürme kommen. Die Kirche hat kein Geld, um eine Malerfirma zu beauftragen, also werde ich es selbst tun. Du könntest mir dabei helfen ...«

»Du willst, dass ich die Kirche streiche?«, frage ich entsetzt.

»Warum nicht? Die Inselbewohner werden es zu schätzen wissen, du wirst sehen. Wir malen vormittags. Dann koche ich uns was zum Essen, und wir unterhalten uns. Über dein Leben.«

»Du meinst über all die schlimmen Dinge, die ich getan habe?«, sage ich und seufze. »Hast du nichts Besseres zu tun?«

»Auch Pfarrer brauchen Freunde, und ich bin neu hier«, sagt er. »Manchmal ist es einsam, und ich habe gehört, dass man mit dir gut entspannen kann. Stimmt es, dass du segelst?«

Endlich ein Gesprächsthema, bei dem ich nicht unterlegen bin.

»Ja, und ganz gut sogar«, sage ich. »Ich bin gern da draußen auf dem Meer.«

»Wir könnten doch mal mit dem Boot rausfahren, das

du Thor geschenkt hast«, schlägt er vor. »Das ist eine Mälar 22, oder?«

»Stimmt«, sage ich. »Na gut. Wenigstens ist das ein neuer Ansatz für meine idiotischen Probleme.«

»Das freut mich«, sagt er.

»Darf ich dir eine Frage stellen?«

»Aber natürlich.«

»Warum willst du dich weiter mit mir unterhalten?«

»Warum sollte ich das nicht wollen?«

»Du bist ein Pfarrer, und ich bin ein schlechter Mensch.«

Emil neigt den Kopf auf die eine Seite und grinst mich schelmisch an.

»Vielleicht ist es deshalb ein Glück, dass du in den Händen eines Pfarrers gelandet bist. Denn im Christentum geht es grundsätzlich um Reue, Vergebung und Liebe. All die anderen Botschaften sind zweitrangig.«

»Ah …«, sage ich.

»Lukas 24, 46–47«, fügt er hinzu und strahlt übers ganze Gesicht.

Kapitel 6

JULIA

Eine leichte Brise strich ihr über die Haut. Sie hörte ein zaghaftes Murmeln, ein Flüstern in den Bäumen. Alles Einbildung. Das war immer so, wenn sie müde und verängstigt war. Diese ungesunde Mischung machte sie überempfindlich gegenüber Geräuschen. Aber sie wollte sich nicht von Thors Geistergeschichten verunsichern lassen.

Am Tor des Herrenhauses sah sie Emil. Sie stand auf, erleichtert, sich mit etwas anderem beschäftigen zu können. Zugleich spürte sie den kleinen Schock, den man bekommt, wenn man schon lange auf eine Nachricht wartet – Erleichterung und Sorge zugleich. Sie gingen Emil auf dem Schotterweg entgegen. Je näher sie kam, desto deutlicher sah sie die kleine Sorgenfalte auf seiner Stirn.

»Wie ist es gelaufen?«, fragte Thor.

»Franz duscht jetzt und zieht sich was Sauberes an. Dann möchte er euch sehen.«

Julia betrachtete Emil.

»Sie sehen ziemlich beeindruckend aus. Tragen Sie das immer so?«

»Nein, aber aus irgendeinem Grund fühlte es sich feierlich an, in die Tiefen des dunkelsten Raumes von Franz Oswald einzudringen, also habe ich mich für den Talar entschieden.«

»Hat mein Vater eine Erklärung für sein Verhalten?«, fragte Thor.

»Ich möchte sein Vertrauen nicht missbrauchen«, erwiderte Emil und legte eine Hand auf sein Herz. »Es ist besser, wenn er es euch selbst sagt.«

Er musterte Julia aufmerksam, aber freundlich.

»Fast hätte ich vergessen zu fragen, wie es dir geht? Du hattest einen ziemlich dramatischen Frühling auf der Insel, aber der liegt nun hinter dir.«

Emil hatte sie vor dem Ertrinken gerettet, weil es ihm als ehemaligem Wettkampfboxer mit Leichtigkeit gelungen war, ihren Angreifer zu überwältigen.

»Oh ja. Ich habe jetzt einen neuen Job, den ich sehr aufregend finde«, sagte sie. »Aber … nichts im Vergleich zu dem Drama im Frühjahr.«

»Das ist wahrscheinlich auch besser so«, sagte Emil. »Ich hoffe, ihr kommt bald unter angenehmeren Umständen zurück.«

»Das werden wir«, sagte Thor. »Danke, dass du meinen Vater zur Vernunft gebracht hast.«

»Gern geschehen«, sagte Emil und machte eine angedeutete Verbeugung, drehte sich um und ging weiter zum Tor.

Im Herrenhaus blieben sie in der geräumigen Diele stehen, die größer war als ihre ganze Wohnung, und warteten auf Franz. Julia sah sich in den hellen, offenen Räumen um. Schlicht und nüchtern, hell und luftig. Das Licht, das durch die großen Fenster auf die Wände fiel, brachte sie zum Glänzen. Es war hier so still, als wäre das Haus menschenleer. Nach ein paar Minuten erschien Franz auf der Treppe.

Als er sie unten stehen sah, blieb er auf halber Höhe stehen.

»Ach, da seid ihr ja«, sagte er dann nachdenklich.

Er war frisch rasiert und trug eine blaue Jeans und ein weißes T-Shirt.

Sein Haar war noch nass vom Duschen. Den Duft seines unverwechselbaren Rasierwassers konnte man schon von Weitem riechen, mild und holzig. In dem hellen Licht, das durch das Treppenhausfenster hereinfiel, erschien er ungewöhnlich müde und erschöpft. Die Energie, die früher in seinem Inneren vibriert hatte, war wie erloschen. Zuerst wandte er den Kopf ab, dann sah er wieder zu ihnen. Seine Augen ruhten auf Julia, ihre Blicke trafen sich.

»Willst du da stehen bleiben und uns anstarren, oder kommst du runter?«, fragte Thor mit aufgestauter Wut.

Franz zuckte zusammen. Julia legte ihre Hand auf Thors Arm und flüsterte: »Beruhige dich.«

»Ja ... äh ...«, begann Franz, brach aber gleich wieder ab.

Zügig kam er die Treppe herunter, und für ein paar Augenblicke schien er wieder ganz der Alte zu sein. Es lag an der Art, wie er sich bewegte. Mit einer Geschmeidigkeit und Kraft, die an eine Großkatze erinnerte.

»Ich werde versuchen, mich zu erklären«, sagte Franz, der offensichtlich nicht wusste, wie er das alles zusammenfassen sollte.

»Wirst du ... ich meine, wirst du jetzt hier oben bleiben?«, fragte Thor und trat ein paar Schritte näher an Franz heran.

»Es war ein freiwilliges Exil«, sagte Franz. Er ließ die Worte einen Moment in der Luft hängen, bevor er fortfuhr. »Aber ja, ich habe genug von diesem Keller ... für eine Weile.«

»Wie geht es dir, Papa?«, fragte Thor, von seinen Gefühlen überwältigt.

Franz zuckte niedergeschlagen mit den Schultern.

»Na ja, eine Woche Fasten ist ja nicht weiter schlimm. Ich habe unten viel Wasser getrunken, mir geht's gut. Elyssa hätte dich nicht anrufen sollen, das war unnötig.«

»Ich meine *hier*«, sagte Thor und tippte sich an die Stirn. »Was ist passiert? Ich verstehe es nicht.«

Franz räusperte sich und fühlte sich sichtlich unwohl. Er wirkte ziellos, unkonzentriert.

»Es war ein bisschen einsam geworden, nachdem ihr abgereist seid. Ich hatte Albträume und konnte nicht so gut damit umgehen.«

»Warum hast du nicht angerufen?«, fragte Thor. »Verstehst du nicht, dass du mit allem zu mir kommen kannst? Ich hatte den Eindruck, dass wir in unserem Urlaub richtig gut miteinander geredet haben.«

Franz atmete langsam und zwischen zusammengebissenen Zähnen aus. »Es war nicht die Art von Träumen, über die man am Telefon spricht.«

»Du hättest uns bitten können hierherzukommen.«

»Ich weiß nicht«, sagte Franz zögernd. »Ihr habt euer Leben in Göteborg. Ich …« Er rang nach Worten, stand einfach da und sah Thor an. Es war, als hätte er Angst, eine Bewegung zu machen, die seinen Sohn verscheuchen könnte.

»Jetzt komm schon, Papa«, sagte Thor und legte Franz eine Hand auf seinen Arm.

Dann umarmte er Franz, der die Umarmung heftig erwiderte. Julia spürte einen Kloß im Hals, den sie unmöglich wegschlucken konnte.

Thor löste sich sanft von Franz.

»Sag mir Bescheid, wenn du reden möchtest. Wir können jetzt leider nicht bleiben. Ich habe mein Studium, Julia hat ihren Job.«

»Das verstehe ich«, sagte Franz. »Warum ziehen wir nicht einen Schlussstrich darunter? Ich fühle mich auch schon viel besser.«

Eine leichte Röte breitete sich auf seinen Wangen aus. Franz in Verlegenheit zu sehen, war so ungewohnt, dass Julia spürte, wie auch sie errötete.

»Was wirst du jetzt machen?«, fragte Thor.

»Ich glaube, ich habe in meiner Vergangenheit einige Dinge getan, die mich heute noch quälen«, sagte Franz in einem Ton, der vermuten ließ, dass es auch für ihn eine Überraschung war. »Ich werde die Gespräche mit Emil fortsetzen. Ich habe zwar nicht viel Hoffnung, dass es helfen wird, aber wir werden sehen.«

Im Halbdunkel des Flurs wirkten seine Augen wie tiefe, schwarze Brunnen.

»Das klingt gut«, sagte Thor. »Du solltest dich am Montag von einem Arzt untersuchen lassen.«

Franz seufzte und verzog das Gesicht.

»Ach, mit mir ist alles in Ordnung. Aber es wäre schön, wenn ihr bald mal zu Besuch kommen könntet.«

Thor nickte kurz.

»Also ist das ein Ja?«, fragte Franz.

»Vielleicht.«

»Soll ich jetzt auf die Knie gehen und betteln? Ich bin dein Vater, Thor.«

Seine Stimme klang fest, sein Blick war unnachgiebig, aber sie spürte, dass sich unter der oberflächlichen Gelassenheit ein wahrer Strudel aus Emotionen befand, den er nur mühsam unter Kontrolle halten konnte.

»Wir kommen bald wieder«, sagte Thor. »Aber versprich mir bitte, dass du mir Bescheid sagst, wenn du das nächste Mal vorhast auszuflippen.«

»Ja, ja«, sagte Franz. »Mach da jetzt keine so große Sache draus. Es wäre schön, wenn ihr es für euch behalten würdet.«

Julia wünschte sich, dass er noch einen Witz machen könnte, um die düstere Stimmung zu durchbrechen. Dann überkam sie der Drang, ihn zu schütteln, damit er sich wieder normal verhielt.

Die Fähre würde bald ablegen. Sie verabschiedeten sich von Franz. Thor drehte sich in der Tür ein letztes Mal zu ihm um.

»Versprich mir bitte, dass du dir nichts Verrücktes ausdenkst, nur weil wir jetzt nach Hause fahren.«

»Ich verspreche es«, sagte Franz müde.

»Vielleicht solltest du darüber nachdenken, etwas Vernünftiges zu tun«, schlug Thor vor. »Dein Geschäft liegt doch ziemlich auf Eis, oder?«

»Na ja, aber ich habe Pläne für die Zukunft, und ich habe kein Problem damit, mich zu beschäftigen, Thor. Jetzt geht schon, sonst verpasst ihr die Fähre.«

»Du solltest unbedingt einen Termin bei deinem Psychologen machen.«

»Geht!«, wiederholte Franz laut und lächelte.

Als der Wachmann in der Kabine das Tor für sie öffnete, ratterte und quietschte es. Julia hatte begonnen, dieses Geräusch zu verabscheuen, wie ein Echo all der ahnungslosen Menschen, die dorthin gelockt worden waren und dann das letzte, unbarmherzige Klicken hörten, als sich das Tor hinter ihnen unwiderruflich schloss. Ein Windstoß wirbelte die ersten gefallenen Herbstblätter auf.

Bevor sie ins Auto stiegen, warf sie einen Blick über ihre Schulter.

Der Anblick des Herrenhauses, das in den Himmel ragte, ließ sie wieder an die Legende von der Gräfin denken.

Sonnenstrahlen trafen auf die Windschutzscheibe und erzeugten einen Reflex, wie bei einem Blitzschlag. Eine Schar von Krähen, die in einer großen Esche saßen, flogen gleichzeitig auf und krächzten heiser. So unheimlich, als fürchteten sich sogar die Vögel vor den dunklen Geheimnissen des Hauses. Ganz gleich, wer jetzt hier wohnte und was alles renoviert worden war, es blieb ein Ort, der von Melancholie durchdrungen war.

Sie empfand eine fast schmerzhafte Sehnsucht, denn sie liebte diesen Flecken Erde, trotz aller Schrecken und gruseligen Legenden, die sich um ihn rankten.

Kapitel 7

FRANZ

Als Emil und ich uns auf den Weg zur Polizeiwache machen, spüre ich keine Unentschlossenheit. Im Gegenteil. Man könnte meinen Gemütszustand als kontrolliert beschreiben. Das ist schon mal ein Anfang.

Ich schlafe wieder in meinem eigenen Bett. Ich habe keine Albträume mehr. Mein Personal nimmt zaghaft und unbeholfen Kontakt mit mir auf. Ein Funke Hoffnung ist entfacht, vielleicht bin ich tatsächlich auf dem Weg der Besserung.

Die Polizei auf Dimö ist in einem kleinen Büro in einem weißen Holzhaus in der Nähe des Hafens untergebracht. Es erscheint fast lächerlich, so idyllisch ist es gelegen. Ich bin mit den beiden Polizeibeamten Fanny und Leon Westerberg gut befreundet, die nicht nur gemeinsam arbeiten, sondern auch ein Paar sind. Woanders hätte man vielleicht eine Augenbraue hochgezogen, aber auf Dimö stört das niemanden. Wir sind hier wie eine große Familie, die dem Wetter und dem gegenseitigen Wohlwollen ausgeliefert ist. Emil hat Fanny und Leon im Sommer im Moor getraut, die Hochzeitsfeier fand bei mir in dem großen Saal im Herrenhaus statt. Fanny ist knapp eins sechzig groß, hat einen milchweißen Teint und eine unglaubliche Lockenpracht auf dem Kopf. Aber ihre engelsgleiche Erscheinung trügt, sie ist eine wahre Stimmungskanone. Leons Aussehen ist ähnlich beeindruckend, nur anders – groß, stämmig, dunkelhäutig, mit einem wilden Bart –, aber es ist immer Fanny, die den »bösen Bullen« spielt. Geboren und aufgewachsen auf Dimö, hat Leon das gleiche ausgeglichene Temperament wie die meisten derjenigen, die auf der Insel geboren wurden.

Leon bittet uns, Platz zu nehmen, und bietet uns Tee oder Kaffee an. Wir entscheiden uns für Tee. Das Treffen beginnt mit etwas Small Talk über lustige Erinnerungen an die Hochzeit, aber als ich meine wahre Absicht offenbare, ändert sich die Stimmung im Raum schlagartig. Es ist nicht möglich, den Vorfall mit Anna-Maria zu beschreiben, ohne gestört und sadistisch zu erscheinen. Mein Mund öffnet sich, und die Worte stürzen nur so heraus, allerdings genau in der Reihenfolge, in der es passiert ist. Auf den ersten Blick scheint es, als würden die beiden meine Enthüllung mit Gelassenheit anhören. Aber die Blicke, die sie austauschen, verraten schließlich alles. *Verdammt! Das war so ein schöner, verschlafener Morgen auf Dimö, und jetzt das. Hört das mit Franz' Wahnsinn denn niemals auf?*

Das erste Mal, als Fanny und Leon mich verhört haben, hatte ich jemandem das Nasenbein gebrochen, und zwar Hilmer Blomberg, dem Anführer der Ursprungsevangelisten. Damals bin ich noch glimpflich davongekommen. Kurz darauf habe ich dann seinen Sohn fast getötet, Set Blomberg, nachdem er versucht hatte, Julia umzubringen. Auch da bin ich der Strafe noch einmal entgangen. Aber dieses Mal? Ich beginne ernsthaft, an meinen Aussichten zu zweifeln.

Ich gebe den beiden den Namen meines Komplizen, der den Tod von Anna-Maria zu verantworten hat. Leon setzt sich sofort an den Rechner, um ihn in der Datenbank zu suchen. Er starrt auf den Bildschirm, kratzt sich am Kopf, kneift die Augen zusammen, sieht verwirrt aus.

»Also, Franz«, sagt er. »Der Typ war definitiv ein Berufsverbrecher, aber der ist inzwischen tot.«

»Tot?«

»Eine Bandenschießerei in Thailand. Vor fünf Jahren.«

Er neigt den Bildschirm so, dass ich den Monitor sehen kann. Fassungslos starre ich auf das kantige Gesicht, den arroganten Blick. Tot. Ich habe seit diesem schicksalhaften Tag bewusst vermieden, seinen Namen im Internet zu suchen. Jetzt weiß ich, dass das ein Fehler war.

»Vielleicht ist es ein bisschen voreilig gewesen, diese Meldung zu machen«, murmle ich.

Emil tritt mir unter dem Tisch auf den Fuß und räuspert sich.

»Was für eine Strafe riskiere ich, wenn das zu einer Anklage kommt?«, frage ich.

»Na …«, sagt Leon. »Wenn das, was du sagst, bewiesen werden kann, könntest du wegen Nichtanzeige einer schweren Straftat angeklagt werden. Wenn du verurteilt wirst, kann es zu einer Geldstrafe oder einer Freiheitsstrafe von bis zu sechs Monaten kommen. Wenn aber nachgewiesen werden kann, dass du ihn zum Mord angestiftet hast …«

»Das habe ich nicht getan!« Ich unterbreche ihn und gehe sofort in die Defensive. »Im Gegenteil, ich war schockiert, als ich erfuhr, was passiert ist.«

Leon reibt sich nachdenklich mit den Fingerspitzen über die Stirn.

»Hast du in irgendeiner Weise angedeutet, dass du Anna-Maria Callini aus dem Weg räumen willst? Denn dann könnte es als Anstiftung zum Mord betrachtet werden.«

»Nein, natürlich nicht. Es sollte nur ein Scherz sein. Ein Schreckschuss.«

Fanny verengt die Augen und sieht mich durchdringend an.

»Macht es dir Spaß, Leute zu erschrecken?«

»Nein, oder … vielleicht habe ich das damals manchmal getan. Mein Sinn für Humor war früher ziemlich schwarz. Aber das macht mich noch nicht zu einem Mörder. Ich wusste überhaupt nicht, was er vorhatte.«

»Gibt es irgendwelche konkreten Beweise für das Gespräch zwischen dir und diesem Mann?«, fragt Leon. »Du hast zu diesem Zeitpunkt im Gefängnis gesessen, ist das Gespräch vielleicht aufgezeichnet worden?«

»Private Besuche in schwedischen Gefängnissen werden nicht aufgezeichnet«, sage ich. »Das wisst ihr doch.«

»Ich versuche nur, alle möglichen Hypothesen zu berücksichtigen«, antwortet er.

»Das ist nicht notwendig, Leon«, versichere ich ihm. »Ich habe dir bereits gesagt, was in diesem Gespräch gesagt wurde. Ich erinnere mich an jedes einzelne Wort.«

»Elefantengedächtnis?«, fragt er und lächelt verschmitzt.

»Eher ein eidetisches Gedächtnis«, korrigiere ich ihn.

Er tauscht einen Blick mit Fanny, schüttelt dann langsam den Kopf.

»Ich glaube nicht, dass es eine andere Möglichkeit gibt, den Tathergang zu ermitteln, als dich beim Wort zu nehmen«, sagt er. »In diesem Fall bezweifle ich, dass es überhaupt zu einer Anklage kommen wird. Andererseits ist der Vorfall ziemlich spektakulär. Und du bist …« Er sieht mich abschätzend an.

»Sag es einfach«, dränge ich ihn.

»Du bist ein Promi, und diese Anwältin …«

»Anna-Maria Callini.«

»Sie war doch eine Art Staranwältin, wenn ich mich richtig erinnere?«

Leon ist zu jung, um sich an diesen Vorfall zu erinnern. Dafür hat er aber seine üppige Freizeit an diesem ereignislosen Ort damit verbracht, alles zu lesen, was man im Internet über mich finden kann.

»Es ist also sehr wahrscheinlich, dass die Medien davon Wind bekommen werden«, fährt er fort.

In diesem Augenblick wird mir klar, dass es nicht die Justiz selbst ist, die ich fürchten sollte, sondern den hungrigen Rachen der Medien. Es wäre nicht das erste Mal, dass sie den Ausgang eines Prozesses beeinflussen. Ich kann spüren, wie es in einer Vene auf meiner Stirn zu pulsieren beginnt, aber ich unterdrücke den Impuls, meine Hand zu heben.

»Wird meine Selbstanzeige durchsickern?«, frage ich.

»Anzeigen bei der Polizei sind öffentliche Dokumente, das weißt du ja«, sagt Fanny.

»Vielleicht war die Anzeige doch etwas überstürzt«, sage ich zögernd.

Emil tritt mir erneut auf den Fuß. Diesmal fester.

Verdammt noch mal, Emil. Der scharfe Blick, den er mir zuwirft, erinnert mich auf unangenehme Art an den meiner Mutter.

»Kannst du Franz bei der Selbstanzeige helfen?«, fragt er drängend.

Ich spüre, wie ich nicke.

»Ich logge mich einfach in das System ein«, sagt sie. »Wir machen hier eine erste Befragung, dann schicke ich alles an die Polizei in Göteborg.«

Kurz darauf verlassen Emil und ich die Wache und stellen uns an die Anlegestelle. Es ist typisches Herbstwetter mit leichtem Wind und dünnen Wolken, die sich vor die Sonne werfen und dann weiterziehen. Die Reue, die ich empfinden sollte, stellt sich nicht ein. Das ist vielleicht ein gutes Zeichen, denn wenn es mir früher gut ging und ich in Hochform war, ist alles Unangenehme einfach an mir abgeprallt. Oder aber die Höllenqualen kommen erst noch.

Meine Erinnerungen an den kleinen Hafen von Dimö sind eng mit der Unbekümmertheit meiner Kindheit verbunden. Ich habe hier auf der Brücke gespielt, mich in den nach Algen riechenden Fischerhütten versteckt und Kostbarkeiten von den Fischern gestohlen – alte rostige Haken, Seile und Messer. Manchmal bin ich in einem der Schuppen zum sanften Plätschern des Meeres unter den Planken eingeschlafen und von den Schreien der Möwen im Wind geweckt worden. Ich habe allein am Pier gesessen, während das schwarze Meer seufzende Laute von sich gab und die Sterne am Himmel ein silbernes Netz bildeten. All diese Erinnerungen ziehen an mir vorbei wie die Wolken vor der Sonne und verschwinden dann wieder. Es ist lange her, dass ich das letzte Mal an die Sommer meiner Kindheit auf der Insel gedacht habe. Ich kehre in die Gegenwart zurück. Wenn Emil bemerkt haben sollte, dass ich abgedriftet bin, lässt er es sich zumindest nicht anmerken.

»Wie gut, dass du das gemacht hast«, sagt er. »Das muss zwanzig Jahre lang wie eine unfassbare Bürde auf deinen Schultern gelegen haben.«

»Was du sagst, klingt nach einem deprimierenden Bibelzitat«, erwidere ich schnippisch. »Das heilige Auge Gottes verfolgte Kain, weil er getötet hat, aber ich habe nicht getötet.«

»Das weiß ich, Franz. Ich glaube dir.«

»Soll ich jetzt einfach warten, bis das Ding explodiert?«, frage ich. »Ich werde vor das mediale Volksgericht gestellt.«

Er denkt nach, lächelt vor sich hin. Das scheint ihn zu amüsieren. Ich spüre, wie mich das wütend macht.

»Ich hoffe, du bist mit unserem Gespräch heute Morgen zufrieden gewesen?«, fahre ich ihn an.

»Eher mit deinen Fortschritten«, sagt er ruhig. »Die Welt bricht nicht zusammen, du wirst sehen.«

»Für dich ist das einfach zu sagen.«

»Also, wenn du es nicht …« Er unterbricht sich. »Es gibt noch einen anderen Weg. Statistisch gesehen ist es eher ungewöhnlich, dass Leute, die eigene Fehler oder Straftaten eingestehen, lange in den Medien gekreuzigt werden. Verantwortung für sein Handeln zu übernehmen, genießt in der Öffentlichkeit einen hohen Stellenwert.«

»Und woher weißt du das?«, frage ich.

»Ich habe da einige Erfahrung.«

Ich vermute, dass er es als seine Lebensaufgabe betrachtet, arme Teufel wie mich dazu zu überreden, ihre Verbrechen zu gestehen. Ich hätte nicht zulassen sollen, dass er mich in die Irre führt. Leider zu spät.

»Ja, und was schlägst du vor?«, frage ich.

»Offensiv vorgehen. Dich selbst mit der Geschichte an die Öffentlichkeit wenden«, sagt er. »Ehe die Medien davon Wind bekommen.«

»Was soll ich denen denn sagen? Dass die Sache mit der Anwältin, die mit meinem Motorrad ums Leben gekommen ist, doch noch komplexer ist, als alle denken?«

Mein Sarkasmus stört ihn nicht.

»Natürlich müsstest du das etwas eleganter formulieren. Du kannst dich doch gut ausdrücken, dir werden bestimmt ein paar passende Formulierungen einfallen. Zum Beispiel könntest du sagen, dass du mit einem Pfarrer lange Gespräche über deine Vergangenheit geführt hast und jetzt in der Lage warst zu beschließen, alles wieder in Ordnung zu bringen.«

»Hast du vor, daraus eine PR-Kampagne für die Schwedische Kirche zu machen? Ich finde nämlich nicht, dass es viel besser klingt.«

»Nein, überhaupt nicht. Aber wenn du auch die Unterstützung der Christen bekommen möchtest – und davon gibt es in Schweden ja einige –, wäre das mit dem Pfarrer ein kluger Schachzug. Es wird zu Spekulationen führen, die die Aufmerksamkeit von dem Verbrechen selbst ablenken. Einige werden sich fragen, ob du religiös geworden bist. In deren Augen kann dieser Umstand sogar noch interessanter sein als ein Todesfall, der viele Jahre zurückliegt.«

Das ist einfach zu viel. Ich vergrabe meinen Kopf in den Händen und lache hysterisch. Mir wird schwindlig. Die Geräusche um mich herum sind auf einmal unnatürlich laut und durchdringend – der Schrei der Möwen, das Rauschen der Wellen, das Geräusch eines Mopeds. Die Insel macht sofort einen anderen Eindruck als sonst.

»Ich fühle mich seltsam«, platzt es aus mir heraus.

Emil sieht mich mitfühlend an.

»Das ist verständlich, Franz. Ich hätte dich nie dazu ermuntert, wenn ich nicht sicher gewesen wäre, dass es dir auf längere Sicht besser gehen wird.«

»Mir geht es im Moment aber überhaupt nicht gut.«

»Nein, aber das wird vorübergehen«, sagt er, als wäre es eine Selbstverständlichkeit. »Versuch dir einfach vorzustellen, dass du dabei bist, eine vollkommen neue Persönlichkeit zu erschaffen. Daraus entstehen wird der erfahrene, weitsichtigere Franz Oswald, der die Verantwortung für sein Handeln übernimmt.«

»Ich weiß nicht, ob mir dieses Bild von mir gefällt.«

»Vielleicht hast du gar keine Wahl mehr. Vor einer Woche hast du noch an der Kante des Teufelsfelsens gestanden. Zum Glück bin ich zufällig vorbeigekommen.«

Ich sehe einem Schmetterling zu, der wie ein Herbstblatt im Wind herumflattert. Erlaube mir, alles auf mich wirken zu lassen. Ich erinnere mich an meine Qualen in dem düsteren Kellerraum. Ich hatte in der letzten Nacht keine Albträume, das müsste doch ein gutes Zeichen sein. Das warme Herbstlicht verleiht Emils Gesicht eine neue Weichheit. Er sieht aufs Meer hinaus und wirft mir einen kurzen Seitenblick zu. Zwischen uns ist eine Nähe entstanden, die zwar noch nicht zum Greifen ist, aber wenigstens spürbar. Dieser kurze Moment von Intimität verunsichert mich, und ich senke den Blick, schaue auf meine Füße.

»Was ist los, Franz? Geht es dir nicht gut?«, fragt er.

»Das ist belanglos.«

»Aber genau das interessiert mich«, betont er.

»Ich komme schon zurecht«, versichere ich.

Er wirkt sofort erleichtert.

»Alles, was wir fürs Malen brauchen, kommt mit der Nachmittagsfähre«, sagt er. »Wir sollten gleich morgen anfangen. Passt dir das?«

»Wenn ich bis dahin noch nicht gesteinigt worden bin, bin ich dabei.«

»Du wirst das überleben«, verspricht er.

Für einen kurzen Moment glaube ich ihm. Aber ich muss das letzte Wort haben.

»Nur damit du es weißt, ich fühle mich überhaupt nicht wie ein guter Mensch, nur weil ich das getan habe.«

»Das ist auch nicht notwendig. Wichtig ist nur, dass du etwas Gutes tust.«

Mit diesen Worten macht er sich auf den Weg zu der kleinen Inselkirche, während ich mich umdrehe und zum Herrenhaus zurückgehe.

Kaum wieder in ViaTerra angekommen, geht alles ganz schnell. Ich werde für meine … Verlautbarung nicht die sozialen Medien benutzen. Zum einen würde es unseriös wirken, zum anderen verachte ich Tratsch und Klatsch im Netz. Stattdessen rufe ich die Journalistin einer großen Tageszeitung an, die mich schon einmal interviewt hat. Tief in meinem Inneren hoffe ich, dass sie mich mit den Worten abweisen wird, dass die Geschichte keinen Nachrichtenwert mehr hat, aber das tut sie leider nicht. Sie ist in meinem Alter, erinnert sich gut an den Fall von Anna-Maria Callini und ist sehr an der Story interessiert. Ehe ich mich versehe, sind wir in ein Gespräch verwickelt, das man bereits als Interview bezeichnen könnte. Ich beschreibe ihr den Unfall als eine Art Streich, der furchtbar und tragisch schiefgegangen ist. Ich weise mehrmals darauf hin, dass ich nicht die leiseste Ahnung hatte, was der Mann vorhatte. Ich schiebe die gesamte Verantwortung auf ihn, gebe aber zu, dass ich aus Angst geschwiegen hätte, um meine Freilassung aus dem Gefängnis nicht zu gefährden. Während ich das erkläre, hallt die Stimme des Mannes in meinen Ohren: *Du wolltest sie loswerden.* Ein kalter Schauer fährt mir durch den Körper. Das war kein guter Tag in meinem Leben.

»Haben Sie schon mit anderen Reportern darüber gesprochen?«, fragt die Journalistin.

»Nein, nur jetzt mit Ihnen.«

»Ist Ihre Anzeige im Polizeiregister?«

»Ja.«

»Keine Beiträge in den sozialen Medien bisher, oder?«

»Nein«, sage ich und schlucke.

Ich kann ihre Erleichterung hören, als sie ausatmet.

»Das Interview wird morgen in unserem Newsfeed landen, sprechen Sie vorher am besten mit niemandem darüber.«

Es dauert eine Weile, bis mir klar wird, was ich getan habe. Mein Gehirn läuft auf Hochtouren. *Was wird als Nächstes passieren? Warum bin ich zu einem solchen Idioten geworden?* Obwohl mich die Panik packt, spüre ich eine große Erleichterung. Es war nur eine Frage der Zeit, bis mich Anna-Maria in meinen Albträumen aufgesucht hätte. Ich werde alles tun, Hauptsache, ich entkomme diesen Träumen.

Am nächsten Morgen lenke ich mich mit Sport ab, mache einen ausgedehnten Spaziergang und plaudere mit meinen Mitarbeitern über banale Dinge. Irgendwie schenkt mir das Trost. Ihre Gesichter sind so aufrichtig und klar, wenn ich über die letzten Messungen des Kabeljaubestandes im Skagerak und die Fischfangquoten der EU rede, alles nur, um nicht an das Unvermeidliche zu denken, von dem ich weiß, dass es kommen wird.

Und dann ist es Elyssa, die mich aufmerksam macht, dass die Nachricht bereits viral gegangen ist. Zu ihren Aufgaben gehört es, den Überblick darüber zu behalten, was über mich geschrieben wird.

»Im Netz steht was über dich, es geht um einen alten Mordfall, Franz …«, meldet sie.

»Ich weiß«, seufze ich. »Zeig es mir.«

Wir setzen uns gemeinsam vor den Computer. Elyssas Nähe hat etwas Beruhigendes. Einer Sache kann ich mir immer sicher sein. Auch wenn alles zusammenbricht, wird sie zu jeder Zeit für mich da sein. Der Artikel in der seriösen Tageszeitung klingt relativ ausgewogen, aber auch andere Medien sind mit wenig schmeichelhaften Schlagzeilen auf den Plan getreten. *Franz Oswald vertuschte Mord an Star-Anwältin* und: *Sektenführer hielt zwanzig Jahre lang Mordbeweise zurück.* Und so geht es weiter. Da ich angegeben habe, dass mein Geständnis aus einem Gespräch mit einem Pfarrer hervorgegangen sei, gibt es einige wilde Spekulation. *Berüchtigter Sektenführer zum Christentum konvertiert?* Die Verbreitung in den sozialen Medien hat zu diesem Zeitpunkt bereits eine ganz eigene Dynamik entwickelt.

Während Elyssa und ich schweigend lesen, entsteht ein ganz anderes Bild von mir. In manchen Beiträgen und Kommentaren steckt auch ein Unterton der Bewunderung. Mein Geständnis führt zu Diskussionen darüber, wie wichtig es ist, Verantwortung zu übernehmen. Einige vermuten, dass ich mich gewandelt habe: *Die Frage, was er nach so vielen Jahren davon hat, ist berechtigt. Die einzig logische Antwort dürfte sein, dass er sich zum Positiven verändert hat. Und da es sich bei ihm um einen Psychopathen handelt, ist diese Entwicklung äußerst interessant.*

Letzteres wurde von einem Psychologen geschrieben. Ich verabscheue es, zu einer Art Forschungsobjekt zu werden, aber der wohlwollende Ton kommt mir voll und ganz zugute.

Elyssa bricht das lange Schweigen zwischen uns.

»Du wirst von der Polizei verhört werden, oder?«, sagt sie.

»Ja, das ist unvermeidlich«, gebe ich zu.

Ich sehe sie an. Ein fast unmerkliches Kopfschütteln, die

Muskeln im Kiefer bewegen sich. Schlecht verheimlichte Enttäuschung?

»Ich habe keine Lust auf eine Moralpredigt, Elyssa.«

Aber ich irre mich.

»Ich wollte nur sagen, dass ich dich sehr mutig finde, Franz«, erklärt sie und legt eine Hand auf meinen Arm. »Ich bin stolz auf dich.«

»Das sagt man zu Kleinkindern«, schnaube ich.

»Vielleicht. Aber ich bin trotzdem stolz.«

Gerade als ich es wage, den leisesten Seufzer der Erleichterung auszustoßen, klingelt das Telefon.

Es ist Thor. *Verdammt. Verdammt.* Ich schlage mir mit der Hand gegen die Stirn, möchte nicht rangehen. Elyssa sieht mich überrascht an.

»Hattest du ihn nicht eingeweiht?«, fragt sie überrascht.

»Äh, nein … alles ging so schnell, ich …«

»Tu es jetzt«, sagt sie und lächelt verschmitzt. »Viel Glück.«

Dann verlässt sie das Büro. Der Holzboden knarrt leise unter ihren trippelnden Schritten, die Tür schließt sich, und ich bin allein.

Zögernd nehme ich den Anruf entgegen, während ich verzweifelt überlege, was ich sagen soll. Ein ungezwungener Ton funktioniert bei Thor immer am besten.

»Hallo! Wie nett von dir, dass du anrufst«, sage ich mit betonter Fröhlichkeit.

Aber es hat überhaupt keine Wirkung auf Thor, der in den Hörer brüllt:

»Was zur Hölle soll das?«

Kapitel 8

JULIA

Das Büro der Zeitschrift *Aktuellt Land* war eigentlich nur eine unscheinbare möblierte Einzimmerwohnung. Ein paar Schreibtische, ein Esstisch für Besprechungen und gemeinsame Mittagessen und dazu noch eine Sofagruppe, mehr nicht. Die Möbel waren etwas abgenutzt, alles wirkte unkonventionell. Eine ganze Wand war mit alten Zeitschriftencovern dekoriert, viele davon aus den 1970er-Jahren, der Zeit, als alles angefangen hatte. Es gab einen Balkon mit Blick auf einen Park und die Fußgängerzone. Die Luft fühlte sich dort viel sauberer an als in der Gegend, in der Julia mit Thor wohnte, und das lag an der Abwesenheit von Autos. Nach den Aufenthalten auf Dimö sehnte sie sich ständig nach frischer Luft, und so lüftete sie ununterbrochen.

Ein paarmal war sie mit dem Fahrrad zum Büro gefahren und hatte von dort aus gearbeitet. Manchmal waren auch andere Redaktionsmitglieder vor Ort, und dann fühlte es sich weniger einsam an. Es kam auch vor, dass sie mit den Kollegen und Kolleginnen noch ein Feierabendbier trinken ging. Aber heute war sie mit Joanna allein. Sie saßen auf den Sofas, tranken Kaffee und aßen Donuts, die Joanna mitgebracht hatte. Nach der Besprechung von Julias jüngstem Artikel, zu dem Joanna einige Kommentare hatte, kam sie zu dem eigentlichen Grund ihres Treffens. Sie wischte sich die Finger ab, öffnete ihre große Aktentasche aus Leder und holte eine Mappe heraus, die sie Julia gab.

»In der Nachricht, die wir zusammen mit diesen Unterlagen erhalten haben, wird dein Name genannt. Aber lies erst einmal selbst.«

Julia öffnete die braune Mappe. Obenauf lag eine handschriftliche Notiz.

Ihre Reporterin, Julia Frisk, hat bei der Enthüllung der Ursprungsevangelisten im letzten Frühjahr gute Arbeit geleistet, aber leider hat sie nur an der Oberfläche gekratzt. Vor fünfzig Jahren sind auf Dimö noch viel schlimmere Dinge passiert. Vergessen Sie nicht, dass die Mädchen bis heute nicht gefunden wurden.

Die Nachricht war mit Tinte und in Großbuchstaben verfasst worden. Keine Unterschrift. Keine Kontaktdaten. Julias Herz begann schneller zu schlagen, als sie die Mappe durchblätterte, in der alte, vergilbte Zeitungsartikel lagen, sorgfältig in Plastiktüten aufbewahrt. In allen Beiträgen ging es um dieselbe Nachricht. Der geheime Absender hatte sich offensichtlich die Mühe gemacht, alles zu lesen, was über den Vorfall vor fünfzig Jahren veröffentlicht worden war. Damals waren drei Mädchen im Teenageralter auf Dimö spurlos verschwunden. Die Suche nach ihnen hatte mehrere Wochen lang angedauert. Die örtliche Polizei war an der Aufgabe fast zerbrochen und hatte Verstärkung aus Göteborg bekommen. Die Insel war voller neugieriger Touristen und sensationslüsterner Journalisten. Aber die Mädchen oder ihre Leichen wurden nie gefunden, und der Fall war schließlich als kollektiver Selbstmord in den Akten vermerkt und geschlossen worden. Die Polizei vermutete, dass sie von den Felsen in den Tod gesprungen und von der

Strömung hinaus aufs Meer gezogen worden waren. Es fühlte sich seltsam an, die Fotos in den Artikeln anzusehen. Die Gesichter der drei jungen Mädchen erschienen immer wieder, aber auch Abbildungen von Dimö waren zu sehen. Der Hafen, das Dorf, die Heide, die windgepeitschte Landschaft, die erodierten Felsen und verkümmerten Bäume in Sepiatönen – wie ein Echo aus einer dunklen Vergangenheit. Die Bilder lösten etwas in ihr aus, aber sie wollte sich nicht von ihren bösen Vorahnungen beeinflussen lassen. Es fiel eben nur fruchtbar auf das Gefühl der Unheimlichkeit, das sie seit Thors Geistergeschichten ohnehin schon empfand.

»Du musst jetzt nicht alles lesen«, sagte Joanna. »Nimm es ruhig mit nach Hause.«

Julia sah hoch.

»Es ist doch seltsam, dass ich nie davon gehört habe.«

»Noch nie?«

»Nein, kein Wort.«

»Vielleicht ist es eines von Dimös bestgehüteten Geheimnissen?«, schlug Joanna vor.

»Oder es ist so lange her, dass die Leute aufgehört haben, darüber zu reden. Interessant ist auch, dass die Polizei keine Hinweise gefunden hat. Die Mädchen verschwanden buchstäblich spurlos. Und jetzt frage ich mich, was eine solche Tragödie mit einer so kleinen Insel und ihren Bewohnern wohl macht. Denken die Älteren noch daran? Wie ist es möglich, dass drei Personen gleichzeitig verschwinden können? Ohne dass irgendjemand etwas bemerkt hat oder darüber weiß? Das passt nicht zusammen.«

»Stand auf dem Paket ein Absender?«, fragte Julia.

»Nein, die Person möchte offenbar anonym bleiben.«

»Und du willst eine Geschichte darüber machen?«

Joanna lehnte sich auf der Couch zurück und zögerte. Vielleicht hatte sie die Unsicherheit in Julias Blick gesehen.

»Ich habe mich noch nicht entschieden, deshalb wollte ich mit dir sprechen. Wir haben schon ab und zu mal einen Beitrag über ungelöste Fälle veröffentlicht. Nicht unbedingt ungelöste Verbrechen, sondern eher Ereignisse, die nicht aufgeklärt wurden.«

»Ich weiß, ich habe einige davon gelesen«, sagte Julia.

»Was glaubst du, warum hat dir niemand von diesem Fall erzählt?«

»Ich weiß es nicht«, sagte Julia. »Es ist nicht so leicht, an die Inselbewohner heranzukommen. Sie bilden eine eigene, undurchdringliche Einheit und haben etwas gegen Fremde. Vor allem die Älteren.«

Joanna wurde jetzt richtig lebhaft.

»Das ist doch total faszinierend! Diese gegenseitige Vertrautheit. Was auf der Insel passiert, bleibt auf der Insel. So in der Art?«

»Ganz genau.« Julia nickte. »Während der Sommermonate beschwert sich die Bevölkerung über die blöden Sommergäste. Wenn etwas die Insel bedroht, werden sie sofort zu einer geschlossenen Front. Das mag ich besonders gern. Sie verteidigen ihre Lebensweise, das kann ich verstehen. So einen wunderschönen Ort möchte man um jeden Preis bewahren.«

»Deshalb interessieren mich auch diese Geschichten aus kleineren Gemeinden«, sagte Joanna verträumt.

Julia erzählte von ihrer Beobachtung, dass man alles Gute und Schlechte auf der Welt auch auf Dimö finden kann, nur einfach noch konzentrierter. Die Sonnenuntergänge waren dramatischer, die Stürme heftiger, das Gute in den Menschen schien tiefer verankert zu sein, aber dafür war das Böse so viel schlimmer, als sie es sich jemals vorstellen konnte.

»Franz Oswalds Vater zum Beispiel war ein Monster«, sagte sie. »Ich hatte mir bis dahin nicht vorstellen können, dass es so böse Menschen überhaupt geben kann.«

»Ist das dein Ernst?« Joanna hob eine Augenbraue. »Inwiefern denn?«

»Er hat Franz gefoltert, als er klein war. Jahrelang.«

»Das erwähnt er in seinen Interviews aber nie.«

»Nein, weil es ein heikles Thema ist«, sagte Julia. »Vielleicht hätte ich es nicht erwähnen sollen.«

»Das werde ich nicht weitergeben, versprochen«, sagte Joanna.

Julia vertraute ihr. Es gab nicht viel Klatsch in der Zeitschrift, ganz anders als in Julias ehemaliger Redaktion, in der es fast ausschließlich darum gegangen war.

»Hm …«, sagte Joanna. »Es wäre doch ganz nützlich, wenn du davon profitieren könntest, dass du Franz kennst. Seine Mutter lebt auch noch auf der Insel, oder?«

Julia fand die Idee, Franz als eine Art Ressource zu nutzen, zwar etwas voreilig, aber sie ließ es unkommentiert stehen.

»Ja, Karin ist eine Einheimische. Sie weiß über alles Bescheid, was auf Dimö passiert.«

»Wie würdest du das Gute beschreiben, von dem du gerade gesprochen hast?«, fragte Joanna.

Julia dachte einen Augenblick darüber nach.

»Wenn mir jemand hilft, weiß ich, dass er keine Hintergedanken hat und keine Gegenleistung erwartet. Sie tun es einfach, weil es sie interessiert. Es ist eine Art Güte und gleichzeitig auch eine Ruhe. Die Inselbewohner sind praktisch nie gestresst.«

»Interessant«, sagte Joanna. »Ich weiß, dass du im letzten Jahr schon zwei Artikel über Dimö geschrieben hast, deshalb bist du jetzt vielleicht nicht so scharf drauf, noch einen zu machen? Ich hätte auch ein paar Freiberufler an der Hand, die den Auftrag auf jeden Fall übernehmen könnten. Andererseits hast du ohne Zweifel die besseren Möglichkeiten, mit der lokalen Bevölkerung in Kontakt zu kommen. Sie haben deine Artikel bestimmt auch gelesen und würden dir wahrscheinlich mehr vertrauen als wieder irgend so einem *Fremden*.«

Julia war unentschlossen. Sie hatte nicht die geringste Lust, für immer die »Dimö-Reporterin« zu sein. Doch diese Geschichte hatte auf irritierende Weise etwas Verlockendes. *Leider hat sie nur an der Oberfläche gekratzt.* Was für ein Idiot. In diesem Frühjahr war sie bis zum Äußersten gegangen, um die Wahrheit ans Licht zu bringen, und wäre dabei sogar beinahe umgekommen. Wer hatte diese Nachricht geschrieben? Die Frage beschäftigte sie fast noch mehr als alles andere.

»Möchtest du eine Weile darüber nachdenken?«, fragte Joanna.

»Ja, lass mir etwas Zeit, ich überlege es mir«, sagte sie zögernd.

Joanna schwieg für einen Augenblick, und Julia fragte sich, ob sie das Schicksal jetzt unnötig herausgefordert hatte. Sie wollte auf keinen Fall wählerisch wirken, wenn ihr ein Job angeboten wurde. Es war noch viel zu früh, um sich auf ein hohes Ross zu setzen.

»Wenn die Geschichte gut ist, ist der Ort nebensächlich«, beeilte sie sich hinzuzufügen. »Ich nehme die Mappe mit nach Hause und lese alles durch. Vielleicht fällt mir eine gute Perspektive ein, aus der wir sie erzählen können.«

»Tu das. Deine Texte sind immer dann am besten, wenn dich die Themen interessieren und du dafür brennst.«

Julia nickte tapfer. Ihre Neugier war längst entfacht. Was mochte diesen Mädchen vor fünfzig Jahren wirklich passiert sein? Wie können drei Menschen gleichzeitig spurlos verschwinden?

Sie warf einen Blick auf die Notiz auf dem Tisch. Die Person, die die Nachricht geschrieben hatte, forderte sie heraus. Ihr Interesse wuchs, angefeuert von einem weitaus weniger edlen Gedanken, der plötzlich aufgetaucht war: *Ich werde die Person finden, die das geschrieben hat, und sie dann ausquetschen.*

»Soll ich jetzt gleich hinfahren?«, fragte sie.

Sie konnte den Eifer in ihrer Stimme nicht unterdrücken.

»Das weiß ich noch nicht«, sagte Joanna und lächelte breit. »Wir werden sehen, wo dich deine Recherche hinführt.«

»Und was dann?«, fragte Julia und erwiderte das Lächeln. »Warum lächelst du?«

»Das fasziniert dich genauso wie mich. Es ist eine Art Spürsinn, den man als Journalistin entwickelt. Um eine gute Geschichte zu riechen, wenn sie vor einem liegt.«

Julia fuhr in dem sanften Herbstlicht nach Hause, durch ein Göteborg, das sich von seiner besten Seite zeigte. Die Sonnenstrahlen wurden von den Gehwegen verschlungen und ließen sie geradezu metallisch glühen.

Zu Hause schlief Thor noch. Er hatte bis tief in die Nacht gelernt und musste erst nachmittags an der Uni sein. Die Wohnung, in der sie zur Miete lebten, gehörte Thors Großmutter, die so lange dort gewohnt hatte, bis sie nach Dimö zurückgekehrt war. Es war eine Zweizimmerwohnung in einem Haus aus der Jahrhundertwende, mit hohen Decken und großen Fenstern.

Julia schlich ins Schlafzimmer, Thor lag auf dem Rücken und schlief. Sein Gesicht sah aus, als wäre es aus Marmor. Sie setzte sich vorsichtig auf die Bettkante. Thor bewegte sich, öffnete die Augen und lächelte schlaftrunken.

»Komm und bleib eine Weile bei mir«, sagte er mit einer vom Schlaf noch heiseren Stimme.

Sie kroch unter die Bettdecke und schmiegte sich an ihn, streichelte ihm übers Haar und küsste seinen Nacken. Sie lagen eine Weile da und dösten. Thor war so warm und weich, dass sie fast eingeschlafen wäre.

Manche Menschen suchen in einer Beziehung vor allem Abenteuer und Spannung. Deshalb springen sie von einem Partner zum nächsten, um diese anfängliche intensive Anziehung immer wieder aufs Neue zu erleben. Aber das interessierte Julia jetzt nicht mehr. Als Teenager hatte sie nicht genug von diesem Spiel bekommen können, heute allerdings hatte sie ihre besten Adrenalinkicks bei der Arbeit. Als sie sechzehn war, hatte Franz sie hinter dem Rücken ihrer Eltern verführt. Es war eine sehr kurze Beziehung, die aber ausgesprochen leidenschaftlich gewesen war. Wie ein heftiges Feuerwerk. Sie hatte von Anfang an gewusst, dass dieses Zusammensein nicht gut und auch nicht richtig war, aber sie hatte sich magisch von ihm angezogen gefühlt. Und erst hinterher hatte sie gewusst, dass das Gefühl, das sie an Franz' Seite erlebt hatte, einzigartig war. Niemand sonst konnte ihr das Gefühl geben, sich so lebendig zu fühlen. Die Liebe zu Thor vertiefte sich, und schließlich erkannte sie, dass der Mangel an Aufregung in einer Beziehung auf seine Art attraktiv war. Sie liebte vor allem Thors Ruhe, seine Geduld und auch die Sicherheit, die er ausstrahlte. Genau diese Eigenschaften ließen ihn zu einem hervorragenden Geliebten werden. Für sie machte die Ruhe den eigentlichen Reiz aus.

Auch an diesem Morgen hatte seine Nähe etwas äußerst Beruhigendes. Allerdings nur, bis er das Newsfeed las und sich so aufregte, dass aus dem anfänglich brodelnden Zorn gleißende Wut wurde.

Kapitel 9

FRANZ

Meine Stimmung schwankt die ganze Zeit. Am liebsten würde ich mich vor Scham verstecken. Aber je größer das Verständnis für mich wird, desto größer wird auch meine Erleichterung, die sich mit purem Erstaunen und sogar mit Verachtung vermischt. Ich frage mich wirklich immer wieder, wie Menschen so dumm sein können, ernsthaft anzunehmen, ich hätte *eine radikale Veränderung* durchgemacht? Ich hatte doch schreckliche Albträume. Ich habe einfach getan, was ich tun musste, um sie loszuwerden. Das mag vielleicht ein bisschen dumm gewesen sein, aber es war gleichzeitig der einzige Weg.

Der Lobgesang ist alles andere als einstimmig. Ein paar Vorwürfe werden mit jedem Beitrag dreister. Zum Beispiel die Behauptung, dass ich die Hells Angels angeheuert hätte, um die Gegner meiner Sekte beseitigen zu lassen. In den sozialen Medien gibt es Fotos von Anna-Marias Unfallort, mit Blumen, handschriftlichen Notizen, Kerzen und Kuscheltieren geschmückt. Einige verlangen, dass ich angeklagt werde, und das werde ich wahrscheinlich auch. Oder die ganze Sache verläuft im Sand. Aber die Spekulation sorgt für Kontroversen, und das entspricht genau dem Bild, das die Öffentlichkeit bereits von mir hat. Kontrovers. Meine Mitarbeiter reagieren unterschiedlich darauf. Einige sind verstummt und gehen auf Distanz. Andere suchen den Kontakt und loben mich für meinen Mut.

Als Elyssa fragt, wie ich mich fühle, antworte ich mürrisch: »Ist mir egal.« Und das stimmt auch, zum Teil jedenfalls. Ich weiß, was Anna-Maria zugestoßen ist. Das ist bedauerlich, aber im Grunde war es gar nicht meine Schuld. Ich hatte schon immer ein Talent zum Lügen – und habe mich nie dafür geschämt. Die Wahrheit ist in der Regel … gestaltbar. Leute, die zwanghaft ehrlich sind, gehen mir auf die Nerven. Aber in diesem Fall hat die Wahrheit dafür gesorgt, dass ich von meinen Albträumen befreit werde, und das ist mehr als genug.

Wenn ich nur jetzt auch Thor dazu bringen könnte, mit mir zu sprechen. Seine grelle Stimme hallt mir immer noch in den Ohren. Ich habe ihn bestimmt schon hundert Mal anzurufen versucht, nachdem er das Gespräch beendet hatte. Aber er weigert sich, ans Telefon zu gehen.

Der Morgen, an dem ich Emil beim Malen der Kirche helfen soll, ist sonnig und ruhig. Ein heftiger Regenguss hätte das peinliche Unterfangen verzögert, aber das Wetter heute ist ausgezeichnet. Keine Wolke am Himmel, und die Bäume wechseln ihre Farben und werden langsam goldgelb.

Ich gehe zur Kirche und denke an das bevorstehende Verhör bei der Polizei. Mein Anwalt Johan Ström hat mir schon in den Hörer geknurrt und mich als *absolut unmöglich* beschimpft, aber er wird mir wie immer weiterhelfen. Er hat angedeutet, dass sich kein Staatsanwalt auf diesen Mist einlassen würde, nicht bei einem derart eklatanten Mangel an Beweisen. Johan wurde nach dem Vorfall mit Anna-Maria mein Anwalt. Meine Gedanken wandern wieder zu ihr. Ich kann nicht anders und stelle mir noch einmal vor, wie es wohl gewesen sein mag, über den Lenker meiner Harley durch die Luft zu fliegen. Vielleicht hatte sie dasselbe Staunen im Gesicht wie mein Sohn Vic, als er vom Teufelsfelsen in den Tod stürzte. Er sah überrascht aus. Wenige Sekunden später war er tot. Ich schüttle den Kopf, um diese düsteren Gedanken loszuwerden. Früher habe ich mich nie lange mit sinnlosem Grübeln aufgehalten. Ich habe Dinge einfach *erledigt*.

Emil ist schon da. Er hat das Gerüst bereits aufgebaut, auf dem Boden stehen mehrere Eimer. Mit rosigen Wangen und sichtlich aufgeregt kommt er auf mich zu. Er trägt eine Zimmermannshose und hat sich zu meiner Überraschung nicht rasiert.

»Schön, dass du gekommen bist«, sagt er. »Bevor wir anfangen, müssen wir die Wände mit Schimmelentferner abwaschen und die lose Farbe abkratzen. Ich hoffe, dass das schöne Wetter anhält.«

Ich spüre den Impuls, umzudrehen. Warum habe ich mich nur darauf eingelassen?

»Du siehst ein bisschen verloren aus«, bemerkt Emil. »Komm, ich zeige dir, wie es gemacht wird.«

»Ich weiß doch, wie man ein Haus streicht«, sage ich, obwohl ich mir nicht ganz sicher bin.

Ich stapfe hinter ihm her. Er gibt mir einen Eimer mit Schimmelentferner und eine Wurzelbürste sowie ein Tuch. Wir schrubben, waschen und spülen, und nach und nach finde ich den Rhythmus. Es ist faszinierend mitanzusehen, wie das Weiß der Kirchenwände nach und nach unter dem Dreck zum Vorschein kommt. Die feuchte, salzige Luft und die schweren Stürme haben ihre Spuren hinterlassen. Ich ertappe mich bei dem Gedanken, dass ich, der immer den Wert von körperlicher Arbeit hervorgehoben hat, selbst seit sehr langer Zeit keine mehr ausgeführt habe. Als Leiter von ViaTerra wollte ich immer dafür sorgen, in gebührendem Abstand zu meinem Personal zu bleiben.

Wir arbeiten bis zum Mittagessen, bis die Fassade im Sonnenschein erstrahlt. Emil lädt mich ins Pfarrhaus – ein wunderschönes zweistöckiges Haus – ein. Auf der Vorderseite befinden sich zwei große Blutahorne, die auch bald leuchtend rot sein werden. Sie bilden einen wunderschönen Kontrast zu dem weißen Wohnhaus mit den blauen Fensterläden. Innen befindet sich alles in einwandfreiem Zustand. Die Holzböden sind poliert und die Wände frisch gestrichen. Es riecht nach Seife und ist gründlich aufgeräumt. Emil ist offenbar genauso pedantisch wie ich. Er selbst hat die Räume neu gestrichen, weil er es nicht mag, andere für Aufgaben einzustellen, die er auch allein erledigen kann. Für einen kurzen Moment kollidieren unsere Welten. Er ist ganz anders als ich. Denn ich bevorzuge es, die Arbeit anderer zu beaufsichtigen. Emil hingegen scheint seltsam stolz darauf zu sein, sich selbst versklavt zu haben. Im Flur bemerkt er die weißen Farbflecken auf meiner Jacke, meinen Händen und Schuhen und fragt mich, ob ich vor dem Essen duschen und etwas zum Anziehen ausleihen möchte. Ich lehne ab und ziehe stattdessen Jacke und Schuhe aus und wasche mir die Hände. Emil zieht sich um, und dann plaudern wir ungezwungen, während er die Pfifferlingsuppe aufwärmt und Brot und etwas Käse auf den Tisch stellt.

»Ist es zu früh, um Wein zu trinken?«, fragt er schmunzelnd.

»Nein, überhaupt nicht«, sage ich und helfe ihm, die Flasche Rotwein zu öffnen.

Als ich darauf hinweise, dass die Suppe köstlich schmeckt, strahlt er übers ganze Gesicht und erzählt, er habe die

Pfifferlinge kürzlich im Wald gesammelt. Ich stelle mir vor, wie er im Talar und mit einem Korb in der Hand nach Pilzen sucht, und muss lächeln.

»Chili, Petersilie, schwarzer Pfeffer, weißer Pfeffer und Knoblauch«, sagt er. »Das ist mein einfaches Geheimnis für eine gute Pfifferlingsuppe.«

In diesem Augenblick breitet sich eine unerwartete, wohlige Wärme in mir aus.

Emil legt seinen Löffel hin und lehnt sich vor.

»Also, Franz. Gibt es etwas Besonderes, worüber du heute sprechen möchtest?«, fragt er und wirft mir den lebensgefährlichen »Ich-werde-deine-Geheimnisse-für-immer-bewahren«-Blick zu.

Der Komfortfaktor sinkt augenblicklich um ein Vielfaches. Aber diesmal habe ich vor, das Gespräch von mir wegzulenken.

»Heute möchte ich lieber etwas über dich erfahren, am liebsten etwas besonders Peinliches.«

»Das ist nur recht und billig«, sagt er, schlagartig verunsichert. »Wo soll ich anfangen? Also, ich habe mich nicht wegen der wunderschönen Natur und meiner Segelleidenschaft nach Dimö versetzen lassen. Man könnte sogar eher sagen, dass ich hierher abgeschoben wurde.«

»Falls es dich tröstet: Da bist du nicht der Erste«, sage ich. »Die ursprüngliche Bevölkerung von Dimö bestand aus lauter Kriminellen, die auf der Insel abgesetzt wurden. Sie sind hier abgeladen worden, hatten keine Boote und mussten irgendwie zurechtkommen. Was ihnen auch ganz gut gelungen ist. Das ist einer der Gründe, warum die Inselbevölkerung so hart wirkt – das liegt nun mal an den Genen ihrer hartgesottenen, kriminellen Vorfahren.«

Ihm scheint meine Analogie nicht zu gefallen. Sein Blick

schweift in die Ferne. Geduldig warte ich darauf, dass er mir erzählen wird, was ihn belastet. Vielleicht ist Emil gar nicht so heilig, wie er wirkt.

»In meinen Augen handelt es sich nicht um Kriminalität«, sagt er. »Die Mitglieder meiner alten Gemeinde haben es nicht gut aufgenommen, als ich mich geoutet und zu meiner Homosexualität bekannt habe.«

Mir gelingt mit Müh und Not, mich nicht an der Suppe zu verschlucken. Nicht, dass sein Geständnis besonders schockierend ist, aber … es kommt so unerwartet. Der Blick, den ich ihm zuwerfe, muss unfassbar dämlich sein, denn er fängt laut zu lachen an.

»Jetzt mal ehrlich, Franz. Du glaubst doch nicht ernsthaft …? Dir trieft es praktisch aus jeder Pore, dass du Hetero bist. Keine Sorge. Ich fühle mich nicht zu dir hingezogen.«

Ich zwinge mich zu einem kurzen, beschwichtigenden Lachen, aber meine Überraschung bleibt. Emil hat etwas deutlich Männliches an sich, seine Art, sich zu bewegen, dazu die rauen Hände und seine tiefe Stimme. Ich hätte nie gedacht, dass er schwul ist.

»Erzähl!«, fordere ich ihn auf und schlucke ein leichtes Unbehagen herunter.

»Einige Angeber, die meine alte Gemeinde finanziell unterstützt haben, wollten keinen schwulen Geistlichen«, sagt er. »Schließlich habe ich dem Druck nachgegeben und um eine Versetzung gebeten. Das habe ich mir selbst noch nicht verziehen.«

Ich habe eigentlich eine ganz gute Menschenkenntnis. Auf mich hat Emil bisher den Eindruck eines Mannes gemacht, der auch gerne, aber diskret flirtet. Er hat dieses Knistern in seinen Augen. Er ist diese Art von Pfarrer, die dafür sorgt, dass plötzlich junge Frauen in der Sonntagsmesse auftauchen und in der ersten Reihe sitzen.

»Du musst mir nicht verheimlichen, dass du homophob bist, Franz«, sagt er etwas förmlich. »Aber du glaubst bitte nicht, dass ich das jemals …«

»Ich bin überhaupt nicht homophob«, unterbreche ich ihn. »Vielleicht war ich das mal.«

Ich erzähle ihm davon, wie ich in einer Art zwanghaften Selbstpeinigung Erinnerungsfragmente aus meiner Kindheit zusammengefügt habe. Und eins dieser Fragmente sind die letzten Worte meines Vaters, nachdem er mich im Keller gefoltert und danach bei Nacht und Nebel die Insel verlassen hatte. *Jetzt bist du schwul und solltest darüber besser Stillschweigen bewahren.* Er bezog sich auf den Pfahl, auf den er mich geschnallt hatte. Ich war viel zu klein, um verstehen zu können, was schwul bedeutet, nahm aber an, dass es etwas Abscheuliches sein musste. Vielleicht bin ich deshalb eine Zeit lang homophob gewesen, aber ist das so verwunderlich?

»Ach, eigentlich geht es überhaupt nicht um Homophobie«, sage ich. »Nach dem, was er mir angetan hat, wollte ich bloß von niemandem berührt werden. Weder von einem Mann noch von einer Frau. Punkt.«

Es ist der bisher intensivste Moment zwischen uns beiden, weil ich noch nie so offen über meine Gefühle gesprochen habe. Emils Augen glänzen, er blinzelt.

»Dein Vater …«, sagt er und hat eine tiefe Falte auf der Stirn. »Ich bin in meinem Leben vielen furchtbaren Menschen begegnet, aber ich kann mir einfach nicht vorstellen, wie irgendjemand einem kleinen Kind so etwas Ekelhaftes antun kann. Seinem eigenen Kind.«

Ich hätte große Lust, laut loszulachen. Offensichtlich hat Emil noch nie dem Teufel ins Gesicht gesehen.

»Er war abscheulich«, sage ich. »Und ich möchte lieber nicht über ihn sprechen.«

»Vielen Dank für dein Vertrauen«, sagt Emil etwas steif und ernst.

»Und wie ist es bei dir?«, frage ich. »Glaubst du, dass du hier auf der Insel damit zurechtkommst? Schwul zu sein? Heutzutage ist das doch kein großes Ding mehr. Und nichts im Vergleich zu dem, was ich dir erzählt habe. Wenn wir diese Gespräche fortsetzen wollen, musst du dich ein bisschen mehr öffnen.«

»Ich werde es versuchen«, erwidert er leise. »Das verspreche ich.«

Wir blicken uns eine Weile schweigend an.

»Darf ich fragen, ob sich diese Berührungsangst auf alle Menschen bezieht?«

Ich bin von seiner Art zu sprechen fasziniert. Jede Silbe wird an der richtigen Stelle betont, hebt die richtigen Wörter bedeutsam hervor. Vielleicht ist das eine Berufskrankheit, wenn man die ganze Zeit Predigten hält? Gleichzeitig stellt er seine Fragen auf eine Weise, die Antworten verlangt. Ich rede mich um Kopf und Kragen, wenn ich mit Emil zusammen bin.

»Nein, nicht auf alle«, sage ich. »Zum Beispiel mag ich es, wenn Thor mich umarmt. Sein Geruch erinnert mich an seine Kindheit. Ich gebe zu, dass es ein wenig sonderbar klingt. Ich habe auch nichts dagegen, wenn Julia mich berührt. Aber das passiert nicht mehr oft. Ansonsten möchte ich aber lieber nicht berührt werden. Von niemandem.«

Ich habe für jeden Anlass ein Lächeln parat. Dieses Lächeln erreicht meine Augen nicht und soll ihn abschrecken. Damit er das Gesprächsthema fallen lässt. Er senkt den Blick, sieht auf den Küchentisch.

»Und wir wollten heute gar nicht über mich reden«, sage ich.

»Nein, stimmt. Ich werde darüber nachdenken, was ich dir über mich erzählen kann, aber das wird das nächste Mal sein.«

»Gut, aber ich möchte nicht hören, dass du dir was aus der Kollekte geklaut hast oder dich mit dem Abendmahlwein hast volllaufen lassen. Mich interessieren eher so Geschichten, wie du unschuldige Konfirmanden verführt hast.«

Er lacht zwar, aber für den Bruchteil einer Sekunde verdunkelt ein Schatten seinen Blick. Wie eine kurze Mondfinsternis. *Du unterschätzt mich, Emil. Ich werde jedes deiner kleinen schmutzigen Geheimnisse entdecken.* Aber vorerst belasse ich es dabei. Ich bin unruhig geworden, möchte nach Hause gehen. Wir beenden das Essen in angenehmer Stille und nur unterbrochen von einem Schwarm Möwen, die kreischend über die Insel ziehen.

Ich nehme die Straße nach Hause, die an der Ostseite der Insel entlangführt. Meistens ist die Aussicht hier dramatisch, mit hohen Wellen, die an den Felsen brechen. Aber heute ist das Wasser spiegelglatt und schiefergrün. Obwohl es windstill ist, ist es kalt geworden.

Ich schlage meinen Kragen hoch, vergrabe meine Hände tief in meinen Manteltaschen und denke darüber nach, wie ich mein Leben wieder in den Griff bekomme. Wenn ich mich nur von ausgetretenen Pfaden fernhalten könnte, die nichts als Demütigung für mich bereithalten. Ich muss zu meinem eigentlichen, wahren Ich zurückfinden. Zum echten Franz.

Dennoch hat unser Gespräch wohltuende Nachwirkungen. Mir geht es besser, seit ich ihm von Anna-Maria erzählt habe. Mich quälen jetzt auch keine Albträume mehr.

Keine Zwangsvorstellungen. Ich konnte an dem Teufelsfelsen vorbeigehen, ohne den dringenden Wunsch zu haben, mich hinunterzustürzen. Mein Herz schlägt nicht mehr so laut und hart in meiner Brust. Meine Schultern hängen nicht mehr schlaff herunter, meine Beine fühlen sich auch nicht mehr bleiern an. Ich gehe leicht und beschwingt, als wäre viel mehr Luft unter meinen Sohlen.

Schuldgefühle. Wer hätte gedacht, dass sie mich derart in die Knie zwingen würden?

Ich frage mich, wie die Welt aussehen würde, wenn andere zu solchen Offenbarungen gezwungen werden würden?

Ich stelle mir vor, die schmutzigen Geheimnisse *anderer* Leute zu enthüllen – Menschen mit Macht. Und dann stelle ich mir vor, wie viel Macht ich über sie haben würde.

Auf einmal bin ich wieder zuversichtlich, dass ich aus dieser Sache doch meinen Nutzen ziehen kann.

Könnte ich doch Thor jetzt noch dazu bringen, mit mir zu reden. Dann würde mein Leben wieder erträglich sein.

Kapitel 10

JULIA

Sie konnte nicht schlafen, der neue Auftrag beschäftigte sie sehr. Reglos lag sie im Bett, während sich die Gedanken in ihrem Kopf überschlugen. Sie hatte einerseits das Gefühl, betrogen zu werden, gleichzeitig aber auch, etwas Großem auf der Spur zu sein. Am Ende entglitt sie in eine Welt, in der keine Gedanken mehr, sondern nur noch bewegte Bilder existierten. Und sie alle betrafen Dimö. Die Bucht, in der sie fast ertrunken war, die windgepeitschten Bootshäuser mit der abgeblätterten Farbe und das Herrenhaus, das sich unter bleiernen Wolken duckte. Bedeutungslose Bilder, Traumbilder. Die Uhr auf dem Nachttisch zeigte Viertel vor zwei, als sie endlich in einen tiefen Schlaf fiel.

Am nächsten Morgen rief Franz an. Sie hätte sich denken können, dass er versuchen würde, sich mit ihr in Verbindung zu setzen, wenn er Thor nicht erreichen konnte.

»Hey Julia«, sagte er mit tiefer, wohl modulierter Stimme. »Ist Thor da? Ich würde gern mit ihm reden.«

Er klang überraschend ruhig für jemanden, der mitten in einem Skandal steckte.

»Er wird sich schon bei dir melden, wenn er Lust hat, mit dir zu sprechen«, sagte sie angesäuert. »Findest du nicht, dass er dir ein klares Signal gibt, wenn er nicht ans Telefon geht, obwohl du zum hundertsten Mal anrufst?«

Franz holte tief Luft.

»Bitte hol ihn ans Telefon, damit ich ihm alles erklären kann. Es war keine Absicht …«

»Franz!«, unterbrach sie. »Kannst du bitte einmal versuchen, dich in seine Situation zu versetzen? Was meinst du, wie es ihm ging, als er *DAS* heute früh gelesen hat? Du hast ihn mit keinem Wort vor dem gewarnt, was du vorhattest. Was hast du dir dabei gedacht?«

Franz murmelte etwas Unverständliches. Sie versuchte, seine Tonlage zu deuten.

»Bist du schon wieder depressiv, Franz?«

»Nein, nicht im Geringsten, aber ich würde gern mit Thor reden.«

Er klang verkniffen und versuchte, sich nicht anmerken zu lassen, wie frustriert er war. Es war bestimmt eine große Überwindung für ihn, um etwas zu bitten und zu betteln.

»Er ist nicht zu Hause, aber er wird sich bei dir melden.«

»Bist du sicher?«, sagte er mit einem Anflug von Hoffnung in der Stimme.

»Ja.«

»Was verheimlichst du mir?«, fragte er misstrauisch.

»Nichts, ich muss jetzt arbeiten.«

Sie wollte unbedingt mit ihrer Recherche fortfahren. Aber da kam ihr ein Gedanke.

»Oder doch, warte mal. Deine Großmutter hat doch eine Familienchronik verfasst, oder?«

»Das stimmt. Ich besitze sie. Deine Mutter hat sie mir damals zwar gestohlen, hatte dann aber den Anstand, sie mir später zurückzuschicken.«

Julias Mutter, Sofia Bauman, war in der Zeit, als Franz auf Dimö seine Sekte gegründet hatte, seine Sekretärin gewesen. Aber das war lange her. Und es war eine lange, sehr traurige Geschichte, die mit der Flucht ihrer Mutter von der Insel geendet hatte.

»Und warum hat sie die gestohlen?«, fragte Julia.

»Wahrscheinlich um zu beweisen, dass ich genauso schrecklich bin wie meine Vorfahren«, murmelte er.

»Aber jetzt ist sie wieder in deinem Besitz?«

»Das habe ich doch gerade gesagt.«

»Wie weit zurück reicht diese Chronik eigentlich?«

»Sigrid beschreibt ihr gesamtes Leben vom Beginn des 20. Jahrhunderts an bis zu ihrem Tod. Da war ich dreizehn.«

Julia zählte zurück. Franz' Großmutter war also bereits auf der Insel gewesen, als die Mädchen verschwanden. Vielleicht würde sie in der Chronik einen Hinweis auf die drei finden. Ihr kam noch ein anderer Gedanke.

»Erwähnt sie auch den Geist der Gräfin?«

Das Bild von dem Geist hatte sich in ihrem Kopf festgesetzt, und sie schien ihn nicht mehr loswerden zu können. Eine schattenhafte Figur mit weit aufgerissenem Mund und Augen, die wie schwarze Löcher aussahen.

Franz lachte heiser.

»Amelia? Aber natürlich. Sie war Sigrids Mutter. Sie hat Selbstmord begangen, hat sich im Sturm von den Felsen gestürzt. Sigrid hat ihre Anwesenheit zeit ihres Lebens in den verschiedenen Räumen des Herrenhauses gespürt. Ihrer Ansicht nach war der Geist ihrer Mutter zurückgekommen, um sie zu trösten.«

»Ernsthaft?«

»Ja, sie schreibt viel darüber.«

Er hielt inne und senkte die Stimme. Sie wurde noch heiserer, tiefer.

»Seit ihrem Tod sucht die Gräfin nun Dimö heim und

zeigt sich allen. Der einzige Grund, warum du sie noch nicht gesehen hast, liegt wahrscheinlich daran, dass du eine Fremde bist.«

»Hör auf …« Es hatte einen Augenblick gedauert, aber dann begriff sie, dass er sie damit nur aufziehen wollte. »Ich würde die Chronik gern einmal lesen, wenn das ginge?«

»Wenn du Thor das Telefon jetzt gibst, kein Problem. Ich weiß, dass er da ist.«

»Nein, das habe ich dir doch schon gesagt. Und ich muss jetzt Schluss machen«, sagte sie und legte auf, bevor sie in ein weiteres Kreuzverhör hineingezogen werden konnte.

Sie setzte sich vor den Computer und öffnete den Ordner, in dem sie alle Fakten und Unterlagen über die vermissten Mädchen zusammengetragen hatte.

Ihre Namen waren Christina Gylling, Helena Burman und Anna-Lina Moraeus, sie waren alle fünfzehn Jahre alt und lebten auf der Insel. Julia musste sofort an den pensionierten Fischer Kurt Burmann denken. Die Wahrscheinlichkeit war groß, dass er mit Helena verwandt war. Sie beschloss, Kurt bei der nächsten Gelegenheit anzurufen.

Julia war es über Umwege gelungen, online ein Klassenfoto der Mädchen aufzutreiben. Sie machte Screenshots ihrer Gesichter und legte sie nebeneinander. Rein äußerlich gab es keine Ähnlichkeiten zwischen ihnen. Helena war blond gewesen, mit klaren Gesichtszügen und gut definierten Augenbrauen. Christina war kräftig, mit einem breiten, schönen Lächeln und einem langen Zopf, der ihr über die Schulter fiel. Anna-Lina hatte pechschwarze Haare und seltsam schläfrige Augen, die einem älteren Menschen zu gehören schienen.

Beim Anblick der Gesichter zog sich alles in ihr zusammen. An dem einen Tag noch da, am nächsten Tag schon für immer weg. Für sie war die Vorstellung unerträglich, dass Thor oder ihre Eltern plötzlich verschwinden würden. Was aber noch viel schlimmer sein musste, als einen geliebten Menschen zu verlieren, war es, nicht zu wissen, ob jemand wirklich für immer … fort war.

Sie hat alle Artikel überflogen, die ihnen der anonyme Informant geschickt hatte. Die Aussagen der Polizei wiederholten sich: Wir tun alles, was wir können. Leider nichts Neues. Sie hatten die Heide abgesucht, die Felsen und den nahe gelegenen Wald sogar mit Spürhunden, aber keinen einzigen Hinweis gefunden. Dann hatten sie die Suche ausgeweitet und praktisch die gesamte Insel durchkämmt. Ein älterer Mann behauptete, dass er in jener Nacht draußen auf den Felsen die Konturen von Menschen gesehen hatte. Aber es war unwahrscheinlich, dass er noch lebte, es sei denn, er war jetzt hundertzwanzig Jahre alt. Da es damals noch keine Handys gab, wusste man sehr wenig über die Aktivitäten der Mädchen an diesem Tag. Die Eltern gaben alle dasselbe zu Protokoll: Die drei waren nach dem Abendessen noch losgezogen und hatten ihren Eltern gesagt, dass sie sich treffen würden. Aber sie waren nie zurückgekommen. Niemand sonst hatte sie in dieser Nacht auf der Insel gesehen.

Die Polizei stützte ihre Theorie eines kollektiven Selbstmords auf Hörensagen. Ein Klassenkamerad vermutete, dass die drei einen »geheimen Club« gegründet hätten. Jemand anders hatte Spuren auf der Innenseite von Anna-Linas Unterarmen gesehen und ging davon aus, dass es sich um selbstverletzendes Verhalten handelte. Ein Lehrer gab an, die Mädchen hätten in den Wochen vor ihrem Verschwinden ungewöhnlich unkonzentriert gewirkt.

Das beweist aber nichts, dachte Julia irritiert. Nur Spekulation, kein einziger Beweis dafür, dass es Selbstmord war. Sie beschloss, Kurt Burman anzurufen. Sie hatten sich kennengelernt, als Julia ihn damals für ihren Artikel über die Ursprungsevangelisten interviewte. Nach mehreren Pieptönen antwortete Kurt. Seine Stimme war heiser, kaum hörbar.

»Habe ich dich gerade geweckt?«, fragte Julia besorgt.

»Nein, überhaupt nicht. Mir machen nur die Herbstallergien zu schaffen.«

»Hast du kurz Zeit, zu reden?«

»Natürlich, schön, dass du anrufst.«

Nach etwas Small Talk über Kurts verstopfte Nase und das Wetter auf Dimö brachte Julia ihr eigentliches Anliegen vor.

»Erinnerst du dich an die drei Mädchen, die vor fünfzig Jahren angeblich kollektiven Selbstmord begangen haben?«

Kurt gab einen Laut von sich, der einem Keuchen ähnelte.

»Warum fragst du danach?«

»Das ist eine Geschichte, auf die ich hier gerade gestoßen bin.«

»Wie seltsam, nach so vielen Jahren«, bemerkte Kurt. »Helena war meine Nichte, und Anna-Lina ist die Tochter des Pfarrers gewesen. Moraeus hieß er, das ist ein typischer Pfarrersname. Er ist vor Kurzem in den Ruhestand gegangen, mit siebenundachtzig Jahren. Das dritte Mädchen, wie war noch mal ihr Name …?«

»Christina Gylling.«

»Stimmt. Sie kannte ich nicht. Ich war damals, als das passierte, in den Zwanzigern. Da hatte ich nichts mit Teenagern zu tun. Aber der Vorfall erschütterte die ganze Insel, es war wie ein Erdbeben.«

»Ich habe vor, eine Geschichte darüber zu schreiben und

herauszufinden, was damals wirklich passiert ist«, sagte Julia.

Kurt Burman schwieg lange – ungewöhnlich lange.

»Hallo, bist du noch dran?«

»Ja, natürlich«, antwortete er leise. »Das … Thema hat mich gerade ein bisschen überrumpelt. Es weckt alte, schreckliche Erinnerungen, weißt du? Meine Schwägerin Siv, Helenas Mutter, erlitt danach einen Nervenzusammenbruch und hat sich niemals wieder davon erholt. Und meinen Bruder hat der Stress erst krank gemacht und dann getötet. Herzinfarkt.«

Julia schnappte nach Luft.

»Wie schrecklich. Lebt denn deine Schwägerin noch?«

»Ja, aber der Verlust quält sie nach wie vor. Helena war ihr einziges Kind. Hältst du es für sinnvoll, in den alten Geschichten und Wunden wieder zu wühlen? Für manche ist das sehr schmerzhaft.«

Das konnte sie zwar bis zu einem gewissen Punkt nachvollziehen, aber wären die Menschen nicht auch erleichtert, wenn sie die Wahrheit erfahren würden?

»Es hat damals gar keine gründliche Untersuchung gegeben, und ich finde, die Menschen haben ein Recht, zu erfahren, was tatsächlich geschehen ist«, sagte sie.

In der darauffolgenden Pause schien Kurt seine Meinung zu überdenken.

»Es ist erst einmal nichts Falsches daran, dass du Fragen stellst, solange du keine alten Wunden aufreißt. Aber wie groß sind deine Chancen, nach fünfzig Jahren die Wahrheit herauszufinden? Die Polizei hatte damals keine Ahnung, was passiert ist.«

»Sie haben aber auch einen halbherzigen Job gemacht«, behauptete sie.

Er lachte kurz und bitter.

»Sie haben die ganze verfluchte Insel durchsucht, Julia.«

»Aber es gibt so viele Ungereimtheiten, da stimmt etwas nicht. Jemand *muss* einfach irgendwas gewusst haben.«

Kurt verstummte wieder. Sie nutzte die kurze Atempause und überlegte, wie sie ihn dazu bringen könnte, sich mehr zu öffnen. Sie erinnerte sich, dass er gern im Dorfcafé saß und plauderte, manchmal stundenlang.

»Ich denke gerade darüber nach, bald wieder nach Dimö zu kommen. Hättest du Lust, mich zu treffen? Ich würde dich gern zum Mittagessen ins Café einladen.«

»Über einen Besuch würde ich mich sehr freuen«, sagte Kurt mit wesentlich fröhlicherer Stimme. »In den Wintermonaten wird es hier manchmal richtig einsam. Aber du willst mich doch nicht nur wegen meiner angenehmen Gesellschaft treffen, oder?«

»Na ja, zum Teil schon. Aber ich frage mich, ob du mit mir über die jeweiligen Familienverhältnisse der Mädchen sprechen würdest? Selbstverständlich ganz vertraulich.«

Zwischen ihnen entstand eine Spannung, die ihr auf einmal so intensiv vorkam, dass sich die Temperatur in ihrem Wohnzimmer zu senken schien.

»Willst du nicht darüber sprechen?«, hakte Julia nach.

»Ich weiß nicht«, antwortete er leise. »Damals wurde viel spekuliert. Aber darüber werde ich am Telefon nicht reden.«

Julia spürte die Aufregung, die sie immer gleich durchströmte, wenn sie auf eine heiße Spur stieß. Kurt würde ihr viel erzählen können, aber jetzt war auf keinen Fall der richtige Zeitpunkt dafür.

Kurz darauf rief sie ihre Mutter an. Sie plagten Schuldgefühle wegen ihres Planes, nach Dimö zurückzukehren, und so hatte sie das starke Bedürfnis, sich ihrer Mutter gegenüber zu erklären. Aber Sofia klang nicht übertrieben besorgt. Entweder hatte sie Franz als ein notwendiges Übel in ihrem Leben akzeptiert, oder sie hatte einfach nicht die Energie, mit Julia zu streiten. Von dem Geheimnis der vermissten Mädchen war sie jedoch fasziniert.

»Also, ich habe wirklich noch nie etwas davon gehört. Aus welchem Grund, Julia? Wie kann das sein? Das musst du unbedingt herausfinden. Die Menschen auf Dimö sind ja beängstigend gut darin, Geheimnisse zu bewahren, und ich könnte wetten, dass sich dahinter irgendeine faule Sache verbirgt.«

Nach dem Gespräch war Julia spürbar aufgewühlt. Sie öffnete ein Fenster. Es war noch früh am Morgen und sehr kalt. Die hereinströmende frische Luft wirkte erstaunlich erleichternd. Sie dachte an das Gespräch mit Franz und musste lächeln, als sie sich vorstellte, was ihn erwartete.

Auf dem Balkon der Nachbarn hingen die traurigen, verwelkten Überreste einer Kletterpflanze am Geländer. Es sah aus, als wartete sie darauf, dass der Frost sie von ihrem Leiden erlöste.

Der erste Frost. Sie wünschte sich, dass sie erleben würde, wie er sich über die Heide auf Dimö legte.

Kapitel 11

DER MANN IM SCHATTEN, GEGENWART

Sie ist es, die Erste, die Unglücksselige, die ihm nicht aus dem Kopf geht. Ihr leichenblasses Gesicht, das mit jedem Spatenstich unter der dunklen Erde verschwand. Als ihr wirres Haar eins wurde mit der Erde. Eine Hand war verkrampft, zur Faust geballt, als griffe sie nach einer letzten Hoffnung. Er kann die Spatenstiche hören, die wie Krallen in seinem Kopf kratzen. Die Erinnerung presst alle Luft aus seinen Lungen, und das Atmen fühlt sich an, als ertrinke man im Meer.

Und durch all das hindurch frisst sich die unerträgliche Wahrheit. Sie wird niemals mehr die Wärme der Sonne auf ihrer Haut spüren und sehen, wie die Blumen blühen und die Blätter sich entfalten, sie wird niemals jemanden lieben. Sie muss sich dort unten so einsam fühlen, zerfallen im Lauf der Zeit und den brutalen Kräften der Natur in ihrer Abgeschiedenheit hilflos ausgeliefert. Sanfter wäre es gewesen, wenn sie im Meer versunken wäre, um mit den Geistern unter Wasser ihren Frieden zu finden.

Der abendliche Sonnenuntergang ist wunderschön. Tiefrosa Wolken ringen an einem marineblauen Himmel miteinander. Das Meer ist spiegelglatt. Die Nebelschwaden liegen tief über dem Gras, bald wird alles in eine feuchte Decke gehüllt sein. Der Boden duftet nach den letzten Blumen des Herbstes. Alles, was bisher überlebt hat, berauscht sich weiter an falschen Hoffnungen.

Aber genau wie vor fünfzig Jahren hat die Natur ihren Reiz verloren. Die Schönheit des Ortes macht ihn nur noch traurig, gibt ihm das Gefühl, dass ihm etwas durch die Finger rinnt und für immer verschwindet. Die Gedanken an das, was er sich vorgenommen hat, tauchen auf und ziehen sich ebenso wieder zurück wie die Wellen im Meer.

Er ist sich darüber bewusst, dass er sich in einer schwierigen Situation befindet.

Es ist ein großes Wagnis.

Der kleinste Fehltritt wird die Vergangenheit mit voller Wucht auf ihn zurückschleudern.

Wie groß ist die Wahrscheinlichkeit, erwischt zu werden?

Andererseits besitzt er sowohl die Gelassenheit als auch die Beherrschung, das Vorhaben durchzuziehen.

Die letzten Reste des kalten Tageslichts verblassen.

Vom Meer her ertönt ein eigenartiger, melancholischer Klang. Früher erzählten sich die Alten die Legende von ebendiesem Geräusch – es waren die Stimmen der Fischer, die Schiffbruch erlitten hatten und aus der Welt der Geister um Hilfe riefen. Aber er weiß es besser. Die Geräusche macht ein Vogel, der Eistaucher.

In der darauffolgenden Stille glaubt er, das helle Flüstern eines Mädchens im Schilf hinter sich zu hören.

Aber als er sich umdreht, ist da nichts. Nur kalte Luft.

Kapitel 12

FRANZ

Ich sitze in meinem Büro und versuche, eine Art Unbehagen wegzuatmen. Julia hat versprochen, Thor werde mich anrufen. Warum tut er das denn nicht? Warum hält er mich so lange hin? Ist das seine kindische Form der Bestrafung? Ich finde, es gibt keinen Grund, dass er sich so verhält. Dennoch macht mir sein Schweigen genauso viel Angst wie die Gefühle, die er in mir auslöst. Wir sind uns während unserer Reise nach Frankreich nähergekommen. Jetzt ist das vielleicht alles wieder zerstört.

Die Tür wird geöffnet.

Als ich aufschaue, steht Thor im Zimmer.

Im ersten Augenblick bin ich überwältigt. Dann aber merke ich, dass etwas an ihm verändert ist. Sein Blick wirkt scharf, unzugänglich und erinnert mich auf unangenehme Weise an mich selbst, wenn ich wütend bin. Seine Haltung ist untypisch steif, imposant.

»Hallo, Thor! Was für eine schöne Überraschung«, sage ich ausgelassen.

Er antwortet nicht. Stattdessen geht er hinüber zu meinem Schreibtisch und setzt sich. Als er anfängt zu sprechen, tut er das mit einer lebensgefährlich ruhigen Stimme.

»Was hast du auf dem Teufelsfelsen gemacht, als Emil dich dort gefunden hat?«

Wenn er wütend auf mich ist, ist seine Stimme meist schrill und kindisch. Diese kleinen Ausbrüche lassen sich leicht abschütteln, aber das gelingt mir jetzt nicht. Nicht unter seinem eiskalten Blick. Ich verziehe das Gesicht.

»Ich habe mir die Aussicht angesehen, ist das verboten?«

Ich bin noch nie sehr gut darin gewesen, Thor anzulügen. Und jetzt, unter seinem unbarmherzigen Blick, fühlt es sich an, als schaue man in den Spiegel und versuche, sich selbst zu belügen.

»Hattest du vor zu springen?«, fragt er.

»Ich weiß nicht, was ich vorhatte, Thor«, sage ich mit einer Resignation, die so stark ist wie die Erinnerung an diese Nacht.

»Aber?«

»Der Felsen und das Meer hatten eine besonders große Anziehungskraft auf mich«, gebe ich zu.

»Warst du depressiv? Hattest du vor, dich umzubringen?«

»Ich wollte nur meinen Albträumen ein Ende setzen.«

Tränen steigen ihm in die Augen, aus Wut oder Traurigkeit – oder wegen beidem. Er ist sehr aufgebracht.

»Ich weiß nicht, ob du lügst, wenn du sagst, dass das, was du der Anwältin angetan hast, nur ein schlechter Scherz gewesen ist, der leider schiefgegangen ist«, sagt er. »Aber es ist trotzdem verdammt beängstigend.«

Ein nervöses Lächeln spielt in meinen Mundwinkeln. Ich unterdrücke es, jetzt ist definitiv nicht der richtige Zeitpunkt für Sarkasmus.

»Du denkst, es sei keine große Sache«, fährt er fort. »Hast du dich jemals gefragt, wie viele Menschenleben du schon ruiniert hast?«

»Nein, eigentlich nicht«, murmele ich. »Aber vielleicht solltest du dir auch mal überlegen, wie vielen Menschen ich schon geholfen habe. Du hältst nicht viel von mir. Es spielt keine Rolle, wie sehr ich mich bemühe, du hältst mich immer noch für einen schlechten und schrecklichen Mensch.«

Meine Stimme klingt weinerlich, sie ist mir völlig fremd.

»Ist es dir nie in den Sinn gekommen, auch nur für eine Sekunde, dass du mich hättest einweihen sollen, bevor du damit an die Presse gegangen bist?«, fragt er.

Plötzlich fällt es mir schwer, ihm in die Augen zu sehen.

»Alles ging so schnell, Emil hat mich dazu überredet …«

Ihm entweicht ein Geräusch zwischen den Zähnen, *ts*, *ts*, ein kleines, aber spöttisches Geräusch.

»Übernimm doch wenigstens die Verantwortung. Gibt es vielleicht noch andere Dinge, die ich wissen sollte?«

»Nein, ich glaube nicht«, sage ich.

Doch schon während ich den Mund öffne, weiß ich, dass dies eine Lüge ist. Nicht einmal in meinen eigenen Ohren klingt es glaubwürdig, dass ich den Boden meiner sogenannten Sünden erreicht habe.

Thor stützt sich mit den Ellbogen auf dem Schreibtisch ab und durchbohrt mich mit diesem unangenehmen Blick.

»Weißt du was, Papa? Im Augenblick bist du nicht mehr als bloß ein Clown. Weißt du, dass man Clowns buchen kann? Sie tauchen auf und spielen dann Streiche in deinem Haus. So einer bist du, und einige amüsieren sich über deine Spielchen. Für andere dagegen bist du nutzlos. Du bist nicht mehr als ein alberner Zeitvertreib, nichts weiter.«

Ich versuche zu verstehen, was passiert sein muss. Bisher hat er sich noch nie so benommen. Ich versuche, die Angelegenheit mit einem Lachen zu bagatellisieren, aber das Lachen bleibt mir im Hals stecken.

»Wie schade, dass du dich für mich schämst.«

»Du verstehst das nicht«, sagt er mit einer Stimme, die

wie ein Pistolenschuss sitzt. »Ich schäme mich gar nicht, ich bin nur sehr, sehr besorgt.«

»Die Sache mit dem Clown war unfair«, werfe ich ihm vor. »Meine Bemühungen haben doch maßgeblich dazu beigetragen, die Ursprungsevangelisten zu Fall zu bringen. Wir haben eine Menge Gutes getan.«

»Das stimmt, aber ich glaube, es ging dir vor allem darum, Julia zu beeindrucken. *Meine* Freundin. Die Freundin deines *Sohnes*, die du immerzu anbaggerst. Wann wirst du endlich damit aufhören?«

»Sie ist sowieso nicht an mir interessiert«, erwidere ich barsch.

»Natürlich ist sie das nicht. Trotzdem machst du die ganze Zeit damit weiter.«

»Bist du jetzt fertig?«

»Nein, ich bin aus einem anderen Grund gekommen.«

Als er das sagt, spüre ich, wie mein Schutzwall zusammenbricht und durch etwas anderes ersetzt wird. Angst. Die Erkenntnis, dass dies kein Versöhnungsbesuch ist.

»Ich habe Bedingungen«, sagt er. »Wenn du sie nicht akzeptierst, dann werden Julia und ich ins Ausland gehen. Dann bist du auf dich allein gestellt.«

»Ins Ausland gehen? Das kann doch nicht dein Ernst sein?«

»Hör gut zu«, sagt er mit einem langen, zurechtweisenden Blick. »Ich habe ein Angebot bekommen, als Austauschstudent an einem Programm in London teilzunehmen. Julia kommt mit. Wir brechen den Kontakt zu dir komplett ab.«

»Das könnt ihr nicht machen.«

»Dann versuch doch, uns aufzuhalten.«

Mit einem Schlag ist es so, als hätte ich meine ganze

Autorität aufgebraucht. Da sitze ich nun in meinem respektablen Büro und werde von meinem Sohn belehrt, ohne ihm etwas entgegenhalten zu können.

»Was soll ich denn tun, Thor?«, frage ich resigniert.

»Zu meinen Bedingungen gehört, dass du dir sechs Monate freinimmst und dich auf deine mentale Gesundheit konzentrierst. Keine Blogs mehr, keine Medienauftritte, keine konspirativen Treffen mit der Elite, keine Publicity-Aktionen. Stattdessen wirst du die Gespräche mit Emil fortsetzen und darüber hinaus mindestens einmal im Monat zur Therapie gehen. Mach lange Spaziergänge und lüfte deinen Kopf.«

»Was? Und womit soll ich mich beschäftigen?«

»Nun, du könntest zum Beispiel die Vogelwelt auf der Insel kartieren, du kennst dich hier in der Gegend doch hervorragend aus.«

Ich will protestieren, aber er hält eine Hand hoch.

»Und dann musst du körperliche Arbeit verrichten, du sagst ja selbst, dass es gut für die Moral ist. Erinnerst du dich daran, wie du mich dazu gezwungen hast, als ich noch klein war, Papa? Ich bin wochenlang in den Ställen gewesen, weil du mich einfach vergessen hast.«

»Ich habe dich nie vergessen, Thor«, sage ich mit Nachdruck. »Nenn mich, wie du willst, aber ich vernachlässige nicht die Menschen, mit denen ich zusammen sein möchte.«

Sein Blick wird wieder spitzbübisch.

»Sag das nicht. Du bist sehr einfallsreich, wenn es darum geht, dich um deinen Vorteil zu kümmern. Weniger engagiert allerdings, wenn es um andere geht. Und ziemlich aufgedreht, wenn es auf Kosten anderer geht. Darüber hinaus bist du geschickt darin, die Realität zu verzerren, um dich selbst ins beste Licht zu rücken.«

»Das ist so was von ungerecht«, protestiere ich.

»Meinetwegen. Wie auch immer, Julia und ich haben einen Entschluss gefasst. Du entscheidest, wie es ausgehen wird.«

»Das klingt wie eine Drohung.«

»Das ist es auch«, sagt er, und unsere Blicke treffen sich. Ich sehe in seinen Augen eine noch unbekannte Standhaftigkeit, die er wohl von mir geerbt hat. Er wird nicht einen einzigen Millimeter nachgeben. »Die Bedingungen sind nicht verhandelbar«, fügt er hinzu. »Jetzt gehe ich Großmutter besuchen. Sag mir Bescheid, wenn du darüber nachgedacht hast.«

Er steht auf. Ich starre ihm hinterher, will ihn zurückrufen, aber mir fällt nichts ein, was ich sagen könnte. Ich bin in einer Zwickmühle.

Thor dreht sich um.

»Übrigens. Ich weiß noch etwas, womit du dich beschäftigen kannst. Willst du es hören?«

»Gern«, sage ich erleichtert.

»Du kennst doch die Gruselgeschichte von der spukenden Gräfin, die alle Männer vom Herrenhaus in den Wahnsinn getrieben hat?«

Abschätzig lache ich.

»Dazu hat mich Julia auch schon befragt, und jetzt du. Hat dir Karin wieder eine ihrer Räubergeschichten erzählt? Sie ist völlig verrückt. Du glaubst den Blödsinn doch nicht?«

»Nein, eigentlich nicht, aber gleichzeitig frage ich mich schon, was mit den Männern passiert ist. Sie sind alle im mittleren Alter gestorben. Und sie alle schienen verrückt zu sein. Was, wenn es sich um eine erbliche Geisteskrankheit handelt?«

Wenn er darüber spricht, ist das Gefühl der Distanz zwischen uns weniger spürbar, aber die Intimität ist mir unangenehm. Er macht sich wirklich Sorgen darüber, über sein Erbe, das ich an ihn weitergegeben habe.

»Thor ... du leidest an keiner Geisteskrankheit«, sage ich. »Du bist der gesündeste Mensch, den ich kenne.«

»Die kann ja auch erst später im Leben ausbrechen. Du hast doch einen Computerfachmann, der für dich arbeitet, du kannst heutzutage online Ahnenforschung betreiben. Kannst du nicht mehr über unsere Familie herausfinden?«

Endlich ein Gesprächsthema, bei dem ich mich nicht so unterlegen fühle. Er bittet mich um Hilfe.

»Natürlich, wenn dir das so viel bedeutet.«

»Du kannst auch gern über die Familie meiner Großmutter forschen, wenn du schon mal dabei bist. Wir sind ihr ähnlicher als deinem Großvater.«

Ich lande mit einem lauten Knall in der Wirklichkeit und erkenne das ganze Ausmaß dessen, was er da gerade von mir verlangt.

»Ich soll mir also deiner Meinung nach die nächsten sechs Monate mit Genealogie, Ornithologie, Wandern, Gartenarbeit, Beichtstuhl und Therapie vertreiben? Das klingt wie eine Beschäftigungstherapie, die man einer Person verschreiben würde, die sich mit der Diagnose einer unheilbaren tödlichen Krankheit auseinandersetzen muss.«

Ich schneide eine Grimasse, will ihn zum Lachen bringen, aber es funktioniert nicht. Heute ist er definitiv nicht in der Stimmung.

»Das klingt *ganz genau* nach dem Plan, an den du dich halten solltest. Es sei denn, du hast vor, den Kontakt zu Julia und mir abzubrechen. Oh, eine Sache hätte ich fast vergessen. Keine abgefahrenen Sexspiele, von denen ich im Netz erfahren muss.«

»Auch noch Zölibat? Toll. Dir ist doch klar, dass ich niemals so langweilig normal sein werde, wie du mich haben willst?«

»Das ist auch nicht mein Ziel«, antwortet er. »Aber zurzeit bist du eine Gefahr für dich selbst und andere. Deshalb verlange ich, dass du eine Pause machst. Wenn du glaubst, dass das zu viel verlangt ist, dann ist dies das letzte Mal, dass wir uns sehen.«

»Thor …«, sage ich heiser.

»Ja?«

»Wenn ich zustimme, unter diesen Hausarrest gestellt zu werden, wirst du das Angebot in London dann ablehnen?«

»Wenn du zustimmst, werde ich ablehnen. Ich werde an den Wochenenden nach Dimö kommen und dafür sorgen, dass du nicht gegen unsere Vereinbarung verstößt.«

Mit diesen Worten verschwindet er im dunklen Flur.

Kapitel 13

JULIA

Die Tage wurden kürzer und die Dunkelheit umfassender, obwohl es ihr nicht so sehr auffiel, wenn sie drinnen arbeitete. Erst als die Straßenlaternen brannten, die Dämmerung in den Ecken lauerte und sie dann auf die Uhr sah, wurde ihr klar, dass es immer früher Abend wurde.

Thor war gerade von seinem Besuch in Dimö zurückgekehrt und erzählte ihr von dem Gespräch mit Franz. Sie lachten über die Szene, die sich in Franz' Büro abgespielt hatte. Gleichzeitig empfand Julia einen leichten Anflug von Traurigkeit darüber, wie abhängig Franz von ihnen war. Im Grunde genommen war er ein sehr einsamer Mann, trotz all seines Geldes, seines Charmes und seines guten Aussehens.

»Ist er ganz aus dem Häuschen gewesen, als du aufgetaucht bist?«, fragte sie.

»Ja, er hat wie erstarrt auf seinem Stuhl gesessen. Sein *kleiner Junge* kommt in sein Büro, stellt Regeln auf und macht ihm Vorschriften. Damit hatte er nicht gerechnet.«

»Hat er dir die Sache mit London abgekauft?«

»Total.«

Thors großspuriger Gesichtsausdruck schmolz dahin und wurde durch etwas Sanfteres ersetzt, eine Mischung aus Liebe und Sorge.

»Du glaubst doch nicht, dass er etwas Dummes tun wird, oder?«

Sie zögerte.

»Ich weiß es nicht. Ruf ihn oft an. Sonst fühlt er sich vielleicht einsam.«

Er nickte, schien aber mit seinen Gedanken ganz woanders.

»Woran denkst du gerade?«, fragte sie.

»Nur, dass ich bald wieder mit dir nach Dimö fahren will.«

Und dann drehte sich das Gespräch um Julias neuen Artikel. Sie hatte ihm noch nichts erzählen können. Die letzten vierundzwanzig Stunden hatten sich nur um Franz gedreht, nachdem Thor die Nachrichten gelesen hatte.

Nachdem sie sich mit dem wenigen vertraut gemacht hatte, was sie über die vermissten Mädchen gefunden hatte, stand ihr Entschluss fest. Natürlich hatte sie einige Dinge herausgefunden, aber es machte den Eindruck, als wäre die Wahrheit absichtlich verwässert worden. Um den Mangel an Informationen zu kompensieren, spekulieren Journalisten gern und viel. Die Suche auf Google war ergebnislos geblieben, weil die Mädchen schon lange vor den Zeiten des Internets verschwunden gewesen waren. Abgesehen von dem Schulfoto, das sie online gefunden hatte, gab es nichts. Wenn sie Leute treffen wollte, die sich an etwas Konkretes erinnerten, war es naheliegend, nach Dimö zu fahren. Videogespräche mit der älteren Bevölkerung von Dimö kamen allerdings nicht infrage. Mit so modischem Kram musste man ihnen gar nicht erst kommen. Vielleicht wäre es eine gute Idee, vor Ort zu sein und unter ruhigeren Umständen zu arbeiten? Aber es durfte nicht wieder so werden wie im Frühling – eine unfreiwillige Reise in den puren Horror. Aber sie würde keinen Frieden finden, wenn sie nicht wenigstens versuchen würde, die Wahrheit herauszufinden – das, was mit den Mädchen geschehen war. Die Person, die die Akte an die Redaktion geschickt hatte, schien zu glauben, dass sie eine Chance hatte. Julia spürte eine Verbindung, eine stille Energie, die sie nicht erklären konnte, als sie in ihre Gesichter sah. Drei Menschen lösen sich schließlich nicht gleichzeitig in Luft auf. Was war also wirklich in dieser Nacht passiert? Die Frage hatte eine fixe Idee in ihr geweckt, die sie nicht zum Schweigen bringen konnte.

Sie hatte erwartet, dass Thor etwas dagegen haben würde, dass sie wieder wegging, aber er wirkte unerwartet positiv.

»Natürlich nimmst du den Job an.«

»Bist du sicher?«

»Du hast dich doch schon längst entschieden. Nach meiner Meinung zu fragen, ist nur eine Formalität.«

»Das mag schon sein, aber was hältst du von dem Vorschlag?«

»Ehrlich gesagt? Verdammt aufregend. Drei Menschen verschwinden doch nicht ohne einen einzigen Anhaltspunkt. Da stimmt was nicht. Irgendjemand wird die polizeilichen Ermittlungen vermasselt haben. Die Leute wussten Dinge, die sie aber nicht preisgegeben haben oder preisgeben wollten.«

»Das sehe ich auch so.«

»Du solltest mit ihren Angehörigen sprechen, mit denen, die noch leben«, schlug er vor.

»Aber ich möchte nicht, dass du denkst, ich sei egozentrisch … und nehme keine Rücksicht auf dich.«

»Wir werden das schon schaffen«, sagte er. »Ich studiere an den Wochentagen, und am Wochenende verbringen wir gemeinsam Zeit auf Dimö. Ich hatte sowieso vor, dort regelmäßig hinzufahren und nach Papa zu sehen.«

Sie wusste, dass er sie vermissen würde, aber er gönnte ihr den Auftrag, weil er einfach so veranlagt war.

»Du kannst auch ein Auge auf Papa haben«, fügte er hinzu.

»Du bist wirklich mit Leib und Seele dabei, ihn auf den richtigen Weg zu bringen.«

»Darum geht es nicht. Tief im Inneren mache ich mir einfach Sorgen. Was wäre, wenn er gesprungen wäre. Darüber würde ich nie hinwegkommen, Julia.«

»Ich weiß. Die Überlebenschancen bei einem Sprung vom Teufelsfelsen sind minimal«, sagte sie und verspürte plötzlich einen irrationalen Schwindel.

»Du könntest ihn manchmal auf seine Spaziergänge begleiten«, schlug Thor vor. »Er geht immer raus zu den Klippen. Ich habe ihm sogar quasi *befohlen*, jeden Tag spazieren zu gehen.«

»Ich glaube nicht, dass du dir zu große Sorgen machen musst. Als ich im letzten Frühjahr dort war, nannte er sich einen Hedonisten.«

»Das hat er aber getan, bevor er sich in einen Idioten verwandelt hat, der sich im Keller einschließt und in den Hungerstreik geht«, erinnerte er sie.

»Ja, natürlich.«

»Ich glaube, er braucht dringend eine Pause von seinem Wahnsinn«, erklärte Thor. »Zwar ist er nicht mehr derselbe Mensch wie vor seinem Schlaganfall, aber er hat Angst davor, zu entdecken, wer er wirklich ist. Stattdessen geht er immer weiter in dieselbe Richtung, das ist einfach bequemer.«

Er starrte auf den Boden. Es war offensichtlich, dass das an ihm nagte. Die Fortschritte, die Franz während des

Sommers gemacht hatte, hatten Thor zunächst mit Hoffnung erfüllt, und jetzt konnte er die Enttäuschung kaum ertragen. Es machte sie ärgerlich, was für ein Energiedieb Franz war, aber darauf wollte sie jetzt lieber nicht herumreiten. Wenigstens hatte Thor eingesehen, dass etwas Grundsätzliches getan werden musste, sonst würde sein Leben sicher bald auseinanderbrechen.

Er sah sie an.

»Was ich meine, ist, wenn du dich daran gewöhnt hast, andere Menschen auszubeuten, so wie mein Vater es getan hat, dann bedeutet das wahrscheinlich, dass es auch wieder passieren wird. Für jemanden wie ihn muss es demütigend sein, das Blatt zu wenden und ein Versagen zu riskieren. Also hält er lieber an seinem gewohnten Verhalten fest. Was er braucht, ist eine Pause. Um zu reflektieren.«

»Du bist der klügste Mensch, den ich kenne«, sagte sie und küsste ihn auf die Wange. »Also ist es in Ordnung, wenn ich nach Dimö fahre, um den Artikel dort zu schreiben?«

»Ja, im Herbst ist es übrigens besonders schön auf Dimö. Wir können Pilze sammeln. Großmutter kennt die besten Plätze, wo die Pfifferlinge stehen. Wir plündern ihre Apfelbäume und backen Bratäpfel im Kamin …«

Er brach ab.

»Oh, das hätte ich fast vergessen«, sagte er und kramte in seiner Jeanstasche.

Er nahm ihre Hand, legte einen flachen, weich geschliffenen Stein hinein und schloss seine Hand um ihre.

»Von den Felsen direkt vor dem Moor.«

Sie öffnete ihre Hand und betrachtete den Stein. Von Wind und Welle bearbeitet, aber glatt wie Samt.

»Danke«, sagte sie. »Wie weich der ist.«

»In Muscheln kann man das Meer rauschen hören. In

den Steinen spürt man dagegen die Kraft der Wellen, die sie geschliffen haben. Das hat meine Großmutter immer gesagt.«

Wieder schloss sie ihre Finger um den Stein, schlug die Augen nieder, versetzte sich nach Dimö und hörte das rauschende Meer.

»Hm«, sagte sie, und plötzlich fühlte sich der Stein in ihrer Hand lebendig an.

»Nimm ihn mit nach Dimö«, sagte Thor. »Halt ihn dort jeden Abend vor dem Schlafengehen in deiner Hand und denk daran, dass ich am Wochenende komme.«

Sie empfand eine plötzliche, fast schmerzhafte Zärtlichkeit für ihn.

»Wenn das so ist«, erklärte sie, »dann rufe ich morgen Joanna an und sage ihr, dass ich den Auftrag annehme. Dann muss ich nur noch Franz fragen, ob ich im Gästehaus wohnen kann. Mal wieder.«

»Du brauchst ihn gar nicht zu fragen«, sagte er und fuhr leicht mit einem Finger über ihre Kieferpartie. »Aber wir werden mit der Bekanntgabe deiner Pläne warten, bis er mich anruft.«

Weniger als eine Stunde später klingelte das Telefon, und Franz meldete sich mit der Nachricht, dass er versuchen wolle, Thors Bedingungen zu erfüllen. Und dass Julia mehr als willkommen war.

Kapitel 14

FRANZ

Die Sonne geht unter und wirft ein sanftes Licht auf das Meer, bald wird sie das Wasser in Flammen setzen. Der Leuchtturm erhebt sich weiß und prächtig gegen den Horizont. Es ist ein Anblick, den ich schon so oft gesehen habe, dass ich eigentlich blind dafür sein müsste. Doch wenn das Licht richtig ist, versetzt es mich immer wieder aufs Neue in Begeisterung und bringt mich zum Staunen.

Heute jedoch ist mein Wohlbefinden durch mein neues, eingeschränktes Leben getrübt, das mir Thor auferlegt hat. Eigentlich hatte ich vor, den Medienrummel um Anna-Maria zu verfolgen. Außerdem stand ein Auftritt im Fernsehen an, um über die Wichtigkeit zu sprechen, Verantwortung zu übernehmen. Ich wollte anderen, die sich in einer ähnlichen Situation befinden, eine helfende Hand reichen. Auch ein exklusiver Vortrag über Verantwortung vor einem ausgewählten Publikum war geplant. Sowie ein Besuch in einem angesagten Club am selben Abend, gefolgt von einer Nacht mit anspruchslosem Sex. Oder eher ahnungslosem – ich stelle beim Sex immer Forderungen. Jetzt ist das alles umsonst gewesen. Ich schaue wieder auf das Meer hinaus. Der Zauber ist verflogen. In der Ferne flackert etwas auf. Und dann nähert sich ein kleiner, verschwommener Punkt. Die Fähre kommt. Und auf ihr ist Julia.

Während ich da so stehe und warte, ruft meine Psychologin Magdalena an.

»Ich habe die Mailbox abgehört«, sagt sie mit ihrer sanften, geduldigen Stimme. »Ich bin froh, dass Sie sich entschieden haben, unsere Sitzungen wieder aufzunehmen.«

»Es scheint ein guter Zeitpunkt zu sein«, sage ich.

»Sie haben mich gefragt, ob ich nach Dimö kommen würde, und das tue ich gern, wenn Sie meine Reisekosten übernehmen. Ich muss zugeben, dass ich es interessant finde, Patienten in ihrer häuslichen Umgebung anzutreffen.«

»Natürlich übernehme ich die Reisekosten. Und das Mittagessen geht auch auf mich.«

»Was hat sie dazu bewogen, Ihre Meinung zu ändern?«

»Druck von außen, genauer gesagt: von einer ganz bestimmten Person«, antworte ich wahrheitsgemäß.

»Ich hoffe trotzdem, dass es Ihre eigene Entscheidung ist. Eine Therapie muss freiwillig sein, wenn sie funktionieren soll.«

»Doch, ich will das machen«, sage ich, während ich mich frage, wie ich die Therapie zu meinem Vorteil nutzen kann. Könnte ich in den Medien eine Erklärung abgeben, dass ich durch die Therapie mehr Selbsterkenntnis erlangt habe? Aber dann erinnere ich mich daran, was Thor über öffentliche Auftritte gesagt hat, und innerlich seufze ich. Sich an seine Regeln zu halten, wird wie eine neumodische Version des Fegefeuers sein.

Magdalena und ich beschließen, dass sie schon am nächsten Tag kommen soll. Ich stecke mein Handy zurück in meine Jackentasche. Die Fähre ist an der Anlegestelle angekommen und hat angedockt. Gerade ist Nebensaison, und es sind nicht viele Leute an Bord. Ein älterer Mann steigt zuerst aus, und dann kommt Julia.

In dem sanften Abendlicht sieht sie sehr jung aus. Sie sieht mich, und ich entdecke in ihrem Gesicht dieselbe Freude, die ich auch empfinde – aber nur für den Bruchteil einer Sekunde, bevor sie sich wieder verschließt. Sie kann es verdrängen, so tun, als sei nichts, aber es gibt eine seltene Energie, die uns beide verbindet.

»Warum bist du hier?«, fragt sie, ihr Tonfall ist dabei fast anklagend.

»Ist das eine … existenzielle Frage?«, erwidere ich und schaffe es, ein Lächeln auf ihr Gesicht zu zaubern.

Sie zieht die Augenbrauen hoch.

»Ich habe dir gesagt …«

»… dass ich dich nicht von der Fähre abholen muss«, beende ich ihren Satz. »Aber das wäre unhöflich gewesen.«

Eindringlich sieht sie mich an.

»Du wirkst ja richtig ausgelassen.«

»Da ich sowieso unter Hausarrest stehe, kann ich doch ruhig das Beste aus der Situation machen«, sage ich mit einem hoffnungslosen Achselzucken. »Schlimmer kann es kaum werden.«

»Ist es wirklich so schlimm?«

»Liebe Julia. Du hast ja keine Ahnung. Es ist der Gipfel der Demütigung. Ich weiß nicht einmal, warum ich dem zugestimmt habe.«

Sie kneift die Augen zusammen.

»Na ja, tief in deinem Inneren weißt du es wahrscheinlich sehr genau.«

Ich mache einen tapferen Versuch.

»Du würdest Thor nicht dazu bringen können, mit dieser lächerlichen …«

»Vergiss es«, unterbricht sie mich und lächelt herausfordernd.

»Wir werden sehen, wie lange ich es aushalte. Der Wagen steht da vorn.«

Ihr Gesichtsausdruck wird ernst.

»Ich würde lieber zu Fuß gehen. Ich habe mich schon auf den Spaziergang gefreut. Bin so müde von der Stadtluft, weißt du.«

Sie hat einen Rollkoffer dabei und einen kleinen Rucksack.

»Lass uns zusammen gehen«, sage ich. »Ich werde Elyssa bitten, das Auto später abzuholen.«

Sie macht sich auf den Weg zur Straße. Ich hole sie ein, nehme ihr den Rucksack aus der Hand, und sie protestiert nicht. Wir plaudern ein wenig über die Geschichte, die sie schreiben will. Als ich jünger war, habe ich auch Gerüchte über die verschwundenen Mädchen gehört, aber wie alle anderen hatte ich angenommen, dass sie sich von den Klippen gestürzt hatten. Auch wenn es nicht gerade logisch gewesen wäre. Aber man weiß nie, warum Menschen tun, was sie tun. Menschen sind so lange ein Rätsel, bis man es schafft, unter ihre Haut zu gelangen. Julia hingegen hat sich viele Gedanken über das Verschwinden der Mädchen gemacht, und ich höre ihr gern zu.

»Darf ich eure Familienchronik lesen, die deine Großmutter geschrieben hat?«, fragt sie plötzlich.

»Aber sicher. Ich habe sie gestern schon herausgenommen und selbst darin gelesen. Thor möchte, dass ich ein paar Dinge über unsere Familie in Erfahrung bringe.«

Mir fällt ein, dass ich außer dem Buch noch etwas habe, das sie interessieren könnte.

»Sigrid, meine Großmutter, hat heimlich Fotos gemacht, die sie in das Buch gelegt hat. Sie stammen von dem alten Dachboden im Herrenhaus. Sigrids Onkel und mein Vater benutzten ihn als eine Art Sexhöhle, um sich dort mit jungen Mädchen zu vergnügen.«

Julia bleibt abrupt stehen und sieht mich entsetzt an.

»Wie furchtbar. Was, wenn es eine Verbindung zu den Mädchen gab, die verschwunden sind.«

»Undenkbar ist das nicht.«

»Wann war das?«

»Nun, vor etwa fünfzig Jahren, ein paar Jahre bevor ich geboren wurde.«

»Bitte, kann ich die Fotos heute Abend schon sehen?«, fragt sie.

»Im Dunkeln könnte es etwas schwierig werden.«

»Wie … im Dunkeln?«

Ich atme aus. Oh, verdammt. Das ist mir einfach so rausgerutscht. Ich habe es noch nie jemandem erzählt.

»Wir werden später darüber reden«, bestimme ich.

»Nein, was wolltest du eben sagen?«, beharrt sie.

»Nichts. Vergiss es.«

Sie bleibt stehen, stützt die Hände in die Seiten.

»Jetzt musst du mir erklären, was du mit *im Dunkeln* meinst.«

»Ja, ja«, seufze ich. »Diese Bilder sind in einem Versteck untergebracht. In einer Grotte bei den Klippen.«

Sie zieht die Augenbrauen zusammen. Ihr dunkles Haar steht in starkem Kontrast zu ihrer hellen Haut. Die Sommerbräune ist verblasst.

»Meinst du *die* Grotte?«

»Ja, wir beide waren zusammen dort«, sage ich und hoffe, dass sie sich an die Nacht damals ebenso deutlich erinnert wie ich. Es war windstill, und wir sahen zu, wie die Sonne wie eine große Blutorange im Meer versank.

Aber sie sieht mich nur verwundert an.

»Warum hast du sie dort versteckt?«

»Mein Vater ist auf einigen von ihnen zu sehen. Ich wollte sie nicht im Haus haben.«

Verwirrt runzelt sie die Stirn.

»Ernsthaft, Franz? Das sind doch nur Fotos, oder?«

Ich schließe die Augen, beschleunige mein Tempo, gehe ein Stück vor ihr, damit sie versteht, dass ich nicht darüber reden will. Sofort holt sie mich wieder ein.

»Verzeih mir«, sagt sie. »Ich verstehe schon. Natürlich willst du dieses Arschloch nicht im Haus haben, nicht einmal ein Foto von ihm.«

Wir gehen eine Weile schweigend nebeneinanderher. Die gleißend rote Sonne geht auch jetzt unter. Das Meer hat eine blassrosa Farbe angenommen. Das Geräusch eines einsamen Seevogels dringt durch die Abendluft. Bei einem so klaren Himmel wird es morgen sicher regnen, und dann muss ich nicht zu meinem Arbeitseinsatz in der Kirche. Wir hatten ein paar Tage Sonnenschein und haben es immerhin geschafft, die Wände zu waschen. Jetzt muss alles noch trocknen, bevor wir streichen können. Trotz des erniedrigenden Gefühls, wenn Leute vorbeikommen und mir amüsierte Blicke zuwerfen, ist es gar nicht so schlimm gewesen wie erwartet.

Gute altmodische Handarbeit, so wie sie mir mein unnachgiebiger Sohn verordnet hat.

»Werden die Fotos in der Grotte nicht ruiniert, wegen der Feuchtigkeit und so?«, fragt Julia.

»Nein, sie sind in speziell angefertigten Plastikhüllen aufbewahrt.«

»Aha«, sagt sie nachdenklich und hält den Blick geradeaus, die eine Hand in der Jackentasche, mit der anderen gestikuliert sie. Julia spricht oft mit ihren Händen, wenn sie sich über etwas ereifert. Ich ergreife ihre freie Hand, lasse meinen Daumen über ihre Handfläche gleiten und verweile für einen Augenblick an ihrem Handgelenk. Spüre ihren Herzschlag. Es fühlt sich wie die Berührung eines flatternden Schmetterlings an. Es dauert ein paar Sekunden, bis sie ihre Hand wegzieht und sie in ihre Tasche steckt. Meine kleine Geste scheint sie nicht sonderlich zu bewegen, eher ist es so, als würde sie unbewusst eine Mücke verscheuchen. Ihre ganze Aufmerksamkeit gilt diesen verdammten Fotos.

»Wann hast du sie zuletzt gesehen?«, fragt sie.

»Das ist schon sehr lange her. Aber sie sind immer noch da, ich verspreche es.«

Eine Weile gehen wir in angenehmem Schweigen. Wir kommen an die Schotterstraße, die zur ViaTerra führt. Die Bäume färben sich gelb und orange, und verwelkte Blätter rascheln unter unseren Füßen. Julia hebt ihr Gesicht zu der goldenen Kuppel, die die Bäume über uns bilden.

»Wie schön es ist«, sagt sie.

»Hast du Dimö vermisst?«

»Ja, eigentlich schon«, gibt sie zu.

»Ich kann gar nicht glauben, dass du wieder hier bist, Julia.«

Ich beiße mir auf die Lippe, um nicht mit etwas Intimerem herauszuplatzen. Wir gehen weiter. Das Licht hat sich verändert, alles ist in Sepiafarben getaucht. Julias Haar fällt wie eine Welle über ihre Schultern. Das letzte Tageslicht sickert durch das Laub und spielt mit ihrem Gesicht.

»Gefällt es dir?«, frage ich.

Sie sieht mich an.

»Was denn?«

»Es ist schön, wenn wir zusammen sind, das musst du doch zugeben.«

»Vielleicht«, sagt sie und schaut weg.

Als wir bei dem Anwesen ankommen, schlägt sie den Weg direkt zum Gästehaus ein. Ich gehe die Familienchronik holen, weil ich sie ihr persönlich übergeben möchte.

Vorsichtig öffnet sie die Tür.

»Oh, danke. Ich werde sie heute Abend gleich lesen«, sagt sie und nimmt mir das Buch aus der Hand.

Unschlüssig bleibe ich vor der Tür stehen, denn ich spüre instinktiv, dass sie nicht scharf auf meine Gesellschaft ist.

»Du musst mir etwas versprechen«, sage ich. »Es stehen Dinge in dem Buch, von denen ich nicht möchte, dass du sie an Thor weitergibst. Zumindest jetzt noch nicht.«

»Was zum Beispiel?«

»Dass mein Vater meine Mutter vergewaltigt hat. So bin ich nämlich entstanden. Meine Großmutter Sigrid, die die Chronik geschrieben hat, war ebenfalls vergewaltigt worden, und zwar von ihrem Onkel. Sie wusste nie, ob mein Vater der Sohn von Gustaf war, ihrem Ehemann, oder das Kind dieser Vergewaltigung. Wenn man den Text allerdings liest, hört sich das an, als wäre das Kind sicher von ihrem Onkel. Der hieß Markus und war der sadistischste, bösartigste Herrscher, der je auf diesem Anwesen gelebt hat. Meine eigene sogenannte Grausamkeit verblasst im Vergleich dazu völlig. Meine Blutlinie ist also etwas kompliziert, und die von Thor auch.«

Nachdenklich nickt sie.

»Was glaubst du, Julia? Bin ich ein Produkt von Vergewaltigung und Inzest? Bin ich deshalb ein solches Ungeheuer geworden?«

Wenn ich erwartet habe, dass meine Bemerkung sie schockiert, liege ich falsch. Sie legt den Kopf auf die Seite und denkt nach.

»Nur weil eine Frau vergewaltigt wurde, muss ihr Kind noch lange kein Monster sein. Und du weißt nichts von der Inzestsache. Ich denke also erst einmal nichts.«

»Tja, ein bisschen spät, um jetzt die Wahrheit herauszufinden.«

Sie lässt sich einen Moment Zeit zum Nachdenken. Da sehe ich ein Glitzern in ihren Augen.

»Sag das nicht. Hast du noch persönliche Gegenstände von diesen Männern? Ich meine von dem Ehemann deiner Großmutter und deinen Onkels.«

»Warum fragst du das?«

»Dazu komme ich noch. Hast du sie?«

»Eine Zeit lang hat hier ein Arzt gelebt – das war, bevor ich das Gut übernahm. Es wurde dann so verkauft, wie es ist, und er hatte das meiste auf dem Dachboden untergebracht. Als ich ViaTerra erwarb, hatte ich alles einlagern lassen. Dort wird es auch jetzt noch sein. Bis heute hatte ich nicht das geringste Bedürfnis, mich damit zu beschäftigen.«

»Aber vielleicht solltest du das jetzt tun«, erwidert sie. »Wenn du ein Haar oder so etwas findest, kannst du einen DNA-Test machen lassen, oder? Ich habe gelesen, dass es gelungen ist, die Nachfahren von Napoleon mithilfe von Haarsträhnen ausfindig zu machen. Man findet sie auf Rasierern, Haarbürsten und der Kleidung. Das ist doch spannend, oder?«

Mein erster Gedanke ist, dass sie sich das nur ausgedacht hat, aber dann sehe ich ihren Gesichtsausdruck, ihren Eifer.

»Das ist leider ziemlich unrealistisch«, seufze ich. »Der Mann meiner Großmutter ist bei einem Schießunfall ums Leben gekommen, wahrscheinlich haben sie sein Zeug sofort entsorgt. Ihr Onkel lebte lange, aber woher soll ich wissen, welche Sachen ihm gehört haben?«

»Vielleicht kann dir Karin helfen«, sagt sie triumphierend. »Sie hat im Herrenhaus gearbeitet, nicht wahr? War sie nicht als Putzkraft angestellt?«

Sofort bin ich skeptisch und versuche, es mit einem Scherz abzutun.

»Ja, unter anderem. Sie wird bestimmt Markus' Rasiermesser gereinigt und ein paar von den Haaren aufgehoben haben.«

Genervt verzieht Julia das Gesicht.

»Mach dich ruhig lustig, aber es könnte doch sein, dass sie seine Sachen wiedererkennt. Zugegeben, das ist etwas weit hergeholt, aber stell dir doch vor, dass … Damit kannst du dich beschäftigen, Franz.«

Sie ist davon überzeugt, dass das umsetzbar ist.

Sie könnte wirklich recht haben. Es gibt eine minimale Chance, mithilfe der heutigen DNA-Technologie die Vaterschaft meines Vaters zu bestätigen und damit meine eigene Blutlinie – und die von Thor.

Eine leichte Panik befällt mich, begleitet von einem Gefühl, dass das alles Blödsinn ist. Oder ich habe Angst, die Wahrheit herauszufinden. Ich besitze eine natürliche Autorität, die in der Lage ist, einen Raum mit tausend Menschen in einem Atemzug zum Schweigen zu bringen. Und trotzdem bin ich zu feige, mich intensiv um meine eigene Herkunft zu kümmern. Das hat doch etwas zu bedeuten. Ich weiß nur noch nicht genau, was.

Aber Thor wird mich bewundern, wenn ich das ein für alle Mal kläre. Das würde ihn beeindrucken – wahrscheinlich genug, um ihn dazu zu bringen, seine strengen Regeln zu lockern. Und damit mein lebloses und eingeschränktes Dasein zu beenden.

Kapitel 15

JULIA

Sie blieb lange auf und las in der Chronik von Franz' Großmutter. Von der ersten bis zur letzten Seite.

Sigrid Bärensten hatte sie in einem letzten verzweifelten Versuch der Genugtuung aufgeschrieben. Die Geschichte war in schöner, komplizierter Handschrift geschrieben. Ihr Vater, Artur Bärensten, und ihre Mutter, Amelia Bärensten, hatten das Haus Anfang des zwanzigsten Jahrhunderts gekauft und es Vindsätra genannt. Julia fand den Namen schön, aber der Rest der Geschichte war alles andere als angenehm.

Arthur missbrauchte seine Frau ständig und bestrafte seine Kinder, Sigrid und ihren Bruder. Am Ende hielt es Amelia nicht mehr aus, erschoss ihren Mann, nahm ihre Kinder und setzte das Haus in Brand. Danach rannte sie zu den Felsen hinaus und sprang in den sicheren Tod. Das Herrenhaus konnte in letzter Sekunde vor den Flammen gerettet werden. Sigrids Kindheit war nun von einem langen Trauerprozess um ihre Mutter geprägt, ein paar Jahre später starb ihr Bruder an einer Lungenentzündung. Als Trost beschwor sie den Geist ihrer Mutter. Sigrid glaubte fest daran, dass Amelia im Herrenhaus umherging. Diese besonderen Episoden wurden so detailliert beschrieben, dass Julia beim Lesen eine Gänsehaut bekam.

Nach dem Tod ihrer Eltern übernahm Sigrids Onkel, Markus Bärensten, die Herrschaft über das Gut und wurde zu ihrem Vormund. Wahrscheinlich war er sogar noch schlimmer als sein Bruder. Markus vergewaltigte Sigrid immer wieder, während ihrer Jugend und eines Großteils ihres Erwachsenenlebens. Sie konnte nicht sagen, ob ihr Sohn Henrik das Kind ihres Mannes oder das ihres Onkels war. Sigrid vermutete allerdings, dass Markus der Vater war, weil ihr Mann Gustaf seine Homosexualität zwar unterdrückte, es deshalb aber auch nur selten zu Begegnungen im Schlafzimmer kam.

Franz' Vater Henrik zeigte schon als Kind auffällige, psychopathische Verhaltensweisen. Als er älter wurde, richteten er und Markus eine Art Sexhöhle auf dem Dachboden ein. Mit Geld lockten sie junge Mädchen dorthin und missbrauchten sie. Als Sigrid versuchte, eine Anzeige zu erstatten, wurde sie von der örtlichen Polizei abgewiesen. Niemand wollte sich mit der adligen Familie des Herrenhauses anlegen, der die halbe Insel gehörte. Sie hatte keine Chance und wusste, dass sie ihren Mund halten musste, wenn sie überleben wollte. Aber zwischen den Zeilen konnte Julia die tiefe, hasserfüllte Wut spüren, die Sigrid zwar tief in sich vergraben hatte, die sie jedoch nicht zum Schweigen bringen konnte.

Das Ende der Geschichte trieb Julia dann die Tränen in die Augen. Zu dem Zeitpunkt, als Sigrid die Chronik verfasst hatte, war sie schon alt gewesen, hatte Krebs und lag im Sterben. Sie machte sich viele Gedanken über das Böse und wünschte sich, dass ihr Enkel Franz alles wieder in Ordnung bringen würde. *Vielleicht wird er die erloschene Fackel, die wir als Geschlecht einmal gewesen sind, wieder zum Brennen bringen.* Aber daraus wurde nichts. Stattdessen hatte Franz die Villa genutzt, um eine totalitäre Sekte zu gründen. Oh, du lieber Gott!, dachte Julia, hundert Jahre ununterbrochener Terror an diesem gottverlassenen Ort. Sie begann zu frieren, obwohl sie die Heizung aufgedreht hatte.

Aber es war nicht die Familie von Franz, von der ihre Geschichte handeln sollte, sondern die von den verschwundenen Mädchen. Sie dachte über all die unbeantworteten Fragen nach, die die Chronik aufwarf. Wie hatte der Missbrauch an minderjährigen Mädchen jahrelang unbemerkt weitergehen können, ohne dass jemand eingriff? Die Eltern mussten doch gemerkt haben, dass etwas nicht stimmte? Aber die brennendste Frage war diese: Gab es eine Verbindung zu dem, was vor fünfzig Jahren mit Christina, Helena und Anna-Lena geschehen war? Tief versunken in ihre Gedanken saß sie stundenlang vor der Chronik und spielte tausend verschiedene Theorien durch. Plötzlich spürte sie, wie sich die schwere Wolke hob, die sie umgab. Ihre Gefühle schwankten zwischen Schock und Überschwang. Irgendetwas stimmte an dieser Geschichte einfach nicht. In den vielen Artikeln, die sie über das Verschwinden der Mädchen gelesen hatte, war das Herrenhaus kein einziges Mal erwähnt worden. Und doch galt es als ein zentraler Teil der Insel, eine Art Wahrzeichen. Vielleicht hatte die Polizei niemals hier gesucht? Auf einmal stellte sich eine tiefe Ruhe ein, sie kannte das Gefühl. So fühlte es sich an, wenn sie den richtigen Ansatz für eine Geschichte gefunden hatte. In dieser Nacht schlief sie so tief wie seit Langem nicht mehr.

Am nächsten Morgen konnte sie sich nicht aufraffen aufzustehen. Sie wollte einfach nur im Bett liegen bleiben und die vertrauten Gerüche genießen: alte Holzböden, frisch gewaschene Laken und den ganz eigenen Geruch der Hütte – etwas Süßes, Sommerliches, das tief in den Wänden saß. Sie genoss die friedliche Atmosphäre, bis sich die Realität endlich doch aufdrängte. Sie hatte einen vollen Tag vor sich, mit der weiteren Recherche und dem Mittagessen mit Kurt Burman.

Aber als Erstes stand das Treffen mit Franz an, sie wollten die Fotos aus der Grotte holen.

Sie quälte sich aus dem Bett, zog sich einen Morgenmantel an und ging ins Wohnzimmer. Im Laufe der letzten Monate war das Häuschen zu ihrem zweiten Zuhause geworden. Es war alles andere als schick. Zwei kleine Schlafzimmer, ein Wohnzimmer, in dem sich auch die Küche befand, und ein weiß gekacheltes Bad. Der Boden und die Decke bestanden aus massivem Holz, die Wände waren weiß gestrichen. Die Möbel wirkten einfach und ein wenig abgenutzt. Die schlichte Einrichtung stand in krassem Gegensatz zu dem großen, stilvollen Herrenhaus, und das gefiel ihr.

Sie ging auf die Terrasse hinaus, aber es war so kalt, dass sie sofort zitterte. In der Nacht hatte es geregnet. Am Himmel hingen dicke Wolken. Da das Haus höher lag als der Rest des Grundstücks, war durch die Bäume ein wenig vom Meer zu sehen. Das Wasser hatte eine gesprenkelte Oberfläche, wie ein alter Spiegel. Ruhig, aber an manchen Stellen getrübt.

Im Herbst wirkte Dimö, ganz anders als im Sommer, weit abgelegen und im Vergleich zum Weltgeschehen vollkommen unwichtig. Während der Hochsaison war die Insel ein teures Vergnügen für diejenigen, die es sich leisten konnten, hier ein Ferienhaus zu kaufen oder zu mieten. Für die Inselbewohner war es ein zweischneidiges Vergnügen. Gut war es für die Wirtschaft, aber die Touristen waren laut und hinterließen viel Dreck, wenn auf den Booten im Hafen eine Party stattfand. Und dann war da noch der Müll, den die Einwohner im Herbst aufsammeln mussten. Aber diejenigen, die nur im Sommer hier waren, lernten das schroffe, windgepeitschte Gesicht von Dimö gar nicht kennen, das Julia am meisten liebte. Sie liebte die rauen, kalten Winternächte, wenn die Sterne vollkommen klar am Himmel standen. Hier gab es fast keine Luftverschmutzung, anders als in der großen Stadt, wo die Sterne nur als kleine Lichtpunkte sichtbar waren.

Sie ließ ihren Blick über die Landschaft schweifen und bemerkte ein Plätschern weit draußen auf dem Wasser. Ein kalter Wind, der wie aus dem Nichts zu kommen schien, griff nach ihrem Haar. Es dauerte nur Sekunden. Der Himmel zog sich zusammen, schien auf sie herabzudrücken, und die ersten Regentropfen trafen ihre Haare. Nur wenig später peitschte ein heftiger Regen über das Grundstück. Julia rannte in die Hütte, fast aufgedreht von der Kraft der Natur und des Unwetters. Nachdem sie geduscht, sich angezogen und gefrühstückt hatte, hörte der Regen so schnell auf, wie er begonnen hatte.

Es klopfte an der Tür. Als sie öffnete, schlug ihr der Wind mit unfassbarer Geschwindigkeit entgegen, als hätte er nur darauf gewartet anzugreifen.

Franz stand in schwarzer Jacke und Wanderschuhen vor der Tür. Er hielt das Türblatt fest, damit es Julia nicht aus der Hand gerissen wurde, und trat dann ein. Überraschenderweise freute sie sich, ihn zu sehen.

»Es wird gleich eine kurze Regenpause geben«, sagte er. »Wollen wir die Gelegenheit nutzen, um in die Grotte zu gehen und die Fotos zu holen?« Er sah auf ihre Füße hinunter. »Du brauchst aber richtige Schuhe, die Felsen sind rutschig, und es ist windig.«

»Ich habe gute Stiefel eingepackt«, sagte sie und zog sich ihre Jacke an. »Hast du noch mal über den DNA-Test nachgedacht?«

»Ich habe Karin heute Morgen angerufen. Sie wird den ganzen Kram im Lagerraum durchwühlen, wenn ich im Gegenzug ein paar Blumenbeete für sie umgrabe. Sich die Hände schmutzig zu machen, scheint in letzter Zeit meine neue Bestimmung zu sein.«

An diesem Tag war Franz schnell auf den Beinen. Es schien, als hätte ihn eine fast übermenschliche Energie gepackt. Julia musste zwischendurch sogar rennen, um mit ihm mithalten zu können. Die Luft war feucht. Und die Feuchtigkeit des Bodens kroch unter ihre Hosenbeine, der Weg über das Moor war so nass und schlammig wie eine offene Wunde. Julia zog die Kapuze ihres Parkas hoch und steckte die Hände tief in die Taschen. Je näher sie dem Meer kamen, desto stärker wurde der Wind. Er jagte über das Heidekraut, das seinen violetten Schimmer schon verloren hatte. Ein paar Krähen flogen auf, stiegen hoch und verschwanden in den tief liegenden Wolken. Dies war Dimös grimmiges Gesicht, das sie so mochte. *Himmel*, dachte sie. *Ich liebe diesen Flecken Erde.* Am Rande der Klippen ging Franz zu dem Felsvorsprung, von wo aus man zur Grotte hinunterklettern konnte. Er drehte sich zu ihr um.

»Soll ich dir helfen?«

Seine dunkelbraunen Augen fingen das Licht des Himmels ein, wodurch sie eine Nuance heller wurden, wie die Farbe von Harz.

»Das ist nicht nötig.«

»Ich möchte nicht, dass du ausrutschst und dich verletzt.«

»Mir passiert schon nichts, du bist der Ältere von uns beiden.«

Er lächelte neckisch.

»Ach, herrje. Ich hatte ganz vergessen, dass du immer noch versuchst, dich von deinen überfürsorglichen Eltern zu befreien.«

Er kletterte vor ihr die Felsen hinunter. Sie waren tatsächlich ziemlich rutschig, aber sie wollte ihm nicht die Genugtuung geben, sie stolpern zu sehen. Sie mussten über ein Dutzend Felsbrocken klettern, um zur Öffnung der Grotte zu gelangen. Es war ziemlich steil, was es schwierig machte, nicht auszurutschen. Jetzt wünschte sie sich, sie hätte sich für die Turnschuhe entschieden, ihre Stiefel waren viel zu klobig. Franz hingegen bewegte sich so geschmeidig wie eine Bergziege. Auf dem letzten Felsen rutschte sie ein wenig aus, und die Gummisohlen der Stiefel schabten mit einem schneidenden Geräusch über den Felsen. Er drehte sich sofort um und ergriff ihre Hand.

»Gut gemacht«, sagte er.

Dann standen sie zwischen den Felsen, zu ihren Füßen ein Flecken Erde, mit verdorrtem Gras.

Julia suchte nach der Öffnung der Grotte und sah einen großen, schwarzen Fleck in der Mitte des grauen Granits. Franz half ihr in die Grotte hinunter, in der es feucht und dunkel war. Sie blinzelte, um ihre Augen an das schwache Licht zu gewöhnen. Auf einmal wurde ihr bewusst, dass sie von meterdicken Felsen umgeben war, und sie spürte den enormen Druck des Gesteins. Man konnte das Wasser unter ihnen plätschern hören.

Franz' Blick glitt durch den Raum. Mit Hilfe der Taschenlampe seines Handys suchte er die Wände ab, bis er eine Öffnung fand. Er griff hinein und zog eine rechteckige Metallbox heraus. Julia sah ihm fasziniert zu, wie er sie öffnete und darin herumwühlte.

»Wo sind diese verdammten Fotos?«, sagte er ungeduldig. Der Klang seiner Stimme hallte von den kahlen Wänden wider.

»Was hast du denn sonst noch in der Kiste da?«, fragte sie.

»Thesen, die ich vor langer Zeit geschrieben habe. Vielleicht werden sie mir in der Zukunft nützlich sein, aber vorher müssen sie unbedingt überarbeitet werden.«

In dem schwachen Licht waren seine Augen pechschwarz.

»Und warum bewahrst du sie hier auf?«

»Es ist wegen so einer … Sache, die aber schon lange zurückliegt. Damals gab es Gerüchte, dass die Polizei eine Razzia auf ViaTerra plante. Ich wollte einfach nicht, dass die Regierung meine Thesen in die Finger bekommt …« Er unterbrach sich und lachte. »Ich nehme an, dass sich das jetzt albern und komisch anhört, aber damals war es nicht im Geringsten lustig.«

Julia versuchte, das alles zu verdauen. Es klang vollkommen irre. Die Regierung? Für einen kurzen Moment wirkte Franz fast verlegen.

»Du brauchst dich dafür nicht zu schämen«, sagte sie.

Sein Blick wurde hart, sein Gesicht verschlossen.

»Das tue ich auch nicht. Man sollte sich nie für Dinge entschuldigen, die man in der Vergangenheit getan hat, Julia. Schließlich zeigen sie, wer man damals war.«

Er richtete das Licht auf die Blechkiste, blätterte weiter und fand schließlich den Umschlag, den er gesucht hatte, und reichte ihn ihr. Dann knallte er den Deckel zu und schob die Kiste in den Hohlraum zurück.

»Ich würde es vorziehen, wenn du niemandem erzählst, dass ich diese Thesen hier verstecke«, sagte er.

Sie konnte sich ein Lächeln nicht verkneifen.

»Wegen der Regierung?«

»Nein, du … Behalt es einfach für dich.«

»Nicht einmal Thor darf davon wissen?«

»Vor allem nicht Thor«, erwiderte er schroff. »Er ist nicht besonders scharf auf meine Macken. Im Augenblick ist das alles ein bisschen heikel. Komm, wir gehen zurück ins Gästehaus und sehen uns die Fotos an.«

Sie setzten sich ins Wohnzimmer. Franz nahm einige der Plastikhüllen aus dem Umschlag und legte sie auf den Couchtisch. Plötzlich wollte sie sich nichts mehr ansehen. Es war, als würde ihr der Boden unter den Füßen weggezogen. Es war so seltsam, dass ein paar Fotos sie nervös machen konnten.

Franz inspizierte die Plastikhüllen.

»Sie sind gut erhalten, genau wie ich erwartet habe«, sagte er. Seine Stimme veränderte sich kaum merkbar, sie wurde nur einen Hauch tiefer. »Als ich sie mir das letzte Mal angesehen habe, war ich auf der Suche nach etwas, mit dem ich meinen Vater erpressen konnte. Meine Großmutter war eine gute Fotografin, hier kann man auch das Gesicht seines Freundes sehen.«

Er wollte ihr eine der Hüllen reichen, aber sie nahm sie nicht. Auf einmal fühlte es sich gefährlich und verhängnisvoll an, sie zu berühren. Ein Schauer lief ihr über den Rücken.

»Was ist denn?«, fragte er. »Willst du sie dir nicht ansehen?«

»Doch schon, aber … ist es schrecklich?« Sie zögerte.

»Die Fotos sind aus einiger Entfernung aufgenommen worden. Man kann keine Details erkennen.«

»Hast du sie dir jetzt alle angesehen?«

»Ganz kurz nur.«

»Kann man die Gesichter der Mädchen erkennen?«

»Nein, aber ich glaube, das ist Absicht. Meine Großmutter wird wahrscheinlich bemüht gewesen sein, die Integrität der Mädchen zu bewahren.«

Er legte ihr den Umschlag hin und machte ein angewidertes Gesicht. Die Luft im Raum war auf einmal stickig und bedrückend. Er wirkte erstaunlich unkonzentriert. Er sah sie an, doch genau genommen sah er durch sie hindurch. Plötzlich wurde ihr klar, warum er froh war, das Material abzugeben. Er konnte den Anblick seines Vaters nicht so lange ertragen.

»Hier sehen wir drei der Männer, die daran beteiligt gewesen sind«, sagte er.

Sie senkte den Blick. Die Plastikhülle enthielt vier Fotos. Sie waren alle in Sepiatönen gehalten. In der Mitte des ersten Fotos war ein nacktes Mädchen zu sehen, dessen Gesicht man nicht erkennen konnte, weil es mit dem Rücken zur Kamera an eine Wand gekettet war. Drei Männer standen hinter ihr. Zwei von ihnen waren relativ deutlich zu erkennen, einer war unscharf. Julia fiel als Erstes auf, dass die Männer so jung aussahen.

Sie hatte sich vorgestellt, dass es alte Männer waren, die sich an Mädchen vergreifen. Diese Männer aber sahen aus, als wären sie zwischen zwanzig bis dreißig Jahre alt – was bedeutete, dass sie heute wahrscheinlich noch lebten. Sie war angewidert, die Aufnahmen sahen schrecklich aus, aber wenn sie ehrlich war, hatte sie etwas noch weitaus Schlimmeres erwartet.

»Wer von denen ist dein Vater?«, wagte sie zu fragen.

Franz wirkte geistesabwesend. Seine Augenbrauen zogen sich zusammen. Er starrte auf eines der Fotos und runzelte die Stirn.

»Also, das ist doch …«, sagte er. »Verdammt, ich weiß, wer das hier ist!«

Kapitel 16

FRANZ

Obwohl die Fotos vor fünfzig Jahren aufgenommen wurden, vergesse ich nie ein Gesicht, und dies ist ein ganz besonderes. Spitzes Kinn, dichte Augenbrauen, die fast zusammengewachsen sind, und eine aristokratisch gebogene Nase. Ich verstehe nicht, warum ich ihn nicht schon erkannt habe, als ich mir die Fotos bei früheren Gelegenheiten angesehen habe, aber ich schätze, ich bin einfach auf der Suche nach einem hässlichen Geheimnis meines Vaters gewesen. Und leider muss ich eingestehen, wenigstens vor mir selbst, dass ich das, was sie getan haben, nicht besonders anstößig fand. Meine sexuellen Vorlieben haben sich im Laufe der Zeit geändert. Dieses Gesicht hatte damals einfach keine Bedeutung. Aber jetzt hat es eine. Es ist sogar von enormer Bedeutung.

»Und … wer ist das dann?«, fragt Julia.

Das Gefühl des Unbehagens lässt nach. Beim letzten Mal, als ich meinen Vater gesehen habe, war er eine verkohlte Leiche, er sollte mich eigentlich nicht mehr berühren können.

»Wer ist das auf dem Bild?«, wiederholt Julia.

»Jasper von Hammar. Kennst du ihn?«

Sie denkt nach.

»Der Name kommt mir bekannt vor.«

»Er ist ein Industrieller, dem mehrere Pharmakonzerne gehören. Er verfügt über ein Vermögen von fünfzig Milliarden Kronen, was ihn zu einem der reichsten Männer des Landes macht.«

Julias Augen funkeln, sie scheint ihn zu kennen.

»Ich habe schon von ihm gehört. Bist du sicher, dass er das ist?«

»Ganz sicher. Ich sehe ihn manchmal hier auf der Insel. Das Sommerhaus der Familie von Hammar steht auf der höchsten Klippe über dem Hafen. Sie haben es gebaut, bevor ich geboren wurde. Es wundert mich überhaupt nicht, dass er Zeit mit meinem Vater verbracht hat – der bevorzugte nämlich genau diese versnobte männliche Gesellschaft.«

»Ich weiß, welches Haus es ist«, sagt sie. »Warum hat ein so reicher Mann ein Sommerhaus auf der kleinen Insel Dimö? Und warum nicht im Ausland?«

»Ein Haus in den schwedischen Schären zu haben, ist ein Muss, wenn man stinkreich ist. Status. Hering und Schnaps im Hochsommer, mit Blick aufs Meer. Das sind schwedische Traditionen. Die Elite ist in der Regel besonders konservativ, traditionell und patriotisch.«

Es macht mir Spaß, Julia die Welt zu erklären. Man kann sehen, dass sie alles wissbegierig aufnimmt.

»Das stimmt«, nickt sie. »Und wahrscheinlich haben sie noch zusätzlich ein Sommerhaus im Ausland. Aber was nützt uns dieses Foto?«

»Im Moment gar nichts«, sage ich, auch wenn das nicht stimmt.

Ich brauche eine Atempause, um mir einen Plan auszudenken. Mein Verstand ist schon auf der Suche nach der besten Möglichkeit, daraus Kapital zu schlagen.

»Bis jetzt beweist es nichts, und ich bezweifle, dass Jasper einem Interview zustimmen würde«, fahre ich fort. »Aber wenn ich die Fotos mitnehmen darf, kann Hampus, mein IT-Mann, alle Personen darauf identifizieren.«

»Oh ja, bitte«, sagt sie.

Ich zeige auf das Foto, auf dem mein Vater am deutlichsten zu sehen ist.

»Hier ist er«, sage ich und reiche ihr den Umschlag.

Julia betrachtet das Foto mit unverhohlener Faszination. Dann verzieht sich das Gesicht, wird ausdruckslos, ihre Lippen werden schlaff. Ihr sonst so witziger, intelligenter Ausdruck ist verschwunden. Der aufmerksame, leicht ironische Blick verblasst. Schließlich hebt sie den Kopf und sieht mich direkt an. Ihr Schweigen jagt mir einen Schauer über den Rücken. Ich möchte nicht, dass sie mich mit ihm vergleicht.

»Du siehst zu hundert Prozent wie Karin aus«, sagt sie. »Und nicht im Geringsten wie dieses Schwein.«

Eine Welle der Erleichterung überschwemmt mich. Mir tut der Kiefer weh, weil ich zu fest auf meine Zähne gebissen habe.

»Wirklich? Sind wir uns nicht ein bisschen ähnlich? Ich dachte immer …«

»Hast du den Verstand verloren, Franz? Man sieht doch überhaupt nicht, dass ihr verwandt seid. Bist du sicher, dass er tatsächlich dein Vater ist?«

»Ja, Julia, ganz sicher«, sage ich und lache nervös.

Erleichtert verlasse ich die Hütte und schlendere langsam in Richtung des Herrenhauses. Über mir hängen schwere Wolken, die Luft ist klar und feucht. Ich wende den Blick nach oben und denke, dass es so leicht ist, in den gewohnten Bahnen des Lebens stecken zu bleiben, dass man vergisst, wie grenzenlos der Himmel ist, selbst an einem bedeckten Tag wie diesem. Im Personalbüro treffe ich auf meinen IT-Techniker Hampus. Er wendet sich von seinem Computer ab und strahlt, als er mich sieht.

»Hey Chef! Hast du irgendetwas Spannendes am Laufen?«, fragt er mit einem schiefen Lächeln. Hampus neigt dazu, sich ganz und gar in das zu vertiefen, was er gerade tut, und dann auch auf Schlaf zu verzichten.

Ich ziehe einen Stuhl hervor, setze mich und lege die Plastikhüllen auf den Tisch vor seinem Computer. Seine Augen fliegen über die Fotos. Ich erkläre ihm, wo und wann sie aufgenommen wurden, und gebe ihm genaue Anweisungen.

Ich zeige auf meinen Vater und seinen Onkel Markus, die auch auf einigen der älteren Fotos zu sehen sind. *Scheiß auf sie, sie sind tot.* Dann zeige ich auf Jasper von Hammar. *Bei dem musst du ganz tief graben.* Und schließlich zeige ich auf den verbliebenen Mann. *Man kann ihn nicht deutlich erkennen, aber versuch mal herauszufinden, wer er ist.*

Nächster Halt ist mein Büro. Magdalena ist gerade eingetroffen – um meine Therapiesitzung durchzuführen.

Ich mag mir das eigentlich nicht antun. Früher konnten mich unsere Duelle amüsieren, aber jetzt habe ich sie herbestellt. Und ich habe nicht die Oberhand.

Elyssa hat sie bereits in mein Büro geführt. Sie sitzt in einem der Sessel und lehnt sich mit ausgestreckten Beinen zurück.

»Hallo, Franz!«, sagt sie. »Ich dachte, wir sitzen heute mal hier statt an Ihrem Schreibtisch, das ist bequemer. Ihre reizende Sekretärin ist schon Kaffee und Wasser holen gegangen.«

Ich lasse mich in den Sessel ihr gegenüber sinken und lächle steif.

Sie sieht mich auf eine Weise an, die mir nicht gefällt. Als wären wir uns noch nie begegnet – und als wolle sie sich nun einen ersten Eindruck machen.

Ich könnte sie natürlich bitten, nach Hause zu gehen, und ihr sagen, dass dies ein Fehler war. Andererseits wäre es auch nicht verkehrt, die Angelegenheit aus der Welt geschafft zu haben, bis ich Thor das nächste Mal treffe.

»Ich hoffe, es hat nicht zu viel Mühe gemacht hierherzukommen?«, frage ich.

»Nein, überhaupt nicht. Ich komme gerade aus Uddevalla. Ich habe die Nacht dort verbracht – und habe gestern Abend einen Vortrag vor einem Haufen Rentner gehalten.«

»Und, wie ist es gelaufen?«, frage ich, hauptsächlich, um höflich zu sein.

»Ja, die Hälfte von ihnen ist eingeschlafen, der Rest war auf Tinder.«

Ihr Witz wirft mich aus dem Gleichgewicht, bringt mich zum Lachen, aber vielleicht ist das auch Absicht.

»Zuerst möchte ich mich bedanken, dass ich hierherkommen durfte«, sagt sie aufrichtig. »Ich weiß, dass Sie einige Vorbehalte gehabt haben, aber es ist ein gutes Zeichen, dass Sie unsere Gespräche wieder aufnehmen wollen.«

»Wir werden sehen, wie es läuft«, sage ich zurückhaltend.

»Ich habe mir überlegt, dass wir wieder bei null anfangen sollten«, sagt sie.

Na, das ist ja typisch, denke ich. Wie ein Sprung über den Zaun. Es hat mich immer genervt, dass Magdalena sich in den Therapiesitzungen kindischer Gleichnisse bedient. Sie streift mit ihren Augen durch den Raum, hinüber zu meinem Schreibtisch.

»Wenn Sie Taschentücher suchen, ich brauche keine«, sage ich.

Darauf geht sie nicht ein.

»Ich hätte gern, dass Sie mir ein bisschen von sich erzählen, ich werde auch keine Zwischenfragen stellen«, sagt sie.

Noch schlimmer. Bei ihren Fragen kann man sich normalerweise nämlich leicht aus der Affäre ziehen. Ich atme tief ein und lasse die Luft durch meine Nase entweichen – und versuche zu entscheiden, wie ich mit dieser Sache umgehen soll.

Es folgt ein langes Schweigen.

»Franz, manchmal ist es schwer zu wissen, wo man anfangen soll.«

Das Schweigen hält an.

»Können Sie mir von Ihrem Leben erzählen, wie Sie es im Augenblick sehen?«

»Was soll das nützen?«

»Wir haben noch nicht viel darüber gesprochen, wie Sie zum Beispiel Ihre Kindheit erlebt haben. Es kann sein, dass Sie in den verstreuten Bruchstücken Ihrer Lebensgeschichte unbewusst nach Antworten suchen.«

Innerlich seufze ich. Natürlich interessiert sie sich für meine Kindheit, wie alle Psychologen. Ich lasse mich darauf ein und erzähle ihr von meinem Vater, von den Folterungen im Keller und der Zeit in der Hölle. Darüber haben wir bisher noch nicht gesprochen. In meiner Einfalt gehe ich davon aus, dass sie sich mit einer so schockierenden Enthüllung zufriedengibt.

Ich benutze die richtigen Worte: *Missbrauch, Folter, Trauma* – all die Dinge, die eine Psychologin hören will. Aber für mich ist das alles sinnlos. Sie kann mir sowieso nicht helfen.

Dann passiert jedoch etwas. Während ich spreche, spüre ich, wie meine Augen feucht werden. Es ist nicht das gleiche Gefühl, das mich bei Thor überfällt, die Wärme und das Gefühl von Zärtlichkeit. Stattdessen ist es die Erkenntnis, dass Magdalena mir wirklich zuhört und jedes Wort aufnimmt. Es ist ein trauriger Bericht aus dem Leben eines dreijährigen Kindes, und als ich meine eigene Stimme höre, berührt mich das.

Elyssa kommt mit einem Tablett mit Kaffee und Wasser, aber ich registriere nur im Augenwinkel, dass sie da ist.

Als ich verstumme, nickt Magdalena zwar nachdenklich, sagt aber nichts. In einem unbedachten Augenblick beschließe ich, alle Karten auf den Tisch zu legen und alles von mir zu erzählen. Von meinen Gefühlen. Von den Albträumen. Von dem Tag, als ich auf dem Teufelsfelsen stand und loslassen wollte. Und schließlich von meiner letzten Begegnung mit Thor.

»So habe ich mir das Leben nicht vorgestellt«, sage ich heiser. »Niemand stürzt sich freiwillig in ein Schicksal wie das meinige, wenn man die Macht hat, es zu vermeiden. Ich habe einfach die Kontrolle verloren.«

»Ging es Ihnen auch so, als Sie auf dem Teufelsfelsen gestanden haben?«, fragt sie.

»Irgendwie schon. Als würde ein riesiger Seeadler über mich hinweggleiten, und die Erschütterungen in der Luft stießen mich über die Klippe. Etwas Dunkles, Primitives, ein berauschendes Schwindelgefühl.«

Wieder Schweigen.

»Danke, dass Sie mir das erzählt haben«, sagt sie leise. »Es ist schon eine ganze Menge für eine einzige Sitzung, deshalb habe ich einen Vorschlag. Ich habe mir gedacht, wir sollten ein wenig über Thor sprechen. Ist das in Ordnung?«

»Warum über ihn?«, frage ich misstrauisch.

Thor ist die letzte Person, über die ich jetzt sprechen möchte.

»Weil er derjenige ist, der Ihnen am nächsten steht«, antwortet sie.

»Über ihn gibt es aber gar nicht viel zu sagen. Er treibt mich in den Wahnsinn, während ich es gleichzeitig nicht ertrage, nicht bei ihm zu sein. Ich glaube, man könnte sagen, er ist meine Achillesferse.«

»Wie war Ihre Beziehung, als er noch klein war?«, fragt sie.

»Sporadisch. Ich hatte nicht viel Zeit für die Kinder, war mit meinem Geschäft beschäftigt, bin viel ins Ausland gereist.«

»Und wie war es, als Sie sich kennengelernt haben?«

»Alle haben sich geirrt«, platzt es aus mir heraus, denn ich erinnere mich plötzlich an meine Frustration. »Sie hatten ein verzerrtes Bild von mir. Sie wissen schon, Väter, die ihre Söhne verehren, wenn sie so sind wie sie selbst.«

»Das verstehe ich jetzt nicht?«, erwidert Magdalena verwirrt.

»Alle dachten, ich würde Vic, Thors Zwillingsbruder, bevorzugen. Aber sie haben sich so verdammt geirrt. Vic war ein Abbild von mir, ahmte mich nach, folgte mir wie ein Schatten. Thor war ganz anders. Ich glaube, ich habe damals alle außer ihm verachtet. Es war so rätselhaft.«

»Inwiefern?«

Sie sieht mich direkt an und wartet auf eine Antwort.

»Thor war erstaunlich intelligent, ohne dabei überheblich zu sein. Ich stand im Klassenzimmer und hörte ihm zu, wenn er Fragen beantwortete. Er hatte auf alles eine Antwort. Er musste sich nie anstrengen. Er hat auch nie versucht, sich durchzusetzen. Und irgendwann bekam ich … wie soll ich das ausdrücken? Ich bekam Angst.«

Die Lautstärke meiner Stimme hebt sich um eine Oktave, sodass sie in meinen Ohren unangenehm schrill klingt.

»Mir wurde gesagt, dass er mich eines Tages als Anführer stürzen würde, eines Tages mein Geschäft übernehmen und es mit seiner verfluchten Güte umgestalten würde. Ihn hat einfach nichts beeindruckt. Ich konnte nicht durch seine Schale dringen.«

Das alles klingt zwar vollkommen irre, aber Magdalena scheint nicht überrascht zu sein. Stattdessen deutet sie an, dass ich fortfahren soll. Ihre Bewegung ist sanft und gemessen.

»Damals habe ich niemanden an mich herangelassen. Bis zu meinem Schlaganfall war ich so. Julia hätte es fast geschafft, aber dann kam mir der Unfall mit Vic in die Quere. Und danach kam Thor und hat mich besucht, als ich gelähmt war. Er saß einfach da und hielt meine Hand. Trotz allem, was ich getan habe, trotz der Tatsache, dass ich der schlechteste Vater der Welt war. Er hat etwas in mir zerbrochen, das nie wieder ganz sein wird. Es war wie ein Sturz in die Hölle.«

Plötzlich sieht Magdalena besorgt aus.

»Aber Sie sind doch gern mit Thor zusammen, oder? Er macht Sie glücklich, wenn er hier ist?«

»Meistens schon, aber nicht bei seinem letzten Besuch. Sein Blick hat mir Angst gemacht. Es war, als würde ich in den Spiegel sehen und ein neueres, besseres Modell von mir selbst entdecken.«

»Inwiefern besser?«

Ich seufze dramatisch.

»Ich weiß es nicht. Na ja, ein Modell ohne Ballast.«

»Erleben Sie das auch mit anderen Leuten, oder ist es nur bei Thor so?«, fragt sie.

Ich denke darüber nach.

»Mit einigen anderen leider auch. Mit Julia auf jeden Fall. Meine Sekretärin Elyssa geht mir auf die Nerven, aber es fällt mir schwer, wütend auf sie zu sein, weil sie die personifizierte Güte ist. Neulich habe ich die Kontrolle verloren, als meine Mutter emotional wurde. Und dann dieser Pfarrer, Emil, der mich dazu bringt, über dieses und jenes zu sprechen, nur weil er so voller Einfühlungsvermögen ist. Das sind doch alles Energieräuber, aber ich habe nicht die Kraft, mich von ihnen zu lösen. Es scheint fast so, als bräuchte ich sie, um zu atmen.«

Ich merke, dass meine Stimme die nervöse Schwingung verloren hat. Plötzlich sehe ich alles ganz klar. Die Menschen, mit denen ich mich umgebe, sind das genaue Gegenteil von mir. Wie ist es dazu gekommen, wie bin ich zu dem geworden?

»Was sagen Sie dazu, Magdalena? Wie lautet Ihre Analyse dieser Gefühlssuppe?«, frage ich mit einem verlegenen Lächeln.

Für ein paar Sekunden schließt Magdalena die Augen. Als sie mich wieder ansieht, ist ihr Blick klar.

»Ich glaube, Sie fühlen sich zu Menschen hingezogen, denen die Eigenschaften fehlen, die Sie an sich selbst verachten.«

»Wie?«, sage ich. »Weil die anderen gut sind und ich ein schlechter Mensch bin?«

»Nein, ganz und gar nicht. Weil sie die größte Chance bedeuten, Sie zu retten.«

Es hat etwas mit der Einfachheit der Worte zu tun, das

ist keine Provokation, nur eine einfache Aussage. Ich sitze da, gefangen in diesem Moment, und kann mir nicht einmal erklären, was da passiert. Einen Augenblick lang spüre ich eine Veränderung in mir, als ob etwas Grundlegendes an seinen Platz fällt.

»Danke«, sage ich mit leiser Stimme und hoffe, dass Magdalena es nicht hört.

Sie lächelt freundlich.

»Und was machen wir jetzt?«, frage ich.

»Was Sie mir erzählt haben, ist ein guter Anfang, darauf können wir aufbauen. Es ist ausgezeichnet, dass Sie Ihre Familie erforschen. Sie werden sicher andere Menschen finden, die nicht so waren wie Ihr Vater. Ich würde gern mehr darüber erfahren, wenn wir uns das nächste Mal treffen. Und setzen Sie auf jeden Fall Ihre Gespräche mit diesem Pfarrer fort.«

Magdalena lehnt das Mittagessen dankend ab, weil sie das Dorf erkunden und im dortigen Café eine Kleinigkeit essen möchte.

Nachdem sie das Büro verlassen hat, bleibe ich noch lange im Sessel sitzen. Von dort aus sieht man vor dem Fenster nur einen gleichmäßig grauen Himmel. Da draußen gibt es nichts, kein Geräusch, keine Bewegung, nur Luft und die düstere Wirklichkeit, die sich – zumindest in diesem Augenblick – nicht mehr ganz so aufdringlich anfühlt.

Kapitel 17

DER MANN IM SCHATTEN, GEGENWART

Wieder einmal ist er im Strudel seiner Gedanken gefangen, die er nicht kontrollieren kann. Manchmal denkt er mit einer geradezu irrationalen Sehnsucht an das Herrenhaus. Der schönste und schrecklichste Ort, den er kannte.

Als Kind lief er an dem Anwesen vorbei und fantasierte von dem großartigen Leben, das sich dort hinter den Mauern abspielte, und zwar, weil das Leben, das außerhalb der massiven Eisentore stattfand, so elend und erbärmlich war. Das Herrenhaus schien aus einem Märchen zu kommen – nebelverhangen, rätselhaft und sonderbar deplatziert im Schärengarten. Als sei das Haus von Gott persönlich erbaut und dort hingestellt worden.

Als ihm später Zugang zu dem Anwesen gewährt wurde, war er gleichermaßen angewidert und fasziniert von der Dekadenz, die dort herrschte. Unter der Oberfläche schwelte aber der Neid.

Es schien äußerst unwahrscheinlich, dass er an einen solchen Ort passte. Aber tatsächlich fühlte es sich vom ersten Tag an natürlich an. Es war, als schlüpfe seine Hand in einen Handschuh. Er schwebte durch die dunklen Gänge mit einer unglaublichen Selbstverständlichkeit.

Das Haus war ein Ort mit einer bedeutenden Geschichte, dies konnte man überall spüren. Die Treppengeländer waren von den Händen vergangener Generationen blank poliert. Die Wände verströmten den Geruch von verborgenen und streng gehüteten Familiengeheimnissen. All die Räume, die tagsüber leer standen: die Bibliothek, das Musikzimmer und der Ballsaal mit seinem riesigen Kamin aus großen Steinblöcken. Jede Oberfläche atmete bittersüße Erinnerungen.

Die Partys, mit Luxusautos, die sich an der Einfahrt stauten und sie verstopften, der Geruch von teurem Parfüm, das Klirren der Eiswürfel in den Kristallgläsern, die Mädchen mit verträumten Blicken und feuchten Lippen. Er spürte, wie sein ganzer Körper vor Spannung vibrierte. Mal wünschte er sich weit weg von diesem Ort, nur um sich im nächsten Moment von dem Geheimnis des gleichen Ortes mitreißen zu lassen – es war ein einziger Nervenkitzel.

Von Anfang an hatte es ihn auf den Dachboden gezogen, aber der Weg war ihm versperrt.

Erst in der allerletzten Nacht verschaffte er sich Zugang, und was dann geschah, spielte sich seit fünfzig Jahren immer und immer wieder in seinem Kopf ab, ohne dass sich auch nur ein einziges Detail veränderte. Warum löscht sein Gehirn die Erinnerung an diesen Tag nicht einfach, um ihn zu beschützen?

Seine Sicht wird unscharf, die Außenwelt verschwimmt. Der Boden unter seinen Füßen, das Meer, das kleine Stückchen Himmel.

Er wiegt den Umschlag in seiner Hand.

Dass ein so unscheinbarer Brief eine so brisante Botschaft enthalten kann.

Jetzt werden sie endlich handeln müssen.

Kapitel 18

JULIA

Für die Nebensaison war das Café im Dorf erstaunlich voll. Kurt saß in einer Ecke des Raumes und winkte Julia zu. Sie schüttelte ihm die Hand. Seine war herrlich warm, ihre vom Spaziergang noch kalt. Er zog sie dicht an sich und umarmte sie kurz.

Kurt Burman war über siebzig und hatte ein wettergegerbtes, kraftstrotzendes Aussehen mit tiefen Lachfalten. Seine Augen wirkten lebhaft und hellblau. Sein Haar war weiß, kurz geschoren und weich wie Flaum. Die meiste Zeit über war er scherzhaft und gesprächig, aber unter der heiteren Oberfläche lag auch eine Niedergeschlagenheit. Man sah ihn auf der Insel oft mit seinen beiden Schäferhunden spazieren gehen, aber heute hatte er sie nicht dabei.

»Sieh dich an!«, sagte er bewundernd. »Wenn ich an den Sturm denke, der im Frühling über die Insel gezogen ist. Ich kann wirklich nicht fassen, dass du wieder zurückgekommen bist. Komm, setz dich. Ich habe uns schon Muschelsuppe bestellt. Du magst doch die Muschelsuppe hier?«

»Ja, danke. Sie ist so gut.«

Sie setzten sich einander gegenüber.

»Wie geht es deiner Allergie?«, fragte sie höflich.

»Besser. Ich nehme ein Medikament, das zwar hilft, aber es macht mich auch müde.«

»Und wie sieht es sonst aus?«

»Es läuft ganz gut«, sagte er zögernd. »Ich bin nach der Pensionierung ein bisschen depressiv geworden. Die Sehnsucht nach dem Meer. Obwohl die kommerzielle Fischerei ohnehin vom Aussterben bedroht ist. Es gibt nur noch etwa tausend von uns in ganz Schweden.«

»Das habe ich nicht gewusst«, sagte Julia. »Ist es so schlimm?«

»Schlimmer denn je. Einige nehmen Touristen mit auf ihre Angelausflüge, um ihr Einkommen aufzubessern. Andere haben vor, ihre Fischerhütten zu schließen und sie in Herbergen umzuwandeln. Wie traurig ist das! Früher war der Fischfang die Haupteinnahmequelle der Insel, jetzt ist es der Tourismus.«

Sie saßen eine Weile schweigend da. Julia hatte eine lange Liste von Fragen im Kopf, aber jetzt beschloss sie, noch damit zu warten. Stattdessen setzte sie sich neben Kurt und klappte ihren Laptop auf.

»Ich möchte dir etwas zeigen, Kurt. Wir hören auf, wenn das Essen kommt.«

Sie zeigte auf das Schulfoto der Mädchen, das sie auf dem Desktop gespeichert hatte.

»Das ist ein Klassenfoto von Helena aus dem Jahr, als sie verschwunden ist. Die Personen auf dem Foto müssten jetzt fünfundsechzig Jahre alt sein. Erkennst du irgendjemanden wieder?«

Kurt winkte abweisend mit der Hand.

»Natürlich erkenne ich sie, alle. Wir sind auf Dimö, Julia. Hier kennen sich die Leute untereinander. Und mein Gedächtnis hat mich noch nicht im Stich gelassen.«

»Das ist gut. Wohnt noch jemand von ihnen hier? Wenn ja, würde ich sie gerne besuchen.«

»Moment mal …« Er ließ den Blick langsam über das Foto gleiten. »Ich glaube, du musst mit jemandem sprechen, der Helena wirklich kannte, oder du wirst nichts als Gerüchte hören. Und die meisten der Leute auf dem Foto sind aufs Festland gezogen.«

»Erkennst du sie denn alle wieder?«, fragte sie erstaunt.

»Fast alle. Ich sehe hier sogar eine Person, mit der du unbedingt sprechen solltest. Ich erinnere mich …« Er geriet ins Stocken und starrte ausdruckslos vor sich hin.

»Woran denkst du gerade?«, ermutigte Julia ihn sanft.

»… dass er ein bisschen in Helena verliebt war. Sie haben viel Zeit miteinander verbracht.«

Er zeigte auf einen Jungen in der mittleren Reihe, der einen Kopf größer war als die anderen, schlank, dunkelhaarig und mit einem gequälten Gesichtsausdruck, der verriet, dass er der unangenehmen Situation des Fotografiertwerdens am liebsten entkommen wollte.

»Sein Name ist Stefan Bondesson. Introvertiert und ein Einzelgänger. Das ist er immer noch.«

»Weißt du, was er jetzt macht?«

»Er arbeitet als Gärtner in der Pension. Bist du ihm noch nie begegnet?«

Julia erinnerte sich flüchtig an einen Mann, der bei ihrem letzten Besuch auf einem Flakmoped vorbeigefahren war.

»Doch, ich glaube schon«, sagte sie.

Elvira, Thors Mutter, hatte mit ihrem Mann Simon die einzige Pension auf Dimö betrieben. Er baute Gemüse an und war gleichzeitig der hauseigene Koch.

Elvira kümmerte sich um die Gäste. Die Pension hatte den Ruf, eine der besten in ganz Schweden zu sein, und hatte schon mehrere Preise gewonnen. Julia war in diesem Sommer nicht so oft zu Besuch da gewesen, weil Thor sich mit Elviras Schwangerschaft so schwergetan hatte. Ihn überforderte die Vorstellung, bald ein zwanzig Jahre jüngeres Halbgeschwisterchen zu haben. Also erfand er jedes Mal, wenn Julia dorthin fahren wollte, irgendwelche Ausreden. Das Baby konnte täglich kommen, und auch Thor würde sich bestimmt irgendwann damit anfreunden. Er brauchte immer viel Zeit, um sich mit großen Veränderungen abzufinden.

Die Kellnerin brachte ihnen das Essen. Julia schob den Computer beiseite. Die Suppe war schön heiß und wurde mit Sauerteigbrot aus der hauseigenen Bäckerei serviert. Es schmeckte so gut, dass sie kleine genussvolle Laute von sich gab, über die Kurt lachte.

»Wollen wir jetzt ein bisschen über die Mädchen reden?«, schlug Julia vor, als sie mit dem Essen fertig waren. »Woran kannst du dich erinnern?«

Kurt lehnte sich zurück und dachte nach.

»Ich habe natürlich Helena sehr gut gekannt«, sagte er, und sein Blick wurde ganz weich. »Wie soll ich sie beschreiben? Sie war so voller Leben, dass die Luft um sie herum knisterte. Meine Schwägerin Siv hatte allerdings Schwierigkeiten mit ihr. Sie stritten viel. Aber so ist das mit allen Teenagern.«

»Gab es etwas Bestimmtes, worüber sie sich gestritten haben?«

Kurt strich sich nachdenklich übers Kinn.

»Nun, das weiß ich nicht. Helena verstand sich gut mit ihrem Vater, meinem Bruder. Er war zwölf Jahre älter als ich, sehr beherrscht. Ich war der etwas lästige Nachzügler. Siv konnte manchmal zu fürsorglich sein, und Helena mochte keine Regeln. Dabei hat Siv getan, was sie konnte, sie war keine schlechte Mutter.«

»Erinnerst du dich noch an irgendetwas anderes?«, fragte Julia. »Was hatte Helena für Interessen?«

»Tiere«, sagte er, ohne nachdenken zu müssen. »Sie hat sich auf den Bauernhöfen herumgetrieben, hat die Pferde gestriegelt und die Ställe ausgemistet. Die Bauern ließen sie zum Dank reiten. Und sie hat so lange gebettelt, bis sie einen Hund bekam, den sie überallhin mitnahm.«

»Und die beiden anderen Mädchen, Christina und Anna-Lina?«

»Christina Gylling habe ich gar nicht gekannt, deshalb kann ich nichts über sie sagen. Aber Anna-Lina war ein bisschen speziell.«

»Inwiefern?«, fragte Julia.

»Sie war das älteste Kind von Pfarrer Moraeus. Sie war noch wilder als Helena. Siv mochte es nicht, dass sie Zeit zusammen verbrachten, weil sie fand, dass Anna-Lina einen schlechten Einfluss auf Helena hatte. Die Jungen umschwärmten Anna-Lina wie die Fliegen, und nicht nur Jungen, auch Männer.«

Julia gab einen kehligen Laut von sich.

»Ich bitte dich. Sie war doch erst fünfzehn«, sagte sie, erinnerte sich aber Sekunden später daran, wie aufregend erwachsene Männer sein können, wenn man in der Pubertät ist. Sie selbst war gerade sechzehn geworden, als sie eine Beziehung mit Franz angefangen hatte, einem Mann, der fast dreißig Jahre älter war. Das Foto von Anna-Lina ließ vermuten, dass sie eine Frau von diskreter, altersloser Schönheit geworden wäre, wenn man sie nur hätte leben lassen.

»Starr mich nicht so an«, sagte Kurt. »Ich bin nicht hinter Anna-Lina her gewesen. Aber es gab andere, ältere Typen, die das taten.«

»Und was hat der Pfarrer dazu gesagt?«

Kurt schüttelte langsam den Kopf.

»Das hat ihn wahnsinnig gemacht. Was sich hinter verschlossenen Türen im Pfarrhaus abspielte, darüber möchte ich lieber nicht spekulieren. Moraeus war ein Pfarrer der alten Schule. Streng. Ein wenig zornig. Ganz und gar nicht wie dieser neue …«

»Emil, meinst du?«

»Ja, genau. Gut, dass er zu uns gekommen ist.«

»Da war noch eine Sache«, sagte Julia. »Du sagtest am Telefon etwas von Gerüchten. Was hast du damit gemeint?«

Kurt zuckte mit den Schultern.

»Klatsch und Tratsch verbreiten sich in einem kleinen Dorf wie Läuse.«

»Was für Gerüchte?«

Er zögerte einen Augenblick. Dann lehnte er sich vor.

»Einige sagten, die Mädchen hätten irgendeinen Unfug gemacht. Was mit Hexerei.«

»Hexerei? Warum haben sie das gesagt?«

»Sie haben sich nachts rausgeschlichen. Siv hat Helena einmal erwischt und sie dazu gebracht, ihr zu verraten, dass sie mit Anna-Lina und Christina zusammen gewesen war. Aber sie weigerte sich zu erzählen, was sie getan hatten. Allerdings … sie hat wohl nach Rauch gerochen.«

»Dann hatten sie heimlich geraucht, oder was?«

»Das dachte Siv auch. Aber dann kamen böse Gerüchte auf. Jemand behauptete, er habe die Mädchen an einem Lagerfeuer im Wald gesehen. Ein anderer fügte hinzu, sie hätten nackt um das Feuer getanzt. Eine Mitschülerin behauptete, sie habe im Duschraum eine giftige Spinne über Anna-Linas Rücken krabbeln sehen.«

Er beugte sich noch weiter vor, und als er dann sprach, war seine Stimme fast nur ein Flüstern.

»Du kennst doch die Geschichte von der Gräfin, nicht wahr?«

»Ja, und?«

»Eines der Gerüchte besagte, dass die Gräfin ihnen einen ihrer Streiche gespielt hat. Dass ihr diese Einfälle nämlich nicht gefielen und sie ihnen eine Lektion erteilen wollte. So habe sie sie auf die Felsen gelockt, von denen aus sie dann in den Tod gesprungen sein sollen.«

»Glauben die Leute diesen Blödsinn?«, fragte Julia und winkte abwehrend mit den Händen.

Kurt wirkte beleidigt.

»Für Außenstehende ist es einfach, sich über unsere Legenden lustig zu machen. Einige haben die Gräfin im letzten Monat im Moor gesehen. Aber darüber redet man nicht mit Fremden. Vielleicht hätte ich gar nichts sagen sollen.«

»Tut mir leid«, sagte Julia schnell. »Darf ich fragen, ob du sie auch schon einmal gesehen hast?«

Es klang so idiotisch, dass sie spürte, wie ihre Wangen heiß wurden. Aber Kurt verzog keine Miene.

»Nein, nicht auf der Insel, aber manchmal draußen auf dem Meer. Wenn der Nebel undurchdringlich war, hat sie mich zum Hafen begleitet. Sie ist da überall, im Wind, im Wald, draußen auf dem Meer. Ihre Trauer war so groß, dass sie sich an diesen Ort geklammert hat und zu einem unvergänglichen Bestandteil der Natur geworden ist. Es heißt, dass sie nun über uns Inselbewohner wacht. Manchmal hilft sie. Manchmal treibt sie ihr Unwesen.«

Julia erkannte, dass dies nicht der richtige Zeitpunkt war, um Kurt zu befragen. Sie hatte mal gelesen, dass die meisten Fischer abergläubisch sind. Das Meer ist so gefährlich und unberechenbar. Da gibt der Aberglaube den Menschen ein

Gefühl von Kontrolle, die Kenntnis von wiederkehrenden Zeichen und Mustern, die nur sie entschlüsseln können.

»Erzähl mir bitte noch mehr über die Gräfin«, sagte sie.

Verschwörerisch senkte er seine Stimme.

»Ihr Geist kann die Form von Wind oder Nebel annehmen. Manchmal stößt sie ein melodisches Heulen aus, einen Ruf, um die Lebenden anzulocken. Sie zeigt sich, lässt einen Dinge hören und sehen. Einst soll sie ein Mensch aus Fleisch und Blut gewesen sein, jetzt ist sie eher so etwas wie ein Echo.«

»Wie ein Echo?«

Kurt zeigte auf Julias Herz.

»Von dem, was da drin ist. Die Wahrheit, wer wir wirklich sind. Was könnte erschreckender sein?«

Eine sonderbare, fast kalte Stille entstand. Julias Hals wurde ganz trocken.

»Die Gräfin ist nur ein Geist«, fuhr Kurt fort. »Sie kann dir rein körperlich keinen Schaden zufügen. Ihre Macht liegt darin, in dein Bewusstsein einzudringen, deine Gedanken zu übernehmen und deine Entscheidungen zu beeinflussen.«

»Aber … wenn das, was du sagst, wahr ist, warum findet sie dann keinen Frieden?«

Kurt senkte die Schultern, musste sich sammeln, um antworten zu können.

»Sie hat den größtmöglichen Verrat erfahren, wurde mit dem Versprechen der Liebe hierhergelockt und dann im Herrenhaus eingesperrt. Ihr Ehemann terrorisierte und missbrauchte sie und ihre Kinder, bis sie keinen anderen Ausweg mehr gesehen hat, als ihn zu töten, um ihre Kinder zu retten. Danach hat sie sich selbst das Leben genommen. Wie soll man nach so etwas Frieden finden? Nach ihrem

Tod kehrte sie als Geist zurück, um für ihre Tochter Sigrid da zu sein. Aber sie war nicht in der Lage, sie vor ihrem Onkel zu beschützen. Nun hat sie es vor allem auf Männer abgesehen und bohrt sich in die Seelen der Bösen.«

Julia sah ihn nachdenklich an.

»Irgendwie ist es aber unlogisch.«

»Was denn?«, fragte Kurt und runzelte die Stirn.

»Wenn sie es angeblich so auf Männer abgesehen hat, warum sollte sie dann die drei Mädchen zum Felsen locken?«

»Da hast du recht«, gab er zu. »Es ist bequem und praktisch, die Schuld auf einen Geist zu schieben, wenn man keine anderen Lösungen findet. An das Gerücht mit der Gräfin, die für den Tod der Mädchen verantwortlich war, habe ich ohnehin nie geglaubt. Aber das heißt nicht, dass ich ihre Existenz leugne.«

»Trotzdem«, sagte Julia, leise, fast wie zu sich selbst.

»Was?«

»Die Gerüchte haben einen Eindruck auf dich gemacht. Warum?«

»Der ganze Vorfall hatte etwas Unheimliches, Unnatürliches an sich. Die Stimmung auf der Insel veränderte sich mit ihrem Verschwinden schlagartig. Man konnte fast den Geschmack des Todes riechen. Es ist schwer zu erklären, aber Dimö ist seitdem nicht mehr dieselbe Insel. Als wäre uns etwas weggenommen worden, es entstand das Gefühl, dass wir dunkleren Zeiten entgegengehen.«

Kurts zitternde Hand unterstrich, wie ergriffen und erschüttert er war.

»Du hast dich viel mit der Legende von der Gräfin beschäftigt, oder?«, fragte Julia.

»Ich habe sie erzählt bekommen, als ich so klein war«, sagte er und legte seine Hand auf die Tischplatte.

In diesem Augenblick wurde Julia klar, dass die Gerüchte keine Rolle spielten. Den Mädchen war etwas zugestoßen. Etwas Schreckliches.

»Ich glaube, sie wurden ermordet«, sagte sie, auch um Kurts Reaktion zu testen.

Er sah auf seine Hände.

»Die Polizei hat das damals auch angenommen, aber ohne Beweise und ohne Leichen konnte man nichts unternehmen. Und die sind niemals aufgetaucht.«

»Ich weiß, aber mein Bauchgefühl sagt mir das.«

Eigentlich wusste sie nicht, ob ihr Bauchgefühl richtiglag oder ob sie sich an einen Strohhalm klammerte. Aber bei einer Sache war sie sich sicher. Irgendwo gab es eine Verbindung zwischen den Mädchen und dem, was im Herrenhaus vor sich gegangen war, als Franz' Vater noch gelebt hatte. Sie verstand es nicht und konnte sich nicht erklären, warum sie sich so sicher war, genauso wenig konnte sie erklären, weshalb sie wusste, dass die Mädchen keinen Selbstmord begangen hatten. Ihre Haut kribbelte, und ihr schnürte sich der Hals zu. *Ich werde nicht aufhören, bis ich die Wahrheit kenne.*

Die Geräusche des Cafés verstummten. Kurt gehörte zu der Sorte Mensch, die Schweigen gut aushalten können. Er hatte überhaupt nicht das Bedürfnis, die Stille mit Small Talk zu füllen. Er konnte beides, wie ein Wasserfall reden und nachdenklich schweigen. Sie beobachtete ihn, wie er aus dem Fenster sah. Auf die Bäume, die sich im Wind wiegten. In den leeren Herbsthimmel. Sein Gesichtsausdruck verriet seine Gefühle nicht, aber sie wusste, wie sehr ihn das Gespräch erschüttert hatte.

Eine Familie ging an ihrem Tisch vorbei, und er drehte sich wieder zu ihr um.

»Es ist ein bisschen seltsam, dass ich von dieser Geschichte noch nie etwas gehört habe«, sagte sie.

»Du vermutest, dass wir Alten die Mädchen vergessen haben«, sagte er. »Aber das ist nicht wahr. Die kollektive Trauer war so groß, dass die Menschen hier Trost gesucht haben. Und dafür auch die Legende von der Gräfin benutzt haben. Aber darüber spricht man nun mal nicht mit Außenstehenden.«

»Das Auffälligste, das geradezu Unfassbare ist doch, dass es keine einzige Spur von ihnen zu geben scheint«, sagte sie. »Selbstmord zu begehen, ist eine große Entscheidung. Ich weiß, es gab damals noch keine Handys, kein Internet, aber wenigstens eine von ihnen hätte doch eine Nachricht, einen Brief oder so etwas für ihre Angehörigen hinterlassen müssen?«

Er sah sie an. Es gab nicht viel, was diesen klaren Augen entging. Die Traurigkeit verflog, und auf seinem Gesicht breitete sich ein Lächeln aus.

»Du bist ein bisschen besessen von dieser Sache, Julia, nicht wahr? Du bist auf der Suche nach einer einfachen Erklärung.«

»Ich suche nach allem. Nach irgendetwas«, gab sie zu.

»Stell ruhig deine Fragen«, sagte er. »Aber bedenke, dass die Menschen nichts vergessen haben. Du wirst Schuld- und Schamgefühle wecken. Es spielt keine Rolle, dass es fünfzig Jahre her ist. Danach war es so still auf der Insel, dass es sich anfühlte, als wäre man allein mit den Krähen. Jeder erinnert sich. Vergiss das nicht.«

Jeder erinnert sich. Aber irgendetwas daran stimmte trotzdem nicht. Der Mensch erinnert sich vor allem an das, woran er sich erinnern will. Besonders wenn es um Dinge geht, die vor langer Zeit passiert sind. Sie würde sich ewig mit den Leuten unterhalten können, ohne irgendetwas zu erreichen. Damit ihr die richtigen Fragen einfielen, musste sie die Orte aufsuchen, an denen es geschehen war.

Oder an denen es hätte geschehen können.

Kapitel 19

FRANZ

Elyssa und ich haben eine Nachmittagsroutine entwickelt. Sie kommt mit ihrem Notizbuch zu mir ins Büro und bringt uns Kaffee mit. Dann berichtet sie über alles, was in den letzten vierundzwanzig Stunden passiert ist. Was sich im Laufe der Zeit verändert hat, ist das Interieur meines Büros. Als ich bei ViaTerra anfing, war es noch im Militärstil gehalten, in grauen und weißen Tönen. Ein riesiger Stahlschreibtisch, nur ein paar Stühle für Besucher. An den Wänden hingen große Computerbildschirme. Mehr nicht. Mich hat eine Innenarchitektin dazu überredet, den Stil zu ändern. Heute sind die Wände in gedämpften Grüntönen gehalten. Es gibt eine Sofagruppe und gemütliche Sessel. Dennoch hat der Raum seinen maskulinen Charakter behalten. Gerade Linien, leere Flächen, kein Schnickschnack, allenfalls ein edler Blumenstrauß, wenn ich in der Stimmung dazu bin. Manchmal vermisse ich mein altes Büro, das mir ein größeres Gefühl von Macht verliehen hat. Aber der Blick aus dem Panoramafenster ist immer noch genauso beeindruckend. Die windgepeitschte Moorlandschaft, viel Granit und die tobenden Wellen.

Elyssa sitzt, wie alle anderen Besucher auch, mit dem Rücken zum Fenster, sodass ich immer den Blick auf das Meer habe. Nach einer kurzen Besprechung über das, was in den Medien über mich geschrieben wird, und einem Lagebericht über die Arbeiten auf dem Grundstück, gebe ich ihr Instruktionen für den kommenden Tag. Meistens geht es um Dinge, die vor Ende des Tages erledigt werden müssen. Elyssa macht sich sorgfältig Notizen, dann fegt sie wie ein Wirbelwind über das Grundstück und gibt die Anweisungen weiter. *Der Chef hat das gesagt … Der Chef will dies …* Ich habe ihr dabei zugesehen, wie sie das macht, und es ist beeindruckend. Sie verlangt ungeteilte Aufmerksamkeit von den anderen und erzielt großartige Ergebnisse.

Aber heute sage ich unseren Jour fixe ab. Mir fallen gar keine Instruktionen ein, und ich habe vollkommen das Interesse daran verloren, was über mich in den Medien geschrieben wird. Stattdessen durchforste ich das Internet nach Informationen, die mein eigenartiges Verhalten erklären könnten. *Menschen, die vor sich selbst gerettet werden wollen. Emotionale Abhängigkeit. Wenn das Selbstwertgefühl auf dem Tiefpunkt ist.* Sonderbarerweise lande ich auf einer Seite, auf der ein Hundeexperte beschreibt, dass sich Hunde besonders von Menschen angezogen fühlen, die sie beschützen können. Ich frage mich, ob sich Magdalena in ihrem Psychologiestudium auf den Pawlowschen Hund und die klassische Konditionierung spezialisiert hat. Als mir bewusst wird, wie verkorkst ich tatsächlich bin, klappe ich den Rechner zu. In diesem Moment klopft es an der Tür. Es ist Julia.

»Was kann ich für dich tun, Julia?«, sage ich, erleichtert über die willkommene Ablenkung.

»Bist du gerade beschäftigt?«, fragt sie.

»Nein, eher gelangweilt.«

»Ist es gut gelaufen … mit deiner Psychologin?«

»Können wir dieses Verhör beenden? Was willst du?«

»Ich möchte, dass du mir alle Klippen auf der Insel zeigst, von denen man sich ins Meer stürzen und Selbstmord begehen kann.«

»Erklärst du mir bitte auch, warum du das wissen möchtest?«, frage ich.

Sie setzt sich und erzählt von ihrem Gespräch mit Kurt. Am Ende fügt sie etwas schnippisch hinzu, dass die Grundlage für guten Journalismus die Fähigkeit zur Beobachtung sei. Ich glaube, ich bin es selbst gewesen, der das einmal zu ihr gesagt hat, aber ich werde das jetzt nicht erwähnen.

»Ich muss mir meine eigene Meinung bilden, bevor ich die Meinung der anderen höre«, sagt sie. »Diese Mädchen sind spurlos verschwunden. Wie *macht* man das, Franz?«

Ich stehe auf, stelle mich ans Panoramafenster und schaue auf das Meer hinaus – silbrig grau mit schäumenden Wellen. Möwen tanzen im Wind. Am Horizont bricht die Sonne durch die Wolken und ergießt sich golden auf die Wasseroberfläche. Es ist die Sorte verräterischer Sonne, die einem falsche Hoffnungen auf einen schönen Abend macht. Denn in weiter Ferne kündigen dunkellila Wolken einen herannahenden Sturm an.

Ich drehe mich um und beobachte Julia. Ein Gedanke nimmt Gestalt an.

»Ist es nicht erstaunlich, dass der Ozean fast drei Viertel des Erdballs bedeckt und siebzig Prozent des Sauerstoffs in der Atmosphäre produziert?«, sage ich. »Und wir Menschen benutzen ihn als Mülldeponie.«

»Ja, das ist wirklich schrecklich«, sagt Julia. »Aber ich verstehe nicht, was es mit meiner Frage zu tun hat?«

»Also, ich finde, die Natur ist ein kapriziöses, unerbittliches Wunder, und das Meer mag gefräßig sein, aber unberechenbar ist es nicht.«

»Könntest du bitte aufhören, in Rätseln zu sprechen?«

»Ob ein Felsen oder eine Klippe ein geeigneter Platz für einen Selbstmord ist, hängt von den Wetterbedingungen ab. Aber du hast Glück, Julia, denn ich weiß genau, wo man ins Meer springen und für immer verschwinden kann – es gibt nur einen einzigen Ort dafür. Alle anderen Felsvorsprünge sind einfach nicht hoch genug. Es sei denn, du möchtest auf den Felsen darunter landen. Dann gibt es mehrere geeignete Stellen.«

Ein dunkler Schatten zieht über Julias Gesicht. Ich weiß, dass auch sie an die Nacht denkt, in der mein anderer Sohn Vic vom Teufelsfelsen in den Tod gestürzt ist.

»Also nicht vom Teufelsfelsen?«, sagt sie und schluckt.

»Nein, denn dort landet man auf den Felsen darunter, wie du weißt.«

Vielleicht war es das, was mich zurückhielt, als ich kürzlich den Impuls hatte, von dort zu springen. Der Gedanke, mir jeden Knochen im Körper zu brechen und dann trotzdem, schwer behindert, weiterleben zu müssen.

»Wenn es dir schwerfällt, darüber zu sprechen …«, sagt Julia sanft.

»Keineswegs«, erwidere ich.

»Was ist mit dem Felsen in der Moorheide? Von dem deine Sektenmitglieder zur Strafe springen mussten?«

»Die Fallhöhe dort beträgt nur etwa acht Meter, und wie du weißt, stirbt man bei einem solchen Sprung nicht. Es sei denn, es gibt einen Sturm. Dann kann man von der Strömung aufs Meer hinausgezogen werden. Aber dass drei Menschen das gleichzeitig getan haben sollen und keine der Leichen an die Küste gespült wurde, ist höchst unwahrscheinlich. Allerdings gibt es noch einen anderen Ort, wo die Strömung tödlich sein kann.«

»Können wir dorthin gehen?«, fragt sie ungeduldig.

»Na gut. Aber wir werden hoch hinaufklettern müssen, und in dieser Jahreszeit kann das Wetter innerhalb von Minuten umschlagen. Wir treffen uns in fünfzehn Minuten vorn am Tor, zieh dich warm an und …«

»… zieh ordentliche Schuhe an«, vervollständigt sie meinen Satz und rollt mit den Augen. »Ja, ja, Chef. So nennen dich hier alle, oder? Lächerlich.«

Es dauert ein paar Augenblicke, bis ich mich zu einem Lächeln durchringen kann.

Julia steht schon am Tor und wartet auf mich. Zügig gehen wir durch den Wald, über die Heide und vorbei an den ersten Felsformationen. Es weht ein frischer Wind.

»Ist es noch weit?«, sagt Julia hinter mir.

Ich bleibe stehen und drehe mich zu ihr um.

»Die Felsen sind hinter der Kuppe da oben«, sage ich und zeige hin. »Bin ich dir zu schnell?«

Wir müssen uns anbrüllen, um den Wind und das Meer zu übertönen.

»Nein«, antwortet sie und stapft schon weiter.

Oben auf dem Hügel bleiben wir stehen. Die Felsbrocken erheben sich wie eine Wand aus Granit vor uns. Dahinter tobt ein rebellisches Meer. Schweigend klettern wir auf die Felsen. Julia folgt dicht hinter mir und zeigt keinerlei Anzeichen von Müdigkeit. Ich drehe mich um, strecke meine Hand aus und ziehe sie auf ein Plateau herauf. Langsam und vorsichtig führe ich sie auf einen flachen Felsen, der über das Meer hinausragt.

»Wenn du Höhenangst hast, sieh jetzt bloß nicht nach unten«, warne ich sie. Natürlich tut sie es trotzdem. Sie presst sich die Hand vor den Mund, als die Aussicht sie schwindelig macht. Das Meer befindet sich wahrscheinlich fünfzig Meter unter uns. Die Wellen schlagen gegen die Felsen, ziehen sich zurück und hinterlassen eine Decke aus zischendem Schaum. Felsen und Geröll rasseln und grölen, als sie von der Strömung zurückgerissen werden. Wir stehen einfach da und beobachten gebannt die unkontrollierbaren Kräfte der Natur unter uns. Julia atmet tief ein. Wir sehen uns an. Für einen kurzen Augenblick lang wirkt alles friedlich. Als würden wir uns unter dem weiten Himmel aneinanderklammern. Es ist ein schöner Moment.

»Das hier ist ein geeigneter Platz, um sich umzubringen«, sagt Julia. »Ohne Zweifel.«

Ihre Worte werden vom Wind weggetragen. Ich führe sie von der Klippe zu einem großen Felsen, der uns Windschatten bietet.

»Ja, aber es gibt noch einen anderen wichtigen Faktor«, sage ich. »Du kannst es von hier aus nicht sehen, aber dort, wo sich die Wellen brechen, gibt es eine Unterwasserschäre, das ist eine vorgelagerte kleine Insel unter Wasser. Wenn der Wind so weht wie heute, steigt der Wasserspiegel um etwa einen Meter. Dann kann man diese Felsen im Wasser nicht erkennen. Es hängt also alles von den Wetterbedingungen in der Nacht ab, in der die Mädchen verschwunden sind. Wenn es damals windstill gewesen ist, wären sie auf dieser Unterwasserschäre gelandet und entdeckt worden. Wenn es aber gestürmt hat, na ja, dann wären sie wohl eher im Wasser gelandet und wahrscheinlich aufs Meer hinausgetrieben worden.«

Julia starrt vor sich hin und schürzt nachdenklich die Lippen.

»Ich erinnere mich da an etwas aus den Artikeln von damals«, sagt sie. »Ein Mann will in jener Nacht die Umrisse von Menschen auf den Felsen gesehen haben, aber die Sicht war vom Nebel gestört. Kann es gleichzeitig windig und nebelig sein?«

»Nein, natürlich nicht. Der Nebel würde sich sofort verziehen.«

»Dann müssen wir herausfinden, wie das Wetter in dieser Nacht hier tatsächlich war. Wie geht das?«

»Kennst du das Datum?«, frage ich.

»Ja.«

»Gut, denn dann kann Hampus diese Information in null Komma nichts herausbekommen.«

Ich lasse Julia mit meinem IT-Mitarbeiter telefonieren. Sie gibt ihm die Angaben durch, und er verspricht, sich in Kürze bei mir zu melden.

»Mir ist noch etwas eingefallen«, bemerkt Julia. »Wenn die Mädchen Selbstmord begehen wollten, warum sind sie dann nicht vom Teufelsfelsen gesprungen? Was kümmert es einen, ob deine Leiche gefunden wird oder nicht, wenn du sowieso vorhast zu sterben?«

Ich denke darüber nach.

»Vielleicht, wenn du deine Familienangehörigen quälen und sie in der Ungewissheit lassen möchtest. Weißt du, ob die Mädchen aus schwierigen Familien stammten?«

»Anna-Lina auf jeden Fall, mit diesem Tyrannen eines Pfarrers als Vater. Und Helena hat sich oft mit ihrer Mutter gestritten. Aber über Christina weiß ich nichts.« Sie hält einen Moment inne. »Was, wenn sie von der Insel wollten, um ein neues Leben zu beginnen. Und was ist, wenn sie noch am Leben sind?«

»Das bezweifle ich«, sage ich angewidert. »Das klingt viel zu romantisch, und so etwas entspricht auch nie der Realität. Sie hatten fünfzig Jahre Zeit, um sich zu melden.«

Der Hoffnungsschimmer in ihren Augen verblasst. Sie wendet den Blick ab.

»Julia …«, sage ich sanft. »Du hoffst doch nicht, sie lebend zu finden, oder? Denn wenn ja, wirst du bitter enttäuscht werden.«

Meine Worte bleiben zwischen uns hängen. Sie verdichten die Luft merklich.

»Ich weiß«, erwidert sie unwirsch. »Es ist dumm von mir, so zu denken.«

»Nein, nur unrealistisch. Du wirst sehr viel Gutes tun, wenn du die Wahrheit herausfindest. Und vielleicht haben sie die Insel tatsächlich verlassen und sind woanders in Schwierigkeiten geraten.«

»Wie haben sie dann entkommen können?«

Ich atme tief ein, habe einen Hauch ihres natürlichen Duftes in der Nase, der sich wunderbar mit der frischen Seeluft vermischt. Da klingelt mein Handy. Es ist Hampus. Ich schalte das Mikrofon ein.

»An dem Tag, als die Mädchen verschwunden sind, war es den ganzen Abend und die ganze Nacht neblig und windstill«, sagt er. »Erst am nächsten Tag kam Wind auf, und die Sonne schien. Der Wind flaute erst spät am Abend wieder ab.«

Ich bedanke mich bei Hampus und stecke das Handy in meine Tasche. Ich wende meinen Kopf zur Seite. Sie wird mir den Stolz über meinen kleinen Sieg vom Gesicht ablesen können.

»Bist du ganz sicher, dass es keine andere Stelle gibt, von der man springen kann?«, fragt sie.

»Ich kenne jeden Felsen auf Dimö.«

»Das ist doch verrückt«, faucht sie. »Wie konnte die Polizei das übersehen?«

»Vielleicht haben sie das Wetter einfach nicht berücksichtigt.«

»Ernsthaft? Was haben sie stattdessen denn gemacht? Das ist doch absolut nicht zu fassen, Franz.«

»Na ja«, sage ich. »Wenigstens weißt du jetzt, mit wem du als Nächstes sprechen solltest.«

Kapitel 20

JULIA

Es geschah ohne Vorwarnung, mitten in der Nacht. Sie hatte das Gefühl, keine Luft zu bekommen. Ihre Kehle war wie zugeschnürt, ein Brennen in ihrer Brust. Für einen kurzen Moment schwebte sie im Grenzbereich zwischen Schlafen und Wachen. Als sie ihre schweren Augenlider öffnete, war sie verwirrt, orientierungslos. Zwei klaffende schwarze Löcher starrten sie an. Da saß jemand auf ihrer Brust. Jemand mit weit aufgerissenen, leeren Augenhöhlen in einem zarten, durchsichtigen Gesicht. Der Impuls, zu schreien, wurde durch den Druck um ihren Hals erstickt. Ihre Lunge schrie nach Luft. Sie war starr vor Angst, bis ein heftiger Adrenalinstoß sie ins Sitzen hochschleuderte. Die Gestalt löste sich auf und verschwand. Alles, was blieb, war nur ein leichter Dunst, ein paar Staubpartikel, die im Mondlicht tanzten, das durch das Fenster fiel. Ihr Herz pochte ihr in den Ohren. Ein Vogel zappelte wild in ihrer Brust. *Das war nur ein Albtraum*, beruhigte sie sich und wiederholte leise ihr Mantra: *Tief einatmen und ausatmen. Langsam. Ein und aus. Es ist alles in Ordnung. Alles in Ordnung*. Langsam beruhigte sich ihr Atem wieder, wurde tiefer und füllte ihre Lungen mit Sauerstoff. Sie hatte sich gerade gesammelt, da hörte sie ein lautes Geräusch, ein Rascheln in den Bäumen.

Sie befreite sich von ihren schweißgetränkten Laken, schwang ihre Beine über die Bettkante und ging langsam zum Fenster. Der Garten war in eine Mischung aus Mondlicht und Nebel getaucht. Seidig dünne Wolken zogen über den Himmel und verzerrten das Licht. Das Schattenspiel der Bäume tanzte über das Anwesen. Das hatte etwas Friedliches, aber nur für wenige Sekunden, dann wurde ihr Blick auf etwas in der Dunkelheit zwischen den Bäumen gelenkt. Unter dem dichten Blattwerk der Erlen und Eichen sah sie die Umrisse einer Gestalt. Rauch. Ein immer größer werdender, aufsteigender und herumwirbelnder knochenweißer Streifen stieg von diesem Wesen auf. Es war ein fast überirdischer Anblick, der alles andere im Garten überschattete. Das Licht veränderte sich, die Farben wurden intensiver und satter, bis sich der Rauch auflöste und verschwand.

Julia bekam Todesangst. Sie rannte ins Bett zurück und beschloss, Thor anzurufen, obwohl es vier Uhr morgens war. Mit wem sollte sie sonst darüber sprechen? Den Nachtwächter anzurufen und ihn zu bitten, einen Geist zu verjagen, kam nicht infrage. Und Franz würde sie nur auslachen. Vor Aufregung fiel ihr das Handy auf den Boden, bevor es ihr endlich gelang, Thor anzurufen. Er antwortete schläfrig, aber mit einem Hauch von Besorgnis in der Stimme.

»Ist etwas passiert, Julia?«

»Ja, etwas Schlimmes«, sagte sie und schüttelte sich. »Ich hatte einen Albtraum, in dem dieser Geist der Gräfin versucht hat, mich zu erwürgen. Als ich aufgewacht bin, war sie noch da, verschwand dann aber durch das Fenster. Ich habe sie im Hof gesehen, und das war kein Traum. Sie ist wirklich da gewesen. Da war eine Art Rauch, der von ihr aufstieg.«

Obwohl sie schreckliche Angst hatte, konnte sie selbst

hören, wie verrückt das klang. Aber Thor lachte sie nicht aus. Stattdessen wurde er ganz still. Sein Schweigen machte sie noch nervöser, also plapperte sie weiter und erzählte von ihrem Treffen mit Kurt Burman.

»Was er mir über die Gräfin erzählt hat, war so unheimlich, dass ich eine Gänsehaut bekam«, schloss sie ihren Bericht. Sie hörte, dass ihre Stimme seltsam klang, so als säße sie in einem Tunnel.

»Kein Wunder, dass du Albträume hattest«, sagte Thor. »Der Traum ist wahrscheinlich so schlimm gewesen, dass er im Wachzustand noch eine Weile nachwirkte. Das ist mir auch schon mal passiert. Scheint der Mond?«

»Ja, aber ungleichmäßig, durch dünne Wolken.«

»Hat es wie ein Streifen aus hellem Rauch ausgesehen, der wie aus dem Boden aufsteigt?«

Sie erinnerte sich an den unheimlichen Anblick, an die Schatten, den knochenweißen Rauch, der immer höher gestiegen war. Thor schnalzte leise mit der Zunge, um sie zurückzuholen.

»Ja, genau so sah es aus«, sagte sie.

»Das ist eine optische Täuschung, die durch ein Schattenspiel verursacht wird. Ich habe es auch schon mal gesehen. Draußen in der Heide. Du brauchst keine Angst zu haben, es ist alles nur eine optische Täuschung.«

Seine sanfte Stimme, die im Laufe des Gesprächs immer wärmer wurde, beruhigte sie. Kurts Horrorgeschichte, ein Albtraum – eine optische Täuschung, natürlich war es das. Sie fluchte leise vor sich hin und drückte damit ihre Frustration darüber aus, dass sie so leicht zu erschrecken war. Sie wollte sich zusammenreißen, Aberglaube und Journalismus waren keine gute Kombination. Es ging hier nur um die Fakten.

»Fühlst du dich jetzt besser?«, fragte Thor.

»Ja, ein wenig. Tut mir leid, dass ich dich geweckt habe.«

Seine Stimme wurde tiefer, ein wenig geheimnisvoll.

»Es kann natürlich auch der Geist der Gräfin gewesen sein, der gekommen ist, um Besitz von dir zu ergreifen und dir zu verraten, wo die Mädchen begraben sind.«

Sie schnaubte verächtlich.

»Das ist nicht lustig. Du bist nicht hier gewesen. Es war schrecklich unheimlich.«

»Das tut mir leid. Ich habe dich lieb. Ich rufe dich morgen an.«

Nach dem Anruf konnte sie nicht wieder einschlafen. Der Wind nahm zu. Im Laufe des Morgens wurden die Wolken immer dichter. Der zunehmende Wind ließ die Dachbalken ächzen. Es war, als würde die Insel rebellieren und von ihr verlangen, dass sie das Geheimnis löste, das Dimö seit fünfzig Jahren plagte. Franz' Stimme hallte in ihrem Kopf wider. *Das Meer mag gefräßig sein, aber es ist nicht unberechenbar.* Wenn er mit solcher Leichtigkeit beweisen konnte, was mit den Mädchen *nicht* geschehen war, musste es doch möglich sein herauszufinden, *was* ihnen zugestoßen war. An einem so kleinen Ort waren die Möglichkeiten schließlich nicht unbegrenzt. Das war alles, was sie zu tun hatte: die Möglichkeiten ausloten, wie man die drei Leichen loswerden konnte.

Eigentlich war es nicht kalt genug, um ein Feuer zu machen, aber das gemütliche Knistern des Kamins würde den Wind draußen und ihre Angst übertönen. Sie nahm die Decke und das Kissen aus dem Schlafzimmer und legte sie auf das Sofa im Wohnzimmer.

Vor dem Kamin lagen ein Holzstapel und ein Korb mit Torf. Es roch wunderbar, wenn man den Torf mit dem Holz mischte. Sie machte ein schönes Feuer, kuschelte sich davor in ihre Decke und sah den Flammen zu. Innerhalb von wenigen Minuten war sie eingeschlafen.

Als sie aufwachte, war das Feuer erloschen und der Wind nicht mehr zu hören. Doch ein Klopfen hallte durch das Haus. Sie zog ihren Morgenmantel an und ging zur Haustür, um sie zu öffnen. Draußen stand Franz.

»Äh … du hast mich geweckt«, sagte sie und blinzelte ihn verblüfft an.

»Das ist bedauerlich, aber ich muss jetzt los. Heute ist mein Terminkalender voll. Zuerst muss ich mit Emil die Kirche streichen. Dann werde ich Blumenbeete umgraben und meine Mutter zu einem Lagerhaus in Stenungsund begleiten. Das ist wie Sklavenarbeit.«

»Hörst du nie auf zu jammern?«

»Ich weiß nicht, aber ich habe es geschafft, auch für dich einen Termin zu vereinbaren.«

Sie ließ ihn in die Stube treten. Er hielt die Nase in die Luft.

»Brennt der Kamin?«

»Ja, ich habe schon gestern Nacht ein Feuer gemacht. Was für einen Termin hast du für mich vereinbart?«

»Ich habe Walter Fagerman angerufen, der damals, als die Mädchen verschwunden sind, Polizeichef von Dimö war. Du darfst ihm einen Besuch abstatten.«

Julia war sofort hellwach. Franz erklärte ihr, wo Walters Haus lag, und verließ die Hütte. Sie duschte und aß eine Kleinigkeit. Das Wetter war schön, also lieh sie sich Elyssas Fahrrad und machte sich auf den Weg in Richtung Dorf. Das letzte Stück des Weges war immer besonders dramatisch. Die Straße, die in einem schlechten Zustand und voller Schlaglöcher war, führte direkt am Meer entlang und ein einziger falscher Schlenker mit dem Lenker hätte sie über den Rand der Klippe getragen. Dann aber tauchten die ersten Häuser des Dorfes auf.

Der pensionierte Polizist wohnte in einem braunen, einstöckigen Haus im Grünen. Eine Frau vom Pflegedienst öffnete die Tür und führte Julia ins Wohnzimmer. Das Haus erinnerte an eine Jagdhütte mit Holzbalken an der Decke und Steinfußboden. Über dem Kamin hing ein imposantes Hirschgeweih, dessen Schaufeln spinnenartige Schatten auf den Boden warfen. Die großen Fenster, die viel Licht ins Zimmer fallen ließen, passten eigentlich nicht zu der altmodischen Einrichtung – und taten es irgendwie doch.

Walter Fagerman saß in einem Sessel. Er hatte sie schon erwartet. Er stand auf und schüttelte ihr fest und enthusiastisch die Hand.

»Bitte setzen Sie sich«, sagte er. »Es fühlt sich ein bisschen feierlich an, dass Sie mich besuchen. Ich habe die Artikel gelesen, die Sie im Frühjahr geschrieben haben. Es war mutig von Ihnen, diese religiösen Spinner zu entlarven.«

Walter Fagerman war schon über achtzig, schien aber die Energie eines zwanzig Jahre jüngeren Mannes zu haben. Er war groß und dünn wie ein Stock. Sein Haar war grau und dicht, dazu trug er einen sehr gepflegten Vollbart.

Sie setzten sich und plauderten ein wenig. Die Frau vom Pflegedienst brachte Kaffee. Schließlich erzählte ihm Julia von ihrer Recherche. Als sie erklärte, warum die Mädchen aus meteorologischer Sicht unmöglich Selbstmord begangen haben konnten, blinzelte Walter verwundert.

»Ich fasse es nicht«, sagte er.

»Wie meinen Sie das?«, fragte Julia.

»Es war den ganzen Tag windig, als wir nach ihnen suchten, und ich vermute, wir haben angenommen, dass es auch in der Nacht windig gewesen war.«

Er verstummte und starrte ausdruckslos vor sich hin.

»Aber in der Nacht, als sie verschwunden sind, war es windstill und neblig«, wiederholte Julia. »Wie konnten Sie das übersehen?«

Traurig schüttelte Walter den Kopf.

»Die Klassifizierung als Selbstmord kam erst später, nachdem wir die Suche aufgegeben hatten. Wir haben die Wetterbedingungen nicht berücksichtigt. Wahrscheinlich gab es einfach zu viele Köche.«

»Inwiefern?«

»Um ehrlich zu sein, ich fühlte mich damals nicht in der Lage, die Ermittlungen zu leiten. Ich war erst seit ein paar Jahren Polizeibeamter. Mein Mangel an Erfahrung spielte keine Rolle, als man mich zum Leiter der kleinen Inselwache Dimö ernannte. Hier war ja nie viel los. Aber als die Mädchen verschwanden, hat mich das vollkommen überfordert. Ich hatte das Gefühl, dass es mir über den Kopf wächst.«

»Können Sie mir das genauer erklären?«, bat Julia.

»Es war Sommer und die Insel voller Touristen. Das Verschwinden der drei löste eine regelrechte Hysterie aus. Jeder wollte helfen, und die Leute wurden in Suchtrupps eingeteilt. Es muss mehr als zehn Teams gegeben haben. Dann kamen Polizeibeamte aus Göteborg – mit Spürhunden. Es war chaotisch, und ich verlor die Kontrolle.«

»Aber Sie waren doch derjenige, der die Fäden in der Hand hatte, oder?«, fragte Julia.

»Zum Teil schon, aber die Göteborger Polizei hat keine Befehle von mir angenommen, und die Freiwilligen handelten auf eigene Faust. Viele blieben die ganze Nacht auf und machten Feuer, damit die Mädchen den Weg zurück finden konnten. Aber das war unnötig. Alle drei waren auf der Insel aufgewachsen und kannten sich gut aus.«

»Haben Sie auch wirklich überall gesucht?«

»Darauf können Sie aber wetten. Es gab nichts, was auf etwas anderes hindeutete, als dass sie vom Felsen gesprungen sind. Wir haben nicht eine einzige Spur von ihnen gefunden.«

»Sie könnten die Insel verlassen haben«, gab Julia zu bedenken.

»Eigentlich nicht. Wie hätten sie denn von hier wegkommen sollen? Es waren keine Boote verschwunden. Sie waren auch nicht auf der Abendfähre oder am nächsten Tag auf der Morgenfähre.«

»Wurde das Herrenhaus durchsucht?«

»*Das* Herrenhaus?«

»Ich wusste nicht, dass so viele zur Auswahl stehen«, sagte sie und bereute den Sarkasmus sofort. Aber Walter schien das nicht zu treffen.

»Warum hätten wir das tun sollen? In diesem Fall hätten wir ja auch die vielen Privathäuser auf der Insel durchsuchen müssen. Stattdessen wurden alle gebeten, in ihren Nebengebäuden, Schuppen und Ställen nachzusehen.«

»Moment mal«, sagte Julia. »Also hat niemand das Gelände des Herrenhauses durchsucht, und die Hunde waren auch nicht da?«

»Nein, das habe ich doch gerade gesagt.« Jetzt reagierte Walter gereizt. »Aber wir haben mit allen gesprochen, auch mit Henrik Bärensten. Die Mädchen sind nicht im Herrenhaus gewesen. Wie Sie wissen, ist es von einer hohen Mauer umgeben, und es ist sowieso nicht möglich, dort hineinzukommen. Und was hätten sie dort auch machen sollen?«

Julia lag die Antwort auf der Zunge, aber sie hielt sich zurück. Sie erinnerte sich an Karins Worte, dass die Polizei damals immer ein Auge zugedrückt hatte, wenn Henrik Bärensten seine Finger im Spiel hatte. So war es nicht ganz unwahrscheinlich, dass sich auch Walter Fagerman hatte bestechen lassen.

»Es gibt genügend Verstecke auf dem Gelände des Herrenhauses«, beharrte sie.

»Aber sie waren nicht da. Sonst wären sie doch früher oder später entdeckt worden.«

Sie starrten sich an, bis Walter etwas verlegen lächelte.

»Ich kann Ihnen versichern, dass wir an diesem Tag mit jeder einzelnen Person auf der Insel gesprochen haben. Und die Fähre wurde gestrichen, sodass niemand die Insel verlassen konnte, bis alle befragt worden waren. Kein Boot durfte den Hafen verlassen. Wir haben jedes verdammte Boot gezählt, sogar die flachen Lastkähne.«

»Und was geschah, als man die Mädchen nicht gefunden hat?«

Er strich sich mit der Hand über das Gesicht und grinste verzweifelt.

»Irgendwann musste die Polizei die Suche aufgeben. Die Sommergäste hatten nach ein paar Tagen genug von der Suche. Gott, wie ich die gehasst habe. Diese Dummköpfe, die behaupteten, sie seien wegen der *Schönheit der Natur* auf die Insel gekommen. Mich hatte die Zurückgezogenheit nach Dimö gebracht und das unberechenbare, brutale Wetter. Aber in diesem Sommer herrschte das reinste Chaos. Wie auch immer, die Einheimischen suchten jedenfalls weiter. Sehr lange. Die Eltern. Die Verwandten. Die Freunde. Aber keine Spur von den Mädchen.«

»Warum sind Sie so sicher, dass es Selbstmord war?«

»Nach dem Ausschlussprinzip war Selbstmord die einzige Möglichkeit. Offensichtlich waren sie nicht mehr auf der Insel, und sie konnten sie nicht verlassen haben. Nicht ohne ein Boot. Und es ist auch fast unmöglich, von hier zum Festland zu rudern.«

»Was, wenn sie es doch versucht haben und am nächsten Tag der Sturm sie eingeholt hat?«

»Dann hätte die Küstenwache sie sehen müssen. Und irgendwo wäre das Boot ja auch an Land gespült worden. Nein, meine Liebe, ich glaube immer noch, in der Nacht damals hat sie das Meer geholt.«

Sie wusste, dass sie jetzt die Rolle der Nervensäge übernommen hatte, aber sie konnte nicht anders.

»Gab es irgendwelche Indizien, die darauf hindeuteten?«, fragte sie.

Walter neigte den Kopf auf die Seite.

»Nein, eigentlich nicht, obwohl ... da war der Hund.«

»Welcher Hund?«

»Helena Burman hatte einen Hund, der sie immer überallhin begleitet hat. Aber nicht in dieser Nacht. Es war ein Beagle, glaube ich. Die Polizeihunde fanden nichts, also schlugen Helenas Eltern vor, den Hund suchen zu lassen. Er rannte im Zickzack über die Insel, dann führte er uns zu einer kleinen Bucht. Die Töle stand einfach da am Strand und winselte. Deshalb haben wir angenommen ...«

»Was?«

»Die Bucht lag direkt unter einem hohen Felsvorsprung. Wir dachten uns, dass sie dort hochgeklettert und gesprungen sind. Oder ...«

»Oder was?«

»Dass sie ins Wasser gegangen sind und sich ertränkt haben.«

Julia spürte, wie sie erschauderte.

»Das passiert doch nur in Filmen«, sagte sie. »Ich bin dieses Jahr fast ertränkt worden. Man gerät in Panik und tut alles, um an die Oberfläche zu kommen. Ein primitiver Instinkt zwingt einen zu kämpfen. Die Wahrscheinlichkeit, dass keines der Mädchen es sich anders überlegt und somit überlebt hat, ist gleich null. Und außerdem wären sie an den Strand gespült worden.«

»Wahrscheinlich ist das wahr«, sagte Walter nachdenklich.

»Wurden nicht Taucher eingesetzt, um die Bucht abzusuchen?«

»Ja, aber das Meer ist groß, Julia.«

Er sah sie mit dunklen Augen an.

»Unter den abergläubischen Einheimischen hat es natürlich Gerüchte gegeben.«

»Dass es der Geist der Gräfin war, der die Mädchen auf dem Gewissen hat?«, schlug Julia mit Ironie in der Stimme vor.

»Nun, es klingt zwar seltsam, aber die Leute hier waren völlig außer sich. Sie verlangten eine Erklärung. Und als es keine gab, suchten sie in den alten Legenden nach Antworten.«

»Ein Geist? Haben Sie das etwa auch geglaubt? Sie waren doch *Polizist*.«

»Nein, diese Geistergeschichten sind natürlich Blödsinn, reiner Blödsinn, aber ich bin wahrscheinlich der Einzige hier in meinem Alter, der so denkt. Ich bin hier nicht aufgewachsen, also kann ich dem Aberglauben mit Vernunft begegnen.«

Er fuhr sich mit der Hand durch sein dichtes Haar.

»Das Meer gibt, das Meer nimmt, das ist ein Sprichwort, so sagt man hier auf Dimö. Irgendwann kamen die Leute auf die Idee, dass die Mädchen eine Art Gegenleistung für eine gute Fangsaison waren«, sagte er.

Julia musste tief Luft holen. Fangsaison? War Walter tatsächlich so abgebrüht und kalt, oder verbarg er seine Enttäuschung über den ungelösten Fall hinter dieser Maske? Sie starrte ihn an, bis er den Blick senkte.

»Entschuldigen Sie, das war ein bisschen unsensibel«, flüsterte er. »Wenn ich nicht wüsste, dass Sie eine gute Journalistin sind, würde ich Ihnen raten, den Fall nicht weiter zu verfolgen«, sagte er. »Aber wenn Sie das Rätsel lösen, wird niemand glücklicher sein als ich. Ich denke immer wieder an diese Mädchen. Das Grauen lässt einen nie ganz los. Sie waren so jung. So furchtbar jung.«

Julia ließ der Gedanke nicht los, dass dieser Fall Teil von etwas Größerem war. Etwas sehr Großem. Sie musste an Helenas Hund denken, der am Ufer stand und winselte. Solche Details werden leicht übersehen. Sie dachte an ihren eigenen Hund Denzel, der spürte, wenn ihre Mutter auf dem Nachhauseweg war. Hunde können die kleinsten Dinge wahrnehmen.

Sie kannte die Bucht, von der Walter gesprochen hatte. Dort hatte Set Blomberg sie im Sommer zu ertränken versucht. Die Erinnerung daran ließ sie immer noch erschaudern, aber gleich darauf kam ihr ein Gedanke, der noch viel furchtbarer war.

Kapitel 21

FRANZ

Ich fahre mit dem Auto ins Dorf. Nachdem ich meinen Arbeitseinsatz bei Emil erledigt haben werde, soll ich bei Karin ein Blumenbeet umgraben und dann die Nachmittagsfähre aufs Festland mit ihr nehmen. Das Lagerhaus, in dem wir nach Beweisen suchen werden, befindet sich in Stenungsund. Wir werden dort übernachten, Karin bei Freunden und ich in einem Hotel.

Emil und ich fangen sofort an, und nach einer Weile entsteht so etwas wie eine angenehme Routine. Wenn ich mich nur auf den Roller, die Farbe und die Wand konzentriere, bemerke ich nicht, dass uns die Leute anstarren. Wir arbeiten schweigend, bis zwei der Wände mit der ersten Schicht Farbe bedeckt sind.

Während wir zu Mittag essen, erzähle ich Emil von dem Treffen mit Thor und auch von meiner neuen, eingeschränkten Existenz. Ich kann mir ein Lächeln nicht verkneifen, vielleicht fängt es sogar langsam an, mich zu amüsieren.

Dann bitte ich Emil, mir etwas von sich zu erzählen.

»Du hast recht, jetzt bin ich mal an der Reihe«, erwidert er.

Er spricht schnell, und in regelmäßigen Abständen senkt er den Blick. Eine Beziehung war der Grund seines Ortswechsels, oder wie er es ausdrückt: *eine Liebesaffäre*. Der

Typ war siebzehn, hatte ihm aber gesagt, dass er älter ist. Sie hatten ein einziges Mal in der Sakristei miteinander rumgemacht. Sonst war nichts passiert. Der Junge aber erzählte seinen Eltern, dass er mit Emil zusammen sein wollte, und das kam nicht gut an. Innerhalb weniger Wochen wurde Emil aus der Gemeinde verbannt und auf die Fähre nach Dimö gesetzt. Alles wurde totgeschwiegen.

Ich kann nicht leugnen, dass es mir einen großen Spaß macht, ihm zuzuhören. Das Wort *scheinheilig* bekommt plötzlich eine ganz neue, buchstäbliche Bedeutung.

»Was für ein Glück, dass es nicht durchgesickert ist«, sage ich. »Das hätte zweifellos für Schlagzeilen gesorgt.«

»Zweifellos«, wiederholt Emil und lächelt schüchtern.

»Wolltest du eine Beziehung mit ihm?«

Er schüttelt unglücklich den Kopf.

»Nein, mich hat der Altersunterschied gestört. Ich habe mich noch nie zu jungen Männern hingezogen gefühlt, immer nur zu Männern in meinem Alter. Es war reine Leidenschaft. Ich habe mich hinreißen lassen, die Kontrolle verloren. Es war in jeder Hinsicht unmoralisch und verwerflich, aber ich konnte mich einfach nicht zurückhalten.«

»Mit anderen Worten: Du wurdest vom Teufel verführt?«, sage ich.

»Nein, ganz sicher nicht, Franz. Lieber übernehme ich selbst die Verantwortung für meine Taten.«

»Und was sagt der liebe Gott zu dem, was du da in seinem Heiligtum veranstaltet hast?«, frage ich.

Abweisend winkt Emil mit den Händen.

»In meiner Vorstellung ist Gott kein alter Mann, der im Himmel sitzt und über die Taten der Menschen urteilt. Gott ist etwas viel Größeres. Aber ich fühle mich trotzdem schuldig – und kann meinen Schmerz mit Beten lindern.«

Wir sitzen schweigend da. Ich entdecke eine Spur von Erleichterung in Emils Augen. Er schiebt den leeren Teller weg und füllt unsere Kaffeetassen nach.

»Ich werde dich nicht bitten, das für dich zu behalten«, sagt er mit ernster Miene.

Ich stoße ein kleines, bitteres Lachen aus.

»Ich soll dich verurteilen? Ich hatte Sex mit einer Vierzehnjährigen, habe sie geschwängert und dafür eineinhalb Jahre im Gefängnis gesessen. Sie hatte mir zwar auch ihr richtiges Alter verschwiegen, aber ganz ehrlich, Emil, das spürt man doch. Dann habe ich, wider besseres Wissen, Julia verführt, als sie sechzehn war. Hinter dem Rücken ihrer Eltern.«

»Ja, davon habe ich gehört«, sagt er.

»Wird von dir erwartet, dass du dir Klatsch und Tratsch anhörst?«

»Kleine Insel!«

»Ich glaube aber, das ist hier allgemein bekannt.«

Er lehnt sich über den Tisch. Ich rieche das Aroma von Kaffee in seinem Atem.

»Und wie beurteilst du heute – also im Nachhinein – das, was du getan hast?«, fragt er. »Ich versuche immer noch, mit dem Unbehagen zurechtzukommen, dass ich einen so jungen Menschen ausgenutzt habe.«

Ich lasse meinen Gedanken freien Lauf.

»Ich kann nicht sagen, dass ich es bereue, aber ich bin heute nicht mehr an minderjährigen Mädchen interessiert. Ich fühle mich zu Frauen unterschiedlichen Alters hingezogen. Ich nehme an, ich befinde mich in einer Phase der Veränderung.«

Ich muss an mein Vorhaben denken, nämlich in meiner Familiengeschichte zu graben und herauszufinden, was vor langer Zeit auf dem Dachboden geschehen ist. Vor gar nicht so langer Zeit ist das mein Rückzugsort gewesen. Und ich habe dort junge Frauen empfangen. Und Dinge gemacht. Elviras Schwangerschaft wurde publik. Es folgten unzählige Artikel über mich, Fotos auf den Titelseiten der nationalen Zeitungen, die sich auch im Ausland wie ein Lauffeuer verbreiteten. Irgendwann wusste die ganze Welt zwar, wer ich bin, aber sie kannten nicht einmal die Hälfte der Wahrheit.

»Wolltest du noch etwas dazu sagen?«, fragt Emil.

»Nein, jedenfalls nichts Wichtiges«, weise ich ihn ab.

Ich stehe auf und schaue aus dem Fenster. Von Emils Küche aus kann man eine Ecke des Hafens sehen. Der Wind hat aufgefrischt und drückt riesige Wellen gegen den Kai. Ein Fischerboot auf dem Meer hinterlässt weißen Schaum und wird von einem Schwarm Möwen verfolgt, die nach Fischresten suchen.

Ich bedanke mich bei Emil für das Mittagessen und verabschiede mich. Meine Mutter ist sicher schon ungeduldig.

Karin wartet im Garten mit einer Schaufel. Sie hat ein amüsiertes Glitzern in den Augen. Ich glaube, sie sieht in mir das ungehorsame Kind und erschaudert vor Unbehagen. Sie zeigt mir die Stelle hinter dem Haus, die ich umgraben soll.

»Früher haben wir hier Gemüse angebaut, erinnerst du dich?«, fragt sie. »Wir konnten uns ganz gut selbst versorgen – und du warst jagen, ich habe Gemüse angebaut. Wir waren ziemlich effektiv, Franz, das musst du zugeben.«

Ich erinnere mich an das Glücksgefühl, wenn ich mit einem Hasen oder Fasan nach Hause kam. Es gab immer gutes Essen, das Karin in der kleinen Küche gekocht hat. Sonnengeküsst mit dem Geschmack von Meersalz auf den

Lippen und den Kopf voller grandioser Zukunftspläne. Das waren noch Zeiten. Wie konnte ich nur so tief sinken?

Da meine Aufgabe als Sklave im Garten zeitlich begrenzt ist, wenn wir die Fähre erreichen wollen, bin ich gezwungen, schnell zu arbeiten. Der Boden ist voller Wurzeln, Steine und Schotter. Ich fluche laut. Am Ende bin ich mit einer Schicht aus Schweiß und Schmutz bedeckt. Karin kommt heraus, begutachtet mein Werk und nickt zufrieden.

»Sieht nicht schlecht aus, und du hast noch Zeit zu duschen, bevor wir zur Fähre fahren.«

»Was willst du denn hier anbauen?«, frage ich.

»Lavendel, Salbei, Thymian, vielleicht etwas Liebstöckel. Alles, was Hummeln und Bienen mögen. Ich möchte, dass der Garten ein Zufluchtsort für sie ist.«

Ich dusche schnell und ziehe mich um. Meine Sorge, dass wir die Fahrt nach Stenungsund in peinlicher Stille verbringen werden, ist unbegründet. Karin redet unaufhörlich, fast so, als hätte sich die Kluft zwischen uns geschlossen, und als hätten die zwanzig Jahre, in denen ich sie kaum eines Blickes gewürdigt habe, gar nicht existiert. Ich bitte sie, mir ein wenig über ihre Familie zu erzählen. Offen gestanden, es interessiert mich nicht besonders, aber Thor fragt immer so neugierig nach. Ich weiß, dass sie in der kleinen Hütte aufgewachsen ist, in der sie auch heute noch lebt, und dass mein Großvater ein Fischer war und er und meine Großmutter bei einem Bootsunfall starben, als Karin achtzehn Jahre alt war.

Sobald Karin anfängt, von ihnen zu erzählen, redet sie sich schnell in eine Begeisterung hinein. Sie erzählt von der Blütezeit der Heringsfischerei an der Küste von Bohus: 1780–1800. Über die Fischereigenossenschaften, die zu Beginn des zwanzigsten Jahrhunderts mit größeren Deckbooten gebildet wurden, als ihr Großvater Fischer war. Über die alte Konservenfabrik auf Dimö, die in den Vierzigerjahren etwa fünfzig Menschen beschäftigte, darunter auch meine Großmutter. Über die Schleppnetzfischerei und modernere Fischereimethoden. Und schließlich berichtet sie von dem Tag, an dem meine Großeltern bei einem Sturm auf See ums Leben kamen.

»Ich habe damals in Göteborg gelebt«, sagt sie. »Zu der Zeit gab es zu wenig Arbeit auf Dimö. Die Polizei rief mitten in der Nacht an. Bis heute verstehe ich nicht, warum meine Mutter überhaupt mit meinem Vater mitgefahren ist. Das hat sie sonst fast nie gemacht. Ich kehrte dann nach Hause zurück und kümmerte mich um die Beerdigung. Vor allem wollte ich das Haus verkaufen, aber ich konnte mich nicht überwinden. Seitdem lebe ich mehr oder weniger hier. Ich habe keine Geschwister, keine sonstigen Familienmitglieder, es war ziemlich einsam, bevor ich dich bekam. Aber ich habe festgestellt, dass ich gern so lebe.«

»Waren alle deine Vorfahren Fischer?«, frage ich.

»Ja, seit Beginn der Heringsfischerei im sechzehnten Jahrhundert.«

Das ist beeindruckend. Eine Generation nach der anderen, die an einem der härtesten Berufe der Welt festhält, und dies an dieser traumhaft schönen Küste.

Das Lager befindet sich am Rande von Stenungsund. Ein großer, grauer Betonblock mit vielen Türen. Es dämmert schon. Mich befällt das Gefühl von Trostlosigkeit. Der Mensch, der ich noch vor Jahren gewesen bin, hätte niemals einen Fuß an einen so deprimierenden Ort gesetzt. Ich öffne die Tür. Das Licht funktioniert nicht sofort, ich muss den Schalter mehrmals drücken, damit die Lampe aufhört, nervös zu flackern. Der Anblick des großen Raumes macht mich schlagartig müde. Die Möbel sind übereinandergestapelt. Die Luft ist abgestanden. Jahrealter Staub bedeckt die Oberflächen. An den Wänden hängen Spinnweben. Das alles auf einmal in Angriff zu nehmen, fühlt sich wie eine Aufgabe an, die nicht zu bewältigen ist. Karin aber bewegt sich ungezwungen durch den Raum, hebt Dinge auf, pustet sie ab, dringt immer weiter vor.

»Das war eine dumme Idee«, sage ich. »Komm, lass uns wieder gehen.«

»Seit wann bist du so bequem und faul geworden?«, erwidert sie.

»Was meinst du mit bequem und faul? Ich habe gerade die halbe Kirche gestrichen und ein kilometerlanges Gemüsebeet für dich umgegraben.«

»Du hast schon immer maßlos übertrieben«, sagt sie. »Und wie hast du dich gefühlt, als du mit dem Umgraben fertig warst? Nach den ersten Seufzern und dem Stirnrunzeln?«

So redet man mit einem Gefreiten am ersten Tag, aber ich werde jetzt nicht darauf eingehen.

»Das war keine große Sache. Schön, dass du dort wieder etwas anbauen kannst.«

»Komm, lass uns loslegen«, sagt sie. »Wir sollten mit den Koffern anfangen, da sind Kleidungsstücke und noch andere Sachen drin.«

Schweigend fangen wir an, die Koffer zu durchsuchen. Manchmal schreit Karin auf, wenn sie etwas Aufregendes findet. Ein Halstuch, das Sigrid früher getragen hat. Eine Wanduhr, die – wie sie sagt – sehr schnell und laut getickt hat. In den Koffern, die ich durchsuche, befinden sich Frauenkleider, Bücher, Schuhe, aber nichts Interessantes. Ich langweile mich schnell. Möchte ins Hotel gehen, zu

Abend essen und dann ins Bett fallen. Oder, wenn ich Glück habe, jemanden Interessantes kennenlernen. Ganz diskret. Es ist schon lange her. Thor würde es bestimmt nicht herausfinden.

Plötzlich macht Karin ein komisches Geräusch. Sie hat den Deckel eines Koffers geöffnet, sitzt auf dem Boden und hält eine graue Strickmütze in der Hand.

»Was ist das?« frage ich.

»Das ist seine«, sagt sie mit ehrfürchtiger Stimme.

»Markus?«

»Nein, Gustafs. Diese Wollmütze muss von Gustaf stammen.«

Es dauert ein paar Augenblicke, bis ich begreife, dass sie gerade von Sigrids Ehemann spricht. Der wahrscheinlich nicht mein leiblicher Großvater ist, aber wenigstens eine minimale Chance besteht.

Karin hebt Kleidungsstücke hoch und legt sie neben sich auf den Boden.

»Das sind seine Sachen, Franz!«

»Wie kannst du dir da so sicher sein?«, frage ich skeptisch.

Sie steht auf, kommt zu mir und setzt sich neben mich auf den Boden, immer noch gelenkig wie eine Zwanzigjährige. Sie hält mir die Mütze vor die Nase. Ich greife danach, aber sie zieht sie sofort wieder weg.

»Nein, nicht anfassen, da sind ein paar Haare auf der Unterseite. Siehst du sie?«, fragt sie und hält den Bund der Mütze hoch.

Ich blinzle und sehe die Haare, die im Garn stecken.

»Woher weißt du, dass es seine ist?«

»Hast du Sigrids Buch nicht gelesen?«

»Doch, natürlich.«

»Darin schreibt sie von ihrer ersten Begegnung mit Gustaf. Er kam auf die Insel, es schneite, und er trug eine Mütze. Seine roten Haare lugten darunter hervor. Diese Haare hier sind rot. Markus hatte pechschwarzes Haar.«

Das stimmt. Ich erinnere mich. Es ist so unfassbar, dass wir uns einen Augenblick lang erstaunt anstarren – und Karin bekommt eine Gänsehaut.

»Ich finde es gruselig, dass diese Mütze all die Jahre hier gelegen hat«, sagt sie.

Sie ist zum Teil von Motten zerfressen, es scheint mir ein kleines Wunder, dass sie das alles überstanden hat.

»Mehr brauchen wir nicht«, sagt sie. »Wenn nicht er Henriks Vater ist, dann war es der Onkel. Andere männliche Gesellschaft hatte Sigrid nicht.«

»Lass uns den ganzen Koffer mitnehmen«, schlage ich vor. »Je mehr Haare wir finden, desto besser.«

»Okay, aber den nehme ich mit nach Hause.«

»Warum das denn? Ich kümmere mich um alles.«

»Nein, das mache ich«, erwidert sie beharrlich.

»Du? Wieso denn das?«

»Glaubst du, ich bin zu dumm, um einen DNA-Test zu machen? Natürlich brauche ich eine Speichelprobe von dir, aber das lässt sich doch lösen, oder?«

Ich betrachte meine Mutter – unerschütterlich, kompromisslos –, die sich für ein Leben in Einsamkeit auf einer Insel entschieden hat, auf der die heftigsten Stürme und der dichteste Nebel an der gesamten Westküste herrschen. Jahr für Jahr. Es ist sinnlos, mit ihr zu streiten.

»Komm schon, hier ist es kalt«, sage ich. »Lass uns den Koffer ins Auto bringen, und dann fahre ich dich zu deinen Freunden.«

Kapitel 22

JULIA

Sie hörte das Geräusch eines Automotors und von Kies, der unter den Reifen knirschte. Sie hatte auf die Rückkehr von Franz gewartet, weil inzwischen eine furchtbare Theorie in ihr darüber Gestalt angenommen hatte, wie die Mädchen verschwunden waren. Die wollte sie unbedingt mit ihm besprechen.

Franz war schon aus dem Auto gestiegen, er bewegte sich langsam und sah schläfrig aus. Sie lief auf ihn zu.

»War es gestern anstrengend? Du siehst ganz steif und verspannt aus.«

Verlegen lächelte er.

»Ach was. Meine Mutter hat ihr Blumenbeet bekommen, und die Kirche ist fast fertig gestrichen. Was tut man nicht alles, damit die Inselbewohner unterhalten werden?«

»Kommen die und sehen euch zu?«

»Ständig. Die Kirche steht natürlich an einer zentralen Stelle im Ort, und wenn wir auf dem Gerüst arbeiten, kann man uns nicht übersehen. Wie Affen in einem Zoo. Was meinst du, was sie über uns sagen, Julia?«

»Keine Ahnung.«

»Ach, ist auch egal. Was hast du auf dem Herzen?«

»Hättest du einen Augenblick Zeit? Ich habe da eine Hypothese, was mit den Mädchen passiert sein könnte.«

»Klar. Lass uns reingehen, bevor wir hier noch weggeblasen werden«, sagte er und rieb sich die Hände. »Lass uns in mein Büro gehen und aufs Meer sehen, während wir uns unterhalten.«

Sie fror, als sie hinter ihm die Treppe hinaufstapfte. Der Wind war kühl.

»Wie war es mit Karin in Stenungsund?«, fragte sie.

»Das erzähl ich dir später«, sagte er.

In Franz' Büro war es warm und gemütlich. Durch das große Panoramafenster konnte man das aufgepeitschte Meer sehen, riesige Wellen, die gegen die Felsen schlugen. Sie setzten sich ans Fenster. Die schöne Aussicht ließ Julias Anliegen in den Hintergrund gleiten. Sie sah aufs Meer hinaus, bis ihre Sicht verschwamm und es ihr so vorkam, als würde sie sich auflösen. Franz' Stimme holte sie zurück.

»Was wolltest du mir erzählen?«

In kurzen Worten schilderte sie ihre Begegnung mit Walter Fagerman.

»Ich habe jetzt eine Theorie darüber, wie die Mädchen verschwunden sein können«, sagte sie schließlich.

»Lass hören.«

»Sagen wir, sie waren an diesem Abend zusammen unterwegs. Vielleicht hatte alles doch mit dem zu tun, was dein Vater auf dem Dachboden getan hat. Eine von ihnen oder alle drei, ich weiß es nicht …« Sie verlor den Faden und fing wieder von vorne an. »Kurt Burman sagte, dass die Mädchen nachts unterwegs waren. Zusammen. Vielleicht haben sie etwas gesehen, was nicht für ihre Augen gedacht war. Oder sie sind oben auf dem Dachboden der Villa gewesen, und da ist etwas vorgefallen. Also mussten sie zum Schweigen gebracht werden.«

Franz nickte ihr aufmunternd zu.

»Durchaus vorstellbar. Nur weiter!«

»Die Männer haben sie gezwungen, mit zur Bucht zu kommen. Walter sagte, dass Helenas Hund dort angeschlagen hatte. Die Männer brachten die Mädchen in einem Boot hinaus aufs Meer, töteten sie, befestigten schwere Gewichte an ihren Körpern und versenkten sie. Deshalb konnten sie auch nie gefunden werden. Sie liegen immer noch auf dem Grund des Meeres.«

Wenn überhaupt noch etwas von ihnen übrig ist, dachte sie, und es lief ihr kalt über den Rücken.

Franz sah sie skeptisch an.

»Das klingt dramatisch, spektakulär und außerdem … ziemlich unwahrscheinlich.«

Er sprach die Worte unerträglich deutlich aus.

»Warum?«

»Sie hätten sich doch gewehrt, geschrien. Es ist kaum anzunehmen, dass niemand sie auf ihrem Weg zur Bucht gehört oder gesehen hätte. Es war Sommer und die Insel überfüllt.«

»Vielleicht wurden sie betäubt. Oder sie wurden schon ermordet, bevor man sie dorthin gefahren hat.«

»Man kann mit einem Auto nicht bis zu dieser Bucht fahren.«

»Die Männer könnten sie die letzte Strecke getragen haben, wenn sie mehr als einer gewesen sind.«

Er dachte nach und blinzelte.

»Theoretisch ist das möglich, aber es gibt keinerlei Beweise dafür, dass sie hier im Herrenhaus gewesen sind«, sagte er.

»Ich habe einfach das Gefühl, dass es eine Verbindung gibt, du nicht?«

»Ich weiß nicht. Damals lebten weniger als tausend

Menschen auf Dimö. Wie groß ist die Wahrscheinlichkeit, dass unter ihnen psychopathische Mörder waren?«

»Das ist auf jeden Fall nicht vollkommen unwahrscheinlich, wenn man bedenkt, mit was für Menschen dein Vater seine Zeit verbrachte.«

Er musste schmunzeln.

»Da ist was dran. Aber trotzdem hört sich das weit hergeholt an. Und es war ein sehr großes Risiko, erwischt zu werden.«

»Franz, ich bitte dich, denk doch mal nach«, sagte sie mit Nachdruck. »Angenommen, die Mädchen wurden ermordet. Es gab keine einzige Spur von ihnen auf der Insel. Die Wahrscheinlichkeit, dass sie von hier weggekommen sind, ist gleich null. Die einzig sinnvolle Erklärung ist das Meer. Wie würdest du drei Leichen auf der Insel entsorgen?«

Es entstand eine Pause.

»Es gibt einen Ort …«, sagte er schließlich. »Aber auch dies ist nicht besonders wahrscheinlich.«

»Welcher Ort ist das?«

»Man könnte sie auf der Insel der Toten begraben. Keiner würde dort suchen, und die Leichen würden nicht an die Küste angeschwemmt werden.«

»Die Insel der Toten? Wo ist die?«, fragte Julia.

»Ich sehe schon, ich muss dir noch eine Menge beibringen«, sagte er zufrieden. »Die Insel der Toten liegt nördlich von Dimö, es dauert etwa eine Stunde, um dorthin zu rudern, mit einem Motorboot geht es natürlich schneller.«

»Ich wusste nicht, dass es hier draußen noch mehr Inseln gibt.«

»Ja, es sind insgesamt vier. Sie sind allerdings nicht besonders schön. Ziemlich zerklüftet, sehr unwirtlich. Zwei von ihnen befinden sich in Privatbesitz.«

»Und wo liegen die?«

»Die Insel der Toten ist die nächstgelegene. Wenn du auf dem Teufelsfelsen stehst, kannst du sie bei guter Sicht manchmal sehen, aber sie ist felsig und kann mit einem Riff verwechselt werden.«

»Woher hat sie ihren unheimlichen Namen?«, fragte sie.

»Sie diente als Begräbnisstätte für Verstorbene, die weder Familie noch Geld hatten. Und für die Toten mit ansteckenden Krankheiten. Anfang des 19. Jahrhunderts gab es hier einige Leprafälle. Die Menschen hatten panische Angst vor Lepra. Das Ganze rührt aus der Bibel her, wo die Kranken aus der menschlichen Gemeinschaft ausgestoßen wurden. Also begrub man sie auf der Insel der Toten, um den hiesigen Friedhof nicht zu verunreinigen.«

»Gott, das ist ja furchtbar«, sagte sie und fuhr sich mit der Zunge über die Lippen, die trocken geworden waren. »Ich habe noch nie davon gehört.«

»Die meisten Leute haben sie auch vergessen, außer denjenigen, die schon lange hier leben. Die Insel ist verlassen und zu nichts nutze. Dort gibt es nur ärmliche und namenlose Grabsteine.«

»Kannst du mich dorthin bringen?«, sagte sie, ohne zu zögern.

Kapitel 23

FRANZ

Es dauert mehrere Tage, bis Julia und ich aufbrechen, um die Insel der Toten zu besuchen. Zuerst ist es zu windig. Dann muss ich nach Göteborg, weil mich die Polizei vernehmen will. Es kommt zu einem ziemlich sinnlosen Verhör. Sie üben kaum Druck auf mich aus, ich beantworte ihre Fragen, und alles wird aufgezeichnet. Sie wirken vollkommen unbeteiligt und geradezu unmotiviert, nicht so wie früher, als es fast schon das Größte war, mich festzunehmen. Ich habe den Eindruck, dass mir die Polizeibeamten viel Sympathie entgegenbringen, so wie man einen gealterten, verrosteten Rockstar betrachtet. Sie tauschen vielsagende Blicke aus, bevor sie mir sagen, dass es zu einer Anklage kommen könnte. Mein idiotisches Geständnis wird auf dem Polizeirevier bestimmt zum Running Gag. Der Gedanke macht mich allerdings wütend. An diesem Abend laufe ich die große Runde über die Insel, zwanzig Kilometer in der grauen Dämmerung. Ich höre mein Herz laut in der Brust schlagen. Hart und laut. Danach mache ich Krafttraining, bis ich in Armen und Beinen völlig taub bin, high von Endorphinen und mit dem Gefühl, dass meine Würde wiederhergestellt ist. Ich stehe lange unter der heißen Dusche und wasche mir die restliche Demütigung ab.

Am Tag darauf ist Wochenende, und Thor kommt zu Besuch. Als er mich fragt: »Wie geht's denn so, Papa?«, antworte ich: »Ganz gut.« Unglaublich, dass er damit zufrieden ist. Aber ich lasse mich nicht für dumm verkaufen. Das Komplott, mich zu *bekehren*, ist mehr als durchschaubar. Julia ruft wahrscheinlich jeden Abend bei Thor an und berichtet ihm, ob ich seine Regeln befolge.

Aber es wird ein schönes Wochenende werden. Dimö hat seine Oktoberfarben angenommen. Der grüne Nadelwald ist voller Laubbäume, die in allen Nuancen leuchten. Die großen Blutahorne vor dem Pfarrhaus sind jetzt dunkelrot. Die Luft ist kühl, die Sonne scheint. Wir machen einen Spaziergang und einen kurzen Segeltörn mit Thors Boot, bevor es ins Winterlager kommt. Wie immer bin ich ein exzellenter Gastgeber und verstecke geschickt meine Gereiztheit, die unter der Oberfläche weiterschwelt.

Bevor Thor am Sonntag wieder abreist, legt er seine Hand auf meinen Arm und sagt: »Hey Papa, es ist ganz normal, verwirrt zu sein, wenn man eine solche Veränderung durchmacht. Kopf hoch.«

Es ist so erniedrigend, dass es mir kaum gelingt, eine Antwort hervorzustammeln. Trotzdem spüre ich auch so etwas wie Stolz, denn mein Sohn strahlt eine große Ruhe und Hartnäckigkeit aus, die man einfach bewundern muss. Meine Gedanken machen sich selbstständig und werden ungewöhnlich sentimental. Als Thor klein war, musste man zäh, stark und hart sein, um mit mir auszukommen. Oder rücksichtslos. Er war weder das eine noch das andere. Das Vertrauen und die bedingungslose Liebe, die ein Kind seinem Vater entgegenbringt, reichte nicht. Er begann, mich kategorisch zu meiden. Ich habe jetzt erst verstanden, dass ich Thor nie wirklich gekannt habe. Habe ich ihn vertrieben, oder hat er mich gemieden? Vielleicht ist es eine Mischung aus meiner Dominanz und seiner Unnahbarkeit gewesen. Diese Gelegenheit jetzt könnte meine letzte Chance sein, meinen Sohn endlich kennenzulernen. Ich klammere mich an diesen Gedanken, als wäre er ein Seil, an dem ich über einer Schlucht baumle.

Am Morgen unserer Abreise zur Insel der Toten stehen Julia und ich ganz früh auf. Es ist ein wunderschöner Tag. Die Natur ist in zarte Rosatöne getaucht, das Meer leuchtet orange. Wir leihen uns das Boot von Karin, das in einer Bucht in der Moorheide vertäut ist, das geht schneller als mit meinem, das im Hafen liegt. Als wir die Insel erreichen, ändern sich die Farben, das Wasser färbt sich rot und ein goldener Schimmer schwebt über dem Moor. Es ist einer der schönsten Morgenhimmel, die ich je gesehen habe. Besucher betonen oft, wie wunderbar die Aussicht ist, aber sie sehen sie gar nicht wirklich, nicht den Anblick jenseits der Sonne, die auch die Oberfläche des Wassers färbt. Ich hingegen sehe vor meinem geistigen Auge alles. Das grünlichbraune Meer, das voller hungriger Kreaturen ist. Tausende von Vögeln, die in den Bäumen sitzen. Die unterirdischen Tunnelsysteme der Maulwürfe. Und dann die nachtaktiven Tiere, die erst in der blauen Stunde zur Ruhe kommen, der Stunde zwischen Nacht und Tag. Und im Hintergrund das unaufhörliche Rauschen des Wassers. Hier ist es friedlich, aber Dimö ist voll von unsichtbarem Leben. Was man mit dem bloßen Auge nicht sehen kann, lässt sich fühlen.

Das Boot ist auf einem Strandstück zwischen den Felsen vertäut.

»Wollen wir den Motor anwerfen, oder soll ich rudern?«, frage ich.

Ihre Lippen verziehen sich zu einem Lächeln.

»Damit du zeigen kannst, wie stark du bist?«

»Meine Muskeln sind in einer erstaunlichen Form.«

Es ist so still, so ruhig, dass es mir schwerfallen würde, den Motor zu benutzen.

Julia scheint meine Gedanken zu lesen.

»Rudern. Wir wollen doch die Tiere nicht stören.«

»Das schaffe ich in weniger als einer Stunde«, verspreche ich.

Draußen auf dem offenen Wasser ist nur noch das Plätschern der Ruder zu hören. Die Sonne ist über dem Horizont aufgegangen und wirft ihre goldfarbenen Strahlen auf das Wasser. Ein einsamer, stummer Schwan beobachtet uns wachsam.

»Darf ich dich etwas fragen? Ich würde gern deine Meinung hören«, sage ich.

»Klar.«

»Du kennst mich wahrscheinlich besser als die meisten anderen. In der Nacht, als ich auf dem Teufelsfelsen stand, glaubst du, ich wäre in der Lage gewesen zu springen?«

Ich wähle einen leichten Tonfall und versuche zu lächeln. Als würde ich im Scherz fragen. Julia scheint meine Frage nicht zu überraschen.

»Wie hast du dich denn gefühlt?«

Ich beschreibe meinen Zustand, meine hoffnungslose, zerstörerische Stimmung, und wünsche mir eine ihrer typischen, offenen Antworten.

Sie enttäuscht mich nicht.

»Du bist vielleicht kurz davor gewesen zu springen, aber du hättest es nie getan. Du hättest dich selbst aufgehalten.«

»Bist du dir da sicher?«

Sie nickt entschlossen.

»In solchen Momenten übernimmt ein primitiver Überlebensinstinkt die Kontrolle. Es spielt keine Rolle, welche zerstörerischen Gedanken in deinem Gehirn herumschwirren. Es gibt eine stärkere Kraft, die einen Körper zwingt, zu überleben und dich zu retten.«

»Woher weißt du das?«

»Es ist mir selbst passiert, als Set Blomberg versucht hat, mich zu ertränken.«

»Aber es gibt doch Menschen, die Selbstmord begehen«, entgegne ich.

»Aber die sind nicht wie du, Franz.« Sie sagt das in einem Tonfall der Endgültigkeit, die Sache ist erledigt. »Du bist viel zu dramatisch. Wenn du Selbstmord begehen würdest, würdest du es auf eine ungewöhnliche und spektakuläre Weise tun. Sind nicht Brücken, Klippen und andere Erhebungen die häufigsten Orte, an denen Menschen ihr Leben beenden?«

In dem schummrigen Licht ist ihr Haar so blauschwarz wie die Flügel eines Raben. Ihre Augenbrauen wirken noch dunkler, und ein paar Haarsträhnen sind ihr ins Gesicht gefallen.

»Ich glaube, mit dir stimmt nach wie vor etwas nicht«, sagt sie. »Aber du hast keine Todessehnsucht.«

»Darf ich fragen, warum du das nicht ernst nimmst?«, sage ich.

»Würdest du dich dann besser fühlen?«

Darüber muss ich nachdenken. Ehrlich gesagt fühle ich mich heute Morgen leicht und unbeschwert. Das Boot gleitet über das Wasser, es ist fast spiegelglatt. Nur Julia, ich und das endlose Meer. Mich mögen Hirngespinste plagen, aber wenigstens habe ich keine Todessehnsucht. Eine Sache weniger, um die ich mir Sorgen machen muss.

Wir reden ununterbrochen, bis die Umrisse der Insel der Toten sichtbar werden. Da ich mit dem Rücken zur Insel sitze, sieht Julia sie zuerst.

»Da ist sie!«, ruft sie. »Sie ist ja ganz schwarz.«

Ich lege meine Ruder ab und drehe mich um. Die Felsen, die aus dem Meer ragen, sehen wie dunkle Korallenbänke aus. Ein Möwenschwarm kreist hoch über der Insel.

»Ich muss auf die andere Seite rudern«, erkläre ich. »Dort gibt es einen kleinen Sandstrand, an dem wir anlegen können.«

Auf der halbmondförmigen Sandbank picken ein paar Austernfischer im Seegras und fliegen davon, als wir an Land gehen. Ich vertäue das Boot an einem Felsen. Meine Erinnerungen an diesen Ort sind stechend klar, er hat sich nicht verändert. Als ich jung war, habe ich oft junge Frauen mit auf die Insel genommen. Ich habe sie mit Geschichten über die Toten erschreckt, die aus ihren Gräbern steigen und sich von den Kreaturen ernähren, die auf die Insel kommen.

»Das ist ihre Rache dafür, dass sie hier abgeladen wurden«, sagte ich manchmal mit meiner unheimlichsten Stimme. Dann sah ich mit aufgerissenen Augen über die Schultern der Frauen. Eine von ihnen hatte sogar eine Panikattacke. Als ich jung war, gab es auf Dimö nicht viel zu tun, aber ich war immer erfinderisch. Wenn es im Leben keine Aufregung gibt, muss man sich eben was ausdenken.

Julia sieht sich um.

»Es ist ein schöner Ort«, sagt sie.

»Ja, aber die Leichen wurden hier nicht wegen der großartigen Aussicht begraben. Die Gründe waren viel raffinierter und unheimlicher. Komm, ich zeige dir die Gräber.«

»Wo sind die?«, fragt Julia.

»Hinter den Bäumen da oben«, sage ich.

Die Stille wird von einem gutturalen, gackernden Geräusch durchbrochen. Auf einem Felsen vor uns sitzt ein Kormoran mit aufgespannten schwarzen Flügeln, die er zum Trocknen ausgebreitet hat. Julia entdeckt ihn und bleibt stehen.

»Es ist ein schlechtes Omen, wenn der Kormoran an Land auftaucht«, sage ich. »*Teufelsvogel* nennt man ihn. Normalerweise ist er ein Zugvogel, deshalb mag es seltsam sein, dass er noch hier ist.«

Julia erschrickt, macht ein lautes Geräusch, aber der Vogel bewegt sich nicht. Er sieht uns ungerührt mit seinen glänzenden, leblosen Augen an.

»Es ist unheimlich, nicht wahr?«, frage ich.

»Sei nicht albern«, sagt sie, aber die gesunde Röte auf ihren Wangen ist verschwunden.

Die Sonne verbirgt sich hinter einer dünnen Wolkenschicht. Das Licht wird milchig und gespenstisch. Wir machen uns auf den Weg über einen Hügel, der durch ein Waldgebiet führt. Die Bäume werden lichter, und vor uns erstreckt sich ein Gräberfeld. Sie befinden sich auf einer Lichtung, gesäumt von verdorrtem Gras und verkümmerten Bäumen mit braunen, trockenen Blättern. Der Friedhof besteht aus etwa dreißig Gräbern, die so nahe beieinanderliegen, dass sich die Toten unter der Erde berühren könnten. Auf einigen Grabsteinen sind die Namen der Toten eingraviert, auf manchen Gräbern steht nur ein Holzkreuz, andere sind ganz leer und nur mit Steinen belegt, die als Grenze zum nächsten dienen.

Hier ruhen sie – die Unglücklichen, die hoffnungslos Kranken, die Armen, die von Dimö Verstoßenen. Der Anblick ist so erbärmlich, dass es wehtut. Und doch ist dieser

Ort in seiner Abgeschiedenheit fast schmerzlich schön. Zwischen den spärlichen Bäumen hindurch kann man das Meer und die Klippen auf der anderen Seite der Insel sehen.

Julia betrachtet mich mit traurigen Augen.

»Es ist so … tragisch.«

»Ja, das ist es«, stimme ich zu.

Während ich regungslos stehen bleibe, geht sie über den Friedhof und betrachtet die Gräber, liest die Namen der Toten. Einige murmelt sie leise vor sich hin: *Oskar, Alva, Ida*. Mit ihrem Smartphone macht sie Fotos. Vor dem letzten Grab, das ganz am Rand liegt, fällt sie auf die Knie. Sie nimmt etwas Erde in die Hand, zerreibt sie zwischen den Fingern. Dann steht sie auf und kommt zu mir zurück.

»Auf einigen Grabsteinen stehen keine Namen«, sagt sie. »Die Mädchen könnten hier begraben sein. Ich werde Walter fragen, ob sie auch hier gesucht haben.«

»Ich bin mir fast sicher, dass sie das nicht getan haben«, sage ich. »Aber ich glaube kaum, dass du jemanden dazu bringen kannst, hier zu graben. Das wäre viel zu aufwendig.«

»Natürlich«, sagt sie leise.

Ihr Gesicht wirkt so zerbrechlich wie Glas. Das Ganze ist ihr unter die Haut gegangen.

Es ist so faszinierend, Julia ängstlich zu sehen, dass es mich leider reizt, ihre Stimmung noch zu verstärken.

»Ein schrecklicher Ort, oder?«

»Hm …«

»Ich habe gehört, dass hier vor langer Zeit Hexen begraben wurden. Wusstest du, dass man den Toten lange Nägel in die Beine schlug, um zu verhindern, dass sie wieder auferstehen?«

Sie gibt einen irritierten Laut von sich.

»Du kannst mir keine Angst machen.«

»Na ja, ein bisschen fürchtest du dich schon.«

»Das hat mit der Stimmung hier zu tun«, gibt sie zu. »Ich glaube nicht an Geister, aber man kann die Traurigkeit und Verzweiflung der Toten spüren. Als würden sie aus der Erde aufsteigen.«

»Das stimmt.«

Ihr Blick bleibt an einem sehr kleinen Grab hängen, auf dem nur ein verwittertes, schmutziges Holzkreuz aus dem Boden ragt.

»Die Menschen, die hier liegen, deren Leben und Tod, erzählen uns etwas über uns selbst«, sagt sie.

»Und was sollte das sein?«

»Einige Menschen sind bereit, bis zum Äußersten zu gehen, um unerwünschte Personen loszuwerden. Auch wenn die Mädchen nicht hier sind, ist genau das mit ihnen passiert. Jemand hat sich ihrer entledigt.«

Sie ist sich ihrer Sache so sicher, dass ich ihr glaube.

Kapitel 24

JULIA

Nach ihrem Besuch auf der Insel der Toten blieb ein Gefühl der Machtlosigkeit in ihr zurück. Wenn die Mädchen dort begraben worden waren, würde sie nie die Wahrheit erfahren. Niemand würde sich bereit erklären, alte Gräber auf einer vergessenen Insel auszugraben. Das Verschwinden würde für immer ein Rätsel bleiben. Eine unheilvolle Stimmung lag über der Insel der Toten. Wenn es so etwas wie unselige Geister gab – obwohl sie nicht wirklich daran glaubte –, lauerten sie gewiss dort, unter den langen Schatten der niedrigen Bäume. Wie sehr sie auch versucht hatte, den kleinen Friedhof vernünftig zu betrachten, die unheimliche Atmosphäre war ihr unter die Haut gekrochen. Jedes Mal, wenn sie die Augen schloss, sah sie die moosbewachsenen Holzkreuze, jahrzehntelang dem harten Wind ausgesetzt, sodass die Namen schließlich kaum noch lesbar waren. Sie sah die unbeschrifteten Gräber, die von verwelktem Unkraut überwuchert waren. An diesem Ort fing jeder an, an Geister zu glauben.

Am Tag nach dem Ausflug rief sie Joanna an, um zu besprechen, wie es weitergehen sollte.

Joanna wirkte erstaunlich zuversichtlich.

»Die Insel der Toten. Unglaublich! Man könnte einen ganzen Artikel darüber schreiben. Ein schmutziges Detail in der schwedischen Geschichte, als Unerwünschte aus der Gemeinschaft ausgeschlossen wurden. Eine echte Schande für die Kirche von Schweden. Du hast doch Fotos gemacht, oder?«

»Jede Menge.«

»Sehr gut. Ich denke, du solltest jetzt mit dem Schreiben beginnen. Schreib über die Orte, an die dich deine Recherchen geführt haben, und über die Menschen, die du interviewt hast. Ob du nun herausfindest, was mit den Mädchen passiert ist, oder nicht, ist sekundär. Alles, was du bisher zusammengetragen hast, klingt schon spannend und packend. Es ist wahrscheinlich eine Wunde, die niemals heilen wird, wenn die Inselbewohner auch heute noch von dem Vorfall betroffen sind. Es gibt nichts, was eine kleine Gemeinschaft so sehr erschüttern kann wie verschwundene Kinder.«

»Du meinst also, ich mache Fortschritte?«, fragte Julia behutsam.

»Zweifellos. Ich bin stolz auf dich.«

Plötzlich war Julia wieder voller Tatendrang.

»Dann werde ich weitergraben.«

Nach dem Gespräch beschloss sie, Stefan Bondesson aufzusuchen, Helenas ehemaligen Klassenkameraden, der damals in sie verknallt gewesen war. Sie lieh sich Elyssas Fahrrad und radelte in halsbrecherischem Tempo zum Dorf. Das Gästehaus lag auf einem Hügel oberhalb des Hafens. Als sie das Fahrrad den steilen Hang hinaufgeschoben hatte, war sie außer Atem und schwitzte. Von hier oben aus hatte man einen fantastischen Blick auf den Hafen und das Meer. Ein weißer Himmel erstreckte sich über dem Wasser. An der Vorderseite des Gästehauses befand sich ein üppiger Garten, der von großen Eichen gesäumt war. Auf der Rückseite befanden sich die Felder, auf denen Simon

Gemüse anbaute und seine Gewächshäuser stehen hatte. Vor zwei Monaten noch war dieser Ort die reinste Sommeridylle gewesen, aber jetzt waren die Blätter der Eichen verdorrt, die Blumenbeete farblos und alles sah verschlafen aus.

Das Hauptgebäude war ein weißes, zweistöckiges Haus, an dem sich ein Zimmermann ausgetobt hatte, mit Erkern, Zinnen und Türmen. Bei ihrem ersten Besuch hatte Simon sie durch das Haus geführt. Im Erdgeschoss befanden sich die Rezeption, der Speisesaal und mehrere Gemeinschaftsräume. Die Gäste wohnten im Obergeschoss oder in freistehenden Hütten mit Blick auf die Klippen und das Meer. Simons und Elviras Haus lag auf der Rückseite.

Die Rezeption war leer, also sah sich Julia in Ruhe um. Der Raum war großzügig und gemütlich und hatte ein gutes Gleichgewicht zwischen Licht und Größe. Es gab hohe Decken, große Flächen. Überall brannten Kerzen und knisterten Kamine. Einige Wände waren aus Ziegeln errichtet, auf den Böden standen rustikale Holzmöbel und Stehlampen mit großen Schirmen. Aus der Küche strömte der Geruch von frisch gebackenem Brot und Zimt. Der Speisesaal war leer, bis auf ein paar Gäste, die Kaffee tranken. Sowie einer Frau, die die Frühstückstische abräumte. Als Julia zur Rezeption zurückkam, stand Jannike hinter dem Tresen. Sie arbeitete seit über zwanzig Jahren im Gästehaus. Ihr Erscheinungsbild ließ auf einen Mangel an unnützer Eitelkeit schließen. Graue, kurz geschnittene Haare, ungeschminkt, aber wache, strahlende Augen.

»Hallo, Schatz, schön, dass du da bist«, sagte sie.

»Hier ist es so wunderbar im Herbst«, sagte Julia. »Weißt du eigentlich, wie alt dieses Gebäude ist?«

»Es ist 1903 gebaut worden, als Unterstand für Heringskäufer. Als die Heringsbestände aber zurückgingen, wurde es zu einem Gästehaus umgewandelt. Elvira und Simon haben dann einige Renovierungen vorgenommen, als sie das Haus übernahmen, dabei haben sie aber immer dafür gesorgt, dass das Haus seinen Charakter behalten hat.«

»Ja, das stimmt«, sagte Julia. »Wo sind die beiden?«

Jannike lächelte rätselhaft.

»Ich fürchte, sie sind nicht da. Sie sind zum Geburtshaus gefahren. Sie sind vorgestern mit der Nachmittagsfähre ins Geburtshaus gefahren und haben jetzt eine Tochter. Lovisa Marika Ahlgren. Ist das nicht toll?«

»Das ist so großartig!«, sagte Julia und schämte sich sofort, dass sie mit ihrem Besuch so lange gewartet hatte. »Ich muss Thor anrufen.«

»Mach das. Ich möchte nur kurz etwas mit dem Koch klären. Ich bin gleich wieder da.«

Julia setzte sich in einen Sessel und rief Thor an, aber der ging nicht ans Telefon, also rief sie stattdessen Franz an.

»Weißt du schon, dass Elvira und Simon eine Tochter bekommen haben?«, fragte sie.

»Natürlich weiß ich das. Ich werde von Elyssa über solche Dinge auf dem Laufenden gehalten. Sie hat längst Blumen bestellt, die ich ihnen ins Krankenhaus schicke. Ich habe mir erlaubt, auch einen Strauß von dir und Thor zu senden. Ich hoffe, du bist damit einverstanden?«

»Oh, ich danke dir. Wie aufmerksam du sein kannst.«

»Ganz und gar nicht. Nur sozial kompetent«, erwiderte er mit leiser Stimme.

»Soll ich Thor anrufen?«

»Ich habe gerade mit ihm gesprochen. Er weiß es schon. Elvira hat sich bei ihm gemeldet.«

»Wie klang er?«

»Wie soll ich das beschreiben? Ein wenig verwirrt.«

Das überraschte sie nicht besonders.

»Aber er hörte sich auch glücklich an«, fuhr Franz fort. »Ich habe ihn überredet, sie heute zu besuchen.«

Kaum hatte sie das Gespräch beendet, betrat ein Mann das Gästehaus. Er kam ihr irgendwie bekannt vor, aber es dauerte ein paar Sekunden, bis sie erkannte, dass es Stefan Bondesson war. Dieser erwachsene, sogar ältere Mann, der er mittlerweile geworden war, sah dem Jungen auf dem Klassenfoto nicht unähnlich. Er trug einen Overall, Gartenhandschuhe und hatte die wettergegerbte Haut von jemandem, der viel im Freien arbeitet. Er roch nach feuchter Erde. Sein dunkles, grau meliertes Haar war an den Seiten kurz geschnitten, aber auf dem Kopf länger, und eine Strähne fiel ihm in die Stirn. Mit Adleraugen sah er sie aufmerksam, fast abschätzend an.

»Sie wollten mich sprechen?«, fragte er.

»Woher wissen Sie das?«

»Gerüchte verbreiten sich hier schnell. Ihr Name ist Julia Frisk, und Sie sind eine Journalistin, die über die vermissten Mädchen schreibt.«

»Ach so, Kurt Burman hat es Ihnen erzählt?«, sagte Julia triumphierend.

»Ja. Sein großes Mundwerk hört nie auf zu arbeiten, ansonsten ist er aber ein ganz anständiger Kerl.«

Es folgte ein Zögern, als fehlte etwas. Eine Geste. Er zog seine Gartenhandschuhe aus und streckte ihr seine Hand hin.

»Mein Name ist Stefan Bondesson. Aber das wissen Sie wahrscheinlich schon.«

Ein trockener, fester Händedruck.

Kurt hatte Stefan als introvertiert beschrieben, aber das

stimmte nicht ganz. Es gab eine fast beschämende Offenheit in seinem Blick, und er war äußerst gesprächig. Das war beinahe zu einfach. Julia hatte mehr Widerstand von den Inselbewohnern erwartet, wenn eine Außenstehende beschloss, in ihrer Vergangenheit zu graben. Was glaubte sie denn, wer sie war?, hätte man sagen können. Stattdessen waren alle so entgegenkommend, dass es sie fast misstrauisch machte.

Sie setzte sich mit Stefan in einen der Gemeinschaftsräume, gleich neben den Kamin.

»Sie kannten Helena gut, nicht wahr?«, fragte Julia.

Stefan nickte.

»Seit wir in die Schule gingen, war sie meine beste Freundin.«

»Und die anderen beiden Mädchen?«

»Sie wurden beste Freundinnen, nur ein paar Monate bevor sie verschwanden. Davor waren Helena und ich unzertrennlich.«

»Erzählen Sie mir bitte alles, was Sie über sie wissen.«

Stefan schürzte die Lippen.

»Das würde wahrscheinlich den ganzen Tag dauern.«

»Dann nur über die Zeit, bevor sie verschwand?«

Er starrte einen Augenblick lang in den Kamin, dann sah er sie an.

»Sie müssen einen guten Grund haben, in dieser alten Sache zu wühlen.«

Es war zugleich eine Feststellung und eine Frage.

»Ich finde, es ist ein großes Rätsel«, sagte Julia. »Und ehrlich gesagt bin ich der Meinung: Es ist schrecklich, dass noch niemand herausgefunden hat, was in dieser Nacht damals wirklich passiert ist.«

Stefan zog die Augenbrauen hoch und strich sich die Strähne aus der Stirn.

»Das finde ich auch, aber die Polizei hat die Suche aufgegeben und voreilige Schlüsse gezogen.«

»Und was glauben Sie, was passiert ist?«, fragte Julia.

Er stieß ein kurzes Lachen aus, das wie ein Bellen klang.

»Wollen Sie das wirklich wissen? Als ich zur Polizei ging, haben sie mich fast wegen Verleumdung eingesperrt.«

»Wirklich? Aber was spielt das jetzt für eine Rolle, fünfzig Jahre später?«

»Es spielt eine große Rolle«, sagte er. »Sie werden das bald verstehen.«

So langsam wurde sie ungeduldig und warf ihm einen vielsagenden Blick zu. *Raus mit der Sprache!*

»Ich kannte die anderen Mädchen nicht besonders gut, aber Helena hat sich ganz bestimmt nicht umgebracht. Sie hat keinen Selbstmord begangen. Nichts hätte sie zu einer solchen Tat bringen können.«

Er verzog das Gesicht, als würde er von einem plötzlichen Ekel erschüttert.

»Allerdings ist sie in schlechte Gesellschaft geraten, wenn man es überhaupt Gesellschaft nennen kann. Das war am Mittsommerabend, einen Monat bevor sie verschwand. Danach hat sie sich verändert. Sie war durcheinander, verwirrt, aber nicht selbstmordgefährdet.«

Er nahm sich übertrieben viel Zeit. Sie verstand nicht, warum. Aber es gab vieles, was sie nicht wusste, das kleinste Detail konnte wichtig sein, also beschloss sie, ihn die Geschichte in seinem eigenen Tempo erzählen zu lassen.

»Erzählen Sie ruhig weiter«, sagte sie und nickte ihm ermutigend zu.

»Es war ein Haufen älterer Männer, hochnäsige Typen. Sommergäste. Sie vergnügten sich mit den Mädchen auf dem Mittsommerfest im Hafen. Nahmen sie auf kleine

Segeltörns mit. Das war gar nicht gut. Diese Typen waren Anfang zwanzig, wir waren erst fünfzehn.«

Er wurde von Jannike unterbrochen, die gerade mit einem Tablett und zwei Kaffeebechern erschien.

»Sehr heiß. Seid vorsichtig«, ermahnte sie die beiden. »Ich dachte, ihr müsst euch vielleicht aufwärmen, bevor ihr wieder in die Kälte hinausgeht.«

Stefan pustete in seine Tasse.

»Wo war ich stehen geblieben?«

»Bei einem Segeltörn am Mittsommerabend.«

»Genau. Sie kamen erst spät in der Nacht zurück. Ich habe Helena zur Rede gestellt, aber sie sagte, es sei nichts passiert. Sie seien nur segeln gewesen, hätten geplaudert und Bier getrunken.«

»Waren Sie davon überzeugt, dass sie gelogen hatte?«

»Nein, Helena war immer ehrlich zu mir. Aber danach verbrachte sie jede freie Minute mit den beiden anderen. Außerdem war sie mit ihnen im Konfirmandenunterricht hier auf der Insel. Ich wollte mich nicht konfirmieren lassen, also haben Helena und ich uns sozusagen ein bisschen auseinandergelebt.«

»Haben Sie Helena noch einmal mit diesen Typen zusammen gesehen?«

»Nur ein einziges Mal, unten im Hafen, ein paar Tage später. Aber nur Helena und Anna-Lina. Sie haben sich mit ihnen unterhalten und geraucht.«

»Und trotzdem …«, sagte Julia.

Er bekam einen seltsamen Gesichtsausdruck, als würde er durch sie hindurchsehen.

»Ich weiß, was Sie sagen wollen«, sagte er. »Das Gleiche wie die Polizei damals. Ich war nur ein eifersüchtiger Mistkerl, der Helena für sich allein haben wollte.«

»Nein, ich wollte sagen, dass die Polizei das trotzdem nicht weiterverfolgt hat. Das ist doch eine bemerkenswerte Beobachtung. Sie hätten der Sache nachgehen müssen.«

Er lächelte, fast spöttisch.

»Natürlich sind sie dem nicht nachgegangen. Der Kopf dieser edlen Truppe stammte aus einer sehr wohlhabenden Familie. Er war – *ist* – ein richtiges Arschloch ...«

Stefan atmete ein, als wolle er noch etwas sagen, aber dann hielt er sich zurück. Schließlich fasste er einen Entschluss und atmete laut aus.

»Er denkt auch heute noch, Dimö gehöre ihm, Jasper von Hammar.«

Julia erstarrte. Der Boden schien sich unter ihren Füßen zu bewegen.

»Was? Von Hammar, der Industrielle?«

»Ja, der von Hammar, der in diesem unglaublich hässlichen Betonklotz oben auf den Klippen wohnt.«

Und Julia dachte, dass – wenn man nur die richtigen Fragen stellte – am Ende doch immer wie von Zauberhand eine neue überraschende Wendung auftauchte.

Kapitel 25

FRANZ

Heutzutage bekomme ich nur noch selten Briefe, aber wenn, dann legt mir Elyssa den Umschlag auf das Tablett neben meinen Morgenkaffee. Bei der Zustellung der Post gibt es auf Dimö eine Art natürlicher Verzögerung. Die Post kommt mit der Nachmittagsfähre an und wird erst am nächsten Tag sehr früh morgens von einem Postboten mit dem Rad ausgetragen – und der fährt seit dreißig Jahren die gleiche Route.

Der Brief, der heute auf dem Tablett liegt, wirkt in seiner Schlichtheit unschuldig. Ein weißer Umschlag. Mein Name und meine Adresse stehen in Großbuchstaben auf der Vorderseite. Kein Absender. Als ich ihn öffne, bin ich von einer tiefen Ruhe und Gelassenheit durchdrungen. Ich habe gerade mit Thor gesprochen. Seine Stimme klang jetzt wärmer als das letzte Mal. Ich habe ihm ein paar Tipps gegeben, wie er mit seiner Halbschwester umgehen soll. Es ist wahrscheinlich nur eine Frage der Zeit, bis er mir freie Hand lässt, mein Leben wieder so zu leben, wie ich es möchte.

Ich öffne den Brief und ziehe ein liniertes Blatt Papier heraus. Die Worte sind mit Tinte und in zierlicher Handschrift geschrieben. Zwei Zeilen. Meine Augen fliegen mehrmals über den Text.

Du hast mehr Leichen im Keller, als du vermutest, Franz. Du musst gar nicht so tief graben.

Keine Unterschrift.

In dem Umschlag befindet sich auch ein doppelt gefaltetes Papier. Ich falte es auf und lege es vor mir auf den Tisch. Es ist eine Karte … von meinem Grundstück. Eine einfache Skizze aller Gebäude außer der Glashalle, die erst vor fünf Jahren gebaut wurde. Auf der Wiese hinter den Ställen ist ein rotes Kreuz eingezeichnet. Das Gelände ist etwas abgelegen, in der Nähe eines kleinen Hügels mit Blick aufs Meer. Dort habe ich schon oft gestanden und aufs Meer hinausgeschaut.

Ich bleibe still sitzen und starre auf die Karte, das Kreuz hat eine fast magnetische Anziehungskraft auf mich. Ich nehme einen Bleistift in die Hand und beobachte, wie der Bleistift um das Kreuz Kreise zieht, als wäre diese Bewegung losgelöst von meiner Hand. Dann endlich schaltet sich mein Kopf ein. Eine echte Leiche? Wohl kaum. Leichen, die auf Grundstücken vergraben werden, gibt es nur in Horrorfilmen. Vielleicht ist es ein Scherz, aber warum? *Eine Leiche im Keller*. Es könnte eine weitere Enthüllung über meinen Vater sein, was nicht verwunderlich wäre.

Dieser Brief muss von der gleichen Person stammen, die auch die Akte an Julias Redaktion geschickt hat. Jemand treibt ein Spielchen mit uns. Ich sollte die Handschrift vergleichen, aber ich will Julia nicht mit hineinziehen. Jedenfalls noch nicht. Ich könnte den Brief auch der Polizei übergeben, aber ich beschließe, noch zu warten. Es reicht mir, wenn ich mir die Blicke vorstelle, die Fanny und Leon wechseln würden. Franz – schon wieder. Und doch weiß ich intuitiv, dass das kein Scherz ist. Die Nachricht fühlt sich privat an. Ich bin nicht verpflichtet, sie jemandem zu zeigen. Was ich auf meinem Grundstück mache, ist meine Sache. Dieses Rätsel zu lösen, ist genau das, was ich brauche, um die Langeweile zu vertreiben, die mich in letzter Zeit geplagt hat. Ich bin wahnsinnig gelangweilt und habe genug davon, herumzulaufen und mich selbst zu verachten.

Du musst gar nicht so tief graben. Da kommt mir eine Idee. Der Boden hinter den Ställen ist schon lange nicht mehr bewirtschaftet worden. Wegen meiner Liebe zur Förderung der Artenvielfalt sollte ich dort vielleicht etwas anbauen. Einen Blumengarten, *ein Paradies für Hummeln und Bienen*, genau wie meine Mutter. Es ist fast zu einfach, einen Grund anzuführen, um dort zu graben. Irgendetwas passiert gerade in meiner Brust, als würden jetzt alle Hemmungen fallen gelassen werden. Ich beschließe, eine Grube auszuheben. Aber dieses Mal werde ich das nicht allein tun. Ich habe noch Rückenschmerzen von meinem Einsatz in Karins Garten, und nach dem Ruderausflug mit Julia fühlen sich meine Arme wie Gelee an.

Ich greife nach meinem Telefon und rufe die Nilsson-Brüder an. Wir sind zusammen zur Schule gegangen. Sie haben ihr ganzes Leben hier auf einem Bauernhof verbracht.

Ungebildet, ungehobelt und alkoholkrank, aber immer auf der Suche nach irgendeinem aufregenden Zeitvertreib.

Als sich einer der Brüder meldet, frage ich, ob sie mit mir ein Stück Land umgraben wollen, gegen eine fürstliche Bezahlung.

Sie versprechen, sofort zu kommen.

»Dann lade ich euch nachher zu Mittagessen und Bier ein«, verspreche ich.

»Sollen wir den Traktor mitbringen?«, fragt der Bruder, mit dem ich spreche.

Das würde zwar meinen Rücken entlasten, aber es wäre viel zu laut und außerdem auffällig.

»Nicht nötig«, sage ich. »Wir graben mit der Hand. Ich erkläre dir alles Weitere, wenn du hier bist.«

Dann rufe ich Elyssa an und teile ihr mit, dass ich mit einem *Projekt* hinter dem Stall beschäftigt bin und den ganzen Vormittag nicht gestört werden möchte.

»Nicht einmal von Julia?«, fragt sie.

»Nein, von ihr auch nicht. Ich glaube, sie ist jetzt im Gästehaus. Aber wenn sie sich treffen möchte, werde ich nach dem Essen wieder Zeit haben.«

Elyssa zögert einen Moment.

»Bist du sicher, dass es dir gut geht, Franz?«

»Warum sollte es mir nicht gut gehen?«, fauche ich zurück.

»Du machst in letzter Zeit so seltsame Sachen.«

Sie klingt derart verzweifelt, dass ich nicht anders kann, als ihr entgegenzukommen und freundlich zu sein.

»Es geht mir gut, Elyssa. Mach dir keine Sorgen.«

Kurz darauf treffen die Nilsson-Brüder ein. Ich führe sie zu den Ställen auf der anderen Seite des Grundstücks. Dort zeige ich ihnen die Karte. Fasziniert starren sie auf das rote Kreuz.

»Eine Schatzsuche also?«, sagt einer von ihnen.

»So etwas Ähnliches«, sage ich. »Ich bezweifle zwar, dass wir etwas finden werden, aber am Ende habe ich ein neues Blumenbeet. Allerdings werden wir ein bisschen tiefer graben müssen. Damit wir nichts übersehen.«

Wir holen Schaufeln aus dem Geräteschuppen, wo wir leider mit meinem Gärtner zusammenstoßen. Er ist etwas gekränkt, als ich ihm sage, was wir vorhaben.

»Du hast noch nie angedeutet, dass du dort was anbauen willst, darum hätte ich mich doch gekümmert.«

»Wir drei machen manchmal so was«, lüge ich ihn an. »Ein paar Stunden harte Arbeit, und danach trinken wir ein Bier. Wir sind alte Kumpel aus der Schule.«

Der Gärtner schaut die Brüder abfällig an und sieht ziemlich skeptisch aus, um es vorsichtig auszudrücken.

»Wenn der Boden umgegraben ist, überlasse ich es natürlich dir, ihn zu bepflanzen und zu pflegen«, füge ich hinzu. »Ich möchte, dass du weißt, dass ich mit deiner Arbeit hier sehr zufrieden bin.«

Er zuckt mit den Schultern und hilft uns, die besten Schaufeln und ein paar Hacken zu finden, die, wie er sagt, gut geeignet sind, um größere Steine im Boden zu entfernen.

Die auf der Karte markierte Stelle ist mit verdorrtem, hohem Gras bedeckt. Während wir graben, erzählen wir uns abwechselnd von unseren Streichen in der Schulzeit. Zum Beispiel, als wir einen ihrer Stiere freigelassen haben, um die Touristen zu Tode zu erschrecken. Wir erinnern uns auch an die Sommerabende, an denen wir den Mädchen Quallen auf den Rücken geworfen haben. Es ist erfrischend, mit ganz einfachen Leuten zusammen zu sein. Sie fragen sich nicht, was das Leben für sie bereithält, ihre Zukunft ist in Stein gemeißelt. Sie werden Landwirtschaft betreiben, illegal Schnaps brennen, auf Hühner schießen, wenn ihnen langweilig ist, gelegentlich auf das Festland fahren, um jemanden kennenzulernen – und wenn das nicht gelingt, gehen sie zu Prostituierten. Sie werfen mir keine fragenden Blicke zu, sehen mich nicht mitleidig an und stellen keine peinlichen Fragen über die sonderbaren *Veränderungen* an mir. Sie lachen über meine Witze, auch über die schlechten.

Nach ein paar Stunden beginnt es zu regnen, ein kalter Nieselregen, der uns schnell durchnässt, den Boden aber auch weicher macht. Wir graben tief, viel tiefer, als es für ein Blumenbeet notwendig ist. Nachdem wir eine ziemlich große Fläche bearbeitet haben, ohne etwas zu finden, überkommt mich ein Gefühl der Hoffnungslosigkeit. Mein Rücken schmerzt furchtbar, wie ein Vorbote eines Hexenschusses beim nächsten Spatenstich. Ich schlage vor, eine Pause zu machen, hineinzugehen und ein heißes Getränk zu nehmen, und sage ihnen, dass sie sich trockene Kleidung von mir leihen können.

»Was haltet ihr davon?«, frage ich über meine Schulter.

Einer der Brüder bejaht die Frage. Der andere antwortet nicht. Er hat aufgehört zu graben. Aus seiner Richtung ertönt ein schreckliches, keuchendes Geräusch.

»Was zum Teufel?«, stöhnt er. »Was ist das?«

Ich gehe zu ihm und werfe einen Blick in das Loch zu seinen Füßen. Zuerst sehe ich nur Erde. Aber aus der Erde ragt etwas Weißes in der Dunkelheit empor. Die Knochen einer Hand, ohne Zweifel. Der eine Nilsson-Bruder kratzt mit seiner Schaufel vorsichtig die Hand frei. Ein Stück von einem Armknochen wird sichtbar. Er sieht mich mit weit aufgerissenen Augen an. Pures Entsetzen.

Instinktiv spüre ich, dass es sich nicht um einen Scherz handelt. Das ist ein verdammt echtes Skelett. Ich lasse die Schaufel los, balle meine Hände und presse sie fest gegen die Schläfen. Es fühlt sich an, als tue sich der Boden unter meinen Füßen auf. Dann – warum auch immer – kann ich nur an Thor denken. Wie soll ich ihm erklären, dass ich eine Leiche in meinem Garten gefunden habe?

Kapitel 26

JULIA

Sie lauschte dem Regen, der auf das Dach trommelte, während sie über ihren nächsten Schritt nachdachte. Es klopfte an der Tür, und als sie draußen einen klatschnassen Franz sah, wusste sie sofort, dass etwas passiert sein musste. Er war voller Erde und hatte keine Farbe mehr im Gesicht.

»Kannst du mir helfen, Thor etwas zu erklären?«, stammelte er.

Sie bat ihn ins Haus. Die Worte sprudelten nur so aus ihm heraus. Er erzählte von einem anonymen Brief, den er erhalten hatte, und von dem *Skelett*, das er und die Nilsson-Brüder gefunden und ausgegraben hatten.

Er zeigte ihr den Brief und die Karte. Sein kleiner Finger zitterte. Das tat er immer, wenn er sehr aufgeregt war.

»Kannst du mir das Skelett zeigen?«, fragte sie.

Sie hatte das Bedürfnis, es mit eigenen Augen zu sehen.

»Danke, dass du mir so viel Vertrauen schenkst«, zischte er. »Du glaubst wohl, ich habe mir das alles ausgedacht?«

»Es klingt einfach total verrückt. Könnte es ein Spielzeugskelett sein?«

»Hast du mir nicht zugehört? Es ist ein echter Mensch, ein Toter.«

»Ich glaube dir ja«, beschwichtigte sie ihn.

Die Angst in seinen Augen war nicht zu übersehen.

Seine Stimme klang so verzweifelt, als könne er jederzeit in Panik ausbrechen.

Mehrmals fuhr er sich mit den Händen über das Gesicht.

»Ich habe die Polizei angerufen. Während wir warten, sollten wir die Handschrift auf diesem Brief mit der vergleichen, die deine Redaktion geschickt bekommen hat.«

Julia ging zu ihrem Schreibtisch und verglich die Briefe, auch wenn das eigentlich nicht nötig war. Sie hatte die Handschrift sofort erkannt. Zierlich, mit aufrechten Buchstaben. Der Text war mit Tinte geschrieben. Offenbar wollte sie jemand herausfordern, sich über sie lustig machen. Und zwar nicht irgendjemand, sondern eine Person, die genau wusste, wo die Leichen vergraben waren.

»Da ich eine Story darüber schreibe, wäre es gut, wenn ich das Skelett mit eigenen Augen sehen könnte«, versuchte sie es erneut.

Irritiert schüttelte Franz den Kopf.

»Wir warten, bis die Polizei kommt. Es ist schon schlimm genug, dass die Nilsson-Brüder und ich den Boden umgegraben haben. Sie sitzen übrigens im Speisesaal und werden von Elyssa betreut, weil sie das mitgenommen hat. Wir machen einen Schritt nach dem anderen. Ich bin verdammt gut darin, einen kühlen Kopf zu bewahren.«

Julia schaltete den Wasserkocher ein, um Tee zu kochen. In Fernsehserien gab es immer eine Tasse heißen Tee zur Beruhigung, wenn jemand eine Todesnachricht erhalten hatte. Während der Tee zog, riefen sie Thor an und stellten auf Lautsprecher. Er nahm die Nachricht besser auf, als sie befürchtet hatten, auch wenn er schimpfte und Franz als unmöglichen Chaosmagneten bezeichnete.

»Ich hoffe, euch ist klar, dass die Medien das wieder ins Unermessliche aufblasen werden«, sagte Franz. »Ich würde dir raten, nichts von dem zu lesen, was da geschrieben wird.«

»Es sind nicht die Medien, um die ich mir Sorgen mache, Papa«, sagte Thor. »Sondern um *dich*. Jeder normale Mensch hätte den Brief sofort bei der Polizei abgegeben. Wie konntest du nur so dumm sein? Wird das niemals aufhören?«

»Wir wissen doch beide, dass ich nicht normal bin«, erwiderte Franz. »Aber ich hatte doch keine Ahnung, dass da ein echtes Skelett vergraben war.«

Nach einigem Hin und Her beruhigte sich Thor langsam wieder. Julia fragte sich, ob das auch so bleiben würde, wenn er am nächsten Tag die Schlagzeilen las.

Da schlug sich Franz plötzlich gegen die Stirn.

»Wenn das Skelett alt ist und identifiziert werden muss, wird die Polizei die Fotos haben wollen, die Sigrid auf dem Dachboden gemacht hat, und ihre Chronik auch.«

»Ja, das stimmt. Aber warum ist das ein Problem?«

»Ich möchte Kopien davon behalten und meine eigenen Nachforschungen anstellen.«

»Franz …«

»Hab ein bisschen Vertrauen, Julia«, sagte er. »Das wird eine ganz große Sache, und du bist die Journalistin, die alles aufschreibt.«

»Es ist eine polizeiliche Angelegenheit geworden.«

»Das meinst du doch nicht im Ernst?«, sagte er kopfschüttelnd. Dann rief er Hampus an und bat ihn, die Fotos einzuscannen und Elyssa aufzutragen, die Chronik zu kopieren. Und zwar: *schneller als die Polizei erlaubt*.

Der Rest des Tages verging wie ein seltsamer Traum. Die Polizei traf ein, dann kam die Spurensicherung und untersuchte die Grabstelle. Julia folgte Franz den ganzen Nachmittag wie ein Schatten. Ziellos lief er übers Grundstück, wurde aber immer wieder von der Stelle magisch angezogen, an der sie die menschlichen Überreste gefunden hatten. Der Fundort war mit Absperrband gesichert. Die beiden Inselpolizisten Leon und Fanny unterhielten sich mit zwei Kollegen, die aus Göteborg eingetroffen waren. Am Grab kniete eine Person mit einer Kamera in einem weißen Overall mit Kapuze. In unmittelbarer Nähe waren zwei Zelte aufgebaut worden. Eines für die Technik und eines für die Untersuchung der Leiche. Die Techniker warfen lange Schatten an die Zeltwände, die im Wind standen und stöhnende und knarrende Geräusche von sich gaben. Ein Polizist durchsuchte das Gelände mit einem Spürhund. Es regnete unaufhörlich, was die düstere Stimmung nur noch verstärkte. Die Luft war so feucht, dass man sich fast durch sie hindurchzwängen musste. Das Meer rauschte und donnerte wie eine unheilvolle Hintergrundmusik. Es fühlte sich an, als wäre das regnerische, raue, kalte Wetter persönlich gemeint. Als hätte sich die Natur ihre Tränen für diesen besonderen Anlass aufgehoben.

Unter einer Baumgruppe in der Nähe der Mauer suchte Julia Schutz vor dem Regen. Ihre Hose war klatschnass, die Feuchtigkeit drang durch den Stoff ihrer Jacke. Sie konnte die Menschen sehen, die sich routiniert über das Grundstück bewegten. Plötzlich packte sie ein ungutes Gefühl. Eine unerklärliche Angst. Sie fühlte sich beobachtet. Sie drehte sich um, aber dort stand nur ein Baum. Natürlich war da niemand. Sie schlang die Arme um ihren Körper, schloss für eine Weile die Augen und sagte sich, dass es wahrscheinlich eine ganz normale Reaktion auf Stress war. Der Wind hatte sich wieder gelegt. Der Regen hatte nachgelassen und war jetzt etwas zwischen Nieselregen und

Nebel, ganz typisch für Dimö. Von den Bäumen über ihr fielen große Tropfen herunter, deshalb beschloss sie, zu den anderen zurückzugehen. Auf dem Weg sah sie sich allerdings unentwegt über die Schulter.

Erst als sich das Tageslicht schon längst verabschiedet hatte, lange nach dem Abendessen, verließ die Polizei das Anwesen wieder. Fanny verhörte Franz ausgiebig. Franz und Julia mussten ihre Briefe und die Mappe mit den Zeitungsartikeln abgeben, die Julia von der Redaktion erhalten hatte. Widerwillig verzichtete Franz auf die Familienchronik und übergab Fanny auch den Umschlag mit den Dachbodenfotos.

»Ich möchte das zurückhaben. Es ist ein Teil meiner Familiengeschichte.«

»Ja, natürlich«, sagte Fanny. »Da es möglicherweise eine Verbindung zwischen der Toten und dem Herrenhaus gibt, müssen wir Letzteres durchsuchen.«

»Dann ist die Leiche also eine Frau?«, fragte Julia.

»Es scheint so. Die Tote liegt offenbar schon sehr lange dort. Fünfzig, sechzig Jahre wahrscheinlich, aber wir können noch nichts Genaues sagen.«

Eine geradezu ungehörige Erleichterung machte sich auf Franz' Gesicht breit. Wenigstens würde man ihm diese Tat nicht vorwerfen können.

»Hast du mir zugehört, Franz?«, fragte Fanny. »Wir werden morgen das Haus durchsuchen.«

Überrascht blinzelte Franz.

»Ist das wirklich notwendig? Das Herrenhaus ist vor zwanzig Jahren abgebrannt, es ist nicht einmal mehr dasselbe Gebäude.«

»Ist alles niedergebrannt? Auch der Dachboden? Der Keller? Die anderen Gebäude auf dem Grundstück?«

»Nein, nur das Herrenhaus, nicht der Keller«, gab Franz mürrisch zu.

»Dann werden wir alles durchsuchen, ganz früh.«

Fannys Stimme war tonlos, sie wirkte fast ein wenig unbeteiligt. Aber das war sie nicht. Denn auf der kleinen Insel Dimö geschahen gerade große Dinge.

Resigniert seufzte Franz und nickte.

»Wie ist sie denn ums Leben gekommen?«, fragte Julia.

»Das werden wir erst nach einer eingehenden Obduktion wissen.«

Sie sah Julia misstrauisch an, als hätte sie erst jetzt ihre Anwesenheit registriert. Ihr Blick wurde unpersönlich und unbarmherzig.

»Ich habe ganz vergessen, dass Sie Journalistin sind. Ich hoffe, Sie verstehen, dass das, was ich sage, nicht veröffentlicht werden darf.«

»Ich arbeite gerade an einer seriösen Reportage über die drei Mädchen, die vor fünfzig Jahren spurlos verschwunden sind, und ich schreibe nicht für irgendein Klatschmagazin«, antwortete Julia.

Irgendetwas an ihrer markanten Antwort musste Wirkung gehabt haben, denn Fanny wurde etwas entgegenkommender.

»Es ist besser, wenn Leon und ich von jetzt an allein mit Franz sprechen«, sagte sie.

»Dir ist aber schon klar, dass ich nichts damit zu tun habe?«, sagte Franz entrüstet. »Ich war noch gar nicht geboren, als die Leiche begraben wurde.«

Fanny warf ihm einen vernichtenden Blick zu.

»Trotzdem – es ist *sehr* fahrlässig von dir gewesen, das Grab eigenständig auszuheben. Du ziehst das Unglück magisch an, Franz.«

»Finde die Person, die die Briefe geschrieben hat, anstatt mich zu schikanieren«, sagte er.

»Im Augenblick konzentrieren wir uns auf das Herrenhaus. Über Nacht werden wir hier einen Polizeibeamten postieren, nicht zu eurem Schutz, aber die Medien sind gierig, und wir wollen nicht, dass irgendjemand hier eindringt und den Tatort kontaminiert.«

Um zu gehen, drehte sie sich um, kehrte aber wieder zurück.

»Das hätte ich fast vergessen. Wir werden den Boden hinter den Ställen vollständig umgraben. Die Hunde haben zwar nicht angeschlagen, aber wir müssen absolut auf Nummer sicher gehen.«

»Umgraben?«, wiederholte Franz verständnislos.

»Wir werden versuchen, alles so gut es geht wiederherzustellen. Du hast natürlich das Recht auf Entschädigung.«

»Aber warum wollt ihr noch weitergraben?«, fragte Franz.

»Vor fünfzig Jahren sind drei Mädchen aus Dimö verschwunden. Die Leichen wurden nie gefunden. Versuch es mal andersherum zu sehen, wir haben gerade die Überreste eines Menschen gefunden.«

»Tut, was ihr nicht lassen könnt«, sagte Franz müde. »Wenn ihr wirklich der Überzeugung seid, dass ihr noch mehr Skelette finden werdet, bitte sehr.«

»Oder vielleicht eine Mordwaffe?«, sagte Fanny. »Wir haben keine Wahl. Wir haben eine Leiche, und wir müssen herausfinden, was passiert ist.«

Fannys Handy brummte.

»Ich komme«, sagte sie zu der Person am anderen Ende der Leitung und wandte sich wieder an Franz.

»Übrigens, wir werden das ganze Grundstück zusätzlich mit einem Bodenscanner absuchen.«

»Meinetwegen. Dann werde ich wohl untätig dabei zusehen müssen, wie ihr mein Grundstück zerstört.«

»Es tut mir leid, dass du so viel Ärger damit hast«, sagte Fanny regungslos. »Mir wird bald ganz Schweden im Nacken sitzen und mich drängen, diesen Fall schneller zu lösen.«

Später rief Julia ihre Chefin an, um zu besprechen, was sie nun tun sollte.

»Das ist einfach unglaublich«, sagte Joanna. »Stell dir vor, Franz Oswald hat eines der vermissten Mädchen gefunden. Es ist schrecklich, obwohl allen von Anfang an klar war, dass sie nicht mehr leben.«

»Was meinst du, wie soll ich jetzt vorgehen?«, fragte Julia.

»Mach so weiter wie bisher. Die Boulevardzeitungen werden darüber berichten, bis es seinen Nachrichtenwert verloren hat, das sind maximal ein, zwei Wochen. Die wollen schnelle Nachrichten und werden alles weglassen, was in die Tiefe geht. Aber so werden wir nicht vorgehen. Du bist da an etwas wirklich Großem dran. Und du hast einen grandiosen Vorteil gegenüber den anderen Journalisten, weil du am Ort des Geschehens wohnst. Da sind noch ein paar offene Fragen, denen du nachgehen könntest, oder?«

»Ja, diese Gruppe von Männern, mit denen die Mädchen in dem besagten Sommer viel Zeit verbracht haben. Jasper von Hammar und die anderen.«

Joanna senkte ihre Stimme.

»Bei diesem von Hammar solltest du aber vorsichtig sein. Er wird einen ganzen Haufen von Anwälten auf uns hetzen. Schnüffel ruhig weiter, aber ruf mich bitte an, bevor du mit ihm sprichst.«

»Versprochen. Und wie verhalte ich mich der Polizei gegenüber?«

»Du bist nicht verpflichtet, der Polizei von deinen

Rechercheergebnissen zu berichten, solange du ihre Ermittlungen nicht behinderst. Sei höflich und zuvorkommend, aber hör nicht auf zu arbeiten. Du bist auf der richtigen Fährte. Stell dir vor, es ist eines dieser Mädchen, Julia!«

»Ich wage das nicht, zu hoffen. Die Insel hat schon so viele Sadisten erlebt, es könnte genauso gut ein anderes Opfer sein.«

Am nächsten Tag herrschte reges Treiben. Ein Traktor und mehrere Männer waren dabei, das gesamte Areal um das Grab herum zu durchpflügen. Die ehemalige Grünfläche hinter dem Stall war fast vollständig verwüstet und sah wie ein einziges großes Schlammfeld aus. Neben tiefen, klaffenden Löchern waren Erdhügel aufgeschüttet worden. Wenigstens hatte es aufgehört zu regnen, jetzt zogen dichte Nebelschwaden über das Grundstück.

Julia warf einen kurzen Blick auf den Nachrichten-Feed. Die erste Schlagzeile war noch nicht besorgniserregend:

KNOCHENFUND AUF SCHÄRENINSEL
– POLIZEI ERMITTELT IN MORDFALL

Aber dann wurde es doch schlimmer:

LEICHE IM GARTEN DES SEKTENFÜHRERS AUSGEGRABEN

Dies ist das zweite Mal innerhalb eines Monats, dass der ehemalige Sektenführer Franz Oswald mit Mord und Totschlag in Verbindung gebracht wird …

Das genügte ihr, um ihr Handy auszuschalten. Es hatte keinen Sinn, das jetzt zu lesen.

Später am Abend kamen Franz und Hampus im Gästehaus vorbei. Franz wirkte ruhiger, hatte seine Wachsamkeit zurückgewonnen. Sie setzten sich ins Wohnzimmer. Franz legte die Fotos vom Dachboden auf den Couchtisch.

»Die Originale habe ich der Polizei gegeben, dies hier sind Kopien«, erklärte er. »Hampus hat etwas Interessantes gefunden. Auf den Fotos sind vier Männer zu sehen. Nicht immer zusammen, aber immer nur diese vier. Drei von ihnen waren leicht zu identifizieren: Sigrids Onkel Markus auf einigen älteren Fotos, mein Vater auf fast allen Aufnahmen, und dann Jasper von Hammar.«

»Und wer ist der vierte?«, fragte Julia.

Franz nahm ein Foto in die Hand und hielt es ihr hin. Darauf war vor allem die berühmt-berüchtigte Wand im Hintergrund zu sehen, die voller Ketten und Seile hing. Eigentlich war es die Nahaufnahme eines Mannes, aber das Foto wirkte so unscharf, dass man sein Gesicht nicht erkennen konnte.

»Es ist doch unmöglich, ihn zu identifizieren«, sagte Julia genervt. »Die Aufnahme ist wertlos.«

»Das habe ich zuerst auch gedacht«, sagte Hampus und grinste. »Aber dann habe ich mich gefragt, warum Franz' Großmutter ausgerechnet dieses Bild aufbewahrt hat. Sie muss einen Grund gehabt haben. Also habe ich ein Computerprogramm benutzt, das ziemlich kompliziert ist, es ist eine Art Gesichtserkennungsprogramm, bei dem die Pixel ...«

»Wir müssen uns nicht mit den technischen Details befassen«, unterbrach Franz ihn ungeduldig.

»Gut, okay«, sagte Hampus. »Jedenfalls gibt es einen Grund, warum Sigrid es aufgehoben hat.«

»Und der ist?«, fragte Julia.

»Weil die Person wichtig ist«, sagte Franz.

»Aber wer kann das sein?«, fragte Julia.

Hampus hob ein Foto auf, das unter die anderen gerutscht war. Es war die Vergrößerung eines Gesichts, nicht ganz scharf zwar, aber deutlich genug, um die Gesichtszüge erkennen zu können. Der Mann war um die dreißig. Ein bestimmter Mund mit schmalen Lippen. Die Augen tief liegend und ungewöhnlich durchdringend.

»Das ist sein Gesicht, mir ist gelungen, es so zu vergrößern und hervorzuheben«, sagte Hampus stolz.

Die Stimmung im Raum veränderte sich schlagartig. Julia spürte sofort, wenn Franz von seinem Hass überwältigt wurde. Man sah es ihm nicht an, man konnte es ihm auch nicht anhören. Es gab keine äußeren Spuren, eher änderte sich die Atmosphäre.

»Er war Arzt auf Dimö«, sagte er. »Er praktizierte hier fast fünfzig Jahre lang, bis er vor ein paar Jahren in den Ruhestand ging. Tobias Branting.«

»*Dein* Arzt?«

»Ja, Julia. Derselbe Arzt, der den Missbrauch an mir verschwiegen hat, obwohl meine Mutter ihn anflehte, es der Polizei zu melden. Nicht nur ein unsympathischer, sondern ein … herablassender Quacksalber.«

Julia wechselte Blicke mit Hampus.

»Verstehst du, was das bedeutet, Julia?«, fragte Franz.

»Ja, oder nein. Nicht wirklich, nur, dass es furchtbar ist.«

»Dann erkläre ich es dir«, sagte Franz und lehnte sich vor. »Sagen wir, einem der Mädchen, die auf dem Dachboden waren, ging es nicht gut, oder sie haben sich verletzt und brauchten ärztliche Hilfe. Branting hätte garantiert dasselbe getan wie damals bei mir: alles unter den Teppich kehren. Er war ein Mensch, der sich über alle Regeln hinwegsetzte. *Der Herr Doktor* wurde er hier genannt. Es war in jedermanns Interesse, sich mit dem Doktor gut zu stellen, denn er hatte ein Netzwerk, das aus den reichsten Inselbewohnern bestand.«

»Hast du die Polizei darüber informiert?«, fragte Julia.

»Noch nicht. Das werde ich zu gegebener Zeit aber tun. Vorher musst du mir noch kurz zuhören. Nach einem Missbrauch und Übergriff ist das Reden das Schwierigste. Vor allem, wenn man so lange geschwiegen hat. Und *bedroht* wurde, damit man schweigt. Du bewegst dich wie auf des Messers Schneide, wenn du etwas sagst, kann es noch schlimmer werden. Aber die Spuren sind sichtbar und werden bei einer medizinischen Untersuchung dokumentiert. Damals herrschte ein raues Klima für gefährdete Kinder auf Dimö, verstehst du das jetzt?«

Er sprach in einem fast hypnotischen, rhythmischen Tonfall. Es kribbelte auf ihrer Haut.

»Ich habe es verstanden. Aber was können wir unternehmen?«, fragte sie.

»Eine ganze Menge«, sagte Franz und lächelte zufrieden. »Tobias Branting lebt nämlich noch. Er ist über achtzig und wohnt hier auf Dimö.«

Franz' Handy klingelte. Er ging ran und zog die Augenbrauen hoch.

»Ich komme«, sagte er.

Dann beendete er das Gespräch und wandte sich an Julia.

»Die Polizei hat eine Entdeckung gemacht, und Leon möchte kurz mit mir sprechen«, sagte er und warf ihr einen entschuldigenden Blick zu.

Während er fort war, saßen Julia und Hampus wie auf Kohlen. Es dauerte nicht lange, und dann war Franz wieder zurück. Seine Augen leuchteten in einer seltsamen Mischung aus Niedergeschlagenheit und Übermut.

»Wir müssen das, was ich euch jetzt verrate, für uns behalten, aber Leon ist ein anständiger Kerl und fand, ich sollte es wissen. Sie haben die Leiche zwar noch nicht endgültig identifiziert, aber … schon jetzt haben sie eine ziemlich genaue Vorstellung davon, wer es ist. Der Boden auf meinem Grundstück ist anscheinend ziemlich kalkhaltig, sodass das Skelett besonders gut erhalten ist. Sie hatte einen alten Knochenbruch und trug eine Halskette, die ihre Schwester erkannt hat. Sie bekam sie zu ihrer Konfirmation geschenkt, und darin ist ihr Name eingraviert. Mit großer Sicherheit handelt es sich bei der Toten um Christina Gylling.«

Als Julia den Namen hörte, überkam sie eine große Ruhe, für die sie sich fast schämte. Gleichzeitig war sie zwischen zwei Gefühlen hin- und hergerissen: einer tiefen Traurigkeit und einer beschämenden Erleichterung. Vielleicht lag es nach allem, was geschehen war, an der Erschöpfung – oder daran, dass sie das lächelnde Mädchen mit dem Zopf auf dem alten Schulfoto endlich wiedergefunden hatte.

Das Mädchen, das an dem einen Tag noch da gewesen und am nächsten schon für immer verschwunden war.

Kapitel 27

DER MANN IM SCHATTEN, GEGENWART

Er weiß, es ist leichtsinnig, unvorsichtig, ja sogar dumm, dass er sich an diesem Ort aufhält. Aber etwas in ihm verlangte danach, das Spektakel mit eigenen Augen zu sehen. Er beobachtet die Menschen, die wie kleine Ameisen auf dem Gelände hin und her wuseln. Der Medienrummel auf der anderen Seite der Mauer wird bald zunehmen.

Der Anblick des ausgehobenen Grabes löst ein Gefühl der Leere in ihm aus. Kraftlos.

Es ist schon lange her, dass er hier war. Er steht an der einzigen Stelle außerhalb des Grundstücks, von der aus man das gesamte Anwesen überblicken kann, ohne selbst gesehen zu werden – in einem Hain aus Laubbäumen auf einem Hügel hinter der Mauer. Der Weg durch den Wald war unwegsam und anstrengend, aber er ist es gewohnt, sich abseits der ausgetretenen Pfade zu bewegen. Als junger Mann kam er oft hierher und tauchte in das Leben auf dem Anwesen ein. Die Vegetation ist inzwischen viel dichter als früher, sodass er so gut wie unsichtbar ist. Als Kind konnte er stundenlang hier sitzen und die Leute beobachten, die sich im Herrenhaus aufhielten. Feine Leute waren das. Diener. Manchmal wünschte er sich, er hätte eine Leiter, die lang genug wäre, um über die Mauer zu klettern und sich an einem geeigneten Ort zu verstecken. Das Anwesen wirkte, als stamme es aus einer anderen Welt. Wie durch eine Zeitmaschine hergezaubert, eine ganz eigene Sphäre, vollkommen abgeschnitten von allem anderen.

Zu Hause, vor dem Kamin, in den kalten Winternächten, hatte seine Mutter ihm und seinen Geschwistern die Legende vom Geist der alten Gräfin erzählt. Während er in seinem Versteck saß, stellte er sich vor, was in dieser schicksalhaften Nacht geschehen war. Der Schuss, der sich gelöst hatte. Das Feuer. Die Gräfin, die zu den Klippen rannte und sich in den Tod stürzte. Vielleicht ist sie der Grund dafür, dass er so handelte, wie er das tat. Die Gräfin wüsste, wie es sich anfühlt, in einer so verzweifelten Lage zu sein.

Und nun ist der Tod wieder im Herrenhaus zu Besuch. Das Wetter ist scheußlich. Unaufhörlich regnet es und verstärkt dadurch die apokalyptische Stimmung noch. Der sadistische, kalte Wind fühlt sich an, als wäre er gewollt und bösartig. Eine Plastiktüte im Innenhof fliegt auf und verfängt sich in den schwarzen Ästen eines Baumes. Die Silhouette des Herrenhauses starrt alle Eindringlinge wütend und finster an. Mitten in diesem albtraumhaften Chaos liegt, was von ihr übrig ist. Eine tiefe Traurigkeit ergreift ihn. An diesem Ort, an dem er etwas Wichtiges getan hat, spürt er nichts als Traurigkeit.

Da entdeckt er Franz, der in einem schwarzen Regenponcho am Fundort wie ein unseliger Geist auf und ab läuft. *Wie fühlt es sich an, sich der Wahrheit stellen zu müssen, Franz? Was glaubst du, was dein Vater davon halten würde?*

Julia folgt Franz wie ein Schatten. Komischerweise erinnert sie ihn an eine jüngere Ausgabe von Karin. Groß, dunkel, mit geschmeidigen Bewegungen, wie die einer Katze. Sie geht langsam auf ihn zu, mit den Händen in den Taschen. Später stellt sie sich zum Schutz vor dem Regen unter eine Baumgruppe. Sie ist ihm so nah, dass er ihr Gesicht sehen kann. Ihr Haar glänzt und ist schwarz wie Krähenfedern im Regen. Sie sieht über die Schulter, direkt in seine Richtung, als stünde da jemand hinter ihr. Er bewegt sich nicht, für den Bruchteil einer Sekunde treffen sich ihre Blicke. Aber sie sieht ihn nicht wirklich, trotzdem spürt sie seine Anwesenheit. Ihr Mund verrät ihre Angst, eine kaum spürbare Spannung auf ihren Lippen. Wenn sie doch nur seine Gedanken hören könnte. *Menschen können so grausam sein, Julia. Die Tote, die heute gefunden wurde, ist nur ein erster Anhaltspunkt für dich. Du musst deiner Fantasie freien Lauf lassen, sie über die engstirnigen Köpfe der Inselbewohner hinauswachsen lassen. Stell dir vor, was jemand tun würde, den keine Einschränkungen hindern.*

Kurz darauf verlässt sie ihren Unterstand und kehrt zu den anderen zurück. Der Wind ist nur noch ein leises Flüstern in den Bäumen. Der Regen hat nachgelassen, niedrige Wolken hängen tief über dem Boden. Als sie in den Nebel eintaucht, bekommt ihre Gestalt etwas Geisterhaftes, genauso wie die der Gräfin.

Er atmet tief ein.

Franz und Julia. Die beiden sind hilflos und verwirrt, noch unendlich weit von der Wahrheit entfernt. Ihn überkommt ein Anflug von Mitleid.

Am Ende werden sie ihn vielleicht finden, aber vorher wird er sich ihnen schon gezeigt haben. Aus dem Nichts wird er auftauchen, wenn sie es am wenigsten erwarten. Er wird es auf die Spitze treiben.

Und er wird ihnen so nahekommen, dass sie seinen Atem in ihrem Nacken spüren können.

Kapitel 28

FRANZ

Sobald Elyssa das Büro betritt, wird mir klar, dass etwas nicht stimmt. Normalerweise geht sie mit geradem Rücken und federndem Schritt, aber jetzt scheint eine unsichtbare Last sie zu Boden zu drücken. Sie lässt sich vor mir auf den Stuhl fallen. Ich sehe das Flattern ihrer Nasenlöcher und ihre zusammengezogenen Augenbrauen. So sieht sie aus, wenn sie eine komplizierte Entscheidung treffen muss. Meistens fragt sie sich dann wohl, wie sie mir etwas höchst Unangenehmes mitteilen und gleichzeitig meinem Zorn entgehen kann.

»Was ist denn passiert, Elyssa?«, erkundige ich mich niedergeschlagen.

»Dein Aftershave hat es nicht auf die Morgenfähre geschafft.«

Normalerweise wäre das in der Tat ein sehr ärgerlicher Sachverhalt gewesen. Mein Aftershave ist eines meiner Markenzeichen. Speziell in Italien hergestellt, ein maskuliner, aber weicher und wirklich unwiderstehlicher Duft. Aber jetzt entfährt mir ein Seufzer der Erleichterung. Ich hatte Schlimmeres erwartet. Dass ich nicht so gut rieche wie sonst, ist das geringste meiner Probleme.

»Ich nehme an, dann kommt es mit der Nachmittagsfähre«, sage ich achselzuckend.

»Ich weiß nicht …«, erwidert Elyssa. »Das hängt davon ab, ob die Fähre überhaupt noch fährt.«

Sie weicht meinem Blick aus. »Ich muss dir was zeigen.«

Sie legt ihr Tablet auf den Schreibtisch. Sie ist bereits auf einer Social-Media-Seite angemeldet, die *Gasa* heißt. Das ist der Name einer schwedischen extremistischen Bewegung – und die Abkürzung für *Gerechtigkeit für alle schwedischen Autokraten*. Ziemlich dick aufgetragen für einen Haufen von Idioten. Eigentlich sollte es für *Grandios asoziale, superrassistische Arschlöcher* stehen. Ihre Ideologie besteht darin, dass das laxe Rechtssystem in Schweden das Land ruiniert hat, vor allem wegen der Zulassung von Zuwanderung. Aber die Mitglieder von *Gasa* sehen sich auch als rechtschaffene Engel der Gerechtigkeit, die Verbrecher auf eigene Faust bestrafen. Sie wollen die Wiedereinführung der Todesstrafe und ganz im Allgemeinen strengere Strafen. Das ist ein wenig paradox, da sie selbst ständig gegen das Gesetz verstoßen. Besonders lächerlich ist die Tatsache, dass die Mitglieder bei ihren lauten, oft gewalttätigen Protesten und Aktionen Masken tragen. Ich finde die ganze Sache furchtbar albern. Aber jetzt sehe ich, dass sie fast schon eine Viertelmillion Anhänger haben. Die politische Polarisierung in der heutigen Gesellschaft ist wirklich verwerflich. Ganz oben auf ihrer Seite sehe ich einen Beitrag mit der Schlagzeile *Ein Mörder in unserer Mitte*, und dazu ein grobkörniges, wenig schmeichelhaftes Foto von mir.

»Warum zeigst du mir das?«, frage ich Elyssa. »Es ist mir egal, was im Internet steht.«

Unbeholfen windet sie sich. Ich verliere die Geduld, ihr Schweigen macht mich wütend.

»Was ist denn los? Raus mit der Sprache.«

»Sie sind zum Fähranleger auf dem Festland gekommen«, sagt sie. »Es waren fast hundert Leute, die meisten von ihnen maskiert und mit Plakaten, auf denen Fotos von dir abgebildet waren. Wirklich unangenehm. Sie drohten damit, hier einzudringen und dir *in die Fresse* zu schlagen. Sie nannten dich einen brutalen Mörder und noch andere Dinge. Anton hat versucht, sie davon abzuhalten, die Fähre zu besteigen, aber er musste die Polizei einschalten, weil es einigen von ihnen gelungen ist, das Boot zu stürmen.«

»Wie, das ist heute passiert? Jetzt gerade?«

»Ja, und sie sind immer noch da. Einige von ihnen sind offenbar auch bewaffnet. Mit Messern. Einer hat eine Armbrust getragen. Die Polizei wird sich natürlich darum kümmern.«

Das hört sich so verrückt an, dass ich für einen Augenblick überzeugt bin, dass sie sich das ausdenkt. Aber die Ernsthaftigkeit in ihren Augen ist nicht zu übersehen.

»Geht es um Anna-Maria?«, frage ich.

»Nein, um die Leiche.«

Das verwundert mich nicht. Anna-Marias Eltern waren Einwanderer, Christina hingegen gehörte zur einheimischen Bevölkerung von Dimö. Außerdem hat *Gasa* schon ein paarmal versucht, mich zu diskreditieren. Vor einem Jahr habe ich ein Experiment ins Leben gerufen, das ich Requiem nannte. Es war eine Art Demonstration, wie man auf vernünftige Weise Gerechtigkeit ausüben kann. Damals schlossen sie sich dem Online-Mob an, der sich gegen mich richtete. Natürlich aus Neid. Trotzdem stimmt etwas an dieser Geschichte ganz und gar nicht.

»Das muss ein Missverständnis sein. Die Tote ist doch schon vor meiner Geburt vergraben worden«, sage ich.

Elyssa seufzt verzweifelt.

»Ich weiß. Aber ich habe auf ihrer Website nachgesehen.

Sie behaupten, du hättest die Polizei bestochen, damit sie sagt, das Skelett sei alt. Dass du mit Leon und Fanny befreundet bist und dass das Skelett in Wirklichkeit jemand ist, den du in deiner Zeit als Sektenführer vergewaltigt und ermordet hast.«

Ich habe das irrationale Bedürfnis, über die ganze Sache zu lachen. Das sind doch alles Verrückte. Verschwörungstheoretiker. Das Phantom? Aber dann wird mir klar, was die gestrichene Fähre für die Inselbewohner bedeutet. Für jene, die auf dem Weg nach Hause zu ihren Familien sind. Für die Älteren, die vielleicht wichtige Arzttermine auf dem Festland haben und es nicht erwarten können, nach Hause zurückzukommen. Für die Warenlieferungen an die Geschäfte und das Gästehaus. Elyssa räuspert sich laut.

»Warst du eben kurz weg, Franz?«

»Wäre ja kein Wunder, oder? Was unternimmt die Polizei dagegen?«

»Ich weiß es nicht. Anton wird dich zurückrufen, wenn sich die Lage beruhigt hat. Es wird schon gut gehen.«

Im Büro ist es heiß und stickig geworden. Die Luft ist schwer. Mein Gefühl der Hilflosigkeit schlägt in Wut um. Dies geschieht im Bruchteil einer Sekunde, das kann ich nicht kontrollieren. Mit einer schnellen Bewegung fege ich mein Wasserglas vom Tisch, es fällt auf den Marmorboden und zerspringt in tausend Stücke. Ich schlage mit der Faust auf den Tisch und fluche. Elyssa sieht mich erstaunt an.

»Wow«, sagt sie und steht auf.

Aber sie macht keine Anstalten, aufzuräumen. Stattdessen verschränkt sie die Arme vor ihrer Brust und starrt mich an. Und dann sehe ich es. Die leise Andeutung eines Lächelns.

»Was ist so lustig daran? Findest du mich amüsant?«, fauche ich.

»Ein bisschen kindisch vielleicht.«

»Hau ab!«

»Warum versuchst du nicht, dich zu beruhigen, Franz. Das sind schließlich nur armselige, gelangweilte, wütende Menschen.«

»Lass mich in Ruhe!«, schreie ich.

»Wie du willst«, sagt sie niedergeschlagen, dreht sich um, verlässt das Büro und hinterlässt eine erdrückende Stille.

Ich versuche, mich zu sammeln. Das wird schon wieder vorbeigehen. Niemand hört diesen Spinnern zu, außer einer Viertelmillion gehirngewaschener Idioten. Wahrscheinlich werde ich von ihren Gegnern Unterstützung bekommen. Von den Gesetzestreuen und weitaus Intelligenteren. Doch es ist die Reaktion der Inselbewohner, die ich am meisten fürchte. Dieser Skandal könnte meine Bemühungen durchkreuzen, endlich ihr Wohlwollen zu gewinnen.

Ich gehe zum Fenster und werfe einen Blick auf die Straße vor dem Herrenhaus. Ausnahmsweise ist sie leer. Die Journalisten haben die Fähre verpasst, und das ist auch nicht weiter schlimm. Sie haben gestern schon den ganzen Tag die Straße belagert, in der Hoffnung, einen Blick auf mich zu erhaschen, auf den Mann, der eine Leiche bei sich im Garten ausgegraben hat. Ungewöhnlicherweise weiß ich nicht einmal, was ich ihnen sagen würde. Ich habe keine Neuigkeiten für sie. Ich habe nichts zu meiner Verteidigung vorzubringen, auch wenn ich nichts falsch gemacht habe. Es muss einen Weg geben, aus dieser Situation einen Vorteil zu ziehen, aber ich kann mich nicht konzentrieren. Ich habe das Gefühl, ich habe meinen inneren Kompass verloren. Warum wird alles immer nur schlimmer? Ich habe es satt … immer dieses Drama und diese Tragödie.

Als ich mich umdrehe, sehe ich mein Spiegelbild in dem

Ganzkörperspiegel an der Wand. Ich stelle mich dicht davor, starre mich an. Die Falten um meine Augen haben sich zweifellos vertieft. Mein Gesicht sieht hager und hohlwangig aus, oder bilde ich mir das nur ein? Ich lege meine Daumen auf die Wangen, ziehe die Lachmuskeln nach oben, reibe mit den Fingerspitzen über meine Schläfen, als wolle ich alles zurechtrücken. Jetzt sehe ich wie ein Clown aus. Meine Finger bewegen sich nach unten und quetschen meine Ohrläppchen zusammen. Das wirkt eher wie die nervösen Ticks eines Wahnsinnigen, am besten verlasse ich den Raum, bevor es noch schlimmer wird. Ich beschließe, einen Spaziergang durch die Moorheide zu machen, solange sie noch frei von diesen Geiern ist.

Die Luft ist frisch und kühl. Mich zieht es zum Gästehaus. Julia neigt dazu, brutal ehrlich zu sein, also möchte ich ihre Meinung hören.

Sie öffnet die Tür, hält sich mit einer Hand das Handy ans Ohr und gibt mir mit einer Geste zu verstehen, dass ich eintreten soll, während sie das Telefonat beendet.

»Nein, Franz wird sich nicht äußern, soweit ich weiß. Aber er kann doch nichts dafür, wenn sein Vater ein Mörder war.«

Offenbar hat Thor die Nachrichten gelesen. Ich frage mich, was er erst denken wird, wenn er herausfindet, was am Fähranleger los ist.

Julia wirft mir einen entschuldigenden Blick zu und senkt die Stimme.

»Ja, es geht ihm den Umständen entsprechend gut«, sagt sie mit halbherziger Überzeugung. »Ich muss weitermachen. Ich liebe dich auch. Sehr.«

Sie lässt ihr Mobiltelefon auf ihr Bein sinken und sieht mich an.

»Brauchst du jemanden zum Reden?«

»Nein, nicht unbedingt. Ich werde einen Spaziergang machen, um einen freien Kopf zu bekommen. Aber könntest du mir bitte eine ehrliche Antwort auf eine Frage geben?«

»Natürlich.«

»Findest du, dass ich anfange, alt auszusehen?«

Julia mustert mich eingehend von oben bis unten, sie verweilt lange auf meinem Gesicht. Dann folgt ein kurzer Blick auf meine Kleidung und die Schuhe.

»Eindeutig. Superalt, wie achtzig«, antwortet sie kalt.

»Das ist eine ernst gemeinte Frage, Julia«, sage ich und erschaudere innerlich, vor allem über meinen gekränkten Tonfall.

»Du siehst genauso aus wie immer, nur nervöser«, sagt sie.

»Du findest also nicht, dass ich in letzter Zeit gealtert bin?«

Sie zögert, als würde sie sich die Antwort offenhalten wollen.

»Jetzt, wo du es sagst, ein wenig angeschlagen siehst du aus. Vielleicht die Midlife-Crisis?«

»Meinst du wirklich?«, sage ich besorgt.

Sie rollt mit den Augen, dann lacht sie mir direkt ins Gesicht.

»Männliche Eitelkeit. Mit deinem Aussehen ist alles in Ordnung, Franz. Du siehst gar nicht so schlecht aus. Zufrieden?«

Ich strecke mich, bin peinlicherweise erleichtert. An meinem Aussehen hat sich also nichts geändert, das Einzige, woran ich leide, sind Hirngespinste.

»Danke, das bedeutet mir sehr viel«, sage ich. »Jetzt gehe ich eine Runde spazieren.«

»Ich würde dich gern begleiten, aber ich muss noch etwas fertig machen.«

»Tu das. Ich ruf dich morgen an.«

Draußen im Moor steht ein Zelt, wahrscheinlich zelten dort Journalisten, während sie mir das Leben vermiesen. Ich ziehe den Kragen meiner Jacke hoch, schiebe die Hände tief in die Taschen und mache mich auf den Weg. Keine Geräusche. Niemand ruft mir hinterher. Keiner kommt angerannt. Mit jedem Schritt nimmt meine Wachsamkeit ab. Vielleicht sind es nur Campingfreaks, die das Oktoberwetter genießen. Mein Telefon klingelt.

Elyssa.

»Was ist denn jetzt schon wieder?«, frage ich mit einem müden Seufzer.

»Tut mir leid, dass ich dich nicht ernst genommen habe.«

»Ist das alles?«

»Nein, Anton hat angerufen. Die Polizei hat die Demonstration aufgelöst und ein paar besonders aufdringliche Teilnehmer auf die Polizeiwache gebracht. Sie haben einen Beamten dagelassen, der dafür sorgt, dass die Nachmittagsfähre wie üblich ablegen kann. In der nächsten Zeit wird Anton von seinem Bruder bei den Fahrten begleitet. Er ist beim Sicherheitsdienst.«

»Sehr gut.«

»Franz …«

»Ja?«

»Ich verstehe, dass du gerade eine schwere Zeit durchmachst und dass du unter Druck stehst.«

»Ja, ja«, antworte ich und beende das Gespräch.

Ich gehe weiter, zu den Felsen, und klettere an ihnen hoch. Die Steine sind vom Regen rutschig. Ich halte mich fest, ziehe mich nach oben. Unter meinen Sohlen knirschen

Muschelschalen. Ich erreiche den Teufelsfelsen und mache ein paar unsichere Schritte an den Rand. Ich versuche, mit festem Schritt zu gehen, aber mein Körper sträubt sich dagegen, mein Herz hämmert in der Brust. Ich zwinge mich weiterzugehen, bin ganz schwach vor Angst. Steif geworden starre ich hinunter auf das Plateau unter mir. Und bin überrascht. Ich spüre keine Anziehung mehr.

Ich lasse den Blick über die Landschaft schweifen. Von hier aus kann man den ganzen Weg nach unten bis zum Dorf sehen. Die windgepeitschten Bootshäuser entlang der Küstenlinie im Süden, die Kirchturmspitze hoch oben auf einem Hügel. Der Wald, der einen großen Teil der Inselmitte bedeckt. Noch vor ein paar Tagen hingen bunte Blätter an den Bäumen, jetzt sind die meisten Äste kahl. Der Wind hat seinen Tribut gefordert.

Abgesehen von den vereinzelten Ringen auf der Wasseroberfläche, die von den Fischen stammen, die nach Sauerstoff schnappen, ist das Meer spiegelglatt. Der Himmel wird immer heller. Plötzlich schiebt sich die Sonne durch eine Wolke, unerwartet und kraftvoll. Es ist unvorstellbar schön. Ich empfinde eine enorme Ehrfurcht vor dieser wunderbaren Insel, umgeben von Wasser, soweit das Auge reicht.

Ich senke den Blick erneut, spüre nach. Ich habe keinen Impuls zu springen. Ich empfinde eine leichte Anspannung, aber auch eine große, innere Ruhe.

Ich hocke mich hin, verschwitzt vom Klettern. Ich nehme einen Stein, lasse ihn fallen, höre, wie er unten auf den Felsen aufschlägt. Werfe noch einen zweiten hinterher, dieses Mal mit mehr Druck. Erstaunlich, wie einfach das ist. Mich durchströmt ein Gefühl der Freiheit, ich lache laut auf. Schließe die Augen, lausche dem Meer wie einem lang anhaltenden Flüstern.

Endlich kann ich wieder klar denken.

Es gibt nur einen Weg, den Teufelskreis zu durchbrechen, in dem ich feststecke. Auf die altmodische Art: die Dinge selbst in die Hand zu nehmen. Das Rätsel zu lösen, den Mörder zu finden und Dimö ein für alle Mal vom Bösen zu befreien. Wenn ich das tue, wird mir alles verziehen werden. Die Inselbewohner werden mich bewundern. Thor wird mich wieder respektieren. Die Medien werden mich loben. Ich sehe schon die Schlagzeilen, wie ich den Mordfall ganz allein gelöst habe, nachdem die unfähige Polizei fünfzig Jahre lang versagt hat. Wenn mein Vater der Mörder ist, beweist das zumindest, dass ich in der Lage bin, im Interesse der Gerechtigkeit Familienbande zu ignorieren. Ein einziger heldenhafter Akt genügt.

Mein Leben folgt einem Rhythmus, einem Muster, das sich wiederholt. Erfolg, dann kleinere Niederlagen, gefolgt von noch größeren Erfolgen. Denn ich gehe immer gestärkt aus einer Niederlage hervor.

Ich fülle meine Lungen mit der frischen Luft. Dann muss ich den Rückweg antreten, um den kostbaren Moment nicht zu zerstören.

Kapitel 29

JULIA

Die Nachricht von dem grausigen Fund auf dem Anwesen hatte sich rasend schnell verbreitet. Obwohl *Medienhysterie* in diesem Fall ein treffenderes Wort wäre. Überall wurde darüber geschrieben – in überregionalen Zeitungen, in der Boulevardpresse und online. Die dargestellte Szene ähnelte einem handfesten Thriller. Ein Horrorhaus, in das die Opfer gelockt, dann dort vergewaltigt und kaltblütig ermordet wurden. Die Artikel waren mit Aufnahmen des Hauses versehen, die aufwendig mit Photoshop bearbeitet worden waren – es sah wie ein Spukschloss aus. Außerdem wurden Fotos von Franz Oswald veröffentlicht, der die makabre Entdeckung in seinem Garten gemacht hatte. Da die Polizei das Alter der menschlichen Überreste bekannt gegeben hatte, gab es zumindest in den seriösen Zeitungen keine Spekulationen darüber, dass er involviert war. Allerdings wurde die Demonstration an der Fähre hier und da erwähnt. Das Ereignis spaltete die Öffentlichkeit in zwei Lager. Diejenigen, die genug von den Katastrophen hatten, in die Franz Oswald involviert war. Und diejenigen, die meinten, man sollte ihn doch endlich in Ruhe lassen, damit er sich von seiner tragischen Entdeckung erholen konnte. Ein besonders unangenehmer Journalist schrieb, dass seine *nachweislich unheilvollen Blutsbande* eine Menge über sein

Verhalten verraten würden. Julia fragte sich, ob die Leute wirklich Interesse an dieser Art von boshaftem Rufmord hatten. Wahrscheinlich schon. Als Franz gestern bei ihr vorbeigekommen war, hatte er sehr erschöpft ausgesehen. Sie war sich nicht sicher, ob es von Vorteil war, dass sich die Dinge so zuspitzten. Sein ganzes Leben lang hatte er es geschafft, sich aus schwierigen Situationen herauszuwinden. Aber jetzt schlug die Welt mit voller Wucht zurück.

An diesem Morgen war der Sonnenaufgang atemberaubend. Die Wellenkämme waren mit goldenen Spitzen versehen. Die rot gefärbten Felsen wuchsen hoch in den Himmel und schienen die Wolken aufspießen zu wollen. Das war ihre liebste Tageszeit. Doch schon nach wenigen Minuten verdunkelten sich die Wolken, und die Sonne verschwand. Es roch nach Rauch, und Blitze spalteten den Himmel über dem Meer.

Ein Gewitter zog auf.

Sie setzte sich an ihren Schreibtisch und trug in drei Spalten alles zusammen, was sie bis jetzt herausbekommen hatte.

In der ersten Spalte stand, was sie *sicher* wusste: Die drei Mädchen hatten sich alle in den Wochen vor ihrem Verschwinden verändert, nachdem sie Jasper von Hammar und seinen Freunden begegnet waren. Die Mädchen hatten eine neue Gang gegründet, die jetzt die vorherigen engen Freunde wie Stefan Bondesson ausschloss. Sicher wusste sie ebenfalls, dass Jasper von Hammar und Tobias Branting mit Franz' Vater auf dem Dachboden gewesen waren.

Was *sehr wahrscheinlich* war, kam in die zweite Spalte: Christina Gylling war eines der Mädchen auf dem Dachboden. Sie wurde im Herrenhaus ermordet und im Garten vergraben.

Was *ungewiss* war, schrieb Julia in die dritte Spalte: Was war mit den beiden anderen Mädchen geschehen? Wurden sie zur gleichen Zeit ermordet? Wenn ja, warum sind sie nicht an derselben Stelle wie Christina vergraben worden? Die Polizei hatte zwei Tage lang gesucht, ohne eine einzige Spur von ihnen auf dem Grundstück zu finden. Warum sollte man sich die Mühe machen, die Leichen woanders hinzubringen? Und was war geschehen, dass hochrangige, erfolgreiche Männer wie Tobias Branting, Jasper von Hammar und Henrik Bärensten beschließen, drei junge Mädchen zu töten? Das Risiko, erwischt zu werden, war ganz erheblich. Außerdem hatte die Polizei das Herrenhaus nicht durchsucht, als die Mädchen verschwunden waren. Daran stimmte etwas gar nicht. Was aber auch nicht völlig ausgeschlossen werden konnte, war die Möglichkeit, dass jemand anderes im Herrenhaus Christina ermordet und dort vergraben hatte.

Julia war so verstört wie besessen von dieser Geschichte. Ihre Erfahrung hatte sie gelehrt, dass man durch ein Labyrinth von Lügen gehen musste, bevor man die einfache Wahrheit fand. Unfundierte Annahmen und Hypothesen standen einem oft im Weg. Fakten waren das, was zählte, und die, die sie hatte, waren dürftig.

Sie nippte an ihrem Morgenkaffee. Er war wirklich gut, aber noch besser hätte er geschmeckt, wenn sie sich besser hätte konzentrieren können. Es fühlte sich an, als würde sie gleichzeitig in mehrere Richtungen gezogen werden. Als Kind hatte sie gehört, wie eine Lehrerin ihrer Mutter gesagt hatte, dass Julia über ausgezeichnete motorische und kommunikative Fähigkeiten verfüge, aber Konzentrationsschwierigkeiten hätte. Sie hatte auch heute noch Schwierigkeiten, sich zu konzentrieren, wenn mehrere Dinge gleichzeitig ihre Aufmerksamkeit erforderten. Aber wenn sie feststeckte, war sie so hartnäckig wie ein Terrier. Thor nannte sie manchmal so. Das war es, was sie jetzt tun musste – sich an etwas festbeißen. Wie zum Beispiel an Tobias Branting – er würde einige der Antworten haben. Sie sollten es der Polizei überlassen, ihn zu befragen. Aber dem würde Franz sicher nicht zustimmen. Das würde zu lange dauern, und sie würden aus den Ermittlungen herausgehalten werden. Joanna hatte darauf hingewiesen, dass Julia keine Verpflichtung hatte, die Polizei über Dinge zu informieren, die nicht ermittlungsrelevant waren. Wie konnte sie sicher sein, dass Tobias Branting relevant war, bevor sie mit ihm gesprochen hatte?

Wie von Geisterhand gesteuert rief Franz in diesem Augenblick an.

»Wir treffen Tobias Branting in einer halben Stunde im Café«, verkündete er. »Er geht davon aus, dass du ihn über die Geschichte von Dimö interviewen wirst. Er hat natürlich nach der Leiche gefragt. Ich glaube, er findet es aufregend, mich zu treffen, jetzt, wo ich für all die gelangweilten Rentner hier draußen zur Sensation der Saison geworden bin.«

»Du klingst so energisch. Geht es dir heute besser?«

»Das ist doch unwichtig. Ich möchte dieser Sache auf den Grund gehen.«

»Was wollen wir Tobias Branting fragen?«, sagte Julia.

»Wir zeigen ihm das Foto von sich auf dem Dachboden. Das ist alles, was nötig sein wird. Er wird dort sitzen wie ein reuiger Sünder und uns alles erzählen«, sagte er.

»Einfach so?«

»Mit ein bisschen Hilfe von mir.«

Der Gedanke erzeugte ein leichtes Unbehagen.

»Wir können ihn doch nicht einfach beschuldigen, Franz? Das Foto an sich beweist gar nichts.«

»Bitte, Julia, sei nicht so naiv. Es gibt nur einen einzigen Grund, warum jemand die Folterkammer meines Vaters besucht hat. Wir sagen, dass Sigrid dort freizügigere Fotos von ihm gemacht hat.«

»Du willst lügen?«

»Ja, wir lügen ihm direkt ins Gesicht.«

Seine Stimme klang auf einmal hart und sehr entschlossen.

»Du klingst so anders, Franz. Was ist denn passiert?«

»Nichts, außer, dass ich es allmählich leid bin, das Opfer zu spielen.«

Sie hatte ein ungutes Gefühl im Magen. Sollte sie etwas Illegales tun, dann wäre sie den Auftrag sofort los. Obwohl man es kaum als ein kriminelles Vergehen bezeichnen konnte, einen Rentner in einem Café zu treffen und ihm ein Foto zu zeigen. Journalisten hatten schon weitaus Schlimmeres getan, um eine gute Story zu bekommen.

»Sollten wir das nicht der Polizei überlassen?«, wandte sie ein.

»Die armen Dinger ertrinken in Arbeit. ViaTerra ist mein Eigentum, und es geht mich durchaus etwas an, wenn ich Nachforschungen anstelle über Dinge, die hier passiert sind.«

»Im Augenblick ist es ein Tatort«, betonte sie.

Er schnaubte in den Hörer.

»Die Sache ist die, Julia. Ich werde mich heute mit Tobias Branting treffen. Sehr früh schon, bevor die Journalisten mit der Morgenfähre auftauchen. Du kannst gern mitkommen. Sonst fahre ich allein.«

Sie war noch nicht überzeugt.

»Das klingt nach einer ähnlichen Aktion wie dem Ausgraben der Leiche, mit anderen Worten: sehr voreilig.«

Da änderte er seine Taktik.

»Ich möchte wirklich, dass du mich begleitest, Julia«, sagte er sanft. »Wir sind ein gutes Team, das musst du zugeben.«

Seine Stimme stellte eine Intimität her. Ihr wurde warm, und auf einmal war ihr Kopf so leer, dass sie nicht mehr klar denken konnte. Sie spürte, wie sie nickte, ohne sich dessen wirklich bewusst zu sein. Sie musste vorsichtig bleiben. Franz löste die seltsamsten Reaktionen in den Menschen aus.

»Wir sollten es lieber nicht tun«, seufzte sie. »Aber mein Gott, warum nicht?«

»Wir sehen uns in fünfzehn Minuten am Tor. Wir nehmen das Auto, für den Fall, dass wir vor einem Journalisten fliehen müssen.«

Sie sah aus dem Fenster. Der Wind hatte sich gelegt. Die Sonne lugte hinter einer Wolke hervor. Das Gewitter blieb aus, es hatte eine andere Richtung eingeschlagen. So war es eben manchmal.

Kapitel 30

FRANZ

Ich habe jetzt erkannt, dass Dimö ein Janusgesicht hat und dass die eine Seite für mich bisher unsichtbar war. Seit meinem dritten Lebensjahr weiß ich, dass mein Vater ein ekelhafter Kinderschänder und Schürzenjäger war. Dass er auch ein Mörder gewesen sein könnte, ist deshalb kaum eine Überraschung. Aber jetzt spüre ich, dass hier auf der Insel noch andere dunkle Kräfte am Werk waren. Das kleine psychopathische Netzwerk meines Vaters. Einige der Mitglieder, wie Jasper von Hammar und Tobias Branting, sind noch am Leben.

Wir parken direkt vor dem Café, in dem Julias »Interview« mit Tobias stattfinden soll, für den Fall, dass wir schnell wegmüssen.

»Wie wollen wir das überhaupt beginnen?«, fragt Julia, als wir aus dem Auto ausgestiegen sind.

»Ich übernehme das Reden. Wenn du mich unterbrichst, lasse ich dich reden, bis du fertig bist. Wenn ich dich höflich bitte, Servietten für uns zu holen, bedeutet das, dass ich komplett übernehme. Schaffst du das?«

»Nur unter größten Anstrengungen«, sagt sie entrüstet, nickt aber.

Vor der Tür bleibt sie stehen.

»Ich habe mir etwas überlegt. Sigrid hat das Verschwinden der Mädchen in ihrer Chronik nicht mit einem Wort erwähnt. Sie hätte es wahrscheinlich getan, wenn sie gewusst hätte, dass sie auf dem Dachboden waren.«

»Stimmt«, sage ich. »Aber was hat das zu bedeuten?«

»Entweder, dass sie gar nicht dort waren oder dass sie nicht oft dort waren. Es könnte eine einzige Nacht gewesen sein, in der etwas schiefgelaufen ist. Sigrid hat das aber nicht mitbekommen.«

Da ist etwas dran. Ich beobachte sie eine Weile. Sie hält meinem Blick stand, schließlich wird ihr Gesicht weicher.

»Sei jetzt freundlich zu dem alten Mann, trotz deiner negativen Erfahrungen mit ihm.«

Das Café ist noch relativ leer, aber das wird es nicht lange bleiben, wenn die Morgenfähre in weniger als einer Stunde eintrifft. Unser Gespräch wird also zeitlich begrenzt sein.

Tobias Branting ist schon da, er steht auf, als er uns kommen sieht. Er hat eine ausgeprägte Kinnpartie, buschige Augenbrauen und eine kalte Stahlbrille mit Gläsern, so dick wie Flaschenböden. Die Gläser sind im Laufe der Jahre dicker geworden, aber seine Augen haben nichts von ihrer Intensität verloren, sie sind immer noch kalt und prüfend. Aus der Nähe sieht er müde aus, hat kleine Schweißperlen auf der Stirn, trotz der angenehmen Innentemperatur. Seine Haut ist feucht und schlaff, aber sein Händedruck könnte einen Ziegelstein zerbröckeln lassen. Er blinzelt Julia neugierig an und versucht, witzig zu sein.

»Sie sind also die Journalistin, die im Frühjahr schon hier gewesen ist. Es ist ein schöner Tag, und Sie sind eine schöne junge Frau, schauen Sie nicht so ernst.«

In Julias Augenwinkeln bilden sich amüsierte kleine Fältchen.

»Mir geht es gut. Wollen wir uns nicht setzen?«

Ich bestelle Kaffee für uns drei. Wir plaudern eine Weile. Über das Wetter, über die Krabben-Saison, die in vollem Gange ist, und dann über die schrecklichen Dinge, die auf ViaTerra passiert sind.

Vorsichtig mache ich Tobias darauf aufmerksam, dass er ein wenig müde aussieht. Er sagt, dass er Probleme mit dem Herzen hat. Wie viele Ärzte spricht er gern über seine eigenen gesundheitlichen Probleme und verwendet auch medizinische Fachbegriffe. Weil Tobias so gesprächig ist, wie ich es mir gewünscht habe, lehne ich mich über den Tisch und schaue ihm tief in die Augen.

»Ich muss dir was gestehen. Ich war nicht ganz ehrlich zu dir. Es stimmt, dass Julia eine Reportage schreibt, aber darin wird es um die Mädchen gehen, die damals verschwunden sind.«

Tobias nickt nachdenklich, nach wie vor ahnungslos, wohin das alles führen wird.

»Das ist wirklich eine traurige Geschichte. Aber warum wollt ihr mich dazu befragen? Ich habe nicht die geringste Ahnung, was mit ihnen passiert sein könnte.«

»Ich glaube, du weißt eine ganze Menge«, sage ich.

Mit einem Lächeln, das durch und durch aufgesetzt ist, wendet er sich Julia zu.

»Natürlich werde ich versuchen, Ihnen zu helfen, aber ich kannte die Mädchen nur in meiner beruflichen Funktion als Arzt, und ihre Akten sind vertraulich.«

»Aber das ist nicht das, was auf dem Dachboden meines Vaters geschehen ist«, sage ich.

Er zuckt zusammen, als wäre er unsanft geweckt worden. Ich lehne mich noch weiter vor, nehme ihm vorsichtig die Brille ab und lege sie auf den Tisch. Ich höre die Frage: *Was machst du da?* Aber Julia hat kein Wort gesagt. Tobias blinzelt wie eine blinde Eule.

»Kannst du mich sehen, Tobias?«, frage ich. »So habe ich dich gesehen, als ich drei Jahre alt war. Verschwommen, weil meine Augen voller Tränen waren. Ich habe nicht verstanden, warum meine Mutter so traurig war, als wir in deine Praxis kamen. Ich dachte, ich hätte etwas Falsches getan, als ich erzählt habe, dass mein Vater mich sexuell missbraucht hat.«

Tobias' Unterlippe beginnt zu zittern, sein Mund öffnet sich, aber kein Ton kommt heraus.

Ich setze ihm die Brille wieder auf die Nase. Sanft, fast zärtlich.

»Vielleicht war das unhöflich von mir«, sage ich. »Aber es würde uns viel bedeuten, wenn du uns die Wahrheit erzählst. Man könnte fast sagen, dass du es mir schuldig bist.«

Ich hole den Umschlag aus meiner Innentasche und lege ihn auf den Tisch.

»Wir haben hier ein Foto von dir auf dem Dachboden meines Vaters. Mein IT-Techniker hat dein Gesicht mit einer sehr fortschrittlichen Pixel-Technologie deutlich werden lassen. Wir dachten daran, das Foto der Polizei zu übergeben, aber vielleicht ist das zu diesem Zeitpunkt verfrüht? Stattdessen möchten wir dich bitten, uns gegenüber offen zu sein.«

Branting ist klar, dass diese Bitte nur eine Formalität ist. In Wirklichkeit ist es ein Imperativ, die Befehlsform. Ich öffne den Umschlag, nehme das Foto heraus und lege es ihm hin. Er sieht es an und dann mich. Seine sorgfältig aufgebaute Fassade bekommt erste Risse. Angst und Panik verzerren sein Gesicht.

»Wir haben noch mehr«, sage ich. »Ziemlich scheußliche Aufnahmen.«

Etwas flackert in seinen Augen auf. Bosheit.

»Ihr blufft, ihr habt keine Fotos«, sagt er mit seiner autoritären Arztstimme.

»Wie können Sie sich da so sicher sein?«, fragt Julia.

»Es ist überhaupt nicht so, wie du denkst, Franz. Ich hatte nichts mit *diesen Mädchen* zu tun. Ich wurde gerufen, um ein anderes zu untersuchen, das ohnmächtig geworden war. Wegen Unterzuckerung, wenn ich mich recht erinnere. Sie war nicht minderjährig, und ihr war auch gar nichts angetan worden. Das muss an dem Tag gewesen sein, als Sigrid das Foto gemacht hat. Ich habe deinem Vater in meiner Funktion als Arzt geholfen, sonst nichts.«

»Können Sie mir bitte mehr darüber erzählen, was damals auf dem Dachboden passiert ist?«, sagt Julia.

Ihr freundlicher Ton gefällt mir nicht.

»Könntest du mir bitte eine Serviette holen, Julia?«

Sie tut so, als hätte sie nichts gehört.

Tobias windet sich, wird aber zugänglicher. Die Jalousien an unserem Tisch teilen das milchige Morgenlicht in dünne Streifen, die auf seine alten, faltigen Hände fallen.

»Wie ich schon gesagt habe, ich war dort, um Henrik zu helfen, weil ein Mädchen in Ohnmacht gefallen war. Mit den anderen Sachen hatte ich nichts zu tun.«

»Du wusstest genau, was sie mit den Mädchen gemacht haben«, sage ich.

»Vielleicht habe ich etwas geahnt, aber ich habe nichts gesehen«, behauptet er. »Alle schienen freiwillig da zu sein. Es war ihre Sache, worauf sie sich da einließen.«

Seine Lippen verziehen sich zu einem verzweifelten Lächeln.

»Mein Vater hatte dich in der Hand«, sage ich ihm direkt ins Gesicht.

Tobias zuckt müde mit den Schultern.

»Er hat mir Geld für meine Praxis dazugegeben. Die Zeiten damals waren hart, hier auf Dimö. Ihr, denen es nie an Geld gefehlt hat, könnt so etwas nicht verstehen. Ich habe einen Vertrag mit mir selbst geschlossen. Solange ich den Kranken und Armen auf der Insel half, habe ich nichts Schlechtes darin gesehen.«

Seine Stimme ist dünn, heiser.

»Du hast ein Auge zugedrückt, als ein Dreijähriger von seinem eigenen Vater gequält wurde. Wie geht es dir heute damit, Tobias?«

Ich vermute, die Folter, der ich ausgesetzt war, ist ein sensibles Thema für ihn. Plötzlich fängt er an zu zittern. Das Zittern kommt tief aus seinem Inneren.

»Ich hätte sowieso nichts tun können, um dich zu beschützen, Franz. Es gab höhere Mächte, es ist mir aus den Händen genommen worden.«

Meine Geduld ist am Ende.

»Ich will keine Ausreden mehr hören«, sage ich sehr laut, schreie fast.

Ein großer Fehler. Ein paar Gäste drehen sich um und starren uns an.

Eine Frau, die mit einer Kamera über der Schulter an der Kasse steht, sieht mich jetzt und reißt ihre Augen auf. Ohne Zweifel ist das eine Journalistin.

»Ich habe lediglich getan, was notwendig war, um meine Praxis zu behalten«, erklärt Tobias. »Aber ich hatte nichts damit zu tun, das kann ich versprechen.«

Die Frau mit der Kamera kommt auf uns zu. Sie scheint sichtlich erfreut, mich entdeckt zu haben.

»Ich bin so froh, dich hier zu sehen, Franz!«, ruft sie schon herüber. »Ich bin Ulrika Stenberg vom *Aftonbladet* und hätte gern eine Stellungnahme von …«

Julia steht auf, stellt sich ihr in den Weg und sagt irgendetwas zu ihr, das ich nicht hören kann.

Tobias, der auf keinen Fall mit der Presse sprechen will, steht ebenfalls auf.

»Komm morgen früh um neun Uhr zu mir nach Hause, und ich werde dir alles erzählen, woran ich mich erinnere«, sagt er leise, dann beugt er sich zu mir herunter.

»Was ist mit meiner Frau?«, fügt er noch flüsternd hinzu.

»Sie muss nichts davon erfahren«, versichere ich ihm.

Tobias schleicht sich an Julia vorbei und verlässt mit gesenktem Kopf das Café.

Nachdem ich Ulrika Stenberg mehrmals versichert habe, dass ich kein Interesse an einem Interview habe, verlasse ich gemeinsam mit Julia das Café.

Kapitel 31

JULIA

Als sie durch das Tor des Anwesens fuhren, kam Fanny Westerberg auf sie zugelaufen. Franz parkte den Wagen und stieg aus. Julia folgte ihm.

»Gibt es was Neues?«, fragte Franz.

»Eigentlich nicht«, antwortete Fanny ausweichend.

Sie sah müde aus, was bestimmt an den langen Schichten lag.

Dann sah sie von Julia zu Franz.

»Wo seid ihr gewesen?«, fragte sie.

»Solange ich nicht eines Mordes bezichtigt werde, der drei Jahre vor meiner Geburt begangen wurde, habe ich ja wohl ein Recht auf ein Privatleben?«, parierte Franz.

»Darum geht es doch gar nicht«, erwiderte Fanny eingeschnappt. »Uns wäre es nur lieber, wenn du dich nicht in die Ermittlungen einmischen würdest.«

»Apropos, habt ihr Fingerabdrücke auf den Briefen gefunden, die an mich und Julia geschickt wurden?«

»Nein, keine, außer vom Austragen der Post, aber das ist keine Überraschung.«

»Werdet ihr Jasper von Hammar noch verhören?« Franz ließ nicht locker.

»Wenn es notwendig ist«, gab Fanny zögernd zurück. »Die IT-Techniker in Göteborg arbeiten noch mit dem

Fotomaterial, das du uns gegeben hast, um etwas Konkreteres herauszubekommen.«

Franz' Augen wurden zu schmalen Schlitzen.

»Sind die Bilder nicht konkret genug?«

»Wir müssen die genauen Jahreszahlen ermitteln und vergleichen, ob sie mit dem Todeszeitpunkt von Christina Gylling übereinstimmen.«

»Ich kann euch aus dem Stegreif sagen, dass sie das tun.«

»Lass uns unsere Arbeit machen, Franz«, seufzte Fanny. »Es ist ein fünfzig Jahre alter Mordfall, und es wird dauern, ihn aufzuklären, wenn das überhaupt möglich ist. Das musst du bitte akzeptieren.«

Abwehrend zuckte Franz mit den Schultern.

»Ich möchte diese Sache nur endlich abschließen können. Die Medien berichten nicht gerade zu meinen Gunsten.«

»Das wird wieder vorbeigehen«, sagte Fanny. »In einer Woche, vielleicht auch in zweien spricht keiner mehr darüber.«

»Aber ich werde für immer der Sektenführer bleiben, der eine Leiche in seinem Garten ausgegraben hat.«

»Es hat schon schlimmere Gerüchte über dich gegeben«, erwiderte Fanny trocken. »Und leider wird es auch nicht helfen, dass du irgendwo gegraben hast.«

Abwehrend hob Franz die Handflächen.

»Ich versuche nur, mich nützlich zu machen.«

Fanny neigte den Kopf auf die Seite und sah ihn aus zusammengekniffenen Augen an.

»Wenn ich so drüber nachdenke, könntest du wirklich was tun. Wir brauchen eine Liste von Leuten, die vor fünfzig Jahren auf dem Anwesen angestellt waren.«

»Da kann mir meine Mutter helfen«, sagte Franz. »Sie hat damals auch hier gearbeitet.«

Julia beschloss im Stillen, Karin anzurufen und dazu zu befragen. Vielleicht hatte sie damals etwas Wichtiges gesehen.

»Dafür wären wir sehr dankbar«, sagte Fanny. »Ach ja, und einer unserer Kriminaltechniker wird später einen DNA-Abstrich von dir machen.«

»Von mir?«

»Man hat am Tatort DNA gefunden, die nicht von Christina stammt. Anhand deiner DNA können wir feststellen, ob die Spur von Henrik Bärensten ist.«

»Ja, natürlich, kein Problem«, sagte Franz.

Fanny verabschiedete sich und ging in Richtung Tor.

»Siehst du jetzt ein, dass es sinnlos ist, auf ihre Ermittlungsergebnisse zu warten?«, sagte Franz, kaum dass sie außer Hörweite war.

»Ich weiß nicht, sie scheint die Sache doch ganz ernst zu nehmen«, erwiderte Julia. »Warum hast du nicht erzählt, dass wir uns mit Tobias Branting getroffen haben?«

»Die Informationen, die wir bis jetzt zusammengetragen haben, sind ja völlig nutzlos. Das machen wir morgen nach unserem Termin bei Branting.«

Sie verabredeten sich für den nächsten Morgen. Franz verabschiedete sich und ging zum Herrenhaus, Julia blieb etwas unschlüssig stehen.

Es roch nach feuchter Erde und vermoderndem Laub. Hoch über ihr segelten Möwen mit weit aufgespannten Flügeln, wie gespannte Bögen. Vor der Tür des Hauses schreckte Julia einen Schwarm Spatzen auf, die in alle Richtungen aufstoben und in den Bäumen Platz nahmen. Erst da bemerkte sie, dass kein Blatt mehr an den Zweigen hing. Es war Herbst geworden.

Den Nachmittag verbrachte sie damit, sich mit einigen

der noch unbeantworteten Fragen zu beschäftigen. Sie rief Stefan Bondesson an, um zu erfahren, wer die Freunde im Dunstkreis um Jasper von Hammar gewesen waren. Leider konnte sich Stefan nicht erinnern. Jasper von Hammar hatte offenbar jeden Sommer andere Freunde aus Stockholm eingeladen, deren Namen Stefan aber nicht mehr einfielen. Dann rief sie Kurt Burman an und fragte ihn, ob sich Helenas Mutter ein Treffen mit ihr vorstellen könnte. Kurt riet ihr allerdings dringend davon ab. Seine Schwägerin würde den ganzen Tag in der Küche auf und ab gehen und auf die Nachricht warten, dass auch Helenas Leiche gefunden wurde. Daraufhin rief Julia Karin an und fragte sie, ob sie sich an irgendetwas erinnern konnte, was damals im Herrenhaus und auf dem Dachboden passiert war.

»Anfänglich habe ich dort nur tagsüber gearbeitet«, erzählte Karin. »Das ist doch nachts passiert, oder? Natürlich habe ich Gerüchte gehört, aber ich habe immer versucht, mich aus diesem Wahnsinn herauszuhalten.«

»Was denn für Gerüchte?«

»Dass sie Frauen dort hinbrachten. Das Herrenhaus war ein Ort der Dekadenz und Erbärmlichkeit. Ich konnte nach der Arbeit gar nicht schnell genug nach Hause kommen.«

In Karins Stimme war ein Zittern zu hören, sie wich aus. Vielleicht hatte sie doch etwas damit zu tun und schämte sich jetzt? Julia konnte ihren Impuls, nachzufragen, nicht unterdrücken.

»Haben sie nicht versucht, auch dich dorthin zu locken? Schließlich bist du doch bildschön gewesen.«

Karin seufzte.

»Nein, Julia. Ich weiß, du findest, dass ich mich oft unmöglich benommen habe, aber so leichtgläubig war ich wirklich nicht. Franz hat übrigens gerade angerufen und mich gebeten, eine Liste von allen ehemaligen Mitarbeitern aus dieser Zeit anzufertigen. Wenigstens kann ich mich an sie erinnern.«

Eine letzte Frage brannte Julia noch auf den Lippen, bevor sie das Telefonat beendeten.

»Karin?«

»Ja?«

»Glaubst du an die Legende vom Geist der Gräfin?«

Karin stieß ein kurzes Lachen aus.

»Nein, das tue ich nicht.«

»Kurt schon. Er sagt, sie gräbt sich in die Gedanken der Menschen ein und quält sie so lange, bis sie den Verstand verlieren.«

»Das ist wirklich seine Sache«, sagte Karin gleichgültig. »Ich würde niemals jemanden beleidigen, der an die alten Legenden glaubt. In jeder Kleinstadt gibt einen Aberglauben, der allein dorthin gehört. Das Leben auf einer kleinen Insel besteht darin, die Menschen so zu akzeptieren, wie sie sind, einschließlich ihrer Ansichten und Eigenheiten.«

»Das werde ich mir merken«, versicherte Julia.

Nach dem Telefonat überprüfte sie, ob das Ereignis seinen Nachrichtenwert im Internet inzwischen schon wieder verloren hatte, aber das war nicht der Fall. Überall tauchten Fotos von Franz auf, wie hartnäckiges Unkraut. Aber auch Bilder von den Mädchen, deren Augen den Betrachter vorwurfsvoll ansahen.

Sie beschloss, den Rest des Tages an ihrer Reportage zu arbeiten und alles zu einem ersten Entwurf zusammenzufassen. Dafür benötigte sie Kaffee. Die Maschine zischte laut und stieß kleine Dampfwölkchen aus. Ansonsten blieb es ruhig. Während sie schrieb, lösten sich Zeit und Raum auf, auch als sie den Kopf hob, um auf die Uhr zu sehen, bemerkte sie nicht, dass schon mehr als eine Stunde vergangen war. Langsam bewegten sich ihre Gedanken in geordneteren Bahnen. Die Verabredung mit Tobias Branting würde viel Neues ans Licht bringen. Der nächste Schritt sollte sein, ein Gespräch mit Jasper von Hammar zu organisieren.

Am nächsten Morgen holte Franz sie ab, um zu Tobias Branting zu fahren. Julia hielt nach gierigen Journalisten und Übertragungswagen Ausschau, aber die Straße hinter dem Tor war leer. Entweder war die Medienaufmerksamkeit abgekühlt, oder es lag daran, dass die Morgenfähre noch nicht angelegt hatte. Da ihr Ziel, das Haus von Branting, zwischen ViaTerra und dem Dorf lag, überredete sie Franz, zu Fuß dorthin zu gehen. Sie wollte ein bisschen von der Energie loswerden, die sich durch das viele Sitzen aufgestaut hatte.

Der Himmel war fast weiß, so hell, dass es keine Schatten gab. Dabei war es kalt und still. Sie sprachen nicht viel. Aber etwas lag in der Luft. Sie betrachtete Franz von der Seite, sein markantes Profil, das hochgezogene Kinn, die angespannten Gesichtsmuskeln. Er sah gut aus, wenn er entschlossen war. Einmal berührten sich ihre Hände versehentlich, er drehte sich schnell zu ihr um und lächelte einladend. Sie zog zwar sofort ihre Hand zurück, spürte aber einen kurzen Anflug von Erregung.

Von der Kuppe eines Hügels aus konnte man das gelbbraune Patchworkmuster der Wiesen und Felder sehen, umgeben von dunkelgrünem Nadelwald. Im Hintergrund hörten sie das Heulen eines Motorbootes, aufdringlich wie eine Mücke. Sie bogen nach links ab, auf eine Straße, die von Birken und Laubhaufen gesäumt war.

Tobias Branting wohnte in einem großen, gelb gestrichenen Haus, das zur Jahrhundertwende gebaut worden sein musste. Es war ein wunderschönes Gebäude mit einer Terrasse, die von Rosensträuchern mit blühenden Herbstrosen umrahmt war. Auf dem Grundstück befand sich ein Teich, neben dem ein Pavillon stand. Im Haus brannte Licht, und in der Einfahrt parkten mehrere Fahrzeuge. Eine seltsame Atmosphäre herrschte.

»Das können doch nicht alle seine Autos sein?«, sagte Julia. »Hat er Besuch?«

Sie merkte, wie nervös ihre Stimme klang.

»Ich werde mal nachsehen, dann gebe ich dir ein Zeichen, einverstanden?«, sagte Franz.

Julia nickte. Irgendetwas stimmte hier nicht, das war ihr unheimlich. Sie blieb vor dem Zaun stehen, während Franz anklopfte. Nach einer Weile öffnete eine Frau mittleren Alters die Tür. Sie sah müde oder vielmehr erschüttert aus. Franz sprach mit gedämpfter Stimme. Schlief Branting noch? Da machte Franz eine Geste, er legte seine Hand auf den Oberarm der Frau, eine schnelle, tröstende Berührung. Sie schlug ihre Hände vor das Gesicht. Dann hob sie die Hand, machte eine abweisende Geste, so als wolle sie ein Gespräch beenden, das sie nicht führen mochte.

Franz drehte sich um und kam zu Julia, sehr langsam, als wären seine Beine schwer und müde. Er wirkte resigniert.

»Was ist los?«, fragte sie.

Er stieß einen langen Seufzer aus, bevor er antwortete.

»Es wird kein weiteres Gespräch mit Branting geben«, sagte er traurig.

»Hat er seine Meinung geändert?«, fragte Julia besorgt.

»Nein, er ist tot.«

»Tot?«

»Ja, leider.«

»Das ist nicht lustig, Franz«, schnauzte sie ihn an.

»Aber es ist wahr«, sagte er ernst und fuhr sich mit der Hand durch die Haare. »Er ist in der letzten Nacht im Schlaf gestorben, wahrscheinlich an einem Herzinfarkt. Seine Frau hat ihn gefunden, als er heute Morgen nicht zum Frühstück herunterkam. Das eben war die Tochter, mit der ich gesprochen habe.«

Der Boden unter ihr schwankte. Erinnerungen an das Treffen mit Tobias flammten auf. Seine blinzelnden Augen, als Franz seine Brille abgenommen hatte. Tot? Sie hatten ihn doch gerade erst gesehen, mit ihm gesprochen, er war quicklebendig und in Plauderlaune gewesen, zumindest am Anfang. Wie war das möglich? Vielleicht hätte sie doch freundlicher zu ihm sein sollen?

Franz antwortete auf das, was ihr durch den Kopf ging.

»Mach dir keine Vorwürfe, Julia.«

»Wir haben ihn zu sehr unter Druck gesetzt.«

»Du meinst, *ich* habe ihn zu sehr unter Druck gesetzt? Zugegeben, ich verfüge über geradezu übernatürliche Kräfte, aber bisher ist es mir noch nie gelungen, einen Herzinfarkt zu provozieren. Er war siebenundachtzig, Julia. Du hast doch gesehen, dass er krank war? So etwas kommt vor.«

»Er ist unmittelbar nach unserem Treffen gestorben.«

Franz schnaubte und schüttelte skeptisch den Kopf.

»Red keinen Unsinn, Julia. Du musst aufhören, so in Mitleid zu versinken, wenn du eine gute Journalistin werden willst. Nehmen wir mal an, rein hypothetisch natürlich, du interviewst einen Geschäftsmann, der Investoren um Millionen betrogen hat. Du setzt ihn richtig unter Druck. Und am nächsten Tag erhängt er sich. Würdest du dafür auch die Verantwortung übernehmen?«

»Nein, aber es wäre ein schreckliches Gefühl. Ich wäre am Boden zerstört.«

»Da siehst du es. Mir würde es nicht so gehen. Tobias Branting war ein Schwindler und Betrüger, dem man schon vor fünfzig Jahren die Approbation hätte entziehen müssen. Ich gebe zu, ich bin ein bisschen hart zu ihm gewesen, aber es ging ihm schon lange nicht gut, das konnte man sehen. Seine Zeit war einfach gekommen.«

»Das meinst du doch nicht ernst.«

»Doch, Julia. Er hat ein Auge zugedrückt, als ein dreijähriges Kind gequält wurde. Findest du, dass sich Ärzte so verhalten sollten? Für Leute wie Branting gibt es einen besonderen Platz in der Hölle.«

»Wie kann man nur so kaltherzig sein?«

Er lachte, aber es war eher ein bitteres Schnauben.

»Ich habe einen disziplinierten und glasklaren Verstand, im Gegensatz zu dir, die Selbstvorwürfe aufsaugt wie ein Schwamm. Reiß dich zusammen. Das ist ein kleiner Rückschlag gewesen, aber wir machen trotzdem Fortschritte.«

Sie fand, dass er jetzt wieder ganz genauso war wie früher, vor der *Veränderung*. Brutal, sarkastisch, emotionslos, mit unbändiger Lust zu provozieren. Sie wandte ihr Gesicht ab, um die Tränen der Wut und Traurigkeit zu verbergen. Im Innern ihres Halses brannte es. Wie schade, dass sie Tobias gestern nicht weiter befragt hatten, aber auch – wie traurig, dass er nun tot war. Sie blinzelte die Tränen weg und starrte auf den Boden.

»Also gut«, sagte Franz in einem aufgeräumten, vollkommen unpassenden Tonfall, der sie wahnsinnig wütend machte. »Dann kann uns nur noch Jasper von Hammar erzählen, was damals auf dem Dachboden passiert ist.«

Kapitel 32

FRANZ

Nach einiger Überredung willigt Julia in meinen Plan ein. Die anderen Gäste des Cafés haben uns in Begleitung mit Tobias Branting gesehen. Seine Familie weiß, dass wir ihn besuchen wollten. Wir brauchen also eine stichhaltige Erklärung. Natürlich könnte Julia der Polizei von dem Foto erzählen, das auf dem Dachboden von ihm gemacht worden war. Sie würden uns der Unterschlagung von Beweisen beschuldigen und wahrscheinlich die Redaktion von Julias Arbeitgeber benachrichtigen. Damit würde sie bestimmt zurechtkommen. Aber dann würde sie die Wahrheit vielleicht niemals herausfinden, und dieser Gedanke muss für Julia unerträglich sein. Nach einigem Zögern gibt sie also nach. Wir einigen uns darauf, der Polizei von unserem Gespräch mit dem Inselarzt zu erzählen, aber nicht von dem Foto auf dem Dachboden. Tobias ist tot. Also hat es jetzt keinen Wert mehr. Damit tun wir seiner Familie einen Gefallen. Kein Grund, seinen Ruf unnötig zu zerstören.

Ich wähle die Nummer des Polizeireviers, Leon meldet sich. Ich berichte, dass wir uns gestern mit Tobias getroffen haben, um mehr über die verschwundenen Mädchen herauszufinden. Er sei damals der zuständige Inselarzt gewesen und habe fast jeden auf Dimö gekannt. Unsere Unterhaltung sei leider von einer Journalistin unterbrochen worden, aber wir hatten vorgehabt, sie heute Morgen fortzusetzen. Leider sei Tobias Branting aber in der letzten Nacht verstorben. An einem Herzinfarkt, nicht ganz unerwartet, offenbar habe er vor einigen Jahren eine Bypass-Operation gehabt.

»Warum glaubst du, dass diese Informationen für uns relevant sein könnten, Franz?«, fragt Leon nach.

»Ihr beobachtet mich wie zwei Falken, ich möchte einfach mit offenen Karten spielen.«

»Es wäre noch besser, wenn du aufhören würdest, Detektiv zu spielen.«

»Es war aber wichtig und dringend.«

Er grunzt, klingt kein bisschen überzeugt.

»So wichtig und dringend, dass du dich während einer Mordermittlung den Anweisungen der Polizei widersetzt?«

»Da übertreibst du aber sehr.«

»Du musst aufhören, deine eigenen Verhöre zu führen«, sagt er mit Nachdruck.

»Es war kein Verhör, nur ein Plausch bei Kaffee und Kuchen.«

Leon tut so, als sei er damit zufrieden. Vielleicht ist er von den vielen Überstunden aber auch so erschöpft, dass er keine Lust hat, mit mir zu streiten.

Elyssa taucht mit einem Lagebericht auf. Der Fährverkehr ist wieder aufgenommen worden. Bei jeder Überfahrt kommt eine kleine Gruppe von Demonstranten an Land, aber sie sind nicht besonders bedrohlich. Ihr Anführer, der mit der Armbrust, ist offenbar in Gewahrsam genommen worden.

Nachdem Elyssa wieder gegangen ist, setze ich mich an meinen Schreibtisch und klicke mich durchs Internet. Es dauert nicht lange, bis ich auf ein körniges Foto von mir stoße, das eher wie ein Fahndungsfoto aussieht. Das macht mich gegen meinen Willen wütend. Ich möchte nicht, dass mein tragisches Leben zur Unterhaltung anderer wird. Etwas ganz anderes ist es, sich mit Journalisten zu streiten oder mit TV-Moderatoren zu kämpfen. Ich bin meiner Stimme beraubt worden. Thor hätte mir genauso gut die Stimmbänder durchschneiden können. Während ich den locker formulierten Artikel lese, ruft mich ein besorgter Emil an und fragt, wie es mir geht. Ich beruhige ihn, dass ich mich wohlfühle, und verspreche, unser Gespräch fortzusetzen, wenn sich der Mediensturm gelegt hat. Emil erzählt, dass er die Kirche fertig gestrichen hat. Diese Nachricht macht mich glücklich. Ich spüre den Impuls, Thor anzurufen und ihn um einen Aufschub seines Regelzwangs zu bitten, weil ich gerade eine schwierige Zeit durchmache. Aber ich ahne schon, was er antworten wird: *Ein Grund mehr, einen kühlen Kopf zu bewahren.*

Als ich den Laptop zuklappe und aufstehe, spüre ich einen pochenden, nicht ganz unangenehmen Schmerz in der Leiste. Seit heute Morgen empfinde ich eine starke sexuelle Unruhe. Mein letztes Mal ist schon viel zu lange her. Normalerweise hätte ich jetzt die Fähre zum Festland genommen und jemanden aufgerissen, was inzwischen aber angesichts der intensiven Berichterstattung über meine Person undenkbar geworden ist. Ich kann mir schon die Schlagzeilen vorstellen: *Der Sektenführer feiert, während die Polizei in seinem Garten nach Leichen gräbt.*

Erfolglos versuche ich, das Pochen zu verdrängen. Stattdessen wird mir unendlich heiß. Die erzwungene sexuelle Abstinenz verstärkt nur das Gefühl der Demütigung. In Ermangelung anderer Stimulationen brauche ich den Rausch von gutem Sex. Ich habe schon immer Möglichkeiten gesehen, wenn andere nichts vor sich hatten, also sollte dieses kleine Problem nicht schwer zu lösen sein.

Mein letztes Mal war mit Maria Bremer in einem Hotel im Süden des Landes. Ab und zu denke ich an Maria, die Immobilienmaklerin, die mich im Frühjahr reingelegt hat. Sie hat sich eine wilde Geschichte ausgedacht, ein verkauftes Grundstück im Heidemoor, nur um sich mir nähern zu können, weil sie mit mir schlafen wollte. Ihr Bluff hat mir gefallen, und sie hat mir auch gefallen. Man könnte sogar sagen, dass sie in mein Leben geplatzt ist wie ein Elefant in den Porzellanladen – und dann dort geblieben ist wie ein frischer Wind. Wir haben dieselbe Schule auf Dimö besucht. Bisher habe ich mich nicht zu Frauen in meinem Alter hingezogen gefühlt, aber Maria ist anders. Sie ist begierig, ihre Grenzen auszutesten. Sie hat einen ziemlich schwarzen Humor. Ein schönes, unbändiges Lachen. Sie ist wie ein Freund aus der Kindheit, der alle deine verrückten Streiche mitmacht. Außerdem hat sie tolle Kurven und einen Hang zur sexuellen Unterwürfigkeit, was mir sehr entgegenkommt. Aufgrund meiner Angst vor Berührung habe ich inzwischen bestimmte sexuelle Vorlieben entwickelt. Ich will dominieren, aber niemals dominiert werden. Ich will berühren, aber mich niemals berühren lassen. Das ist meine Technik, die ich zu einer Kunstform entwickelt habe. Bei dem geringsten Anzeichen der Anhänglichkeit fessele ich meine Sexualpartnerin. Viele Frauen empfinden das als unglaublich erregend. Maria dreht durch, wenn ich das tue. Das Komische ist, dass ich noch nicht herausgefunden habe, ob ich sie dabei ausnutze oder sie mich.

Die müde Spätherbstsonne strömt in den Raum und lässt die Luft stickig werden. Ich öffne das Fenster. Die Hyänen haben sich vor dem Tor des Herrenhauses zusammengerottet. Mehrere Journalisten, ein Lieferwagen, ein Fotograf mit einer Systemkamera. Ich kann sie hören, wie kläffende Hunde. Wenn es einem der Idioten da draußen gelingt, Maria zu knipsen, werden sie ihre Schlüsse daraus ziehen. Da fällt mir etwas ein, und ich rufe sie an. Sie geht sofort ans Telefon. Manchmal habe ich mich schon gefragt, ob ihr Handy besonders laut klingelt, wenn ich anrufe.

»Bist du auf der Insel?«, frage ich.

»Hallo! Natürlich bin ich hier. Ist das nicht jeder? Ich besuche gerade meine Eltern.«

»Möchtest du vorbeikommen?«

»Jetzt?«

»Ja, in meine Suite.«

»Du lädst doch keine Frauen zu dir ein, das hast du schon öfter gesagt.«

»Das stimmt, aber es ist ein Notfall.«

»Ein Privileg also? Das kann ich mir nicht entgehen lassen.«

»Ausgezeichnet, aber du musst gut zuhören.«

Ich erkläre ihr, wie man ungesehen zum Hintertor gelangt. Es gibt einen Pfad, der durch den Wald führt, aber schließlich ist sie hier aufgewachsen und kennt ihn natürlich. Wir vereinbaren eine Zeit. Ich verspreche, am Tor auf sie zu warten.

Ich gehe in den zweiten Stock runter und dusche, sorge dafür, dass mein Schlafzimmer geputzt und das Bett frisch bezogen ist. Es gibt ein angrenzendes Zimmer, in dem ich früher öfter Frauenbesuch hatte. Aber aus irgendeinem Grund soll das heute in meinen Privatzimmern stattfinden. Ich bin mir noch nicht sicher, warum, aber irgendetwas regt sich in mir, das Verlangen, etwas Sinnloses zu tun – meine Grenzen zu erweitern.

Ich mache einen Umweg, um auf die Rückseite des Anwesens zu gelangen, schleiche durch Büsche und Haine.

Die tief stehende Sonne blendet mich. Über mir segelt ein Milan und wirft seinen Schatten auf den Boden. Maria wartet bereits am Tor. Sie trägt eine Jogginghose, einen Kapuzenpulli und hat sich einen schwarzen Schal wie eine Maske ums Gesicht gebunden.

»Was soll das?«, frage ich. »Du siehst ja aus wie eine Einbrecherin.«

»Ich weiß. Es ist nur so aufregend, sich hier hereinzuschleichen. Aber keine Sorge, mit meiner Unterwäsche ist alles in Ordnung.«

Sie hat eine überschwängliche Art zu reden und einen anzüglichen Tonfall, der mir gefällt. Wir gelangen unbemerkt zur Rückseite des Hauses. Auf der Treppe nach oben stoßen wir leider mit Elyssa zusammen. Sie mustert Maria in ihrem komischen Outfit mit hochgezogenen Augenbrauen. Maria zieht sich den Schal vom Gesicht. Ich ergänze, dass ich ein Grundstück in Orust verkaufen möchte und Maria meine Maklerin sein wird. Und wir wollen bei unserem *Geschäftstreffen* nicht gestört werden. Elyssa schüttelt fast unmerklich den Kopf und setzt ihren Weg die Treppe hinunter fort. Maria plappert unbeeindruckt vor sich hin.

»Weißt du, was ich entdeckt habe? Gläubige Männer sind besser im Bett. Unartiger«, sagt sie und zwinkert mir zu.

»Pst, Elyssa kann dich hören. Ich bin nicht gläubig.«

»Dann eben *spirituelle* Männer.«

In meinem Schlafzimmer angekommen, ist sie schon außer Atem. Ihr kastanienbraunes Haar ist zu einem lockeren Dutt hochgesteckt, aus dem ein paar Strähnen herabhängen und ihr Gesicht umrahmen. Wenn sie erregt ist, wird ihr ganzer Körper warm. Ihr Lächeln ist strahlend wie die Sonne. Ich drücke sie gegen die Wand und küsse sie.

Ihre Begierde füllt die Leere in mir aus. Sie hat eine Hand auf meinen Arm gelegt, vielleicht unbewusst, denn eigentlich weiß sie doch, dass ich es nicht gern mag, berührt zu werden. Mein Blick bleibt auf ihren Fingern liegen – weich, mit kurzen, sauberen Nägeln. In diesem Augenblick treffe ich eine Entscheidung und lasse Maria los.

»Ich möchte jetzt ein Experiment machen«, sage ich.

»Wie?«, fragt sie zögernd. »*Deine* Experimente sind lebensgefährlich. Du wirst mich doch nicht auspeitschen, oder? Das mag ich nämlich nicht.«

»Nein, wir werden es nur dieses Mal etwas anders machen. Zieh dich aus.«

»Das tust du normalerweise für mich.«

»Die Klamotten musst du schon selbst ausziehen«, schnaube ich verächtlich.

Maria lacht und zieht ihre Trainingshose und den Kapuzenpulli aus. Darunter trägt sie nur einen BH und ein Höschen, und die sind definitiv sexy. Mit dem Rücken lehnt sie sich gegen die Wand, hebt die Arme hoch über den Kopf und wartet darauf, dass ich sie fessle. Diese Geste ist symbolisch für unsere Beziehung – sie unterwirft sich, ich übernehme das Kommando.

Stattdessen beginne ich, mich zu entkleiden. Kleidungsstück für Kleidungsstück, langsam, während sie mich fasziniert beobachtet. Das ist neu für sie. Früher habe ich meine Kleidung bis zum Schluss anbehalten. Gespannter Stoff auf nackter Haut.

Nackt lege ich mich auf das Bett.

»Komm her«, sage ich. »Setz dich auf die Bettkante.«

Sie kaut auf ihrer Unterlippe herum.

»Ist das ein Spiel? Wenn ja, kenne ich die Regeln nicht, sofern es welche gibt.«

»Das ist kein Spiel, komm«, sage ich.

Sie tut, was ich ihr sage – und lächelt überrascht.

»Du sollst mich am ganzen Körper mit deinen Händen und deinem Mund berühren«, sage ich. »Wenn ich dir sage, dass du aufhören kannst, hörst du sofort auf.«

»Aber du hast doch gesagt … was ist denn heute mit dir los? Ich dachte …«

»Dass ich mich auf dich stürze und dich würge? Das hier wird nicht lange dauern. Danach werden wir alles tun, was du möchtest. Ich bin in Bestform, wir können stundenlang so weitermachen.«

Maria setzt sich auf die Bettkante. Ich schließe die Augen und warte. Ihre Fingerspitzen berühren mein Gesicht, ganz sanft. Sie gleiten nach unten. Als sie meine Schultern erreichen, überwältigen mich sofort Erinnerungen. Sie explodieren förmlich in mir, führen ein Eigenleben. Die Ereignisse überstürzen sich, es ist, als hätte ich einen Wasserhahn geöffnet. Ich spüre die Anwesenheit meines Vaters, intensiv und beunruhigend. Das Echo seiner Schuhe auf dem Steinboden, es folgen weitere Details, dann kommt der Geruch von Schimmel, die Kälte, die auf meiner Haut kribbelt. Meine kleinen Arme und Beine sind steif von der Anstrengung, sich zu wehren. Seine Hände sind wie Klauen, als er mich auf den Stuhl drückt. Innerlich werde ich bald zerreißen, wenn ich diese Hände nicht gleich loswerde. Am Ende bleibt die schreckliche Angst, als er mich allein zurücklässt. Das schwache Licht von draußen wirft unheimliche Schatten auf den Steinboden. Aus der Ecke höre ich ein kratzendes Geräusch. Alles nur meine Einbildung. Das Knacken der Wände. Das Tropfen eines Wasserhahns.

Ich zittere und wälze mich im Bett. Das ist sinnlos. Es wird nie funktionieren. Ich spüre, wie mir der Schweiß an den Innenseiten der Oberschenkel herunterrinnt. Ich verziehe mein Gesicht, will mich aufsetzen, aber Maria drückt mich auf das Bett zurück. Sie hat aufgehört, mich zu streicheln, und lässt ihre Finger ruhig auf meinen Schultern ruhen. Regungslos sitzt sie neben mir, während sich meine Haut an die Berührung gewöhnt, ich weiß nicht, wie lange, vielleicht eine Viertelstunde, vielleicht auch länger. Ich drifte in einen leichten Dämmerschlaf ab, spüre dabei eine angenehme Wärme, die mich umhüllt, wie ein Kokon. Es ist wie in einem Traum, als ihre Finger über meinen Hals und meine Brust nach unten wandern. Kleine Schauer jagen mir durch den Körper, eine Mischung aus Freude und Unbehagen. Ich weiß nicht, ob ich verängstigt bin oder erregt. Als ihre Finger ihren Weg fortsetzen, immer tiefer, ist es alles andere als unangenehm, und als sie die Stelle unter meinem Nabel erreicht, fühlt es sich fast lustvoll an. Ich möchte auf keinen Fall, dass sie damit aufhört, der Wunsch ist genauso stark wie das Verlangen.

Während das Licht der Dämmerung den Raum erfüllt, erkundet sie jeden Millimeter meines Körpers. Schließlich setzt sie sich rittlings auf mich drauf, ich lasse mich auf ihren Rhythmus ein. Ich überlasse ihr das Kommando, bin viel zu erschöpft, um zu dominieren.

Danach liegen wir dösend nebeneinander. In meinem Bett – etwas, das eigentlich unvorstellbar ist. Erst jetzt löst sich die Spannung vollständig. Ich gähne so ausgiebig, dass ich schon befürchte, mir den Kiefer auszurenken. Aus irgendeinem Grund muss ich an Thor denken.

»Du wirst deinen Freunden doch nichts von unserem Geschäftstreffen erzählen, oder?«, frage ich.

»Ich dachte, du interessierst dich nicht für Klatsch und Tratsch.«

»Aber einige in meiner Familie interessieren sich dafür schon.«

»Ich sage, dass ich einen Liebhaber habe, den ich nur ein paarmal im Jahr sehe, der aber so talentiert ist, dass er alle meine Bedürfnisse befriedigt. Dann platzen die geradezu vor Neugierde.«

»Du gehst aber nicht online damit, oder?«, frage ich nervös.

»Nein, Dummerchen. Keiner darf doch erfahren, wer du bist. Das würde den Zauber völlig zerstören.«

»Und wenn wir uns öfter treffen würden?«

»Ein Grund mehr, zu schweigen.«

Ich lasse meinen Daumen an ihrer Nase entlangfahren und auf ihrem Mund landen.

»Ich werde mich niemals auf eine feste Beziehung einlassen«, sage ich und betone extra *niemals*, damit sie sicher sein kann, dass ich es ernst meine.

»Ich weiß, deshalb passen wir auch so gut zusammen. Und wie viel Spaß wir in den letzten sechs Monaten hatten.«

Ich rücke näher an sie heran, kann die goldbraunen Flecken in ihrer dunklen Iris sehen. Vorsichtig nehme ich eine ihrer Hände und lege sie auf meine Brust. Das ist nicht unangenehm. Ich kann das Gefühl in diesem Augenblick nicht beschreiben, aber es ist, als hätte ich eine Feuerprobe bestanden.

Kapitel 33

JULIA

Das Herbstfest war eine willkommene Ablenkung von der frustrierenden Suche nach der Wahrheit. Das Fest beruhte auf einer alten Tradition auf Dimö, es galt als ein uralter Brauch, um die Winterdunkelheit zu lindern, und fand Ende Oktober in der Pension von Elvira und Simon statt, wo das Beste aus dem eigenen Anbau serviert wurde, und es endete mit einer Lichtshow im Hafen.

Die Inselbewohner wollten sich durch das Medieninteresse nicht davon abhalten lassen, ihr geliebtes Fest zu feiern, deshalb wurde eine Art Dorfversammlung abgehalten und ein Plan geschmiedet. Die Pension, in der man auch die Eintrittskarten kaufte, notierte sich die Namen der Besucher. Den Journalisten wurde mitgeteilt, dass die Veranstaltung ausgebucht sei. Anton, der Kapitän der Fähre, verweigerte verdächtigen Reportern an diesem Tag die Überfahrt und wurde dabei von seinem Bruder unterstützt. Als Vorsichtsmaßnahme saßen Franz und seine Mitarbeiter in einem beheizten Gewächshaus im Garten hinter dem Hauptgebäude.

Da die Party auf einen Samstag fiel, war auch Thor dabei. Er fragte Julia nur selten aus, wie sich Franz verhielt. Eigentlich neigte Thor nicht zu Regeln und Zwang. Es war offensichtlich, dass er der Meinung war, Franz habe es so schon schwer genug.

Sie gingen gemeinsam zum Fest. Überall brannten kleine Feuer in großen gusseisernen Fässern. Franz und Thor gingen hinter Julia her und waren in ein leises Gespräch vertieft. Ihre gedämpften Stimmen klangen ruhig und vertraut. Ein nasser, rauer Morgen war unerwartet in einen sanften, lächelnden Abend übergegangen. Wahrscheinlich war es der letzte seiner Art vor dem Kälteeinbruch, zumindest hatte Franz das auf dem Hinweg gesagt. Mehrere Menschentrauben verteilten sich auf dem Gelände, einige Gäste saßen auf den Gartenmöbeln unter einer großen Eiche und unterhielten sich. Über die Partygesellschaft flog ein Vogelschwarm, der schnatternd Richtung Süden zog.

Im Inneren des Hauptgebäudes schlugen ihnen Wärme und Stimmengewirr entgegen. Die Gäste standen in kleinen Gruppen, unterhielten sich, lachten und winkten Bekannten zu. Die Luft schien voller Vorfreude zu sein. Simon lief mit dem Baby im Arm umher und zeigte es allen, strahlte dabei vor Stolz. Julia und Thor waren am Abend zuvor schon dort gewesen und hatten die kleine Lovisa kennengelernt. Sie hatte rote Haare und blaue Augen, genauso wie Elvira. Thor hatte sie lange angesehen, seine Eifersucht verschwand in der Sekunde, als er seine Halbschwester halten durfte. Franz gesellte sich sofort zu den Gästen, aber Thor ergriff Julias Arm.

»Können wir uns kurz zurückziehen? Ich beherrsche dieses soziale Spiel nicht so gut wie mein Vater.«

Sie sah, wie sich Franz einen Weg durch die Gruppen der Gäste bahnte, Hände schüttelte, lächelte, sich dabei aber suchend umsah. Er schien es lange schon vermisst zu haben, in der Öffentlichkeit zu baden. Wenn die Dorfbewohner wegen der vielen Skandale einen Groll gegen ihn hegten, so waren sie wenigstens sensibel genug, es ihm nicht zu zeigen.

»Was wird er als Nächstes tun, was meinst du?«, fragte Julia.

»Er wird sich einen Fischer schnappen, der vorhat, aus seinem Schuppen eine Herberge zu machen. Und dann wird er versuchen, ihn zu überreden, seinen Beruf nicht an den Nagel zu hängen, sondern weiterzumachen. Er wird ihm finanzielle Hilfe in Aussicht stellen. Mein Vater möchte nicht noch mehr Touristen auf die Insel locken.«

Sie gingen in den Garten, zu dem Gewächshaus, das eingebettet zwischen Büschen und Bäumen stand. Es war wie ein verwunschener Garten. Ausladende Äste schlangen sich über das Dach. Eine Taube gurrte träge über ihnen. Die Luft roch schwer nach vermodernder Vegetation. Unter den Bäumen roch es dagegen nach feuchter Erde und wilden Tieren. Sie war vorher noch nie hier gewesen, und doch weckte dieser Ort Erinnerungen in ihr. Sie standen eine Weile schweigend nebeneinander.

»Lass uns hineingehen«, sagte Thor.

Die Tür bestand aus Blech und ließ sich nur schwer öffnen. Das Gewächshaus war mit vielen kleinen Laternen bestückt, die Wärme kam von einer Fußbodenheizung. Üppige grüne Weinreben rankten sich an den Wänden hoch, obwohl es schon Herbst war. Ein langer Tisch war für das Abendessen gedeckt worden, geschmückt mit bunten Herbstblättern und Kürbissen, und in der Mitte standen Weinflaschen.

»Es sieht so schön aus«, sagte Julia begeistert.

»Warte, bis du die Lichtshow im Hafen siehst«, sagte Thor.

»Was genau feiern wir denn heute Abend?«

»So etwas wie das heidnische Erntedankfest«, sagte er. »Im Mittelalter war das eines der wichtigsten Feste neben

Mittsommer und Weihnachten. Es wurde immer dann gefeiert, wenn die Ernte eingebracht wurde. Wir dürfen heute Abend von Simons Ernte kosten.«

Er legte ihr von hinten seine Hände auf die Schultern, drückte sich gegen sie und legte seine Wange an ihre.

»Bis zum Abendessen dauert es noch eine Weile, und hier sind wir ganz allein.«

»Aber es könnte jemand kommen«, sagte Julia zögernd.

Sie spürte die Wärme seines Körpers, seine Unerschütterlichkeit. Aber sie spürte noch etwas anderes, die Luft vibrierte. Als sie sich umdrehte, sah sie Franz in der Tür stehen. Er musste sich lautlos angeschlichen haben. Es war schon öfter vorgekommen, dass sie das Gefühl hatte, er würde ihr hinterherspionieren. Er sah sie aus dunklen Augen an, dabei blieben seine Lippen vollkommen reglos. Das Licht der Laternen ließ seine Augen so bernsteinfarben leuchten wie die eines Wolfes.

»Was ist denn jetzt schon wieder, Papa?«, seufzte Thor. »Ich finde das … wirklich unangenehm, dass du hier stehst und uns heimlich beobachtest.«

Vielleicht hatte er dort schon viel länger gestanden.

»Spionierst du uns etwa nach?«, fragte auch sie.

»Ja, natürlich«, seufzte Franz. »Ich habe mich auf weichen Sohlen angeschlichen.« Sein Gesicht verzog sich zu der Andeutung eines Lächelns. »Was hast du denn für ein Bild von mir, Julia? Ich wollte nur sehen, wo wir gleich essen werden. Jetzt lasse ich euch schon wieder in Ruhe.«

Er verschwand in der Dunkelheit. Die Äste auf dem Glasdach gaben lang gezogene Seufzer von sich, als hätten sie ihnen zugehört.

Die erregte Stimmung jedoch war verschwunden. Sie setzten sich in einen großen Korbstuhl in der Ecke und unterhielten sich über dies und das, spielten mit den Händen des jeweils anderen und küssten sich. Sie sagten sich zwar nicht, wie viel besser alles gewesen wäre, wenn sie nicht getrennt gewesen wären, aber es lag in der Luft. Eng umschlungen saßen sie da, bis Franz' Mitarbeiter langsam eintrudelten.

Franz selbst kam als Letzter, erst ein paar Minuten nach den anderen, und setzte sich an den Kopf des Tisches. Während des Essens unterhielt er die Gesellschaft mit Anekdoten über Dimö. Es war eine Mischung aus Geistergeschichten und Legenden. Alle hörten gespannt zu. Er zog sämtliche Anwesenden in seinen Bann und übernahm das Kommando. Die Atmosphäre war elektrisierend, und das Essen – bestehend aus mindestens zehn kleinen Gemüsegerichten – schmeckte köstlich, dazu gab es Wein und selbst gemachten Cider.

Nach dem Essen schlenderten sie zum Hafen hinunter. Eine besondere Stille hatte sich über die Pension gesenkt. Diese Art von Stille nämlich, die aus Hunderten von gedämpften, summenden Stimmen besteht. Die Luft war so mild wie an einem Spätsommerabend. Kein Wind wehte. Das Wasser plätscherte unter den Bootshäusern.

Die Gäste warteten darauf, dass die Lichtshow begann, viele hatten ihre Weingläser in der Hand. Alle waren angespannt, ehrfürchtig.

Als die ersten künstlichen Sterne von der kleinen, vorgelagerten Insel im Meer in den dunklen Himmel aufstiegen, legte Thor einen Arm um Julias Schultern. Sie schmiegte sich an ihn, spürte seinen warmen Atem in ihrem Haar – und war plötzlich so dankbar, dass er heute Abend bei ihr war. Wenig später war der ganze Himmel voll von schillernden Farben, die sich wie ein Polarlicht über den Himmel zogen. Das Meer wirkte ungewöhnlich dunkel und still. Thor sah in den Himmel und seufzte.

»Wollen wir nach Hause gehen?«, fragte er hoffnungsvoll.

Julia nickte. Sie sah sich um, konnte Franz aber zunächst nirgendwo sehen. Schließlich entdeckte sie ihn etwas abseits der Menge, wo er sich mit einem Mann unterhielt. Die stark gebogene Nase dieses Mannes ließ sie stutzen. Das musste Jasper von Hammar sein. Da hob der Mann den Kopf und sah in ihre Richtung, ihre Blicke trafen sich. Er musterte sie – nüchtern, so objektiv, wie man ein Geschäftsobjekt betrachtet. Ihr Bild von ihm stand fest. Ein überlegenes, dominantes Schwein, immer der Lauteste im Raum, der auf *den Pöbel* herabsah.

Thor drückte ihren Arm.

»Sieh doch!«, sagte er und zeigte auf den Hügel vor der Pension.

Ein dichter Bodennebel schwebte über dem Rasen. Aus ihm erhob sich eine graue Gestalt, die wie ein lebendiges Wesen aussah. Dabei tanzte weißer Rauch über den Boden. Die Lichterketten, die in den hohen Eichen glitzerten, verstärkten das surreale Trugbild noch. Der Anblick hatte eine magische Anziehungskraft. Es war dasselbe Schattenspiel, das Julia schon vor dem Gästehaus auf ViaTerra gesehen hatte, nur noch größer, beeindruckender. Auch andere Gäste hatten die Gestalt gesehen und zeigten jetzt auf sie.

»Das ist sie«, sagte einer.

»Das ist genau die Sinnestäuschung, von der ich gesprochen hatte«, erklärte Thor. »Die Bäume hinter der Wiese werfen Schatten in den Nebel.«

»Es sieht wie ein schwebender Geist aus, oder?«, sagte Julia.

Diesmal wollte sie sich nicht erschrecken. Es war doch bloß eine optische Täuschung, nichts weiter.

»Es ist überhaupt keine Sinnestäuschung«, sagte der pensionierte Fährmann Edwin Björk, der plötzlich neben ihnen stand. Er wurde von seinem Enkel Anton und Elyssa begleitet. »Die Gräfin würde das Herbstfest niemals verpassen, das ist immerhin der wichtigste Tag des Jahres«, sagte Edwin. »Sie wacht über uns, das wisst ihr doch?«

Julia lachte abschätzig. Sie konnte ihren Blick nicht von der Erscheinung abwenden. Es sah aus, als wäre das Wesen gewachsen und würde sich nach den Gästen strecken. Ihr war ganz kalt, also zog sie ihre Jacke fester um den Körper.

»Das ist nur eine optische Täuschung«, sagte sie zu Edwin.

Er lachte, als hätte sie etwas sehr Lustiges gesagt.

»Optische Täuschung«, äffte er sie nach. »Was ihr vom Festland immer über Dimö zu wissen glaubt. Wir von der Insel nennen die Dinge bei ihrem richtigen Namen.«

Anton legte seine Hand auf den Arm des Großvaters und lächelte Julia entschuldigend zu.

»Es würde mich nicht wundern, wenn die Gräfin auch etwas mit dem Tod der armen Christina Gylling zu tun hätte«, fuhr Edwin fort. »Die beiden anderen Mädchen hat sie zu sich in die Tiefen des Meeres gerissen.«

»Wohl kaum«, sagte Julia und warf einen nervösen Blick über ihre Schulter. Die Gestalt war immer noch da und schien auch ständig näher zu kommen. »Jemand hat Christina ermordet.«

»Wahrscheinlich«, gab Edwin zu. »Aber es ist auch nicht ausgeschlossen, dass die Gräfin sie an den Ort gelockt hat, an dem sie ihren Mörder getroffen hat.«

»Das klingt nach einem seltsamen Verständnis davon, über Menschen zu wachen.«

»Das ist leider der Lauf des Lebens. Das Meer gibt, und das Meer nimmt«, gab Edwin zurück. »Leider werden die beiden anderen Leichen wohl nie gefunden werden«, fügte er leiser und heiserer hinzu.

»Großvater, du musst damit aufhören!«, sagte Anton.

Elyssa sah jetzt so aus, als hätte sie den Tod persönlich gesehen.

Edwin Björk hatte in seiner aktiven Zeit als Fährmann die Angewohnheit gehabt, Neuankömmlinge mit Geistergeschichten zu erschrecken. Auch ihr war das bei ihrer ersten Fahrt so ergangen.

»Ja, ja«, sagte Edwin. »Für euch Außenstehende ist es leicht, die alten Geschichten einfach so abzutun, aber immerhin gehören sie zu unseren Wurzeln, wenn man hier aufwächst.«

Die Gestalt hatte sich aufgelöst. Der Nebel hing dicht und gleichmäßig wie eine weiche Decke über dem Boden. Merkwürdigerweise hatte – soweit sie gesehen hatte – niemand mit seinem Handy Fotos gemacht. Aus Ehrfurcht vor der Gräfin?

»Vermutlich hat sie nur kurz nach dem Rechten sehen wollen«, sagte Edwin und zwinkerte ihr zu.

Julia hätte nicht sagen können, ob er es ernst meinte

Kapitel 34

FRANZ

Es stimmt, dass ich Julia und Thor manchmal nachspioniere. Ich genieße es, ihm dabei zuzusehen, wie er sie berührt, ich kann es dann sogar fast selbst fühlen. Es hat Zeiten gegeben, in denen ich vor ihrem Schlafzimmerfenster im Gästehaus stand und zuhörte, wie sich ihre Stimmen zu einem Duett vermischten. Ich habe auch den Geräuschen gelauscht, die dem folgten. Ihnen dabei zuzusehen, würde allerdings selbst für jemanden wie mich eine Grenze überschreiten. Aber ich höre gern zu, dafür schäme ich mich auch nicht. In dem unwahrscheinlichen Fall, dass sie mich erwischen sollten, werde ich nur resigniert mit den Schultern zucken und sagen: »Na und? Mit mir stimmt doch sowieso einiges nicht.«

Ich beobachte sie jetzt, während wir im Hafen stehen. Ich habe die Lichtshow schon so oft gesehen, da sehe ich lieber den beiden zu. Das neonfarbene Licht auf dem Meer spiegelt sich auf Julias Gesicht. Thor legt einen Arm um ihre Schulter. Sie lehnt ihre Wange an seinen Hals. Als ich sie zusammengebracht habe, war er nichts als ein dünner Teenager. Aber er muss sofort erkannt haben, dass sie etwas Besonderes ist. Ich denke an die Gerissenheit und Geduld, die es gekostet haben muss, sie zu erobern. Ich stelle mir vor, wie es passiert ist. Zuerst hat sie eine Freundschaft verbunden. Er bot ihr an, in seiner Wohnung zu wohnen, als sie einen Job in Göteborg bekam. Aber dann verschmelzen ihre Leben miteinander, die Herausforderungen, die Enttäuschungen, die Erfolge, der Alltagstrott. Er ist für sie da, an den schlechten und an den normalen Tagen, die das Leben ausmachen. Nachts führen sie lange, intime Gespräche. Er macht sich unentbehrlich und sorgt dafür, dass sie die Geduld hat, auf ihn zu warten, während er sich häutet und nach und nach zum Mann wird. Am Ende braucht sie ihn in tausendfacher Hinsicht: praktisch, emotional und als Unterstützung. Ich frage mich, wann er wohl den ersten Schritt gemacht hat. Oder ob sie es war. Ich habe es nie bereut, die beiden zusammengebracht zu haben, ich wünschte nur, ich hätte vor meinem Schlaganfall mehr Zeit mit Julia verbracht. Damals, als sie viel zu jung, zu naiv und zu verliebt war, um mich zu durchschauen.

Da taucht Maria auf und bleibt in einiger Entfernung stehen. Ich lächle sie an. Sie lächelt zurück, fast schüchtern. Untypisch. Es scheint eine neue Art von … Verständnis zwischen uns zu geben. Sie denkt, ich hätte ihr meine zerbrechlichste Seite gezeigt, und damit liegt sie gar nicht so falsch. Ich glaube, ich habe eine ausgezeichnete Sexualpartnerin gefunden, während ich gezwungen bin, mich an Thors Regeln zu halten. Noch mehr Gedanken beschäftigen mich eigentlich nicht, und doch löst ihr Lächeln etwas in mir aus. Etwas Fremdes und tatsächlich Zerbrechliches.

Jasper von Hammar wird mich garantiert noch auf dem Fest ansprechen. Elvira hat mir verraten, dass er Karten gekauft hat. Er ist mit seiner neuen Trophäenfrau und seinen vier erwachsenen Kindern angerückt, alle mit der gleichen Habichtsnase wie ihr Vater. Der Fund von Christina Gyllings Leiche hat ihn nervös gemacht. Er will mehr erfahren, und welche Quelle wäre da geeigneter und vertrauenswürdiger als der Mann, der die Leiche ausgegraben hat? Jasper und ich haben schon früher ein paarmal miteinander gesprochen und dabei hauptsächlich Höflichkeiten ausgetauscht. Da er mehr als zwanzig Jahre älter ist als ich, gab es allerdings keine wirklichen Überschneidungen. Er winkt mich mitten in der Lichtshow zu sich. Es ist ein höfliches Winken, ein freundliches Lächeln, als wolle er mich verführen. Ich gehe langsam auf ihn zu. Wir stellen uns an die Seite. Obwohl schon über siebzig Jahre alt, scheint er in ziemlich guter Form zu sein. Breite Schultern, kräftige Arme und feste Bauchmuskeln, die sich durch den Stoff seines Hemdes abzeichnen. Er mustert mich von oben bis unten, sieht anhand meiner Kleidung, die leger, aber modisch ist, dass wir beide einen teuren Geschmack haben. Ich interessiere mich zwar nicht für Mode, aber ich weiß durchaus von der Wirkung des Äußeren und was Kleidung signalisieren kann. Wenn Jasper wüsste, wie bedeutungslos diese Etiketten in meinem jetzigen Leben geworden sind.

»Du hast es in letzter Zeit auch nicht gerade leicht gehabt, Franz«, sagt er ein wenig überheblich.

Für einen erhebenden, wunderschönen Moment stelle ich mir vor, wie ich ihm sein Grinsen mit meiner Faust aus dem Gesicht reibe. Ich muss mich anstrengen, meine Hand ruhig zu halten, als ich seine schüttle.

»Wie bedauerlich, dass sich unsere Wege so selten gekreuzt haben«, fährt er fort. »Dabei gehört uns beiden doch praktisch die Insel.«

Dir gehört kein einziger Millimeter von Dimö, abgesehen von deinem hässlichen Haus, denke ich.

»Und was war das für eine Tragödie bei dir auf dem Anwesen?«, nervt er weiter. »Ich hoffe, die Polizei wird nicht zu hart mit dir ins Gericht gehen, ich habe gehört, dass sie fast das gesamte Grundstück umgegraben haben.«

»Nur den Boden hinter den Ställen«, sage ich. »Du kennst dich doch aus, oder? Schließlich warst du früher ja oft auf ViaTerra, nicht wahr?«

Er tut so, als denke er nach.

»Vielleicht ein paarmal.«

»Ich dachte, du bist mit meinem Vater befreundet gewesen.«

Ich bin in meinem Element, raffiniert und gerissen.

»Ja, wir haben ein paar Sachen zusammen unternommen, aber das ist jetzt schon lange her. Henrik war anders als die anderen, er war besonders.«

»Allerdings. Als ich die Villa übernommen habe, habe ich alte Fotos aus seiner Sturm-und-Drang-Zeit gefunden. Wenn ich mich richtig erinnere, bist du auf einigen davon auch zu sehen.«

Jasper schluckt, sein großer Adamsapfel hüpft. Ihm ist sichtlich unwohl. Das Gefühl von Macht nimmt in mir Form an.

»Darf ich fragen, wie deine Beziehung zu deinem Vater gewesen ist?«, fragt er. »Ich habe gehört …«

»Oh, du darfst nicht alles glauben, was du hörst«, unterbreche ich ihn. »Mein Vater ist mein Vorbild gewesen. Er hat mir alles beigebracht, was ich über … das Geschäftsleben weiß, und einiges mehr. Ich bin noch immer nicht ganz über seinen tragischen Tod hinweggekommen.«

Es hat etwas Befreiendes, die Realität mit einer Lüge nach meinem Geschmack zu formen. Ist Jasper wirklich so senil, dass er sich nicht daran erinnert, dass mein Vater ein unverbesserlicher Faulpelz war? Offenbar ja, denn er nickt zustimmend.

»Das war schrecklich«, sagt er. »Henrik ist viel zu früh von uns gegangen.«

Ich würde eher sagen, viel zu spät. Du hättest sehen sollen, wie er von den Flammen in einen verkohlten Leichnam verwandelt wurde. Das war deutlich beeindruckender als diese Lichtshow hier.

»Hat die Polizei schon irgendwelche Hinweise, was mit dem Mädchen passiert ist?«, fragt Jasper.

»Sie haben noch nicht viele Anhaltspunkte. Ich vermute, sie tun, was sie können. Du weißt ja, die Insel-Polizei«, sage ich seufzend.

Ein stiller Konsens entsteht in Anerkennung ihrer Unfähigkeit.

Ein Unbekannter rempelt mich versehentlich von hinten an, als er sich einen Weg durch die Menge bahnt. Er murmelt eine Entschuldigung, und das Gespräch mit Jasper wird für einen kurzen Moment unterbrochen. Genug Zeit für ihn, um sich den besorgten Ausdruck aus dem Gesicht zu reiben. Nach außen hin wirkt er wie zu Anfang, kühl und unbesorgt. Aber er kann mich nicht täuschen.

»Warum kommst du nicht auf einen Drink zu mir, während du hier auf der Insel bist«, schlage ich vor. »Oder vielleicht einmal zum Abendessen?«

»Wird dir das nicht zu viel, wegen des ganzen Medieninteresses und so?«

Das Letzte, was er zurzeit möchte, ist, vor meinem Grundstück fotografiert zu werden.

»Das Medieninteresse hat sich längst schon wieder gelegt«, versichere ich ihm. »Die Journalisten fahren mit der letzten Fähre nach Hause. Die Pension spielt mit und ist ihnen gegenüber nicht besonders gastfreundlich. Auf einmal ist die Pension ausgebucht.«

In gewisser Weise ist das sogar wahr. Nichts kann auf der Insel für mehr Zusammenhalt sorgen als die Verachtung für Fremde, die bei ihnen herumschnüffeln.

»Du kannst durch das Tor fahren und im Hof parken, sollte sich ein hartnäckiger Journalist draußen herumtreiben«, schlage ich vor.

»Das klingt gut«, sagt er zögernd.

»Heute Abend ist nicht der richtige Zeitpunkt, aber ich habe einige Informationen über die polizeilichen Ermittlungen, die ich weitergeben könnte. Und ich habe meine eigenen Quellen. Wenn du daran interessiert bist, meine ich. Es ist eine kleine Insel, wir wollen doch alle auf dem Laufenden bleiben.«

Ich kann in seinem Blick sehen, dass er eine kurze Risikobewertung vornimmt. Aber seine Neugier und Nervosität scheinen letztlich mehr Gewicht zu haben als seine Bedenken, in den Medien zu erscheinen.

»Wie gut, dass wir uns über den Weg gelaufen sind«, sagt er. Er überreicht mir seine protzige Visitenkarte mit reliefierten Buchstaben und einem edlen Siegel.

»Ruf mich morgen an, dann machen wir einen Termin aus«, sagt er. »Normalerweise sind wir nur im Urlaub und im Sommer hier, aber diesmal bleibe ich einen ganzen Monat. Ein bisschen runterschalten, entspannen.«

Ein Raunen geht durch die Menge. Über dem Boden vor der Pension schwebt gerade ein dichter Nebel. Ein grauer Umriss, eine Gestalt scheint aufzusteigen und gleitet auf uns zu. Es ist eine optische Täuschung, ich habe so etwas Ähnliches auch schon auf meinem Anwesen und im Moor gesehen. Aber heute ist die Gestalt ungewöhnlich deutlich zu sehen und wirkt sehr lebendig. Jemand stößt einen erschrockenen Laut aus.

»Das ist sie«, sagt einer.

»Sieht aus, als hätten wir netten Besuch«, sage ich zu Jasper und lache leise. »Wusstest du, dass ich mit dem Geist verwandt bin? Die Gräfin war meine Urgroßmutter, Amelia.«

»Ja, ich habe gehört, dass sie mit deiner Familie verwandt sein soll. Hier gibt es viele Leute, die an Geister glauben. Es ist erstaunlich, was die Leute alles tun, um etwas zum Tratschen zu haben.«

»Aber dieses Gerede betrifft mich leider persönlich«, sage ich. »Es geht das Gerücht, dass der Geist die Männer auf dem Anwesen in den Wahnsinn treibt. Nicht nur die Familienmitglieder, sondern auch die Besucher. Mein Vater hatte viele männliche Freunde, die irgendwelche Dinge auf dem Dachboden veranstaltet haben. Einige von ihnen sind danach tragischen Unfällen zum Opfer gefallen.«

Den Teil mit den Besuchern habe ich mir ausgedacht. Aber ich habe mich noch nie davor gescheut, ein paar fiktive Details hinzuzufügen, um eine Geschichte auszuschmücken.

»Aber was für ein Unsinn«, sagt er.

Man merkt, dass ihn meine Andeutungen aus dem Gleichgewicht gebracht haben. Seine Lippen werden schmaler, seine Augenlider schwerer. Je länger wir uns unterhalten, desto deutlicher wird das Dunkle, Grausame hinter seiner polierten Fassade.

In dieser Nacht schwimme ich im Meer, auf einer Insel, die frei von Journalisten ist. Ich springe von dem Felsen, der mir als Trampolin dient. Das Wasser ist nicht wärmer als sieben oder acht Grad. Der Kälteschock ist erfrischend und weckt meine bis dahin schlummernden Kräfte. Ich schwimme weit hinaus und tauche weite Strecken durch das dunkle

Wasser. Als ich eine Pause mache, mich umdrehe und Wasser trete, sehe ich Dimö im Dunkeln liegen, wie eine schwarze Fata Morgana. Karg, schroff, zerklüftet. Wenn ich mich anstrenge, kann ich das Licht von Hammars Haus auf dem Hügel über dem Hafen ausmachen. Als einen unscharfen kleinen Flecken. Ich beschließe, mich erst in ein paar Tagen bei ihm zu melden. Ich lasse Jaspers Gewissen schön arbeiten.

Kapitel 35

DER MANN IM SCHATTEN, GEGENWART

Er ist der ungeladene Gast. Er ist da, und doch nicht da. Allgegenwärtig, aber unsichtbar für das bloße Auge. Er wundert sich, wie sehr er dieses Spiel genießt. Im Schatten einer Eiche zu stehen, still wie eine Statue, und zu beobachten, wie die Festgäste eintreffen. Dem Gemurmel ihrer Stimmen zu lauschen. Den Duft des Parfüms einer Frau zu riechen. Die besondere, salzige Hafenluft von Dimö einzuatmen. Die Essensgerüche aus der Küche der Pension in der Nase zu spüren.

Das Wissen, dass niemand weiß, dass er da ist, fühlt sich mächtig an.

Franz erscheint in Begleitung von Julia und einem Mann, der offenbar sein Sohn ist. Sie betreten die Pension. Er versteckt sich hinter einem Baum in der Nähe des Eingangs und wartet. Als Franz wieder auftaucht, ist er allein. Gemeinsam bewegen sie sich über die Anlage, durch die Dunkelheit und die vielen tausend Gerüche, die es nur im Herbst gibt. Nach unzähligen Stunden auf der Jagd beherrscht er die Kunst, seine ahnungslose Beute zu beschatten. Das Spiel von Licht und Schatten im Garten macht es leicht, unsichtbar zu bleiben.

In dem beleuchteten Wintergarten sieht er Julia mit ihrem Freund. Franz bleibt in der Tür stehen und beobachtet sie wie ein Spanner. Wahrscheinlich gleicht er seinem Vater, dem es Spaß gemacht hat, andere Männer beim Sex mit jungen Frauen zu beobachten. Die Zukunft wird es bald zeigen. *Wirst du deinen alten Mann auffliegen lassen, Franz, oder wirst du versuchen, seine schmutzigen Spuren zu verwischen?*

Franz verschwindet wieder, er selbst bleibt zurück. Immer mehr Leute treffen im Wintergarten ein, schließlich kommt Franz zurück und hält eine Rede für eine Gruppe junger, ehrfürchtiger Menschen, die offenbar seine Mitarbeiter sind. Während sie sich dem Abendessen widmen, beobachtet er die kleine Gruppe von draußen. Wie ein ganz beliebiger Gast sitzt er auf einer Bank in einer Laube neben dem Wintergarten. Diese Gewissheit ist so aufregend, dass er sich gelegentlich beruhigen muss, indem er auf die Geräusche um ihn herum achtet. Das Rascheln der Flügel, wenn ein Vogel vorbeifliegt. Das Aufschlagen eines Zapfens, der zu Boden fällt. Das Knistern der Blätter, wenn er seine Füße bewegt. Der Anblick des warm erleuchteten Raums, die glücklichen Menschen, dies löst eine große Sehnsucht in ihm aus. Und als alle in Gelächter ausbrechen, bohrt sich tiefer Schmerz in seine Brust.

Später steht er hinter einem Bootshaus und verfolgt die Lichtshow im Hafen. Es ist eine wunderschöne Herbstnacht. Kaum ein Lüftchen weht, und die Temperatur liegt bei über zehn Grad Celsius. Er entdeckt Franz, der etwas abseits der Menge steht und sich mit Jasper von Hammar unterhält. Es ist ein Skandal, dass sich Jasper nach wie vor bester Gesundheit erfreut. Dass er lebt und atmet. Er sieht nicht wie ein Mann aus, der mit halsbrecherischer Geschwindigkeit auf eine Katastrophe zusteuert. Aber alles wird ans Licht kommen. Schon bald.

Die Zuschauer haben ihre Gesichter dem erleuchteten Himmel zugewandt, wo die Lichtshow in vollem Gange ist. Er hat auf den richtigen Moment gewartet, und jetzt ist er gekommen.

Zügig bewegt er sich durch die Schatten, durchquert die Menge, stellt sich in die Nähe von Jasper und Franz und lauscht ihnen. Nur für einen Augenblick. Small Talk. Noch.

Dann nähert er sich den beiden Männern von hinten. Als er ganz nah ist, stößt er Franz wie versehentlich mit dem Ellbogen in den Rücken. Ihre Blicke treffen sich, als Franz sich umdreht. Er hat die schönen Augen eines Wolfes und einen Blick, der einen Eisberg zum Schmelzen bringen könnte, genau wie seine Mutter. Der Moment ist magisch. Ihm so nah zu sein. Er murmelt eine Entschuldigung, Franz nickt und wendet sich wieder Jasper zu. Er geht weiter.

Erst als er die Spitze des Hügels erreicht hat, hört er die lauten Stimmen von unten, dreht sich um und sieht die Gräfin aus dem Nebel aufsteigen. Sie scheint über das Gras zu gleiten, und nun wird die Nacht heller. Alles ist in ein magisches Licht getaucht. Die Gräfin hat schon immer gut auf ihn aufgepasst, also muss ihr Erscheinen heute Nacht ein gutes Omen sein.

Da wird er an einem ganz besonderen Ort schlafen – einfach, weil er es kann. Dann wird er nach Hause zurückkehren und seinen nächsten Schritt planen.

Kapitel 36

JULIA

Sie stand am Pier und sah der Fähre zu, wie diese den Hafen verließ. Es war zugleich Tag und Nacht. Auf der einen Seite war der Himmel von der aufgehenden Sonne rot, auf der anderen Seite hing die weiße Mondsichel. Der Hafen erwachte zum Leben, und das Licht tanzte auf den Bootshäusern und der Mole. Sie fühlte sich allein, seit sie für den Auftrag auf die Insel gekommen war. Und außerdem fühlte sie sich ausgeliefert, isoliert, nur von Wasser und Kälte umgeben. Sie schlug ihren Mantelkragen hoch und ging weiter auf dem Weg in Richtung Dorfplatz.

Es war ihr schwergefallen, sich von Thor zu verabschieden, obwohl er mit dem falschen Bein aufgestanden war. Sie war sich nicht sicher, ob es daran lag, dass er früh aufstehen musste oder weil er nicht fahren wollte. Sie hob den Blick. Dabei sah sie verschwommen, dass sich der Mond in zwei Hälften teilte, die sich übereinanderlegten. *Du musst herausfinden, was mit den Mädchen passiert ist*, hörte sie sich sagen. Auf einmal schwankte die Erde, etwas wurde zurechtgerückt, und auf einmal konnte sie sich wieder ganz auf ihren Auftrag konzentrieren. Dieser hatte – wie es schien – seine Natur verändert. Aus einer Superstory, die man als Journalistin auf keinen Fall versäumen will, war inzwischen etwas anderes geworden. Etwas Persönliches.

Sie beschloss, im Café zu frühstücken. Es hatte gerade erst geöffnet, darum waren nur wenige Leute dort. An der Theke bestellte sie eine Tasse Kaffee, ein Omelett und einen Orangensaft.

Sie setzte sich an einen der Ecktische und überlegte, was sie als Nächstes tun sollte. Sobald sich die Gelegenheit ergab, wollte sie Franz zu seinem Gespräch mit Jasper von Hammar befragen. Auf dem Heimweg vom Herbstfest hatte er nur beiläufig geantwortet.

»Das machen wir später.«

Aber sein zuversichtlicher Ton verriet ihr, dass es gut gelaufen sein musste.

Es klingelte, als sich die Tür des Cafés öffnete. Karin und Kurt Burman hatten einen morgendlichen Spaziergang mit Kurts Schäferhunden gemacht. Julia fragte sich, ob sie ein Paar waren, aber das würde sich früher oder später herausstellen.

Karin sah sie und winkte ihr zu. Als sie und Kurt an der Kasse bestellt hatten, kamen sie mit ihren Tabletts an Julias Tisch. Ihre Wangen waren von der frischen Morgenkühle gerötet, ihre Augen hell und klar.

»Können wir uns zu dir setzen?«, fragte Karin.

»Natürlich«, sagte Julia.

Sie unterhielten sich noch über das Herbstfest, das nach Meinung aller ein großer Erfolg gewesen war. Kurt machte einen Witz über die Gestalt im Nebel.

»Was habe ich dir gesagt, Julia? Die Gräfin ist in Hochform. Damit müssen wir uns einfach abfinden.«

»Dann werde ich mich wohl daran gewöhnen müssen, von Geistern umgeben zu sein«, gab Julia kopfschüttelnd zurück.

Der Anblick hatte ihr mehr zugesetzt, als sie zugeben

wollte. Manchmal spürte sie übernatürliche Kräfte auf der Insel, die mit der Natur und der Abgeschiedenheit zu tun hatten. Dann fühlte sie sich wie ein winzig kleines Etwas, das in die Umlaufbahn von etwas viel Größerem gesogen wurde.

Karin erzählte ihr etwas geheimnisvoll, dass sie einen DNA-Test gemacht hatte, um herauszufinden, wer der Großvater von Franz war.

»Aber verrate Franz nichts davon«, sagte sie. »Das ist ein ganz heikles Thema für ihn. Er soll es dir selbst sagen, wenn wir das Ergebnis haben. Falls er will, natürlich nur.«

»Und wer – glaubst du – war sein Großvater?«, fragte Julia. »Der Onkel?«

»Sigrid hatte den Verdacht, aber ich bin mir nicht sicher. Ich mache es nur für Franz, er hat ein Recht darauf, es zu erfahren. Für mich hat das keine Bedeutung. Als Franz geboren wurde, war bestimmt nichts Böses in ihm. Er war ein ganz normaler Junge.«

»Er spricht von sich selbst als einem schwierigen Kind und glaubt, dass ihn sein sadistischer Vater deshalb gequält hat«, sagte Julia.

Karin zuckte mit den Schultern.

»Natürlich hat sich Franz auch Henrik gegenüber manchmal bockig und trotzig verhalten, aber ich hatte keine Probleme mit ihm. Er war lebhaft und frech, so wie jedes Kind, aber er ist kein bisschen hinterhältig gewesen, als er so klein war. Das kam erst später und hatte meiner Ansicht nach auch gar nichts mit seinem genetischen Erbe zu tun.«

Der Gedanke, dass Franz einmal ganz normal gewesen war, erleichterte Julia.

»Dann hat sich euer Verhältnis auch verbessert?«, fragte Julia.

Karin umschlang den Becher mit dem heißen Kaffee mit beiden Händen.

»Nach seinem Schlaganfall wurde es besser. Davor dachte ich, das Band zwischen uns sei für immer gerissen. Aber als er völlig gelähmt war, wurde mir klar, wie schnell sich das Leben ändern kann und einem plötzlich alle Möglichkeiten genommen werden können. Man denkt immer, man hätte ewig Zeit, Dinge zu regeln. Und es hat vieles gegeben, über das wir nie gesprochen hatten. Dinge, die wir nie laut ausgesprochen haben. Wenigstens reden wir jetzt wieder miteinander. Das allein ist schon ein großer Schritt nach vorn.«

Kurt runzelte die Stirn.

»So ging es mir auch nach Helenas Verschwinden«, sagte er bedrückt. »Sie hatte mich wochenlang gelöchert, weil sie mit meinem Motorboot fahren wollte. Ich hatte vorgehabt, es ihr zu erlauben – an dem Tag, als sie verschwand. Sie wäre so glücklich gewesen. Aber dazu ist es nie gekommen.«

Eine Kellnerin brachte ihnen das Essen. Als sie aufgegessen hatten, entschuldigte sich Julia und sagte, dass sie gehen müsse.

»Wir werden wahrscheinlich noch eine Weile bleiben«, sagte Kurt.

Er beugte sich über den Tisch und legte eine Hand auf Karins Arm, was ihr offensichtlich unangenehm war. Sie zog den Arm weg.

»Karin ist die Liebe meines Lebens, musst du wissen, Julia«, sagte Kurt. »Sie will es nur noch nicht wahrhaben. Bis dahin sind wir nur beste Freunde.«

»Beste Freunde trifft es ganz gut, vor allem aber passe ich sehr gern auf deine Hunde auf«, sagte Karin lachend. Julia kannte sie mittlerweile ganz gut, aber jetzt sah sie etwas

Neues in ihren Gesichtszügen, etwas Mädchenhaftes. »Oh, bevor ich es vergesse«, sagte Karin und griff nach ihrem Rucksack. »Diese Liste von Mitarbeitern habe ich gestern der Polizei gegeben. Die wollten wissen, wer dort vor fünfzig Jahren gearbeitet hat. Ich habe Kopien gemacht, vielleicht möchtest du auch eine haben?«

»Danke, sehr gern«, sagte Julia, nahm das Blatt Papier und steckte es in ihren Rucksack.

»Zum Zeitpunkt der Tragödie war ich gerade erst eingestellt worden, also könnte ich unter Umständen jemanden vergessen haben, aber ich glaube eigentlich nicht«, sagte Karin.

»Trotzdem ist es beeindruckend, dass du dich an alle erinnern kannst.«

»Ich habe ein sehr gutes Langzeitgedächtnis«, sagte Karin und tippte sich an die Stirn.

Julia verabschiedete sich und verließ das Café. Draußen waren Kurts Schäferhunde angebunden und sahen sie neugierig an. Zaghaft streckte sie ihre Hand aus, einer von ihnen beschnupperte sie und leckte ihren Handrücken mit der Zunge ab.

Bevor sie aufbrach, rief sie Franz an.

»Du möchtest bestimmt wissen, wie mein Gespräch mit Jasper gewesen ist, stimmt's«, sagte er sofort.

»Allerdings?«

»Er ist bereit, sich zu treffen, aber ich werde ihn noch eine Weile hinhalten.«

»Und warum?«

»In ein paar Tagen wird er noch redewilliger sein. Er weiß was – und er ist ziemlich nervös. Aber es wird vorerst nur ein Gespräch *unter uns Männern* sein.«

»Ich darf nicht dabei sein?«, fragte sie enttäuscht.

»Nicht, wenn du willst, dass ich die Wahrheit aus ihm herauskitzle.«

»Und was soll ich bis dahin tun?«

Es klang eher wie ein Vorwurf als wie eine Frage. Julia war es noch nie schwergefallen, sich zu beschäftigen. Sie hatte immer eine Liste von Fragen, denen sie nachgehen konnte. Sie hatte kein Problem damit, zu warten, wenn sich das Rätsel von Jasper von Hammar auf diese Weise löste. Schließlich gab es noch andere Inselbewohner, die sie in der Zwischenzeit befragen konnte.

»Lass uns eine Bootsfahrt machen«, schlug Franz vor. »Ich möchte dir das Meer nördlich von Dimö zeigen. Wir sollten das tun, bevor es zu kalt wird.«

»Mal sehen«, sagte sie. »Ich denke darüber nach.«

Sie machte sich auf den Nachhauseweg. Ein paar Hundert Meter vor dem Herrenhaus bog sie von der Hauptstraße auf einen Weg ab, der durch den Wald führte. Sie wusste, dass er an dem hinteren Tor endete, also hinter dem Gästehaus. Der schmale Pfad war von Baumstämmen gesäumt, die mit dichtem Moos bewachsen waren. Hier und da erhaschte sie einen kurzen Blick auf einen Fuchs oder Hasen. Von dem Weg gingen mehrere Abzweigungen ab, die tief in den Wald führten. Sie verließ sich auf ihre Intuition, wenn sie auch nur den geringsten Zweifel verspürte, welcher Weg der richtige war. Schließlich lichtete sich der Wald, und vor ihr tauchte das Tor auf. Sie blieb einen Augenblick lang unschlüssig stehen, während ihre Füße in das farblose, verdorrte und nasse Gras sanken. Sie war stolz, sich nicht verlaufen zu haben. Das Tor war verschlossen, aber Franz hatte ihr einen Schlüssel gegeben.

Kaum hatte sie das Haus betreten, ging sie direkt zur Terrassentür und öffnete sie, um über das Heidemoor und das Meer zu sehen. Diese kleine Prozedur war zur Gewohnheit geworden, und sie wich selten davon ab. Wenn sie den Blick über das Wasser schweifen ließ und die frische Luft in die Hütte strömte, war sie bereit zu arbeiten, zu essen, zu schlafen – was auch immer sie gerade vorhatte. Doch dieses Mal blieb sie mitten im Wohnzimmer abrupt stehen. Die hohen Kiefern draußen warfen dunkle graue Schatten, dahinter leuchtete die Sonne golden.

Irgendetwas stimmte nicht.

Sie ging zurück in die Diele. Auf dem Boden im Eingang lag ein Umschlag. Ihr Unterbewusstsein musste ihn wahrgenommen haben. Wenn sie auf Dimö Post bekam, was selten war, schob jemand den Umschlag unter der Tür durch. Auf dem Umschlag standen ihr Name und die Adresse des Anwesens, aber kein Absender. Der Anblick der vertrauten Handschrift löste eine Welle des Unbehagens in ihr aus. Sie nahm den Umschlag mit in die Küche und schlitzte ihn mit einem Messer auf. Darin befand sich eine Seekarte. Dimö lag in der Mitte, umgeben von Meer und anderen Inseln. Sie suchte nach einem weiteren Hinweis, einem Kreuz wie auf der Karte, die Franz erhalten hatte, aber sie fand nichts. Es war auch kein Brief beigefügt. Immer noch an der Spüle lehnend, rief sie Elyssa an.

»Weißt du, wer heute die Post verteilt hat?«

»Das war ich selbst«, sagte Elyssa. »Meistens bekommt nur Franz Post, aber heute ist auch ein Brief für dich dabei gewesen. Ich habe ihn unter deiner Haustür durchgeschoben. Habe ich etwas falsch gemacht?«

»Nein, überhaupt nicht. Danke, Elyssa«, sagte Julia. Ihre Stimme klang lauter, als sie es beabsichtigt hatte. Es tat gut, laut zu sein und etwas von der Spannung abzulassen, die sich angestaut hatte.

Wenn sie die Nachricht nicht missverstanden hatte, wollte jemand, dass sie im Meer nach den Mädchen suchte. Was für ein Blödsinn. Sie hatte den Impuls, auf der Stelle Franz anzurufen, beschloss dann aber, sich erst einmal zu beruhigen und ihre Gedanken zu sortieren. Als sie ihre Jacke und den Rucksack an den Haken im Flur hängte, erinnerte sie sich an die Liste, die Karin ihr gegeben hatte. Sie befand sich zusammen mit ihrem Notizbuch und den Stiften noch in der Innentasche ihrer Jacke. Dann setzte sie sich aufs Sofa und legte die Liste vor sich auf den Tisch. Vor fünfzig Jahren hatte die Familie Bärensten einen Gutshof geleitet und viele Angestellte gehabt. Köche, Mägde, Wächter, Viehzüchter, dazu vier Gärtner und einen Gutsverwalter. Wie viele von ihnen wohl noch am Leben waren? Ihr Blick fiel auf einen Namen, der ganz unten auf der Liste stand. *Gärtnergehilfe: Stefan Bondesson.*

Sie rief Karin an. Erst nach ein paar Klingelzeichen nahm Karin ab, Julia hörte den Wind im Hintergrund, das Geräusch von Schritten auf Kies.

»Bist du noch unterwegs?«, fragte Julia.

»Ich bin jetzt auf dem Weg nach Hause«, sagte Karin. »Was kann ich für dich tun?«

»Ich wollte dich was fragen, zu Stefan Bondesson. Ist das nicht derselbe Stefan, der bei Simon in der Pension arbeitet?«, fragte Julia, obwohl sie sich ziemlich sicher war.

»Ja, das ist er. Stefan hat sein ganzes Leben auf der Insel verbracht.«

»Wie lange war er denn damals auf dem Gutshof angestellt?«

»Er war nicht wirklich angestellt, dafür ist er noch viel zu jung gewesen. Er war fünfzehn, wenn ich mich richtig erinnere, und noch in der Schule. Aber er hat immer im Frühjahr und im Herbst ausgeholfen, wenn Arbeitskräfte gebraucht wurden, und den ganzen Sommer über.«

Die Mädchen waren im Sommer vor fünfzig Jahren verschwunden. Damals hatte Stefan Bondesson also auf dem Gutshof gearbeitet. Sie hatte sich mindestens eine Stunde lang mit ihm unterhalten. Und vor ein paar Tagen hatte sie dann wieder mit ihm telefoniert. Aber diese Einzelheit hatte er mit keinem Wort erwähnt.

Kapitel 37

FRANZ

Ich habe den Herbst immer gemocht, das Gefühl, dass etwas zu Ende geht. Wenn das Licht um seinen Platz am Himmel kämpfen muss und der Wind einem in die Wangen kneift. Einige Menschen leiden unter der Dunkelheit, ich dagegen blühe in ihr regelrecht auf. Diejenigen, die in den Wintermonaten depressiv werden, sind gar nicht in der Lage, das wunderschöne sterbende Licht zu spüren, das der Herbst mit sich bringt. Die Morgen liegen in tiefer Dunkelheit, die Abende ebenso, die Nächte sind schwarz wie Ruß. Heute Nacht wird sich der erste Frost über Dimö legen. Morgen soll ein Sturm aufziehen.

Julia und ich sitzen im Aufenthaltsraum. Das Feuer prasselt und knistert im Kamin. Die Medien sind nach wie vor mit der Entdeckung der Leiche bei mir auf dem Anwesen beschäftigt: Leserbriefe, Fake News, falsche anonyme Quellen, aber das wird sich im Sande verlaufen. Ein anderer politischer Skandal hat die Schlagzeilen auf den Titelseiten übernommen. Dennoch spüre ich keine Erleichterung. Mir lässt das alles keine Ruhe. Ich muss die Wahrheit herausfinden, um dann endlich zu meinem normalen Leben zurückkehren zu können.

»Eifersüchtige Freunde«, sagt Julia. »Sind die statistisch gesehen nicht am häufigsten die Mörder?«

Dennoch fällt es mir schwer, mir Stefan Bondesson als Mörder vorzustellen, aber ich erlaube mir, weiter zu spekulieren.

»Du meinst, Stefan hat Christina Gylling umgebracht, weil er eifersüchtig war auf ihre Freundschaft mit Helena?«

»Ja, er hat in dem Sommer damals hier gearbeitet. Vielleicht hatten sie einen Streit, der aus dem Ruder gelaufen ist.«

Ich versuche, pragmatisch zu bleiben.

»Das wirft aber eine Menge Gegenfragen auf, Julia. Was war das für ein Streit, der so geendet ist? Wie gelang es ihm, ihre Leiche zu vergraben, ohne dass ihn jemand dabei beobachtet hat? Wie wahrscheinlich ist das überhaupt? Und wo waren die beiden anderen Mädchen, als es passierte? Warum bittet er dich, fünfzig Jahre später in dieser Sache Nachforschungen anzustellen?«

»Es sind schon seltsamere Dinge geschehen«, erwidert sie. »Er wäre nicht der erste Mörder, der ein Katz-und-Maus-Spiel beginnt. So à la: Fang mich doch, wenn du kannst. Er könnte es gewesen sein, der uns die Briefe geschickt hat. Auf meinem Umschlag klebte keine Briefmarke, er muss also direkt vorn am Tor in den Briefkasten geworfen worden sein.«

Ihr Gesicht wirkt wie versteinert, ihr Blick intensiv.

»Die beiden anderen Briefe sind in Göteborg abgestempelt worden«, sage ich.

Irgendetwas an ihrer Theorie passt nicht zusammen. Ich bin Stefan ein paarmal begegnet, er sieht nicht wie ein Mörder aus. Er ist verschlossen, bodenständig und ruhig. Andererseits sind die meisten Serienmörder oft Einzelgänger.

»Ich habe eine Seekarte geschickt bekommen. Besitzt Stefan ein Boot?«, fragt Julia.

»Ja, aber das gilt für fast jeden auf der Insel, der das ganze

Jahr über hier lebt. Wer kein Boot und kein Flakmoped hat, läuft auf Dimö als sozialer Außenseiter.«

»Dann solltest du dir vielleicht auch ein Flakmoped zulegen?«, schlägt sie vor.

»Da muss ich dich leider enttäuschen, du wirst mich nie auf so einem Ding sehen. Wollen wir mit dem Boot rausfahren? Es könnte dauern, bis wir wieder die Gelegenheit dafür bekommen, morgen zieht ein Sturm auf. Wir könnten ein paar Orte auf deiner Seekarte abfahren. Und auf dem Weg zum Hafen schauen wir kurz in der Pension und bei Stefan vorbei.«

»Glaubst du, er wird uns etwas verraten?«

»Wer weiß. Als du ihn das letzte Mal gesehen hast, war er doch sehr gesprächig. Mit mir hat er in den vergangenen vierzig Jahren nur etwa drei Worte mehr gewechselt.«

Julia seufzt ungeduldig. Das ist eine ihrer Schwächen, ihre Ungeduld. Sie ist so impulsiv, wie ich kontrolliert bin.

»Das lässt sich sowieso nicht mit einem einzigen Gespräch lösen«, sage ich mit Nachdruck. »Die verschiedenen Teile der Wahrheit sind an unterschiedlichen Orten versteckt. Man muss die losen Teile zu einem Puzzle zusammensetzen, um etwas Stabileres daraus zu machen.«

»Du und deine Vergleiche«, sagt sie. »Okay, lass uns losgehen.«

Wir fahren mit meinem Auto. Wir fahren direkt auf die Felder, um Stefan zu finden. Stattdessen treffen wir auf Simon, der eine Schubkarre voller Kürbisse schiebt. Er trägt hohe Gummistiefel, eine Zimmermannshose und einen dicken Wollpulli. Wir unterhalten uns, erkundigen uns nach seiner kleinen Tochter. Loben ihn für das wunderbare Herbstfest, das er ausgestattet hat. Dann frage ich, ob wir uns kurz mit Stefan unterhalten können.

Simon sieht mich misstrauisch an. Er glaubt mir meine Transformation zu einem besseren Menschen noch nicht so ganz. Aber eines ist unverkennbar: Er traut mir nicht über den Weg.

»Wir wollen Stefan zu seiner Zeit im Herrenhaus befragen«, stelle ich klar.

»Klar«, sagt Simon. »Er ist hinterm Wintergarten und hilft mir bei der letzten Ernte. Heute Nacht soll es Frost geben. Stefan ist ein ausgezeichneter Gärtner. Du wirst ihn mir doch nicht abwerben wollen, oder?«

»Nein, natürlich nicht«, sagt Julia und gibt ihm einen leichten Klaps auf den Arm. »Es ist wegen eines Artikels, den ich gerade schreibe.«

Simon strahlt übers ganze Gesicht. Er hatte schon immer eine Schwäche für Julia und ist ihr Patenonkel.

Stefan arbeitet in einem Gemüsebeet. Er ist von Kopf bis Fuß mit Erde bedeckt, sein Haar ist feucht, und auf seiner Stirn stehen Schweißperlen. Er wirkt nicht besonders überrascht, als er uns sieht, auf der anderen Seite ist er ein Mensch, der seine Gefühle gut verbergen kann.

Ich öffne den Mund, aber Julia packt mich am Arm.

»Darf ich Sie kurz stören, Stefan, und Ihnen ein paar Fragen stellen?«, fragt sie.

»Klar, aber warum ist der hier?«, fragt er und starrt mich an.

»Wir wollten mit dem Boot rausfahren und haben spontan beschlossen, auf dem Weg zum Hafen noch kurz hier vorbeizuschauen«, sagt sie.

»Alles klar«, sagt Stefan, klopft sich den Schmutz von der Hose und zieht seine Gartenhandschuhe aus.

Ich werde aus ihm nicht schlau. Sollte ihn unsere Anwesenheit nervös machen, so kann er das auf jeden Fall gut verstecken. Er führt uns in den Wintergarten, setzt sich breitbeinig an einen Tisch und hält sich an der Tischkante fest, als müsste er sich wappnen. Wir setzen uns zu ihm. Das Glashaus ist jetzt – anders als beim Herbstfest – nicht mehr beheizt, und die Wände strahlen eine feuchte Kühle ab.

Julia lehnt sich zurück, schweigt.

»Ich finde es seltsam, dass Sie mir gar nicht von Ihrer Anstellung im Herrenhaus erzählt haben«, sagt sie schließlich.

Stefan stößt ein Geräusch aus, eine Mischung aus einem Schnauben und einem Lachen.

»Das hat doch nichts zu bedeuten. Wissen Sie, wie viele Möglichkeiten es für einen Gärtner auf der Insel gibt? Ich habe überall schon gearbeitet.«

»Aber Sie sind genau in dem Sommer im Herrenhaus beschäftigt gewesen, als Helena verschwand, und wir würden gerne wissen, ob Ihnen damals irgendetwas aufgefallen ist.«

Eine unnatürliche und unangenehme Stille bricht über uns herein. Das einzige Geräusch ist das Quietschen von Stefans Gummisohlen auf dem Boden, als er sich auf seinem Stuhl hin und her bewegt. Plötzlich verändert sich sein Gesichtsausdruck. Vielleicht hat Julias Ausstrahlung eine entwaffnende Wirkung auf ihn. Oder vielleicht hat er das einfach zu lange mit sich herumgetragen. Jetzt fällt er in sich zusammen, die unerschütterliche Fassade bekommt Risse, die Entschlossenheit löst sich auf. Lange sitzt er reglos und mit geschlossenen Augen vor uns, als sei das, was er sagen will, unerträglich. Er ballt die Hände zu Fäusten, so fest, dass seine Knöchel weiß werden.

»Es ist jetzt auch egal, denn ich habe nichts Wichtiges gesehen. Nichts, was heute noch von Bedeutung sein könnte.«

Und dann platzt es aus ihm heraus. »Ich bin es gewesen, der sie in der Nacht damals auf das Anwesen gelassen hat.«

In stockenden Worten erklärt er, dass er Helena beeindrucken wollte, um seine beste Freundin zurückzugewinnen und vielleicht sogar mit ihr zusammenzukommen. Und das Herrenhaus muss beeindruckend gewesen sein. Helena und ihre Freundinnen waren bis zu dem Zeitpunkt wohl noch nie da gewesen. In der Nacht, in der die Mädchen verschwanden, trafen sie sich am Hintereingang. Stefan führte sie über das Anwesen und lud sie auf ein Bier bei den Ställen ein, dort wo sich die Gärtner aufhielten. Helena, Christina und Anna-Lina kamen an diesem Abend gegen neun Uhr an. Es war noch hell. Die Mädchen waren von der Anlage fasziniert, aber gegen halb elf wollten sie hinunter zum Hafen gehen. Stefan wollte sie wieder zum Hintereingang bringen, aber sie sagten, sie würden den Ausgang selbst finden. Da beschloss er, sein Bier noch auszutrinken und aufzuräumen. Für jemanden, der als äußerst wortkarg gilt, hat Stefan eine beeindruckende Anzahl von Sätzen in sehr kurzer Zeit von sich gegeben. Als er fertig ist, atmet er erleichtert auf. Fünfzig Jahre lang hat er nicht darüber gesprochen, mit niemandem. Jetzt die Worte dafür zu finden, es laut auszusprechen, muss wie eine Erlösung für ihn sein, ein Aderlass, schmerzhaft, aber befreiend.

»Das war das letzte Mal, dass ich sie gesehen habe«, sagt er und senkt den Blick auf seine erdigen Schuhe.

Julia und ich wechseln Blicke.

»Ist Ihnen in dieser Nacht etwas Seltsames aufgefallen?«, fragt sie.

»Nein, das ist es ja gerade. Ich habe nichts gesehen, aber ich habe die Mädchen draußen mit jemandem reden hören, bevor sie gegangen sind. Es war eine Männerstimme, und ich hatte Angst, dass sie ertappt worden waren, dann bin ich hinausgegangen, um nachzusehen, aber da waren sie schon weg.«

»Mit wem können sie gesprochen haben?«, fragt Julia. »Wer ist in dieser Nacht auf dem Anwesen gewesen?«

Sein Blick wird ganz leer.

»Ich kann mich nicht an alle erinnern. Auf dem Gut haben damals viele gearbeitet. Und dazu kam noch, dass Henrik Bärensten auch immer Freunde zu Besuch hatte. Aber an einen erinnere ich mich – und deshalb habe ich ihn Ihnen gegenüber auch schon erwähnt, Julia –, Jasper von Hammar war in der Nacht dabei. Und der Arzt auch, Tobias Branting. Ihre Autos standen auf dem Hof.«

Tobias Branting. Das habe ich mir schon gedacht. Was für ein Pech, dass wir ihn nicht mehr nach der Wahrheit fragen können.

»Was ist dann passiert?«, fragt Julia.

»Ich bin noch eine Weile geblieben, habe noch ein Bier getrunken, dann bin ich nach Hause gegangen und habe den Hintereingang abgeschlossen.«

»Das Haus stand also ein paar Stunden lang offen?«

»Ja, genau.«

»Ist Ihnen die Stimme des Mannes bekannt vorgekommen?«

»Nein, aber ich bin auch weit entfernt gewesen, es war eher ein Murmeln.«

Man kann sehen, wie unangenehm das für ihn ist.

»Ich verstehe wirklich nicht, warum Sie mir nichts davon erzählt haben«, sagt Julia streng. »Gerade das ist doch wichtig.«

Er starrt auf seine rauen, zu Fäusten geballten Hände und fühlt sich sichtlich unwohl.

»Ich glaube, ich hatte Angst, dass es auf mich zurückfällt. Dass man mich verdächtigen würde. Auf der Insel herrschte damals das totale Chaos. Alle waren entsetzt, keiner konnte begreifen, was da passiert war. Ich hatte mich schon gesehen, wie ich in Handschellen abgeführt werde. Und je länger ich geschwiegen habe, desto schlimmer wurde es.«

»Und später? Als sich alles wieder beruhigt hatte?«, fragt sie.

»Die Polizei hat mit mir geredet, sie hat mit allen geredet. Ich habe gesagt, ich hätte die Mädchen in dieser Nacht nicht gesehen. Wenn man nämlich einmal angefangen hat zu lügen, ist es leichter, bei der Lüge zu bleiben. Später war ich davon überzeugt, dass ich aus einer Mücke einen Elefanten gemacht hatte. Jemand hatte die Mädchen in dieser Nacht auf den Felsen gesehen, und nun erzählten sich alle von den alten Legenden.«

»Sie glaubten also, dass der Geist der Gräfin sie entführt hat?«, fragt Julia.

»Nein, davon war ich nie ganz überzeugt. Aber Sie müssen verstehen, dass wir Inselbewohner die Legende von der Gräfin nicht einfach als Hirngespinst abtun. Sie gehört nun mal zu dieser Insel. Irgendwie war es tröstlicher und leichter vorstellbar, dass sie die Mädchen zu den Felsen gelockt und zum Springen überredet hat, als alle diese anderen, viel schrecklicheren Alternativen. Und dann ist etwas passiert …«

Auf seinen Wangen breitet sich eine sanfte Röte aus. Wir warten geduldig ab, bis er endlich fortfährt.

»Na ja, ich habe sie gesehen, in der Nacht damals, auf dem Anwesen. Es war neblig, und ich habe eine Gestalt gesehen. Ich hatte schreckliche Angst und wollte nur noch nach Hause.«

Ein plötzlicher Windstoß. Die Äste der Bäume kratzen

fast heulend über das Dach des Glashauses. Stefan zuckt zusammen.

»Die Sache ist nämlich die ...«, fährt er stockend fort.

Julia nickt ihm aufmunternd zu.

»Sie, also die Gräfin, würde den Mädchen niemals etwas antun. Sie quält nur Männer, miese Schweine, so wie ihr Mann einer war«, sagt er und sieht mich an.

Julia und ich wechseln erneut Blicke. In ihren Augen sehe ich keinen Triumph der Erkenntnis, sondern eher Angst. Die darauffolgende Stille macht Stefan zu schaffen. Unruhig rutscht er auf seinem Stuhl hin und her.

»Ich war fünfzehn und in Helena verliebt. Wenn man mich beschuldigt hätte, ihr etwas angetan zu haben, wäre ich daran zugrunde gegangen.«

Seine Augen glänzen, eine einzelne Träne läuft ihm über die Wange. In diesem Moment sieht er wie ein kleines Kind aus, nicht wie ein fünfundsechzigjähriger Mann, der unter harten Bedingungen auf einer abgelegenen Insel aufgewachsen ist. Das muss ihn viel Kraft kosten, denn hier zeigt man seine Gefühle nicht vor Fremden. Er wurde auf Dimö geboren, das liegt ihm im Blut.

Dieser Tag vor fünfzig Jahren muss Stefans Leben auf den Kopf gestellt haben. Die meisten Menschen kennen solche Tage, Meilensteine, die ihr Leben verändert haben. Manchmal zum Besseren, manchmal aber, wie bei Stefan, können sie einen fast umbringen. Es ähnelt dem Moment, wenn man auf einer zwanzig Meter hohen Klippe steht und den einen Fuß über den Rand schiebt. Ein einziger Schritt, eine Sekunde nur, reicht schon aus, um ein Leben zu beenden. Die Erde bebt, man hat keine Zeit mehr, sich vorzubereiten, sich auch nur abzustützen. Das Leben danach ist nie wieder ganz dasselbe.

»Sie wissen, dass Sie zur Polizei gehen und ihnen das erzählen müssen?«, sagt Julia.

»Ich weiß«, sagt Stefan. »Werden die mich deshalb verdächtigen und festnehmen?«

»Nein, das glaube ich nicht. Sie haben DNA am Fundort von Christinas Leiche sichergestellt. Wenn es nicht Ihre ist, brauchen Sie sich keine Sorgen zu machen.«

Ich kann nicht länger schweigen.

»Stefan, hast du mir und Julia Briefe geschickt?«

Er öffnet die Augen.

»Briefe? Nein. Wer schreibt denn heute noch Briefe?«

Seine Überraschung scheint echt zu sein. Sollte er lügen, ist er ein hervorragender Meister seines Faches.

»Ich möchte dich um einen Gefallen bitten«, sage ich. »Komm doch zu uns an deinen ehemaligen Arbeitsplatz und zeig uns dort die einzelnen Orte, an denen du dich immer aufgehalten hast, erzähl uns, wer dort gearbeitet hat. Vielleicht weckt das ein paar Erinnerungen an diese damalige Nacht in dir.«

Julia nickt. Sie hat erkannt, dass seine Erinnerung ausschlaggebend sein könnte. Er soll an den Ort zurückkehren, an dem alles begann.

Kapitel 38

JULIA

Langsam glitt das Boot auf das offene Meer hinaus. Franz ruderte, den Motor wollten sie erst später anwerfen. Das Wasser war klar, goldbraun, neben dem Boot bewegte sich das Seegras im Rhythmus des Ruderschlags. Ein dunkler, geschmeidiger Fisch schwamm zwischen den Steinen am Meeresgrund davon.

An diesem Morgen hatte sich der erste Frost über Dimö gelegt. Bevor sie zu der Bootstour aufgebrochen waren, hatte Julia noch einen Spaziergang in die Moorheide gemacht und die Landschaft genossen. Ihr Atem hatte kleine Rauchwolken in die Luft gestoßen. Das Licht, das auf die Grashalme und das Heidekraut traf, erzeugte dabei ein Funkeln – eine gefrorene, schlummernde Welt. Vom Frost war nur noch die Feuchtigkeit übrig geblieben. Das Boot war so nass, dass sie es abreiben mussten, bevor sie ablegten. Julia merkte, dass Franz über etwas nachdachte. Sie kannte diese Stille, wenn in seinem Universum etwas Größeres verhandelt wurde.

»Denkst du über das nach, was Stefan erzählt hat?«, fragte sie.

»Nein, gar nicht. Es ist gut, dass du ihn zum Reden gebracht hast. Er wird sich an mehr erinnern, wenn er auf ViaTerra ist.«

»Und was beschäftigt dich dann?«, fragte sie.

»Nichts, worüber du dir Sorgen machen müsstest«, sagte er abweisend. Seine Worte klangen ungewöhnlich kalt.

»Ich möchte es trotzdem wissen«, beharrte sie.

Er presste die Lippen aufeinander und sah über die Schulter.

»Du bist auf dem richtigen Kurs«, sagte sie. »Sag mir bitte, worüber du jetzt nachdenkst.«

»Ich überlege, wie ich mein Leben in den Griff bekommen soll.«

»In letzter Zeit war ziemlich viel los, oder?«

»Als wäre man in ein Schlangennest gefallen.«

»Die Medien haben nichts Neues zu bieten«, sagte sie. »Dieselben Bilder verkaufen dieselbe Geschichte. Wenn du jetzt nicht wieder etwas Dummes tust, verlieren sie das Interesse.«

Er sah ihr direkt in die Augen.

»Thor hätte sich keinen schlechteren Zeitpunkt aussuchen können, um mich so … stillzulegen. Eigentlich sollte ich jetzt erst recht sichtbar sein, mich äußern. Meine Anhänger erwarten das. Ich hatte *Pläne*, Julia. Ich werde ewig brauchen, um mich davon zu erholen.«

Sie empfand kein Mitleid, konnte sich nicht erinnern, wann sie ihn jemals so weinerlich erlebt hatte.

»Das Beste, was du im Augenblick tun kannst, ist doch, dich aus den Schwierigkeiten herauszuhalten. Schlangen beißen nur zu, wenn sie sich bedroht fühlen.«

Er ruderte mit der Kraft eines wesentlich jüngeren Mannes und erhöhte noch die Geschwindigkeit. Der kalte Wind trieb ihr die Tränen in die Augen.

»Bei der heutigen Cancel Culture bin ich doch sowieso bald Schnee von gestern«, murmelte er.

Sie konnte sich einen Franz, der keine Online-Präsenz hatte, gar nicht vorstellen.

»Macht dir das Sorgen?«, fragte sie.

»Nein, dann werde ich eben einen anderen Weg finden, um meine Anhänger zu erreichen, zum Beispiel eine Massenverteilung von Flugblättern mit dem Flugzeug.«

Sie hörte, was er da sagte, ein Teil von ihr weigerte sich allerdings, ihn ernst zu nehmen.

»Diese Opfermentalität steht dir überhaupt nicht, Franz.«

Er ignorierte ihre Bemerkung, konnte sich hervorragend taub stellen.

»Es ist nun einmal das Gesetz der Verdammten«, fuhr er fort. »Alles fing damit an, als ich an den Rand der verdammten Klippe gegangen bin. Seitdem geht es steil bergab. Wie idiotisch von mir.«

Seine Stimme wurde mit jedem Satz kräftiger.

»Ich glaube, es war ein Hilferuf«, sagte sie.

Dann ließ er die Ruder ruhen und das Boot treiben.

»Der Hilferuf eines Psychopathen. Ist das nicht ein Paradoxon?«

Sie hatte das Gerede über Psychopathen so satt.

»Du nennst dich also immer noch so? Wie fühlt sich das eigentlich an? Stehst du morgens auf und reibst dir die Hände, während du dich auf einen Tag voller böser Taten freust?«

Langsam hoben sich seine Augenbrauen. Ein Lächeln veränderte seinen Gesichtsausdruck, dann brach er in Gelächter aus.

»Was ist daran so lustig?«

»Die ganze Sache ist einfach urkomisch. Komm, jetzt schalten wir den Motor ein und fahren in den Norden der Insel.«

Er drehte ihr den Rücken zu und fummelte an dem Motor herum. Der stotterte und rumpelte, bis er schließlich ansprang. Das Boot schlingerte, und als es an Fahrt gewann, spritzte Wasser hoch. Franz steuerte um eine Muschelfarm herum, deren Bojen in senkrechten Linien auf der Meeresoberfläche lagen. Weiter draußen auf dem Meer lachte ein schmaler Nebelschweif auf dem Wasser. Er bremste ab.

»Das ist Seerauch«, rief er. »Der entsteht, wenn sich die Luft schnell abkühlt, das Wasser aber noch warm ist.«

Julia hatte den Seerauch zwar schon öfter gesehen, fand ihn aber jedes Mal wieder faszinierend und schön. Das Boot schob sich durch den weißen Nebel, als würde man in einem Flugzeug durch die Wolken fliegen. Sie fuhren nach Norden, bis sich der Nebel lichtete. Dann schaltete Franz den Motor ab. Sonne und Schatten flogen über die glänzende, glitzernde Wasseroberfläche.

»Hier oben befinden sich vier kleinere Inseln«, sagte er und zeigte nach rechts, wo schwarze Riffe und Felsen wie Haifischflossen aus dem Wasser auftauchten. »Das ist die Insel der Toten, auf der wir schon gewesen sind. Die anderen drei liegen weiter nördlich, aber ganz in der Nähe.«

»Erzähl mir mehr von ihnen«, bat sie.

Er lehnte sich zu ihr, während das Boot weiter nach Norden trieb.

»Wie ich schon sagte, außer der Insel der Toten gibt es noch drei weitere«, berichtete er. »Sie hatten zunächst keine Namen, aber Ende des 19. Jahrhunderts kamen Missionare hierher, die alle Inselbewohner für gottlos hielten. Sie waren auch auf der Insel der Toten und fanden den Ort so deprimierend, dass sie beschlossen, den anderen Inseln Namen zu geben, als eine Art spirituelle Zufluchtsstätte.«

»Und was hielten die Inselbewohner davon?«

»Ich glaube, vor allem wollten sie die Missionare so schnell wie möglich wieder loswerden, aber die Namen haben sie behalten: Es ist die Insel der Toten, die Insel der Sorgen, die Insel der Seelen und die Insel der Wölfe. Im Volksmund werden sie aber Todesinsel, Sorgeninsel, Seeleninsel und Wolfsinsel genannt.«

Diese Namen lösten eine Art Erregung in ihr aus.

»Die Wolfsinsel fällt ein bisschen raus. Warum heißt sie so?«, fragte sie.

»Das ist eine lustige Geschichte. Die Missionare kamen aus dem Landesinneren und waren noch nie auf dem Meer gewesen. Damals brachten die Robben ihre Jungen gerade auf der Wolfsinsel zur Welt. Es war die einzige Insel, wo die Missionare nicht an Land gingen, weil sie die Robben brüllen hörten und dachten, es gäbe dort Wölfe. So kam der Name *Insel der Wölfe* zustande.«

»Stimmt das wirklich? Oder hast du dir das eben ausgedacht?«

»Nein, das ist wahr. Frag Karin. Die Einheimischen hier haben sich über die Dämlichkeit der Missionare lustig gemacht und den Namen beibehalten. Sie lachen noch heute über die trotteligen Missionare, die die Robben für Wölfe gehalten haben.«

»Gibt es hier heute auch noch Robben?«, fragte sie.

»Meistens Seehunde. Die Kegelrobbe wurde in der Gegend erbarmungslos gejagt, war in den frühen 1900er-Jahren fast ausgerottet und hat sich nie wieder erholt. Aber es gibt einige Seehunde, die ihre Jungen in den Schären zur Welt bringen. Im Sommer kann man sie in Gruppen sehen, wenn sie sich auf den Felsen sonnen.«

»Erzähl mir bitte noch mehr über die Inseln«, bat sie.

»Du kennst ja schon die Toteninsel. Die, die du da vorne

siehst, das ist die Trauerinsel«, sagte er. Sie konnte eine Erhebung im Wasser erkennen, die Umrisse von dunkelroten Felsen.

»Sie ist klein und besteht hauptsächlich aus Felsen«, erzählte er. »Die Seeleninsel liegt gleich dahinter und befindet sich in Privatbesitz. Sie ist auch ziemlich klein, aber dort gibt es ein Sommerhaus, das in den Sommermonaten bewohnt ist. Die Wolfsinsel kann man von hier aus nicht sehen. Sie liegt etwas weiter nördlich und ist die größte von den dreien und bewachsen. Dort gibt es Wiesen und Wald. Solange ich mich erinnern kann, ist auch sie in Privatbesitz.«

Sie hörte aufmerksam zu und war fasziniert davon, dass es eine Welt jenseits von Dimö gab, die ihr vollkommen unbekannt war. Ihr fiel die Vorstellung schwer, hier zu leben. Die Feuchtigkeit und die Herbststürme. Es gab verschiedene Arten von Kälte, und wenn der Wind die Küste entlangfegte, war das furchtbar. Hier draußen allerdings mochte es noch schlimmer sein.

»Könnte man hier wirklich leben?«, fragte sie und fröstelte schon bei dem Gedanken. Die Kälte fuhr ihr durch die Knochen und raubte ihr die Wärme.

»Klar, wenn man in einem unfreundlichen Paradies leben möchte«, antwortete Franz. »Wenn du ein gutes Boot hast, kannst du das schaffen. Es ist ziemlich selten, dass sich hier draußen eine geschlossene Eisdecke bildet, und wenn, dann ist sie meistens so dünn, dass sie tagsüber schmilzt. Wenn es einen Wolfswinter gibt, muss man sich den Fisch mit Eisangeln fangen und warten, bis das Eis wieder schmilzt. Aber es wäre kein einfaches Leben, das kann ich dir versprechen.«

Hier draußen schien er in seinem Element zu sein. Das Grummelige, Missmutige war wie weggeblasen. Wenn sie sich mit ihm allein in der Natur befand, genoss sie seine Gesellschaft fast ein bisschen zu sehr. Sie sah aufs Meer hinaus, versuchte sich zu orientieren und an die Karte zu erinnern, auf der die Inseln eingezeichnet waren. Leider hatte sie sie zu Hause vergessen.

»Was ist, wenn die beiden Mädchen es zu einer dieser Inseln geschafft haben?«, fragte sie. »Vielleicht sind sie geflohen, haben ein Boot genommen und sind hierher gerudert und haben sich versteckt.«

»Und dann?«

»Ich weiß es doch nicht.«

»Das ist aber ziemlich unwahrscheinlich. Die Wolfsinsel kann man sofort ausschließen. Als ich jung war, habe ich ein paarmal versucht, auf der Insel an Land zu gehen, aber dann bin ich von zwei Rottweilern angegriffen worden. Damals lebten dort irgendwelche Einsiedler. Wer da jetzt allerdings wohnt, weiß ich nicht … wenn sie überhaupt bewohnt ist.«

»Und was ist mit den beiden anderen Inseln?«

»Auf der Sorgeninsel hätte man sie sofort entdeckt, da kannst du dich nirgendwo verstecken. Auf der Seeleninsel gibt es wie gesagt ein Sommerhaus. An ihrer Stelle wäre ich dort hingefahren.«

»Vielleicht hatten sie gar nicht die Kraft, den ganzen Weg zum Festland zu rudern, und haben sich dort versteckt – und der Besitzer des Sommerhauses hat ihnen geholfen. Es war doch Hochsommer.«

»Und dann? Warum hat zum Beispiel niemand die Polizei alarmiert? Und auf Dimö ist kein Boot gestohlen gemeldet worden. Das hat man doch alles überprüft!«

»Ja, klar«, sagte Julia nachdenklich.

»Weißt du was?«, sagte Franz. »Ich glaube, wir sind auf

der falschen Spur. Wer auch immer die Karte geschickt hat, will uns auf eine falsche Fährte locken.«

»Wie kommst du darauf?«

»Es ist eine Sackgasse. Wenn sich jemand die Mühe gemacht hat, hier draußen Leichen zu vergraben, werden wir sie sowieso nicht finden. Sieh dich doch mal um! Wir sind hier am Ende der Welt. Da draußen gibt es ganz bestimmt keine Antworten. Dimö ist das Zentrum dieses Rätsels. Hast du die Karte dabei?«

»Nein, die habe ich vergessen«, sagte sie wütend.

»Schade. Es wäre gut, wenn wir wüssten, ob auf der Insel etwas markiert ist.«

»Aber es ist eine Seekarte. Soweit ich mich erinnere, war an Land nichts eingezeichnet.«

»Doch, es sind immer auch Erhebungen und Orientierungspunkte wie Leuchttürme eingezeichnet«, sagte Franz.

»Aber warum bekomme ich überhaupt eine Seekarte geschickt? Ich dachte, es soll ein Hinweis sein.«

»Oder wir sollen damit in die Irre geführt werden. Und wenn diese Person ein Boot besitzt – was auf etwa achtzig Prozent der Bevölkerung zutrifft –, dann war die Karte vielleicht einfach gerade zur Hand.«

Sie musste zugeben, dass dies nicht einer gewissen Logik entbehrte. Außerdem verfügte Franz über eine gute Intuition. Auf einmal war sie felsenfest davon überzeugt, dass die Antworten auf Dimö zu finden sein mussten, und zwar an einem Ort, an dem niemand zu suchen wagte. Sie stellte sich vor, wie der Mörder, oder wer auch immer es war, der sie gerade mit Hinweisen versorgte, sie hatte wegrudern sehen und sich über ihre Leichtgläubigkeit vor Lachen ausschüttete. Und hier saßen sie nun in diesem steifen Wind, durchgefroren und kein bisschen klüger.

»Franz …«, sagte sie. »Was sagt dir dein Bauchgefühl über die Person, die uns geschrieben hat?«

Er kam näher, seine Augen wurden dunkel. Sie sah ihr winziges Spiegelbild in seinen Pupillen.

»Mein Bauchgefühl sagt mir, dass es ein Mann ist. Es ist jemand, der die Bewohner von Dimö ausspioniert, jemand mit voyeuristischen Neigungen.«

»Kannst du das … genauer erklären?«, fragte sie.

»Nun, entweder ist es jemand, der täglich Kontakt zur Bevölkerung hat, so wie der Postbote oder der Zeitungsmann. Oder es kann auch ein Warenlieferant sein, der häufig mit der Fähre übersetzt. Jemand, dessen Vergangenheit mit Dimö verbunden ist, der sich aber aus irgendeinem Grund ausgestoßen und ungerecht behandelt fühlt. Er hegt einen Groll gegen jemanden oder vielleicht sogar gegen mehrere Leute. Abgesehen davon, dass er uns beide vorführen will, handelt es sich hier bestimmt um etwas Persönliches.«

»Glaubst du, er ist der Mörder?«

»Höchstwahrscheinlich. Oder einer von ihnen.«

»Und das Motiv?«

»Muss es denn eines geben, wenn er verrückt ist? Er könnte auch Zeuge des Mordes an Christina gewesen sein, das hat ihn angestachelt, und er hat die beiden anderen auf eigene Faust getötet. Das würde auch erklären, warum sie nicht zusammen begraben sind.«

»Fällt dir noch mehr ein?«

»So seltsam und beängstigend es auch klingen mag, aber ich glaube wirklich, er betrachtet sich als Wächter, der die Mädchen vor etwas Schlimmerem bewahrt hat.«

Julia erstarrte und zitterte am ganzen Körper.

»Etwas Schlimmeres als der Tod?«, sagte sie und musste schlucken.

»Ja.«

Sie konnte nicht einschätzen, ob er maßlos übertrieb, um ihr Angst einzujagen.

»Das klingt aber ziemlich melodramatisch.«

»Melodramatisch ist deiner Meinung nach ja auch meine Spezialität«, bemerkte er mit einem Augenzwinkern.

»Also, alles auf Anfang und zurück nach Dimö«, sagte sie.

Bei laufendem Motor umrundeten sie die Inseln. Die Sorgeninsel bestand hauptsächlich aus flachen Felsen aus rotem Bohusgranit. Franz wusste zu berichten, dass sich einige der Schären hier draußen vor fast zwei Milliarden Jahren gebildet hatten. Aber das war unvorstellbar. Auf der Seeleninsel stand ein gelbes Sommerhaus, das frisch gestrichen, aber verlassen aussah. Die Wolfsinsel war ganz anders als die anderen Inseln. Sie hatte einen kleinen Strand, außerdem wuchsen auf der Insel Gras und Bäume. Aber weit und breit kein Hinweis auf Leben – keine Menschen, keine Hunde oder Robben. Es war so trostlos, dass es ihr vorkam, als seien sie die einzigen Lebewesen hier draußen.

Als sie zwischen den kleinen Inseln hin und her fuhren, beschlich sie dasselbe unheimliche Gefühl wie auf der Insel der Toten. Wie lange es wohl dauern würde, bis man gefunden würde, wenn man hier draußen starb? Die Welt, andere Lebewesen, Menschen, das eintönige Brummen des Lebens – sie fühlte sich unendlich fern von all dem.

Der Wind frischte auf und kroch unter ihre Kleidung.

»Man kann den Sturm schon spüren«, sagte Franz.

Die Sonne, die es durch den Nebel geschafft hatte, wärmte nicht. Ihre Beine waren eingeschlafen, also veränderte sie die Sitzposition und streckte die Beine aus. Ihr

Körper war stark unterkühlt, obwohl sie eine dicke Daunenjacke trug. Franz trug eine Lederjacke über einem Pullover, aber die Kälte schien ihm gar nichts auszumachen. Auf einmal überkam sie der starke Wunsch, sofort umzudrehen und wieder nach Hause zu fahren. Dort wollte sie unbedingt einen Blick auf die Karte werfen, vielleicht hatte sie ja etwas Wichtiges übersehen.

Kapitel 39

FRANZ

In Begleitung eines Wachmanns geht Stefan Bondesson durch das eiserne Tor von ViaTerra. Julia und ich kommen ihm entgegen. Stefan ist sichtlich befangen. Er grüßt uns, aber das ist eigentlich keine passende Beschreibung. Viel eher ist es eine Pantomime, ein steifes Lächeln, das an seinen Mundwinkeln hängen bleibt. Ich stelle mir die Gedanken vor, die ihm durch den Kopf gehen, weil er wieder an dem Ort ist, an dem alles begann. Es quält ihn sichtlich, dass er es vor fünfzig Jahren vermieden hatte, die Wahrheit zu sagen. Er sieht die Ställe von Weitem, und es fällt ihm schwer, nicht in Panik zu geraten. Er braucht nicht lange, um einen Zugang zu seinen Erinnerungen zu finden und dort zu landen, wo er Helenas Stimme zuletzt gehört hatte.

Während wir über die Wiese gehen, frage ich ihn, ob er schon bei der Polizei gewesen ist, und er antwortet, dass er das gleich heute Morgen getan hat. Fanny und Leon scheinen ihm zu glauben, aber zur Sicherheit werden sie seine DNA mit der am Tatort gefundenen vergleichen.

Nervös sieht er sich um.

»Ich bin schon sehr lange nicht mehr hier gewesen.«

»Hier herrscht ein schlimmes Chaos«, sage ich und zeige auf das schlammige Feld, das sich hinter den Ställen gebildet hat.

»Ich wusste nicht, dass sie so viel umgegraben haben«, sagt er und schluckt. »Es ist ein bisschen gruselig, wieder hier zu sein. Ich habe gerne hier gearbeitet, aber wenn ich allein war, lief mir manchmal ein Schauer über den Rücken.«

»Geht es Ihnen auch jetzt noch so?«, fragt Julia.

Stefan wirft einen Blick in den Himmel, wo vereinzelte Wolken vorbeiziehen. Der Wind hat aufgefrischt. Die Böen lassen die Espen erzittern und kräuseln das verdorrte Gras. In der großen Esche hockt ein Schwarm Krähen. Aus irgendeinem Grund suchen sie vor einem Sturm immer den alten Baum auf, als könnten seine uralten Wurzeln ihnen Halt geben und sie davor bewahren, vom Wind weggetragen zu werden.

»Es ist ein bisschen unangenehm«, gibt Stefan zu. »Aber das liegt wahrscheinlich nur an den alten Erinnerungen.«

»Interessant«, sage ich, mache eine lange taktische Pause. »Genau von denen wollen wir ja hören.«

Für kurze Zeit lugt die Sonne hinter den Wolken hervor, und unsere Körper werfen lange Schatten. Ich bin gespannt, wie unordentlich und schmutzig es dort sein wird. Das Gebäude ist schon lange nicht mehr in Benutzung, bis auf den hinteren Teil, den Schuppen, aus dem ich mit den Brüdern Nilsson die Schaufeln geholt habe. Aber diesmal gehen wir mit Absicht durch den Haupteingang in die Stallungen. Ich möchte Stefan die Zeit geben, die er braucht, um das alles zu verarbeiten.

Ich gehe vor, öffne die Tür und trete in einen überraschend sauberen Stall. Keine Mäuse wuseln in den Ecken herum, keine Spinnweben oder Fledermäuse hängen von den Dachsparren. Das bedeutet, dass sich meine Mitarbeiter ohne meine Anweisung um den Stall gekümmert haben. Ich frage mich, ob sie genauso fleißig wären, wenn sie wüssten, dass sie für einen Narren arbeiten, der sich fast vom Teufelsfelsen gestürzt hätte. Im Augenblick ist niemand hier, ich habe ein Alle-Mann-an-Deck angeordnet, um das Anwesen für den Sturm zu rüsten.

Stefan steht in der Tür und sieht verloren aus.

»Komm rein, das geht schnell«, sage ich. Meine Stimme ist sanft, Untertöne beherrsche ich.

Julia sieht sich neugierig und aufmerksam um.

»Wie schön es hier ist«, sagt sie. »Ihr solltet euch wieder Pferde anschaffen.«

»Wir hatten Kühe und Hühner«, sage ich. »Der Plan war, Selbstversorger zu sein.«

»Ja, Mama hat schon erzählt, dass es hier früher ziemlich schäbig ausgesehen hat.«

Ich versuche, meine Irritation zu unterdrücken.

»Aber es war weit entfernt von dem Klischee, das du vor Augen hast.«

Demonstrativ drehe ich mich um und trete in den hinteren Teil der Stallung. Julia und Stefan folgen mir. Einige der Türen, die von dem dunklen Gang abgehen, stehen offen. Die Boxen sind sauber und aufgeräumt. Pferde. Was für ein idiotischer Vorschlag.

Die Gärtner bewahren ihre Werkzeuge in einem großen Raum am Ende des Ganges auf. Als Stefan ihn betritt, packt ihn eine große Unruhe. Er konzentriert sich, um nicht angespannt zu wirken, was den gegenteiligen Effekt hat. Ein Muskel in seiner Wange zuckt, seine Augen glänzen unnatürlich stark. Er sieht sich in Ruhe um und scheint sich allmählich zu entspannen. An den Wänden hängen Unmengen von Werkzeug in grellen Farben. Es gibt ein Kabuff für die Gartenmaschinen. Alles ist pedantisch geordnet. Für einen Stall ist es hier erstaunlich geruchsneutral, nur von den Rasenmähern riecht es etwas nach Benzin. Stefan sieht sich die Geräte an, als wäre er hier zu Hause.

»Sah es schon so aus, als du hier gearbeitet hast?«, frage ich.

»Der Ort ist derselbe. Aber sie haben jetzt mehr modernere Geräte, sogar besser als bei uns in der Pension.«

Das ist neu für mich, aber ich werde es Simon gegenüber erwähnen, wenn ich ihn das nächste Mal sehe.

Wir nehmen auf einer langen Holzbank Platz. Stefan hat sich dicht neben Julia gesetzt, mir gegenüber ist er nach wie vor misstrauisch. Nervös trommelt er mit den Fingern. Ich bitte ihn, mir zu erzählen, wer hier arbeitet und ob ihm jemand aufgefallen ist. Julia zeigt ihm die Mitarbeiterliste von Karin. Er deutet auf die Namen, die er wiedererkennt, weiß, wer verstorben oder aufs Festland gezogen ist.

»Mit ihnen war alles in Ordnung«, sagt er schließlich. »Sie waren nette Arbeitskollegen. Ich bin der Jüngste gewesen und musste meistens die Drecksarbeit machen, ich glaube nicht, dass ich jemals wieder in meinem Leben so viel Unkraut gejätet habe wie damals, aber das gehörte eben zu dem Job.«

»Und trotzdem waren sie angespannt, wieder hierherzukommen«, stellt Julia fest.

Er lächelt reumütig.

»Die unangenehmen Schwingungen kamen vom Herrenhaus, von dem, was ich mir vorgestellt habe, was da drin passiert. Es hat Gerüchte gegeben.«

»Erzähl mal«, frage ich.

Er zögert, sieht mich verlegen an.

»Ich möchte ja nicht schlecht über deinen Vater sprechen, aber er war ein schrecklicher Mensch.«

»Das überrascht mich überhaupt nicht«, sage ich. »Als du

hier gearbeitet hast, bin ich noch nicht einmal auf der Welt gewesen, aber ich habe später noch genug von seinem Wahnsinn abbekommen. Du kannst freiheraus erzählen.«

Stefan sieht auf seine Hände und beginnt langsam zu sprechen.

»Jeder wusste, dass Henrik jüngere Mädchen mochte. Es hieß, dass er sie zu sich auf den Dachboden eingeladen hat. Wir anderen wollten unbedingt erfahren, was sie dort oben trieben. Es herauszufinden, war aber fast so, als würde man in ein Staatsgeheimnis eingeweiht werden. Wir haben wild spekuliert, uns alles Mögliche ausgemalt, es war zwar unheimlich, aber ehrlich gesagt auch ein bisschen erregend.«

»Trotzdem hast du Christina, Anna-Lina oder Helena dort nie gesehen?«

»Nein!«, ruft er entsetzt. »Dann hätte ich mich doch eingemischt. Wir waren minderjährig, natürlich hätte ich etwas unternommen. An diesem Abend waren die Mädchen zum ersten Mal hier, das habe ich ganz deutlich gemerkt.«

»Hattest du irgendwelche nennenswerten Auseinandersetzungen mit meinem Vater?«, frage ich, vor allem, weil ich neugierig bin, wie viele Menschen er außer seinem gestörten Sohn noch gequält hat.

»Du meinst, ob er mich ausgeschimpft hat?« Stefan lacht laut und reserviert. »Die wenigen Male, die ich ihm begegnet bin, hat er mich nicht mal eines Blickes gewürdigt. Er hatte kein Interesse an seinen Mitarbeitern. Vielleicht erinnerst du dich noch an seine Geisteshaltung.«

Ich erinnere mich vor allem, wie beschränkt mein Vater in Wirklichkeit gewesen ist und wie träge.

»Ist er nie zu euch gekommen, wenn er etwas erledigt haben wollte?«, frage ich.

»Nein, dann hat er immer einen seiner Antreiber geschickt. Er hatte einen für tagsüber und einen für abends. Das waren junge Männer, so um die zwanzig. Sie rannten wie Irre übers Anwesen und gaben Befehle: *Der Herr Graf hat gesagt, der Herr Graf hat dies befohlen* … Wir haben uns über sie lustig gemacht. Nannten sie Lakaien und Diener. Wahrscheinlich waren wir neidisch, denn es hieß, dass er sie sehr gut bezahlte.«

Ich glaube, es war typisch für meinen Vater, sich die Loyalität seiner engsten Mitarbeiter zu erkaufen.

Julia hält Stefan die Mitarbeiterliste vor die Nase.

»Stehen diese Antreiber hier drauf?«

»Warum sind die so wichtig?«, frage ich ungeduldig.

»Im Augenblick ist alles wichtig«, sagt sie entschlossen.

Stefan sieht sich die Liste an und nickt.

»Hier ist einer von ihnen. Ich glaube, man nannte sie *Assistenten*. Georg Modig. Ich dachte, Henrik hätte zwei gehabt, also einen für tagsüber und einen für abends, aber vielleicht war das nicht immer so. Mit Georg war eigentlich alles in Ordnung, aber er ist einer dieser beflissenen Typen gewesen, die sich immer an die Regeln hielten.«

Julia wendet sich an mich.

»Kannst du dir vorstellen, dass dieser Georg deinem Vater dabei geholfen hat, Mädchen hierherzulocken? Wenn ja, müssen wir ihn unbedingt ausfindig machen. Über ihn können wir dann vielleicht einige von den Mädchen finden, die hier gewesen sind.«

Manchmal ist Julia so schnell im Kopf, dass ich fast ein bisschen neidisch werde.

»Das wäre durchaus möglich«, sage ich.

Stefan steht auf und stellt sich an das einzige Fenster. Die Wolken draußen haben sich blau-violett verfärbt. Das Fenster ist einen Spalt geöffnet, und die Luft, die hereinströmt, fühlt sich metallisch an, man kann den nahenden Sturm fast schmecken.

»Ich hoffe, du schaffst es vor dem Sturm pünktlich nach Hause«, sage ich zu Stefan, aber er scheint mich gar nicht zu hören. Seine Schultern heben und senken sich, er atmet gleichmäßig ein und aus.

»Es ist ein seltsames Gefühl, wieder hier zu sein. Früher habe ich an diesem Fenster gestanden und das Herrenhaus beobachtet. Von hier aus hat man sehen können, wenn jemand auf dem Dachboden war.«

Er dreht sich um und sieht uns an. Sein Gesicht wirkt ausdruckslos, aber seine Augen verraten, dass ihn etwas beschäftigt.

»Es ist schon merkwürdig, was Schock mit dem Gehirn anstellt«, sagt er. »Manche Dinge erscheinen einem wichtig, andere nicht ...«

Er macht eine Bewegung mit der Hand in der Luft. Wir warten geduldig.

»Seit Christina gefunden wurde, läuft mein Gehirn auf Hochtouren. Ich habe versucht, mich an etwas Wichtiges zu erinnern, an irgendetwas. Und jetzt bin ich hier und erinnere mich an ein Detail, das mir damals völlig unwichtig erschien, als es passierte ...«

Ich lächle ihm aufmunternd zu.

»Als ich den Mädchen das Haus zeigte, war das Licht auf dem Dachboden aus, aber als ich später nach Hause ging, war es an. Also war jemand gegen elf Uhr da, kurz nachdem ich die Mädchen draußen habe reden hören. Ich erinnere mich daran, als wäre es gestern gewesen. Das muss doch etwas bedeuten, oder?«

»Es bedeutet sogar eine ganze Menge«, sagt Julia mit Nachdruck.

»Es könnte Henriks Stimme gewesen sein, die ich in dieser Nacht gehört habe«, fügt Stefan noch hinzu. »Er hat immer alles an sich gerafft: Geld, Sachen, Frauen. Nie war etwas gut genug für ihn, es hätte ihm nicht einmal gereicht, wenn sich das Personal und seine versnobte Entourage für ihn geopfert hätte.«

Ich bin ehrlich gesagt beeindruckt, dass ein einfacher Gärtner zu einer so treffenden Beschreibung in der Lage ist.

Stefan stößt einen tiefen Seufzer der Erleichterung aus.

Julia und ich sehen uns an, aber es gibt nichts hinzuzufügen.

Kapitel 40

JULIA

Da Julia an der Küste von Bohus aufgewachsen ist, hatte sie schon einige Erfahrung mit Unwettern und Stürmen. Manche Unwetter gewannen in kürzester Zeit an Stärke und wuchsen zu gewaltigen Stürmen an, die alles zerstören konnten, was sich ihnen in den Weg stellte. Sie hatte zwei Stürme dieser Größenordnung miterlebt – einen Orkan zu Hause in Henån, als sie fünfzehn war, und einen weiteren im letzten Winter auf Dimö. Damals hatte sie ebenfalls im Gästehaus auf ViaTerra gewohnt, als ein Baum entwurzelt wurde und das Dach eingedrückt hatte. Ein heftiger Regenguss hatte zudem zu Überschwemmungen auf dem Grundstück geführt. Der Baum blockierte die Eingangstür, sie war in der Hütte gefangen, während das Wasser anstieg. Sie geriet in Panik.

Aber es gab auch Stürme, die sich langsam heranschlichen und dann fast unmerklich an Stärke gewannen. Das heute war so ein Sturm. Am Morgen war es noch eine sanfte Meeresbrise gewesen, am Nachmittag eine frische Brise mit Sonnenschein, und am Abend, als die Dämmerung hereinbrach, hatte er sich zu einem Starkwind entwickelt. Von der Terrasse aus konnte sie ein dunkles, stürmisches Meer sehen. Die weiße Gischt der Wellen schlug gegen die Küste.

Sie aß mit Franz' Mitarbeitern im Speisesaal zu Abend. Sie hatten das Anwesen auf den Sturm vorbereitet. Alle waren frisch und rosig von der Kälte und hatten gute Laune. Keiner von ihnen hatte ernst zu nehmende Angst, und Julia stellte zu ihrer eigenen Überraschung fest, dass auch sie sich nicht besonders sorgte. Franz kam an ihren Tisch und fragte sie, ob sie für die Nacht in einem Zimmer in der Scheune übernachten wolle. Nach einigem Zögern lehnte sie jedoch ab. Sie wollte sich etwas beweisen.

Nach dem Essen rief sie Thor an und fasste ihre bisherigen Erkenntnisse zusammen. Erstaunlicherweise schien es ihn aber nicht besonders zu interessieren. Schließlich kam heraus, dass er darum so reserviert war, weil er sich Sorgen machte, dass ihr im Gästehaus etwas zustoßen könnte. Sie versicherte ihm, dass es ihr gut ginge, während sie nervös dem Schaben der Äste an den Außenwänden lauschte. Nach dem Telefonat wurde sie dann erst richtig nervös. Wilde Gedanken schossen ihr durch den Kopf. Sie nahm sich die Seekarte vor, drehte und wendete sie in alle Richtungen und versuchte vergeblich, ein verborgenes Zeichen darauf zu finden. Auf der Insel waren nur die Höhenmeter eingezeichnet. Und davon gab es viele. Dimö war eine ziemlich hügelige Insel.

Sie hatte das Gefühl, in den letzten Tagen viel erfahren zu haben, und doch war nichts dabei, was sie nicht schon geahnt hätte. Die Mädchen waren in der Nacht, in der sie verschwanden, im Herrenhaus gewesen. Wahrscheinlich waren sie auch auf dem Dachboden gewesen, wo sie von Franz' Vater hingelockt worden waren. Eine von ihnen war getötet worden, aber was war mit den beiden anderen geschehen? Alle Hinweise und Indizien endeten dort. Wieder wanderten ihre Gedanken zu der Seekarte. Wer wollte sie hier provozieren? Sie war von dem Bedürfnis erfüllt, die Person zu überlisten – und spürte einen immensen Hunger nach Antworten, einen Hunger, der um jeden Preis gestillt werden musste.

Sie lehnte sich gegen die Rückenlehne, schloss die Augen und lauschte dem Wind. So saß sie, bis sich Zeit und Raum auflösten. Ihr Kopf war ganz leer. Endlich. Nur ein einziger Gedanke blieb bestehen – sie brauchte jemanden, mit dem sie sich austauschen konnte. Also beschloss sie, Joanna anzurufen, sie brauchte ihr Wissen, ihre Reaktionen und ihre Gesellschaft, wenn auch nur am Telefon.

Ihre Chefin nahm sofort ab.

»Tut mir leid, dass ich dich nach Feierabend noch störe«, sagte Julia.

»Kein Problem. Ist bei dir alles in Ordnung? Hier ist es tierisch windig, da draußen bei euch muss es noch schlimmer sein.«

»Hinter den Mauern sind wir sicher«, sagte Julia.

Sie hatte nicht die Absicht, darüber zu sprechen, was während des Sturms im letzten Jahr passiert war.

»Und wie geht es dir sonst so?«, fragte Joanna.

»Einigermaßen. Hier passiert gerade eine Menge gleichzeitig, wichtige Dinge stehen an. Aber es gibt leider keine konkreten Beweise, die jemanden mit den Verbrechen in Verbindung bringen.«

Sie gab Joanna ein kleines Update.

»Hm …«, sagte sie, als Julia fertig war. »Ich verstehe nicht ganz, warum du so unzufrieden bist. Du machst doch große Fortschritte.«

Ihre Stimme verriet, dass Julias Eifer sie amüsierte.

»Ich weiß nicht, ob ich unzufrieden bin, eher bin ich verwirrt.«

»Das könnte daran liegen, dass du wie eine Kriminalbeamtin und nicht wie eine Journalistin denkst.«

»Was meinst du mit Kriminalbeamtin?«

»Die polizeilichen Ermittlungen sind noch im Gange, es wird wahrscheinlich lange dauern. In der Zwischenzeit solltest du den Dingen nachgehen, die du interessant findest. Du bist hier mehreren Geschichten ausgesetzt, vielleicht wäre es ganz gut, sie voneinander zu trennen.«

»Und … welche verschiedenen Geschichten meinst du?«, fragte Julia.

Sie warf einen Blick auf die gläserne Terrassentür. Die Bäume bogen sich im Wind.

»Auf jeden Fall eine über die Vergangenheit der Insel und die alten Legenden und wie sie die Menschen dort beeinflusst haben«, sagte Joanna. »Ich finde es superspannend, dass nach wie vor so viele an den Geist der Gräfin glauben. Als die Mädchen verschwanden, hat diese Legende als eine Art Trost funktioniert, an den sie sich klammern konnten. Und gleichzeitig benutzen sie die Legende, um *Fremde* aus der Inselgemeinschaft auszugrenzen.«

»Ja, sie hassen es, wenn man sie als abergläubisch bezeichnet«, sagte Julia. »À la: Ihr könnt das nicht verstehen, ihr seid hier nicht aufgewachsen. Und doch …«

»Ja, was?«

»Die Leute glauben doch mittlerweile an jeden religiösen Scheiß. Hier draußen sind sich die meisten Menschen einig, dass der Geist das Sagen hat. Darüber gibt es überhaupt keine Meinungsverschiedenheiten.«

»Haben die keine Kirche?«

»Doch, aber der Priester, der hier fünfzig Jahre lang geherrscht hat, war ein Tyrann, den alle gehasst haben. Und hinter seinem Rücken wurde schlecht über ihn geredet.«

Joanna gab einen begeisterten Laut von sich. Julia erinnerte sich, dass Joanna eine ausgesprochen gefestigte und nicht unbedingt positive Haltung zum Christentum hatte.

»Ich fange an, die Leute da draußen zu mögen«, sagte sie. »Der zweite Artikel handelt selbstredend von den vermissten Mädchen. Ich kann gar nicht glauben, dass Franz nach fünfzig Jahren eine von ihnen gefunden hat. Ich finde, du solltest was über seine Familie schreiben. Halb Schweden weiß zwar, wer er ist, aber seine Familienverhältnisse waren immer undurchschaubar. Du kannst doch die Familienchronik als Ausgangspunkt nehmen.«

Den Gedanken, erneut über Franz zu schreiben, fand Julia alles andere als angenehm.

»Ich weiß nicht, ob er damit einverstanden ist«, sagte sie zögernd. »Ich habe schon einmal sehr kritisch über ihn geschrieben.«

»Er hat außerordentlich viele Skandale provoziert und wurde oft öffentlich gedemütigt, ohne dass die Leute das Interesse an ihm verloren haben«, gab Joanna zu bedenken.

»Er ist davon überzeugt, dass er nach diesem letzten Skandal für immer geächtet und dann vergessen wird.«

Joanna lachte.

»Das wird ganz bestimmt nicht passieren. Aber du kannst aus seinem Narzissmus Kapital schlagen, und in einem neuen Porträt kann er sich dann wieder von seiner besten Seite zeigen.«

Julia bemerkte, dass sie sich ruhiger fühlte, je länger sie miteinander sprachen. Joannas Stimme klang klar und nah, als wäre sie dort, bei ihr im Gästehaus.

»Ich werde versuchen, ihn zu einem Interview zu bewegen«, versprach sie.

»Übrigens, ich finde, Franz sollte allein mit Jasper von

Hammar sprechen«, sagte Joanna. »Kümmere dich nicht weiter um Jasper. Er wird dir nur Knüppel zwischen die Beine werfen, wenn du zu sehr auf ihn losgehst.«

»Ich verstehe wirklich nicht, warum alle solche Angst vor ihm haben. Hat er wirklich so viel Macht?«

»Nein, ich denke da eher an die Anwälte, die er auf uns hetzen würde. Es ist besser, wenn du vorerst unter seinem Radar bleibst. Wenn es Beweise dafür gibt, dass er etwas damit zu tun hat, werden wir natürlich einen Artikel darüber veröffentlichen.«

»Franz wird sicher bald mit ihm sprechen«, sagte Julia.

»Gut. Und du … du solltest diese Seekarte auf jeden Fall zur Polizei bringen. Aber behalte eine Kopie.«

»Gute Idee.«

»Fühlst du dich jetzt weniger verwirrt?«, fragte Joanna mit sanfter Stimme.

»Ja, es hatten sich so viele Informationen angehäuft, dass ich schon das Gefühl hatte, mein Kopf explodiert gleich. Ich glaube, ich muss zwischendurch auch mal schreiben und nicht nur Detektivin spielen.«

»Ganz genau.«

Nach und nach löste sich ihre innere Anspannung.

»Und du hattest recht«, sagte Julia. »Ich bin viel zu ungeduldig. Wie kann es mir gelingen, so geduldig zu sein wie du?«

»Das habe ich mir Stück für Stück aufgebaut«, sagte Joanna. »Es gibt keine Abkürzungen, und es dauert viele Jahre. Und mit diesen weisen Worten wünsche ich dir noch einen schönen Abend. Pass gut auf dich auf und gönn dir zwischendurch mal eine Auszeit.«

Julia hatte keine Lust, dem Wind zuzuhören, der an dem Haus rüttelte. Der Sturm schien allmählich seinen Höhepunkt zu erreichen, die Fenster klirrten und das Dach knarrte unheilvoll. Über die Terrasse flogen kleine Zweige, als hätten sie es sehr eilig, irgendwohin zu kommen. Für den Fall eines Stromausfalls rüstete sie sich mit einer Taschenlampe, einer Packung Kerzen und Streichhölzern aus. Sie zündete eine Kerze an und setzte sich an ihren Schreibtisch, um zu arbeiten. Um die Außengeräusche auszublenden, setzte sie ihre Kopfhörer auf und hörte Musik. Das Licht der Dämmerung verblasste, und die Nacht brach herein. Erst wurde es dunkel, dann sehr dunkel. Schwarz. Die Dunkelheit erweckte die Schatten in den Ecken zum Leben. Während sie sich mühsam auf den Bildschirm konzentrierte, schrieb sie einen ersten Entwurf für den Artikel über die Geschichte von Dimö. Immer wieder zuckte sie zusammen, erschrak über das Schattenspiel an der Wand, das durch die ungestüme Bewegung der Bäume im Wind entstand. Die Jalousien herunterzulassen, erschien ihr feige. Manchmal durchdrang das schrille Pfeifen der Windböen die Musik, die sie hörte. Aber im Großen und Ganzen gelang es ihr, sich zu konzentrieren. Sie warf einen Blick an die Decke, die der Baum beim letzten Sturm durchbrochen hatte. Es knarrte jetzt nicht mehr so laut wie damals. Die Querbalken, die gezittert hatten, waren inzwischen neu und verhielten sich ruhig. Sie erinnerte sich an ihr Glücksgefühl, als das Dach repariert worden war.

Es war schon kurz nach Mitternacht, als sie sich zufrieden zurücklehnte. Ihr gefiel, was sie geschrieben hatte. Der Wind hatte sich zu einem gleichmäßigen Heulen abgeschwächt und klang nicht mehr so, als würde er sich wütend auf das Haus stürzen. Sie zog sich aus, putzte die Zähne und kroch ins Bett. Langsam verstummte das Heulen und wurde durch ein lautes Rauschen ersetzt. Benommen von dem Geräusch döste sie ein, alles um sie herum verschwamm, und bald schon schlief sie. Ihre Träume vermischten sich mit dem Geräusch des Sturms und waren auf seltsame Weise angenehm.

Mitten in der Nacht wachte sie auf. Es war jetzt zwar stockdunkel, aber erstaunlich ruhig. Der Wind war nur noch ein leises Säuseln. Der Sturm hatte sich früher gelegt, als der Wetterbericht vorhergesagt hatte. Sie setzte sich auf. Der Raum war von dünnem, schimmerndem Mondlicht durchflutet. Die Luft wirkte sauberer, frischer, fast berauschend klar. Sie war hellwach und wusste sofort, dass sie nicht gleich wieder einschlafen konnte. Sie stand auf und machte sich einen Kräutertee, ein Ritual, das bisher immer gegen Schlaflosigkeit geholfen hatte.

Die Seekarte lag auf dem Küchentisch. Sie hob sie hoch und hielt sie gegen das Licht. Es gab einige Kreise und Kurven in schwarzer Farbe, die für die verschiedenen Höhenmeter der Insel standen. Aber im hellen Licht der Lampe sah sie noch etwas anderes. Direkt neben einem Hügel, der mitten in einem Waldstück zu liegen schien, war ein Kreis eingezeichnet, der heller war als die anderen. Sie legte die Karte wieder auf den Tisch, feuchtete ihren Zeigefinger an und drückte ihn vorsichtig auf den Kreis. Seine Konturen verschwammen, ohne Zweifel war er mit Bleistift nachträglich gezeichnet worden.

Kapitel 41

FRANZ

An dem Tag nach dem Sturm inspiziere ich das Grundstück, um zu überprüfen, ob etwas beschädigt worden ist. Der frische Geruch eines klaren Morgens schlägt mir entgegen, aber die elektrische Ladung des Sturms liegt noch immer in der Luft. Das löst eine innere Unruhe in mir aus. Nachdem ich mich vergewissert habe, dass alle Bäume und Gebäude unversehrt geblieben sind, gehe ich eine Runde joggen und springe ins Meer. Aber es hilft nichts. An mir nagt etwas, ich bin unkonzentriert und gehetzt. Ich sollte etwas Sinnvolles tun, aber offenbar will mein Körper etwas ganz anderes.

Da ruft Julia an. Aber anstatt zu antworten, schicke ich ihr eine SMS. *Bin beschäftigt, bis nach dem Mittagessen. Was gibt es?* Sie antwortet sofort: *Ich möchte dir was zeigen.* Ich antworte: *Melde mich später.* Es kommt äußerst selten vor, dass ich Julia eine Absage erteile, aber im Augenblick bin ich hungrig nach einer Art von Gesellschaft, die sie mir nicht bieten kann. Ich gönne mir ein paar Momente des Selbstmitleids, bevor ich zum Handy greife und Maria anrufe. Eine andere Wahl habe ich nicht. Doch als sie abnimmt, macht mein Herz einen unerwarteten Freudensprung. Das liegt an ihrer Stimme. In Flirtlaune, weich wie Samt. Sie fragt nicht, wie es mir geht, bemitleidet mich nicht für die Dinge, die in den Medien stehen, sondern ist einfach für mich da.

»Wie schön, dass du anrufst!«

Man muss auch für die kleinen Dinge dankbar sein.

»Bist du in Uddevalla?«, frage ich.

»Nein, ich bin auf Dimö. Gestern Abend ist ein Baum auf die Garage meiner Eltern gestürzt. Ich helfe ihnen, einen Handwerker zu organisieren, der sich darum kümmert. Du weißt schon, wegen der Versicherung und so.«

»Wie lange wird es dauern?«, frage ich ungeduldig.

»Ich habe gerade alle Anrufe erledigt und hätte ein paar Stunden Zeit.«

»Dann komm her.«

»Einfach so?«

»So wie du bist.«

»Du klingst erregt.«

»Du auch.«

»Soll ich hinten reingehen?«

Ich sehe aus dem Fenster. Die Straße vor dem Herrenhaus ist frei, noch sind keine Journalisten zu sehen.

»Wenn du dich beeilst, kannst du durch das vordere Tor kommen. Ich sage dem Wachmann Bescheid, dass du erwartet wirst.«

»Wohin soll ich kommen?«

»In meine Privatsuite.«

Ich rufe Elyssa an und sage ihr, dass ich ein paar Stunden lang mit Immobiliengeschäften beschäftigt sein werde. Das ist auch nicht ganz unwahr. Ich habe tatsächlich vor, Maria um einen Gefallen zu bitten.

Es sind noch keine fünfzehn Minuten vergangen, als sie an meine Tür klopft. Ich öffne und sehe sie an. Ihre Augen sind warm und braun, und sie hat ein schönes, fast entschuldigendes Lächeln. Sie ist in dem Alter, in dem Frauen – wenn sie Glück haben – etwas geradezu Magisches ausstrahlen können. Sie steht immer noch mit einem Bein in der Jugend, wie eine ahnungslose Achtzehnjährige, und ist doch gleichzeitig eine erfahrene Vierzigjährige. Die Erfahrung hat sie bodenständig werden lassen. Früher habe ich junge Liebhaberinnen bevorzugt, aber wenn diese Frauen die gleiche Anziehungskraft wie Maria gehabt hätten, wären sie vielleicht länger geblieben.

Bevor ich etwas sagen oder tun kann, drückt sie mich an die Wand und presst ihren Körper gegen meinen. Das ist komisch, denn sie ist fast einen Kopf kleiner als ich, aber auch irgendwie sexy. Das hat noch nie jemand gemacht. Keine Frau hat es je gewagt. Sie küsst meinen Hals, fängt an, mein Hemd aufzuknöpfen, und ich lasse sie gewähren, vor allem, weil es mir gefällt und mich amüsiert. Ohne viel Aufhebens zieht sie mich aus. Ich halte sie fest, um das Gleichgewicht der Macht wiederherzustellen, und dann entkleide ich sie, während sie wiederum mich amüsiert beobachtet.

»Du bist fast fünfzig, und du siehst so gut aus.«

»Achtundvierzig«, korrigiere ich sie.

»Wie schaffst du das bloß?«

»Ich bleibe in Form, und außerdem fließt Stahl durch meine Adern.«

»Das würde natürlich deine Ausdauer im Bett erklären.«

»Und außerdem bin ich von Geburt an moralisch verkommen«, füge ich hinzu.

Maria lacht. Die Luft im Raum vibriert.

»Ja, die Gerüchte über deine moralische Unsittlichkeit haben einen Großteil der schwedischen Bevölkerung in ihren Bann gezogen.«

Ich packe ihre Handgelenke, hebe sie über ihren Kopf, um sie zu fesseln, aber sie zieht ihre Hände weg.

»Lass es uns lieber so machen wie beim letzten Mal«, sagt sie und sieht mich erwartungsvoll an.

»Das war doch nur ein Test«, wende ich ein.

»Warum testen wir nicht, ob es auch ein zweites Mal funktioniert? Dann kannst du entscheiden. Wenn du nicht wieder vor Erschöpfung zusammenbrichst, so wie beim letzten Mal, meine ich.«

Ich frage mich, warum ich mich mit Maria so ausgesprochen untypisch verhalte. Ich fühle mich ihr heute sehr nah. Ihre ungehemmte Art ist erfrischend. Alles an ihr wirkt natürlich, keine Spur von Anstrengung, keine Andeutung von etwas anderem als aufrichtiger Freude. Es ist verlockend zu denken, dass ein Mensch, der sich so verhält, harmlos ist. Also lasse ich mich nach ein paar Einwänden überreden.

»Was wir letztes Mal gemacht haben, war nur ein Experiment«, wiederhole ich.

»Aber ziemlich sexy.«

»So bin ich eigentlich überhaupt nicht gestrickt … wirklich nicht.«

»Es ist doch nur ein Spiel, Franz, nichts als ein Spiel. Erst die Berührungstherapie, danach bin ich deine Sklavin, wenn du das möchtest.«

»Sklavin? Ich habe noch nie …«

»Du weißt, was ich meine.«

Ich zucke mit den Schultern, mache eine »Weil-du-unbedingt willst«-Geste, lege mich rücklings auf das Bett und schließe die Augen.

Das anfängliche Unbehagen, als Marias Finger meinen Körper berühren, ist nicht mehr so stark wie beim letzten Mal. Aber meine Gedanken werden wieder an dieselbe

Stelle geführt – in den Keller. Die Bilder sind zwar bruchstückhaft, verschwommen, aber ich spüre eine tiefe Traurigkeit. Ich konzentriere mich auf die unberührten Orte in mir, auf meine Gedanken, die nur mir gehören, die mein Vater nie zu Gesicht bekam. Denn in mir waren Welten so groß wie Ozeane. Ich konzentriere mich darauf, den Schmerz zu vergessen und mich an meine kleinen Siege zu erinnern, wenn ich mich ihm einmal widersetzte oder mich weigerte, Besserung zu geloben. Der Druck meiner Erinnerungen lässt nach, es ist wie eine Befreiung. Dann gleiten sie ganz in den Hintergrund und machen etwas anderem Platz – einem Wohlbefinden, einer Wollust und schließlich Verlangen.

Unter Marias Händen fühle ich mich begehrenswert. Sie scheint einem inneren Rhythmus zu folgen, wird langsamer, ändert das Tempo. Ihre streichelnden Fingerspitzen haben magnetische Kräfte. Ich spüre die Energie in meiner Brust, die entsteht, weil ich die Kontrolle abgebe. Sie streichelt mich, küsst mich. Jede Zelle meines Körpers wird zum Leben erweckt. Mit einer Begierde, die auch mich überrascht, drehe ich mich um, lege mich auf sie und dringe in sie ein. Maria seufzt genussvoll. Ich aber fühle mich fremd in mir. Andererseits ist mein Selbstbild so ramponiert, dass es geradezu unbedeutend wird. Ich genieße es. Das tue ich wirklich.

Danach duschen wir gemeinsam, kuscheln uns in mein Bett und schlafen ein. Ich werde erst wieder durch das Summen meines Handys geweckt. Wahrscheinlich ist es Julia. Aber ich schalte das Handy aus, ohne auf das Display zu schauen. Maria ist ebenfalls davon aufgewacht und lächelt mich verschlafen an. Plötzlich erinnere ich mich an den anderen Grund, aus dem ich sie hergebeten habe.

»Du stehst doch in Kontakt mit Jasper von Hammar, oder?«, frage ich.

»Und ob. Ich habe praktisch das Exklusivrecht auf den Verkauf von Immobilien auf Dimö. Soll ich dir etwas sagen? Einer seiner Angestellten ist schon seit zehn Jahren hinter mir her, um das Grundstück vor von Hammars Sommerhaus zu bekommen.«

»Was für ein Jammer, dass der Eigentümer des Grundstücks sich weigert, es an Jasper von Hammar zu verkaufen«, sage ich spöttelnd.

»Woher weißt du das?«

»Weil es mir gehört, über eine Briefkastenfirma.«

Ihre Augen werden zu Schlitzen.

»Dir? Dann habe ich dich in Jaspers Namen angeschrieben?«

»Ganz genau. Oder vielmehr den Mann, der sich um meine Grundstücksgeschäfte kümmert. Aber er hält immer Rücksprache mit mir. Deshalb habe ich auch den Unsinn gelesen, den du über *das fantastische Angebot und einen schnellen Abschluss* geschrieben hast.«

Sie setzt sich auf.

»Dann bist du es auch gewesen, der geschrieben hat, dass er dieses Stück Land niemals erwerben wird und sich stattdessen ein Ferienhaus auf den Malediven zulegen sollte? Und außerdem hast du ihn als gierige Kröte bezeichnet, der auf Dimö nichts zu suchen hat?«

»Ist das nicht eine ziemlich treffende Beschreibung von ihm?«

Ungläubig schüttelt sie den Kopf.

»Aber warum, Franz? Es ist doch nur eine kleine Wiese an der Steilküste, wo er sich einen Steg bauen will. Das ist wirklich kein großer Eingriff in die Natur.«

»Du fragst mich nach dem Warum? Dimö ist meine Insel, *mein Revier*. Deshalb.«

Maria grinst übers ganze Gesicht.

»Besitzt du noch mehr Ländereien auf Dimö?«

»Ein paar Grundstücke hier und da, aber gern würde ich noch viel mehr Land besitzen.«

»Warum erzählst du mir das ausgerechnet jetzt?«

»Ich möchte dich um einen Gefallen bitten. Kannst du Jasper schreiben und ihm mitteilen, dass der Eigentümer des Grundstücks beschlossen hat, es an jemand anderen zu verkaufen. Der Käufer wird eine Baugenehmigung für ein Bootshaus beantragen, und du möchtest ihn mit diesem Schreiben nur der Form halber darüber informieren. Es gäbe Gerüchte über eine achtstellige Summe – und es sei ein Geschäft, das sich schon seit Monaten angebahnt habe.«

Marias Augen funkeln vergnügt.

»Verrätst du mir mehr über deine wahren Absichten?«

»Ich treffe mich morgen mit Jasper. Ich will, dass er etwas aus dem Gleichgewicht ist, wenn er hierherkommt.«

Sie denkt ziemlich lange über mein Anliegen nach.

»Du verlangst eine ganze Menge.«

»Jetzt komm schon. Dir macht es doch genauso viel Spaß wie mir, sich über Leute wie Jasper lustig zu machen. Außerdem gehört mir das Land, du würdest nicht einmal lügen müssen.«

»Okay, ich mache es«, sagt sie. »Aber nur unter einer Bedingung. Wenn das alles vorbei ist, die Briefe, der Fall mit den verschwundenen Mädchen, dann möchte ich ein paar Tage mit dir wegfahren.«

Jetzt muss ich über ihr Angebot nachdenken. Im Sommer waren Maria und ich für ein paar Tage im Küsthotel abgestiegen. Es war gar nicht so schlecht, im Gegenteil, es ist ganz nett gewesen. Und mich hat auch nicht die Angst gepackt, die mich normalerweise befällt, wenn ich zu lange mit einer Frau zusammen bin.

»Das lässt sich einrichten«, erwidere ich. »Aber lieber nicht auf die Malediven.«

»Vielleicht irgendwo im Norden?«, schlägt sie vor. »Schneemobilfahren, Schneehühner jagen, Eisangeln? Wir könnten uns eine Hütte in Lappland mieten.«

»Haha, sehr witzig.«

»Im Ernst. Ich habe schon immer davon geträumt, dich mit freiem Oberkörper im Schnee Holz hacken zu sehen«, sagt sie ernst.

»Willst du dich über mich lustig machen, Maria?«

»Die ganze Zeit schon.«

Wir brechen gleichzeitig in Gelächter aus.

»Meinetwegen«, sage ich. »Aber das Ziel bestimme ich.«

Maria sammelt ihre Sachen zusammen, verschwindet im Bad und kommt erfrischt, aber mit etwas zerzaustem Haar wieder heraus.

»Ich werde der Kontaktperson, mit der ich wegen dieser Sachen kommuniziere, gleich schreiben«, verspricht sie. »Es könnte aber eine Weile dauern, bis ich wieder hier bin. Ich habe Deadlines.«

»Was wäre das Leben ohne sie?«, seufze ich.

Die Ironie ist ihr nicht entgangen.

»Das wäre in der Tat totlangweilig. Als würde man sich in einem alten Herrenhaus verkriechen und sich vor der Presse verstecken.«

Sie drückt mir einen Kuss auf die Stirn. Die Geste fühlt sich fast zu intim an und lässt mich zusammenzucken. Plötzlich ist die Luft voll von Unausgesprochenem. Es geht um ein einziges Wort. *Danke.* Das, was ich nicht zu sagen wage. Stattdessen zerre ich an meinen Mundwinkeln. Dass ein Lächeln so anstrengend sein kann.

»Wer weiß? Vielleicht befehle ich dir in einem Anfall von Lust, alles hinter dir zu lassen und nach Uddevalla zu kommen«, sagt sie und zwinkert mir zu.

»So weit sind wir noch nicht«, murmle ich, während ich mich frage, ob sie mich tatsächlich dazu bringen könnte.

Als sie den Raum verlässt, wird es auf einmal sehr still. Ich greife nach meinem Handy. Zeit, Julia zurückzurufen.

Kapitel 42

JULIA

Die Rastlosigkeit war zurückgekehrt. Ihr erster Impuls war es, die auf der Karte eingezeichnete Stelle auf eigene Faust zu finden, aber sie wusste, dass es schwierig werden würde. Der Punkt lag mitten im Wald. Franz würde ihn mit Leichtigkeit finden. Sie ärgerte sich, dass er nicht sofort Zeit für sie gehabt hatte. Normalerweise ließ er doch alles stehen und liegen, wenn sie sich meldete.

Als sie nach dem Mittagessen aus dem Speisesaal kam, sah sie eine Frau über den Hof laufen. Sie bewegte sich zügig, und ihre langen, schwungvollen Schritte kamen ihr bekannt vor. Es war Maria Bremer, die Immobilienmaklerin, mit der sich Franz im letzten Frühjahr angefreundet hatte. Obwohl man offenbar nicht nur von *Freundschaft* sprechen konnte. Die Ausstrahlung eines Menschen, der gerade fantastischen Sex gehabt hat, ist besonders und gar nicht zu übersehen. Maria winkte ihr fröhlich zu. Julia winkte zurück. Dann überkam sie Eifersucht, zum Glück war es nur ein kleiner Stich, nicht mehr so verheerend und überwältigend wie früher.

Kurz nachdem Maria mit ihrem Auto den Hof verlassen hatte, kam eine SMS von Franz. *Hast du jetzt Zeit, soll ich vorbeikommen?* Sie antwortete knapp mit *OK*. Kurz darauf tauchte er bei ihr im Gästehaus auf, mit derselben Ausstrahlung wie Maria. Aufgeräumt und mit gesunder Gesichtsfarbe.

»Was hat denn Maria hier gewollt?«, fragte sie.

Ihre Stimme klang schriller als beabsichtigt. Er ließ sich mit der Antwort viel Zeit, wollte sie hinhalten.

»Wie aufmerksam von dir, dass du den Überblick über meine Besucher behältst, aber es ist nicht das, was du denkst. Wir hatten nur Immobiliengeschäfte zu besprechen.«

Es war so offensichtlich, dass er log. Schlimmer noch, die Lüge schien nur darauf abzuzielen, ihr zu unterstellen, dass es sie besonders interessierte und sie Augen und Ohren offen hielt.

»Hältst du mich eigentlich für vollkommen verblödet? Keine Sorge, ich werde Thor schon nichts sagen.«

»Ich gebe ja zu, dass ich Maria manchmal sehe, aber es ist nicht so, wie du denkst.«

»Ich denke gar nichts«, erwiderte sie genervt.

»Tut mir leid, dass ich dich eifersüchtig gemacht habe, dafür gibt es keinen Grund, Julia.«

Sie versuchte, möglichst unbeteiligt auszusehen.

»Das bin ich auch gar nicht. Ich mag Maria, und es wäre schade, wenn du sie verletzen würdest.«

»Im Augenblick sieht es eher so aus, als hätte ich dir wehgetan.«

»Hör auf damit. Was ist denn los mit dir?«

»Ich weiß nicht. Ich nehme an, ich muss versuchen, dich Thor zuliebe wie ein Familienmitglied zu behandeln, so trostlos das auch sein mag.«

»Diese Einstellung ist gesund, nicht trostlos.«

»Du weißt genau, dass uns beide immer etwas verbinden wird, Julia?«, sagte er leise. »Ich habe noch nie so viel Zuneigung für eine Frau empfunden wie für dich.«

»Hör auf, so einen Blödsinn zu reden«, sagte sie in einem verzweifelten Versuch, sich von ihm abzugrenzen.

Aber sie wusste genau, dass die erste große, verblendende Verliebtheit, wie unmoralisch und zerstörerisch sie auch gewesen sein mochte, ihre Spuren hinterlassen hatte. Und er war ihre erste Liebe gewesen. Mit sechzehn. Eigentlich sollte sie doch froh sein, dass er mit einer Gleichaltrigen zusammen war.

»Magst du Maria?«, fragte sie.

»Ja, und unter den *Bedingungen*, die Thor gestellt hat, habe ich auch keine andere Wahl.«

Zumindest klang das ehrlich, deshalb beschloss sie, das Thema fallen zu lassen. Stattdessen holte sie die Seekarte hervor und zeigte ihm ihre Entdeckung – die kleine Bleistiftmarkierung mitten im Wald.

»Ich habe dir doch gesagt, dass dieser Bastard mit uns spielen will«, sagte Franz zufrieden. »Er wollte, dass wir die Markierung übersehen, und uns aufs Meer hinauslocken.«

»Weißt du, wo sich diese markierte Stelle befindet?«, fragte sie.

»Natürlich weiß ich das. Wenn ich mich richtig erinnere, und ich irre mich nie, steht in dieser Gegend ein verlassenes Haus.«

»Wollen wir uns das mal ansehen?«

»Jetzt gleich?«

»Ich warte schon seit Stunden auf deinen Rückruf«, sagte sie und schauderte, weil es so quengelig klang.

»Du Ärmste«, sagte Franz. »Wurdest du aufs Abstellgleis geschoben, damit ich meine persönlichen Wünsche erfüllen kann?«

Julia schnaubte, dann schnappte sie sich ihre dicke Jacke. Die Luft war bitterkalt, obwohl es windstill war. Sie gingen durch das hintere Tor hinaus. Statt den üblichen Weg zu nehmen, der zum Heidemoor führte, nahm Franz einen anderen, der etwas breiter war, ein Feldweg aus Kies mit einem Streifen von verdorrtem Gras in der Mitte. Er redete ununterbrochen. Über Dinge, die er unternehmen wollte, wenn Thor ihn das nächste Mal besuchte. Darüber, wie sehr der Wert seiner Grundstücke und Immobilien gestiegen war. Seine gute Laune legte sich wie ein sanfter Nebel über sie, und auch sie begann allmählich, sich beschwingt zu fühlen. Vertrauensvoll stapfte sie hinter ihm her, wie in einem Dämmerzustand, und warf gelegentlich einen Kommentar ein.

Sie waren tief in den Wald vorgedrungen. Die Sonne wurde von großen Fichten verdeckt, die auf beiden Seiten des Weges wuchsen. Aus der Dunkelheit zwischen den Baumstämmen strömte kalte Luft.

»Weißt du, wo wir hier sind?«, fragte Julia, die allmählich nervös zu werden begann.

»Wir sind fast da«, sagte Franz. »Habe ich mich in deiner Gegenwart jemals verlaufen?«

»Nein, das hast du nicht«, gab sie leise zu.

Franz überquerte eine Wiese und betrat dann erneut den Wald. Sie stapften durch dichte Farne und wildes Gebüsch. Das Unterholz lichtete sich, und der Boden wurde schlammig. Plötzlich blieb Franz abrupt stehen. Vor ihnen öffnete sich eine Lichtung. Auch sie war reglos stehen geblieben und versuchte, sich zu orientieren. Sie wurde von einem Sonnenstrahl geblendet. Zaghaft ging sie weiter, sah dann, dass die Sonne von der Regenrinne eines Daches reflektiert worden war. Das Haus lag da in einer Mulde vor einem Hügel, umgeben von Fichten und Laubbäumen.

Und dann betraten sie das Grundstück. Es war ein altes

zweistöckiges Bauernhaus mit einer abblätternden Holzverkleidung. Die Veranda war mit Laub und Tannennadeln bedeckt. Die Fenster im Erdgeschoss waren so stark verschmutzt, dass man gar nicht hineinsehen konnte. Die Dachziegel waren von Moos überwuchert. Ein großer Apfelbaum vor dem Haus hatte seine Früchte schon lange abgeworfen, sie verrotteten in dem hohen Gras und verbreiteten einen intensiven Geruch. Hinter dem Baum befand sich ein Brunnen, der teilweise von vertrocknetem Gras verdeckt war. Ein alter Briefkasten hing an einem Holzpfahl an einer Stelle auf dem Grat des Hügels, wo früher ein Feldweg entlanggeführt haben musste.

»Wie hast du bloß hierhergefunden?«, fragte Julia verblüfft.

»Zunächst einmal habe ich ein sehr gutes, vielleicht sogar fotografisches Gedächtnis, außerdem navigiere ich auch ein bisschen wie die Zugvögel, indem ich der Sonne oder den Sternen folge, wenn es dunkel ist. Und natürlich auch den Geräuschen: plätschernde Bäche, die Entfernung zum Meer.«

»Das würde ich gern lernen.«

»Ich denke, das lässt sich einrichten. Jetzt, wo wir eine *Familie* sind und viel Zeit miteinander verbringen werden.«

Julia zeigte auf den Briefkasten. »Gab es hier mal eine Straße?«

»Ja, wahrscheinlich schon. Die Briefträger auf der Insel haben ihre Post immer mit dem Fahrrad ausgetragen. Wollen wir uns jetzt mal im Haus umsehen?«

»Okay, aber du gehst zuerst rein«, entschied sie.

Die zugewachsenen, verdreckten Fenster und die abblätternde Fassade hatten etwas Bedrohliches. Aber es war nicht nur das baufällige Haus, das zur Wachsamkeit aufforderte.

Auf dem Grundstück herrschte eine geradezu unnatürliche Stimmung, als hätte hier die ganze Natur aufgehört zu atmen. Man hatte sie dorthin gelockt, es konnte sich durchaus um eine Falle handeln.

»Vielleicht ist es doch etwas überstürzt, einfach hineinzugehen?«, sagte sie.

Doch Franz ließ sich nicht aufhalten, sondern trat auf die Eingangstür zu und öffnete sie. Er stellte sich in den Türrahmen und spähte hinein. Sie folgte ihm erst und drängte sich dann an ihm vorbei. Mit der Hand suchte sie nach dem Lichtschalter und drückte ihn, aber es blieb dunkel.

»Wahrscheinlich ist die Stromrechnung nicht bezahlt worden«, sagte Franz trocken.

Die schmutzigen Fenster ließen genug Licht herein, um Umrisse erkennen zu können. Sie hatte eine Eule erwartet, Fledermäuse und einen Schwarm wütender Wespen, aber im Inneren des Hauses stieß sie auf eine Mauer des Schweigens. Der Raum, in dem sie standen, die Möbel, alles hier signalisierte Leere. Eine wilde Mischung aus Gerüchen schlug ihr entgegen: Schimmel, Rost, nasser Mörtel, morsches Holz.

Julia sah sich neugierig um. Gleich hinter der Tür befand sich eine Küchenzeile mit einem Holzofen, einem Kühlschrank und einer Spüle. Sie drehte den Wasserhahn auf, der klapperte und ein paar braune Tropfen von sich gab. Abgesehen von einem Haufen Mäusekot waren die Küchenschränke leer. An die Küche schloss sich ein Wohnzimmer an, ein paar der Dielen hatten sich gelöst und ragten in die Luft. An einigen Stellen wellte sich die Tapete von den Wänden. Durch ein Fenster hatte Efeu seinen Weg ins Haus gefunden und kletterte an der Wand hinauf. Die einzigen Möbel waren ein verstaubtes Sofa und ein leeres Bücherregal. Neben dem Kamin, in dem verkohlte Holzscheite lagen, waren Stapel aus Holz aufgeschichtet. In der Luft hing ein schwacher Rauchgeruch.

Julia konnte sich vorstellen, wie die Menschen hier gelebt hatten, wie sie auf ihrem Sofa gesessen und abends zu Bett gegangen waren. Der Treppe zum Obergeschoss fehlten ein paar Stufen, sie war nicht benutzbar. Im Erdgeschoss befand sich ein Schlafzimmer mit zwei Betten, die zwar über Matratzen, aber nicht über Laken verfügten. Es gab nur Decken und Kissen. Irgendetwas war an diesem Zimmer anders, so als wäre es vor Kurzem geputzt worden. Hier gab es weder Schmutz noch Spinnweben in den Ecken. Neben dem Bett standen ein paar Bierdosen, die noch relativ neu aussahen, und eine Zeitung. Sie hob sie auf. Es war das *Bohusläningen*, mit dem Datum von vor ein paar Tagen. Die Gesichter der drei vermissten Mädchen sahen sie von der Titelseite an.

»Hier ist jemand gewesen«, sagte sie und hielt Franz die Zeitung unter die Nase.

»Wahrscheinlich junge Leute, die das Haus als Liebesnest benutzen«, sagte er und runzelte leicht die Stirn.

Aber sie war sich da nicht so sicher.

»Und dafür nehmen sie sich die Zeitung mit? Sehr unwahrscheinlich.«

»Keine Ahnung«, sagte er und zuckte mit den Schultern.

»Die Bettdecken sehen nicht alt aus«, bemerkte sie.

»Die müssen sie mitgebracht haben, um hier übernachten zu können.«

»Wie soll man hier schlafen? Hast du eine Vorstellung, mit wie vielen Mäusen und anderem Getier du dir ein Bett teilen müsstest?«

»Solche Kleinigkeiten sind in der Hitze des Gefechts nicht von Bedeutung«, behauptete er und grinste. »Hier wohnt niemand, Julia, das sieht man doch! Komm, wir gehen raus und sehen uns auf dem Grundstück um.«

Nach einigem Zureden konnte er sie überreden, vorher in den Keller zu sehen. Es war so staubig und schmutzig dort unten, dass sie fast in Panik geriet. Sie zwang sich, ruhig ein- und auszuatmen und die stickige, abgestandene Luft in ihre Lunge strömen zu lassen. Es gab nur ein winziges Fenster, und bevor sich ihre Augen an die Dunkelheit gewöhnt hatten, herrschte erst einmal vollkommene Finsternis. Von der Decke hingen lange Spinnweben und berührten sie am Kopf, wie ein vorbeifliegender, unheimlicher Geist. Franz drang weiter in die Dunkelheit vor. Sie kamen in einen großen, leeren Raum, in dem es nach Schimmel stank. Obendrein war es hier eiskalt. Ihr wurde schwindlig, und sie lehnte sich gegen eine Wand. Ihre Hand kitzelte, und als sie den Blick senkte, krabbelte eine kalte, schwarze Spinne über ihren Handrücken. Sie schrie laut auf und schüttelte sie ab. Franz drehte sich erstaunt zu ihr um.

»Das war nur eine Spinne«, sagte sie, und ihr Herz klopfte so heftig, dass es vor ihren Augen flimmerte. Das Haus strahlte etwas Feindseliges aus, sie konnte gar nicht schnell genug von hier wegkommen.

»Hier ist nichts, lass uns lieber gehen«, drängte sie.

An die frische Luft zu kommen, war eine große Erleichterung.

»Weißt du, wer hier früher gewohnt hat?«, fragte sie.

»Nein, das Haus steht schon so lange leer, wie ich mich erinnern kann. Ich war vielleicht zwölf oder dreizehn, als ich das letzte Mal hier gewesen bin, aber da war es noch nicht so baufällig.«

»Das heißt, das Haus steht schon seit wie vielen Jahren leer?«

»Fünfunddreißig Jahre bestimmt, aber wahrscheinlich noch länger.«

»Was bedeutet das für uns? Hat die Person, die den Kreis auf die Karte gezeichnet hat, hier gewohnt?«

»Das wissen wir nicht mit Sicherheit, aber wir werden es herausfinden.«

»Und wie?«

»Ist die Frage ernst gemeint? Ich bin mir ziemlich sicher, dass meine Mutter es wissen wird.«

»Wollen wir sie gleich anrufen?«

»Lass uns lieber zu ihr gehen«, sagte er. »Ich möchte sie sowieso etwas fragen.«

Sie spürte eine unglaubliche Erleichterung, als sie das Haus endlich hinter sich gelassen hatten. Sie mussten sich beeilen, wenn sie Karins Hütte noch vor Einbruch der Dunkelheit erreichen wollten. Sie hatte keine Lust, sich in einem dunklen Wald zu verlaufen.

Kapitel 43

FRANZ

Als ich meine Mutter das letzte Mal besuchte, habe ich die Vergangenheit absichtlich dort gelassen, wo sie hingehört. Aber heute berührt mich der Anblick des warm erleuchteten Hauses. Es dämmert bereits. Der Ort fühlt sich vertraut an, strahlt Geborgenheit aus. Bevor wir reingehen, möchte ich noch bei der Polizei anrufen. Es ist höchste Zeit, dass sie mich auf den neuesten Stand bringen. Fanny geht ans Telefon. Ich schalte den Lautsprecher ein, damit Julia mithören kann. Nachdem wir ein paar Höflichkeiten ausgetauscht haben, frage ich, ob sie Jasper von Hammar schon verhört haben.

»Nein, aber wir haben ihn vorgeladen«, sagt Fanny. »Er kommt in ein paar Tagen vorbei, anscheinend hat er Verpflichtungen, die er nicht aufschieben kann.«

»Und darauf nimmt die Polizei Rücksicht?«

Fanny schnaubt ins Telefon.

»Sei nicht so unfreundlich, Franz.«

»Gibt es sonst noch etwas Neues?«

»Ich bin zwar nicht verpflichtet, dir das mitzuteilen, aber Christina Gylling ist offenbar an einem Genickbruch gestorben. Man hat keine anderen Verletzungen gefunden, also geht man davon aus, dass es wohl ein Sturz war. Ein Unfall.«

»Ein Unfall?«, wiederhole ich erstaunt. »Könnte das nicht auch durch einen harten Schlag passiert sein?«

»Nein, der Bruch deutet darauf hin, dass sie nach hinten gefallen ist.«

»Aber sie muss doch ermordet worden sein … warum hat man sie sonst vergraben?«

»Ich weiß es nicht, wir kennen nur den etwaigen Zeitraum, in dem sie sich das Genick gebrochen hat. Und der liegt zwischen dem Verlassen ihres Elternhauses in jener Nacht und dem Vergraben ihrer Leiche auf deinem Anwesen.«

»Seltsam«, sage ich.

In meinem Kopf spielen sich verschiedene Szenarien ab. Ein Unfall im Stall, mit dem Stefan etwas zu tun hat – und deshalb hat er sie verscharrt. Dann hat er uns angelogen. Oder noch schlimmer: Mein sadistischer Vater hat eine neue Foltermethode erfunden, die schiefgegangen ist.

»Sonst noch was?«, fragt Fanny. »Ich bin gerade etwas in Eile.«

»Julia hat einen neuen Brief bekommen«, sage ich. »Mit einer Seekarte, auf der jemand ein verlassenes Haus im Wald eingezeichnet hat. Wir sind gerade dort gewesen.«

»Gut, sag ihr, sie soll ihn uns vorbeibringen«, sagt Fanny und klingt fast gelangweilt.

»Ihr solltet das Haus genauer untersuchen. Es steht zwar schon lange leer, aber es könnte wichtig sein.«

»Franz … im Augenblick haben wir andere Prioritäten. Wir werden uns darum kümmern, sobald wir können. Die Briefe, die du bekommst, könnten genauso gut von einem Verrückten stammen, der Aufmerksamkeit sucht.«

»Und der zufällig weiß, dass eine Leiche auf meinem Anwesen liegt?«

Julia wirft mir einen amüsierten Blick zu.

»Nein, natürlich nicht«, sagt Fanny. »Sag Julia, sie soll mir die Karte vorbeibringen, dann sehen wir weiter.«

Das irritiert mich. Ich mag Fanny zwar sehr, aber ich weiß auch, dass sie und Leon Outdoor-Fans sind, die Kanufahren und ausgiebige Wanderungen ihrem Job vorziehen. Der vergangene Sommer ist relativ ruhig gewesen. Ich habe Leon im Scherz gesagt, dass sie die Zellen, in denen Inhaftierte ihren Rausch ausschlafen, doch an Touristen vermieten könnten. Jetzt im Herbst werden sie höchstens mit Wilderei und Wildfischerei zu tun haben. Nichts, was an die Dringlichkeit dieses Falles heranreicht. Und das bestärkt mich in meiner Überzeugung, dass es sinnlos ist, auf die Ermittlungsergebnisse der Polizei zu warten. Oder auf die Befragung von Jasper.

Die Tür öffnet sich, und meine Mutter kommt in Begleitung von zwei großen deutschen Schäferhunden in den Hof. Die Hunde bellen uns an, sie packt sie am Halsband und beruhigt sie. Julia und ich gehen auf sie zu und begrüßen die Hunde.

»Warum sind denn Kurts Hunde bei dir?«, frage ich.

»Ich bin eine Hundesitterin, außerdem mag ich Gesellschaft«, sagt Karin und lächelt geheimnisvoll.

»Ist Kurt auch hier?«

»Nein, er ist auf dem Festland zu einer medizinischen Untersuchung.«

»Ist er krank?«

»Nein, er hat Arthrose im Knie. Er denkt darüber nach, sich ein neues Gelenk einsetzen zu lassen. Was soll dieses Kreuzverhör, Franz?«

»Ich möchte dich nur beschützen. Du verhältst dich in letzter Zeit so merkwürdig. Läuft da was?«

Karin stößt ein lautes Keuchen aus.

»Nein, da läuft gar nichts, nur dieser DNA-Test. Deshalb bist du doch hergekommen, oder? Wahrscheinlich wird es noch eine Woche dauern. Ich sage dir Bescheid, wenn ich die Ergebnisse habe.«

Aus irgendeinem Grund bedeutet mir das Testergebnis sehr viel. Auch wenn ich es mir nicht eingestehen will.

»Kommt doch rein«, sagt Karin. »Ich mache uns Kaffee.«

Mein Körper reagiert, als ich ins Haus gehe. Es ist eine Mischung aus schönen Kindheitserinnerungen und Albtraumszenen aus meiner Teenagerzeit. Damals habe ich beschlossen, meinen Vater auf eigene Faust zu bestrafen. Das schlechte Gewissen meiner Mutter, weil sie mich nicht vor ihm beschützt hatte, war allgegenwärtig und hat mich förmlich erstickt. Schließlich konnten die vier Wände sowohl meinen Hass als auch Karins Scham nicht mehr aushalten. Wir wären beide zugrunde gegangen, nahmen uns die Luft zum Atmen. Also bin ich gegangen. Sie dagegen blieb und klammerte sich mit einer Hartnäckigkeit an das Leben hier draußen auf der Insel, wie es nur wenige können.

Karin kommt aus der Küche zu uns, nachdem sie Kaffee aufgesetzt hat. Sie trägt eine Jeans und ein hellblaues Poloshirt, das ihren dunklen Teint betont. Alles an ihr strahlt Vitalität aus. Die gerade Haltung, die geschmeidigen Bewegungen, ihr Blick. Sie setzt sich neben uns auf das weiche Sofa, das ein wenig knarrt. Was ich früher an Karins Häuschen verachtet habe, ist jetzt das, was ich am meisten mag – dass sie so viele alte Dinge aufbewahrt hat. Als ich sieben Jahre alt war, habe ich einen gehörnten Teufel auf dieses Sofa gemalt. Auf der Armlehne befindet sich nach wie vor ein kleiner Fleck, den Karin nie entfernen konnte. Ich bin wirklich nicht sentimental, aber es amüsiert mich, dass es hier solche kleinen Spuren von mir gibt. Ich trete für einen Moment aus mir heraus und sehe mich selbst als Kind in diesem Zimmer – als ein Kind, das vor Leben strotzt.

Es gibt viele Dinge, die sich nicht verändert haben. Auf den Fensterbänken stehen nach wie vor Topfpflanzen in unterschiedlicher Größe, und von der Decke hängt noch mehr Grünzeug. Auf dem Boden, neben dem Kamin, befindet sich ein riesiger Zierbaum mit prächtigen Blättern. Wenn Karin die Pflanzen gegossen hat, riecht es hier wie in einem Gewächshaus. Dann riecht es nach zu Hause. Mir fällt auf, dass es in meinem Haus, ganz gleich wie oft ich es renoviert, umgebaut, modernisiert und verschönert habe, noch nie so gut gerochen hat wie hier. Ich frage mich, ob ich durch meine Veränderung tatsächlich sentimental werde. Rührselig und sentimental. Ein schlimmeres Schicksal kann ich mir kaum vorstellen.

»An was denkst du gerade, Franz?«, fragt Karin.

»An nichts weiter. Was gibt es Neues an Tratsch und Klatsch über den Tod von Christina?«

»Die Leute sind um diese Jahreszeit so gelangweilt, dass sie darauf reagieren, als sei es ein UFO. Über alles Mögliche wird spekuliert«, sagt sie.

»Was denn zum Beispiel?«, frage ich.

Karin rümpft die Nase.

»Viele Leute erinnern sich noch sehr gut an Henrik. Jetzt nennen sie ihn den *Mörder-Henrik*. Es wird halt viel geredet.«

»Dann reden sie auch über mich, oder?«

»Nein, soweit ich weiß, haben sie hauptsächlich Mitleid mit dir.«

»Warum das denn, verdammt noch mal?«

Meine Stimme hebt sich am Ende des Satzes. Das Letzte, was ich im Augenblick möchte, ist Mitleid. Wut ist solide und hat Gewicht, aber Mitleid ist so erstickend wie dichter Nebel im Moor.

»Das ist doch offensichtlich«, sagt Karin. »Sie verabscheuen Journalisten wie die Pest. Aber jetzt mal raus mit der Sprache. Warum seid ihr hier?«

Die Hunde haben sich zu uns gesellt. Ein Schäferhund lässt sich von Julia hinter dem Ohr kraulen, der andere liegt auf dem Boden und hat den Kopf auf Karins Füße gelegt. Ich erzähle ihr von der Seekarte und dem verlassenen Haus, das wir uns angesehen haben. Als ich ihr erkläre, wo es steht, wirkt sie schlagartig besorgt.

»Ja, ich kenne dieses Haus«, sagt sie. »Dort lebte vor langer Zeit eine Familie.«

»Wie hießen die?«

Karin legt den Kopf auf die Seite und denkt nach. »Warte. Doch, jetzt erinnere ich mich wieder. Die Heisere Harriet und ihre Kinder haben dort gewohnt.«

»Die Heisere Harriet?«, fragt Julia erstaunt.

»So wurde sie genannt. Sie hatte eine besonders tiefe Stimme.«

»Wie grausam«, sagt Julia entsetzt.

»Überhaupt nicht«, sagt Karin. »Es war nicht böse gemeint. Ich wurde Karin auf der Heide genannt. Die meisten Leute hatten solche Spitznamen.«

»Wie hieß denn Kurt?«, frage ich.

»Schwimmer-Kurt war sein Name.«

»Warum das denn?«

»Es gab niemanden, der den Schwimmer beim Angeln so weit werfen konnte wie Kurt«, erklärt sie. »Er war einfach der Beste.«

»Hatte Franz auch einen Spitznamen?«, fragt Julia und lächelt mich herausfordernd an.

»Nein, eigentlich nicht. Aber wenn man *Taugenichts* sagte, wusste jeder, wen man damit meinte.«

Julia lacht, aber ich finde es nicht besonders lustig.

»Kannst du mir noch mehr über Harriet erzählen?«, frage ich.

»Sie war eine alleinerziehende Mutter von zwei Jungen und zwei Mädchen. Ich erinnere mich nicht mehr an ihre Namen. Die Söhne versorgten die Familie, sie waren schon älter. Sie gingen fischen, jagten, machten Gelegenheitsarbeiten.«

»Und wie hießen die mit Nachnamen?«, frage ich.

»Ich weiß es nicht mehr. Wir anderen, die das ganze Jahr über hier wohnten, haben von der Hütte der Heiseren Harriet gesprochen oder von der Familie der Heiseren Harriet. So haben wir sie genannt.«

Karin gehört zu den Menschen, die nur im Hier und Jetzt existieren und sich nicht in Erinnerungen und der Vergangenheit verlieren. Es irritiert sie sichtlich, dass sie in ihrer Erinnerung nach alten Namen graben muss.

»Aber was ist mit ihnen passiert?«, fragt Julia.

»Sie sind weggezogen, alle. Wahrscheinlich hatten sie genug von der Schufterei hier auf der Insel und haben sich Arbeit auf dem Festland gesucht. Das ist jetzt bestimmt schon fünfzig Jahre her.«

»Dann war das zur gleichen Zeit, als die Mädchen verschwunden sind?«, ruft Julia.

Karin lehnt sich zurück und schließt die Augen.

»Ich glaube, es war später«, sagt sie. »Aber das muss nicht unbedingt etwas heißen. Dimö war zu der Zeit stark entvölkert.«

»Es könnte einen Zusammenhang geben«, wende ich ein. »Zumal sich jemand die Mühe gemacht hat, Julia eine Karte zu schicken, auf der das Haus eingezeichnet ist.«

Karin winkt abweisend mit der Hand.

»Ich kann mich umhören, wenn es dir so wichtig ist. Lass uns jetzt Kaffee trinken. Ich habe noch Scones, die ich aufwärmen kann, und Brombeermarmelade.«

Die selbst gebackenen Scones und die Marmelade meiner Mutter sind genau das Richtige, um uns abzulenken. Erst später, zurück im Herrenhaus, werde ich stutzig. Da stimmt etwas nicht. Als ich das verlassene Haus erwähnte, entstand sofort eine Spannung. Karins Gedächtnis ist fast so gut wie meins. Sie hat, ohne darüber nachdenken zu müssen, die Namen aller Personen aufgeschrieben, die vor fünfzig Jahren auf dem Gutshof gearbeitet haben. Sie erinnert sich sogar an die alten Spitznamen der Leute. Aber sie kann sich nicht an den Namen einer einzigen Person erinnern, die in dem verlassenen Haus gewohnt hat, außer an ihren Spitznamen – die Heisere Harriet? Das ist vollkommen unglaubwürdig. Normalerweise hätte ich Karin sofort angerufen, wäre sogar hingefahren und hätte sie zur Rede gestellt. Aber jetzt habe ich Zweifel.

Meine Mutter weiß offensichtlich mehr, als sie sagt, aber jedes Mal, wenn sie mir gegenüber unehrlich war, hatte sie ihre Gründe dafür. Nicht unbedingt ehrenhafte Gründe, aber sie lügt nicht zum Spaß. Könnte es sein, dass sie mich vor der Wahrheit schützen möchte? Wenn mein Vater drei Mädchen missbraucht und getötet hat, wer bin dann ich in den Augen der Öffentlichkeit? Der Bastard von … Mörder-Henrik? Der Sprössling eines kaltblütigen Kindermörders, dessen Vater auch der Onkel seiner Mutter war. Ein Produkt von Inzest und Vergewaltigung. Ich spüre, wie sich dieses Bild von mir selbst in meinem Kopf festsetzt. Der innere Druck wächst. An der gegenüberliegenden Wand sehe ich mein Spiegelbild, gespenstig und ernst. Die Schatten im Raum greifen nach mir und zeigen mir die möglichen Szenarien – düster. Ich mag in der Lage sein, einem Shitstorm standzuhalten, aber ich bezweifle, dass ich einen solchen Skandal lebend überstehen werde. Und wie würde sich das auf Thor auswirken, der sich jetzt schon Sorgen um sein genetisches Erbe macht?

Wenn das, was ich von Jasper erfahren werde, so schlimm ist, wie ich vermute, dann muss ich es niemandem erzählen. Zu schweigen ist vielleicht meine einzige Chance, diesen Skandal zu überstehen.

Ich muss an Julias verschmitztes Lächeln denken, wenn mich meine Mutter einen Taugenichts nannte. Es ist leicht für sie, sich über mich lustig zu machen, es geht ja nicht um ihren Ruf. Plötzlich beschließe ich, das Schnüffeln ab jetzt Julia zu überlassen. Ich muss ihr nicht unbedingt Steine in den Weg legen, aber ohne meine ausgezeichnete Kombinationsgabe wird sie der Sache hier wohl kaum auf den Grund gehen können.

Kapitel 44

DER MANN IM SCHATTEN, GEGENWART

Seit jener Nacht in dem alten Haus fällt es ihm schwer, in der Gegenwart zu sein.

Es war ein Zusammenstoß zweier Welten. Nicht unbedingt zwischen der Gegenwart und der Vergangenheit, sondern eher eine Erinnerung an die Kluft zwischen Arm und Reich.

In seinem jugendlichen Leichtsinn dachte er, dass ein Mittelloser nur Geld benötigt, um frei zu sein. Aber das ist nicht der Fall, wie er jetzt weiß. Aus den Wunden der Armut werden Narben, die man für den Rest seines Lebens mit sich trägt.

Und doch – als er in dem heruntergekommenen, verlassenen Haus aufwachte, spürte er eine Wärme in seinem Körper, so etwas wie vollkommenes Glück. Wieder an dem Ort zu sein, an dem alles begonnen hatte. Er fühlte einen inneren Frieden, auch wenn die Mäuse vor seinen Schritten flohen, als er das Haus verließ.

Draußen begrüßte ihn eine graue Morgendämmerung, aber ein goldener Lichtstreifen an der Leinwand des Himmels versprach einen schönen Tag. Ein Gefühl von früher, das er als junger Mann oft gehabt hatte, meldete sich zurück und weckte Erinnerungen an Tage, die diesem nicht unähnlich waren. Er, allein in seinem Kampf gegen Armut und Hunger. Bevor er in den Wald eintauchte, drehte er sich ein letztes Mal um. Das Haus erwachte wieder zum Leben. Im Küchenfenster war Licht zu sehen. Rauch kräuselte sich aus dem Schornstein. Die Fenster waren beschlagen, vom Atem der Menschen, die sich als Schatten dahinter bewegten. Warm und satt. Aber die Sinnestäuschung verschwand so schnell, wie sie entstanden war, und im nächsten Augenblick wehte ein eiskalter Wind über das Grundstück. Das erfüllte ihn mit unsäglicher Traurigkeit.

Am liebsten wäre er noch ein paar Tage geblieben, um sich von den Erinnerungen dazu ermuntern zu lassen, das zu vollenden, was er sich vorgenommen hatte. Doch es gibt Menschen, die ihn brauchen, es gibt Aufgaben, die nur er erledigen kann, und es gibt ein anderes Leben, das gelebt werden muss.

Er fragt sich, wie Franz wohl reagieren wird, wenn er mit dem Bösen, mit der Schamlosigkeit seiner Vorfahren konfrontiert wird. War auch ihm ein Schauer über den Rücken gefahren, als sich ihre Blicke auf dem Herbstfest getroffen hatten? Sie waren sich so nah. Hätte ihn Franz mit ein paar hohlen Phrasen abgewiesen, wenn er geblieben und ihn mit Blicken herausgefordert hätte? Oder hätte Franz gespürt, dass er die Wahrheit in sich trug? Intuition. Sie hat ihn noch nie im Stich gelassen, und deshalb weiß er genau, dass Franz durcheinander ist. Er befindet sich genau in dem Zustand, in dem er ihn haben will. Aber vielleicht ist das ganze Gerede von seiner Wesensveränderung nach dem Schlaganfall auch nur Blödsinn. *Du musst so denken wie dein alter Herr, um die Wahrheit herauszufinden, Franz. In dir lauert nach wie vor ein Psychopath. Finde ihn, akzeptiere ihn!*

Unwillkürlich muss er kichern, aber dann reißt er sich

schnell wieder zusammen. Was er als Nächstes tun wird, ist zweifellos geschmacklos. Doch es ist notwendig.

Es gibt immer wieder Zeiten, in denen er das Gefühl hat, das alles sei nichts als ein großer Fehler. Doch er braucht nur an diejenigen zu denken, die bestraft werden müssen, dann kehrt die Überzeugung zurück und mit ihr die Kraft.

Vor ihm breitet sich das Meer aus und trifft den Himmel am Horizont an einer Stelle, wo sich zarte Wolken ansammeln.

Er sieht alles. Er weiß sogar, was am Ende geschehen wird.

Kapitel 45

JULIA

Als sie nach dem Frühstück zurück ins Gästehaus schlenderte, sah sie Franz über den Hof joggen. Er wurde langsamer und blieb schließlich vor ihr stehen. In dem hellen, weißen Licht leuchteten seine Augen.

»Du solltest morgens auch laufen gehen«, sagte er. »Das ist der perfekte Start in den Tag.«

Julia hatte noch nie gern Sport gemacht. Sie schwamm und segelte, aber das Herumlaufen auf festem Boden fand sie eintönig. Im offenen Wasser spürte sie mehr Freiheit. Im Gegensatz zu Thor ging sie nicht ins Fitnessstudio. Thor trainierte regelmäßig. Er sagte, dass Bewegung ihm half, sich besser zu konzentrieren.

»Diese Art der Bewegung kann den Verlauf eines ganzen Tages bestimmen«, fügte Franz hinzu. »Man bringt den Blutkreislauf in Schwung, der Körper schüttet Endorphine aus und …«

»Ich habe verstanden«, unterbrach sie. »Was steht heute auf dem Programm?«

»Ich kümmere mich um die Vorbereitungen für das Abendessen mit Jasper. Ich schlage vor, du nimmst dir den ganzen Tag frei. Genieß das schöne Wetter.«

Julia fand den Tag bisher gar nicht so schön. Es war kalt und feucht. Der Himmel war farblos und leer.

»Ich werde mir nicht freinehmen. Aber was kann ich stattdessen machen?«

Sie stellte die Frage eher sich selbst.

»Vielleicht könntest du noch einmal mit Stefan sprechen. Erzähl ihm von Christinas Todesursache. Finde heraus, ob er eine Idee hat, wie es dazu gekommen sein könnte.«

Der Vorschlag gefiel ihr. Er drehte sich um und lief los. Sie sah ihm nach, wie er durch das Tor verschwand.

Als sie die Pension betrat, schlug ihr aus dem Flur lautes Stimmengemurmel entgegen. Offensichtlich hatten sie zurzeit mehr Gäste als bei ihrem letzten Besuch. Jannike stand an der Rezeption und teilte ihr mit, dass Stefan seinen Arbeitstag noch nicht begonnen hatte. Julia wurde klar, dass sie praktisch nichts über Stefan wusste. Wo er wohnte, ob er verheiratet war. Sie fragte Jannike danach, die ihr erzählen konnte, dass er ein Haus in der Nähe des Hafens besaß. Er war verheiratet gewesen und hatte zwei Kinder, war mittlerweile aber geschieden. Seine Frau hatte ihn verlassen, sobald die Kinder erwachsen waren. Die kalten Winter hatten sie deprimiert, und so lebte sie jetzt in Spanien. Stefans Kinder waren erwachsen und kamen gelegentlich zu Besuch.

»Warum willst du mit Stefan sprechen?«, fragte Jannike und sah sie misstrauisch an. »Es ist schon das dritte Mal in dieser Woche.«

»Er hat die Mädchen gekannt, die damals verschwunden sind. Ich schreibe einen Artikel und möchte etwas über ihre Herkunft und ihren Hintergrund erfahren.«

»Na gut. Er fängt in einer Stunde an zu arbeiten. Wahrscheinlich findest du ihn in dem Café, da geht er normalerweise zum Frühstücken hin.« Julia fragte, ob sie die Familie kenne, die in dem verlassenen Haus im Wald gewohnt hatte. Jannike lachte.

»Sehe ich schon so alt aus? Ich muss drei oder vier Jahre alt gewesen sein, als das passiert ist. Wenn du mehr über diese alten Sachen erfahren willst, solltest du mit den alten Leuten sprechen, aber wie du vielleicht schon gemerkt hast, sind sie ziemlich wortkarg. Am besten Karin macht das für dich, mit ihr reden sie.«

»Das heißt, alle hier mögen Karin?«

»Ja, sie war mal Vorsitzende des Dorfkomitees und hat damals viel erreicht. Karin ist es zum Beispiel zu verdanken, dass viele kleine Betriebe über die Runden kommen. Sie hat dafür gesorgt, dass wir unsere Rohstoffe von den örtlichen Bauern kaufen. Wie du vielleicht bemerkt hast, gibt es bei uns keine Souvenirläden, die Schnickschnack verkaufen. Karin hat dazu beigetragen, den ursprünglichen Charakter von Dimö zu bewahren.«

»Das habe ich nicht gewusst«, sagte Julia.

Sie konnte sich die nächste Frage nicht verkneifen.

»Und was ist mit Franz? Was halten sie von ihm?«

Jannikes Gesichtsausdruck veränderte sich schlagartig, jetzt sah sie amüsiert aus.

»Als er jünger war, ist er der frechste Junge der Insel gewesen. Man wusste nie, welchen Unfug er als Nächstes anstellen würde. Aber trotzdem war er bei allen beliebt. Er war ein Chaot, aber er verteidigte die Schwachen. Ich bin älter als er, aber wir sind in dieselbe Schule gegangen. Ein paar Jungs aus den höheren Klassen hatten meinen kleinen Bruder gemobbt – dem hat er sofort ein Ende gesetzt.«

Julia konnte sich ein Lachen nicht verkneifen. Es war urkomisch, sich Franz als rechtschaffenen Engel für die Unterdrückten vorzustellen.

»Was ist daran so lustig?«, fragte Jannike.

»Ich habe einfach ein anderes Bild von Franz, weil ich ihn erst später kennengelernt habe.«

Jannike nickte.

»Ist er schon immer beliebt gewesen?«, fragte Julia.

»Nein, auf keinen Fall. Als er als Erwachsener auf die Insel zurückkam und diese Sekte gegründet hat, haben ihn die Leute gehasst. Niemand wollte hier eine Sekte. Aber in letzter Zeit hat sich das dann geändert. Er unterstützt ja auch mehrere kleine Unternehmen finanziell. Manchmal lässt er die Inselbewohner Hochzeiten und Partys im Herrenhaus feiern. Aber jetzt warten wahrscheinlich alle darauf, dass der Mord aufgeklärt wird, bevor sie sich endgültig entscheiden, was sie von ihm halten sollen.«

»Wie kann man ihm das vorwerfen? Damals war er doch noch gar nicht geboren.«

»Aber seine Familie hat viel Elend auf der Insel angerichtet«, sagte Jannike traurig. »Die Menschen haben keine Lust mehr. Unsere kleine Gemeinschaft basiert auf gegenseitigem Vertrauen. So etwas könnte sie völlig zerstören.«

»Das kann ich gut verstehen, danke dir für die Erklärung«, sagte Julia.

Eine Pause entstand. Aus dem Speisesaal, in dem das Frühstück serviert wurde, drang Lachen und das Klirren von Besteck in die Lobby.

»Ihr habt gerade viele Gäste?«, fragte Julia.

»Absoluter Rekord für diese Jahreszeit. Der Fund der Leiche hat jede Menge Neugierige nach Dimö gelockt. Und du …?«, rief ihr Jannike noch hinterher, als sie schon in der Tür stand.

Julia drehte sich um.

»Ja?«

»Dein Einsatz bei der Suche nach den beiden anderen Mädchen ist bewundernswert. Aber wahrscheinlich vergeblich.«

»Da wäre ich mir nicht so sicher«, sagte Julia.

Auf dem Weg zum Café dachte sie an Jannikes Worte über Franz. In den Geschichten, die er selbst über seine Kindheit erzählt hatte, war er nicht besonders gut weggekommen. Er hatte sich als einen unausstehlichen Tyrannen beschrieben. Das entsprach aber gar nicht dem Bild, das Jannike gezeichnet hatte. Sie hatte ihn eher als beliebten Mitschüler dargestellt. Nicht wie Julia, die es vorgezogen hatte, sich in der Schulzeit abzusondern und zu abweisend zu sein, um gemocht zu werden. Ein frühreifer Körper, ein spöttischer Blick und ein gewisses Maß an Verachtung schreckten die meisten Menschen ab. Sie fragte sich, was Franz so in seinem Selbstbild erschüttert hatte, dass er nicht analytisch auf seine Kindheit schauen konnte. Karin hatte auch erzählt, was für ein süßes Kind er gewesen sei. Und doch hatte er sich später im Leben zu einem Psychopathen entwickelt. Wie war das überhaupt möglich, und wie hatte es dazu kommen können? War es eine Veranlagung, die sich mit seinem Einfluss und seiner Macht erst verstärkt hatte? Oder war es auf ein einziges Ereignis zurückzuführen, das sein Leben verändert hatte?

Das hatte sie alles so neugierig gemacht, am liebsten hätte sie ihn danach gefragt. Aber das wäre unsensibel gewesen.

Im Café reihte sich Julia in die Warteschlange an der Kasse ein. Sie hielt Ausschau nach Stefan, entdeckte ihn aber nirgendwo. Plötzlich tauchte Emil hinter ihr auf. Sie begrüßten sich. Julia begegnete ihm mit großer Ehrfurcht, weil er ihr das Leben gerettet hatte. Er trug einen langen schwarzen Kaschmirmantel, ein weißes Hemd und eine schwarze Jeans.

»Hausbesuch«, sagte er, als er bemerkte, dass Julia seine Kleidung begutachtete.

Er fragte, ob er sie zum Frühstück einladen dürfe, aber sie sagte, dass sie nur eine Tasse Kaffee trinken wolle. Sie setzten sich an einen Tisch in der Nähe der Kasse und plauderten über alles Mögliche. Sie spürte, wie sich ihr Körper plötzlich entspannte, dabei war sie sich einer Anspannung gar nicht bewusst gewesen. Emils Gesellschaft hatte einfach etwas Beruhigendes. Er erkundigte sich nach Franz. Julia versicherte ihm, dass es ihm gut ging.

»Wie läuft es eigentlich bei dir?«, fragte sie. »Hat dich die Gemeinde hier als Nachfolger des alten Tyrannen akzeptiert?«

Emil lächelte über das ganze Gesicht.

»Es läuft ziemlich gut. Die Dorfbewohner sind dankbar, dass Franz und ich die Kirche neu gestrichen haben. Letzten Sonntag sind so viele Leute zum Gottesdienst gekommen wie noch nie, sogar ein paar junge.«

Julia dachte, dass deren Interesse vielleicht eher auf Emils gutes Aussehen als auf ihre religiösen Überzeugungen zurückzuführen war.

»Ich hatte den Eindruck, dass die meisten Menschen hier den Glauben an Gott verloren haben und stattdessen die alte Gräfin verehren«, sagte sie.

Emil lächelte verschmitzt.

»Ja, das ist wahr. Aber als Pfarrer muss man sich seiner Gemeinde anpassen. Die schwedische Kirche ist gegenüber Aberglauben und Geisterglauben nicht immer abgeneigt gewesen.«

»Ist das wahr?«

»Absolut. Es gibt Pfarrer, denen der Geisterglaube große Sorgen bereitet. Sie haben Angst vor Wiedergängern. Aber vor hundert Jahren war das der Kirche ganz und gar nicht fremd. Da fast alle Dorfbewohner in die Kirche gingen und viele abergläubisch waren, hat die Kirche mit den alten Legenden fast in Symbiose gelebt. So konnten die Pfarrer zum Beispiel Geister aus einem Spukhaus vertreiben und gleichzeitig ein neues Haus segnen.«

»Aber das macht doch heute niemand mehr, oder?«

Emil lehnte sich vor und senkte seine Stimme.

»Es ist nicht üblich, aber es kommt vor. Nach der letzten Predigt habe ich angeboten, Haussegnungen für diejenigen vorzunehmen, die sich nach all dem, was passiert ist, in ihren Häusern unsicher fühlen.«

»Wirklich?« Zuerst dachte Julia, er mache Witze.

Emil nickte.

»Und wie funktioniert das?«

»Der Pfarrer geht durch alle Zimmer und spricht Gebete. Zusätzlich kann man aus Öl ein Kreuzzeichen an den Türpfosten zeichnen.«

»Und die Leute hier wollen, dass du das tust?«

»Einige. Aber das sind natürlich Bitten, die im Geheimen geäußert werden.«

Er klang amüsiert, aber auch stolz.

»Das klingt seltsam und altmodisch«, fand Julia.

»Sag das nicht«, erwiderte Emil nachdenklich. »Jetzt lebe ich schon eine Weile hier und kann viel besser verstehen, wie die Legende vom Geist der Gräfin entstanden ist und warum die Leute daran festhalten.«

Julia forderte ihn mit einer Handbewegung auf, weiterzuerzählen. Er senkte seine Stimme.

»Der ewige Nebel, der Meeresrauch, der Nebel, der abends von den Wiesen aufsteigt – das hat doch etwas Spirituelles, oder? Die Menschen hier haben ihren Glauben an Gott schon lange verworfen, aber die Legenden konnten sich im Einklang mit der Natur entwickeln. Fast jeder hat das Bedürfnis, an etwas zu glauben.«

»Jetzt, wo du es sagst.« Julia nickte, und ein Schauer durchfuhr sie. Es stimmte schon, auf der Insel herrschte eine Art religiöse Atmosphäre, die sie sonst nirgendwo erlebt hatte. Wenn man an solche Dinge glaubte.

»Du solltest zur nächsten Sonntagsmesse kommen«, sagte Emil. »Und nimm Franz mit. Danach lade ich euch im Pfarrhaus zum Mittagessen ein. Ich vermisse die Besuche von Franz. Er ist ein faszinierender Mensch.«

»Das wäre schön«, sagte sie automatisch und fragte sich im gleichen Atemzug, was Franz wohl davon halten würde, in die Kirche zu gehen.

Sie setzten ihre Unterhaltung fort, während Emil sein Frühstück beendete. Dann entschuldigte er sich mit den Worten, er müsse sich noch auf die Beerdigung von Tobias Branting am Nachmittag vorbereiten. Julia bekam sofort ein schlechtes Gewissen, als sie den Namen hörte. Doch dann erinnerte sie sich daran, dass er ihnen ins Gesicht gelogen und die Wahrheit mit ins Grab genommen hatte.

Sie saß eine Weile da und überlegte schon, was sie als Nächstes tun sollte, ging gerade verschiedene Optionen durch, als sie ein sanftes Klopfen auf ihrer Schulter spürte. Stefan Bondesson stand mit einem unergründlichen Gesichtsausdruck hinter ihr.

»Mir ist etwas eingefallen. Darf ich mich setzen?«

»Natürlich«, sagte Julia und schob Emils Teller beiseite.

»Damals in der Nacht, als es passiert ist …«, sagte Stefan

und fingerte an einer unbenutzten Serviette herum. »Ich bin als Letzter von allen nach Hause gegangen, war aber am nächsten Morgen als Erster schon wieder da. Es war ein ungeschriebenes Gesetz, dass der Gärtnergehilfe alles für die bevorstehenden Arbeiten vorbereitete. Jetzt erinnere ich mich daran. Aber in der Nacht muss noch jemand nach mir dort gewesen sein.«

»Und wie können Sie sich da so sicher sein?«

»Ein paar Werkzeuge hingen nicht an der richtigen Stelle, eine Schaufel und ein Spaten, glaube ich. Außerdem lag eine Zigarettenkippe auf dem Boden. Dabei war es verboten, in der Scheune zu rauchen. Deshalb fand ich das seltsam. Aber die Mädchen und ich, wir hatten geraucht, also dachte ich, dass ich die Kippe übersehen haben musste, als ich nachts sauber gemacht hatte.«

»Sie glauben also, dass die Person, die Christinas Leiche vergraben hat, nach Ihnen dort war?«

»Der Gedanke ist mir gekommen. Damals habe ich das nicht weiter bemerkenswert gefunden, aber heute, wo ich weiß, dass sie dort begraben wurde.«

Julias Gedanken bekamen ein Eigenleben. Es klang fast zu gut, um wahr zu sein. Als würde Stefan sie mit Informationen füttern, um sie von sich abzulenken. Für jemanden, der als introvertiert und äußerst wortkarg galt, schien er ihr fast schon zu entgegenkommend und redselig. War sie eigentlich naiv, ihm zu vertrauen?

Auf dem Heimweg hatte sie den Drang, Amelias Grab zu besuchen und ein paar Fotos für ihren Artikel zu machen. Die Gräfin war doch höchstwahrscheinlich auf dem kleinen Friedhof der Insel begraben. Die Gräber waren von einem schmiedeeisernen Zaun umgeben, dessen Tor einen

Spaltbreit offen stand. Am Eingang befand sich eine Kapelle, die von verdorrten Weinreben umrankt wurde. Die Grünflächen wirkten ungepflegt und vertrocknet. Die Wege zwischen den Gräbern waren nach dem Regen uneben und schlammig. Emil hatte offenbar noch keine Zeit gehabt, sich um den Friedhof zu kümmern.

Bis auf das sanfte Rauschen einer Dohle, die über ihr flog und in einem Baum landete, war es still. Sie wanderte ziellos umher und betrachtete die Gräber. Einige waren Hunderte von Jahren alt, mit Moos bewachsen und von Wind und Salzluft verwittert. Das kalte, fahle Tageslicht hob jedes Detail der rissigen, verwitterten Steine hervor. Einige waren aber auch relativ neu. Zufällig stieß sie auf die Stelle, an der Tobias Branting begraben werden sollte. Bislang gab es nur ein Loch im Boden und ein Kreuz mit seinem Namen. Sie stellte sich vor, dass er schon bald dort unten liegen würde, erschauderte und ging weiter.

Die Gräber der Familie Bärensten waren leicht zu finden. Ihre Steine waren die größten und imposantesten und standen in der Mitte des Friedhofs, fast so, als wären sie das Zentrum der Anlage. Sie hatte ein Familiengrab erwartet, aber zu jedem gehörte ein eigener Stein. Hier lagen der alte Graf Arthur, dessen Bruder Markus, Franz' Großmutter Sigrid und sein Vater Henrik.

Amelias Grab lag etwas abseits von den anderen unter einem Baum, wahrscheinlich weil sie Selbstmord begangen hatte. Julia hatte irgendwo gelesen, dass Selbstmörder bis zum Anfang des zwanzigsten Jahrhunderts nicht auf dem Friedhof begraben werden durften, obwohl Amelia etwas später gestorben war. Offenbar sollte ihr Grab nicht in der Nähe der übrigen Familiengräber liegen. Das Grab der Gräfin unterschied sich deutlich von den anderen. Der

Stein war zwar kleiner, aber das Grab machte einen sehr gepflegten Eindruck. Julia hockte sich davor. Unter Amelias Namen befand sich eine Inschrift. *Gott wacht über sein Wort. Du wachst über uns.* Die Zeilen lösten in Julia ein Kribbeln aus. Das war seltsam und angesichts der Legende doch so passend. Das Grab war mit mehreren frischen Blumensträußen geschmückt, dazwischen standen eine Laterne mit einer brennenden Kerze und zwei Zierengel. Wie Opfergaben.

Ihr Blick wanderte von dem Grabschmuck zurück zu der Inschrift. Dann traf es sie mit voller Wucht. Die Gerüchte über das Gespenst der Gräfin waren nicht nur billiger Aberglaube, weil es nichts Besseres zum Tratschen gab. Es gab hier Unzählige, die sie wirklich als ihre Beschützerin betrachteten.

Kapitel 46

FRANZ

Das Abendessen, zu dem ich Jasper eingeladen habe, ist mit Bedacht komponiert. Muschelsuppe mit Safran, Kabeljau mit Mandelkruste, ein leichter Weißwein. Frische Brombeeren zum Dessert. Einfach zwar und unprätentiös, aber von meinem ausgezeichneten Koch in bester Qualität in Szene gesetzt. Jetzt sitzt Jasper satt und zufrieden vor mir in der Lounge, mit einem Glas Whiskey in der Hand. Während des Essens haben wir uns über Belanglosigkeiten unterhalten, Dinge wie aktuelle Börsennachrichten und den Anstieg der Grundstückspreise an der Bohusküste. Normalerweise empfinde ich solche oberflächlichen Gespräche als erdrückend, aber heute Abend verstehe ich sie eher als eine Art Aufwärmübung für das, was nach dem Dessert kommen soll – und zwar wortwörtlich gemeint.

Mich verunsichert sein Blick, obwohl normalerweise doch ich derjenige bin, der Leute in Grund und Boden starren kann. Seine Augen glänzen wie dunkelblauer Samt, aber dahinter lauert etwas Eiskaltes. Sein Blick wandert unentwegt von einer Stelle im Raum zur nächsten, als würde er etwas veranschlagen, berechnen und schlussfolgern müssen. Nach ein paar Gläsern aber hat seine Konzentration nachgelassen, seine Augen haben ihren Glanz verloren. Glücklicherweise gibt es Whiskey. Jasper trinkt gerade sein drittes Glas, er ist zwar nicht betrunken, aber seine Aussprache wird schon weicher. Ich trinke selten, und wenn ich trinke, dann mit Bedacht. Wie heute Abend.

»Was sind das für Informationen, von denen du gesprochen hast? Was hat die Polizei bisher herausgefunden?«, tastet er sich vor.

Ich gebe ihm einen kurzen Überblick über alles, was ich weiß. Nach einer Kunstpause lege ich nach, erzähle von den Fotos vom Dachboden, auf denen er zu sehen ist und die ich der Polizei übergeben habe.

»Ich möchte nur, dass du vorbereitet bist, wenn sie dich befragen«, sage ich.

»Ach, der alte Kram«, sagt er und winkt mit der Hand ab. »Das ist schon so lange her, das habe ich fast vergessen. Ich bin tatsächlich ein paarmal auf dem besagten Dachboden gewesen, aber ich habe *nie* etwas gemacht. Mein Gott, was hältst du von mir?«

Trotz Pokerface war ihm anzusehen, wie unwohl ihm dabei war.

»Dafür muss ich mich auf eine kleine Zeitreise begeben«, sage ich. »Ich bin hier auf Dimö aufgewachsen, aber mit dreizehn Jahren bin ich nach Frankreich gezogen und habe dort mehrere Jahre bei meinem Vater gelebt, bis er bei einem Brand ums Leben kam.«

»Das weiß ich. Du bist dort auf die besten Privatschulen gegangen, stimmt's?«

Es geht immer nur um *Status*. Innerlich seufze ich, finde das unglaublich anstrengend und ermüdend.

»Ja, das stimmt. Mein Vater und ich, wir sind uns in dieser Zeit sehr nahegekommen. Wir haben alles nachgeholt, was wir in meiner Kindheit verpasst haben. Und in dieser Zeit hat sich Henrik mir gegenüber geradezu geöffnet.«

Jasper stellt sein Glas ab.

»Und?«

Ich stelle mir vor, wie dieses Gespräch enden wird, und spüre schon jetzt das Kribbeln der Macht. Die Macht der Elite besteht darin, die Schwachen zu unterdrücken, sie einzuschüchtern. Meine Macht über Menschen wie Jasper beruht dagegen darauf, ihre schmutzigsten Geheimnisse zu enthüllen. Als würde ein Vorhang heruntergerissen werden, und plötzlich stehen sie nackt vor mir – und sind mir ausgeliefert.

»Jeder hat seine Geheimnisse, manchmal ist es sogar mehr als eins«, sage ich. »Für so einflussreiche Leute wie dich und mich ist das wahrscheinlich unvermeidlich, aber manche Geheimnisse können zu einer Belastung werden.«

Er sieht mich amüsiert an.

»Das kommt mir hier langsam wie ein Ratespiel vor.«

Nur zu, verspotte mich ruhig, denke ich und erhebe lächelnd mein Glas.

»Mein Vater hat kurz vor seinem tragischen Tod ziemlich viel getrunken, er ließ sich richtig gehen. Wahrscheinlich quälten ihn Schuldgefühle wegen der Mädchen, die vor fünfzig Jahren verschwunden sind.«

»Aha«, sagt Jasper und wartet darauf, dass ich fortfahre.

Ich habe mir bis hierher Zeit gelassen, aber jetzt erlaube ich mir, die Zügel zu lockern.

»Leider ist mein Vater gestorben, bevor er mir alle Einzelheiten erzählen konnte, aber er hat mir verraten, dass ihr – Tobias Branting und du – in jener Nacht hier gewesen seid.«

Jaspers Gesicht verzerrt sich vor Entsetzen zu einer Grimasse.

»Da muss ein Missverständnis vorliegen«, sagt er überstürzt und aufgebracht.

Das Wort *Lügner* geht mir wie ein leichter Windhauch durch den Kopf.

»Das glaube ich kaum«, sage ich. »Es würde mir ziemlich viel bedeuten, wenn du mir die Wahrheit sagst. Ich brauche dringend Antworten, und natürlich werde ich der Polizei kein Wort sagen.«

Er senkt den Blick, und als er den Kopf wieder hebt, haben seine Augen ihren eisigen Glanz zurückgewonnen.

»Nimm das bitte nicht persönlich, aber warum sollte ich mit dir darüber sprechen?«, fragt er.

Meine Gegenfrage liegt nahe.

»Warum bist du zu mir gekommen?«

»Weil es mich interessiert. Aber du hast nichts gegen mich in der Hand.«

Er versucht, entgegenkommend zu wirken, aber ich spüre die Verachtung hinter seiner Fassade. Für wen halte ich mich, dass ich es wage, in etwas zu wühlen, das so gut vergraben ist? Ich antworte nicht sofort, schließlich bin ich ein Meister der Pause.

»Doch, das habe ich«, sage ich.

Der Stolz lässt meine Stimme heller erklingen.

»Und was wäre das?«

»Die Wahrscheinlichkeit, dass du das Grundstück vor deinem Haus kaufst und dir dort einen Steg hinbaust, ist zurzeit denkbar minimal.«

Er starrt mich überrascht an. Ich lehne mich so nah an ihn heran, dass ich seinen unangenehmen Whiskeyatem riechen kann.

»Denn es gehört mir.«

»Dir?«

»Ganz genau. Meiner Familie gehörte das ganze Gebiet dort, bis sie es an deinen Großvater verkauft hat, als ihr dort euer Sommerhaus gebaut habt. Aber das Grundstück am Wasser befindet sich nach wie vor in meinem Besitz, auch wenn es auf dem Papier einer Briefkastenfirma gehört.«

»Das gibt's doch nicht.«

»Und ich werde das Land niemals verkaufen, aber ich könnte eine Vereinbarung unterschreiben, dass du es nutzen darfst, und dir eine Baugenehmigung für den Steg erteilen.«

»Aber ich habe eine Mail von meiner Immobilienmaklerin bekommen, dass das Grundstück an jemand anderen verkauft werden soll«, stottert er verwirrt.

»Ich habe meine Meinung geändert. Deine Familie wohnt schon so lange hier. Ich bin sicher, du wirst dich gut darum kümmern.«

Jaspers Gesichtsausdruck verändert sich, aus Überraschung wird Unentschlossenheit, dann leuchten seine Augen plötzlich vor Gier.

»Ich möchte einfach nur wissen, was in der Nacht damals passiert ist«, sage ich. »Dieses Geheimnis quält mich ehrlich gesagt entsetzlich. Und eines solltest du wissen. Mich kann nichts aus der Fassung bringen oder schockieren. Wie du weißt, bin ich nicht gerade ein Heiliger.«

Nervös sieht sich Jasper im Raum um.

»Nimmst du unser Gespräch eigentlich auf?«

Das tue ich, aber hauptsächlich zu meinem eigenen Vergnügen.

»Natürlich nicht«, versichere ich ihm.

»Wenn die Leute herausfinden, dass ich etwas über diese unglückliche …«

Er verstummt und leckt sich nervös über die Lippen. Ich kann den Geruch seines Rasierwassers nicht ausstehen, das uns in einer schweren Wolke umgibt. Aufdringlich und grell.

»Es ist offensichtlich, wie sehr dich das belastet«, sage ich.

Er lacht steif.

»Machst du jetzt auch so was mit mir wie bei deiner Selbstanzeige wegen der Anwältin?«

»Ich mache gar nichts. Das hier ist mein Zuhause. Ich möchte wissen, was passiert ist, damit ich es hinter mir lassen kann. Andere Absichten habe ich keine.«

Er muss lange nachdenken. Der Steg und das Grundstück wiegen schwer. So viele Jahre lang hat er gekämpft, sich geärgert, geflucht – und immer nur, weil er sich das Land nicht aneignen konnte. Ein weiterer Hochsommer verging auf seiner armseligen Terrasse, in dem er gezwungen war, die Stelle nur sehen zu können, an der ein Steg hätte gebaut werden können. Der Traum von nackten, betrunkenen Männern, die in einer schönen Mittsommernacht in die Wellen springen, war ausgeträumt. Wahrscheinlich stellte er sich vor, wie seine Boote an dem Steg festgemacht wurden, an seiner eigenen riesigen, hässlichen Anlegestelle. Ich darf nicht vergessen, eine Klausel in den Vertrag zu schreiben, dass ich die Entwürfe genehmige.

Jasper nimmt einen tiefen, langen Atemzug und stößt ihn durch den Mund aus. Ohne weitere Ermunterung meinerseits beginnt er zu erzählen: Er ist in jener Nacht mit dem Arzt Tobias Branting hier gewesen. Sie waren eine feste Gruppe. Tobias, Henrik und er. Manchmal lud Jasper ein paar seiner Stockholmer Freunde in das Herrenhaus ein, aber diese waren nie auf dem Dachboden gewesen. Der Zutritt war ein Luxus, der nur Henriks engsten Freunden vorbehalten war. Henrik gelang es immer, hübsche Mädchen dorthin einzuladen. Jasper betont, dass sie alle freiwillig dort waren. Keine von ihnen war minderjährig, darauf hatte Jasper sehr geachtet. In den Sommern gab es auf der Insel nicht viel zu tun.

Was hätte ich getan?

An jenem Abend vor fünfzig Jahren hatte Henrik die drei Mädchen unten bei den Ställen stehen sehen. Er ging zu ihnen und bot an, ihnen das Haus zu zeigen. Jasper erkannte Christina, Anna-Lina und Helena sofort. Ein paar Freunde von ihm und er selbst hatten am Mittsommerabend mit ihnen geflirtet, in Ermangelung von etwas Besserem. *Flirten*, betont er, *sonst nichts*. Er erinnerte sich daran, dass sie minderjährig waren, und seine Alarmglocken begannen laut zu läuten. Aber Henrik interessierte das nicht, vielmehr überzeugte er Jasper und Tobias, dass sie einfach *nur ein bisschen Spaß* haben wollten.

Hier macht Jasper eine Pause und starrt aus dem Fenster. Ich kann ihm ansehen, was er denkt. *Warum halte ich nicht einfach den Mund?* Meine ständige Anwesenheit ist wie ein Lügenserum. Die Stimmung hat sich verändert.

Jasper schüttelt den Kopf und fährt mit seiner Geschichte fort. Wider besseres Wissen war er den anderen auf den Dachboden gefolgt. Sie fingen an zu knutschen, Jasper mit Anna-Lina, Tobias mit Christina und Henrik mit Helena. Alles war gut, bis Christina die Haken und Seile an den Wänden entdeckte und in Panik geriet.

»Sie schrie so unfassbar laut«, sagt er. »So etwas habe ich noch nie gehört. Unkontrollierbare Panik. Anders kann man das nicht beschreiben. Ich schrecke manchmal noch mitten in der Nacht auf, weil ich diesen Schrei höre.«

Er beugt sich vor, drückt sich die Hände auf die Stirn und reibt sich mit den Handflächen die Augen.

»Erzähl weiter«, fordere ich ihn auf.

»Tobias hat sie losgelassen. Sie stürmte von dem Dachboden weg, und wir anderen standen mit offenen Mündern da. Dann hörten wir das schreckliche Geräusch, als sie die Treppe hinunterfiel. Ein lautes Krachen, ein dumpfer Aufprall und ein fürchterliches, knackendes Geräusch, als ihr Genick brach. Und dann absolute Stille. Oh Gott …«

Er sieht erschöpft, müde und sehr alt aus. Der unverkennbare Geruch von Scham breitet sich im Raum aus.

»Was habt ihr dann getan?«, frage ich.

Er versichert mir, dass sie nichts mehr tun konnten. Tobias hatte sofort festgestellt, dass Christina auf der Stelle tot gewesen war. Das Haus war ungewöhnlich menschenleer. Ironischerweise befand sich Sigrid zu dieser Zeit bei einer Wohltätigkeitsveranstaltung für Mädchen in Not. Markus, Sigrids Onkel, war zwar da, aber er lag krank im Erdgeschoss in seinem Bett.

Alles ging so schnell. Den Männern gelang es, die beiden anderen Mädchen auf dem Dachboden einzuschließen. Nur so lange, bis sie sich entschieden hatten, was sie tun wollten. Henrik, Tobias und Jasper standen unschlüssig neben der toten Christina. Sie brauchten einen Plan. Sie sprachen über die möglichen *Konsequenzen*. Sie hatten alle drei glänzende Karrieren vor sich, die zerstört werden würden, wenn das ans Licht käme. Minderjährige Mädchen in einer Sexhöhle und eine von ihnen tot – obwohl es ein Unfall gewesen war, wäre das eine große Sache geworden. Leider hatte es zwei Zeuginnen hinter der verschlossenen Tür gegeben.

»Wir waren jung und ehrgeizig«, sagt Jasper. »Henrik war damals fünfundzwanzig, Tobias etwas über dreißig. Ich war erst knapp über zwanzig, aber ich hatte schon einen … gewissen Namen. Nein, schlimmer noch, er stand bereits in allen bedeutenden Wirtschaftszeitungen. Ich durfte auf keinen Fall mit etwas so Unappetitlichem in Verbindung gebracht werden.«

Die Härchen auf meinen Armen stellen sich auf, meine Haut kribbelt. Ich weiß, dass er die Wahrheit sagt. So wie er Christinas Schreie beschrieben hat. Seine Stimme jagt mir einen Schauer über den Rücken, als hätte mich jemand mit Eiswasser überschüttet. Ich kann nicht glauben, dass er mir das wirklich erzählt, seine Gier scheint ihn anzutreiben. Die Anlegestelle ist in Sicht. Und er kann jederzeit leugnen, dass dieses Gespräch stattgefunden hat. Zumindest glaubt er das.

Jasper verstummt, sieht auf seine Hände.

»Was habt ihr getan?«, frage ich.

Ein Teil von mir möchte den Rest der Geschichte gar nicht hören. Ein anderer, mir bekannterer Teil, genießt es jedoch, ihn am Boden zu sehen. Er ist ein Angeber, ein Wichtigtuer, der vorgibt, ein perfektes Leben zu führen.

»Henrik hat das Kommando übernommen«, sagt er. »Er hat Tobias und mir befohlen, das Anwesen zu verlassen und über die Sache Stillschweigen zu bewahren. Er wollte sich selber um die Sache kümmern.«

»Und wie hat er das gemacht?«

»Ich weiß es nicht«, sagt Jasper verzweifelt.

Er sackt in sich zusammen und sieht sehr müde aus.

»Ich weiß es nicht, und ich wollte es auch gar nicht wissen. Ich habe nie Fragen gestellt. Christinas Tod war ein Unfall. Ich hatte nichts falsch gemacht. Es erschien mir ungerecht, dass ich darin verwickelt wurde. Henrik kam spätnachts noch zu mir, nur für den Fall, dass er ein Alibi brauchte.«

Ich mache eine Risikobewertung. Ich kann es geheim halten, aber das würde die verdammten Ermittlungen nur in die Länge ziehen. Fast noch schlimmer ist der Gedanke allerdings, Julia gegenüber zugeben zu müssen, dass Jasper gewonnen und ich verloren habe. Undenkbar. Sollte Jasper die Wahrheit sagen, macht das aus meinem Vater einen Kindermörder. Und wieder einmal stehe ich vor dem Dilemma, dass – wie ich mich auch entscheide – es immer die Option des Teufels ist. Da ich aber ein unberechenbares Genie bin, fällt mir auf der Stelle die Lösung ein. Wenn ich die Schuld auf zwei Tote schiebe, trägt mein Vater nicht die alleinige Last. Mir fällt ein Kompromiss ein, oder besser gesagt eine Halbwahrheit, mit der es funktionieren kann. Das mit der *ganzen* Wahrheit wird sowieso überbewertet.

»Du kannst der Polizei Einzelheiten erzählen und trotzdem mit der Sache abschließen«, sage ich zu Jasper. »Und vor allem deine Anlegestelle bekommen.«

»Was soll ich denn sagen?«, fragt er.

»Du gibst zu, dass die Mädchen hier gewesen sind. Da du wusstest, dass sie minderjährig waren, hast du kalte Füße bekommen und bist nach Hause gegangen. Tobias und Henrik blieben zurück. Du weißt nicht, was dann passiert ist. Du verschweigst lediglich, wie Christina gestorben ist, aber damit machst du dich keines Verbrechens schuldig. Und, ehrlich gesagt, ist das überhaupt wichtig? Die Polizei weiß doch längst, dass sie sich das Genick gebrochen hat.«

»Wem würde es nützen, wenn ich zugebe, dass ich hier gewesen bin?«, fragt er.

»Die Polizei bekommt ihre Mörder serviert. Entweder ist es Tobias gewesen oder mein Vater oder beide.«

Ich kann nicht anders als dankbar zu sein, dass Tobias rechtzeitig eingeschlafen ist.

»Das wird der Polizei wahrscheinlich genügen, um die Ermittlungen einzustellen«, fahre ich fort. »Ohne Leichen werden sie ohnehin nicht weiterkommen.«

»Ich dachte, du wolltest Henriks Ruf schützen?«, sagt Jasper.

»Ja, aber sie werden nicht mit Sicherheit sagen können, wer es gewesen ist. Das reicht mir. Und da Tobias nun tot ist, spielt das auch keine Rolle mehr.«

»Sicher werden mich die Medien kreuzigen, weil ich es nicht schon viel früher gesagt habe«, stöhnt er.

»Nicht unbedingt«, versichere ich ihm. »Du bist jung und ehrgeizig gewesen. Außerdem hattest du nichts damit zu tun, was mit den Mädchen geschah. Aber du hattest große Sorge, dass sich die Gerüchte negativ auf deine Karriere auswirken könnten. Als du erfahren hast, dass sie verschwunden sind, bist du davon ausgegangen, sie hätten das Herrenhaus verlassen und wären weitergezogen. Immerhin hatte die Polizei es als kollektiven Selbstmord betrachtet. Du wusstest auch nicht, dass Christina auf dem Anwesen begraben wurde. Als das Grab entdeckt wurde, wolltest du schon alles erzählen, aber es kam noch ein bisschen was dazwischen.«

»Eine ganze Woche lang *ein bisschen was*?«

»Du hattest Angst vor den Konsequenzen, aber jetzt übernimmst du die Verantwortung.«

Er lächelt gerissen.

»So wie du es mit dieser Anwältin getan hast?«

»So in der Art. Das wird kein nennenswertes Nachspiel haben, auch wenn der erste Medienaufschrei groß sein wird.«

Nachdenklich nickt er. Ich frage mich, wie jemand, der so stinkreich ist, so erstaunlich unterbelichtet sein kann.

Aber die Tatsache, dass er ein Freund meines Vaters gewesen ist, sagt alles.

»Was springt für dich dabei heraus?«, fragt er.

»Was für mich dabei herausspringt? Ich kann die Sache endlich abschließen. Ich möchte vor allem Ruhe und Frieden, und ich habe hier ein Geschäft, das meine ungeteilte Aufmerksamkeit benötigt.«

»Dir ist aber hoffentlich klar, dass ich dich zerstören werde, wenn das, was ich dir erzählt habe, durchsickert. Mit Steg oder ohne«, sagt er kalt.

Ich ignoriere seine leere Drohung.

»Haben wir einen Deal?«

»Ich denke schon …«, sagt er zögernd.

»Sieh es doch mal so: Die Polizei weiß schon, dass du auf dem Dachboden gewesen bist. Sie haben die Fotos. Es wäre sinnlos, das zu leugnen. Außerdem gibt es einen Zeugen, der dein Auto in der Nacht gesehen hat.«

Er zuckt zusammen.

»Wen denn?«

»Das kann ich leider nicht verraten. Aber wie ich schon gesagt habe, erzähl der Polizei einfach deine Halbwahrheit. Damit kannst du einen Schlussstrich ziehen und die Toten in Frieden ruhen lassen.«

»Aber wie sind die beiden anderen Mädchen umgekommen?«, fragt er.

»Das werden wir wohl nie erfahren«, sage ich traurig. »Und vielleicht ist es auch besser so. Aber die Polizei wird ihre Schlüsse daraus ziehen. Christinas Verletzung deutet ja bereits auf einen Sturz hin. Henrik und Tobias haben die beiden anderen Mädchen zum Schweigen gebracht. Die Polizei hat jeden Millimeter meines Grundstücks durchpflügt, und vor fünfzig Jahren hatten sie schon die ganze

Insel durchsucht. Sie sind nicht hier, also werden sie wohl im Meer versenkt worden sein.«

»Wahrscheinlich hast du recht«, sagt Jasper und erschaudert.

»Das Meer nimmt, und das Meer gibt«, verkünde ich ohne auch nur den Hauch eines Zitterns in meiner Stimme.

Kapitel 47

JULIA

Auf dem Nachhauseweg vom Friedhof fing es zu regnen an. Ein feiner, kalter Nieselregen. Ihr war kalt. Sie zog ihre Kapuze über den Kopf, rief Karin an und drückte sich das Handy ans Ohr, um es vor der Feuchtigkeit zu schützen. Karin nahm sofort ab. Der Klang ihrer warmen Stimme verbesserte Julias Stimmung schlagartig. Sie hatte noch Fragen zum Standort von Amelias Grab, und Karin erklärte ihr, dass die Leiche der Gräfin nie gefunden wurde. Ihr Schwager Markus hatte sich lange geweigert, ihr überhaupt ein Grab auf dem Friedhof zuzugestehen. Schließlich war sie eine Selbstmörderin und durfte nicht in *geweihter Erde* ruhen. Als Sigrid älter wurde, erteilte ihr der Pfarrer die Erlaubnis, einen Grabstein für ihre Mutter aufzustellen, allerdings in einem gewissen Abstand zu den anderen.

»Da steht eine Inschrift auf dem Stein«, sagte Julia. »So etwas wie *Gott wacht über sein Wort. Du wachst über uns.*«

»Ja, die kenne ich«, sagte Karin. »Der erste Teil über Gott, das ist ein Zitat aus der Bibel. Der zweite Teil bezieht sich auf den Trost, den Sigrid vom Geist ihrer Mutter erhalten hat, vermute ich. Darüber hat sie in der Chronik geschrieben.«

»Das Grab wird viel besucht«, sagte Julia. »Dort liegen frische Blumen und Geschenke.«

Karin lachte trocken.

»Verurteile sie nicht. Der Fund von Christinas Leiche hat sie zu Tode erschreckt. Lass sie glauben, an was sie wollen, sofern es ihnen hilft.«

Julia konnte sich nicht zurückhalten.

»Aber du glaubst nicht daran, oder? Nicht einmal ein kleines bisschen?«

»Nein, das habe ich dir doch schon gesagt, Julia«, erwiderte sie schroff. »Ich glaube nur an das, was ich sehen, hören und fühlen kann. Mit anderen Worten an echte Menschen aus Fleisch und Blut.«

Im Lauf des Tages frischte der Wind so stark auf, dass die Regenschauer nahezu waagerecht über das Grundstück peitschten. Aber gegen Abend klarte es auf, und der Wind war nur noch ein Flüstern in den Bäumen.

Jasper von Hammars Auto stand schon seit Stunden auf dem Hof.

Aus einem ihrer Fenster konnte Julia Licht im Wohnzimmer des Herrenhauses sehen. Pausenlos sah sie in das warme Licht und die dunklen Schatten, die ViaTerra bei Nacht ausmachten. Die kahlen Äste der alten Esche ragten wie schwarze Finger in den Himmel hinein.

Am liebsten hätte sie sich herangeschlichen, um das Gespräch zu belauschen. Sie könnte sich auch einen Mitternachtssnack in der Küche machen und an der Tür lauschen. Aber in diesem Augenblick hörte sie Stimmen und sah, dass Franz und Jasper auf den Hof gekommen waren. Die Männer standen neben Jaspers Auto und unterhielten sich kurz. Trotz der Entfernung konnte sie an seiner selbstbewussten Körperhaltung ablesen, dass er zufrieden war.

Die Männer schüttelten sich die Hände, und Jasper stieg

in den Wagen. Franz warf einen Blick in ihre Richtung, zögerte einen Moment, drehte sich dann aber um und ging ins Herrenhaus zurück. Julia rannte in den Flur, schlüpfte in die erstbesten Schuhe und lief ihm hinterher. Er hörte sie kommen, blieb stehen und drehte sich um.

»Oh, bist du noch wach?«

»Ja, aber das hast du ja schon gesehen. Ich schlafe schließlich nicht bei Licht«, sagte sie. »Wolltest du ins Bett gehen, ohne mit mir zu sprechen?«

Sie standen an einer Stelle, die im Dunklen lag, aber das silberne Licht des aufgehenden Mondes überflutete den Rasen.

»Ich bin müde«, sagte er und gähnte herzhaft.

Sein Atem roch nach Alkohol. Solange sie ihn kannte, hatte sie das noch nie erlebt.

»Hast du getrunken?«

»Ein halbes Glas nur, um ihm Gesellschaft zu leisten.«

Es war eine besonders schöne Nacht. Der Nebel stieg vom Boden auf, und ihre Atemzüge bildeten kleine Wölkchen. Die Gerüche des Herbstes mischten sich mit den Aromen des Meeres, was einen satten Duft aus Salz und nassem Laub ergab.

»Heute Nacht wird das Thermometer unter null Grad fallen«, sagte Franz. »Morgen wird die Insel unter einer Decke aus Frost liegen.«

Da sie keine Jacke angezogen hatte, wurde ihr kalt.

»Bevor du ins Bett gehst, erzähl mir bitte noch, wie es gelaufen ist«, bettelte sie.

»Du bist ziemlich herrisch geworden, Julia. Ich bin mir nicht sicher, ob mir das gefällt.«

»Das war ich schon immer. Komm schon.«

Widerstrebend schlenderte er hinter ihr her. Irgendetwas

hatte sich verändert, sie konnte es nicht genau zuordnen. Da war eine Distanz zwischen ihnen entstanden, die normalerweise nicht vorhanden war.

»Erzähl!«, forderte sie ihn auf, sobald sie sich hingesetzt hatten.

Sein Tonfall war entschlossen und autoritär, was ihr überhaupt nicht gefiel.

»Was ich jetzt sage, darfst du nicht veröffentlichen, bevor ich dir nicht grünes Licht gegeben habe. Ich habe alles aus Jasper herausbekommen, allerdings wusste er leider nicht so viel. Jedenfalls ist er in dieser Nacht damals hier gewesen und hat die Mädchen gesehen.«

»Wirklich? Was ist passiert?«

»Wie Stefan schon sagte, hatte Jasper die Mädchen an Mittsommer kennengelernt, also wusste er, dass sie minderjährig waren. Mein Vater hat sie an diesem Abend auf dem Gelände gesehen und ins Herrenhaus eingeladen. Jasper wollte damit nichts zu tun haben und ging nach Hause. Tobias und mein Vater blieben zurück und brachten die Mädchen auf den Dachboden. Dann muss irgendetwas schiefgelaufen sein. Entweder hat mein Vater oder Tobias sie umgebracht, oder sie haben es gemeinsam getan.«

Sie schwieg in der Hoffnung, er würde noch etwas hinzufügen.

Das tat er aber nicht.

Julia spürte eine Spannung, winzige Partikel des Unmuts, die sie verjagen sollten. Es war faszinierend, dass der Raum zwischen Menschen selten ein Vakuum war.

»Kann ich jetzt bitte ins Bett gehen?«, sagte er. »Ich hasse Whiskey, er macht mich todmüde.«

»Gibt es etwas, das du mir nicht zu sagen wagst?«, fragte sie.

»Nein, überhaupt nicht. Jasper wird zur Polizei gehen. Ich glaube nicht, dass wir in dieser Sache weiterkommen werden.«

Julia starrte ihn verwundert an.

»Was sagst du da? Machst du Witze?«

Und dann wurde ihr klar, dass er alles andere als Witze machte. Er hatte schlichtweg gelogen. Sie kannte ihn inzwischen zu gut. Er war ein geschickter Lügner, aber sie hatte den Schatten gesehen, der sich für einen kurzen Moment über seine ernsten Augen gelegt hatte. Der schnelle Schatten eines Lügners. Jedes Mal, wenn es zu einer natürlichen Pause kam, wandte er den Blick ab. Das tat er sonst nie.

Sie stand auf und sah zu ihm hinunter.

»Ich glaube, du lügst«, sagte sie.

»Warum sollte ich das tun?«, fragte er und sah sie ungerührt an.

Das verunsicherte sie, aber dann gewann sie schnell ihr Gleichgewicht zurück. Mit seinem unerbittlichen Blick löste er Ungewissheit in ihr aus.

»Jasper hat noch etwas verraten, stimmt's?«

Sein Schweigen war aufschlussreich. Er sah sich interessiert im Zimmer um.

»Wie schön du es hier hast, man sieht, dass du dich wohlfühlst.«

Das war ein mehr als durchsichtiges Ablenkungsmanöver.

»Du verhältst dich seltsam«, sagte sie. »Ich erkenne dich gar nicht wieder.«

»Da sind wir schon zwei«, sagte er gelangweilt. »Ich bin nur noch ein Schatten meiner selbst.«

»Ich werde dich nicht bemitleiden.«

»Ich brauche dein Mitleid auch nicht.«

Sie versuchte es anders.

»Hast du Angst, dass Jaspers Enthüllung auf dich zurückfallen könnte? Was verschweigst du mir?«

Sein Blick wurde undurchdringlich.

»Wir beide sind doch kein … flottes Duo, das gemeinsam Kriminalfälle löst.«

»Das habe ich auch nie so gesehen«, gab sie zurück.

»Und das hier ist kein Nancy-Drew-Buch, in dem du durch die Gegend rennst und Kriminalfälle löst, Julia«, fuhr er fort. »Das ist das richtige Leben, in dem Menschen verletzt werden. Ich habe dir alles gesagt, was du wissen musst.«

»Ich habe schon vor zehn Jahren aufgehört, diese Bücher zu lesen.«

»Und ich werde aufhören, ein Opfer zu sein«, sagte er und presste die Lippen so fest aufeinander, dass sich seine Kiefermuskeln anspannten. Zwischen ihnen hatte sich eine Mauer aus Eis errichtet.

»Es tut mir leid, dass dein Ego angekratzt wurde, früher war es dir scheißegal, was die Leute denken.«

»Es geht nicht um *Meinungen*. Es geht vielmehr um ein mediales Gericht, das mich dazu verurteilt, für immer aus dem öffentlichen Leben zu verschwinden.«

»Aber dazu muss es doch nicht kommen«, entgegnete sie.

Ein zynisches Lächeln umspielte seine Lippen.

»Das sagst du so einfach. Die Starreporterin, der die Fackel der weiblichen Pionierinnen der Presse übergeben wurde. Bist du unsere Barbro Alving, die *Bang* der Neuzeit. Bald brauchst du deine Artikel auch nur noch mit deinem Pseudonym *Frisk* zu signieren.«

»Du bist gemein.«

»Nein, nur aufmerksam. Du schwebst so durch das

Leben, Julia. Welche Widerstände und Rückschläge musstest *du* denn in letzter Zeit hinnehmen?«

»Keine, außer dass ich dieses Jahr zweimal um ein Haar getötet wurde, einmal fast totgeschlagen und das zweite Mal fast ertränkt.«

Das hatte Wirkung. Jetzt verlor er den Faden.

»Es tut mir leid. So soll es nicht zwischen uns sein. Das wollte ich nicht«, sagte er.

»Was meinst du damit?«

»Wir streiten uns.«

Franz hatte selten solche Auseinandersetzungen, es war unter seiner Würde, mit anderen zu streiten. Bei ihnen jedoch kam es manchmal zu Ausnahmen dieser Regel.

»Du hast recht«, sagte er leise. »Du bist in diesem Sommer fast umgebracht worden.«

»Sag mir die Wahrheit. Ich werde schweigen, wenn du es möchtest, aber ich muss es wissen.«

Sie starrten sich an. Beide weigerten sich eine ganze Weile, den Blick abzuwenden. Er sah zuerst weg, rieb sich mit den Händen über das Gesicht und klopfte schließlich mit der Hand auf den Sitz neben sich.

»Setz dich hierher. Nah bei mir.«

»Nur wenn du die Wahrheit sagst«, sagte sie und ließ sich neben ihn aufs Sofa sinken. Er legte seine Hand auf ihre. Sie ließ ihn gewähren. Die Berührung hatte nichts Erotisches, dabei wand er sich, als wolle er den bequemsten Platz auf dem Sofa finden.

Während er ihr alles erzählte, was er von Jasper erfahren hatte – von Christinas Sturz bis zu der Vereinbarung, dass sich Henrik *um alles Weitere* kümmern würde –, war er ruhig und gefasst. Doch am Ende brach seine Stimme.

»Mein Vater hat sie ermordet, er ist es gewesen. Nun

werde ich hier für den Rest meines Lebens der Bastard vom Mörder-Henrik heißen. Verstehst du es jetzt?«

Er machte eine ausladende Handbewegung, die sich auf alles zu beziehen schien – die Skandale, das Chaos –, das sein Leben darstellen sollte.

»Du glaubst also, du kommst glimpflicher davon, wenn Henrik sie nicht allein getötet hat?«, fragte sie.

»Vielleicht. Das weiß man nie. Tobias war ein Arzt und hätte viele Möglichkeiten gehabt, Menschen zu töten und verschwinden zu lassen.«

»Er soll posthum wegen Mordes angeklagt werden, obwohl er nicht geblieben ist? Seiner Familie gegenüber ist das wirklich sehr fair!«

»Er hat uns angelogen, Julia. Außerdem wollte er mit einem minderjährigen Mädchen schlafen.«

»Das hast du auch getan. Mehr als einmal.«

Er starrte sie an.

»Die Leute auf dieser Insel werden mich steinigen.« Er hatte seine Stimme erhoben, aber sie zuckte nicht zusammen. »Mein Vater hat zwei junge Mädchen umgebracht, das kann man doch nicht verzeihen.«

»Du bist aber nicht dein Vater. Wann wirst du das endlich begreifen?«, fragte sie genervt.

»Dieser Bastard. Das ist seine Art, mich vom Jenseits aus fertigzumachen.«

»Das ist doch lächerlich.«

Plötzlich überkam sie Mitleid. Ob er es nun verdiente oder nicht, in diesem Herbst hatte er es nicht leicht gehabt. Eine Depression, die zu dieser schrecklichen Woche im Keller geführt hatte, und jetzt zwei Skandale hintereinander.

»Ich habe einen Vorschlag«, sagte sie.

»Dann lass mal hören«, erwiderte er müde.

»Meine Redakteurin hat mich gebeten, einen Artikel über dich und deine Familie zu schreiben.«

Er schenkte ihr ein gequältes Lächeln.

»Nein, danke, ich …«

»Lass mich aussprechen«, unterbrach sie ihn. »Ich schreibe darüber, wie du beschlossen hast, deiner Familiengeschichte auf den Grund zu gehen. Mit anderen Worten, wenn wir herausfinden, was mit den Mädchen passiert ist, erntest du das gesamte Lob und die Anerkennung.«

Für einen kurzen Moment flackerte ein Interesse in seinen Augen auf, erlosch aber sofort wieder.

»Deine bisherigen Artikel über mich waren eher boshafte Karikaturen von mir.«

»Dann wäre es vielleicht mal an der Zeit, wenn ich etwas Ausgewogeneres schreiben würde. Aber dafür musst du Jasper bei der Polizei anzeigen. Und ihnen alles sagen, was er dir gestanden hat. Nicht nur die Version, die ihr euch ausgedacht habt.«

Franz senkte den Blick, saß lange so und starrte vor sich auf den Boden.

»Woran denkst du?«, fragte sie.

Was auch immer es war, es brachte ihn zum Lächeln.

»Wir brauchen kein Geständnis von Jasper«, sagte er.

»Und warum nicht?«

»Wir können woanders herausfinden, was wirklich passiert ist.«

»Das verstehe ich nicht ganz. Nachdem Jasper und Tobias nach Hause gegangen sind, war doch nur noch dein Vater da?«

Sein Lächeln wurde noch breiter.

»Stimmt, aber mir ist gerade etwas klar geworden. Ich glaube weder, dass mein Vater die Mädchen getötet hat, noch dass er Christina begraben hat. Die Sache ist die, dass er in seinem ganzen Leben noch nie eine Schaufel in die Hand genommen hatte. Er hat sich kein einziges Mal die Hände schmutzig gemacht.«

»Aber es war eine außergewöhnliche Situation, da kann doch jeder zum Äußersten getrieben werden?«

»Das stimmt zwar, und mein Vater hat die Morde wahrscheinlich auch angeordnet, aber er hat immer seine Untergebenen benutzt, um die Drecksarbeit zu erledigen. Es muss einer seiner *Handlanger* gewesen sein.«

»Einen Angestellten damit zu beauftragen, zwei junge Mädchen zu töten? Das klingt ziemlich … krass.«

»Gier ist ja auch krass. Der Kerl hatte unerschöpfliche Ressourcen. Wenn der Preis stimmt, sind die meisten Menschen in der Lage, fast alles zu tun. Je länger ich darüber nachdenke, desto sicherer werde ich. So muss es gewesen sein. Hast du Karins Liste noch?«

Julia holte sie vom Küchentisch und gab sie Franz.

Sein Blick flog über die Namen.

»Georg Modig, *Assistent*«, sagte er. »Mit dem müssen wir reden. Der weiß bestimmt eine Menge.«

Sie starrte auf den Namen. Ein *Handlanger*. Dass sie nicht schon früher daran gedacht hatte.

Franz stand auf und stellte sich vor den Kamin. Am frühen Abend hatte Julia ein Feuer gemacht und in die Glut gestarrt, um ihre Gedanken zu sortieren und zur Ruhe zu kommen. Franz legte mehr Holz nach. Dann setzte er sich wieder zu ihr und warf einen Blick auf die Wanduhr.

»Nun, lange habe ich meine Lüge nicht aufrechterhalten können, bevor du mich durchschaut hast. Es ist schon fast komisch. Als wir uns das erste Mal begegnet sind, hast du mir noch alles geglaubt.«

»Könnte es am Alter liegen? Ich war damals sechzehn und du fünfundvierzig?«, überlegte sie.

»Und jetzt?«

»Jetzt durchschaue ich deinen ganzen Schwachsinn.«

Ein verschmitztes Lächeln breitete sich auf seinem Gesicht aus.

»Oh, Julia. Das waren noch Zeiten. Was für eine Leidenschaft! Was wäre, wenn ich noch mal dasselbe in dir auslösen könnte wie beim ersten Mal?«

Sehr unwahrscheinlich. Aber sie erwiderte nichts. Seine kokettierende Anspielung war zumindest erträglicher als die kalte Ablehnung von vorhin.

Die Stimmung war umgeschlagen. Sie standen endlich wieder auf derselben Seite, auch wenn sie sich mitten in einer Geschichte mit ungewissem Ausgang befanden.

Kapitel 48

FRANZ

Es gibt einen wunderschönen Ort auf Dimö, den nur wenige Menschen kennen. Um dorthin zu gelangen, muss man auf einem schmalen, zugewachsenen Pfad durch den Wald gehen. Und hinter diesem Wald befindet sich das Meer. An dem winzigen Strand dort ist der Sand fast weiß und voller Muscheln. Die Felsen im Wasser sind breit und flach. Im Sommer sieht es hier wie an einem griechischen Traumstrand in Miniaturausgabe aus. Thor und ich sitzen schweigend nebeneinander und genießen diese kleine Oase unberührter Natur. Es ist kühl, vom Meer zieht eine milde Luftfeuchtigkeit auf, aber wir sind warm angezogen.

In einem meiner seltenen väterlichen Momente bin ich einmal mit Thor und Vic hier gewesen. Sie waren fünf oder sechs Jahre alt. Ich erinnere mich an Thors Vergleich. Er sagte, es fühlte sich an, als wären wir gerade auf einer einsamen Insel an Land gegangen. Vielleicht habe ich diese Ausflüge auch nur unternommen, um die Fassade eines verantwortungsvollen Familienvaters aufrechtzuerhalten. Aber trotzdem habe ich sie genossen. Vics furchtloser Umgang mit den Gefahren der Natur. Thors unablässige Fragen, die mich förmlich durchlöcherten, wie ein Schwamm saugte er meine Antworten auf. Aber dieses Machtverhältnis hat sich nun elementar verändert, er betrachtet mich ruhig und ohne Vorbehalte. Es ist mir nach wie vor ein Rätsel, dass er nicht so geworden wie ich.

Ich erinnere mich, wie ich in der Vergangenheit gewesen bin. Ich habe meinen Söhnen gegenüber keinerlei Emotionen gezeigt, war nicht von ihrem Schmerz oder ihrer Trauer berührt. Meine Entscheidungen sind nie von Liebe geleitet gewesen, sondern folgten immer praktischen und logischen Erwägungen. Damals gab es auch keine Zärtlichkeit, keine Weichheit, die ist erst jetzt entstanden. Seltsam.

Thor und ich sitzen schon eine ganze Weile schweigend nebeneinander. Die Aussicht ist fast schmerzhaft schön, das Wasser kräuselt sich sanft. Die Sonne hängt wie ein farbloser Ball hinter zarten Wolken. Einerseits habe ich große Sorge, dass Thor mit mir ein *Gespräch unter vier Augen* führen will. Andererseits genieße ich es, an so einem schönen Ort Zeit mit meinem Sohn zu verbringen. Er ist fast so groß und breit wie ich. Er hat sich Bartstoppeln wachsen lassen, was ihm gut steht. Die roten Haare verleihen ihm das besondere Etwas. Bisher haben wir nur über ihn gesprochen, über sein Studium, seinen Sport, die Bücher, die er in letzter Zeit gelesen hat. Ein bisschen sogar über die aktuelle politische Situation, mit der er sehr vertraut ist.

»Weißt du noch, als wir mit Vic hier waren?«, fragt er plötzlich.

»Natürlich.«

»Und hast du noch dein perfektes Gedächtnis? Ich kann mich nämlich an alle Details erinnern«, sagt er.

»Stell mich auf die Probe.«

»Welche Farbe hatte das Meer an diesem Tag?«

»Azurblau, bis zum Horizont.«

»Stimmt genau. Und welche Vögel haben wir gesehen?«

»Verschiedene, aber ich glaube, du meinst die Singschwäne, die in den Schären nisten.«

Thor lächelt, dann wird er ernst und kommt unweigerlich auf den eigentlichen Grund unseres Ausfluges zu sprechen.

»Wie geht es dir, Papa?«

Zuerst ignoriere ich die Frage.

»Deine Drohung, als Austauschstudent nach London zu gehen, das stimmte nicht, oder?«

»Nein«, gibt er zu. »Es tut mir leid, ich wusste, dass es dir nicht gut ging, ich hätte dir das nicht antun sollen, denn ich weiß sehr gut, wie es ist, allein gelassen zu werden.«

Es ist eine zu große Sache, um darauf schnell zu antworten, also schweige ich.

»Wie geht es dir, Papa?«, wiederholt er und sieht mich eindringlich an. »Ehrlich?«

»So lala«, antworte ich aufrichtig.

»Machst du dir Sorgen wegen der Leiche und der Mordermittlungen? Dann solltest du wissen, dass es mir scheißegal ist, was die Leute reden. Es ist nicht deine Schuld, dass mein Großvater ein Psychopath war.«

Ich habe den Verdacht, dass Julia mit ihm gesprochen hat.

»Ich glaube, ich mache mir mehr Sorgen, dass es auf dich zurückfällt«, sage ich. »Das Wühlen in unserer Familiengeschichte, der DNA-Test, das alles ist mir unangenehm, um ehrlich zu sein.«

»Für mich hat das überhaupt keine Bedeutung mehr. Ich habe mich sowieso nie normal gefühlt. Es spielt keine Rolle, was mein Großvater getan hat oder sogar: wer mein Urgroßvater ist. Ich komme schon zurecht. Und ich glaube nicht, dass du dich für deine Familie schämen musst. Vergiss nicht, die eine Hälfte stammt von deiner Großmutter, und die ist tausendmal so viel wert wie dein Großvater.«

»Ich schäme mich auch nicht. Für gar nichts.«

»Wenn du meinst.«

Es ist offensichtlich, dass er mir nicht glaubt, aber es wäre sinnlos, sich deswegen zu streiten. Jemand wie Thor würde wahrscheinlich nie verstehen, wie mein Gehirn funktioniert. Er ist ein viel zu guter Mensch. Also lasse ich es dabei bewenden.

Eine riesige Möwe landet auf dem Felsen vor uns. Sie krächzt neugierig, ungewöhnlich zutraulich.

»Was ist das für eine Möwe?«, sagt Thor, wobei er flüstert, um den Vogel nicht zu erschrecken.

»Eine sogenannte Mantelmöwe. Und sie ist älter als drei Jahre, das erkennt man an der weißen Umrandung der Flügelspitzen und an der hellen Schnabelspitze. Sie nisten im Sommer in den Schären.«

Die Möwe schreckt auf, breitet ihre großen Flügel aus, hebt ab und segelt majestätisch über das Meer hinaus.

»Es ist beeindruckend, wie viel du über Vögel weißt«, sagt Thor. »Ich habe dir schon immer gesagt, dass du dich mehr mit der Ornithologie beschäftigen solltest.«

Ich lache und fühle mich auf einmal leicht und glücklich.

»Apropos, hast du dir überlegt, was du als Nächstes machen willst?«, fragt er.

»Ja, das habe ich«, sage ich.

»Erzähl.«

»Noch einmal ganz von vorne anfangen, aber diesmal alles besser machen.«

Thor wartet darauf, dass ich fortfahre.

»Als ich vor fast fünfundzwanzig Jahren zurückkam und das Herrenhaus kaufte, wollte ich eine kleine, autarke

Gemeinschaft gründen. Ich hatte eine Erleuchtung und war davon überzeugt, dass Dimö eine ökologische Insel werden soll, ein Ort, an dem wir dem Ökosystem etwas zurückgeben, anstatt ihm immer nur etwas wegzunehmen.«

»Und stattdessen ist daraus dann eine Sekte geworden«, sagt Thor und schüttelt traurig den Kopf.

»Es war ein *Unternehmen* wie jedes andere auch, Thor. Aber … wie auch immer, es hat nicht funktioniert. Wir waren zu abhängig von den ›Gegenständen des täglichen Bedarfs‹ vom Festland, und ironischerweise kam mir mein eigenes Verlangen nach materiellem Luxus in die Quere. Und jetzt habe ich mir überlegt …«

»Ja, was denn?«

»Dass es großartig sein würde, wieder Gäste in ViaTerra zu bewirten. Man könnte mit Simons Unterstützung Kurse in biologischer Landwirtschaft anbieten. Und Führungen über die Insel. Ich könnte meine alten Thesen überarbeiten, abends Vorträge halten. Und solchen Menschen, die gerade auf der Stelle treten, vielleicht … etwas spirituellen Beistand geben.«

Thor atmet schwer.

»Du willst doch nicht etwa wieder von vorne anfangen?«

»Nein, das natürlich nicht! Unterhalte dich ruhig mit meinen Mitarbeitern und frag sie, wie ich sie behandle. Los, frag sie ruhig alle! Ich kann dir wirklich versichern, dass sie mich auf keinen Fall als einen Sektenführer wahrnehmen.«

»Und du gründest auch keine Schulen, hoffe ich?«, fragt er nervös.

»Nein, das nicht.«

»Keine Jugendcamps!«

»Nein, ich verspreche es.«

»Keine erbarmungslosen Arbeitseinsätze für ungehorsames Personal!«

»Überhaupt nichts in der Art. Obwohl ich selbst gezwungen wurde, Kirchen zu streichen und Blumenbeete umzugraben.«

Ein Lächeln funkelt in seinen Augen.

»Keine Beschimpfungen!«

Ich neige den Kopf auf die Seite und tue so, als dächte ich nach.

»Braucht nicht jeder von Zeit zu Zeit eine gut gemeinte Zurechtweisung von seinem Chef?«

Bevor Thor reagieren kann, lege ich eine Hand auf seine.

»War nur ein Scherz.«

Erleichtert atmet er auf.

»Willst du nur diese aufgeblasenen Geschäftsführer und Prominenten nach ViaTerra einladen?«, fragt er.

»Nein, von denen habe ich genug. Das sind zutiefst unglückliche Menschen, die an ihrer eigenen Gier ersticken. Es sollen normale Leute kommen.«

»Und was ist mit deinen vollkommen unrealistischen Plänen, die Welt zu verändern?«

»Das genaue Gegenteil schwebt mir vor. Ich habe vor, mich auf die Wurzeln zu konzentrieren. Dimö soll eine Selbstversorgerinsel werden. Wir haben hier alles, was wir brauchen. Simon und Elvira bauen so viele verschiedene Gewächse an. Wir haben Fisch aus dem Meer, gute Jagdgründe, Bauernhöfe mit reichen Erträgen. Ich investiere in die Geschäfte im Dorf, und sie versorgen uns mit allem, was wir brauchen.«

»Und was ist mit den wahnsinnig Reichen, die hier ihre Sommerhäuser haben, was hast du mit denen vor?«

»Ich kaufe ihnen ihre Häuser ab und verkaufe sie dann

zu einem erschwinglichen Preis an Leute, die sich hier dauerhaft niederlassen wollen. Wusstest du eigentlich, dass von den Tausenden von Inseln an der Westküste nur etwa dreihundert mehr als einen Einwohner haben? Wir könnten doch andere dazu inspirieren, das Stadtleben hinter sich zu lassen und autarke, umweltfreundliche Gemeinden zu gründen. Die Alternative sind doch diese energieeffizienten Riesenstädte, in denen die Menschen in winzigen Kästen wohnen. Wer will denn wirklich so leben?«

Meine Stimme wird lauter, je mehr ich mich hineinsteigere.

»Du denkst schon lange darüber nach, stimmt's?«

»Die Ideen gibt es sogar bereits seit zwanzig Jahren, es ist nur leider ein bisschen schiefgegangen.«

»Ein bisschen schief?«, wiederholt er und wirft die Hände in die Luft. »Dieser Ort hat sich damals in eine Mini-Version von Nordkorea verwandelt.«

»Jetzt übertreibst du aber, Thor!«

»Papa … es war wie eine Studie über Herdenverhalten. Wir haben uns in Hunde verwandelt, die jede Fähigkeit verloren haben, selbstständig zu denken.«

»So ist das auf ViaTerra schon lange nicht mehr«, sage ich mit Nachdruck. »Wir müssen das jetzt auch nicht wieder durchkauen. Du hast mich nach meinen Plänen gefragt. Das ist es, was mich zurzeit beschäftigt.«

Er hat bestimmt eine Menge unangenehme Erinnerungen an diese Zeit, und ich möchte keine schlafenden Hunde wecken, wenn ich es vermeiden kann.

Plötzlich sehe ich alles mit einer unglaublichen Klarheit vor mir. Das geschäftige Treiben auf ViaTerra. Wie ich über das Anwesen laufe und mit den Gästen plaudere und dabei vielleicht sogar ein wenig Wärme verbreite. Mehrmals im

Jahr finden im Auditorium große Veranstaltungen statt, bei denen ich über Leben und Tod referiere, über Themen, für die ich in letzter Zeit so etwas wie ein Experte geworden bin. ViaTerra wird in aller Munde sein. Diesmal würde ich alles anders machen, mit Finesse statt mit roher Gewalt.

Thor legt seine sonst so glatte Stirn in tiefe Falten.

»Ich muss darüber nachdenken. Aber ich bin schon mal froh, dass du überhaupt Pläne hast. Gäste auf ViaTerra kann ich mir jedenfalls gut vorstellen.«

»Wir werden sehen. Das hängt davon ab, ob ich diese Prüfung lebend überstehe«, sage ich und sehe in den Himmel, der gerade etwas an Farbe verloren hat. »Wahrscheinlich sollten wir zurückgehen, bevor es dunkel wird. Julia wartet bestimmt schon auf dich.«

»Willst du mir noch etwas anderes erzählen, bevor wir gehen?«, fragt er.

»Nein, eigentlich nicht – obwohl doch, ich habe vor Kurzem jemanden kennengelernt.« Die Worte fallen mir einfach so aus dem Mund. »Also, es ist nichts Ernstes, wir haben uns erst ein paarmal gesehen.«

Thor stöhnt auf.

»Ehrlich, Papa? Könnte sie meine kleine Schwester sein?«

»Nein, sie ist sechsundvierzig, du kennst sie auch. Es ist Maria Bremer.«

»Maria?«, ruft er überrascht. »Aber sie ist doch … ganz normal?«

»Nein, sie ist alles andere als normal«, sage ich mit Nachdruck.

Thor lächelt.

»Entschuldige bitte, ich habe es nicht böse gemeint. Es kommt nur so unerwartet, dass du mit jemandem in deinem Alter zusammen bist. Sie wirkt nett.«

»Das ist nichts für die Ewigkeit, aber immerhin ist gut, dass du es weißt«, sage ich, weil die Wahrheit so kompliziert ist.

Wir sehen uns eine Weile schweigend an. Thor sieht aus, als versuche er, meine Gedanken zu lesen.

»Ich finde, du solltest mit deiner Psychologin sprechen, bevor du irgendwelche Pläne für die Zukunft machst«, sagt er. »Wann ist dein nächster Termin?«

»Nächste Woche«, seufze ich.

»Läuft es gerade nicht so gut?«, fragt er besorgt.

»Ich weiß gar nicht, ob es gut oder schlecht läuft. Ich gebe jedenfalls mein Bestes.«

Ich stehe auf, aber Thor bleibt weiter sitzen. Gerade noch habe ich das Glitzern in seinen Augen gesehen, obwohl es dann gleich wieder verschwunden ist.

»Papa.«

»Ja?«

»Es bedeutet mir sehr viel, dass wir so miteinander reden können.«

Ich strecke meine Hand aus und ziehe ihn hoch. Das warme Nachmittagslicht ist inzwischen verblasst, und der Himmel hat eine kühlere Farbe angenommen. Die Unterseite der Wolken am Horizont ist zartrosa. Unsere Schatten sind lang. Bald wird es dämmern.

Thor betrachtet mich so aufmerksam, und das Universum hält den Atem an. Während wir nach Hause gehen, ermahne ich mich selbst, nichts zu tun, was das jetzt wieder vermasseln könnte.

Kapitel 49

JULIA

Georg Modig ausfindig zu machen, war schwieriger, als sie erwartet hatte. Die wenigen Personen in den sozialen Medien, die diesen Namen trugen, hatten das falsche Alter. Auch eine allgemeine Online-Suche führte zu keinem Ergebnis. Zuerst rief sie Karin und dann Kurt an. Beide erinnerten sich zwar an Georg, aber keiner wusste, wo er jetzt lebte. Karin sagte, er habe mehrere Jahre auf dem Gutshof gearbeitet, der das Herrenhaus damals noch war, sei dann aber – als Henrik das Land verließ – aufs Festland gezogen. Von Kurt bekam sie die gleiche Antwort. Julia rief daraufhin Stefan an, der sagte, er könne sich noch vage daran erinnern, dass Georg ein guter Logistiker gewesen war und auf dem Festland eine Stelle in diesem Bereich bekommen hatte.

Julia beschloss, Hampus, Franz' IT-Techniker, um Hilfe zu bitten. Aber Hampus konnte keinen Eintrag von einem Georg Modig finden, der altersmäßig gepasst hätte. Nicht beim Einwohnermeldeamt, im Wählerverzeichnis, und er war auch nicht als verstorben gemeldet und stand in irgendeinem anderen Register. Aber Hampus würde weitere Nachforschungen anstellen und sich wieder melden.

Um sich von der aussichtslosen Suche zu erholen, schleppte sie Franz und Thor in den Sonntagsgottesdienst.

Julia fand die kleine Kirche von Dimö wunderschön. Sie stammte aus dem 16. Jahrhundert, und ihre hölzernen Gewölbe waren mit biblischen Motiven bemalt – Teufeln, nackten Frauen und seltsamen Tieren. Die Decke war im 18. Jahrhundert erneuert und mit Wolken und Engeln verziert worden. Die Kirche war jetzt fast bis auf den letzten Platz besetzt. Als Emil, der mit der Bibel in der Hand neben der Kanzel stand, sie entdeckte, strahlte er übers ganze Gesicht und winkte sie zu sich.

»Ich bin so froh, dass ihr gekommen seid«, sagte er. »Ich habe heute noch einen anderen Gast zum Mittagessen, aber ich hoffe, ihr könnt bleiben. Es gibt Roggenquiche mit Tomaten und Mozzarella. Es ist genug für uns alle da.«

»Wie lecker«, sagte Julia. »Es sind ja wirklich viele Leute hier.«

»Ich hab's dir doch gesagt«, sagte Emil und zwinkerte ihr zu.

Sie setzten sich in die letzte Reihe. Aber sie blieben nicht allein, es kamen ein paar Teenagerinnen, setzten sich neben sie und spielten auf ihren Handys. Eine von ihnen warf Thor einen Blick zu und flüsterte dann ihrer Freundin etwas ins Ohr, die ihn daraufhin anerkennend musterte. Julia stellte sich Christina, Anna-Lina und Helena vor, die bei irgendeiner Schulveranstaltung auf diesen Bänken gesessen hatten, gelangweilt von dem alten Pfarrer Moraeus. Vielleicht hatten sie sich auch nach Jungs umgesehen. Junge Mädchen, die sich danach sehnten, endlich erwachsen zu werden. Nichts hatte sich geändert, und doch hatte sich alles verändert – von Grund auf. Seit dem Verschwinden der Mädchen war Dimö nicht mehr wie früher. Das Ereignis war zu einer dunklen Macht geworden, die sich auf das Leben der Menschen auswirkte.

Thor lehnte sich näher an sie heran und flüsterte: »Versuch, es loszulassen, zumindest für heute.«

»Ich darf doch denken, was ich will«, flüsterte sie zurück.

»Ich wünsche mir, dass du heute bei mir bist und nicht nur in deinen Gedanken. Morgen fahre ich doch wieder nach Hause.«

Julia nickte und legte ihre Hand auf seine. Das gedämpfte Gemurmel verstummte, als Emil auf die Kanzel trat.

Seine Stimme war tief und kräftig, aber gleichzeitig auch schön und melodiös. Es spielte keine Rolle, dass er über Episteln, Evangelien und Dinge sprach, die Julia nicht interessierten. Sie wurde mitgerissen. Dagegen konnte sie sich nicht wehren. Für alles andere verlor sie das Gefühl. Er erfüllte die Kirche mit seiner Stimme und blendete alles aus, was sich außerhalb der Mauern befand. Nachdem er seine Predigt beendet hatte, machte er eine lange Pause und sah jeden einzelnen seiner Gemeindemitglieder an. Es war still, bis auf ein unterdrücktes Husten.

»Eine letzte Sache noch«, bemerkte er schließlich mit gesenkter Stimme. »Wir befinden uns nach wie vor in der Trinitatiszeit, in der es darum geht, als Mensch zu wachsen und zu reifen. Wir haben heute jemanden hier, der das getan hat. Ich weiß, dass ich nicht der Einzige bin, dem Franz Oswald in letzter Zeit geholfen hat, und ich weiß auch, dass ihr uns beim Streichen der Kirche gesehen habt. Er unterstützt kleine Unternehmen und hat sein Haus für Hochzeiten und andere christliche Zeremonien geöffnet. In letzter Zeit musste er sich gegen unfaire Anschuldigungen der Boulevardpresse wehren. Bitte schließt Franz heute in eure Gebete ein. Er ist eine wichtige Stütze unserer kleinen Gemeinde.«

Zustimmendes Gemurmel und Raunen ging durch die

Gemeinde. Einige drehten sich zu Franz um. Seine Wangen waren gerötet. Thor gelang es nur mit großer Mühe, ein Lachen zu unterdrücken.

Sie blieben in der Kirche sitzen und warteten, bis Emil fertig war. Einige Leute kamen an ihrer Reihe vorbei, lächelten Franz freundlich zu oder murmelten einen Gruß.

»War das wirklich notwendig?«, fragte Franz, als Emil zu ihnen kam.

Der Pfarrer zuckte mit den Schultern.

»Die Leute schwatzen, also habe ich gesagt, was ich denke.«

»Na fein, dann lass uns jetzt gehen«, sagte Franz, stand auf und gewann sofort seine Fassung zurück. Julia hatte erwartet, dass ihm diese Form der Aufmerksamkeit zugesetzt hätte, aber das war nicht der Fall.

Das Pfarrhaus lag auf einer kleinen Anhöhe hinter der Kirche. Mächtige Ahornbäume säumten den breiten Kiesweg, der zu dem weiß gestrichenen Haus hinaufführte. In der Einfahrt standen zwei Autos, eines, von dem Julia annahm, dass es Emil gehörte, und dann ein Lieferwagen. Emil öffnete die Tür und bat sie einzutreten. Die Diele war geräumig und hatte große Erkerfenster, durch die sich die Sonne bahnte und Streifen auf den polierten Holzboden zeichnete. Das Pfarrhaus war im 18. Jahrhundert gebaut worden, erzählte ihnen Emil, aber seitdem habe es mehrere Reparaturen und Erweiterungen über sich ergehen lassen müssen. Er versprach eine Hausführung nach dem Essen. Julia warf einen Blick in das Wohnzimmer. Der alte Pfarrer Moraeus hatte hier jahrzehntelang gelebt, aber die frisch gestrichenen Wände verrieten, dass Emil bereits begonnen hatte, dem Haus seinen Stempel aufzudrücken.

Emil führte sie in die Küche, wo es wunderbar duftete.

Am Küchentisch saß ein Mann und las Zeitung. Als er sie sah, stand er auf.

»Das ist Roy Adler«, stellte ihn Emil vor. »Er hat zwar keine Lust auf meine Predigt, aber er mag mein Essen.«

Roy lachte und schüttelte ihnen die Hand. Er war klein, hatte helle Augen und eine glatte Haut. In seinem sonst schwarzen Haar fanden sich nur vereinzelt Spuren von Grau. Dennoch schätzte Julia ihn auf etwa siebzig, was mit seiner gebückten Körperhaltung zu tun hatte.

»Roy hilft mir bei allem Möglichen, von der Beschaffung neuer Bibeln bis zum Transport von Möbeln«, sagte Emil. »Er kommt einmal in der Woche vom Festland, und dann essen wir zusammen zu Mittag.«

Roy verzog sein Gesicht zu einem schiefen Lächeln.

»Ich bin hier auf Dimö aufgewachsen und verbinde meine Fahrten manchmal mit dem Besuch von Freunden. Ich hatte eine Spedition in Uddevalla, die jetzt meine Tochter leitet. Aber seit der Pensionierung langweile ich mich und nehme gerne Gelegenheitsjobs an.«

»Ich muss mich kurz umziehen«, erklärte Emil und zeigte auf seinen Talar. »Danach können wir essen.«

Sie setzten sich an den massiven Esstisch. Julia sah sich in der Küche um. Die Küchentüren und Schränke waren aus demselben hellen Holz wie der Tisch. Der Blick durch die großen Fenster gefiel ihr besonders, obwohl es schon Spätherbst war. Man konnte die Silhouetten der Ahornbäume sehen und hinter ihnen sogar den Hafen, wo die Sonne auf dem Meer glitzerte.

Franz und Roy fingen an, über die alten Zeiten zu sprechen. Bei der ersten kurzen Pause in ihrer Unterhaltung mischte sich Julia ein: »Haben Sie vor fünfzig Jahren auch auf Dimö gelebt?«, fragte sie.

»Sag bitte du zu mir. Du meinst, ob ich auf der Insel gewesen bin, als die Mädchen verschwunden sind? Ja, da war ich noch hier.«

»Kanntest du vielleicht einen Mann namens Georg Modig? Er hatte was mit Logistik zu tun und du mit Spedition …«

Thor warf Julia einen »Nicht-schon-wieder«-Blick zu. Nachdenklich runzelte Roy die Augenbrauen.

»Das ist schon so lange her«, sagte er. »Aber ja, es hat hier einen Georg gegeben, obwohl ich mir bei seinem Nachnamen nicht sicher bin.«

»Er hieß Modig und hat später auf dem Festland gearbeitet. Ihr seid etwa im gleichen Alter, und ich dachte …«

»Das ist so typisch«, unterbrach Thor.

»Was denn?«, fragte Julia.

»Dass du Roy sofort mit deinen Fragen löcherst«, sagte er mürrisch.

Roy winkte beschwichtigend mit der Hand und sah amüsiert aus. »Ach, das ist schon in Ordnung. Wenn ich mich nur erinnern könnte, wie dieser Georg …«

Er lehnte sich zurück und dachte angestrengt nach. Dann brach er plötzlich und unerwartet in Gelächter aus.

»Tut mir leid, aber jetzt erinnere ich mich wieder. Es hat wirklich einen Georg Modig auf Dimö gegeben, aber das war nicht sein richtiger Name.«

»Wie meinst du das, nicht sein richtiger Name?«, fragte Julia.

»Na ja, sein richtiger Name war Georg Harig.«

»Harig?«

Sie war sich nicht sicher, ob das ein Witz sein sollte – das hätte zu ihm gepasst. Also wartete sie lieber noch, bis er etwas hinzufügte.

»Ich glaube, Harig ist ein deutscher Nachname«, sagte Roy. »Der Vater kam von dort. Aber Georg war es peinlich, also fing er an, sich stattdessen Modig zu nennen, am Anfang noch aus Spaß. Aber schließlich blieb es dabei, und die Leute fingen an, ihn auch so zu nennen.«

»Warum hat er seinen Namen nicht offiziell ändern lassen, wenn ihm Modig besser gefiel?«, fragte Julia. »Das ist doch heutzutage ganz einfach.«

Franz nickte Julia aufmunternd zu.

»Er ist vor Jahren nach Stenungsund gezogen und hat in der Spedition seines Vaters angefangen«, sagte Roy. »Sie nannten sich Harig & Sohn. Ich nehme an, Georg hielt es für angebracht, wieder seinen richtigen Namen zu benutzen, oder vielleicht schämte er sich nicht mehr für seine Herkunft. Was weiß ich?«

Julia und Franz tauschten vielsagende Blicke. Das war ein Volltreffer.

»Und jetzt heißt er also Harig?«, fragte Franz.

»Ja, ich bin mir ganz sicher«, sagte Roy. »Die Firma heißt auch so, obwohl sein alter Herr schon lange gestorben ist.«

Julia lächelte. Vielleicht sollte sie öfter in die Kirche gehen. Die Predigt war gar nicht so schlecht, und jetzt saßen sie nett zusammen und hatten Georg Modig, oder besser gesagt Harig, aufgespürt. Besser hätte es doch kaum werden können.

»Soweit ich weiß, geht es Georg gut«, sagte Roy. »Du kannst die Website der Spedition online finden.«

Julia hatte den Impuls, sofort auf ihrem Handy nachzusehen, aber Thor, der ihre Gedanken lesen konnte, warf ihr einen unmissverständlichen und warnenden Blick zu. Da kam Emil in Jeans und einem schwarzen Hemd zurück in die Küche. Er sah so glücklich aus, als er in die Runde sah, dass Julia ihr Vorhaben sofort aufgab. Das Essen war hervorragend und die Gespräche am Tisch so interessant, dass Georg Harig bald in den Hintergrund gedrängt wurde. Nach dem Essen entschuldigte sie sich, sie müsse auf die Toilette. Kaum hatte sie die Tür hinter sich geschlossen, griff sie nach ihrem Handy und hatte Sekunden später schon die Firma Harig & Sohn und deren Kontaktdaten im Netz gefunden.

Fast war es so, als hätte ihnen das Schicksal Roy Adler vorbeigeschickt.

Kapitel 50

DER MANN IM SCHATTEN, GEGENWART

Er atmet die leere Schwere, die der Friedhof verströmt, der im Laufe der Zeit zu einem immer tragischeren Ort geworden ist. Sein Blick wandert über die alten Steine, die seit vielen Jahren vernachlässigt werden. Schließlich steht er vor *ihrem* Grab.

Er besucht dieses Grab mehrmals im Jahr, immer an einem Wochentag, weil es auf dem Friedhof dann meist menschenleer ist. Man kann nie vorsichtig genug sein.

Er kniet sich vor ihren Grabstein. Früher verbrachte er die Nächte mit seinen Schulfreunden auf dem Friedhof, sie erzählten sich Gruselgeschichten und versuchten, den Geist der Gräfin zu beschwören. Am liebsten, wenn es neblig war. Sie bildeten sich ein, sie zu sehen, aus dem Nebel aufsteigend. Aber die Male, an denen sie ihm tatsächlich erschienen ist, waren unerwartet und überraschend.

Es ist rührend, dass sich die Dorfbewohner so liebevoll um ihr Grab kümmern. Er ordnet die Blumensträuße vor dem Grabstein neu an, sodass sie in einer geraden Linie liegen. Davor platziert er seine eigene Gabe, eine Feder von einem roten Milan. Es ist ein mattes, rostiges Rot mit horizontalen, weichen Linien, die wie Bleistiftstriche aussehen. Ein kleines Wunderwerk der Natur.

Er liest den Text auf dem Grabstein. *Gott wacht über sein*

Wort. Du wachst über uns. Zwei Sätze, die so viel Wahrheit und Schrecken enthalten, dass er es kaum ertragen kann.

Möge sie jetzt über ihn wachen.

Die kommenden Tage werden entscheidend sein.

Kapitel 51

FRANZ

Es ist Spätherbst, und Göteborg leidet unter einem Wetter der ungemütlichsten Sorte. Ein eiskalter Regen zieht über die Stadt hinweg, die wirkt, als ziehe sie ihre Schultern hoch und kauere sich zusammen. Ich habe einen Termin bei meiner Psychologin Magdalena. Danach treffen Julia und ich uns in Stenungsund, um mit Georg Harig zu sprechen. Der ahnungslose Georg hat sich gern zu einem Termin mit einer Journalistin bereit erklärt, die gerade einen Artikel über die Geschichte Dimös schreibt.

Magdalenas Büro befindet sich in der Vasagatan, gegenüber der Universität von Göteborg, sodass ich mit Thor noch schnell einen Kaffee trinken kann, bevor ich nach Stenungsund fahre. Ich muss zugeben, dass ich mich vor dem Gespräch mit Magdalena fürchte. Vor jedem wichtigen Treffen, jeder Versammlung, jedem Vortrag habe ich einen Plan im Kopf, heute habe ich keine Ahnung.

Ich sage mir, dass ich das um Thors willen mache. Noch ein oder zwei Sitzungen, dann kann ich in ein Leben zurückkehren, in dem ich wieder die volle Kontrolle habe. Ich bahne mir meinen Weg zum Eingang des Gebäudes, in dem Magdalena ihre Praxis hat, durch ein Gewirr aus Regenschirmen. Als ich aus dem Aufzug steige, wartet sie bereits in der geöffneten Tür auf mich.

»Ich habe dich schon kommen sehen«, sagt sie. »Du bist praktisch der Einzige ohne Regenschirm gewesen. Brauchst du ein Handtuch zum Abtrocknen?«

»Nein, danke, das ist nicht notwendig«, erwidere ich und hänge meinen langen Mantel an die Garderobe im Flur. Die Kleidung darunter ist trocken. Die Nässe in meinen Haaren und in meinem Gesicht wirkt erfrischend. Ich ziehe meine Schuhe aus und stelle sie auf die Fußmatte am Eingang.

Magdalena führt mich in den Therapieraum. Ich bin noch nie bei ihr gewesen. Meine ersten Sitzungen mit Magdalena fanden im Reha-Zentrum statt, in dem ich nach meinem Schlaganfall untergebracht war. Die beiden letzten Sitzungen haben wir auf Dimö durchgeführt. Ich schaue mich im Raum um. Neben dem Fenster stehen zwei schlichte weiße Sessel. Dazwischen steht ein niedriger Tisch mit einer Kerze, zwei Gläsern, einem Krug mit Wasser – und natürlich einer Box mit Taschentüchern. Auf dem Boden liegt ein großer orientalischer Teppich mit weißem Hintergrund und schwarzem Muster. Eine einzelne weiße Orchidee ziert den Fensterrahmen. An den Wänden hängt nichts außer dem Zertifikat, das Magdalena als Diplom-Psychologin ausweist, und einem großen Bild mit schwarzem Hintergrund und einer weißen Kerbe in der Mitte. Es ist eine geschmackvolle, gemütliche Umgebung für intime Gespräche, das lässt sich nicht leugnen.

Ich setze mich hin, strecke meine Beine aus und warte darauf, dass Magdalena das Gespräch beginnt. Sie hat heute kein Notizbuch dabei, beginnt das Gespräch auch nicht von sich aus. Ich frage mich, warum, werde sie aber nicht fragen. Sie sieht heute nicht ganz so gepflegt aus wie sonst. Sie hat einen kleinen Kaffeefleck auf ihrem Ärmel, ihr Lippenstift ist verblasst. Vielleicht ist sie gestresst, was mir einen gewissen Vorteil verschaffen würde, aber bei Magdalena weiß man nie. Das letzte Mal hat sie mich dazu gebracht, pausenlos zu reden. Ich frage mich, ob sie dazu Werkzeug der Psychologie nutzt, mit dem sie ahnungslose Menschen in die Irre führt.

Der Regen nimmt zu und peitscht gegen die Fensterscheiben.

»Stört Sie das?«, fragt Magdalena.

»Nein, ganz und gar nicht. Eher beruhigt es mich.«

Wie üblich beginnt sie dann doch mit etwas Small Talk über das Wetter und einen Artikel, den sie über die Topografie von Dimö gelesen hat. Das alles dient dazu, dass ich mich wie zu Hause fühle, bevor sie sich meiner *mentalen Gesundheit* widmet.

»Erzählen Sie mir doch einmal, was Sie seit unserem letzten Termin erlebt haben.«

Ich habe vor, ihr nur einen kurzen Bericht zu geben, aber als ich erst einmal anfange, kann ich nicht mehr aufhören, über alles zu sprechen, was passiert ist, seit ich die Leiche auf dem Anwesen gefunden habe. Ich schildere ihr den furchtbaren Augenblick, als die Hand der Toten sichtbar wurde, beschreibe, wie sich der Auftritt der Polizei auf meinem Grundstück und der Medienrummel angefühlt haben, und lasse auch das Gefühl nicht aus, einfach alles hinter mir lassen zu wollen. Nach einigem Zögern erzähle ich ihr von dem Gespräch mit Jasper. Magdalena unterliegt der Schweigepflicht, ich habe also nichts zu verlieren. Als ich ihr dann auch noch sage, dass mein Vater jemand war, der sich um die beiden Mädchen, um *die ganze Sache gekümmert hätte*, entfährt mir ein langer, trauriger Seufzer, den ich nicht kontrollieren kann. Auch Emils Predigt lasse ich nicht aus. Obwohl ich so getan habe, als würde mich das nicht berühren, wäre ich am liebsten im Boden versunken.

»Ich glaube, ich habe mich noch nie so fremd gefühlt wie in den letzten Wochen«, sage ich. »Vor nicht allzu langer Zeit hatte ich noch die volle Unterstützung der Menschen auf Dimö, aber jetzt bin ich ein Ausgestoßener. Und das Schlimmste ist, dass ich ununterbrochen an die Taten meines Vaters denken muss.«

Magdalena mustert mich mit ihren silbergrauen Augen.

»Wie fühlt sich das an?«, fragt sie. »Ist es dasselbe Gefühl wie damals, als Sie sich von der Klippe stürzen wollten?«

Darüber muss ich nachdenken.

»Nein, es ist anders. Ich bekomme eher Bauchschmerzen davon und ... wie soll ich das beschreiben? Es fühlt sich an, als würde ich ersticken. Das klingt zwar lächerlich, aber ich habe tatsächlich das Bedürfnis, mich zu verstecken. Als ich mich von der Klippe stürzen wollte, ging es vielleicht eher darum, mich selbst zu zerstören.«

Ihr Gesichtsausdruck verändert sich, sie sieht besorgt aus.

»Das klingt, als würden Sie sich schämen, Franz.«

»Ganz und gar nicht«, sage ich und gehe sofort in die Defensive. »Ich kenne bisher überhaupt keine Scham. Warum sollte ich ... das jetzt empfinden?«

Ich spreche viel zu laut, das weiß ich. Andererseits habe ich das Recht, meine Gefühle zu äußern, so wie jeder andere Patient auch.

»Weil Ihnen der Gedanke an das, was Ihr Vater getan hat oder getan haben könnte, unerträglich ist«, sagt Magdalena ruhig.

»Sie meinen, selbst für jemanden wie mich?«, erwidere ich zynisch. »Ich habe auch junge Mädchen missbraucht, ich sollte nicht so verdammt sensibel sein.«

»Das stimmt, aber es ist ein großer Unterschied, ob man Sex mit einem minderjährigen Mädchen hat, seine Haftstrafe absitzt und die Verantwortung für die gemeinsamen Kinder übernimmt, oder ob man junge Frauen kaltblütig ermordet. Auch wenn es keine Entschuldigung für Ihr Verhalten geben mag, handelt es sich doch um zwei vollkommen unterschiedliche Taten, die von zwei vollkommen unterschiedlichen Menschen begangen wurden. Sie und Ihr Vater sind nicht ein und dieselbe Person. Je mehr Sie sich von ihm lösen, desto besser werden Sie sich fühlen.«

»Um sich zu schämen, muss man ein Gewissen haben, und das haben Soziopathen bekanntermaßen nicht«, argumentiere ich. »Mich wundert schon, dass Sie als Psychologin das überhaupt in Betracht ziehen.«

Endlich habe ich meine Fassung wiedergewonnen und kann mich zur Wehr setzen. Es ist wirklich eine Erleichterung.

»Das ist an sich richtig«, sagt Magdalena, anscheinend unbeeindruckt von meiner Offensive. »Ich mache das hier schon seit zwanzig Jahren, und eines habe ich dabei gelernt: Menschen verändern sich ständig.«

»Aber ich verstehe nicht, warum mich das überhaupt etwas angeht. Was mein Vater getan hat, hat doch nichts mit mir zu tun, ich war zu dem Zeitpunkt noch nicht einmal geboren.«

»Ich weiß. Es ist ungerecht, dass unsere Vorfahren uns in Misskredit bringen können, den wir nicht verdient haben.«

»Quatsch, das hat wahrscheinlich nur mit diesem Medienrummel und Thors verdammten Regeln zu tun. Das geht mir alles auf die Nerven.«

Magdalena lehnt sich zurück.

»Wussten Sie, dass wir Menschen zu zwei Emotionen

fähig sind, die stärker sind als alle anderen und sie auch überschatten? Und das sind Scham und Angst.«

»Nein, um ehrlich zu sein, ich habe mich nie besonders für Psychologie interessiert.«

»Angst kann bis zur Lähmung und Handlungsunfähigkeit führen«, fährt sie etwas formell fort. »Aber die Zwillingsschwester der Angst – die Scham – geht noch tiefer und hat die Fähigkeit, unsere Seele zu zerstören.«

»Eine ziemlich philosophische Beschreibung für eine Psychologin«, sage ich amüsiert.

»Ja, aber es ist wahr. Glauben Sie mir. Ich habe das schon öfter erlebt, als mir lieb ist.«

Ich wünschte mir, sie ließe das Thema fallen. Es ist mir nicht nur peinlich, sondern … es fühlt sich auch gefährlich an. Aber Magdalena hört nicht auf.

»Scham und Angst sind primäre Emotionen, die wir seit Urzeiten in uns tragen. Die größte Angst ist es seit jeher, vom Rudel ausgestoßen zu werden. Das ist mit Scham verbunden.«

»Ich verstehe ehrlich gesagt nicht, was das mit meiner Situation zu tun hat«, sage ich.

»Ich werde es Ihnen sagen. Korrigieren Sie mich, wenn ich falschliege. Eine der Hauptwaffen eines Psychopathen ist die Fähigkeit, *in anderen* eine Scham auszulösen. Sie verleihen einem das Gefühl, unzulänglich, schmutzig und unerwünscht zu sein. Als könnten nur *sie* es mit einem aushalten.«

»Sprechen Sie gerade von mir?«, frage ich bestürzt.

»Nein, ganz und gar nicht. Von Ihrem Vater.«

Sie macht eine Pause. Ich bitte sie fortzufahren.

»Könnte es sein, dass er solche Gefühle in Ihnen geweckt hat, als Sie klein waren?«, fragt sie.

Magdalena verschwindet hinter einem Vorhang aus Tränen. Aber nur für einen kurzen Moment. Ich bin sprachlos, so schnell geht das. Ich widerstehe dem Impuls, nach den Taschentüchern zu greifen, und blinzele die Tränen weg. Dann überkommt mich eine alles umfassende Leere.

»Er hat immer versucht, dieses Gefühl in mir auszulösen«, platzt es aus mir heraus. »Aber er hat mich nicht brechen können, und das ist das Einzige, was zählt. Ich habe ihn gehasst, solange ich denken kann, aber ich habe mich nie geschämt, und das sollte ich auch jetzt nicht tun.«

Nachdenklich nickt Magdalena.

»Ihr Hass war ein Weg, die Scham zu verdrängen. Ich verstehe, dass es Ihnen schwerfällt, Franz, aber es ist ein großer Fortschritt, dass wir offen darüber sprechen können.«

»Ich fühle mich furchtbar«, sage ich. »Nennt man das Fortschritt?«

»Die Tatsache, dass Sie fähig sind, Scham zu empfinden, kann Ihnen den Weg zu anderen, angenehmeren Gefühlen ebnen. Gleichzeitig könnte es eine Gelegenheit sein zu überprüfen, wie sich Ihr eigenes Verhalten dadurch verändert hat.«

»Wie zum Beispiel?«

»Ihr extrovertiertes und zum Teil aggressives Verhalten, mit dem Sie in anderen Scham ausgelöst haben. Es ist nicht ungewöhnlich, dass ein Opfer seine aufgestauten Gefühle auslebt, indem es das Verhalten des Täters nachahmt.«

Ich springe auf.

»Ich mag in der Vergangenheit unnötig hart gewesen sein, aber es ist immer für eine gerechte Sache gewesen. Und? Das macht mich doch nicht zu einem Mörder, oder? Und außerdem: Ich hatte widerwärtige Feinde, die Gerüchte über mich verbreitet haben. In Wahrheit war nicht alles so schlimm, wie Sie denken.«

Magdalena nickt.

»Ich habe einen Schritt vor dem nächsten getan. Im Augenblick geht es erst einmal darum, dass Sie sich für die Taten Ihres Vaters schämen. Damit sollten wir anfangen.«

Das laut quietschende Geräusch von einer Vollbremsung lässt mich zusammenzucken. Ich hasse die Großstadt und sehne mich schon wieder nach der Stille in meinem Büro. Ich hasse aber auch Magdalenas Unterstellung, dass meine *Grausamkeit* von meinen Kindheitstraumata herrühren muss. Typisches Psychologengequatsche.

»Ich bin kein Opfer. Ich habe ihn besiegt«, behaupte ich.

»Und trotzdem haben seine Taten nach wie vor einen immensen Einfluss auf Sie.«

»Was kann ich *tun*, damit das verschwindet?«, frage ich unzufrieden.

»Wenn es um Scham geht, ist der effektivste Weg der, sich zu entschuldigen und zu versuchen, den Schaden wiedergutzumachen. Das ist wirkungsvoller, als sich zurückzuziehen und zu verstecken.«

»Ich soll mich für meinen Vater entschuldigen? Kommt nicht infrage!«, sage ich entsetzt.

Sie wirft mir einen ungläubigen Blick zu.

»Das ist ja auch nur ein Vorschlag, über den Sie nachdenken können. Ich könnte mir vorstellen, dass Sie beim nächsten Gottesdienst den Pfarrer darum bitten werden, ein paar Worte sagen zu dürfen. Und dann entschuldigen Sie sich im Namen Ihres Vaters.«

»Wie armselig das wäre, vollkommen lächerlich.«

»Ganz und gar nicht. Das ist eine Möglichkeit, das Vertrauen der Inselbewohner zurückzugewinnen. Wie eine Ihrer Vorlesungen, nur etwas persönlicher. Sie sind doch ein talentierter Dozent.«

Damit hat sie natürlich recht.

»Und warum glauben Sie, dass die Leute das akzeptieren würden?«, frage ich.

»Wenn ich Sie richtig verstehe, haben die Menschen da draußen doch Angst – nach allem, was passiert ist. Und Angst schweißt Menschen zusammen, sie macht sie in der Gemeinschaft vor allem stärker. Aber wenn sie verstehen, dass Sie auf ihrer Seite sind und kein einsamer Wolf, der sie mit blutigen Lefzen umkreist, dann wird sie das bestimmt erleichtern.«

»Sie klingen ja gerade wie eine richtige Philosophin, Magdalena«, sage ich und lache abschätzig.

»Das ist in der Tat ein sehr tiefgründiges Gespräch, das wir hier gerade führen«, entgegnet sie.

»Aber was soll ich denen sagen?«

»Wie man sich öffentlich entschuldigt, ist leider nicht mein Fachgebiet. Aber wie gesagt, Sie sind ein hervorragender Redner, und ich bin mir sicher, Ihnen wird etwas einfallen. Vielleicht so ähnlich wie: Sie wüssten ja nun, dass Ihr biologischer Vater den Menschen auf Dimö großes Leid zugefügt hat. Sie wären allerdings noch nicht geboren gewesen, als es geschah, aber Sie werden trotzdem alles in Ihrer Macht Stehende tun, um den Schaden und die Schmerzen, die er verursacht hat, wiedergutzumachen.«

Das berührt mich und macht mich nachdenklich. Eine kleine Brandrede in der Kirche. Warum nicht? Die Akustik dort ist ausgezeichnet, die Gottesdienste sind wieder gut besucht, die Zuhörer scheinen respektvoll zu sein. Und dann: mit einem Pfarrer an meiner Seite. Wie heuchlerisch und doch so passend. Und erst das Geschwätz danach. Meine *bewegende* Rede wäre sofort das neueste Gesprächsthema auf Dimö.

Wir besprechen noch, wie ich den Inselbewohnern *rein hypothetisch* eine Botschaft überbringen könnte, ohne dabei sentimental zu werden. Früher hatte ich Magdalenas äußere Erscheinung eher albern gefunden. Sie trägt ihre Haare kurz und ist wie eine Kulturtante gekleidet. Aber jetzt sehe ich das anders. Der warme Blick, der meinem standhält – und dann das Schattenspiel der Kerze auf ihrer Haut. Es verleiht ihr ein zeitloses Aussehen. Sie ist eine schöne Frau. Plötzlich wird mir bewusst, dass Magdalena außerdem eine äußerst geschickte Psychologin ist.

»Fühlen Sie sich jetzt ein bisschen besser?«, fragt sie.

»Ja«, antworte ich. *Im Augenblick*, denke ich leise.

Der Gedanke, endlich wieder die volle Kontrolle über Dimö zu gewinnen, lässt meine Laune in die Höhe schnellen.

In der Peripherie meines Bewusstseins taucht irgendwo das Wort *Liebe* auf. Ich kann mich nicht erinnern, wann ich das letzte Mal an dieses Wort gedacht habe. Aber eines ist sicher: Wenn ich überhaupt fähig bin, Liebe zu empfinden, dann für diese Insel. Es ist seltsam, dass es auch an einem so dunklen Ort noch Platz für die größte Liebe gibt.

Kapitel 52

JULIA

Sie waren mit Georg Harig im Restaurant *Harrys* am Pier in Stenungsund verabredet. Das Gebäude war so konstruiert, dass es über dem Wasser schwebte. Die Außenterrasse war leer, wahrscheinlich war die Saison vorbei. Julia wusste, dass dort gewaltige Portionen und sehr fettiges Essen serviert wurde, was nicht nach Franz' Geschmack war. Als sie aus dem Auto stiegen, murmelte er, dass es in der Stadt ganz bestimmt bessere Restaurants gäbe. Aber Georg war nun mal Stammgast im *Harrys* – und was taten sie nicht alles, damit er sich wie zu Hause fühlte? Der Regen hatte aufgehört, aber die Wolken hingen tief über dem Meer.

Mitten auf dem Parkplatz blieb Franz stehen.

»Wusstest du eigentlich, dass ich vor ein paar Jahren hier in Stenungsund ein Büro hatte?«, fragte er.

»Ich erinnere mich vage daran. Warum war das noch mal?«

»Meine Firma – Investitionen, Immobilien und solche Sachen – hatte ihren Sitz hier. Mittlerweile mache ich meine Geschäfte von zu Hause aus, die laufen dann über mehrere Makler, aber in dem Büro in Stenungsund habe ich deine Mutter wieder getroffen – nach fünfzehn Jahren Funkstille.«

»Das hat sie mir nie erzählt.«

»Nein, das verstehe ich gut. Um ehrlich zu sein, ich hatte sie dorthin gelockt. Sie war natürlich stinksauer. Wenig später habe ich sie zum Mittagessen ins Bistro Nordin eingeladen, wo es wesentlich besseres Essen gibt als den Mist, den sie hier anbieten. Wir beide waren auch einmal dort, erinnerst du dich?«

»Ja, aber jetzt gehen wir bei *Harrys* essen, und der Zweck der Unternehmung ist es ja auch, Georg Harig zum Reden zu bringen. Ob dir das schmeckt oder nicht.«

»Verstanden.«

Sie gingen in Richtung Restaurant.

»Wer von uns soll zuerst reden?«, fragte sie.

»Am besten du. Du schreibst einen Artikel über die Geschichte des Herrenhauses und möchtest mehr über Georgs Tätigkeiten auf dem Gutshof erfahren. Du musst den Leichenfund ja nicht verschweigen, von dem weiß er hundertprozentig sowieso aus der Zeitung, aber geh behutsam mit ihm um.«

»Und wie erkläre ich ihm deine Anwesenheit?«

»Wir hatten beide in der Stadt zu tun, und außerdem sei ich neugierig geworden, jemanden kennenzulernen, der für meinen Vater gearbeitet hat. Das ist ja auch die Wahrheit, nur mit etwas anderen Worten.«

In diesem Augenblick wanderte eine Wolke weiter, gab die Sonne frei und tauchte Julia und Franz in ein sanftes Licht.

»Guter Plan«, sagte sie. »Aber sollte er der Mörder sein, wird er das ohnehin nicht zugeben.«

»Das ist aber auch kein Verhör, Julia. Wir wollen ihm schließlich nur auf den Zahn fühlen. Ein Gefühl dafür bekommen, was er weiß und was nicht.«

»Das habe ich verstanden.«

»Und keine Witze über seinen Namen. Leute nehmen die Sache mit ihrem Familiennamen sehr ernst.«

Das war typisch für ihn, sie in einem herablassenden Ton zu ermahnen.

»Dann solltest du deinen Namen vielleicht auch wieder in Fredrik Johansson umändern«, schlug sie vor.

Franz hatte seinen Namen in der Schulzeit in Frankreich geändert. Er wollte einen schöneren und einprägsameren Namen haben. In der Geschichte gab es viele berühmte Männer mit dem Vornamen Franz – mit einem z. Das schien der richtige Name für ihn zu sein. Er ging nicht auf ihre Bemerkung ein, sondern lächelte und öffnete ihr die Tür zum Restaurant. Er war gut gelaunt. Sein Termin mit der Psychologin war offenbar gut verlaufen.

Das Restaurant war nicht voll belegt. Georg Harig wartete bereits an einem Fenstertisch auf sie. Julia erkannte ihn von dem Foto auf der Firmenwebsite. Er war Anfang siebzig, hatte schütteres graues Haar und eine platte Boxernase. Seine Augen strahlten etwas Weltentrücktes aus, was für einen Mann in seinem Alter etwas kindlich schien. Sein Händedruck allerdings wirkte kräftig, aber auch unangenehm, weil seine Hände schwitzig waren. Julia stellte sich und Franz vor und erklärte, warum sie zu zweit gekommen waren. Georg Harig alias Modig schien das nicht weiter zu stören. Er war ein gesprächiger Typ und plauderte gleich über dies und das – über einen Lokalpolitiker, den er nicht ausstehen konnte, einen Verkehrsstreik und seine chronischen Rückenschmerzen.

Als die Kellnerin kam, um ihre Bestellungen aufzunehmen, musterte Franz mit Ekel die Speisekarte und bat schließlich um einen Caesar-Salat ohne Hähnchen und Speck und mit italienischem Dressing statt des üblichen.

Julia und Georg bestellten sich den Harrysburger, den Georg wärmstens empfohlen hatte. Nach einer weiteren Runde Small Talk gelang es Julia, das Gespräch auf seine ehemalige Tätigkeit auf dem Gutshof zu lenken.

»Könnten Sie uns mehr über Ihre damaligen Aufgaben erzählen?«, fragte sie.

Georg zögerte einen Augenblick und warf Franz einen entschuldigenden Blick zu.

»Henrik war ein Snob, wie Sie wahrscheinlich wissen. Er hatte einen teuren Geschmack. Ich habe ihm alles besorgt, was er wollte, vom edelsten Whiskey bis zu frischen Erdbeeren im Winter. Ich habe mich auch um die Reinigung seiner Anzüge gekümmert.«

Franz lehnte sich zu Georg vor.

»Ich möchte ja nicht aufdringlich sein, aber haben Sie auch private Gefälligkeiten für ihn erledigt?«

Georg sah ihn verwirrt an.

»Was denn für Gefälligkeiten?«

»Wir haben mit einigen seiner Angestellten gesprochen, und es scheint kein Geheimnis gewesen zu sein, dass er junge Mädchen zu sich auf den Dachboden einlud.«

Georg senkte den Blick, hob ihn aber gleich wieder.

»Damit hatte ich nichts zu tun. Ich habe nur tagsüber gearbeitet und ihn mit Dingen des täglichen Lebens versorgt. Von den Sachen, die abends stattfanden, hielt ich mich so weit wie möglich fern.«

»Und was genau hat denn da stattgefunden?«, hakte Julia nach.

Georg fuhr sich mit der Hand durch die Haare und lehnte sich zurück.

»Ich habe die Zeitungen gelesen, ich weiß von dem Leichenfund. Die Leute reden ja auch über nichts anderes mehr. Aber was mit diesem armen Mädchen passiert sein kann, ist mir bis heute ein Rätsel.«

»Sie müssen doch wenigstens einen Verdacht haben?«, drängte Julia. »Schließlich haben Sie dort gearbeitet, als es passiert ist.«

»Ist das der einzige Grund, warum Sie mich interviewen wollten?«, sagte er. Seine Stimme klang schwer vor Enttäuschung. »Sie haben doch gesagt, dass Sie einen Artikel über die Geschichte des Herrenhauses schreiben.«

»Das werde ich auch tun. Und Ihr Beitrag wird von großem Wert sein. Aber Sie müssen verstehen, dass wir neugierig sind!«

Georg entspannte sich sofort wieder und setzte sich aufrechter hin.

»Leider kann ich Ihnen darüber gar nichts erzählen. Ja, es gab schon Gerüchte, aber ich bin sicher, dass Sie die sowieso kennen. Henrik und seine Freunde luden sich abends Mädchen und junge Frauen ein und *beschäftigten sich* mit ihnen auf dem Dachboden.«

Er sprach mit gedämpfter Stimme, als hätte er Angst, ihn könnte jemand in dem halb leeren Restaurant belauschen.

»Das waren nicht nur Gerüchte«, sagte Franz. »Aber wir wissen leider noch nicht, wie er mit diesen Mädchen Kontakt aufgenommen hat. Vielleicht könnten Sie uns dabei helfen?«

Georgs Blick blieb an etwas Unbestimmtem hinter Julia hängen, er wirkte abwesend, wie abgekoppelt von allem. Und dann kam das Essen. Julia, die hungrig war, griff gierig zu. Franz begutachtete den Salat kritisch, hob die Blätter mit der Gabel an und spähte darunter, um zu kontrollieren, ob sich doch ein Stück Speck darunter versteckt hatte.

Georg nahm einen großen Bissen von seinem Hamburger und legte ihn dann auf seinen Teller zurück. Als er fertig gekaut hatte, stützte er die Ellbogen auf den Tisch und beugte sich vor.

»Ich glaube, Sie haben sich mit der falschen Person verabredet«, sagte er und sah dabei Julia an.

»Das verstehe ich jetzt nicht ganz?«, erwiderte Julia.

»Henrik hatte immer zwei Assistenten, einen für die Tagesgeschäfte und einen für den Abend. Wir haben in zwei Schichten gearbeitet. Tagsüber ging es hauptsächlich um Lebensmittel, Alkohol und Luxusgüter. Abends, na ja … das weiß ich nicht so genau. Aber wenn Sie mehr darüber wissen wollen, sollten Sie lieber Thomas Englund fragen.«

»Thomas Englund? Er war für die Abendschicht zuständig?«

»Etwa zwei Jahre lang. Er kümmerte sich um die privaten Angelegenheiten von Henrik. Wir haben immer nur kurz beim Schichtwechsel miteinander gesprochen. Und ich kann Ihnen versichern, dass er dabei keine *jungen Frauen oder Mädchen* erwähnt hat. Ich wusste also von gar nichts.«

»Und was wissen Sie über Thomas Englund?«, fragte Franz. »Kannten Sie ihn gut?«

»Nein, das kann ich nicht behaupten. Ich bin sehr gläubig, müssen Sie wissen. Das war Thomas überhaupt nicht, obwohl er auch manchmal in die Kirche ging. Wir bewegten uns also nicht in denselben Kreisen.«

Julia hatte auch schon den Eindruck gehabt, dass er etwas Frommes an sich hatte. Franz verzog das Gesicht zu einem amüsierten Lächeln.

»Thomas war in meinem Alter«, fuhr Georg fort. »Damals um die zwanzig und ziemlich gut aussehend. Henrik mochte ihn. Man könnte sogar sagen, er war Henriks rechte Hand, während ich eher der Mann für Transporte und so weiter war.«

»Wissen Sie, was er jetzt macht, wo wir ihn finden könnten?«, fragte Franz.

Georg Harig zögerte mit seiner Antwort, weil die Kellnerin kam und fragte, wie das Essen schmeckte.

»Na ja ... was soll ich sagen? Wenigstens die Salatblätter waren gut«, sagte Franz und zwinkerte der Kellnerin zu, die leicht errötete.

»Wissen Sie, was er jetzt macht?«, wiederholte Julia die Frage.

Georgs Augen verdunkelten sich, seine Lippen wurden schmal.

»Nein, das ist ja das Problem. Er ist wie vom Erdboden verschwunden.«

»Verschwunden?«

»Er hat sich in Luft aufgelöst. Von einer Nacht auf die andere war er nicht mehr da. Als ich nachfragte, sagte man mir, er habe woanders einen Job bekommen. Es gab einen Ersatz, aber den habe ich nie kennengelernt. Und kurz darauf kündigte ich selbst. Seitdem habe ich Thomas nicht wiedergesehen.«

»Und wann war das?«, fragte Franz.

Georg musste nachdenken.

»Etwa zur gleichen Zeit, als sich die Tragödie mit den verschwundenen Mädchen ereignet hatte.«

Franz und Julia tauschten einen Blick aus.

»Können Sie sich noch an andere Aufgaben erinnern, die Thomas hatte?«, fragte Franz.

»Eigentlich nicht. Wenn Henrik Partys veranstaltete, hat Thomas mich nur gebeten, die Getränke zu besorgen. Ich glaube, er war für alle anderen Vorbereitungen der nächtlichen Aktivitäten zuständig.«

Das waren interessante Neuigkeiten. Allerdings keine überraschenden.

»Gab es irgendetwas Verdächtiges oder Zwielichtiges bei diesen Partys, an das Sie sich erinnern können?«, fragte Julia.

»Nein. Keine Ahnung. Ich habe auch nie Fragen gestellt.« Er seufzte. »Es gibt so viel Elend auf der Welt. Ich habe immer versucht, nicht auch noch dazu beizutragen.«

Er sah sie an, aber eigentlich durch Julia hindurch. Man hatte den Eindruck, dass er ganz woanders war. So langsam gingen ihr die Ideen aus. Entweder tischte er ihnen hier Lügen auf, oder er war tatsächlich der fromme Heilige, für den er sich ausgab. Dann würde nur Thomas Englund die Antworten auf ihre Fragen haben. In ihr keimte ein Verdacht auf.

»Wahrscheinlich durften Sie nicht für Thomas einspringen und seine Schicht übernehmen, wenn er krank war, oder?«, fragte sie und versuchte, möglichst geduldig zu klingen.

»Niemals. Nur Thomas durfte das.«

Julia fragte danach, wie Thomas Englund aussehe. Die Beschreibung war allerdings nicht sehr aussagekräftig: muskulös, aber nicht dick, aschblondes Haar, helle Augen. Blau oder grün, vielleicht hellgrau. Hauptsächlich aus protokollarischen Gründen stellte sie noch ein paar Fragen über das Arbeitsumfeld auf dem Gutshof und Georgs Erinnerungen daran. Sie tat so, als würde sie sich Notizen machen, während sie aber schon darüber nachdachte, wie sie Thomas ausfindig machen konnten. Nach einer Tasse Kaffee und einer letzten Runde Small Talk entschuldigte sich

Georg und sagte, er müsse nun gehen. Julia bedankte sich höflich bei ihm und kündigte an, dass sie ihn vielleicht zu einem späteren Zeitpunkt noch einmal kontaktieren wolle. Als sie sich die Hände zum Abschied gaben, war die von Georg noch verschwitzter als am Anfang ihres Gesprächs.

Franz und Julia blieben am Tisch sitzen und sahen sich an.

»Ich kann ihn nicht ausstehen«, gestand sie.

»Er ist doch bloß ein religiöser Spinner, der aus Versehen in die Schlangengrube meines Vaters gefallen ist«, sagte Franz. »Ein Lakai, der hatte sicher keine Bedeutung.«

»Glaubst du, er sagt die Wahrheit?«, fragte sie.

»Wahrscheinlich nicht, aber ein Mörder ist er auch nicht.«

»Dann ist es Thomas Englund, nach dem wir suchen müssen. Seltsam, dass er nicht auf Karins Mitarbeiterliste stand. Vielleicht hat sie ihn vergessen?«

»Das bezweifle ich«, sagte Franz.

»Warum hat sie dann seinen Namen nicht aufgeschrieben?«

»Das werden wir morgen herausfinden, aber vorher will ich noch Hampus bitten, der Sache nachzugehen«, sagte er und griff nach seinem Handy. »Wenn man vorhat, etwas aus Karin herauszulocken, ist es besser, wenn man scharfe Munition hat.«

Kapitel 53

FRANZ

Julia und ich verabschieden uns am Tor von ViaTerra voneinander. Sie geht in ihr Gästehaus, weil sie ein paar Anrufe erledigen muss. Ich habe vor, mit Hampus' Hilfe Thomas Englund aufzuspüren. Zu erfahren, was in jener Nacht wirklich geschehen ist, hat eine Dringlichkeit bekommen, die alles andere überschattet. Wir sind so nah dran, ich kann es förmlich riechen. Die Welt hat schon schärfere Konturen.

Auf ViaTerra ist es ruhig und still. Es ist später Nachmittag, die Dämmerung bricht bereits an. Elyssa wartet an der Eingangstür auf mich.

»Ich bin froh, dass du da bist«, sagt sie.

»Warum, ist etwas passiert?«, frage ich.

Gemeinsam gehen wir die Treppe zu meinem Büro hoch.

»Nein, nichts Wichtiges. Du hast einen Kostenvoranschlag von den Gärtnern bekommen, die die Gewächshäuser erweitern wollen, und das Menü für nächste Woche liegt vor. Außerdem hat dein Anwalt angerufen.«

Mich überkommt ein Gefühl des Unbehagens. Johan ruft normalerweise nur an, wenn ich in Schwierigkeiten bin, er ist hervorragend vernetzt und erfährt solche Nachrichten meist, bevor sie mich erreichen.

»Was wollte Johan?«, frage ich.

»Nur wissen, ob du die Zeitschrift verklagen möchtest, die geschrieben hat, dass die Männer in deiner Familie alle psychopathische Mörder sind.«

»Nein, warum sollte ich das tun?«

»Offenbar haben sie geschrieben, dass du auch dazugehörst.«

Ich bleibe auf der letzten Stufe stehen.

»Und wie kannst du dir sicher sein, dass das nicht stimmt?«, frage ich und starre sie an.

»Nein, du hast recht. Ich habe schon die ganze Zeit das ungute Gefühl, dass auf dem Gelände noch mehr Leichen vergraben sind.«

Sie lächelt, um zu betonen, dass das ein Scherz ist.

Wir gehen ins Büro. Ich ziehe den Mantel aus und setze mich an den Schreibtisch.

»Schon zu spät für einen Kaffee?«, fragt Elyssa.

»Ja, aber ich bin am Verhungern. Kannst du die Küche bitten, mir so schnell wie möglich mein Abendessen zu bringen?«

»War das Mittagessen nicht gut?«, fragt sie besorgt.

»Na ja, ich vermute, ein Kaninchen hätte es zu schätzen gewusst.«

Elyssa wirft mir einen seltsamen Blick zu.

»Und wie ist die Sitzung mit deiner Psychologin gelaufen?«

»Das geht dich nichts an.«

»Hör auf, meinen Fragen auszuweichen, Franz.«

»Alles gut gelaufen«, seufze ich. »Ruf jetzt in der Küche an.«

Während sie leise mit dem Küchenpersonal spricht, genieße ich die Stille in meinem Büro. Ich genieße die Abwesenheit von lauten Geräuschen und unangenehmen Gerüchen und die Anwesenheit einer Meeresbrise, die durch den offenen Fensterspalt strömt. Die Dunkelheit hat die Bäume in lange, ausladende Schatten verwandelt. Die Einsamkeit der Welt da draußen dringt durch die Wände ins Innere des Hauses herein und stimmt mich wieder versöhnlich.

Elyssa beendet ihr Gespräch.

»Das Abendessen ist in einer halben Stunde fertig«, sagt sie. »Oh, das hätte ich fast vergessen. Du hast schon wieder einen Brief bekommen.«

Ich werfe einen Blick auf den Stapel Papiere auf meinem Schreibtisch – und tatsächlich, ganz obenauf liegt ein Brief. Die vertraute Handschrift jagt mir einen Schauer über den Rücken. Ich greife nach dem Umschlag, und der Gegenstand darin verrutscht. Das Geräusch von Metall auf Pappe. Vorsichtig öffne ich ihn und schüttele den Inhalt in meine Hand. In meiner Handfläche liegt eine kleine Halskette, aus Silber oder Weißgold gefertigt. Elyssa steht neben mir und sieht fasziniert zu, wie ich sie hochhebe und den Anhänger betrachte. An der dünnen Kette baumelt ein Herz. Ich nehme es vorsichtig zwischen Daumen und Zeigefinger. Die Vorderseite trägt die Aufschrift: *Helena*. Auf der Rückseite ist ein schlichtes Kreuz eingraviert.

»Hieß nicht eines der vermissten Mädchen Helena?«, fragt Elyssa, die Stimme voller Ehrfurcht.

»Richtig. Sie war Kurts Nichte.«

»Oh mein Gott!«, stöhnt Elyssa bestürzt auf. »Und was machst du jetzt damit? Du musst es sofort zur Polizei bringen.«

»Noch nicht. Lass mich erst nachdenken.«

Ich lege die Halskette vorsichtig auf die Tischplatte. Tausend Gedanken schießen mir durch den Kopf, aber einer ist stärker als die anderen. Ich rufe Kurt an. Er geht sofort ran.

»Bist du bei Karin?«, frage ich.

»Nein, wieso?«

»Eigentlich ist das auch egal«, sage ich mit ruhiger Stimme, obwohl mein Herz schnell schlägt. »Ich möchte dich um einen Gefallen bitten. Könntest du deine Schwägerin fragen, ob Helena eine silberne Halskette mit einem kleinen Anhänger besessen hat, auf dessen Vorderseite ihr Name und auf der Rückseite ein Kreuz eingraviert ist?«

Kurt schnappt nach Luft und schweigt. Sehr lange.

»Das muss ich sie nicht fragen«, erwidert er leise. »Helena hatte so eine Halskette. Hat man Helena gefunden?«

»Nein, und das wird sich jetzt seltsam anhören, aber mir hat jemand die Halskette zugeschickt.«

»Verdammt, verdammt«, stöhnt er und wird wieder still.

»Woher hatte sie die Kette?«, frage ich.

»Die Mädchen sind in dem Sommer konfirmiert worden, als sie verschwanden. Sie nahmen an einer Konfirmandenfreizeit hier auf der Insel teil. In einem seiner guten, milden Momente hat Pfarrer Moraeus den Dreien diese Halsketten geschenkt. Darüber hat sich Helena sehr gefreut.«

Hatte Fanny mir nicht erzählt, dass sie Christina anhand einer Halskette identifiziert haben? Was zum Teufel ist hier eigentlich los? Meine Gedanken fügen sich langsam zu einem einzelnen zusammen, zu einer logischen Schlussfolgerung. Helenas Halskette hat ganz gewiss keine fünfzig Jahre lang in der Erde oder im Meer vergraben gelegen. Sie mag zwar nicht besonders neu sein, aber abgesehen von ein paar Flecken ist sie ziemlich gut erhalten. Vielleicht ist es auch nur eine Kopie? Stefan Bondesson muss von diesen

Halsketten gewusst haben. Vielleicht hat Helena sie ihm sogar gegeben. Aber irgendetwas stimmt da nicht. Sie mochte die Kette, und die beiden sind kein Paar gewesen. Warum sollte sie ihm die gegeben haben? Ich drehe das Herz noch einmal um. Die Oberfläche ist stumpf, das Material hat sich im Lauf der Zeit verändert. Diese Halskette ist auf keinen Fall neu.

Mir wird sofort klar, dass sich das anfängliche, geradezu bizarre Katz-und-Maus-Spiel in ein wahrhaftiges Albtraumszenario verwandelt hat. Meine schlimmsten Befürchtungen hinsichtlich des Absenders treffen offenbar zu. Wir haben es wahrscheinlich mit einem Serienmörder zu tun, der die Kette fünfzig Jahre lang als Trophäe aufbewahrt hat. In mein Entsetzen mischt sich aber auch Erleichterung. Darüber, dass dies nicht das Werk meines Vaters gewesen sein kann. Jemand anderes muss die Mädchen ermordet haben. Und dieser Jemand lebt noch immer und will uns jetzt an der Nase herumführen. Das würde eigentlich hervorragend zu meinem Vater passen, einen Serienmörder als seine rechte Hand zu engagieren. Wie habe ich das übersehen können?

Ich höre ein dumpfes Schluchzen.

»Ich werde Siv noch nichts davon erzählen«, schluchzt Kurt. »Die Polizei wird sich darum kümmern. Du musst ihnen die Halskette sofort vorbeibringen.«

Ich denke noch kurz nach, dann erst antworte ich.

»Das werde ich so schnell wie möglich tun«, sage ich.

Ich verspreche, mich später wieder bei ihm zu melden, und wir beenden das Gespräch.

Elyssa und ich sehen uns sprachlos an.

Und plötzlich, wie immer ohne anzuklopfen, steht Hampus im Büro.

»Ich habe ein paar Informationen über diesen Englund aufgetrieben«, verkündet er. »Möchtest du es jetzt gleich wissen, oder soll ich später noch mal wiederkommen?«

Ich gebe ihm ein Zeichen, sich zu uns zu setzen. Er hat den Laptop unterm Arm und stellt ihn auf meinen Schreibtisch.

»Ich bin mir fast sicher, dass ich die richtige Person gefunden habe«, sagt er. »Und es war überhaupt nicht schwierig.«

»Das ging aber schnell. Du bist wirklich der produktivste Mensch, den ich kenne.«

»Ich kann nur gut mit Computern umgehen«, wehrt er verlegen ab.

Ein kleines Lob kann bei Hampus und seinem Tatendrang Wunder wirken. Er würde drei Tage am Stück ohne Schlaf arbeiten, würde ich ihn darum bitten.

»Also, was hast du herausgefunden?«, frage ich.

»Thomas Englund, einundsiebzig Jahre alt. Im Internet gibt es keine Spur von ihm, und er hat wohl auch nur ein einziges Mal – mit zwanzig – gewählt. Aber er ist auf Dimö registriert.«

»Wie? Noch immer?«

»Ja, aber irgendetwas daran ist merkwürdig. Seine Post wird an ein Postfach in Uddevalla geschickt, und doch war er sein ganzes Leben lang unter einer Adresse auf Dimö gemeldet.«

»Unmöglich, hier wohnt kein Thomas Englund«, sage ich scharf.

»Ich kann dir ein Satellitenbild von der Meldeadresse zeigen«, sagt er und dreht den Laptop zu mir.

Er öffnet eine Karte von Dimö und zoomt auf ein Waldstück, in dem ein einsames Haus zu sehen ist. Ich muss mir das Bild nur eine Sekunde lang ansehen. Es ist das verlassene Haus, in dem Julia und ich gewesen sind.

»Ich finde, es sieht ziemlich heruntergekommen aus«, sagt Hampus. »Kann da überhaupt jemand wohnen?«

»Nein, es ist verlassen«, sage ich und atme tief ein.

»Mist. Wo wohnt er dann?«

»Eine sehr gute Frage«, sage ich.

Kapitel 54

JULIA

Auf der Fähre zurück nach Dimö sah Julia immer wieder auf ihre Armbanduhr. Das ergab zwar wenig Sinn, da sie keine Termine hatte, die sie einhalten musste, aber das Leben fühlte sich zunehmend wie ein Wettlauf mit der Zeit an. Der Thomas Englund, der auf Georgs Beschreibung passte, hatte keine Spuren im Internet hinterlassen. So langsam begann sie, an seiner Existenz zu zweifeln. Vielleicht war es doch ein Ablenkungsmanöver von Georg Harig? Franz hingegen war mehr als optimistisch und redete während der Überfahrt ununterbrochen. *Hampus wird ihn finden. Vertrau mir.*

Aber Julia war niedergeschlagen. Vielleicht lag es auch an dem seltsamen Wetter. Der niedrige, stahlgraue Himmel war während der Überfahrt fast schwarz geworden. Die Luft schien still und irgendwie zähflüssig. Ihr Kopf pochte, als sei dies die Ankündigung von Kopfschmerzen. Eine große Nebelwolke kam wie aus dem Nichts und verursachte ein unwohles Gefühl im Magen. Als Dimö als heller, verschwommener Fleck auftauchte, meldete sich eine unerklärliche, diffuse Angst in ihr. Sie war sicher, dass alle Antworten, die sie suchten, dort zu finden waren. Andererseits aber verbarg Dimö die Geheimnisse seiner Bewohner gut.

Als sie ViaTerra erreichten, verabschiedete sie sich mit den Worten, dass sie ein paar Anrufe machen wolle. Eigentlich hatte sie nur vor, mit Thor zu sprechen. Die Sehnsucht nach ihm zerriss sie förmlich. Als er ans Telefon ging, atmete sie erleichtert auf.

»Ich wollte nur deine Stimme hören«, sagte sie. »Auf der Fähre hatte ich auf einmal schreckliche Angst. Ich weiß aber nicht, warum und wovor.«

»Das wundert mich kaum«, antwortete er. »Du schreibst über den Tod der drei Mädchen und bist auch noch an dem Ort, an dem sie ermordet wurden. Schon bei dem Gedanken daran bekomme ich Gänsehaut.«

»Ja, du hast ja recht.«

»Habt ihr noch was Neues herausgefunden? Magst du es mir erzählen?«

»Lieber nicht. Erzähl mir, was du so machst.«

»Nichts Besonderes. Ich sitze vor der Glotze, gibt es etwas Langweiligeres? Ich sehe mir Dokumentarfilme an. Wenn ich nicht gerade lerne oder von dir träume, liege ich im Fernsehkoma.«

»Was für Dokus denn?«

»Alles vom Zweiten Weltkrieg bis zum geheimen Leben der Ameisen.«

Sie lachte und fühlte sich schlagartig leichter und wohler.

»Wusstest du, dass sich Ameisen nicht durch Paarung fortpflanzen, sondern indem sie sich klonen?«, fragte er.

»Nein, wie seltsam.«

»Sie haben sich viel mehr weiterentwickelt als wir Menschen.«

»Das klingt, als müssten wir uns am Wochenende unbedingt sehen und eine Pause von Ameisen und Mord einlegen. Du kommst doch nach Dimö, oder?«

»Ja, natürlich. Und hey, ich war mit Papa Kaffee trinken, bevor ihr euch getroffen habt. Wie es scheint, ist seine Sitzung mit der Psychologin ganz gut gelaufen. Ich glaube, er wird langsam zu einem ganz normalen Menschen.«

»Die Hoffnung stirbt zuletzt«, sagte sie. »Auf jeden Fall ist es gut, dass du dich durchgesetzt hast.«

Er senkte die Stimme.

»Das Treffen mit meinem Vater hat eine Erinnerung geweckt. An mein letztes Jahr in der Sekte. Die Hälfte der Zeit habe ich damit verbracht, ihm aus dem Weg zu gehen, um bloß nicht von ihm geschlagen zu werden. Die andere Hälfte habe ich darauf verwendet, ihn zu provozieren, damit er mich schlägt. Als wir Kinder waren, hat er Vic und mich nie geschlagen. Da ich jetzt weiß, was mein Großvater ihm angetan hat, verstehe ich auch, warum. Als er dann das erste Mal die Hand erhob, war ich schon fast erwachsen. Sein Impuls, mich zu bestrafen, weil ich mich ihm widersetzt hatte, war so stark, dass er ihm nachgeben musste. Seltsamerweise wirkte das wie eine große Erleichterung.«

»Was hat er danach getan?«

»Er hat sich entschuldigt.«

»Seltsam.«

»Eigentlich nicht. Das war sein Muster. Wenn man am Boden zerstört war, streckte er eine liebevolle Hand aus. Es war fast unmöglich, ihm dann zu widerstehen. Aber wenn er freundlich war, hielt es nie lange an, man durfte sich nicht darauf verlassen, und das machte alles andere nur noch schlimmer.«

»Trotzdem finde ich es interessant, dass er in der Lage war, sich zu entschuldigen.«

»Oder vielleicht war es auch nur eine Taktik, die er einsetzte.«

»Aber dieses eine Mal hat die Freundlichkeit bei dir nicht gewirkt?«

»Nein, er hatte eine Grenze überschritten.«

»Manchmal ist es schwer zu glauben, dass er dir so viel bedeutet.«

»Na ja, er ist mein Vater, aber er ist schon lange kein Vorbild mehr. Ich kann ihm jetzt viel klarer und rationaler begegnen.«

Sie unterhielten sich noch eine Weile, bis sich eine angenehme Stille und Ruhe in ihr ausbreitete. Die Dunkelheit hatte nichts Bedrohliches mehr. Sie griff nach einer Decke, drehte sich um. Da stand Franz mitten im Raum. Er hatte einen Briefumschlag in der Hand. Ihr Herz schlug ihr bis zum Hals.

»Mann, hast du mich erschreckt!«

»Das wollte ich nicht, aber ich muss dir was zeigen, Julia.«

Er trug denselben Pullover wie in Stenungsund, was ungewöhnlich war, weil er sich normalerweise umzog, wenn er von einer solchen Fahrt zurückkehrte. Er wirkte aufgekratzt. Sie verkniff sich eine bissige Bemerkung, dass er hätte anklopfen sollen. Irgendwie hatte sie sich damit abgefunden, so viel Zeit mit ihm zu verbringen. Sie setzten sich an den Küchentisch.

Während er ihr Helenas Halskette zeigte, bohrte sie ihre Fingernägel so tief in ihre Handflächen, bis es wehtat. Ihre schwache, unvernünftige Hoffnung, dass die Mädchen noch lebten, hatte sich hiermit aufgelöst und verschwand in der kalten Herbstnacht. Sie streckte die Hand aus, wollte die Halskette berühren, als letzten, traurigen Abschied von Helena.

»Nicht anfassen«, sagte Franz und zog sie weg.

»Ich mache sie schon nicht kaputt.«

Er schüttelte den Kopf.

»Darum geht es doch nicht. Es ist schon schlimm genug, dass ich sie in der Hand hatte. Die Polizei lässt sie bestimmt auf Fingerabdrücke untersuchen.«

»Ich finde es ekelhaft und hinterhältig, dass er dir die Kette geschickt hat«, sagte sie. Franz neigte den Kopf auf die Seite.

»Oder es war eine gut gemeinte Geste, die erst durch die Umsetzung makaber wurde.«

»Gut gemeint?«

»Ach, egal. Du hast wahrscheinlich recht.«

Julia dachte an Helenas Mutter, die ihre Tochter im Arm gehalten hatte, als sie auf die Welt gekommen war, die sie hatte aufwachsen sehen, die ihre Hoffnungen und Enttäuschungen geteilt hatte – die in ihren letzten Sekunden aber nicht an ihrer Seite gewesen war und vielleicht nie erfahren würde, was geschah, als sie starb. Das Mindeste, was Julia für sie tun konnte, war, den Spuren in die Dunkelheit zu folgen und dort Antworten zu finden. Denn in die Dunkelheit würden sie ganz sicher führen. Wenigstens würde ihre Mutter dann endlich einen Schlussstrich ziehen können. Ihr die Halskette jetzt zu zeigen, wäre wie ein Stochern in einer offenen Wunde.

»Ich hoffe, die Polizei zeigt die Kette nicht gleich Helenas Mutter«, sagte sie. »Du hast ihnen schon Bescheid gesagt, oder?«

»Nein, noch nicht. Wir beide haben morgen noch etwas zu erledigen, bevor ich sie bei der Polizei abliefere. Ich habe nämlich noch etwas herausgefunden.«

Er erzählte ihr von Thomas Englund, der wie vom Erdboden verschwunden war, aber nach wie vor unter der

Adresse des verlassenen Hauses im Wald registriert war und seine Post nach Uddevalla geschickt bekam. Das war ihr unheimlich.

»Glaubst du, dass er noch hier auf der Insel lebt?«, fragte sie beunruhigt.

»Eher in Uddevalla. Aber wer weiß. Die Natur hier eignet sich ausgezeichnet dafür, sich zu verstecken. Alles voller Höhlen, Grotten, Täler und verborgener Ecken, wo niemand suchen würde. Dimö ist ein Ort für Menschen, die nicht gefunden werden wollen.«

Sie spürte ein Kribbeln auf ihrer Haut, im Nacken und zwischen ihren Schulterblättern.

»Und wenn er doch in dem verlassenen Haus wohnt?«

»Das ist schon sehr lange unbewohnt«, beruhigte er sie. »Du brauchst dir keine Sorgen zu machen.«

»Aber vor Kurzem hat dort doch jemand geschlafen!«

»Ja, das stimmt. Aber trotzdem – hier bist du sicher.«

Dennoch wurde sie das Gefühl nicht los, in Gefahr zu schweben. Wer auch immer die Halskette geschickt hatte, hatte nichts Gutes im Sinn. Vielleicht schlich er auf der Insel herum und beobachtete sie?

»Ich habe mich die ganze Zeit über eine Sache gefragt«, sagte sie. »Warum schickt er die Briefe an dich und mich und nicht an die Polizei?«

»Mich wundert das gar nicht. Schließlich gehört mir das Grundstück, auf dem sich der Tatort befindet, und dich hält er wahrscheinlich für eine sehr gute Journalistin.«

»Das ist ein verdammter Serienmörder, Franz. Ist dir überhaupt klar, wie schlimm das alles ist?«

»Reg dich nicht auf«, sagte er mit übertrieben ruhiger Stimme. »Sein Brief führt uns zur Wahrheit.«

»Oder direkt in eine Falle.«

Er schmunzelte.

»Warum ausgerechnet jetzt, nach fünfzig Jahren?«, fuhr sie fort.

»Vielleicht ist das eine Art Jubiläum, fünfzigster Jahrestag?«

»Er *will* also gefunden werden? Glaubst du das?«

»Nein, er ist sich eher sicher, dass wir ihn *nicht* finden werden. Ein Mensch, der in der Lage ist, so kaltblütig zu töten, hat ein enormes Selbstvertrauen.«

Ihr Magen krampfte sich zusammen. Einen solchen Menschen, dachte sie, sollte man nicht unterschätzen.

»Das Interessante ist«, fuhr Franz fort, »dass sich mein Vater vor allem mit solchen Männern umgeben hat. Mit Despoten, die das kleine bisschen Macht, das sie haben, ausnutzen, um andere zu quälen.«

»Wenn das so ist, würde es mich nicht wundern, wenn er auf die erste Gelegenheit wartet, auch uns was anzutun.«

»Julia …«, flüsterte er fast, mit einer Weichheit in seinem Blick, die sie so noch nie gesehen hatte. »Du regst dich so auf, dass du das Offensichtliche übersiehst. Nämlich das, was wir als Nächstes tun müssen.«

»Und was ist das?«

»Karin mit unserem Wissen zu konfrontieren.«

Sie tippte sich mit der Handfläche gegen die Stirn.

»Thomas Englunds Name stand nicht auf ihrer Personalliste.«

»Nein, auch wenn das vielleicht keine Absicht war. Aber erinnerst du dich, als wir sie nach dem verlassenen Haus gefragt haben?«

»Sie sagte, sie könne sich nicht an die Namen der Leute erinnern, die dort gelebt haben, außer an die Heisere Harriet natürlich.«

»Was für ein Blödsinn! Karins Gedächtnis ist genauso scharf und ungetrübt wie ihre Falkenaugen.«

»Was meinst du damit?«, fragte Julia.

»Dass sie weiß, wer Thomas Englund ist, aber aus irgendeinem Grund will sie nicht, dass wir ihn zu fassen bekommen.«

Julia sah ihn verwirrt an.

»Würde Karin wirklich einen Mörder schützen?«

»Ehrlich gesagt, sie wird mir sowieso immer rätselhafter«, sagte er.

Sie konnte ihm förmlich ansehen, wie sich die Rädchen in seinem Kopf drehten.

»Oder …«, sagte er, schien es sich dann aber anders zu überlegen und verstummte.

»Sag schon.«

»Karin ist im gleichen Alter wie Thomas Englund. Vielleicht hatten die beiden eine Beziehung oder eine Affäre oder so was?«

»Das hört sich überhaupt nicht nach Karin an, sie ist definitiv nicht der Typ, der drei Morde vertuschen würde, um einen Kerl zu schützen, den sie vor fünfzig Jahren mochte.«

»Dann müssen wir wohl morgen früh die Wahrheit aus ihr herausbekommen«, sagte er.

»Und wie wollen wir das machen?«

Er lächelte zufrieden.

»Überlass das ruhig mir. Es wird eine Begegnung der besonderen Art – mit ihrem Sohn zwar, aber wie in alten Zeiten. Jemand mit Krallen und scharfen Zähnen.«

Kapitel 55

FRANZ

Schon als Kind habe ich gemerkt, wie gut meine Mutter lügen kann. Zum Glück lernte ich schnell, sie zu durchschauen. Ihren messerscharfen Blick, der keinen Platz für Flucht ließ, aber in Begleitung eines Funkelns kam, das einfach nicht zu ihren Worten passte. Dazu ein freundliches Schulterklopfen, wenn sie dachte, ich hätte ihre Lügen geschluckt.

Nachdem ich im Garten Frösche seziert hatte, versteckte sie alle scharfen Messer mit der Ausrede, sie habe sie verlegt. Als sie meine Kritzeleien auf Wänden und Möbeln leid war, behauptete sie, die Stifte seien eingetrocknet und sie habe sie weggeworfen. Und wenn sie, was ganz selten vorkam, Männerbesuch hatte, behauptete sie häufig, er sei ein »Handwerker«.

Auch über meinen Vater hat sie mich mit Lügen abgespeist. Was in Wirklichkeit eine Vergewaltigung gewesen war, nannte sie eine »kurze Romanze«. Karin wählte immer sorgfältig aus, welche Geheimnisse sie für sich behielt, jedes Mal mit dem Ziel, unsere kleine Familie zu schützen. Von ihr habe ich den unerschütterlichen Kampfgeist geerbt, der uns am Leben hielt, als es einfacher gewesen wäre aufzugeben.

Ich bin oft Zeuge gewesen, wie Karin die Regeln gebeugt und die Wahrheit gedehnt hat. Aber sie hat nie aus Böswilligkeit gehandelt, außerdem hält sie sich für eine der Guten. Ihre Lügen haben mir nie sonderlich zu schaffen gemacht. Wenigstens war sie so anständig, mir die schlimmsten Wahrheiten zu ersparen. Will sagen, ich habe schon früh in meiner Kindheit gelernt, mich im Dickicht der Lügen zurechtzufinden. Außerdem habe ich etwas Wichtiges begriffen – Karin lügt vor allem dann, wenn sie sich schämt oder jemanden beschützen möchte.

Wir gehen in zügigem Tempo zu ihrem Häuschen. Julias Haare sind zerzaust, und sie wirkt verschlafen. Ich dagegen bin hellwach und entschlossen. Ich war schon fünf Kilometer joggen und habe ein Bad im eiskalten Meer genommen. Alles, um meiner lügenden Mutter mit größtmöglicher Beherrschung zu begegnen. Es ist ein ungewöhnlich kalter Morgen. Der Nordwind kündigt einen unbarmherzigen Winter an.

Als wir Karins Haus betreten, schlägt uns der Duft von frisch gebrühtem Kaffee entgegen. Kurt sitzt am Küchentisch und frühstückt. Eine interessante, aber nicht ganz unerwartete Erscheinung. Ich erwarte, dass Karin uns die Geschichte vom »undichten Wasserhahn« auftischen wird. Stattdessen beeilt sie sich zu erklären, dass sie gerade von ihrem morgendlichen Lauf mit den Hunden zurück sind. Die Schäferhunde liegen neben Kurts Stuhl und blinzeln uns verstohlen an.

»Schön, dass es dir hier so gut gefällt«, sage ich zu Kurt.

»Ich … na ja, ich habe gerade Frühstück gemacht«, sagt er und sieht dabei wie ein Idiot aus.

»Könnt ihr nach dem Mittagessen wiederkommen?«, fragt Karin. »Die Hunde brauchen dringend eine Pause.«

»Ich fürchte, nein. Was wir besprechen müssen, kann

nicht warten«, sage ich. »Es geht um drei Morde, und das nehmen die meisten Menschen auf der Insel sehr ernst, während andere wie gewohnt weitermachen.«

»Was soll das, Franz?«, sagt Karin entgeistert.

Sie presst sich das Geschirrtuch wie einen Schutzschild an ihre Brust.

»Setz dich hin«, sage ich mit Nachdruck. »Du wusstest, dass es nur eine Frage der Zeit war, bis wir deine Lügen durchschaut haben.«

»Ich habe nicht die geringste Ahnung, wovon du sprichst«, erwidert Karin und setzt sich mit betretener Miene hin.

Das war nicht besonders überzeugend.

»Worum geht es denn?«, fragt Kurt vom Küchentisch herüber.

»Setz dich daneben«, sage ich. »Das wird dich auch interessieren.«

»Was willst du wissen?«, fragt Karin mürrisch.

Ich setze mich in den Sessel ihr gegenüber. Kurt kommt ins Wohnzimmer und nimmt auf dem Sofa Platz. Julia steht noch unschlüssig daneben, sichtlich besorgt, dass ich zu hart zu meiner Mutter bin.

»Du kannst schon mal damit anfangen, mir alles über Thomas Englund zu erzählen«, sage ich.

»Ich erinnere mich nicht mehr so genau …«, sagt sie und tut, als würde sie nachdenken.

»Aber Karin«, wirft Kurt vorwurfsvoll ein. »Du musst dich doch noch an Thomas erinnern? Das ist der Sohn von der Heiseren Harriet. Ihr seid schließlich ein Paar gewesen, in der Schule und auch später.«

Das wird ja immer besser.

»Das ist alles so lange her, Franz«, sagt Karin so langsam,

als würde sie mit einem Kind sprechen. »Warum ist er plötzlich so wichtig?«

Wut steigt in mir auf.

»Du behauptest also, dich nicht an ihn oder seine Familie erinnern zu können. Außerdem hast du versäumt, seinen Namen auf die Personalliste zu schreiben. Da er aller Wahrscheinlichkeit nach der Mörder der drei Mädchen ist, würde ich gern wissen, warum?«

»Er ist kein Mörder.«

»Wie kannst du dir da so sicher sein?«

»Das ist vertraulich«, sagt sie und presst die Lippen aufeinander.

»Das war keine Antwort auf meine Frage.«

»Das ist aber alles, was ich dazu sagen werde.«

»Ist es so vertraulich, dass du die Verhöhnung und Verleumdung durch die Medien zulässt, obwohl ich nichts getan habe?«, frage ich. »Ich dachte, wir seien uns in letzter Zeit etwas nähergekommen.«

»Es ist nicht so, wie du denkst«, entgegnet sie leise.

»Ich frage mich, was Thor davon hält. Mich kannst du vielleicht entbehren, aber wie ist das mit deinem geliebten Enkel, den du schließlich zu einem gewissenhaften Menschen erzogen hast?«

»Franz …«, mahnt mich Julia mit warnender Stimme.

Karin zuckt zusammen, wendet den Blick ab und sieht aus dem Fenster. Als sie sich wieder zu mir umdreht, bemerke ich die Enttäuschung in ihren Augen.

»Wie kommst du darauf, dass ich dich entbehren könnte?«, fragt sie.

»Vergiss es«, sage ich und hasse, wie beleidigt meine Stimme klingt.

»Wenn ich etwas verspreche, dann halte ich es auch«,

fährt sie fort. »Ich werde nichts verraten, egal wie sehr du mir auch drohst. Nur … alles, was ich euch sagen kann, ist, dass ihr auf die Wolfsinsel fahren solltet.«

»Auf die Wolfsinsel? Hier in der Nähe?«

»Es gibt hier nur eine Wolfsinsel, das weißt du genau.«

»Und warum sollten wir dorthin fahren?«

Sie beißt sich auf die Lippe und starrt zu Boden.

»Das werdet ihr verstehen, wenn ihr dort seid.«

»Aber man kann dort nicht an Land gehen. Die haben Kampfhunde.«

»Sie bellen und knurren, aber sie beißen nicht.«

»Woher zum Teufel weißt du das?«

Ich spucke ihr diese Worte förmlich ins Gesicht.

»Das spielt keine Rolle. Nehmt mein Boot, es liegt in der Bucht bei der Moorheide. Der Motor steht im Gartenschuppen. Du solltest auch mitgehen, Kurt.«

Kurt reißt die Augen auf.

»Warum denn ich?«

»Das wirst du auch verstehen, wenn du dort bist. Los, jetzt geht.«

»Ist das einer deiner hinterhältigen Witze?«, frage ich.

»Das kannst du selbst entscheiden, wenn du da bist«, erwidert sie und steht auf.

Sanft klopft sie Kurt auf die Schulter.

»Ich möchte, dass du dabei bist, damit du es Siv erzählen kannst. Es wird nicht leicht sein, aber du schaffst das.«

Mit diesen Worten dreht sie sich um, geht in ihr Schlafzimmer, knallt die Tür zu und schließt hinter sich ab.

Julia, Kurt und ich starren uns sprachlos an.

Kurt zuckt mit den Schultern.

»Na, dann auf zur Wolfsinsel«, sagt er. »Karin hat gesprochen.«

Kapitel 56

DER MANN IM SCHATTEN, GEGENWART

Er lässt die Hand mit dem Telefon sinken. Fünfzig Jahre lang hat er auf diesen Anruf gewartet. Endlich ist es vorbei. Es ist vollbracht. Keine Entscheidungen sind mehr zu treffen. Er kann nichts tun, um den Lauf der Dinge aufzuhalten. Es fühlt sich an, als wäre alle Luft aus ihm gewichen. Er kann nicht leugnen, dass er dieses Spiel genossen hat, aber jetzt ist es vorbei und ihn erwartet eine ungewisse Zukunft.

»Sie werden jeden Augenblick hier sein«, sagt er.

Keiner antwortet. Sie alle wissen, was das bedeutet. Sie haben sich auf diesen Besuch vorbereitet, und sie wissen, was zu tun ist. Was jetzt passieren wird, steht ihnen seit fünfzig Jahren bevor. Er wirft einen Blick auf die Uhr an der Wand. Die Geste mag subtil sein, aber die Botschaft kommt an. In ein paar Minuten wird sich alles, was gewesen ist, für immer verändern.

»Ich nehme sie in Empfang«, sagt er.

Die anderen nicken. In ihren Gesichtern spiegeln sich die unterschiedlichsten Gefühle. Sorge, Angst, Hilflosigkeit und vielleicht auch Erleichterung. In der kleinen Küche ist es sehr still geworden.

Ein Windstoß schiebt die Blätter vor ihm den Hang hinunter. Alles ist grau – das Meer, der Himmel, die Schatten, die über den Boden gleiten. Man kann die Vorzeichen des ersten Nachtfrostes riechen. Vielleicht wird es in diesem Jahr auf der Wolfsinsel einen Wolfswinter geben.

Eines hat er in den vergangenen Wochen gelernt. Früher war Glück etwas, das außerhalb seiner Macht liegt, das aber jeden einzelnen Tag bestimmt. Ein Frühlingsmorgen und Temperaturen von elf Grad, hervorragend zum Angeln. Diesiges, grau verhangenes Wetter, gut geeignet für die Vogeljagd. Jetzt weiß er, dass er sich geirrt hat. Das Glück ist schon in ihm. Es ist der goldene Faden, der sein Leben bis heute zusammengehalten hat. Er liebt diesen Ort. Er bereut nicht einen einzigen Tag, den er hier verbracht hat. Und was als Nächstes kommt, das Unvermeidliche, ist bloß ein notwendiges Übel, um seiner ruhelosen Seele Frieden zu bringen.

Für einen kurzen Augenblick scheinen sich die Wellen zu teilen und einen Schatten aus der Tiefe des Meeres freizugeben. Die Gestalt der Gräfin. Hier draußen ist sie fast durchsichtig, flüchtig, und sie taumelt zwischen den aufgewühlten Wellen, wirbelt wie ein dünner Silberstreif umher. Er streckt seine Hand aus, als wolle er sie festhalten, doch dann sieht er, dass es eine Täuschung war. Es ist ein Boot. Ihr Boot. Sein Herz schlägt schneller.

Die Hunde stürmen bereits den Hang hinunter, aber er beschließt, noch ein paar Augenblicke hier oben zu bleiben.

Erst sollen sie an Land gehen.

Kapitel 57

JULIA

Ein eisiger Nordwind wehte. Julia zitterte vor Kälte. Sie hatte nicht die richtige Kleidung für eine Bootsfahrt angezogen. Kurt steuerte das Boot. Julia und Franz saßen ihm gegenüber und sahen, wie Dimö hinter ihm zu einem kleinen schwarzen Punkt wurde. Sie hatten kaum gesprochen, Karins seltsames Verhalten hatte sie alle sehr verwundert.

»Du weißt, wie man zur Wolfsinsel kommt, oder?«, fragte Franz.

Kurt schnaubte verächtlich.

»Ist das dein Ernst? Ich war fünfzig Jahre lang Fischer hier, in diesen Gewässern. Ich kenne das Meer wie meine Westentasche.«

»Glaubt ihr, dass wir Thomas Englund auf der Wolfsinsel finden?«, fragte Julia.

»Ich weiß es nicht«, sagte Franz. »Entweder treffen wir dort auf ihn oder auf jemanden, der ihn gekannt hat und uns weiterhelfen kann.«

»Weißt du, wer dort wohnt?«, fragte sie Kurt.

Kurt schüttelte den Kopf.

»Nein, die Wolfsinsel liegt so weit draußen, dass dort praktisch nie jemand vorbeikommt. Es ist ein offenes Geheimnis, dass die Bewohner nichts mit uns auf Dimö zu tun haben wollen. Deshalb können sie uns auch gestohlen bleiben. Ich habe vielleicht zweimal ein Motorboot gesehen, das von dort nach Süden gefahren ist.«

»Aber es wird doch darüber getratscht, wer dort wohnt, oder?«, fragte Franz.

»Ja. Es gibt einige Spekulationen. Dort soll sich das Hauptquartier für den illegalen Waffenhandel befinden. Oder eine riesige Nerzfarm. Es heißt auch, dass die Bewohner missgebildet sind und deshalb die Öffentlichkeit meiden. Und andere sagen, dass das da alles Scheusale sind und man sich besser von denen fernhält. Außerdem haben sie scharfe Hunde. Menschen, die in Ruhe gelassen werden wollen, sollte man auch in Ruhe lassen. So war das hier schon immer.«

»Mit anderen Worten, niemand weiß irgendetwas?«, sagte Franz.

»Ganz genau, nicht einmal der alte Leuchtturmwärter, der sich zwar zur Ruhe gesetzt hat, aber nach wie vor wie ein Falke über das Meer wacht. Manchmal hat er durch sein Fernglas ein Boot gesehen, aber die Entfernung ist zu groß, um irgendetwas erkennen zu können.«

»Kann man nicht herausfinden, wem die Insel gehört?«, warf Julia ein.

»Sie befindet sich seit fast hundert Jahren in Privatbesitz«, sagte Kurt. »Und doch hat sie nur einmal den Besitzer gewechselt. Davor gehörte sie einem Künstler, der sich dort ein Haus und ein Atelier gebaut hatte. Um ehrlich zu sein, ich habe sogar mal versucht herauszubekommen, wer der Käufer der Insel ist. Allerdings erfolglos. Sie gehört irgendeiner Firma mit einem seltsamen Namen, der hundertprozentig erfunden ist.«

»Weißt du, wann die Insel den Besitzer gewechselt hat?«, fragte Julia.

»Das ist schon lange her. Als ich noch jung war.«

»Es erfordert eine enorme mentale Stärke, ein so explizit anonymes Leben zu führen«, sagte Franz nachdenklich.

»Seltsam, dass niemand die Wahrheit herausgefunden hat, die Bewohner von Dimö sind doch sonst so neugierig«, sagte Julia.

»Ja, aber je größer die Ungewissheit, desto größer auch das Geheimnis«, gab Kurt zurück. »Wenn man an einem Ort lebt, wo die Zeit oft stillsteht und die Internetverbindung schwächelt, ist es spannender, sich im dunklen Winter Räubergeschichten auszudenken.«

Sie verstummten und lauschten dem gleichmäßigen Brummen des Motors. Julia konnte sich nicht einmal in ihren kühnsten Fantasien vorstellen, warum hier draußen jemand leben wollte, es sei denn, er hatte etwas Schreckliches zu verbergen.

Dimö war nicht mehr zu sehen, und nun befanden sie sich auf offener See. Dann tauchte die Insel der Toten zu ihrer Rechten auf, als riesiges schwarzes Korallenriff, das aus dem Meer ragte. Kurt erhöhte das Tempo, und der Wind riss an Julias Haaren. Ihre Zähne schlugen aufeinander, während das Boot über die gewaltigen Wellen sprang. Sie zitterte am ganzen Körper, vor Kälte und vor Aufregung.

»Achtung!«, rief Kurt.

Sekunden später traf das Boot auf eine hohe Welle. Das Wasser schwappte in hohem Bogen über die Reling.

»Nur ein bisschen Seegang«, rief Kurt fröhlich.

Julia reagierte mit Brechreiz. Noch nie hatte sie sich so unsicher und gleichzeitig so angespannt gefühlt. Sie hatte nicht die geringste Ahnung, was sie auf der Wolfsinsel erwartete, abgesehen von ein paar Bestien. Sie stellte sich

Gräber vor. Eine Gedenkstätte. Die Auflösung des Rätsels. Oder zumindest jemanden, der wusste, was mit den Mädchen geschehen war – wahrscheinlich etwas Schreckliches. Manchmal ist die Wahrheit schlimmer, als man sie sich vorstellen kann. Manchmal ist es sogar besser, sie nicht zu erfahren.

»Könnte es eine Falle sein?«, fragte sie. »So etwas würde uns Karin doch nicht antun, oder?«

»Es würde mich nicht im Geringsten überraschen«, sagte Franz.

»Red keinen Unsinn, Franz«, rief Kurt. »Du hast keine Ahnung, wie viel du Karin bedeutest.«

Da die Geräusche des Motors und des Windes ohrenbetäubend geworden waren, schwiegen sie für den Rest der Fahrt.

»Wir sind da!«, rief Kurt plötzlich.

Julia drehte sich um und blinzelte in die schwache Sonne, die durch die Wolken gebrochen war. Vor ihnen tauchte ein schmaler Strandstreifen auf, auf dem sich zwei schwarze Schatten abzeichneten. Das waren die Hunde. Die großen schwarzen Biester bellten und hüpften wie besessene Dämonen über den Strand, bevor das Boot auch nur in Ufernähe war. Ihre Kehle schnürte sich zusammen. Kurt schaltete den Motor ab und ließ das Boot treiben.

»Wir können doch nicht einfach an Land gehen?«, sagte sie besorgt.

»Ich weiß es nicht«, sagte Franz. »Vielleicht ist es Selbstmord, hier ohne ausdrückliche Einladung aufzutauchen.«

In diesem Augenblick sahen sie eine Gestalt, die den Hang hinunter in Richtung Strand lief. Es war ein Mann.

»Da kommt jemand«, sagte sie.

»Das ist auch gut so, ich setze keinen Fuß auf die Insel,

solange diese Bestien frei herumlaufen«, sagte Kurt mit leiser Stimme, die eher wie ein Zischen klang.

Der Mann rief den Hunden etwas zu, die daraufhin sofort den Hügel hinaufrannten und verschwanden. Franz half Kurt, das Boot ans Ufer zu ziehen. Als Julia ausstieg und die Füße auf den Sand setzte, schalteten sich Scheinwerfer an und der Strand wurde mit Licht überflutet. Obwohl es hell war, fühlte sie sich ausgeliefert und verwundbar. Sie hauchte Leben in ihre tauben Finger. Die Sonne hatte sich wieder hinter die Wolken geschoben. Es roch hier so anders als auf dem Meer. Eher wie auf einem Bauernhof. Sie sah sich um. Zu ihrer Rechten floss ein Bach, der im Meer mündete. Zu ihrer Linken lag ein großes Motorboot vertäut am Strand, daneben ein Ruderboot. Jenseits des Abhangs waren die Umrisse mehrerer Holzhäuser zu erkennen, und noch weiter entfernt konnte sie den sanften Schwung eines Hügels sehen und dahinter einen Wald. Die Insel wurde bewirtschaftet. Einen Moment lang verdrängte der Anblick alles andere aus ihrem Kopf. Die Tatsache, dass hier Menschen lebten, umgeben von Meer, und zwar so weit das Auge reichte, nahm ihr fast den Atem. Und doch wurde sie das Gefühl nicht los, in eine Falle gelockt worden zu sein. Etwas fühlte sich ganz und gar nicht gut an, etwas in ihr wollte fliehen. Kurt, der hinter ihr stand, legte seine Hand auf ihre Schulter. Auch er war unverkennbar angespannt.

Der Mann näherte sich. Er war alt, aber gut aussehend. Wettgegerbt, muskulös, helle Haare und ein Dreitagebart. Und trotz der Kälte war er nur mit einem Flanellhemd bekleidet. In seinen klaren Augen lag eine gelassene Ruhe. Es war ein Gesicht, das einem in der Menschenmenge auffallen würde. Sie spürte, wie sie sich entspannte. Sie sahen sich schweigend an. Dann streckte der Mann Franz seine Hand hin, der sie mit einem verwirrten Lächeln ergriff.

»Ich kann nicht glauben, dass ich Franz Oswald endlich persönlich treffe«, sagte der Mann. »Wir konnten euch nicht länger an der Nase herumführen, so sehr wir es auch wollten. Ich bin Thomas Englund, aber das wisst ihr ja schon.«

»Aber woher …?«, stotterte Franz.

»Karin hat angerufen und gesagt, dass du unterwegs bist«, sagte Thomas und lächelte ein zögerndes Lächeln.

Dann drehte er sich um

»Sie sind da!«, rief er.

Erst jetzt sah Julia die Frauen, die oben gewartet hatten und nun den Hang herunterkamen. Sie bewegten sich langsam und behutsam. Eine war blond und hatte ihr Haar zu einem Dutt hochgebunden. Die andere hatte tiefschwarzes, offenes Haar mit grauen Strähnen. Julia schätzte beide Frauen auf ungefähr sechzig ein. Die Dunkelhaarige gehörte zu den seltenen Geschöpfen, die mit dem Alter noch schöner werden. Ihre Augen waren klar und wach, ihre Bewegungen geschmeidig. Sie erinnerte Julia an jemanden. Wo hatte sie diese Frau schon einmal gesehen? Ihre Gedanken suchten verzweifelt in der Erinnerung, während ihr Verstand in der Gegenwart bleiben wollte, denn sie wusste genau, dass sie sich an diese Begegnung später in allen Details erinnern wollen würde. Die blonde Frau war schlank und wirkte schüchtern, sie hatte den Blick gesenkt. Sie musste geweint haben, denn auf ihren Wangen sah man dünne, silberglänzende Spuren. Als sie aufsah, huschte ein Lächeln über ihr Gesicht, das aber Sekunden später schon wieder verschwand. Sie riss ihre Augen auf, die sich blitzschnell erneut mit Tränen füllten. Sie starrte Kurt an, als würde sie einen Geist sehen. Julia hörte, wie Kurt neben ihr ein paarmal keuchend Luft holte. Dann wurde es so still, dass man den Wind im Schilf rauschen hören konnte.

Ein tiefer, erstickter Laut drang aus Kurts Kehle.

»Zum Henker!«, sagte er. »Helena! Bist du das wirklich?«

Kapitel 58

FRANZ

Kurt und Helena fallen sich in die Arme, weinen und lachen, während wir anderen bloß zusehen.

Normalerweise berühren mich tränenreiche Wiedersehen nicht besonders, aber hier werde ich in den Bann gezogen. Es ist faszinierend, dass sie sich nach so vielen Jahren wiedererkennen. Vielleicht liegt es an den Augen, die sich auch mit zunehmendem Alter wenig verändern, oder es ist eine Art Instinkt, weil sie miteinander verwandt sind.

Die Emotionen überschlagen sich an dem schmalen Strand. Alle sind sichtlich gerührt. Es ist, als wäre man in einem Schraubstock der Sentimentalität gefangen. Ich spüre eine Welle von etwas Süßem, Klebrigem in mir aufsteigen, aber das verschwindet gleich wieder. In Julias Gesicht steht grenzenloses Staunen. Sie dreht sich zu mir um. *Passiert das hier gerade wirklich?* Als eine Reaktion von mir ausbleibt, werden ihre Augen zu schmalen Schlitzen. Julia kann meine Stimmung, meinen Gemütszustand durchschauen. Im Moment bin ich nicht besonders bewegt. Ich fühle mich betrogen. Julia und ich haben vielleicht nach derselben Wahrheit gesucht, aber aus vollkommen unterschiedlichen Gründen.

»Wollen wir hochgehen?«, fragt Thomas.

»Ich habe dich vor Kurzem auf dem Herbstfest gesehen«, sage ich. »Du hast mich einmal angerempelt.«

»Ja, tut mir leid. Es war einfach zu verlockend. Ich bin in den letzten Wochen ein paarmal auf Dimö gewesen. Da gibt es eine Bucht, wo ich mit dem Boot anlegen kann.«

»Dann bist auch du es gewesen, der in dem verlassenen Haus geschlafen hat.«

»Ich muss wohl ein bisschen sentimental geworden sein. Es ist mein Elternhaus. Wir erzählen euch alles, wenn wir im Warmen sind.«

»Ich hoffe, ihr habt eine gute Erklärung«, sage ich mit zusammengebissenen Zähnen.

»Ihr werdet alles erfahren«, verspricht er.

Ich spüre den Blick der dunkelhaarigen Frau auf mir. Sie hat etwas Anmutiges, Katzenhaftes an sich. Und strahlt einen Hunger, eine Unruhe aus, die anziehend ist.

»Du bist also Anna-Lina Moraeus, die Tochter des Pfarrers?«, frage ich.

Sie nickt.

»Aber warum bloß …?« Ich beiße mir auf die Zunge. In dieser Situation sind Geduld und List gefragt.

Während wir den Hang hinaufgehen, unterhalte ich mich mit Thomas. Ich habe vor, die schwierigen Fragen später zu stellen. Aus irgendeinem Grund fällt es mir schwer, mich zu konzentrieren, die Worte purzeln mir wie von allein aus dem Mund. Und meine Stimme klingt belegt.

»Ihr wohnt hier zu dritt?«, frage ich.

»Nein, zu viert, mein Bruder Vincent wartet oben im Haus auf uns. Die anderen Lebewesen sind Vieh und Haustiere.«

»Seid ihr Selbstversorger?«

»Nicht ganz, aber fast.«

Über die Schulter werfe ich einen Blick zu den anderen.

Sie folgen uns schweigend. Ich sehe, wie ähnlich sich Helena und Kurt sehen. Die eng stehenden blauen Augen, der verkniffene Gesichtsausdruck. Mein erster Eindruck von Helena war ausweichend, nicht greifbar. Aber jetzt sehe ich die entschlossene Kieferpartie, die ungebrochene Willensstärke in ihren Augen.

Der Strand ist in ein milchweißes Licht getaucht. Vor uns erstreckt sich eine große Grünfläche, der Wald dahinter hebt sich wie eine Kulisse ab, und die Wolken türmen sich übereinander. Ich höre Donner, oder vielleicht ist es auch das Meer, das auf der anderen Seite der Insel tobt. Aus dem Gras steigen winzige Fliegen auf und schweben zwischen uns.

»Holzt ihr den Wald ab?«, frage ich.

»Ja, für Brennholz, und manchmal nutzen wir es auch, um Möbel herzustellen«, sagt Thomas.

»Und was ist mit Strom?«

»Den bekommen wir eigentlich aus Dimö. Das war ein langes und kompliziertes Projekt, bei dem das Kabel durch das Wasser verlegt wurde. Das hat der Künstler veranlasst, der hier vorher gewohnt hat, ein reicher Kerl, der dann ins Ausland ging und dort berühmt wurde.«

»Seid ihr denn ganz offiziell Kunden bei einem Stromversorger?«, frage ich erstaunt.

»Ja, aber als *Samuel Englund.* Samuel ist mein zweiter Vorname«, erklärt er und lächelt verlegen.

»Und was ist mit Internet?«

»Das haben wir auch, aber über das Mobilfunknetz mit eher mäßiger Geschwindigkeit.«

Sein Blick ist wach und aufmerksam. Keine Spur von schlechtem Gewissen. Ich stelle mir vor, wie er als junger Mann gewesen sein mag. Er wird viele Freunde gehabt, immer laut geredet und nie den Blick gesenkt haben. Natürlich und gesellig in allen Lebenslagen, nicht gerade aufdringlich, aber überzeugt. Ich kann beim besten Willen nicht verstehen, warum er sich für ein Leben in dieser Einöde entschieden hat. Er muss etwas Schreckliches getan haben.

»Wir haben eine Menge Fragen«, sage ich.

»Natürlich«, sagt er und sieht mir direkt in die Augen.

Die ganze Sache ist vollkommen surreal. Als wäre dieser Ort nicht mit der Welt, aus der wir kommen, in Einklang zu bringen.

Wir haben die Kuppe des Abhangs erreicht, und jetzt liegt das Grundstück vor uns. Ein Wohnhaus, eine große Scheune, ein paar Schuppen und ein Gewächshaus. Die Häuser sind aus dunklem Holz gebaut und verschmelzen mit dem Wald dahinter. Es sieht wie ein Bauernhaus aus dem vorigen Jahrhundert aus. Der Wind fegt über das verdorrte Gras. Die Hunde streifen vor dem Haus umher, beäugen uns misstrauisch, trauen sich aber nicht, ihrem Herrn zu trotzen und zu bellen. Es ist wie auf jedem beliebigen Bauernhof, nur dass dieser hier vollkommen von der Außenwelt abgeschnitten ist. Ich stelle mir die langsamen, sonnenverwöhnten Stunden im Sommer vor, die Kraft der Herbststürme, die kalten Winternächte, wenn sich auf dem Meer Eisschollen bilden. Fünfzig Jahre einer selbstauferlegten Isolation auf der wohl windigsten Insel an der Bohusküste. Wie hält man da durch? Auf diese Frage möchte ich eine Antwort bekommen.

Von der langen Bootsfahrt und der salzigen Luft spannt sich meine Gesichtshaut. Der Wind scheint von überall und nirgends zu wehen. Es ist wunderbar, ins Warme zu kommen. Im Flur hängen wir unsere Jacken auf. Anna-

Lina führt uns in eine geräumige Küche, in der schon der Kamin brennt. Am Küchentisch sitzt ein Mann, eine blassere Version von Thomas, etwas dünner, mit dunklerem Haar und schärferen Zügen.

»Ich bin Vincent Englund, Thomas' großer Bruder«, stellt er sich vor und bittet uns, Platz zu nehmen.

»Ich habe Kaffee und Sandwiches gemacht«, sagt er. »Ihr müsst hungrig sein.«

»Vor allem hungrig nach Antworten und Erklärungen«, sage ich.

Wir sitzen um den Tisch herum und beobachten uns schweigend in dem warmen Licht. Die Spannung ist so groß, dass man sie fast greifen kann. Ich mache mir ein Bild von den Vieren. Thomas ist ihr Anker. Vincent ist der Problemlöser. Helena inszeniert und führt Regie, ist gut im Organisieren. Anna-Lina ist etwas widerspenstig und nicht immer leicht zu ertragen, aber sie bringt die Energie, die Spannung und das Mystische in die Gruppe – sie ist die Kreative. Sie hatten fünfzig Jahre Zeit, diese Rollen zu spielen, und sie können das gut.

Thomas wendet sich an Julia.

»Hast du dein Handy dabei, damit du unser Gespräch aufnehmen kannst? Ich nehme an, du möchtest die Erste sein, die darüber schreibt?«

Ich kann meine Irritation nicht zurückhalten.

»Wie spannend für euch, jetzt werdet ihr zur größten Story des Jahres. Das macht auf jeden Fall mehr Spaß, als eine Leiche in seinem Garten zu finden.«

»Ich weiß nicht«, sagt Thomas und sieht traurig aus. »Ich könnte für das, was ich getan habe, angeklagt werden, und das wäre nicht besonders … spannend. Aber uns war es wichtig, dass Christina gefunden wird, damit ihre Angehörigen damit abschließen können. Sie werden alt, genauso wie unsere Eltern. Helenas Vater ist schon gestorben, bevor sie sich wiedersehen konnten, und Anna-Linas Vater ist sehr krank.«

»Ihr habt ein makabres Spiel mit uns gespielt. Mit diesen Briefen«, sage ich.

»Die Idee entstand an langen, dunklen Herbstabenden«, sagt er. »Es gibt nicht viel zu tun, wenn die Erntezeit vorbei ist. Vielleicht ist es ein bisschen aus dem Ruder gelaufen, das stimmt, aber jetzt seid ihr ja da.«

Seine Stimme klingt jetzt fast nonchalant, aber ich sehe Scham in seinen Augen. Seine plötzliche Unsicherheit erfüllt mich kurz mit Genugtuung. Er hätte über die Konsequenzen nachdenken sollen, bevor er zum Handlanger meines Vaters wurde. Jetzt ist es zu spät. Aber noch besteht die Möglichkeit, dass das, was er getan hat, bereits verjährt ist.

»Also, wo soll ich anfangen?«, fragt er.

»Wie wäre es mit der Nacht vor fünfzig Jahren, als du für meinen Vater die Drecksarbeit gemacht hast?«, schlage ich vor.

»Nein, ich würde gern noch etwas weiter zurückgehen«, wirft Julia ein und legt ihr Handy auf den Tisch. »Du hast mit deiner Familie in der Hütte mitten im Wald gelebt, wo du auch heute noch gemeldet bist. Wie ist es gewesen, dort zu leben?«

Sie ist nahtlos in ihre Journalistenrolle geschlüpft.

Thomas beginnt von seiner Kindheit auf Dimö zu erzählen. Seine Mutter Harriet war alleinerziehend zurückgeblieben, nachdem der Vater die Familie verlassen hatte. Während Vincent seine Ausbildung zum Tierarzt machte, versorgte Thomas die Familie und seine beiden jüngeren

Schwestern. Er schlug sich mit Gelegenheitsjobs durch, ging jagen und angeln. Auf einem Hafenfest lernte er dann meinen Vater kennen. Henrik erkannte Thomas' Potenzial und bot ihm sofort einen Job an, der so gut bezahlt war, dass Thomas seine Familie problemlos damit ernähren konnte. Am Anfang waren die Aufgaben, die ihm zugewiesen wurden, noch harmlos. Zum Beispiel war er dafür zuständig, alle möglichen Arbeitseinsätze auf dem Grundstück zu erledigen, und bereitete Veranstaltungen vor. Mehrere Monate vergingen, bis er gebeten wurde, Mädchen *zu organisieren*. Thomas war es immer leichtgefallen, mit Mädchen in Kontakt zu kommen. Sie dann auch zu Henriks Partys einzuladen, erschien ihm harmlos, aber er begriff schnell, was genau auf dem Dachboden vor sich ging. Trotzdem blieb er dabei. Solange er selbst nicht involviert war, hatte das Gehalt mehr Gewicht als sein Gewissen. Die jungen Frauen kamen aus freien Stücken dorthin. Wenn eine von ihnen im Nachhinein verärgert war, kümmerte er sich darum. Geld als Trostpflaster, das funktionierte immer, alles lief reibungslos, bis zu jener verhängnisvollen Nacht, in der Christina in Panik geriet.

»Bist du dabei gewesen?«, fragt Julia.

»Nicht auf dem Dachboden, aber im Haus. Ich habe gesehen, wie Jasper und Tobias das Grundstück in großer Eile verlassen haben, und dann wurde ich auf den Dachboden gerufen. Wir hatten damals Pager, Henrik wollte all diese neuen technischen Spielereien. Ich glaube, es hat ihm ein Gefühl von Macht gegeben, dass er uns zu jeder Tageszeit erreichen konnte. Als ich dazukam, lag Christina auf der Treppe …« Er verstummt und starrt auf die Tischplatte. »Mich erschüttert die Erinnerung heute noch genauso wie damals. Das ist mein Büßerhemd.«

»Was ist danach passiert?«, fragt Julia.

»›*Kümmere dich darum*‹, hat Henrik gesagt. Mehr nicht. Dann hat er eine Geldsumme genannt, die so überwältigend hoch war, dass mir fast schwindelig wurde. Ich würde mir nie wieder Sorgen um den Lebensunterhalt meiner Familie machen müssen. Im Gegenzug sollte ich erst Christina an einem Ort vergraben, an dem niemand suchen würde, und mich danach um Helena und Anna-Lina *kümmern*, die auf dem Dachboden eingesperrt waren. Alles musste bis zum Morgengrauen erledigt sein. Henrik hat in dieser Nacht bei Jasper von Hammar übernachtet, um ein wasserdichtes Alibi zu haben. Sigrid war verreist, und dieser alte Fuchs Markus war krank und lag im Bett. Ich war also ganz allein.«

Er fährt fort, erzählt in kaum zusammenhängenden Sätzen über seine Höllenqualen, über das Gefühl, dass die Welt über ihm zusammenbricht.

»Aber warum um Himmels willen hast du dich überhaupt darauf eingelassen?«, unterbricht ihn Julia.

»Ich wusste, dass mich Henrik niemals hätte entkommen lassen. Mittlerweile hatte ich begriffen, dass er skrupellos war. Er besaß keinen Kodex. Den Mord an zwei Mädchen in Auftrag zu geben, hat ihm keine Sekunde Schlaf geraubt.«

Julia sieht ihn mit besorgter Miene an.

»Und trotzdem hast du seine Befehle befolgt?«, fragt sie.

»Ich habe Christina vergraben, mehr aber nicht. Den anderen beiden konnte ich nichts antun«, sagt er und sieht Anna-Lina und Helena liebevoll an. »Und da ist mir die Wolfsinsel eingefallen. Sie gehörte einem Künstler, aber der lebte in Paris. Ich hatte dort ab und zu nach dem Rechten gesehen. Ein kleiner Zusatzverdienst.«

Wie er diese Situation löste, ringt mir Respekt ab. Ich bin beeindruckt. Man kann über Thomas Englund sagen, was man will, aber er ist ein cleverer Kerl. Er brachte Helena und Anna-Lina zu dem Boot, das in einer Bucht vertäut lag – das war dieselbe Bucht, in der später Helenas Hund saß und winselte. Dann fuhren sie zur Wolfsinsel, wo Thomas die Mädchen mit dem Versprechen zurückließ, am nächsten Tag wiederzukommen. Sie standen zwar unter Schock, wussten aber, dass sie in Lebensgefahr schwebten und sich verstecken mussten.

Früh am nächsten Morgen machte Thomas das Boot im Hafen von Dimö fest, damit es bei der Zählung der Boote berücksichtigt werden konnte. Danach teilte er Henrik mit, dass er sich um alles *gekümmert* habe und es das Beste sei, wenn er ihm jetzt keine weiteren Fragen stelle, und dass sich Thomas nach Süden absetzen wolle. Er half noch den ganzen Tag bei der Suche nach den Mädchen, sprach auch mit der Polizei und sorgte dafür, dass ihn viele Leute sahen, um sich später an ihn erinnern zu können. Abends ging er zu sich nach Hause und erzählte seiner Familie alles. Gemeinsam beschlossen sie, dass er auf der Wolfsinsel bleiben solle, bis die Mädchen außer Gefahr waren. Harriet und die Kinder würden aufs Festland ziehen, um alle Spuren von Thomas zu verwischen. Geldsorgen hatten sie jetzt keine mehr. In der folgenden Nacht kehrte Thomas auf die Wolfsinsel zurück und schmiedete mit Helena und Anna-Lina einen Plan.

Er beschreibt seine Rückfahrt im Ruderboot. Es war eine nautische Morgendämmerung, mit einem Vollmond am samtblauen Himmel. Die Bewohner von Dimö hatten sich nach einem Tag erfolgloser Suche zurückgezogen. Abgesehen von ein paar Enten war er allein auf dem Meer. Er sagt, er habe den ganzen Weg über geweint. Er habe beweint, dass er Christina vergraben hatte. Und er habe das Leben beweint, das er für immer zurücklassen musste. Dann verstummt er, sieht aus dem Fenster und schüttelt langsam den Kopf.

»Man darf nicht vergessen, wie viel Macht Henrik und Jasper hatten. Henriks finanzielle Mittel waren quasi unerschöpflich. Er hatte sein Netzwerk bis zur Perfektion ausgebaut. Er war vielleicht nicht besonders klug, ein engstirniger Problemlöser, aber er war ziemlich gut darin, Menschen für seine Zwecke zu benutzen. Und Jasper war ein aufsteigender Stern, der nicht nur ein Vermögen, sondern auch ein riesiges Geschäftsimperium erben würde. Hätten wir uns gegen die beiden gestellt, hätten sie einen Weg gefunden, sowohl mich als auch die Mädchen zum Schweigen zu bringen. Also habe ich Helena und Anna-Lina überredet, sich vorerst hier zu verstecken, und versprochen, für sie zu sorgen.«

Wie in einem Reflex wischt Helena Brotkrümel von der Tischoberfläche.

»Wir hatten Todesangst«, sagt sie. »Es gab keine konkreten Beweise gegen Henrik, Thomas hatte die Schaufel in der Hand gehalten, mit der er Christinas Leiche vergraben hat. Dann hätte Anna-Linas und mein Wort gegen das der reichen Söhne gestanden. Und Tobias Branting hätte uns bestimmt auf Henriks Befehl hin für nicht zurechnungsfähig erklären lassen. Also haben wir vereinbart, uns hier zu verstecken und uns erst zu erkennen zu geben, wenn alles vorbei war.«

»Warum habt ihr das dann nicht gemacht?«, fragt Julia verblüfft.

»Es gefiel uns hier«, antwortet Anna-Lina ruhig. »Das ist

schon die ganze Erklärung. Die Tage vergingen, die Monate, die Jahre, und es ging uns hier gut.«

Vincent nickt.

»Auf Dimö verbreitete unsere Mutter das Gerücht, Thomas hätte einen besser bezahlten Job auf dem Festland bekommen. Er strich das Boot neu an, und weil es ein geschlossenes Steuerhaus hat, konnte er relativ unbeobachtet zwischen der Wolfsinsel und dem Festland pendeln, um dort Vorräte zu kaufen. Henrik hielt sein Versprechen und zahlte das Blutgeld, sodass wir tatsächlich finanziell unabhängig waren.«

»Und wie bist du Teil dieses gigantischen Betrugs geworden?«, frage ich und wende mich an Vincent.

Er lächelt sanft.

»Ich kam ab und an zu Besuch. Helena und mich verbindet viel. Wir lieben Tiere. Sie vermisste ihren Hund, also schenkte ich ihr einen Welpen. Später kamen noch andere Tiere dazu. Ich habe meine Ausbildung zum Tierarzt abgeschlossen und bin dann auf die Insel gezogen. Ein paar Jahre später kaufte Thomas die Insel für eine erschwingliche Summe, allerdings über eine Briefkastenfirma.«

»Dann fingen wir an, das Land zu bewirtschaften und wurden fast zu Selbstversorgern«, erklärt Helena. »Thomas lernte auf dem Festland einen Landwirt kennen und kaufte Nutztiere von ihm. Wir freuten uns über jeden Zuwachs, ein Kalb, gackernde Hühner. Thomas und Anna-Lina wurden ein Paar und später auch Vincent und ich.«

»Du warst erst fünfzehn«, sagt Julia.

»Aber ich war sechzehn, als wir zusammenkamen«, antwortet Helena und wirft Julia einen warnenden Blick zu. »Und hier draußen interessiert sich sowieso niemand für solche Dinge.«

»Was Thomas getan hat, hat uns schwer belastet«, bemerkt Anna-Lina. »Er hat Bestechungsgeld angenommen und eine Leiche verschwinden lassen. Und hatte indirekt mit den Sachen zu tun, die da auf dem Dachboden passiert sind. Aber wir wollten nicht, dass er bestraft wird, weil er uns beschützt hat.«

Sie stützt sich mit den Ellbogen auf den Tisch und sieht Julia in die Augen.

»Der Abstand zu allem veränderte unsere Sicht auf die Welt. Sie schrumpfte, wurde unbedeutend, während hier auf der Insel alles wuchs. Wir haben begriffen, dass wir Menschen bequem leben wollen. Das macht uns gierig und gleichgültig.«

»Aber ihr hattet euer ganzes Leben noch vor euch!«, protestiert Julia.

»Ja, aber an einem Ort wie diesem gewinnt man einen gesunden Abstand zu all dem. Thomas hat manchmal Zeitungen mitgebracht. So erfuhren wir, was alles auf der Welt passierte, und wollten gar nicht mehr zurück in die normale Gesellschaft. Unsere beste Freundin war tot. Thomas war so erschüttert, dass er lange unter Panikattacken litt. Wir wollten einfach nur unsere Ruhe und Frieden, um alles zu verarbeiten.«

»Wir begannen uns nach etwas anderem als einem normalen Leben zu sehnen«, sagt Helena. »Und hier kann man aufatmen.«

Während sie das sagt, verschwindet ihre Nervosität, die sie so sorgfältig zu verbergen sucht. Ihr Blick wird ruhiger. Ich verstehe genau, was sie meint. Ich habe es selbst erlebt. Die Genugtuung, zu wissen, dass niemand über mich bestimmt. Diese Menschen sind älter als ich, aber ihre unglaubliche Geschichte sprüht nur so vor Jugend und Freiheit. Wenn ich mir die vier vorstelle, als sie jung waren und auf dieser Insel strandeten, sehe ich die Farben auch so leuchtend, ich rieche alles genauso intensiv wie sie und spüre die Insel als einen lebendigen Organismus.

»Was ihr euren Eltern, der ganzen Insel mit eurem Verschwinden angetan habt, war grausam«, sagt Julia.

Voller Schmerz sieht Helena Julia an.

»Du kannst uns glauben«, sagt sie gekränkt, »dass wir jeden Tag an unsere Familien gedacht haben. Du kannst uns auch glauben, dass wir ein Auge auf sie gehabt haben. Meinst du, ihr Schmerz wäre kleiner gewesen, wenn Henrik und Jasper uns wirklich zum Schweigen gebracht hätten? Denn das hätten sie getan.«

Julia will sich noch nicht geschlagen geben.

»Und warum nicht, nachdem Henrik verschwunden ist?«

»Da war es schon zu spät«, entgegnet Anna-Lina. Das ist eine Aussage, kein Gesprächsangebot. Das Thema ist erledigt.

»Aber warum seid ihr jetzt aus der Deckung gekommen?«, fragt Julia.

»Anna-Lina hat erfahren, dass ihr Vater einen Schlaganfall hatte«, sagt Helena. »Und ich möchte meine Mutter wiedersehen, bevor es zu spät ist. Uns bleibt nicht mehr viel Zeit.«

»Warum seid ihr dann nicht einfach zur Polizei gegangen?«

»Wir haben die Artikel gelesen, die du über die Ursprungsevangelisten geschrieben hast, Julia«, sagt Thomas. »Wir waren geradezu wild danach. Jedes Mal, wenn ein neuer erschienen ist, war das hier wie Weihnachten. Ich habe diese Quacksalber gehasst, als ich noch auf Dimö gelebt habe. Dass du sie nach so vielen Jahren ans Licht gezerrt hast, war wirklich beeindruckend. Wir waren uns einig, dass wenn jemand die richtigen Worte für unsere Geschichte finden würde, du das wärest. Also fingen wir an, Theorien zu entwickeln. *Wird es ihnen gelingen, uns zu finden, wenn wir ihnen Hinweise zukommen lassen?*«

»Und dieses Spiel hat uns irgendwann regelrecht süchtig gemacht«, sagt Helena. »Ich war traurig, als ich die Halskette abgeben musste, zur Erinnerung an Christina hatte ich sie immer getragen. Aber wir waren uns sicher, dass es euch anspornen würde.«

»Außerdem wollte ich diesem Snob Jasper von Hammar schon immer mal eins auswischen«, sagt Thomas. »Bitte vergiss nicht, ihn in den Artikeln zu erwähnen, Julia.«

Julia nickt, wirkt aber geistesabwesend. Als wäre sie noch nicht ganz in der Realität gelandet.

»Apropos. Wie seid ihr an die Zeitungsartikel von damals gekommen, die ihr mir in die Redaktion geschickt habt?«, fragt sie.

»Die hatte ich noch vor meinem Umzug auf die Insel gesammelt«, sagt Vincent. »Es wurde zu einer Art Hobby. Der letzte sichtbare Abdruck meines Bruders in der Welt.«

Ich stelle die unvermeidliche Frage.

»Und wie ist meine Mutter in diese Sache verwickelt?«

»Karin war meine erste große Liebe«, sagt Thomas. »Ich habe ihr unter anderem das Fischen beigebracht, und ironischerweise hat uns genau das später in Schwierigkeiten gebracht. Etwa fünf Jahre, nachdem wir uns auf der Wolfsinsel installiert hatten, war sie in der Nähe zum Fischen unterwegs. Karin war so verdammt stur und musste natürlich immer in die gefährlichsten Gewässer. Der Wind frischte auf, ihr Boot trieb auf die Insel zu – und sie ging an Land.«

»Hattet ihr damals noch keine Hunde?«

»Doch, aber die haben ihr keine Angst eingejagt. Helena und ich waren gerade unten am Strand, und Karin hat uns gesehen. Wir sind nur dieses eine Mal unvorsichtig gewesen. Damals dachten wir, dass jetzt alles vorbei sein müsse.«

»Seitdem kontrollieren wir die Gewässer um die Insel mit Ferngläsern«, fügt Vincent hinzu. »Und wir haben automatische Scheinwerfer am Strand installiert. Deshalb haben wir euch auch schon von Weitem gesehen. Ich hatte nicht erwartet, dass ihr euch so nah heranwagt …«

Es ist offensichtlich, dass er für alle *technischen* Fragen zuständig ist.

»Und wie ging das mit Karin weiter?«, hake ich nach.

»Wir konnten sie überreden zu schweigen«, sagt Thomas. »Wenn eine wusste, wozu Henrik fähig ist, dann sie. Das war kurze Zeit, nachdem sie dich vor seiner Folter gerettet hatte.«

»Sie hat dir *davon* erzählt?« Ich bin fassungslos.

»Karin und ich konnten immer über alles reden. Sie hat uns wieder und wieder besucht und uns beigebracht, wie man Essen zubereitet und Landwirtschaft betreibt. Aber dich hat sie nie mitgenommen, auf dich hat eine Babysitterin aufgepasst.«

»Die Tochter des Pensionsbesitzers«, flüstere ich und denke an das arme Kindermädchen. Sie hatte es auch nicht immer leicht mit mir.

»Karin hat viel von dir erzählt«, sagt Thomas. »Ihr Lebensmittelpunkt bist du gewesen, und ihr Wunsch war es, dir die bestmögliche Kindheit zu ermöglichen.«

Ich weiß nicht, was ich darauf erwidern soll. Vielleicht hätte ich ein bisschen freundlicher zu Karin sein sollen. Mein Lebensmittelpunkt war es eindeutig, mich mit ihr anzulegen.

»Ist Karin die Einzige, die weiß, dass ihr hier seid?«, fragt Julia.

»Nein«, antwortet Thomas. »Helena hatte einmal eine furchtbare Lungenentzündung. Karin hat sich das eine Weile angesehen, dann hat sie den Arzt geholt.«

Julia wirft die Hände in einer resignierenden Geste in die Luft.

»Tobias Branting?«

»Ja, er war auch in der Nacht dabei, in der Christina gestorben ist, und ihn plagte sein schlechtes Gewissen. Er war so erleichtert, dass wir alle noch am Leben waren. Dann versorgte er uns mit Medikamenten und bot uns medizinische Betreuung an. Das war seine Form der Wiedergutmachung. Wir haben den Nachruf auf ihn in der *Bohusläningen* gelesen. Wie traurig, dass er gestorben ist. Karin und Tobias sind unsere Rettungsanker gewesen, am Ende haben sie es uns ermöglicht, hier draußen zu überleben.«

»Es gibt noch einen weiteren Grund für uns, dass wir uns jetzt zeigen«, sagt Helena. »Wir werden alle nicht jünger, und weil Tobias nicht mehr da ist, müssen wir uns irgendwann auf dem Festland medizinisch versorgen lassen.«

»Aber seid ihr denn wirklich die ganze Zeit über nur hier auf der Insel gewesen?«, fragt Julia.

»Nein, manchmal sind wir auch Risiken eingegangen«, erzählt Anna-Lina. »Einmal sind wir mit dem Boot nach Göteborg gefahren, um in den Vergnügungspark Liseberg zu gehen. Aber da waren wir schon älter. Die Wahrscheinlichkeit, dass uns jemand erkennen würde, war minimal.«

Julia lacht herzlich.

»Nach Liseberg? Echt jetzt? Und wie war der Ausflug?«

»Chaotisch«, sagt Helena. »Aber eine schöne Abwechslung und sehr lustig.«

Julia hört gar nicht auf zu fragen. Sie erkundigt sich nach allem Möglichen, fragt Jahreszahlen ab, genaue Daten und verschiedene Ereignisse. Sie bittet darum, Fotos machen zu dürfen, und möchte gerne noch mit jedem von ihnen einzeln sprechen. Damit sind alle einverstanden. Die Stimmung in der Küche ist freundschaftlich, warm und gemütlich. Das Licht der Deckenlampe leuchtet wie eine rotgelbe Sonne. Im Kamin knistert ein Feuer.

Während ich dem gedämpften Klang ihrer Stimmen lausche, versuche ich zu begreifen, was das alles für mich bedeutet. Mein Vater hat die Morde zwar in Auftrag gegeben, aber niemand wurde ermordet. Ich habe mit Julia zusammen die Wahrheit ans Licht gebracht. Das Medienecho wird riesig sein, wahrscheinlich auch international. Diesmal hätte ich nichts dagegen, wenn ich den ganzen Ruhm ernte. *Der Mann, der die Übeltaten seiner Vorfahren aufdeckt und reinen Tisch macht.* Da gibt es nur noch eine Frage, auf die ich eine Antwort hören möchte.

»Wie ist es, fünfzig Jahre isoliert auf einer einsamen Insel zu verbringen. Wie überlebt man das?«, frage ich.

»Die Zeit vergeht hier langsamer als woanders«, sagt Thomas. »Die Jahreszeiten sind ausgeprägter, man nutzt alles, was sie einem ermöglichen. Die Tiere schenken einem Sinn, sie sind der Grund, morgens aufzustehen. Die Sonnenuntergänge geben die Zeiten vor, sie haben immer etwas Endgültiges. Das Leben hier kann manchmal sehr hart sein, aber ich möchte mir kein anderes mehr vorstellen.«

»Man lernt, die kleinen Freuden zu schätzen«, fügt Vincent hinzu, doch in seinen Worten schwingt große Sehnsucht mit.

»Aber die Insel ist nicht besonders groß«, sagt Julia. »Wird euch nie langweilig?«

Vincent lächelt.

»Seit fünfzig Jahren versuchen wir, diese Insel zu zähmen, aber die Natur ist so schwer zu bändigen wie der Wind. Es ist jeden Tag aufs Neue eine Herausforderung, Lösungen zu finden. Also, nein, langweilig wird es nicht.«

»Ihr solltet bleiben, bis es dunkel wird«, schlägt Anna-Lina vor. »Nirgendwo auf der Welt ist man dem Sternenhimmel näher als hier.«

Es ist ein Wunder, dass wir sie gefunden haben. Lebend.

»Wenigstens wird jetzt mit einem Aberglauben aufgeräumt, der sich hartnäckig auf Dimö hält«, wende ich mich an Thomas. »Dass der Geist der Gräfin die Mädchen ins Meer gelockt haben soll.«

Thomas sieht mich ernst an.

»Da liegst du falsch. Ich muss dir leider widersprechen. Ich habe die Gräfin in der Nacht gesehen, als ich Christina vergraben habe. Sie kam so nah, dass ich sie fast berühren konnte. Da fiel mir die Wolfsinsel ein, und in diesem Augenblick wusste ich, dass ich Helena und Anna-Lina dorthin bringen musste. Das war Telepathie. Sie hat mir geholfen.«

Anna-Lina lehnt sich vor und greift nach Thomas' Hand. Ihr Blick ist so bestimmt wie ihr Griff.

»Wir hatten überlebt«, bemerkt sie. »Die Gräfin hat Thomas geholfen, uns zu retten. Jeder Tag ist ein Geschenk von ihr. So haben wir das gesehen.«

Kapitel 59

JULIA

Die Leute saßen dicht gedrängt in den Bänken der kleinen Kirche, und wer keinen Sitzplatz gefunden hatte, stand im Gang. Diese Menschen hier machten Dimö aus. Die Rede, auf die sie alle warteten, galt allein ihnen. Keine Journalisten durften teilnehmen. Keine Außenstehenden. Das Gemurmel der Stimmen klang wie Musik. Wie Tränen lief der Regen an den Buntglasfenstern hinunter. Die Luft war vom Geruch nasser Kleidung stickig und süßlich von dem vielen Parfüm.

Julia sah sich nach bekannten Gesichtern um. Simon und Elvira. Kurt und Siv. Stefan Bondesson. Maria Bremer. Der pensionierte Kommissar Walter Fagerman. Pastor Moraeus im Rollstuhl. Fanny und Leon Westerberg. Und all die Mitarbeiter von Franz, die auf den Bänken im hinteren Teil Platz genommen hatten. Die vier Bewohner von der Wolfsinsel waren jedoch nicht anwesend. Sie hatten ihre Verwandten zwar schon getroffen, waren aber noch nicht bereit, sich der Öffentlichkeit zu zeigen. Jasper von Hammar glänzte durch seine Abwesenheit. Für ihn würde es nicht leicht werden, nachdem die vier bei der Polizei zu Protokoll gegeben hatten, was in jener Nacht vor fünfzig Jahren geschehen war.

Karin, die rechts neben Thor saß, zwinkerte Julia zu und

lächelte. Julia erwiderte das Lächeln. Karin besaß die Fähigkeit, sich aus jeder noch so schwierigen Situation herauszuwinden. Nur Franz hatte noch keinen Frieden mit ihr geschlossen. Bevor sie in die Kirche gegangen waren, hatte er mit einem süffisanten Unterton gefragt, welche Lügen sie sich morgens im Spiegel erzählen müsste. Karin hatte den Blick gesenkt und gemurmelt, dass der Apfel nicht weit vom Stamm fiele. Bei dieser Bemerkung schüttelte Franz zwar verzweifelt den Kopf, doch man konnte die Andeutung eines Lächelns sehen.

Das Timing von Franz' Rede war hervorragend, zumal Julias Artikel am Vortag veröffentlicht worden war. Er hatte mehrfach betont, dass er sich nicht in den Medien äußern würde, bevor er zu den Bewohnern von Dimö gesprochen hätte. Sie musste gar nicht erst fragen, warum. Es war ihre Geschichte. Die morgendliche Fähre war gestrichen worden, damit die Menschen auf der Insel in aller Ruhe zuhören konnten und von Journalisten und Fremden verschont blieben.

Franz betrat die Kanzel, Elyssa trippelte nach vorne und stellte ihm ein Glas Wasser hin. Es war kein regulärer Gottesdienst, Emil war es gewesen, der vorgeschlagen hatte, die Rede in der Kirche zu halten. Als Franz zu sprechen begann, erklang seine Stimme leise und sanft, aber jede Silbe war bis in die letzte Bank zu hören. Er trug einen dunkelblauen Anzug, der wie angegossen saß. Seine Aura umarmte die Gemeinde wie eine warme Decke. Diesen Auftritt nahm er sehr ernst. Julia fragte sich, warum ihm die Meinung der Inselbewohner so viel bedeutete. Sie stellte sich vor, dass Franz in ihnen seine neuen Sektenmitglieder sah, und grinste vor sich hin.

Sein Auftakt war ein kurzer Abriss der Geschichte von

Dimö. Die Inselbevölkerung war im 18. Jahrhundert aufgrund der Heringsfischerei explosionsartig angestiegen. Die Häuser im Ort wurden so gebaut, dass sie dicht beieinanderstanden und Schutz vor dem ständigen, erbarmungslosen Wind boten. Durch Brandrodung und Abholzung war es beinahe zum Kahlschlag gekommen, aber einige verantwortungsbewusste Landwirte kauften schließlich das Land und bepflanzten es wieder. Sie zähmten den Wald, anstatt ihn zu verramschen, und diesen Menschen verdankte die Bevölkerung auch heute noch die schöne Flora von Dimö. Er beschrieb die Willenskraft, die Beharrlichkeit und den unbändigen Optimismus, den man schon damals zum Überleben benötigt hatte. Dann machte er einen Zeitsprung und gab ein paar amüsante Anekdoten zum Besten, um die Stimmung aufzulockern. Er erzählte von den Jungbullen, die eines Sommers ausgerissen waren und ein paar reiche Stockholmer so zu Tode erschreckt hatten, dass diese Hals über Kopf auf ihre Luxusyacht geflohen waren. Oder die Geschichte von dem Fischer, der sich über einen Touristen ärgerte, der unerlaubt angelte, und ihn daraufhin in seinem Bootshaus einsperrte. Als der Tourist in der Nacht um Hilfe schrie, dachten die Inselbewohner, es seien die Stimmen von Geistern. Es folgten noch einige besonnene Worte über seine Urgroßmutter Gräfin Amelia, die er als eine *starke und mutige* Frau bezeichnete. Sie hatte es gewagt, sich gegen die machiavellistische Gehirnwäsche zu wehren, mit der die Herrschaften auf dem Gutshof die Inselbewohner versklavt hatten.

»Einigen ist sie als Geist erschienen. Anderen ist sie noch nie erschienen. Aber wie dem auch sei, in unseren Herzen lebt sie weiter.«

Franz' Geschichten handelten alle von Konflikten zwischen Fremden und Inselbewohnern. Es war unverkennbar, dass er die Menschen auf Dimö für die Intelligenteren hielt. Er sprach frei, benutzte keine Notizen. Nahm sich viel Zeit und verhaspelte sich kein einziges Mal.

Julia warf einen Blick auf Thor und spürte das innige Gefühl von Zweisamkeit. Er drückte ihren Arm, lehnte sich nah an sie heran und flüsterte: »Wird er niemals damit aufhören?« Aber Julia war beeindruckt von Franz' Fähigkeit, ein Publikum zu fesseln. Es war äußerst attraktiv, seine Stimme zu einem Flüstern senken zu können und trotzdem das Herz von über hundert Menschen zu berühren. Obwohl Thor sich abfällig geäußert hatte, konnte sie den Hauch von Stolz in seiner Stimme hören.

Dann endlich nannte Franz die Nacht vor fünfzig Jahren, die das Leben auf Dimö für alle Zeiten verändert hatte. Julia wusste, dass jeder in der Kirche die frohe Nachricht gehört hatte, entweder aus den Zeitungen oder mithilfe der gut geölten Buschtrommeln von Dimö. Doch Franz hauchte der Geschichte neues Leben ein und schilderte Thomas Englund als einen kompromisslosen Helden, der das Beste aus einer schrecklichen Situation gemacht hatte.

Er hielt inne und sah nachdenklich in die Gesichter der Anwesenden.

»Obwohl ich noch nicht geboren war, möchte ich mich für die Taten meines Vaters entschuldigen.«

Ein paar gedämpfte Proteste waren aus dem Publikum zu hören, aber Franz brachte sie mit einer Geste zum Schweigen.

»Es ist kein Geheimnis, dass wir uns nicht sonderlich nahegestanden haben. Aber mein Vater hat den Menschen auf dieser Insel viel Leid zugefügt, deshalb fühle ich mich schuldig, dass ich der Sache nicht schon früher auf den

Grund gegangen bin. Ich kann zwar nicht ungeschehen machen, was in jener Nacht passiert ist, aber ich werde mein Bestes tun, um es wiedergutzumachen. Ihr seid alle immer willkommen auf ViaTerra. Und zögert nicht, euch mit mir in Verbindung zu setzen, wenn ihr Hilfe braucht.«

Der Regen hatte aufgehört, die Sonne hatte sich ihren Weg durch die Wolken gebahnt und warf nun ein warmes Licht auf den Boden vor der Kanzel. Mit dem Kreuz an der Wand hinter ihm sah Franz wie eine beleuchtete Jesusfigur aus.

»Dieses Jahr hat mir, dank der Bekanntschaft mit euch, das Gefühl gegeben, wieder ein ganzer Mensch zu sein und nicht nur ein Überbleibsel von jemandem, der hier vor langer Zeit gelebt hat. Hier auf Dimö, bei Regen und Wind, bin ich so glücklich wie schon lange nicht mehr.«

Erneut hielt er inne und sah durch die Kirchenfenster nach draußen.

»Heute sind wir Zeugen von etwas Erstaunlichem, etwas Wunderbarem geworden. Morgen werden wir auf einer noch viel schöneren Insel aufwachen. Endlich hat sich die Dunkelheit gelichtet und den Ort freigegeben, der von Geheimnissen und Mysterien geplagt wurde. Morgen wird niemand mehr mit der Ungewissheit belastet sein – darüber, was vor fünfzig Jahren mit den drei Mädchen geschah.«

Er seufzte, wie von einem tiefen Gefühl ergriffen.

»Keine weiteren ungelösten Rätsel. Kein kollektives Trauern. Nur der Luxus, an einem der schönsten Orte der Welt zu leben. Der Luxus des strahlenden Sonnenscheins. Der Luxus des heulenden Windes. Der Luxus des tosenden Meeres. Der Luxus des trommelnden Regens. Unabhängig von den Wetterbedingungen ist es ein Privileg, hier zu leben.«

Zustimmendes Gemurmel ertönte, stieg hoch bis an die gewölbte Decke.

Franz machte Emil Platz, der nun in vollem Gewand übernahm und mit den Anwesenden ein Gebet für Christina sprach. Er hoffe, fügte er hinzu, dass die Gräfin Amelia jetzt hoffentlich ihren Frieden gefunden habe und dass alle sie in ihre Gebete einschließen sollten. Am nächsten Sonntag würde eine Danksagung und ein Totengeläut für Christina stattfinden. Er wolle versuchen, die vier von der Wolfsinsel zu überreden, daran teilzunehmen, damit die Inselbewohner sie endlich kennenlernen könnten.

»Man merkt, dass er viel Zeit mit meinem Vater verbringt«, flüsterte Thor Julia ins Ohr. »Er hat schon vom Meister gelernt.« Obwohl seine Worte vor Ironie nur so tropften, hörte sie durch, wie ihn das belustigte.

Die Zuhörer erhoben sich und versammelten sich vor dem Altar, um mit Emil und Franz zu sprechen.

Thor und Julia verließen die Kirche und stellten sich in die Sonne.

Ein kalter Wind riss an den Zweigen, aber der Himmel war klar, bis auf ein paar Regenwolken, die in der Ferne über das Meer zogen. Julia war noch wie benommen von den Ereignissen der letzten Tage. Manchmal fühlte sich die ganze Fahrt zur Wolfsinsel wie ein seltsamer Traum an. Das Medieninteresse wurde immer größer, und ihr Name war andauernd in aller Munde. Aber stolz mochte sie darauf nicht sein. Sie konnte nur daran denken, wie unglaublich es war, dass Anna-Lina und Helena noch am Leben waren.

»Glaubst du, dass er auch nur ein einziges Wort seiner Brandrede ernst gemeint hat?«, fragte Thor.

»Das hat er bestimmt, aber jeder seiner Sätze hatte auch den Zweck, die Inselbewohner zu beeindrucken.«

»Er ist und bleibt ein Chamäleon und kennt sich aus damit, im richtigen Moment die emotionale Karte zu spielen.«

»Stimmt, aber Charme ist doch etwas Angeborenes? Du musst nicht an allem, was er tut, etwas auszusetzen haben.«

Thors Augen verengten sich.

»Bist du etwa auch davon überzeugt, dass er sich gebessert hat?«

»Allerdings. Aber noch traue ich ihm nicht ganz über den Weg.«

Maria, die Franz' Auftritt auch beigewohnt hatte, kam auf die beiden zu und begrüßte sie. Ein paar unangenehme Augenblicke lang herrschte betretenes Schweigen.

»Sind Sie und mein Vater jetzt sozusagen ein Paar?«, fragte Thor.

Maria lächelte zurückhaltend.

»Nein, so würde ich das nicht nennen«, antwortete sie. »Aber … wir unternehmen ab und zu etwas zusammen. Letztes Jahr waren wir zum Beispiel im Küsthotel.«

»Ich hoffe, er nutzt Sie nicht aus«, sagte Thor.

»Wenn man bedenkt, dass ich schon seit der ersten Klasse in Franz verliebt bin und dass ich diejenige war, die ihn angegraben hat, könnte man das auch umgekehrt sehen?«

»In diesem Fall wäre es genau das Richtige für ihn«, sagte Thor und lachte.

Noch mehr Leute kamen heraus und gesellten sich zu ihnen. Julia sprach auch mit Walter Fagerman, der seine Anerkennung zum Ausdruck brachte, und dann mit Stefan Bondesson, der ihr überschwänglich dankte. Schließlich kamen Franz und Emil in Begleitung von Simon heraus, der verkündete, dass es in der Pension ein leichtes Mittagessen geben würde.

Also schlenderten sie los in Richtung Pension. Dabei legte Thor einen Arm um Julias Schultern.

»Wollen wir morgen nach Hause fahren?«, fragte er.

Nach Hause fahren.

Zurück zu Asphalt und Abgasen. An einen Ort, wo sich die Menschen in der Novemberdunkelheit zusammenkauerten. Wo die Hochhäuser düster in den Himmel aufragten, aber nicht so beeindruckend wie die Kiefern auf Dimö. Die Häuser ergaben sich dem bedrohlichen Himmel. Die Bäume hingegen standen fest im Boden verankert, sie kämpften, entschuldigten sich nicht. Es war befremdlich, die Großstadt als »Zuhause« zu betrachten. Dort lebten Menschen, die immer in Eile waren und sich schön anzogen, mit hohen Absätzen und gestyltem Haar. Dort führte man ein Leben in einem Mietshaus, wo der Lärm durch die Wände drang und den Schlaf störte. Ganz anders auf Dimö, wo sie meistens tief und traumlos schlief.

War sie jetzt etwa schon frühvergreist? Sie würde die Menschen von Dimö vermissen. Ihre abgenutzten Flakmopps, ihre rissigen Hände und ihre praktische Kleidung. Ihre aufeinandergepressten Lippen, um die Geheimnisse zu bewahren. Ihre Haltung, sich nur das auszusuchen, was sie auch wirklich von der Außenwelt sehen wollten. Ihre Loyalität gegenüber anderen Inselbewohnern, die sie nicht einmal besonders mochten, die aber hier aufgewachsen waren. Das nicht immer freiwillige, aber notwendige Zusammengehörigkeitsgefühl, das die Menschen in den kältesten Winternächten wie eine brennende Fackel am Leben erhielt. Die Natur nahm keine Rücksicht auf menschliches Leid. Die Menschen auf Dimö waren hart im Nehmen, aber dann war es immer die Gemeinschaft, die ihre Existenz erträglich machte. Einem Außenstehenden fiel es sicher nicht leicht, Teil davon zu werden, aber Julia hatte es genossen, sich in ihren Lügen zurechtzufinden. Mehr, als sie sich eingestanden hatte.

»Hast du gehört, was ich gesagt habe?«, fragte Thor.

»Ja, das habe ich«, erwiderte sie. »Aber ich möchte lieber noch ein paar Tage bleiben.«

Kapitel 60

FRANZ

Heute ist mein Geburtstag, aber das weiß niemand – außer meiner Mutter. Ich verabscheue alles, was mit Geburtstagen zu tun hat. Was für ein idiotisches Unterfangen, die Tatsache zu feiern, dass man ein weiteres Mal die Sonne umrundet hat. Vorzugeben, dass man sich über geschmacklose Geschenke freut. Nicht einmal Thor weiß, wann ich Geburtstag habe, und ich möchte, dass es so bleibt. Deshalb spürte ich ein leichtes Unbehagen, als Karin mich bat vorbeizukommen. Sie klang sehr entschlossen, wollte aber nicht sagen, worum es ging. *Was Persönliches.* Wahrscheinlich hat sie die Ergebnisse des DNA-Tests erhalten. Wenn der Test meine inzestuösen Gene bestätigt, wird sie resigniert seufzen. Ein Seufzer, der bedeutet: Das überrascht mich nicht.

Wenn ich nur daran denke, bin ich schon erschöpft und müde.

In der Novembernacht, in der ich geboren wurde, zog ein Schneesturm über Dimö. Die Fähre konnte die Meerenge nicht überqueren, also kam der Inselarzt und brachte mich auf dem Gutshof zur Welt. In der gleichen Nacht starb der Onkel meiner Großmutter, Markus Bärensten, der den Ruf hatte, böser als der Teufel zu sein. Immer wieder kam mir der unangenehme Gedanke, dass *ich* dieser Markus bin.

Meine Großmutter schrieb in ihrer Familienchronik, dass sie mich in jener Nacht in ihren Armen hielt. Dass meine großen, dunklen Augen, weise zwar, aber unergründlich, sie ohne Angst betrachteten. Sie spürte, dass ich eines Tages über die Welt herrschen würde. Diese Zeilen hatten – als ich ihre Chronik las – eine große Wirkung auf mich. Manchmal greife ich danach und lese sie erneut, um mich daran zu erinnern, dass ich mit der Überzeugung, zu Großem bestimmt zu sein, nicht allein bin. Karin öffnet die Tür. Sie wird rot, was ich noch nie erlebt habe. Ihr Lächeln wirkt aufgesetzt und steif. Alles an diesem Haus ist mir vertraut, seine Gerüche und meine Gefühle. Alles ist wie immer und doch ganz anders. Etwas liegt in der Luft.

»Da bist du ja«, sagt Karin. »Komm rein.«

Ich hänge meinen Mantel auf und folge ihr in die Küche.

Auf dem Esstisch liegt ein Umschlag, daneben steht eine brennende Kerze. Auf diesem Platz mit Blick in den Garten habe ich als Kind immer gesessen.

»Ich dachte, wir feiern deinen Geburtstag, indem wir uns die Ergebnisse des DNA-Tests ansehen«, sagt Karin. »Ich habe den Brief noch nicht geöffnet.«

»Das ist in Ordnung, solange du keinen Kuchen gebacken hast«, sage ich achselzuckend.

»Ich weiß doch, dass du keinen Kuchen magst, aber wie wäre es mit einem Glas selbst gemachten Weins?«

»Da sage ich nicht Nein.« Ich nicke ihr zu und setze mich.

Auf dem Umschlag liegt ein Brieföffner. Ich finde ihr Verhalten äußerst unsensibel.

»Ist dir in den Sinn gekommen, dass es ziemlich taktlos ist, am Geburtstag deines Sohnes herauszufinden, dass er … nichts anderes als ein Produkt des Inzests ist?«, frage ich.

Karin stellt eine Flasche Wein und zwei Gläser auf den Tisch und setzt sich zu mir.

»Ja schon, aber wir wissen es doch gar nicht sicher. Außerdem hast du ein Recht darauf, es zu erfahren. Wenn es so ist, wie du vermutest, dann trinken wir darauf, dass der alte Bastard einen schmerzhaften, langen Tod gestorben ist.«

»Schöne Art, seinen Geburtstag zu feiern«, sage ich.

»Wenigstens hat das mehr Stil als Kuchen und Gesang. Jetzt mach ihn schon auf«, sagt sie und schenkt uns Wein ein.

Ich öffne den Umschlag, nehme das Papier heraus und lege es auf den Tisch. Mir kommt in den Sinn, dass DNA-Ergebnisse heutzutage wahrscheinlich digital verschickt werden, aber Karin war schon immer hoffnungslos altmodisch. Ich versuche mir einzureden, dass es vollkommen irrelevant ist, wer mein Großvater war, aber es gelingt mir nicht.

Ich halte das Papier hoch und lese es. Es verkündet, das DNA-Ergebnis sei eine fast hundertprozentige Übereinstimmung. Meine unmittelbare Reaktion ist, dass das nicht wahr sein kann. Ein paar panische Sekunden lang bin ich davon überzeugt, dass wir Markus' Haare eingeschickt haben, also die von Sigrids Onkel. Aber in Wirklichkeit haben wir rote Haare eingeschickt, und nur Gustaf hatte rote Haare. Sigrids rückgratloser Ehemann, der zu schwach war, um sich gegen Markus zu behaupten und Sigrid zu beschützen.

Karin nimmt mir den Zettel aus der Hand und überfliegt den Text.

»Das ist unmöglich!«, stoße ich hervor. »Die müssen ein Fehler gemacht haben.«

»Das glaube ich nicht«, sagt Karin leise.

»Gustaf war nicht so wie ich oder mein Vater.«

»Nein, er war nicht wie Henrik, aber dir war er gar nicht so unähnlich.«

»Hast du völlig den Verstand verloren?«

Karin lehnt sich über den Tisch und sieht mich genauso an wie damals als Kind, wenn ich etwas angestellt hatte.

»Wenn du wieder zur Vernunft kommst, erzähle ich dir ein bisschen was über Gustaf. Ich weiß, dass er Sigrid im Stich gelassen hat, aber ich habe ein wenig recherchiert. Ehrlich gesagt habe ich das Testergebnis digital schon früher bekommen, vor über einer Woche. Aber ich wollte noch etwas herausfinden, bevor ich ihn dir zeige.«

Sie hat mich also wieder einmal reingelegt. Es war wirklich ein Fehler, herzukommen.

»Gustaf war homosexuell«, fährt sie fort. »Ich glaube, du kannst dir nicht vorstellen, wie homosexuelle Männer Mitte des zwanzigsten Jahrhunderts behandelt wurden. Es war sein Todesurteil. Sigrid schrieb in ihrer Chronik, dass Markus Gustaf im Wald erschossen hat, nachdem er ihn mit einem Mann erwischt hatte. Du kannst ihm Vorwürfe machen, aber sein Leben muss die Hölle gewesen sein. Und doch hatte er trotzdem ungeahnte Fähigkeiten.«

»Bestimmt«, schnaube ich. »In Sigrids Chronik wird er definitiv als Superheld dargestellt. Konnte er fliegen?«

Noch nie war der Zynismus in meiner Stimme so präsent, dunkel ist sie und mit einem verhaltenen Vibrato. Aber Karin ist nicht in der Stimmung für irgendwelche humoristischen Anspielungen.

»Du kannst ganz schön bissig sein, Franz. Willst du jetzt mehr über Gustaf erfahren?«

»Ja, warum nicht?«, sage ich und setze einen gleichgültigen Gesichtsausdruck auf.

»Ich habe einige entfernte Verwandte von ihm ausfindig gemacht, die ihrerseits Ahnenforschung betrieben haben. Er war ein Buchhalter. Er hatte ein fantastisches Zahlengedächtnis und hat sogar einmal den schwedischen Rekord in der Disziplin des Auswendiglernens von Zahlen gebrochen. Er war ein guter Schachspieler, der mehrere Schachwettbewerbe gewonnen hat, bevor er nach Dimö kam. Mit anderen Worten, er war intelligent und konnte strategisch denken.« Sie macht eine kurze Pause und lächelt verschmitzt. »Da du dich für so unfassbar schlau hältst, hast du ihm vielleicht deine genialen Gene zu verdanken.«

Mein Großvater – ein Mathegenie. In der Schule fiel mir Mathe unglaublich leicht, aber ich muss zugeben, dass Thor noch ein bisschen schlauer ist. Ich habe ihm einmal über die Schulter gesehen, als er seine Hausaufgaben machte. Er löste eine komplizierte Gleichung in Sekundenschnelle und gähnte dann gelangweilt. Es liegt ihm im Blut, auch wenn er sich nicht für Mathe interessiert. Gene, die er von mir und seinem Urgroßvater geerbt hat, die bei meinem dummen Vater aber nicht nachzuweisen gewesen waren. Es ist faszinierend, wie selektiv die Natur sein kann. Ich wende den Blick ab, um ein zufriedenes Lächeln zu verbergen. Aber dann muss ich doch das letzte Wort haben.

»Das ist schon ganz interessant«, sage ich. »Und trotzdem hast du ein Monster zur Welt gebracht.«

Sie hat ihr Weinglas an die Lippe gehoben – und erstarrt.

»Wenn du ein Monster wärst, ergäbe doch dein ganzes Leben keinen Sinn«, sagt sie. »An einer eindeutigen Dämonisierung festzuhalten, ist sowohl unsinnig als auch dumm. Meiner Meinung nach gibt es andere Gründe als dein genetisches Erbe, warum alles so gekommen ist.«

»Na, da bin ich ja mal gespannt«, sage ich gleichgültig.

Sie steht auf, kommt zu mir und zieht mich ebenfalls hoch.

»Komm, ich möchte dir etwas zeigen.«

Sie schiebt mich zu dem Ganzkörperspiegel im Flur und stellt sich neben mich.

»Sieh uns doch mal an«, sagt sie.

Karin hat eine Art, Dinge zu sagen, die wie ein Vorschlag klingen, aber eigentlich ein Befehl sind. Ich betrachte unser Spiegelbild. Ich bin nur ein paar Zentimeter größer als Karin. Unsere Augen haben die gleiche braune Farbe, unsere Nasen sind identisch, ebenso wie unsere olivfarbene Haut und unser rabenschwarzes Haar. Wir haben auch den gleichen entschlossenen Zug um den Mund und die hohen Wangenknochen. Würden wir uns ins Profil stellen, könnte man sehen, dass unsere Silhouetten identisch sind. Mich verzaubert unser Spiegelbild. Es lässt sich nicht leugnen, dass wir untrennbar miteinander verbunden sind, als wären wir aus einem Guss. Aber ich wusste bereits, dass wir uns ähnlich sehen. Also geht es bei diesem albernen Spiel offenbar um etwas anderes.

»Was siehst du?«, fragt sie mich.

Ich öffne den Mund und schließe ihn wieder, ein paar Male. Wenn sie in dieser Laune ist, kann ich ihr nicht in die Augen sehen.

»Was siehst du, Franz?«, wiederholt sie.

»Ich bin keine zehn mehr. Du kannst mich so nicht behandeln.«

Sie ignoriert meine Bemerkung.

»Du siehst es doch auch, oder?«

Ich sehe es. Auch wenn ich es nicht wahrhaben will. Auch wenn es entwürdigend ist. Diese grimmige, kompromisslose Entschlossenheit in unserem Blick. Ich nicke ihr wortlos zu.

»Setzen wir uns aufs Sofa, und ich erkläre es dir«, sagt sie.

Ich schlendere ins Wohnzimmer zurück, wo der knisternde Holzofen und eine Stehlampe die einzigen Lichtquellen sind. Jetzt wird es immer früher dunkel, das Licht hat kaum Zeit, sich durchzusetzen, bevor es wieder verdrängt wird. Der Winter hat auf Dimö Einzug gehalten.

Ich fühle mich unwohl, bin aber auch neugierig. Karin bringt die Weingläser mit, stellt sie auf den Tisch und setzt sich mir gegenüber.

»Ich weiß nicht, wie oft ich dir noch erzählen muss, wie wunderbar du als Kind gewesen bist«, sagt sie. »Keine Frage, unordentlich warst du schon, aber es steckte so viel Leben in dir. Als du ein Baby warst, bin ich nachts aufgewacht und habe den Morgen herbeigesehnt, um dich aus deinem Bettchen heben zu können, weil du immer gestrahlt hast. Wie die Sonne.«

Ihre plötzliche Sentimentalität verursacht mir Übelkeit.

»Was ist heute bloß los mit dir?«, zische ich. »Warum spielt das überhaupt eine Rolle?«

»Es spielt sogar eine große Rolle. Hör mir einfach zu. Ich weiß, dass ich kalt wirken kann, aber meine Worte kommen aus dem Herzen. Ich werde das nur ein einziges Mal sagen.«

Früher bin ich ziemlich gut darin gewesen, ihre Monologe zu unterbrechen und sie dazu zu bringen, die Richtung zu wechseln, aber heute wirkt sie wie ein führerloser Zug. Sie wird nicht aufhören, bis sie alles gesagt hat, was ihr durch den Kopf geht.

»Na dann los«, seufze ich.

»Erst kurz vor der Pubertät hast du angefangen, dich zu verändern. Du hast dich mit deinem Vater beschäftigt, du wolltest alles über ihn erfahren, und je mehr du herausgefunden hast, desto größer wurde dein Hass.«

»Na und? Hast du vergessen, dass er auch dein Leben ruiniert hat?«

»Das hat er nicht, denn wir hatten uns, du mich und ich dich, Franz. Es ging uns gut. Ich habe dich so sehr geliebt, wie man ein Kind nur lieben kann. Vielleicht habe ich es nicht immer so deutlich gezeigt, aber mein Gott, habe ich dich geliebt! Ich hätte alles getan, um dir das Leben zu ermöglichen, das du führen wolltest. Ich habe Tag und Nacht gearbeitet, um dich auf die besten Schulen zu geben. Aber es ist nie gut genug gewesen.«

Ich kann mich nicht erinnern, dass sie je so mit mir gesprochen hat. Karin hat während meiner Kindheit kein einziges Mal über Dinge gesprochen, die ihr peinlich waren, wahrscheinlich ist das ein Generationending, oder es ist Selbstschutz. Wer wagt es schon, dass einem die Liebe ins Gesicht zurückgeschleudert wird? Einerseits wünsche ich mir, dass sie aufhört zu reden, andererseits beobachte ich fasziniert die Risse in ihrer sonst so beherrschten Fassade.

»Du wolltest meine Hilfe nicht, weil du besessen warst«, sagt sie.

»Ich war überhaupt nicht besessen. Ich habe mich nur geweigert, mir alles von ihm gefallen zu lassen, das ist ein großer Unterschied«, entgegne ich wütend.

Ich hoffe, dass sich das Ganze noch zu einem Streit ausweitet, damit ich irgendwann aufspringen und gehen kann. Aber Karin weigert sich, darauf einzugehen.

»Nein, du warst besessen«, wiederholt sie ruhig. »Du wolltest nicht aufhören, bis du alles hattest, was ihm gehörte. Irgendwann wolltest du sogar so sein wie er, nur noch schlimmer. Es war dir egal, wen du damit verletzt hast. Es war eine Besessenheit, die schließlich zu einer Art Nihilismus wurde. Und der hat sich tief in dich hineingebohrt, bis unter die Haut. Er wurde ein Teil von dir, und ich dachte, dies würde sich niemals ändern. Da habe ich aufgegeben, und das war falsch von mir.«

Ich wünsche mir, dass sie sagt, er sei ein Niemand gewesen, nichts als ein wertloser Mensch, aber das tut sie nicht. Sie weiß sehr gut, wie viel Macht er über mich gehabt hat. Und nach wie vor hat. Sie kennt den Terror, den er verbreiten konnte, bis auch der letzte Widerstand gebrochen war. Sie kennt seinen wachsamen Blick, der niemals schlief.

Mir geht es seltsam. In mir brodelt es. Meine Kehle ist wie zugeschnürt. Ich wehre mich gegen das Brennen in meinen Augen, als wäre dies mein schlimmster Feind. Karin weiß genau, was ihre Vorwürfe in mir auslösen, aber sie hört einfach nicht auf.

»Es war unerträglich mit anzusehen, wie du dich verändert hast. Als Kind wolltest du nur Gutes tun, etwas bewirken, die Welt zum Positiven verändern. Aber dann hat sich das umgedreht. Ein Teil von dir war nach wie vor von deinem Kindheitstraum getrieben, der andere Teil aber verfiel dem Wahnsinn. Tatenlos musste ich dabei zusehen. Ich habe versucht, mir vorzustellen, wie sich das anfühlt, vom eigenen Wahnsinn zerstört zu werden. Aber du hast überlebt. Das Schicksal hat dich zu dir selbst geführt. Jetzt bist du auf dem Weg der Besserung. Geh diesen Weg bis zum Ende.«

»Aber was … wie …?«, stottere ich.

»Ich weiß, es ist viel verlangt, nach dem, was er dir angetan hat, aber du musst loslassen, Franz. Du hast dein halbes Leben noch vor dir, und du hast so viele schlimme Dinge getan, für die du die Verantwortung übernehmen solltest.«

»Ich … du kannst doch nicht …«, versuche ich es erneut. Ich bringe kein einziges vernünftiges Wort heraus.

»Doch, das kann ich durchaus, denn ich werde nicht ewig leben. Wenn schon nicht um deinetwillen, möchte ich wenigstens, dass du es für Thor tust. Hol dir Hilfe, um deinen Vater und alles, was er getan, loszulassen.«

»Ich weiß nicht, ob das so einfach ist.« Meine Stimme klingt ganz dünn und schwach.

»Nein, das wird es nicht sein. Aber du hast doch eine gute Psychologin. Du kannst dich Emil anvertrauen. Und … als letzter Ausweg … bin ich auch noch für dich da, immer. Ich verlange nur, dass du versuchst, dich von ihm zu befreien. Die meisten Mitglieder deiner Familie sind gute, aufrichtige Menschen gewesen. Von ihnen hast du den Wahnsinn nicht geerbt.«

»Mit anderen Worten: eine Sorge weniger«, sage ich, was uns zum Lachen bringt.

Zu meinem Entsetzen stelle ich fest, dass wir beide Tränen in den Augen haben. Ich räuspere mich, um den Kloß in meinem Hals loszuwerden. Ich starre auf den Tisch und auf das Weinglas vor mir. Wie oft habe ich ihr eine Flasche Wein gestohlen und versprochen, es nie wieder zu tun. Aber sie hat nicht aufgegeben, sitzt hier vor mir. Sie gibt sich Mühe. Ich versuche, mein Gefühl zu beschreiben. Ja, sie hat recht, der Bastard ist tot – und ich lebe.

»Ich weiß, dass meine Versprechen keinen Wert haben«, sage ich. »Aber ich verspreche dir, es zu versuchen.«

»Das ist alles, was ich hören wollte«, erwidert sie. »Dein Versprechen bedeutet mir sehr viel.«

Mit schnellen Schritten eile ich durch den Wald nach Hause. Bin ich eigentlich der Einzige, der noch wach ist?

Die Kälte hat die Natur und die Menschen hier fest im Griff. Sie bereiten sich auf ihren Winterschlaf vor. Die Geräusche, die meine Schritte verursachen, werden durch die raue Nacht noch verstärkt. Zweige knacken. Heidekraut bricht. Mein Atem pfeift in meiner Nase. Zu diesem Lärm gesellt sich jetzt die Stimme meiner Mutter, die mir in den Ohren widerhallt. *Du musst ihn loslassen.* Eines weiß ich aber ganz sicher. Wenn ich loslasse, werde ich fallen. Die Frage ist nur, wo ich lande.

Ich sehe ViaTerra zwischen den Bäumen leuchten, ein warmes, flackerndes Licht. Der Boden schwankt unter meinen Füßen, aber je näher ich komme, desto fester wird der Grund unter mir. Ich bin aufgewühlt, sogar benommen, aber wenigstens befinde ich mich an dem Ort, an dem alles begonnen hat. An dem sich alles wiederholen wird. An dem alles zu Ende geht.

Auf der dunkelsten Insel der Bohusküste.

Ein großes Dankeschön!

Ich danke allen, die mich beim Schreiben dieses Buches unterstützt und inspiriert haben – nicht unbedingt in dieser Reihenfolge.

Meiner Familie möchte ich danken: Dan Koon, John Lindstein, Noha Lindstein, Selene und Layla Lindstein, Kristoffer und Isabella Westam. Und meinen Eltern Olle und Ella Westam, die mich traurigerweise letztes Jahr verlassen haben, aber für immer in meinem Herzen sind. Ein zusätzliches Dankeschön an Dan dafür, dass ich dich mit jedem Wort in meinen Büchern so lange quälen durfte, bis wir beide zufrieden waren.

Auch meinen lieben Freunden Ann-Catrin Sköld Pilback und Magnus Pilback danke ich von Herzen. Euer Haus stand immer für mich offen, und ihr habt mich die Bohusküste lieben gelehrt. Danke, Ann-Catrin, dass du mir bei meinen ersten Büchern so geduldig beiseitegestanden hast.

Ich danke den Enthusiasten in meinem Verlag Harper-Collins Nordic: Johanna Rydergren, Helena Jansson Icardo, Natalie Petterson, Klara Kihlbom, Laura Wapner, Pauline Riccius und vielen anderen. In den letzten Jahren seid ihr zu einer zweiten Familie geworden. Ich weiß sehr zu schätzen, was ihr für meine Bücher getan habt.

Ein großer Dank geht an Maria Enberg und Edith Enberg von meiner Agentur, der Enberg Literary Agency. Ich danke euch für die vielen Beifallsbekundungen und die zahlreichen Auslandsverkäufe. Aber vor allem für eure Freundschaft.

Besonders möchte ich mich bei Pfarrer Mattias Lönnebo und Pfarrerin Malena Lundefalk dafür bedanken, dass sie ihr theologisches Wissen mit mir geteilt und mir sehr dabei geholfen haben, die Figur des Emil zum Leben zu erwecken. Auch Pfarrer Olof Ringdahl danke ich für interessante Gespräche über Machtmissbrauch und Sektierertum.

Ich danke allen Bewohnern von Bohuslän, die meine Reisen dorthin zu etwas Besonderem gemacht haben. Besonders den freundlichen Menschen auf den Koster-Inseln, in den Buchläden und Gemeindeorganisationen an der Bohusküste. Und ich danke der Zeitung *Bohusläningen*, aus der ich immer die neuesten Informationen beziehe.

Und nicht zuletzt danke ich euch, meinen Leserinnen und Lesern. Versprochen, es wird eine letzte Folge dieser Serie geben, in der wir noch tiefer in die Geheimnisse von Dimö eintauchen werden.

Ein Zwillingspaar im erbitterten Kampf gegen einen gefährlichen Kult …

544 Seiten. ISBN 978-3-7341-1167-9

Alex und Dani Brisell sind eineiige Zwillinge und unzertrennlich, seit ihre Eltern sie im Teenageralter im Stich gelassen haben. Als sie 22 sind, verschwindet Dani am Mittsommerabend spurlos. Monatelang gibt es kein Lebenszeichen von ihr. Die Menschen in ihrem Umfeld versuchen Alex davon zu überzeugen, endlich weiterzumachen und zu vergessen, was passiert ist. Doch sie hat nur ein Ziel: Sie muss ihre Schwester finden! Dann geschehen in ihrem Leben weitere mysteriöse Dinge, die Alex langsam an ihrem Verstand zweifeln lassen. Alles deutet darauf hin, dass ein unberechenbarer Kult Dani als Sklavin in seinen Fängen hält, und Alex fürchtet, dass sie selbst die Nächste ist, die verschwinden wird …

Lesen Sie mehr unter: **www.blanvalet.de**

Ein tiefer See, eine verschwundene Tochter und ein temperamentvoller Ermittler, der niemals aufgibt!

496 Seiten. ISBN 978-3-7341-1110-5

Jedes Jahr am Karfreitag schreitet der Polizeiermittler Kristoffer Bark am Ufer des Hjälmarensees entlang. Er sucht nach seiner Tochter – vergeblich. Denn vor fünf Jahren verschwand Vera am Abend ihrer Junggesellinnenfeier spurlos, nachdem sie auf den See hinausgerudert war. Ihre Leiche wurde nie gefunden … Als nun eine Tote auftaucht, die Kristoffers Tochter verblüffend ähnlich sieht, lässt ihm die Vorstellung, dass beide Fälle miteinander verknüpft sind, keine Ruhe. Und obwohl ihm bei der Polizei niemand Glauben schenkt, lässt sich der hartnäckige Ermittler nicht abwimmeln. Zu Recht, denn die Wasser des Hjälmaren verbergen mehr als ein einziges Verbrechen …

Lesen Sie mehr unter: **www.blanvalet.de**